茅盾文学奖
获奖作品全集
典藏版
The Mao Dun Literature Prize

二 战争和人

王火 著

人民文学出版社

目录

第一卷　孤岛岁月，黄浦江，水滔滔
　　　　（1939年7月—1939年8月）　　　　1

第二卷　帘卷秋风，意外遭逢
　　　　（1939年9月—1939年11月）　　　77

第三卷　钟声回荡，寒山寺沧桑
　　　　（1940年1月—1940年3月）　　　161

第四卷　电闪雷鸣，生死善恶在搏斗
　　　　（1940年3月—1940年9月）　　　245

第五卷　"听夜声寂寞打孤城，春潮急"
　　　　（1941年3月—1941年10月）　　319

第六卷　战云迷漫，遮断望海路
　　　　（1941年10月—1942年1月）　　425

第七卷　天灾人祸，故国三千里
　　　　（1942年6月—1942年8月）　　　517

第八卷　长江奔腾，山城白雾茫茫
　　　　（1942年8月—1942年9月）　　　605

啊，我情感世界中的急流险滩（后记）　　680

第一卷 孤岛岁月,黄浦江,水滔滔

(1939年7月—1939年8月)

> 和平不是一种政治策略,被利用来帮助和掩盖侵略,被利用来调解冲突和应付谈判,或作为一种赢得喘息和时间的工具,以准备新的战争。和平是人生哲学,是一种人生态度,是每一代人对自己和后代前途所负的历史责任。
>
> ——摘自创作手记

一

  一九三九年七月，人们在已经早成为"孤岛"的上海汉口路上，常能见到一个形貌可怕的年轻女疯子。她蓬头垢面，两眼发直，穿得肮脏破烂，上身几乎赤裸，忽笑忽哭，整日嘴里叽叽咕咕自言自语，夜里就在弄堂里或路边找个地方一躺。有人说她家原在浦东，"八·一三"后家人都在战争中给日本兵杀了，她沦落为妓女最后终于成了疯子；也有人说她男人是抗日分子，被沪西"极司斐尔路七十六号"抓去活埋了，她就疯了……童家霆每次看到女疯子，心里总很难过，有时塞点钱给她，有时递个面包或馒头给她。今晚，没有月亮，童家霆和程心如、余伯良一起出仁安里朝东向文化街①走，去秘密散发传单。恰巧，又看到了女疯子。但这是最后一面了！一辆"普善山庄"的收尸车停在路边，一群人捂着鼻子围着看。女疯子躺在路边已经死了。据说她上吐下泻好几天了。两个收尸的抬着女疯子的尸体"乓"的往车上一摔，车子就发动了马达。童家霆和两个好朋友见了，心里充满了同情和压抑，谁都不说话，可是脚步都很沉重。

  晚上八点光景，上海人一般都在家吃饭。天黑了，路上行人稀少，街面显得深邃幽寂。天气特别炎热，一家坐满顾客的小酒店里飘出绍兴花雕的香味。路边那幢五层楼的仁安大楼里，有人咿咿呀呀地拉胡琴唱京戏："……我好比，笼中鸟……有翅难展……"琴

---

① 文化街：上海公共租界山东路、汉口路、河南路、福州路一带，报馆、书店多，当时被称为上海的"文化街"。

声和戏声里好像蕴含着说不尽的凄凉情绪。昏黄的街灯下看远处的行人仿佛鬼影幢幢。撒传单是危险的。三个人走得匆忙,心里又急,担心碰到巡捕房"抄靶子"①,都满头大汗。

童家霆精力充沛,浑身好像会发光发电。他充满了彩色的梦幻,胸怀诚挚,坚强意志和爱国热血支配一切,再可怕的事也不畏缩。他跟着父亲童霜威去年十一月从香港到上海公共租界上来,住在汉口路仁安里二十一号他继母方丽清的家里,瞬忽八个多月了。年初,家霆插班进了东吴中学初三,程心如、余伯良是同班同学,碰巧也都住在仁安里。三个人校内校外常在一起,成了知心好友。胖胖的程心如同家霆一样十七岁,瘦弱的余伯良比他俩小一岁。程心如热情老练,书看得多,见闻广,知识丰富,家霆很佩服他。余伯良的父亲是中西大药房的职员,他是独生子,从小娇惯,优点是天真诚恳。上海沦陷,租界成了"孤岛",三个人对环境不满,由程心如提议,偷偷组织了个"爱国党"抗日,常常买些彩纸,裁成绿色、黄色、粉红的纸条,写些"打倒日本帝国主义"、"抗战必胜"一类口号,做成传单。有时,到先施公司屋顶花园偷偷往下撒;有时晚上到跑马厅附近悄悄朝墙上贴。这种活动,冒险、刺激,心里能得到一种抗日的满足。但春天以来,"孤岛"形势渐渐恶化:大汉奸汪精卫在五月间从河内潜来上海躲在虹口日军卵翼下进行"和平运动",沪西"越界筑路"一带,在日寇支持下,"极司斐尔路七十六号"成立了汉奸"特工总部",不断进行恐怖活动。租界巡捕房加强了巡逻警戒活动。他们撒传单的活动只得减少。今夜,是本月第一次。这时候,文化街上行人不多,离汉口路仁安里不算远,岔道多,万一有事便于逃跑。那里有些报馆,是报贩集中地,把传单往路边一撒,第二天清晨,报贩们就能看到。

---

① 抄靶子:上海当时将巡捕房拦路抄身检查叫作"抄靶子",被检查者必须立即止步,高举双手,让巡捕浑身摸索,不然格杀勿论。

几百张传单都由程心如独自用报纸包了拿在手里。程心如的父亲在美商《大美晚报》做编辑。心如同家霆和伯良约定：文化街上有他父亲工作的报馆，里面他熟人多，万一碰上"抄靶子"，家霆和伯良掩护，他就设法迅速在路边阴暗处扔掉那包传单，或闪身逃进报馆躲避。

三人都是刚跨上生活之路的少年，战争使他们老练起来。即使是在暗夜中干这种惊险事，他们也不十分惶恐。他们匆匆走着，沿街一些人家的阳台上都晾着些汗衫、短裤一类的衣物。一家叫作"朵云轩"的笺扇装池店和一家发售痧气丸、辟瘟丹的"保和堂"广东中药店都已打烊。一家卖文具、仪器的商店和一家出卖英文尺牍、会话书和鸳鸯蝴蝶派小说的叫作"群众书局"的小书店，也上了排门。天热，一些店面、里弄门口，有人扇蒲扇赤膊乘凉。无线电里在唱江淮戏。街边有年轻人在聊天、吹口哨。挑担卖冰冻地梨糕和玫瑰白糖伦交糕的小贩喊出悠扬的叫卖声，点缀着夏夜。大步流星，三人已经快走到《时事新报》附设的《大晚报》馆了。

近旁有个小烟纸店，亮着电灯，代售每张一元、一条十张的赛马香槟票。香槟票挂满在门首绳索上，大红纸上写着广招徕的大字："头彩二十五万元在此"。穿着香云纱背心白胖白胖的老板娘靠在柜台上嗑瓜子。烟纸店的灯光雪亮，衬得附近黑黝黝的。

童家霆眼快，忽然看到前边《大晚报》馆门口影影绰绰一些人影。他拽拽程心如的衣裳说："在这里把传单撒了吧，前边有人！"

程心如瞥见前边远处有些人正在跑，路边还停着小汽车，点头说："对！撒了走吧！"他撕碎报纸，掏出传单分递给家霆和余伯良，说："快匀匀开，撒在路边！一路撒过去！"

就在这时，忽见远处跑着的那伙人，冲进路边《大晚报》馆的排字房里去了。人声鼎沸，只听到一种砸打吵嚷的声音。有人尖声叫喊："救命！……救命！……"似是发生了殴打。

家霆疑疑惑惑地吃了一惊,说:"强盗?"

程心如说:"管它!撒完马上走!回去!"他警觉性高,不愿多管闲事。

三人正转身要走,警车声呜呜响了,两辆黑色警车风驰电掣般从南边驶来,转瞬停在了《大晚报》馆门口。巡捕纷纷跳下车来,警笛尖利地"嘀——嘀——"吹响。"啪!""啪!"枪声响了。一会儿,枪弹横飞,马路上展开了一场吓人的恶战。

家霆和程心如架着两腿发软的余伯良飞跑。跑到黑黝黝的汉口路附近,还听到枪声在响,警车声和警笛声在空中鞭挞。三人气喘吁吁放慢了脚步,浑身都汗湿了,一同走回仁安里。

家霆自言自语:"天老爷!不知是怎么回事?"

余伯良说:"准是抓强盗!"

程心如皱眉思索着说:"不一定!你们不知道吗?东洋人和汉奸,对租界上持抗日态度的报馆恨之入骨。我爸爸的好朋友、《大美晚报》副刊《夜光》的编辑朱惺公上个月收到恐吓信,警告:不改变抗日态度,就请他吃子弹!今夜《大晚报》的事,我看像是敌伪行凶!"

朱惺公编的副刊,常有表露抗日思想的文章。家霆平时最爱看,同学们也都爱看。六月里,朱惺公接到"特工总部"汉奸的恐吓信,马上在《夜光》发表了题为《将被"国法"判处"死刑"者之自供——复所谓"中国国民党铲共救国特工总指挥部"书》,公开答复说:"这年头,到死能挺直脊梁,是难能可贵的。贵'部'即能杀余一人,其如中国尚有四万万五千万人何?……"当天报纸一出,抢购一空,市民纷纷传观。朱惺公表现的中国人的民族气节,使家霆和同学们,特别是程心如、余伯良都得到鼓舞。现在,程心如这样一说,家霆不禁点头:"是呀,敌伪什么坏事做不出来呀!刚才那伙人冲进《大晚报》时,我看到他们有手枪,进去后听到'乒乒乓乓',有人叫救命,后来就开枪了!但不知巡捕抓到这些坏蛋没有。"

余伯良气愤地说:"抓到了还不是马上放掉!听说沪西极司斐尔路七十六号的汉奸特工厉害得很,巡捕房怕他们。心如,是不是?"

程心如拭着汗点头,说:"怎么不是!七十六号的特工如果在租界被捕,只要说'是日本宪兵队的人',捕房就不敢过问了。他们怕得罪东洋人!"

谈到这些,三人心里气愤懊丧。"七十六号"的事,家霆平时听程心如说过不少。提起"七十六号",他仿佛闻到了血腥味。"七十六号"设有监狱、刑具,一批无耻的汉奸亡命徒,专干凶杀、绑票等血淋淋的罪恶勾当。他们用恐怖手段打击租界上的抗日分子,起到了日本宪兵队不能起的作用,受到日本侵略者的赞赏。

三人默默回到了仁安里,分手回家。传单撒了,由于看到了刚才那件枪战的事,又谈起了"七十六号",三人都没有以前撒传单后那种轻松愉快的感觉了。童家霆更绝对想不到,这个魔窟"七十六号"以后竟会同自己的命运有了密切的关系。

汉口路仁安里二十一号方家,是个三代人的大家庭。六十多岁的方老太太名义上仍是一家之主。家霆的两个舅舅——继母方丽清的大哥方雨荪是银行买办,小哥方立荪是绸缎庄老板,各自带着一家大小合住一幢三楼三底的洋房。

上海一般人住家都习惯关了大门只走后门。家霆踏进仁安里二十一号的后门时,烧饭的厨师傅胖子阿福正在厨房里拾掇碗盏,盛菜准备往楼下客堂间里开饭。

厨房里弥漫着鸭肉、鳗鱼、葱油明虾等菜肴的香味。打扫房间、洗衣的娘姨阿金在阿福身边帮厨。阿福嘴里嘻嘻哈哈正同阿金在打情骂俏。二楼上的麻将牌声海潮似的哗啦哗啦响。方丽清爱打小麻将,几乎每天都要打上十六圈到二十圈才过瘾。有时外边也来些女客打牌。由于童霜威不喜欢生人来打牌,所以一般总是方老太太和大舅妈"小翠红"、二舅妈"老虎头"陪着她玩牌。都是自己家里人,输赢限在二十块钱以内,赢家就拿出钱来让胖子阿福办菜、买票看筱文滨、石筱英①的申曲,剩余的钱有时拿去买跑马票,有时用来买"逸园"的跑狗票,有时到亚尔培路霞飞路口的回力球场里买彩票。尽管每次都中不了奖,但有发财的希望,几个人都乐此不倦。正因为打麻将,每天晚饭总要迟到八点以后近九点钟才吃。

家霆回来了,迈步上了二楼。二楼上除了洗澡间外,一共四间房。最大的一间是方雨荪和"小翠红"的卧室。最小的一间是方雨荪的前妻生的儿子、在读私立光沪大学的方传经的住房,现在家霆加了一只小铁床同表兄传经合住。另一间大客堂间本是方老太太的住房,方丽清回来时,母女同住。童霜威从香港回来后,方老太太叫住在二楼另一间小房里的阿金搬到三楼上去住,她自己住在阿金原来住的小房间里。每天打麻将就在这间房里。原先她住的那间宽敞明亮的客堂间,让给童霜威和方丽清住了。

家霆上二楼时,麻将牌声音更响,"啪!""啪!"夹着方丽清嘀嘀咕咕埋怨手气不好的语声和方老太太开心的笑声。大舅妈"小翠红"养的一只波斯种白猫懒洋洋地拦住了路,家霆"嘘"的赶走了白猫。他在楼梯口正要朝爸爸住的房间走去,见剃着光头的小娘舅方立荪像尊弥勒佛似的敞着中式纺绸小褂,挺着个大肚子,摇着芭蕉扇懒洋洋地从三楼上趿着拖鞋下楼来了。方立荪有大小两个老婆。大老婆姓高,有一双"改组派的脚"——裹过小脚又放大的,走起路来扭屁股,因为脸长得像老虎,又龇着两只虎牙,大家叫她"老虎头"。当初,父母之命、媒妁之言造成了这对婚姻。新婚之夜,方

---

① 筱文滨、石筱英:当时申曲(即沪剧)名演员。

立荪揭开新娘脸上的红绸巾一看,吓了一跳,坚决不肯同房,以后就拼命在外面跑舞场、逛堂子。眼看他这副发昏章第十一的模样,为了要"收收他的心",做老子和娘的答应给他娶个小老婆。这就娶了个舞女吴巧云。"老虎头"万般无奈,答应让小老婆入门,惟一条件是要方立荪答应单日归她,双日才可与巧云同房。事就这么定了。"老虎头"现在带了个七岁的女儿传文住在楼下客堂间旁的大厢房里;巧云带了个七岁的女儿传宝住在三楼的大厢房里。今天是双日,"老虎头"又在打麻将,所以方立荪白天也在巧云房里,现在才下楼来。

家霆机械地叫了一声:"小娘舅!"

方立荪"嗯"地应了一声,用两只酒色过度的大眼斜睨着他,说:"我还以为你同传经一起看堂会去了呢,你没有去?"

表兄传经是个京戏迷,住房里用一只只雕花镜框挂着梅、程、荀、尚①四大名旦的戏装照,平日几乎每晚都要去戏院前台后台打转转。今夜,海上闻人丁啸林给娘做阴寿②,让上海滩上的京戏名角都去丁公馆唱堂会。方立荪是丁啸林的门生,进过香堂拜丁啸林做老头子,参加了丁啸林组织的"忠义社"的。"老太爷"给娘做阴寿,他当然早早送了厚礼孝敬,也在下午就去丁宅叩了头,晚上堂会是他让侄子传经去的。家霆心里明白:方立荪并不喜欢我!他是存心让自己的侄子去看堂会,根本不想让我这个假外甥去。这样假惺惺地问一问,不外是心里明白装糊涂,敷衍一下,心想:我宁可在家看点书,也不去看那京戏,便随口回答道:"我不爱看京戏!"说着,就往爸爸房里走去。

房里一百支光的电灯泡雪亮。通往阳台的落地玻璃门敞开着,窗户也全敞开着,但没有一丝凉风,非常闷热。童霜威穿一套

---

① 梅、程、荀、尚:即梅兰芳、程砚秋、荀慧生、尚小云。
② 阴寿:给死去了的人做寿,叫做阴寿。

白夏布中式短衫裤,正站在一张红木八仙桌前挥毫写字。这一向,为了消遣,他听听无线电,看看书,有时治印,有时做诗,有时写毛笔字,从中撷取乐趣,解闷消愁。一副他自认为写得出色的草书对联用图钉钉在墙上:"惊回萧飒三更梦,并入江湖万里愁。"

家霆心里很同情爸爸。爸爸战前在南京时本是司法行政部秘书长,又是中央公务员惩戒委员会委员兼秘书长。抗战爆发前,因为派系倾轧,C.C.的人觊觎他的职位,又加上他秉公惩处了上海地方法院院长褚之班贪赃枉法的案子,被人莫须有地撒了传单说他徇私舞弊等等,结果只好辞职。最后,只落下了一个国民代表大会代表的空头衔。抗战爆发后,先在安徽南陵县蜗居了一段时日躲避轰炸,后来到了武汉,满心想为抗战出点力,可是得不到一官半职。终于到了香港,住了一段时日。在香港时,日本人要利用他,被拒绝了。因为怕在香港生命有危险,外加经济上被方丽清掐住了脖子,只好回到上海来坐吃。满心想深居简出隐姓埋名,不事交游,冀图在乱世中求得片刻安宁。可是,他到底是爱国的,在成为"孤岛"的上海租界上住着,总觉得于心不安。来了不久,就想离开,甚至考虑从香港再去重庆。为这,同方丽清龃龉过许多次,常常闹得极不愉快。今天下午,又有过摩擦了。后来,方丽清被方老太太她们拉去打麻将了。童霜威独自在房里吟诗、踱方步,续写他那本进度始终很慢的《历代刑法论》。现在,他又在悬肘写字了。

家霆进去,叫了一声:"爸爸!"他那张朝气蓬勃的脸上,好像老是有阳光在上面跳跃。

童霜威停笔抬头,仰起身子应了一声,说:"啊,你回来啦?到哪里去了?"

家霆看着爸爸威严、肥胖带着苍白的脸孔,爸爸比战前老了,他心里有说不出的难过。他不想把撒传单的事告诉爸爸,只说:"跟同学在一起,到程心如家里去了。"

童霜威不知是出于感慨还是心情不好，皱皱眉说："你年龄渐渐大了，玩心要收敛些，该多读点书才好。'少小不努力，老大徒伤悲'啊！"说着，叹了一口气，又提笔龙飞凤舞地写将起来，将写在宣纸上的一首诗写完了。

家霆点头，没有做声，也不解释，看见爸爸写的是一首五律：

烽火照西京，心中自不平。
牙璋辞凤阙，铁骑绕龙城。
雪暗凋旗画，风多杂鼓声。
宁为百夫长，胜作一书生。

他默默诵了一遍，大致明白了诗的含意，心里明白爸爸是闲居苦闷，空有报国之心在借诗抒发，问："爸爸，这是你做的诗？"

童霜威苦笑笑，摇头说："啊，不，是初唐四杰中与王勃、卢照邻、骆宾王齐名的杨炯的名诗《从军行》。"说着，逐句将诗对家霆解释起来。

洗麻将牌的声音"哗哗"传来，夹杂着方丽清的笑声。她一定是成了一副大牌，高兴得很。

童霜威皱皱眉，忽然掷笔于桌，吁了一口气，在沙发上坐下，摇头唏嘘，"我真是住腻了！真想走啊！"

家霆的心情同爸爸一样。在"孤岛"上，在方家这种使他厌恶的环境中，他也早住够了。他怂恿地说："爸爸，我们走吧！到上海八个多月，我像过了八年多！我还能读书，你在这里什么也不能干！何必还住下去呢？"

童霜威懊丧地摇摇头，又叹一口气，说："唉，你的这位继母呀！……"一切都在语气里表露出来了，"她把钱紧紧攥着！我以前把钱全部交由她管是大错特错了！经济在她手里，我能拿她奈何？今天下午，同她商量，又没谈通，反倒招惹了很多不愉快。她的娘目光短浅不说，她的二哥方立荪大约正在同日本人勾搭，最近一些言论可恶得很！——这你装作不知道,听到没有?"他又叹一口气,"我在想,我是一定要走的！一定要同你继母好好谈谈,让她同意我带你走。我们可以先秘密到香港,然后再定去向。"说完,掏手帕拭汗。

家霆忽然想起先一会儿在文化街目击的那场枪击了,忍不住又想到了"七十六号"的事,说:"爸爸,其实现在上海租界并不安全。孤岛似的被日本人包围着,汉奸又多。沪西极司斐尔路七十六号的特工无法无天！我住在上海老是有一种当了亡国奴的感觉！"

童霜威听着儿子的话,心潮起伏,揭开茶杯盖,轻轻呵着气吹动着漂在茶水面上的两朵茉莉花,喝了一口,正想说些什么,听见外边打牌的人散场了,方老太太在门口伸头说:"姑爷,吃夜饭了。"

方老太太对童霜威面上总是客气、周到的。她话声刚落,方丽清也出现在门边,说:"啸天,下楼吃饭吧！"也许是她娘劝了她,也许她打牌是赢家,情绪不错。下午同童霜威龃龉过的那种不愉快,似乎消失了。

童霜威应了一声,带着家霆和方老太太、方丽清等一起下楼,到楼下客堂间里吃饭。他确实已经十分厌倦这种仅仅剩下吃和睡的生活了,边走边想:一日三餐、夜里一觉,无聊之至,哪天才是个尽头呢?

放着一套旧色红木家具的客堂间里闹哄哄的。"小翠红"、"老虎头"、巧云早到了,"老虎头"正在谈刚才一副"清一色"怎么没做成。空气里弥漫着酒肉的香味。红木方桌上摆着圆台面,放满了丰盛的菜肴:红烧葱油明虾、清蒸鳗鱼、韭黄炒蛋、白煨蹄髈、椒盐鸭块……方立荪已经挺胸腆肚坐在桌右首,面前放着酒壶酒杯。戴眼镜瘦得像猴子似的方雨荪也回来了。他是常常在外边有交际应酬吃过饭回来的,正坐在一边的红木椅上同方立荪不知谈些什么。两个小孩,"老虎头"的女儿传文和巧云的女儿传宝已经由阿金先让她们吃过饭了,正在一起玩"手心手背"的游戏。那个被叫作"小娘娘"的方丽明孤独地站在一边。她十五岁,发育得挺成熟,穿的是方丽清给她的一件旧黑洋纱旗袍,衬得脸色白里透红。她是方老头子在外边租了小房子娶了个年轻的宁波女人生的。方老头子病故后,方老太太因为方家的骨肉不能流落在外,将她"收"回来养在家里。那个宁波女人由方立荪托人贩到外地卖给人家做小老婆了。对"小娘娘",既承认她是方家的人,老头子早给她起了个"方丽明"的名字,但又不给她地位。虽让小孩们叫她"小娘娘",却又不给她读书,只让她在家里丫头似的听使唤,让她在三楼上住着。平时吃饭,有空位就一起吃,没空位让她跟用人们同吃。今晚,桌上有空位,所以她来站在一边了,诚惶诚恐,也没谁多答理她。

童霜威带了家霆与方老太太、方丽清一起走进客堂间后,开始吃饭了。上座照例是实行"待客之道",安排给童霜威坐。大家逐一坐下,家霆随"小娘娘"方丽明在下首坐了。童霜威照例不喝酒,方立荪一人独酌绍兴花雕。

童霜威和家霆听到方立荪正在听方雨荪讲先一会儿文化街上发生了暴徒开枪拒捕与巡捕枪战的事。家霆没插嘴。童霜威问了一下详细的情况。

方雨荪说:"我在九江路上'绿乡'餐厅吃夜饭,听人家说,《大晚报》馆里打死、打伤了人,大概是七十六号干的。又听说巡捕赶到,同捣毁《大晚报》馆的暴徒打了一场,好几个暴徒被打伤,逮捕了。"

童霜威一边思索,一边说:"这样倒好!抓住几个,可以暴露暴露。不过,怕不好处理呢!"

饭桌上的人,包括家霆,听得津津有味。

大舅妈"小翠红"养的波斯种白猫"喵喵"叫着在饭桌下擦人的腿,被方丽清暗中狠狠踢了一脚,白猫"喵"一声逃了。"小翠红"皱了皱眉。

方立荪喝了点酒,兴致很高地说话了:"我看租界上巡捕房还是睁一只眼闭一只眼的好。抓到了'七十六号'的人恐怕碰也不敢碰。本来嘛,上海的恐怖活动都是重庆先做起来的。人家东洋人以毒攻毒,也不能说他们不对。人家不能听任你重庆的蓝衣社在上海乱杀人哪!"这个方立荪,前些日子,看相的说他两耳贴脑、天庭饱满、扁担眉、高鼻梁,是有福长寿之人,他很得意。说起话来,态度狂妄。

家霆听了,觉得刺耳。方立荪平时的言论,有时庸俗,有时铜臭熏天,有时惟利是图。现在,全是汉奸论调了!家霆一边吃饭,一边忍不住用不满的眼光瞪了方立荪一眼。

果然,童霜威不以为然地说:"中国人嘛!听到杀几个汉奸,像唐绍仪①、陈箓②什么的,只有高兴,不觉得这是乱杀人!日本侵略中国,烧杀奸淫,哪个中国人不恨?在我记忆中,在租界上先用特工杀人的还是日本人。去年年初,我在香港时,看上海的报纸:租界上接连在电线杆上挂着人头,附有上写'抗日分子下场'的白布。现在他们又派'七十六号'的汉奸专门到租界上来胡作非为,中国人总是反感的!"

他是驳斥方立荪,大家都听得出来。家霆听了特别高兴。但方立荪装作毫不介意,喝着酒说:"妹夫,我是吃生意饭的人,政治我不懂。反正,谁给我方某人赚钞票,谁就是我的衣食父母。我做生意,最好日进斗金,可不能像你这样赋闲贴老本。我倒不怕乱

---

① 唐绍仪:曾任国务总理、南方议和总代表,是国民党元老,因与日寇勾结,一九三八年上半年被仆人用斧劈死。
② 陈箓:伪南京"维新政府外交部长",汉奸,一九三九年二月在沪被暗杀。

世,乱世容易发横财。但老是乱,也不好。上海租界上本来平靖无事,重庆在这里开展暗杀,弄得人心惶惶,怎么办呢？也许你杀我也杀,倒会像天平秤上两头平了！哈哈,我刚才的话就是这么个意思。"

方雨荪怕童霜威再说什么顶起牛来,打圆场说:"吃饭就不谈国事了。唉,说实话,现在回想起战前来,那种日子真是好过。我们万利洋行的瑞士老板就常说:'和平,比黄金还珍贵！'要是不打仗了,和平了,就好了。"

方老太太点头,给女婿、女儿和儿子、儿媳都夹菜,最后又给"小娘娘"方丽明夹了点菜,那意思是:你就吃这一点,别自己再动筷在桌上乱搛菜。也给家霆搛了一块带皮的鸭颈子,叹口气说:"是啊,姑爷他们南京潇湘路上自己盖的漂亮大洋房现在却只能放在那里不能去住,都怪在打仗呀！"

方丽清听到说起南京潇湘路的房子,突然又变得阴暗古怪了,嘀嘀咕咕说:"打啥断命仗！有啥打头！我现在常想到南市老城隍庙去白相白相,也去不了！"

方雨荪说:"只要有东洋人发的市民证就可以去。如今到虹口、闸北日本人占领的地区去,过苏州河桥时,要向日本哨兵脱帽鞠躬,接受检查,不然会吃东洋人的'火腿'或者'五根雪茄烟'。从老北门到南市怎么样,倒还不知道。"

方立荪吃肉喝酒,脸色通红,拍胸脯乜斜着眼说:"妹妹,你真要想去,哪天我做阿哥的陪你去,没有通行证也可以往来,没关系的,我常去的。南市当然有东洋人,但那里现在市面繁荣得很,老城隍庙里香火兴旺。你去,我给你保镖！"又喝了半杯酒,大块夹鳗鱼吃,说:"刚才雨荪说的话我同意。和平,当然好。我看尽管骂汪精卫的人不少,汪精卫还是算得上这个——"他竖起了大拇指。

童霜威不想再多说什么。他对两个舅老爷一向心里鄙视,历来话不投机,这时自顾自地吃饭,却在想:听丽清说,立荪现在同盛老三一起做生意。盛老三有个日本浪人里见甫做干老子,日本人很器重他。方立荪近来同盛老三混在一起究竟是干什么?他这些汉奸言论是不是从盛老三那里传来的?他说他常去南市,他去日本人占领下的南市干什么?

童霜威是知道盛老三的。盛老三原名盛文颐,字幼盦,江苏常州人,因为排行第三,上海人称呼他为盛老三。他是清朝大官僚财主盛宣怀的侄子,晚清时做过济南、沙市、烟台等地电报局局长、天津洋务局长。北洋政府时期,做过京汉、津浦铁路局长。民国成立后,从未起用。但他有钱,开银行,办实业,家底很厚,终于同日本人有了勾结。现在,方立荪同盛老三勾搭在一起干什么?有一次,也是在方立荪喝酒后,听他炫耀地说日本人请他在虹口新亚酒店吃饭。看来,确是同日本人黏在一起了。想到这里,童霜威心里滋味复杂,一顿饭吃得索然无味。头脑里只是盘算着:我还是走的好,一定要走!要离开上海!……但如何能得到方丽清同意让她放行呢?他觉得毫无把握,忍不住心里闷闷地憋了一腔气。

二

到上海租界上八个多月,童霜威深居简出。他深深思念南京,怀想战前在潇湘路一号那种舒适的生活,怀念南京的六朝烟水气和名胜风景。这一切都因战争消失了。怀恋并不现实,他只有不去多想。

他是个比较谨慎的人,停止对外写信。到上海后,没有向重庆寄过信,也没有向香港寄过信。重庆有他从前的许多熟人,那些在中央身居高位的要人们,他当然不写信;连他亲信的以前的秘书冯村,他也不写信。香港有他一些熟人,更有他那离了婚的前妻柳苇(家霆那个被枪杀在南京雨花台的生母)的弟弟柳忠华,他也不通信。

上海租界上,童霜威本有不少朋友,法界、政界、商界……都有。但他宁愿保持秘密,任何熟人都不去找。

他同两广监察使谢元嵩一起由香港来到了上海。谢元嵩的太太区琴芳带了儿子谢乐山在法租界辣斐德路住家。三个月前,谢元嵩到仁安里来过一次,纯粹是看望性质,说他又要回香港去。后来,家霆在街上遇到过谢乐山几次。谢乐山西装革履,十分神气。家霆在安徽、武汉、香港滞留耽搁了一段时日,比谢乐山学业上低了一年级。两人长大了不少,又不在一个学校,就不像在南京时那么要好了。听谢乐山说起他父亲一会儿在香港,一会儿又回了上海,很忙。童霜威也没有去回访过谢元嵩。

在南京"维新政府"做了汉奸的江怀南,到上海时,曾经两次到仁安里看望童霜威。这个战前做过吴江县长的能干人,找门路投奔在海上闻人丁啸林的门下,正要同丁啸林最喜爱的三姨太的女儿丁芝兰结婚。他也许是从方立荪那里得到了童霜威回沪的消息,所以上门看望。但童霜威早已叮嘱过:只要江怀南来,一定不见,就说人在香港没有回来。方丽清自从知道江怀南同丁啸林的女儿丁芝兰订婚的消息后,对过去自己同江怀南之间发生过的那段幕后关系不愿想也不愿提,见童霜威拒绝见江怀南,她也正好不愿见江怀南,也顺水推舟。江怀南白跑了两趟,吃了闭门羹,以后也没再来过。童霜威反倒心安了。

童霜威在一般情况下总是蹲在房里少出去,怕的是遇到熟人惹出麻烦。冬天倒还出去逛逛,戴上礼帽和围巾,加上一副眼镜,不易被人认出面目。不外是到棋盘街和四马路上的文具店、书局和旧书店里转转,买些书回来看看,买些笔墨纸张写字,也到法国花园去散散心。但到了夏天，只能坐牢似的关在家里不出去了。他又没有什么打牌一类的嗜好，寂寞无聊与愁闷常常一起袭来，身体似乎逐渐坏了，血压常有波动。这当然是同心情有关的。

童霜威回上海并非心甘情愿，也审度出上海成为"孤岛"后形势的日渐严峻。自认为在上海居住，越秘密越好，既不能贻人以口实，也不会使安全发生问题，要少惹许多不必要的麻烦。中日之间的战争，打了两年，似乎不会很快结束。从去年下半年开始，山东、河南、江苏等省大片土地丧失，战事已转入腹地江西、湖北进行。欧洲方面，三月间，德国希特勒又以闪电战吞并了捷克，正准备向东欧进攻波兰。欧洲大战似乎有爆发的可能。希特勒咄咄逼人，日本的态度也同样凶顽。去年年底，汪精卫公开卖国，离开重庆出国到了河内，在十二月二十九日发表了响应日本首相近卫三原则的"艳"电。今年五月，他坐日本"北光号"轮船悄悄到了上海，带了一批"和平运动"的干部周佛海[①]等到上海，正同日本人在秘密进行交易。童霜威感到汪精卫回上海对他是一种威胁。自己留在上海，无疑会蒙上一种"嫌疑"；自己留在上海，也容易被敌伪注目。经过选择，决定还是离开孤岛的好。偏偏方丽清坚决不同意，连哭带闹，经济上控制不放。最近发生的口角都是从此而来的，使童霜威心里更不痛快，心里不痛快，离开上海租界的心更急切了。

早上，睡到九点钟才起身。窗外，阳光倦慵。"小娘娘"送来了当天的《申报》和《新闻报》。童霜威和方丽清在房里吃着阿金送来的豆浆油条当早点，边吃边看报，报上登了昨夜文化街发生枪击的新闻。原来是一伙暴徒持械先袭击《中美日报》，因报馆门口的保镖匆匆拉上了铁门，歹徒们冲不进去，又一窝蜂跑到《时事新报》附

[①] 周佛海（1897—1948）：抗日战争时期的大汉奸，先后任南京汪伪国民党中央执行委员会常委兼秘书长、政治委员会委员、军委会副委员长、伪国府行政院副院长兼财政部长等职。一九四八年，因心脏病暴死于南京老虎桥监狱。

设的《大晚报》大打出手,捣毁了排字房,打死了一个排字工人,还打伤了另一个排字工人。捕房巡捕赶到,歹徒开枪拒捕,结果,有几个歹徒被击伤、逮捕,将被移送上海第一特区地方法院……看着报,童霜威将报上的事讲给方丽清听了,说:"丽清!上海我是住不得了,还是让我走吧!"

方丽清那张酷肖电影皇后胡蝶的脸上,忽然出现了愣怔的表情,大感不解地说:"文化街上开枪,同你有啥关系?你住在家里,天天鸡鱼鸭肉,早上豆浆油条,姆妈和阿哥也没有亏待你!为什么动不动就想远走高飞?"

童霜威摇头,心里苦笑,说:"再三同你说过了嘛!不是为了别的,是为了形势。上海租界上形势不好,我住下去会有危险的!"

"我就不相信这么严重!"方丽清撇撇嘴,"人吓人,吓死人!你不要自己吓自己!东洋人也不是个个牛头马面。立荪说,请他吃饭同他谈生意的东洋人,又握手,又鞠躬,一团和气,特别客气!"

童霜威叹了一口气,忍不住问:"立荪同盛老三与日本人到底在做什么生意?"

方丽清笑笑:"小阿哥不让我告诉你。反正,是发财的生意,蚀本生意他是不做的。"

童霜威有些生气,说:"他不让告诉,你就不告诉我了?"

方丽清将吃剩的半截油条扔在盘子里不吃了,慢吞吞喝着豆浆说:"他是我阿哥嘛,他的话我要听!他说告诉了你不好。"

童霜威更想知道到底是怎么回事了,说:"告诉我有什么不好的?我不说就是了。你倒说说,做的什么生意?"

方丽清见童霜威语气真诚,轻声说:"盛老三办了个'宏济善堂'。去年冬天起,南市东洋人开了烟禁,到处都有燕子窝,听说有两百多家,运销鸦片烟的专卖权给了盛老三。'宏济善堂'就是专做鸦片生意的。立荪说:人无横财不发!这种赚钱生意哪里去找?"

童霜威听了,倒吸一口冷气,险险将刚才吃的豆浆油条全气得呕吐出来,叹气一顿脚说:"哎呀,鸦片生意怎么做得呀?这是断子绝孙的罪恶生意呀!像个大漩涡,谁卷进去了,会彻底葬送的。赚钱能这样赚吗?日本想用鸦片毒化灭亡中国,使中国人亡国灭种的呀!能帮日本干这种事吗?这种事是汉奸做的呀!"

方丽清听着,涨红了脸冒火了,绷着脸说:"你不要说话不算话呀!你答应我告诉了你,你不说的呀!你哇啦哇啦,叫立荪知道了,我哪能交代?"说着,摸出塞在襟间的小手绢竟呜呜咽咽哭了起来。

童霜威心里懊糟,实在想不到自己的二舅老爷竟在干起伤天害理的肮脏勾当来了,长叹一声,说:"丽清,你哭什么呀?我不说就是了!"心里更鄙夷方立荪的为人,想赶快离开上海、离开方家的念头更坚定了,他又把话题回到正题上来,"丽清,让我走吧!去香港!你应当懂得,我是政界的人,立荪做这种事对我不利,倒不如让我快走,大家方便。"

方丽清闷不作声,也不知她心里想些什么,只是呜呜地哼哼唧唧,拭着泪,古怪的脾气又来了。

童霜威起身来回踱方步,从房间南头踱到北头,又从北头踱回来。听到方丽清哼哼唧唧的尖哭声他觉得像住在香港湾仔时听到那种广式骑楼下满街响着的木屐声"踢踢啪啪"一样,刺激人的神经。他心烦意乱,不知如何是好。他对这个比他小十几岁的太太是够迁就的了。正因如此,常常拗不过她的任性,总是退避三舍。现在的心情,又是这样。

他刚敷衍而又带劝慰地说:"丽清,不要这样……"忽然,完全出乎意外地看到一个熟悉的身影出现在房门口。来人穿一件湖纺白长衫,手握折扇,风度翩翩,白净脸,圆圆的脸上谦虚、热情,见到了童霜威,深深打了一躬,拱手恭敬地说:"秘书长,别来无恙!民国二十六年十一月南陵县拜别,瞬忽一年零八个月了!常深想念,思何可支?今日重见尊颜,真是欣慰之至!"

童霜威一惊,又一愣。

方丽清也停住哭泣,从椅上站了起来。

不是别人,是江怀南呀!江怀南依然是一表人材,满面春风。

童霜威觉得尴尬,感情十分复杂,既念旧日情谊,又惮于他已经做了汉奸,心里奇怪,不禁问:"呀,你怎么知道我在这里?是怎么来的?"话刚出口心里立刻明白了:一定是从方立荪处知道我的情况由方立荪把他带来的呀!方立荪拜的老头子就是丁啸林——江怀南的岳丈呀!

果然,江怀南满面笑容,尊敬有加地说:"秘书长,是立荪先生带我来的。我已来过两次。这第三次,是怕秘书长又挡驾,只好请立荪先生帮忙了。"说完,向方丽清鞠躬作揖,一脸讨好的神色说:"师母,我一直在南京、苏州忙于公务,未能常常来请安,请师母多多包涵。"

他同方丽清说的话,是打哑谜。童霜威不知道他们在过去有过一段暧昧,听了也不介意,心想:既然他已经来了,也不能驱之于门外呀,指着沙发皱眉说:"坐吧,坐吧。"

方丽清刚才哭红了双眼,此刻,忽见江怀南来到,一是心里对江怀南的薄幸有气,一是想去洗脸打扮一下。在一种十分微妙的心情下,绷着脸也不朝江怀南看,只轻声说:"哪里哪里,你是贵人得意了,少来也好。"说完,站起身来,独自一扭身子走出房去了。

江怀南心里明白是怎么回事,童霜威却毫不明白,只以为方丽清心里不高兴,又犯古怪脾气了,也不去管她,只自琢磨着该怎么同江怀南谈谈,随口问:"令兄聚贤可好?他还在南陵?"话刚出口,觉得冒失,江聚贤也是汉奸,南陵被日军占领后,他当了维持会长的呀！提他干什么呢？

只听江怀南答："托福！托福！家兄在南陵很好,很好。"

娘姨阿金端来了一杯盖碗茶,给江怀南放在沙发边的茶几上,转身走了。

童霜威在江怀南对面另一只小沙发上坐下,突然感到要抽支香烟了,从茶几上香烟筒里拿了一支烟自己点上了火,换个话题问："你现在在干什么？"语气是有点生硬的。

江怀南摇着扇子,脸上更加谦恭,轻声细语地说："去年三月,维新政府①在南京成立,我到行政院里当了参事,但清闲得很,离上海也远,今年春天,调到苏州任江苏省教育厅长。我喜欢苏州的宁静,现在市面还算不错,所以省府就放在苏州。秘书长在上海租界上住着要是烦闷,其实不妨到苏州游览一次,秘密去,秘密回,无人知道的。'有事弟子服其劳',秘书长还是可以像从前一样信任我的。"

童霜威听他讲起苏州,不禁忆起了战前那个春天江怀南邀请他去游苏州的情景来了。他心里复杂,感慨起来。但心里总摆脱不了对江怀南做了汉奸的不快,摇摇头说："怀南！你千不该万不该,不该自己毁了前程呀！说实话,我真为你可惜！你是怎么会到什么'维新政府'里干起伪职来的呢？"说着,闷闷吐了一口浓烟。

江怀南毫无火气,满面堆笑说："秘书长,战争可怕,和平可贵。中日两国,源远流长,我总是希望两国之间能化干戈为玉帛。更见沦陷区无数苍生被弃置落入无人管理的境地,再想到自己空有抱负却一直未得重用,经友人相邀,才决定到南京的。秘书长当可谅解。"

童霜威鼻孔里喷出两股白烟柱子,摇摇头想:人要知耻！说：

---

① 维新政府:一九三八年三月十八日,日本侵略者在南京扶植汉奸、北洋政府旧官僚梁鸿志成立了伪"中华民国维新政府",挂五色旗。

"战争是可怕,和平也可贵。但中日之战,是日本发动的。谁是谁非泾渭分明,受侵略的中国人只要有点骨气岂可去认贼作父?你是个聪明人,难道不懂得'一失足会成千古恨'的道理?"

江怀南叩头虫似的勾脑袋,却又摆出一种谈吐隽逸的姿态,说:"秘书长,其实我也爱国,但爱国和救国,方法不同。现在,汪先生也率领大批人马浩浩荡荡来了。他追随中山先生多年,是创建国民党的人物,是我党的副总裁,是我素来敬仰的中枢要人。周佛海,一直是蒋委员长的亲信,中央委员、中宣部代理部长,他那畅销全国的名著《三民主义之理论的体系》与《三民主义的基础问题》,我都熟读过,不胜钦佩的。他们都来了,说明我想的与做的都还正确。我今天来,目的是向秘书长说说心里话,也是想聆听秘书长的教诲。秘书长该骂我就骂,该说我就说。反正,我总是您的学生,也总是愿为您尽犬马之劳供您驱使的心腹。您过去对我的恩德,我是永志不忘的。"他额上淌汗,说得非常诚恳,话音里带着深厚的感情。

童霜威心软,给江怀南一说,反倒碍于面子,又动了点感情,不好再板着脸说什么。心里又想:我现在身处孤岛,他是做了汉奸的人,我不宜同他来往,也不宜得罪,得罪了他,谁知会多惹出些什么麻烦来。我现在整日面对四壁关在家里,对外界情况太不了解,倒不如通过他了解些情况。因此脸上严峻的表情和缓了下来,说:"怀南,现在外边的情况我不太了解。你倒谈谈你们的情况,也谈谈你的体会,我倒想听一听。"

江怀南点点头,端起盖碗茶来喝了一口,用手帕拭汗,说:"维新政府是没有前途的。从梁鸿志[①]开始,不少都是北洋军阀时代的旧官僚,挂的是北洋政府的五色旗,这我看了也不顺眼。我误随了

[①] 梁鸿志:北洋时代老官僚。日寇侵华期间,在日寇卵翼下组织伪"中华民国维新政府",任"行政院长",以后又任汪伪国民政府监察院长,成为当时沦陷区内巨奸之一。

他,极感遗憾。现在,汪先生他们从重庆来了,我估计汪先生是会代替维新的。正是因为看到了这种发展趋势,特来向秘书长讨教。"

童霜威不禁问:"听说前年十二月陷落时整个南京变成尸山血海。南京的情况现在怎么样?"他是有心把话题岔开去。

江怀南明白童霜威的心意。童霜威那幢漂亮的公馆洋房在南京,能不挂心吗?为了不愿提南京屠城时的惨景,他说:"南京现在不错。夫子庙、新街口都有市面。我曾去潇湘路看过,公馆的洋房依旧,现在是日本一个蓖麻籽株式会社占用。但以秘书长的身份地位,找找门路,把公馆收回来还是容易办到的。"

童霜威明白他说的"找找门路"是什么意思,不想答理,问:"我那两个邻居——管仲辉和叶秋萍两家的房子怎么了?"说这话时,他脑际不禁又浮现出战前的情景来了。那时,管仲辉是军委会办公厅副主任,叶秋萍是中央党部党务处处长。靠近玄武湖的潇湘路上,就这三家公馆。管仲辉后来参加防守南京。南京失陷后,他下了台做生意,在香港见过面。叶秋萍干那种秘密工作,越来越红,是国民党中央委员会调查统计局的负责人。现在这两个邻居近况不知如何了?

江怀南摇着扇子回答:"他们的房子也都完整,也是蓖麻籽株式会社占用着。据说,日本人调查得很清楚,哪幢洋房是哪个人的都知道。这些公馆的房子实际还是保护着。但不知管主任和叶处长现在在哪里?"

童霜威简单将管、叶的情况讲了,问江怀南道:"汪精卫他们目前的情况你了解吗?"

江怀南得意地点头:"听说日本方面决定要请汪先生这样一个中国第一流的政治家来统一建立一个中央政府,以便尽早结束战争。汪先生本来住在靠近江湾东体育会路附近的重光堂。后来,又搬到外白渡桥北首百老汇大厦住。接着,日方将沪西愚园路一一三六弄原来王伯群①的住宅拨给他做了公馆,那条弄堂的住户一律迁走了,周佛海等都住在那里。日本沪西宪兵队在那里保护,'七十六号'也有警卫大队负责安全。"

"听说汪精卫秘密到过日本?"童霜威问,"有这事吗?"

"当然有!"江怀南点头,"听说是乘日本海军飞机秘密去的,日方决定以汪精卫建立新中央政府为根本方针。这消息传出,维新政府当然恐慌。这两个月来,汪精卫坐飞机到过北平与临时政府的王克敏他们及日本华北方面军司令官杉山元会谈;又在上海与梁鸿志他们会谈,并到南京会见日军华中派遣军司令官山田乙三。听说,汪先生对日方讲:他出面主持和运,至少有半数以上的国民党员会投奔到他的旗帜之下,他在军队中至少可以拉过来二十个师以上的队伍。"

童霜威揿熄烟蒂,哼了一声,没有说话,心里想:痴心妄想!人为什么总是欠缺自知之明呢?

只听江怀南继续说:"听说汪对日方说:一定要成立个政府,没有政府就没有号召力。必须组织一个全国性的中央政府,这个政府名称仍然是国民政府,主席仍旧拥戴林森来干,首都仍是南京,旗子也仍用青天白日满地红。所以这个政府是还都南京,不是另起炉灶。这样就拆了蒋介石的台,能吸引更多的人参加和运。我估计,日方会信任他的!"

童霜威忍不住说:"那你准备如何打算呢?汉奸这顶帽子太难听了!你跟梁鸿志已经走了错道。现在,汪精卫干的这些,还是汉奸勾当,你是不是又想投靠他了?"

江怀南正要说话,却见一个穿浅灰格子纺中式衫裤的胖子走进房来,光着脑袋,挺着肚子,原来是方立荪。方立荪是有意这时

---

① 王伯群:原蒋介石政府交通部长。

候来的。他在丁啸林处见到江怀南,约定今天上午由他安排江怀南来见童霜威。他先不露面,怕的是童霜威脾气有时耿直,江怀南的出现会惹得童霜威发火。倘若那样,他就干脆暂不露面了。但现在,见两人见面话滔滔不绝,似乎颇为融洽,他就决定进房来了。他双手提着江怀南带来送给童霜威的许多礼品,乐呵呵地进来,说:"妹夫,江厅长带了好些礼品来,给我和雨荪还有姆妈都带了东西。这是给你和妹妹带的。你看!你看!"

童霜威不禁皱眉,一是嫌江怀南送礼,汉奸的礼怎么能收?二是嫌方立荪庸俗。尽管方立荪富得出油,见人送礼却表现得这么高兴,真是可鄙!一时,却只能摇头说:"不行,不行!"

只见江怀南站起身说:"一点点不成敬意的东西。我在苏州,给秘书长物色到了一幅文徵明的山水画——《虎丘图》,确是真迹,工致秀润,在气润、神采方面,都有一种清和闲适之趣。我又为秘书长觅到了一部北宋嘉祐四年姑苏郡斋王琪校刻的《杜工部集》。这次也就只带了这两件来作为孝敬。另外,除了一点苏州糖食外,专门给师母买了些苏州的绸缎刺绣和牙刻、玉雕各一件,倒是雅而不俗,都有点意思的。"

童霜威正颜厉色,连连摇手,说:"不不不,你偶尔来谈谈可以;礼,带回去吧!"

江怀南有几分尴尬,明白童霜威心里的想法,嘴里念经似的说:"不是礼!不是礼!只是一点敬意,一点敬意。"

方立荪见童霜威脸色难看,有点含糊,说:"那……那我拿给妹妹去。……"

话声未落,只见方丽清换了一件淡紫色沙丁绸的旗袍,戴一副红宝石的金耳环,浓妆艳服,光彩照人,出现在门口,用一种生硬酸涩的语调大声说:"小阿哥,这事你就不要插手了!东西你放下,等会请他带回去!让他去孝敬他的丈母娘和丁小姐的好!"

方立荪弄不清妹妹的话是什么意思。童霜威也不明白方丽清怎么这样说。只有江怀南心里明白：方丽清的话里带有强烈的醋味，也是嗔怪。方立荪将江怀南带来的礼品朝桌上一放，说："好吧！你们谈吧！我还有事，要出去一下。"他打算走了，心里有些生气，觉得在政界做官的妹夫怎么这样不通人情世故，又觉得妹夫现在既无一官半职也无钞票进账，却还这么清高古怪，实在不可思议。他今天本来是指望江怀南来劝劝妹夫识时务、讲实惠的。现在感到这种希望不大，同妹夫情感上的隔阂反而更深了。他转身出房，准备到南京路、三马路石路和八仙桥三爿绸缎呢绒庄里去兜一圈看看。三爿店里刚进了一批东洋货，有些呢绒需要换上英国货的标贴，冒充英国舶来品。他得去照看一下。

给方丽清大声一刺激，江怀南诚惶诚恐了，卑躬万分地说："师母，您太见外了！我今天来，有重要事情向秘书长聆教。我一向最重感情，得人的点水恩，最懂得当报以涌泉。"他用一种只有方丽清能察觉和了解的眼神看了方丽清一眼。方丽清确实美艳得出奇。他说："凭良心讲，我对丁啸老其实比不上我对秘书长的尊敬于万一。他一定要我做女婿，实在不好推辞。丁芝兰长得奇丑，又抽鸦片。但丁啸老是我的老头子，不能违抗呀！所以拖到今天也未举行婚礼。师母就别再取笑我了！"说完，又对童霜威说："秘书长，刚才我的话正谈到紧要处，被打断了，让我再接下去谈吧。"又殷勤周到地说："师母，您请坐下，听我谈谈。"

方丽清带点忸怩地坐下了。江怀南的话，她一字一句都听清了。她明白，江怀南是向她作解释。江怀南刚才的眼色多情、诚恳，似乎一片真心。何必把话说死把事做绝呢？她会心地看了江怀南一眼，决定安心坐下来听听。

童霜威在思索、体味江怀南说的关于政治上的事，头脑里思绪很乱，回答江怀南说："好好好，你接着谈。"

江怀南满面悲天悯人的神色,说:"秘书长,抗战前途已经绝望,抗战的残局必须有人出来收拾。肯出来打破中日僵局收拾残局的人是为苍生着想,是大智大仁大勇之人,加以汉奸头衔是不公允的。正因如此,我当初才参加维新政府,现在又想跟随汪先生参加和运。沦陷区都是中国土地,有大批中国人,把这些地域和百姓从日本手中接收过来,岂非最便宜的大好事?"

童霜威摇头说:"在日本人的占领区内组织伪政府,岂不是日本人的政治俘虏?岂不是做儿皇帝?有气节的中国人是绝不会干的!谁干了,子孙万代都是要被人指着头皮骂汉奸的!"

江怀南能言善辩地说:"秘书长,这是很自然的。目前一定会有些人反对,也有些人骂的。但将来是会了解并且双手赞成的。战争多么残酷可怕呀!中国是再也打不得了!把国家的命运胡乱当儿戏断送了,能对得起子孙后代吗?"

童霜威打断他的话,说:"怀南,我劝你是完全出乎一片真心,你怎么样也不要做汉奸!我看,你以前既已错了,从现在起,就不要再走那条路了!你……"

没等他说完,江怀南摇头打断童霜威的话说:"不,我已经走了这条路,就决心坚定走下去了。我今天来,是来劝秘书长您也出山为和运效力的。您过去同汪先生有私交,以您的地位,以您在日本人中的知名度,如参加和运,一定会大展鸿图的。重庆对不起您,直到今天也没倚重您,您要是肯同汪先生一起,一定能被他借重。既在上海,为什么不'近水楼台先得月'?"

童霜威有点生气,耳朵感到燥热发红,说:"当年,白居易在苏州赋过这样的诗:'何必奔冲山下去,更添波浪向人间'!洪水猛兽般的汉奸我是不做的。不必劝我!我倒要问问你,是替谁作说客来的?你是维新政府的,看到伪组织没前途,又想投靠汪精卫,你想再钻进另一个伪组织里去你就钻好了!可是你劝我落水,这是为什么？"

江怀南微笑谦卑："秘书长，您如果得意，我也可附骥尾而青云直上。再说，战前我们计划在太湖边上屯垦湖田，开农场，办罐头工厂，干一番实业救国！可是，一场抗战，一切成了泡影。如果您随汪先生从事和运，政治上得意了，这计划就能实现，岂不美哉？"

方丽清飞快地向江怀南投去一个笑靥。她欣赏江怀南的口才和对童霜威的忠告，也喜欢江怀南的风度。

童霜威如坐针毡，从座位上站起身来，摇着头说："道不同不相为谋，到此为止吧！你不必再谈了，可以回去了！"

谈话的门关闭了。江怀南从童霜威严峻的神色中感觉到了他的决心，明白是说不动童霜威的，只好闭嘴不谈了，笑笑说："我来看看秘书长和师母总是应该的。再说，立荪先生他也有意叫我来劝劝驾。假如不是对秘书长一片忠心，我也不会这么坦率的，请勿见怪。"

童霜威起身背着手踱了几步，说："人各有志，不可勉强。但我对你有三点要求，希望你能答应。"

江怀南点头，说："秘书长请赐教。"

童霜威说："第一，我知道你无害我之心，但我现在居住上海租界，隐姓埋名不想被人知道，只求安安静静消磨岁月，望你在外边不要宣扬。"

江怀南点头如捣蒜，说："自当遵命，请秘书长放心！"

童霜威说："第二，我现在与一切人都断了交游，你也不要再来！"

坐在边上的方丽清听不入耳了，心里烦躁，那张漂亮的脸上显出不耐烦的神色。

江怀南注意到了方丽清的脸色，也明白童霜威是想同他断绝交往，觉得不好说什么，既不答应，也不拒绝，问："这第三条呢？"

童霜威指指桌上刚才方立苏拿进来的《虎丘图》《杜工部集》和牙刻、玉雕、苏绣等礼品,说:"请带回去吧!"

想不到江怀南还没有回答,坐在一边的方丽清站起身来了,高声朝着童霜威说:"啸天,客人客人,应当客气的嘛!别人的礼不收,怀南的礼战前在南京你早都收了的嘛!他是你心腹,你又叫他不要再来,又不收他送的一点心意,太绝情了吧?我做主了!他送的东西你不收我来收!你不要他再来,我倒要请他今后常来!人家一股热心,你浇他一头冰水,何苦来哉?"说着,含着深意看看江怀南,说:"江厅长,以后你来你的,他不见你我见你!不要听他打官腔!申曲《庵堂相会》里的唱词说:'亲眷往来应全礼,……休要怠慢自家人'!你是自家人,尽管来好了!"

江怀南一副恭敬从命又惶恐不安的样子。他不愿置身在童霜威夫妇有可能发生口角的当口,觉得今天来劝说童霜威的目的并未达到,也不可能达到,心里不快。好的是同方丽清之间似乎减少了误会。见童霜威似要发火,他决定不再逗留,赶快识相地站起身来,说:"秘书长、师母,今天我还有些事,就告辞了。唐朝王维乐府《老将行》中云:'自从弃置便衰朽,世事蹉跎成白首'!抗战两年,秘书长闲居蹉跎,我深为不平。今天讲了些心里话,只是供秘书长斟酌,以后再从长计议吧!"说罢,深深一躬告辞。

童霜威怒气未消,也不想送。

方丽清已经抢先在说:"我来送送江厅长!"

她袅袅地送江怀南下楼。没想到在楼梯口暗处,见江怀南从长衫口袋里摸出一张早已写成叠好的纸条,一把握住她的手将纸条塞到她手里,悄声多情地说:"丽清,不要爽约,我等着你!"

她没有回答,也没有就看那纸条。她的心"怦怦"剧跳,凝视着江怀南感情丰富的眼睛,却不由自主地点了点头。

江怀南走了。仁安里弄口有辆黑色的小汽车等着他。送他回来,方丽清心跳着将攥在手心里的纸条张开一看,写的是:"购得西班牙产名贵猞猁皮大衣一件,精美非凡,以此赎罪。明日任何时候,都在先施公司东亚旅馆三一五号房间恭候,敬请一定光临。"

她心里得到了一种满足,眉眼里都是笑。将房间号码记熟,悄悄撕碎纸条,在上楼后进了盥洗室,将撕碎的纸条扔进抽水马桶,"哗啦"用水将碎纸片全部冲净。

三

天闷热非凡。江怀南走后,童霜威一连几天都陷在一种十分苦恼的情绪中。

他觉得江怀南当了汉奸实在可惜,又气恼江怀南执迷不悟要走死路,却还要来拉我附逆,心想:汉奸都是脸皮最厚、良心最黑的政治垃圾,我岂能做这种出卖祖宗的丑事!但江怀南临走时说了王维的诗:"自从弃置便衰朽,世事蹉跎成白首",又不禁使他感慨系之,一种失意的落寞之感蕴积胸臆。他在二楼房里来回踱躞,觉得从香港回上海后,始终处在一种不自由的境地,实在不幸。只有赶快走!离开上海!

他发现,近几天方丽清显得特别高兴,总是打扮得像朵鲜花,还兴致勃勃地独自打一把桃红色的杭州遮阳绸伞去先施公司和永安公司闲逛,买回来许多吃食、用品,还居然买了一件猞猁皮大衣回来。方丽清一点不了解他的苦恼与寂寞。昨夜,方丽清打完麻将回房,换了睡衣上床后,他对她说:"丽清,我考虑再四,走是上策!上海万万住不得了!"

方丽清浑身散发着香水味,用手卷着头发套在发卷上,说:"你就不考虑考虑人家江怀南的好话?现在阿狗阿猫想发财想高升的都去了,你这个本来有身价的人反倒像只老母鸡蹲在窝里,真没出息!"

童霜威像被火烫了:"汉奸我怎么能做?中国人要有骨气!"他摇着扇子,把扇子打得"啪啪"响。

方丽清鼻子里笑了一笑:"骨气多少钱一两?说来说去你总是在屋里孵豆芽!现在做人要讲究实惠!要有钞票赚!能实惠,有钞票,死人也不要管!人家汪精卫,官比你大得多,他带了一大批人来,许多人本来的官职都比你大!人家不怕,就你怕!我觉得江怀南说的蛮有道理。立苏也说,你是放着金元宝不拾,放着唐僧肉不吃!男子汉大丈夫胆小如鼠,太不合算!"她这一向,"合算"、"不合算"像口头禅。

童霜威的心被狠狠戳了一下,神经一阵痉挛,肚子也要气破,庸俗而无爱国观念的女人无理可喻,耐心扇着扇子说:"丽清,别的不谈了。反正,我同你商量,你放我走!不要在经济上这样束缚我。我在上海无可作为,去到那边是可以有所作为的。"

方丽清撇撇嘴:"天晓得!难道那边有个大官等着你去做?难道那边有汽车洋房等着你去坐和住?要有那么好的事不早就兑现了,你为什么还要回上海来?不就是因为在汉口在香港没人理睬你才回来的吗?现在再去,我看还是一样。去做瘪三受人冷落有什么好?要叫我说,你就偏要在这里争口气,偏要想办法在这里做大官、发大财气气他们!"

"我回来主要是在香港有危险,你又在经济上卡我……"

"危险!你又要去干什么?"

"政治上的事你不懂!"童霜威浑身出汗。

方丽清瞪了他一眼:"我有什么不懂的?狼走天下吃肉,狗走天下吃屎!你不为我着想,也该照应照应立苏和江怀南他们嘛!他们都赞成你出来争口气,当个靠山,难道他们都是屁事不懂的猪头三？立荪顶有眼光了,向来不做蚀本生意,听他的话错不了。江怀南也是个顶顶聪明的人,不合算的事他不沾手。你不要自己发傻还以为人家是戆大!"

童霜威几乎是要哀求了,用手帕拭着汗,说:"让我走吧!去趟香港。原因早说过千百遍了。要是不答应我走,将来我倒霉你也要遭殃的。你愿意跟我走就一起走,不愿意就暂留上海。我在香港或去重庆安排好了,马上接你去当官太太!"他有意把话说得俗气些,来迎合她。

方丽清默不作声,看上去是在思索。将发卷好,准备睡了,她忽然说:"好吧!要走也不要太急。蒸笼一样热的天,怎么上路?天凉快些你要走就走好了!"她想起了自己同江怀南旧情复燃,突然说不出对童霜威有一种什么厌倦。将他送到外埠去倒也好,落得自由自在些。只是江怀南既可爱又滑头,心里想的摸不准,也难驾驭,把童霜威放在身边,对江怀南还有点牵制和吸引的用处。决定拖他一拖,许诺到天凉后再说。

见她态度起点变化了,童霜威有三分高兴,敲定地说:"好,那就依你这么定了!七月快过去了,八月快来了,九月秋风一起,我立刻走!"

方丽清点点头,蚊子似的轻轻"唔"了一声。

今天一早,睡到九点钟起床。吃罢早点,方丽清约"小翠红"做伴去逛小花园昼经里一带买绣花鞋去了。三楼上的巧云同楼下的"老虎头"忽然吵起架来,吼骂成一片声。

"老虎头"在楼下高嚷:"……昨天是双日还是单日?……要勿要面孔?"

巧云在三楼也不让步:"有本事就不要吵闹!我又没有叫他来!有本事你叫他去呀!"

"老虎头"高骂:"你不要脸!"

巧云回骂："你才不要脸呢！"

"你个狐狸精！"

"你个老虎头！"

以后就骂开了，什么难听骂什么。听到吵架声，仿佛能看到"老虎头"龇着牙，也仿佛能看到巧云用手在点点戳戳。巧云近来发了胖，雪白的手圆鼓鼓的，手背上有四个洼洼的窝儿。

在方家，婆媳勃谿、姑嫂斗法的事不太表面化，方立荪的大小老婆吵架却是家常便饭。天，一早就热，使人烦躁。童霜威听了吵架，心里更发躁，想：我真是同猪牛马羊这些畜生住在一起了。像什么话！心里明白这是方立荪昨夜在巧云处住宿的结果。这时，只听到方老太太站在二楼的楼梯口用一种长辈的吆喝腔调高叫："你们还有点管教没有？一早就吵吵吵，像什么名堂？还要脸皮不要？"

这一训，各打五十板，楼下和三楼的骂声停了。童霜威耳朵里清净点了，拿起一本《淮南子》想看，又没有心绪，看见桌上放着吃剩的稀饭和几碟油氽果肉、炸豆瓣、火腿片等小菜，阿金尚未收去，忽然怀念起南京来了：战前，南京的吃出色，早点有所谓"四绝"，那就是回民集中居住地区七家湾的清真馆子李荣兴的牛肉汤，物美价廉，别饶风味；乌衣巷附近武定桥下的包顺兴小笼包饺店的包饺，个儿小，皮儿薄，卤子讲究；中华门内贵人坊清和园的荤素干丝，用小磨麻油调味，外加切碎的嫩姜丝，鲜美可口。此外，是门西殷高巷内三牌楼的烧饼，特别酥脆，把火腿、香肠、大葱等材料拿去，可以代为加工。……想到这些，他自己也觉得好笑，实在也是闲居得无聊之至了。并非贪饕之徒，却在想起吃的事儿来了。有点感触，不知不觉又想起了与南京有关的那些人和事，沧桑之情充塞心头，又闷闷来回踱起步来。

正踱着步，忽见"小娘娘"方丽明急匆匆拿了张名片进房了，说:"姐夫,楼下来了个客人,回他说你去香港了,他哈哈大笑,递了名片,说:'我是他好朋友,以前来过,不必骗我。'你看怎么办?"

童霜威接过名片一看,是张布纹纸空白无头衔的名片,原来是谢元嵩。好呀!谢元嵩到底现在在干什么?他本是两广监察使,现在不知怎么了?他一会儿去香港,一会儿又回上海。他本是汪系的人物,现在同汪精卫有没有关系?想到这些,心里警惕,但此刻心情寂寥,又想着九月可以离开上海,心里既轻松悠闲又兴奋激动。谢元嵩来,倒急切想见面谈谈,既可了解外界形势,又可解除无聊、寂寞。人到他这种景况时,似乎特别需要友谊了。虽然觉得谢元嵩这人面似憨厚实际油滑,同他相交要提防吃亏,但觉得他还不是阴险毒辣之人,还不至于害我。不见他也不合适,家霆与他儿子谢乐山有交往。此时他来叙叙极好,马上对"小娘娘"说:"请请请,快请他上来!"

"小娘娘"快步出房下楼去了。童霜威也整整衣扣出房去迎接,走到楼梯口,听见脚步声和谢元嵩的哈哈声,谢元嵩正由"小娘娘"陪着上楼来了。

童霜威在楼梯口拱手,笑脸相迎说:"啊啊,元嵩兄,久不见面,想念得很哪!"

谢元嵩哈哈笑着上来,手执雪茄,说:"啸天兄,你藏龙卧虎在此,戒备森严。如果不是我心中有数,准被拒之门外了。哈哈,我也很想念你啊!"

握手寒暄,一同进房。"小娘娘"送了泡的香片茶进来。童霜威见谢元嵩穿一套白哔叽西装,额上全是汗水,叫"小娘娘"去把楼下客堂间里的华生电扇提来开了扇扇。两人推心置腹地谈了起来。

矮胖秃顶的谢元嵩气色非常好,满面红光,比在香港回来时胖了一些,走路蹒跚,笑起来显得带一种傻气。两只蛤蟆眼和一张蛤蟆嘴依然给人一种憨厚迟钝的印象,开口问:"啸天兄,过得如何?心情和身体都不错吧?"

童霜威苦笑笑,说:"日前读陆放翁诗《记梦》,诗句曰:'梦里都忘困晚途,纵横草疏论迁都。不知尽挽银河水,洗得平生习气无?'①正好是我心情的写照哩!"

谢元嵩大大咧咧地哈哈一笑,说:"书呆子!书呆子!"

童霜威禁不住开门见山,问:"重庆情况不知如何?"

谢元嵩头摇得像货郎鼓:"我是打打小麻将,国事管它娘!只知道那边日子不好过,国共闹摩擦,日机大轰炸。听说五三、五四两天,日机丢的燃烧弹,毁屋二千多幢,炸死炸伤六七千人,真是呜呼哀哉!"

童霜威沉重地叹了一口气,问:"你这位两广监察使,听说又去了香港一次,目前忙些什么?"

谢元嵩摸火柴点燃熄灭了的雪茄,房里顿时布满了呛人的烟味,说:"我那有名无实的空头两广监察使早辞职了。于胡子②已经派了别人在干。我今后,打算在上海长住。目前,正忙着寻找快乐。人生在世,快乐是不可少的。自己不找,快乐也不会降临。上海滩,快乐遍地都是。愿要的人就有快乐!当然,像你这样深居简出做隐士,那恐怕就只有苦闷没有快乐了!"说完,哈哈笑了一阵。

童霜威也被他逗笑了。同谢元嵩在一起,这点倒好,他说的话常使你捧腹。童霜威不禁问:"你倒说说,你找到了些什么快乐?"

"你是正人君子!"谢元嵩咧着嘴,"我是从不愿做伪君子的。我是个爱说真心话、办真心事的实在人。"

听他又搬出这套"说真心话、办真心事"的"经"来念了,童霜威

---

① 陆放翁,即陆游,南宋爱国诗人。《记梦》诗表明他从南昌罢官以来境况之困苦,表达了关心国事的情怀。
② 于胡子:指当时重庆国民党政府监察院长于右任。

不禁想起了战前在南京谢元嵩请他吃蛇羹介绍他认识江怀南的情况来了。那次,谢元嵩念的就是这本"经"。谢元嵩今天的话有点像指着和尚骂贼秃,说我是"伪君子",这是为什么？听了虽不受用,也不好说什么,只好耐心再听他讲。

谢元嵩无所顾忌地说:"吃喝和看戏当然少不了！有快乐的地方我都不放过。孔夫子都说食色性也,我岂能放过？'会乐里'吃花酒,'仙乐斯'跳舞,按摩院和向导社,滋味我都要尝尝。其实,赌更有趣！跑马、跑狗、打回力球,我都常去。最使我喜欢的是沪西的'好莱坞乐园'了。那里真有意思。今天来,就是特地邀你去找找快乐的。"

童霜威说:"我从不赌钱,你是知道的。"

"哈哈！"谢元嵩瞪大了蛤蟆眼大笑,"有什么会不会的？赌的事用不着学！那个地方,真是快乐天地！等会儿我陪你去见识见识,包你满意。人生得意要尽欢,失意也要尽欢！不必古板,你听我的劝告不会吃亏。"

童霜威感染了谢元嵩的快乐情绪,不禁莞尔笑了,说:"元嵩兄,我闭塞得很,对外界情况简直快一无所知了,你择要多谈点听听如何？"

谢元嵩鼓着两只蛤蟆眼看着童霜威说:"恐怕不是一无所知吧。哈哈,据我所知,江怀南到你府上来过,是不是？他能什么都不谈？"

童霜威想:呀！那天江怀南来,话不投机,匆促间没有向他打听谢元嵩的情况。现在谢元嵩这样说,看来,他二人是有来往的,说:"他是来过,只是没多谈什么。怎么？你同他常过从？"

谢元嵩咧咧嘴,两手一拍:"此人八面玲珑,算盘很精。有趣的是急着跟什么维新政府去当官,如今看到维新政府要短命,又找新门路烧香拜佛了！我对他说:政见同不同无关系,朋友总是朋友。

也告诉他:我同汪先生过去是有点渊源,但现在没有关系。他只好怅怅离去。"

听到这里,童霜威想:看来谢元嵩并没有同汪精卫一样附逆,仅仅不过是在上海纵情于声色赌博之间,这倒还算大节不差,撇开谈江怀南,说:"元嵩兄,你这一说,我放心了。说实话,我担心的是你过去同汪的关系深,怕你也会跟着他下水呢!听说近来正在酝酿组织伪国民政府,我倒想问问,你对汪怎么看?"

"怎么看?"谢元嵩的蛤蟆眼里闪过一丝狡黠的光,说,"哈哈,何必问怎么看呢?汪先生同蒋先生我都尊重。但蒋一直排挤汪,这我倒不免同情汪的处境。自从卢沟桥事变发生后,汪对中日战争固然无法阻止,但时刻想着转圜。他认定战必大败,和则未必大乱。在南京失守前,为这他给蒋先生写过的信在十封以上,当面也谈过多次,但无效。他这不就自己以跳火坑的精神从事和平运动了吗?他对战必大败的看法,是符合实情的。有人反对他,有人骂他,但也有人拥护他,有人夸他。我是既不骂也不夸。我跟你一样,做做寓公,别人哭笑我不管!"

童霜威也听不出谢元嵩说的是真心话还是假话,这人不好捉摸。他又问:"你对他们的情况该有点了解的吧?"

谢元嵩捧起茶来,大口地喝,说:"听说,日本方面因为汪有威信,答应取消南方梁鸿志的维新政府和北方王克敏的临时政府,把日军占领区的政权统一起来,交给汪完成国府还都的任务。"

童霜威思忖:谢元嵩的脚似乎仍站在汪精卫身边,不禁说:"元嵩兄,你觉得奔走什么和平运动是对的吗?"

谢元嵩又咧嘴打哈哈了:"哈哈,对不对谁知道?不过,战争确实可怕,和平也真可贵!战前南京那种享福的日子总是令人神往的……"语气里有叹息。

童霜威知道谢元嵩同汪过去的关系深,慨叹地说:"看来,开场锣鼓要敲起来啰?"

谢元嵩忽然半真半假似开玩笑地说:"怎么?啸天兄,你对这很感兴趣嘛!是不是有出山面世之意了?"华生电扇呼呼响着,谢元嵩嫌热,站起身来,到风扇近旁让风扇吹身子。

童霜威感到严重,窘迫地说:"元嵩兄,这玩笑可开不得。我在上海是闲居,不想涉及政治的。近来读老庄之学,更加清净无为。但既在上海住,对一些大事知道总比不知道好。你我知己,才打听打听。"

谢元嵩打着哈哈又回到沙发上坐下来,说:"啸天兄,别紧张,不过是同你说说笑话罢了。据我所知,现在肯同他们合作的人很多,只是像你我这种有声望地位的人不够多。现在正在筹办国民党第六次全国代表大会,讨论改组国民党与国民政府成立的问题,听说快开会了。不过,问题也不少。你是知道的,派系复杂:改组派、公馆派、C.C.系等等,都团在一起,围着汪先生转。牙齿舌头还要打架,分权分利能没冲突?我这人历来厚道,见人家脸红脖子粗像踢足球,我就不去掺和,落得个你说的清净无为。"说到这里,见童霜威还想再问,谢元嵩却无兴趣了,看看手表,站起来说:"啸天兄,不必再谈这些劳什子的事了。你我出去找找快乐!今天,我请客,痛痛快快玩一玩。"

童霜威不想去,说:"我久不出外,养成习惯了。再聊一会儿你就一人去吧!"

谢元嵩诚恳异常地说:"出去散心,可以一边玩一边谈的嘛。'好莱坞乐园'里边有很好的西菜。今天中午,就在那里吃。有话到那里再谈。久不见面了,真想长谈。其实,我有很多内幕轶闻还没有讲给你听哩!"

童霜威拗不过他的邀请,又被他说的"长谈"吸引,只好应允,去床头五斗橱抽屉里拿了钱包,穿上一件淡灰素绸长衫,从桌上拿了折扇,说:"好,走!我来打电话叫部车子。"

他们到了楼下,谢元嵩抢先拨电话到泰利出租汽车公司,叫了一辆出租汽车。童霜威对在厨房里帮着择菜的"小娘娘"方丽明打了个招呼,让她等方丽清回来说一下,就同谢元嵩走出了后门。

外边,天空阴郁,云块低沉,闷闷欲雨。童霜威每天局居在房里不出来,走到弄堂里有一种自由畅快的感觉。两人沿着长长的弄堂往外边走。走到了有些闲人站着聊天的弄堂口,稍等了一会儿,一辆黑色出租汽车到了。谢元嵩请童霜威上车,对汽车夫说:"沪西'好莱坞乐园'。"

司机点点头。童霜威上了车一想,心里有点吃惊,轻声说:"元嵩兄!沪西'歹土'①一带不平靖呀!你我到那里去好吗?"

谢元嵩哈哈笑了,咬着雪茄说:"啸天兄,怕什么呀!我这人,上海滩什么地方都跑,从不怕什么!你该像我一样,以后也常出来跑跑。沪西一带,其实秩序很好,来逢场作戏怕什么。"

童霜威听他这样说,心里虽有点疙瘩,不好再谈什么。小汽车平稳地滑进了车流之中,街上人很多,熙熙攘攘。汽车从汉口路走云南路穿到跑马厅绕到静安寺路一直向西。来往的车辆,像在大海里遨游的鱼群,衔尾驶行。过了静安寺,童霜威心里就有点紧张。看看谢元嵩,他吸着雪茄,悠闲得很,童霜威也尽量使自己平静下来。

汽车疾驶,不一会儿,车子经过愚园路向西转了一个弯,进了一个宽阔的弄堂。弄堂里,停着一辆黑色小汽车、几辆人力车,有些卖水果、香烟、瓜子的小贩摆着摊子。车子转瞬间就停在"好莱坞乐园"门前了。

这是一幢五开间灰色的三层楼大洋房,新装修过,窗户都刚刷漆,高处有花花绿绿写着"好莱坞乐园"的霓虹灯招牌。门口有耀

---

① 歹土:当时,沪西越界筑路地段,汉奸特务横行,被上海人称为"歹土"。

眼的大红字写着"高尚娱乐,顾客请进"八个大字。檐上挂着五光十色的彩色灯泡。两扇明晃晃的玻璃大门,常常有装束入时的男男女女进出。门开时,可以看到里边厅内白昼也照耀着强烈的灯光。门边站着十几个穿黑香云纱短打的汉子,像是招待,又像保镖,见谢元嵩和童霜威从汽车上下来,马上前来含笑招呼。

童霜威给出租汽车司机开了车钱和小费。那些保镖模样的汉子拉开了大玻璃门,童霜威随谢元嵩一起进去,只见上来一个穿蓝条衬衫的瘦子,他仿佛认识谢元嵩,恭敬地躬身招呼,领到门首换筹码的地方。几个穿白色号衣的女郎,打扮得面白唇红,正忙忙碌碌从赌客手中接过现钞兑成筹码或接过筹码兑成现钞交给赌客。

谢元嵩说:"啸天兄,既已来此,不必如入宝山空手而还了。逢场做戏,换点筹码吧。"

童霜威觉得同谢元嵩在一起,常常会遇到这种难以推脱的局面。但自己过去从不赌钱,不愿开戒,固执地说:"算了!我不赌了。我原来只是陪你来看看的,钱未多带。"

谢元嵩倒也不勉强,说:"好,我来调换一些。"他摸出几百元票子来,将钱交给一个指甲用蔻丹涂得血红的女郎,换来了一叠特制的标明码洋的各色圆形赛璐珞筹码,两人一起走入内厅。

内厅进口处有个大招贴,金碧辉煌,写的像是一首蹩脚的五绝:"博彩无必胜,轻注可怡情;每日请光临,保持娱乐性。"旁边有两个彩色霓虹灯字:"欢迎",一闪一闪地亮。

童霜威不禁笑了。

谢元嵩说:"这是规劝,也是拉生意,倒颇懂得人的心理。所以这里总是门庭若市的。"

内厅是一个将五开间前后所有房间都打通并扩建成的大厅,装了吊风扇,大得真是惊人。有许多赌台,一盏盏有罩的大吊灯像聚光灯似的把每个赌台都照得雪亮透明。因此,赌台周围的赌客和来来往往的赌客以及来往巡视的被叫作抱台脚的①彪形大汉就给人一种影影绰绰的印象了。几个穿白制服的招待,拿着毛巾,东走西跑侍候赌客。空气混浊,女赌客的脂粉香水气,男赌徒的香烟雪茄味,闹哄哄的说话声,刺耳的电铃响,娇声娇气穿青竹布制服的"摇缸"女郎的吆喝声。人脸上那种争夺、角逐、疑惑、焦灼、紧张的表情……混淆成一种浑浑噩噩、嘈杂非凡的气氛。童霜威在香港时,听人说起过澳门的葡京大酒店的赌场豪华得叫人眼花缭乱。许多人在那里赌得倾家荡产,自杀的、乞讨的、铤而走险去抢劫沦为罪犯的都有,人都把那里叫作"虎口"。但自己对赌博向来不沾,也没兴致去观光。现在看到"好莱坞乐园"的情况,估计当然比不上澳门,但已觉得瞠目惊心了。

谢元嵩咬着雪茄说:"啸天兄,你注意到没有?这个大厅没有窗户,这里也没有挂钟。如果晚上来,可以赌通宵,直到第二天凌晨赌场才关门。赌场一昼夜只在早上休息四个小时。我们现在来这里,赌场开始营业还不过才一个多小时呢!"

童霜威看得眼花缭乱,有点神志恍惚。听着谢元嵩介绍,跟谢元嵩先看看赌"大小"的。绿丝绒的赌桌长台上,中央分成两部分,供赌客下注打"大小"。桌面四周漆了一格格的数目字和仿牌的点数,供赌客下注打"点子"。有几个头发烫得蓬松满脸脂粉十分妖艳的女郎,一律穿的青竹布制服。有的分管白瓷骰缸,有的管吃管赔。管骰缸的捧起骰缸摇了三下,放尖了嗓门高叫:"开啦!开啦!""快押!快押!"只见赌客们有的将筹码押在"大"上,有的押在"小"上。电铃丁零零一响,那摇缸女郎将缸盖一揭,高声叫道:"开啦!四、四、六——十四点大!"站在摇缸身旁的一个"吃配"女郎,马上将一根装有横耙的小棒,将押在"小"字上的筹码一起扫到自己跟前,扔进一只钱盒里。另一个女郎,马上熟练地点清押在

---

① 抱台脚的:指赌场里赌台上的保镖。

"大"上的筹码数,一赔一地给赢家配钞票。赌徒们,赢了的都紧张兴奋,输了的脸上也有一种冒险的激情。

谢元嵩兴致勃勃地说:"这里的赌博,种类五花八门,包括大小、牌九、轮盘、二十一点、沙蟹、麻将、十三张、吃角子老虎等等都有。刚才那里是赌大小,现在这里是赌轮盘的,往前转弯是推牌九的地方。来,看看轮盘赌。"

头上的风扇呼呼地吹转,但一点也不凉快。那轮盘赌是一个特大的碗状盘子,绿绒赌桌周围拥满了赌客,聚光电灯照耀,赌客纷纷向桌上押筹码。轮盘上圆周三百六十度用彩色划分成三十六格,上边都写有号码。轮盘一转,嗡嗡地响。盘里的小珠骨碌碌滚动起来。小珠停到哪一格里,押那一格的就是赢家。赌轮盘赌似乎更富刺激,押中了赔得多,但多数都押不中,那只小珠骨碌碌流动,似乎停在这一格了,又突然滑跳到了那一格,使赌客不时发出失望的"啊!啊!"尖叫声,热闹而又刺激。

谢元嵩笑笑,说:"啸天兄!赌场老板与赌客的赌经是:不是你赢便是你输,不是你生就是我亡。从这个意义上说,赌博是一种互相搏杀的游戏。其实,人生就是一场赌博!命运押上去,有胜有败。不过,人生不赌博,有什么意思呢?赌赢了就能享乐。我这人是喜欢赌一赌的!赌赢了的那种乐趣,无法形容!哈哈……"

童霜威颇有感触,不明白他的话有什么含义,想:前年冬天在汉口遇到柳忠华时,柳忠华说人生是选择。他说过:"一个人,是要有所选择的。在人生的道路上,时时刻刻会面临选择。任何人,任何时候,任何事,都在进行选择,都会遇到什么是正确的选择这样一个问题。"后来,去年过旧历年时,在香港那个巨商给日本人做特务的季尚铭那里,季尚铭谈到人生时,说"人生就是一场竞争"。他说:"人生在世,要有所追求……我不愿被人赛下去!我要做个富翁!"现在,谢元嵩却又说"人生是场赌博"!真是各有各的想法,各有各的来由！我呢？

大厅里空气混浊。他正在想，看见先前那个在门口见过面的穿蓝条衬衫的瘦子忽然又出现了，来到轮盘赌台旁边巡视。

谢元嵩忽然说："啸天兄，你来看看我下注！我喜欢轮盘赌，可以一赔三十六！"说着，将换的全部筹码部分押在那标着8、12、14三个格子里，然后大口喷了一口雪茄烟，咧开蛤蟆嘴，笑笑说："好啦！好啦！抛上去啦！我今天就赌这一趟，看看运气如何？"

童霜威见他注下得大，心想：能赢吗？正想着，只听一个嗲声嗲气的广东女郎高叫："快啦！快啦！快点押啦！"赌客们也纷纷在各个格子里下注，一会儿，轮盘转响了，真巧，那圆球由于轮盘内壁是滑溜溜的，转动着，明明看到它停在"11"上，忽然由于惯性和滑动，一下子跳到"14"上竟停了下来。这一格里，下注的只有谢元嵩。

谢元嵩朗朗大笑，说："啸天兄，如何？人生就当如此！哈哈，赌则必胜，要有点舍得的精神！"

童霜威也笑。钱，并不使他动心，但觉得谢元嵩的话含有深意。

穿蓝条衬衫的瘦子走来，轻声讨好地说："谢先生，赔您的钱开支票给您，等会我送来。请快上楼吸烟喝茶休息吧。"

童霜威听不懂他说话的意思。见谢元嵩咧嘴笑笑，说："啸天兄，走，上楼！"他指指上楼的扶梯，说："所有赌场布局都有一个规矩，就是只有一个大门，套间连着套间，上楼也是一样，让你找得到进去的门，不能随便就跑出去。所以人说赌场像个迷宫。其实目的是欢迎赌客进来，挽留赌客轻易不要出去。这赌场的精华在二楼。三楼上有舞厅，有漂亮的舞女伴舞。这二楼有些小房间可以打麻将、打扑克。二楼除账房间和赌场老板供赌神张九官牌位的房间外，有大烟间、大菜间，是赌场的享乐中心。购买筹码较多的，都赠送大烟票和大菜票,免费供应。走,我们上楼去!"

童霜威无可无不可地跟着谢元嵩上楼。稀里哗啦的洗牌声,筹码清脆的滚跌声都响在耳边。他想:看来,谢元嵩赌也赌过了,马上是要在这里吃中饭了。跟着谢元嵩到了二楼,经过大菜间,见像个漂亮的菜馆似的,铺着洁白的桌布,桌上放着瓶酒、番茄沙司、辣酱油、西式刀叉,零零落落有些人在吃西餐,空气里飘溢着洋葱猪排的香气。再走过去,是大烟间,一间间用木板隔成的小房间,布置也有高低之分,在里边的赌客都衔着烟枪吞云吐雾,一些涂脂抹粉的女招待在烧烟伴客。

忽然,童霜威发现四周气氛不对。在这大菜间和大烟间的过道里,有几个穿黑香云纱和白纺绸短打的便衣放着岗。童霜威想:这里是沪西,我是不该来的。早听说这一带开赌场的人都是青红帮的人,有的同"七十六号"有关系,我来多不好!看这架势,是有什么特殊人物在这里,不要惹出事来!马上拽拽谢元嵩的衣服,说:"元嵩兄,我从不吸大烟!今天随你来,也算兴尽了,回去吧!"

谢元嵩笑着摇头,说:"既来之,则安之!"

话没说完,只见一间抽大烟的房间里有个白白胖胖三十来岁光景的人,撩开门帘走出来了。穿的是派力司灰西装裤、白衬衫,打条银灰黑点领带。这人面貌端正,就是有点俗气,目光锐利,笑眯眯地忽然先对谢元嵩拱手,又用一口浙江官话说:"啊,谢先生!你好,你好!"又对童霜威拱手,说:"好!好!"

谢元嵩似乎无意中遇到了熟人,咧嘴打哈哈,上去握手,忽地对童霜威介绍道:"我介绍一下,这是李士群,李先生。"又向那白白胖胖的人介绍:"这是童霜威,童秘书长!"

童霜威听谢元嵩说是"李士群",不敢相信自己的耳朵。一缕不祥之感冥冥升起在心灵深处。他早听说"七十六号"特工组织的负责人之一是李士群。这李士群,原本参加过共产党,据说还去苏联留过学。民国二十一年被捕后,国民党中央组织部调查科让他当了情报员。后来在南京做过"留俄同学会理事"和"留俄学生招待所副主任"。战后,叶秋萍派他去做国民党株萍铁路特别党部特务室主任。他领到特务经费后,逃到了香港。据方立荪说,李士群在香港同日本人搭上了线,来到上海为日本驻沪使馆从事情报活动。恰好,国民党军事委员会调查统计局第三处处长丁默村因为第三处撤销,在昆明养病。李士群在日本人授意下派人请丁默村到上海合作,答应自己愿意退居丁默村之下,让丁做前台经理。丁默村到了上海,两人主动找了日本军方,得到日本军方支持,成立了特工组织。……谁想得到今天会在这里同李士群见面?童霜威心里一急,胁下淌汗,鼻尖冒汗,握着李士群粗大绵软的手,说不出话来,满腹懊悔,心想:是谢元嵩特意安排的呢,还是无意巧遇的呢?看来,谢元嵩同李士群熟识,心里又疑惑:也许我听错了,这不是李士群?

只听白白胖胖的浙江人连声客气地说:"久仰久仰!"用手做出"请"的手势,让童霜威到房里坐。

童霜威推辞,说:"不了!不了!"又示意谢元嵩说:"元嵩兄,我们……"他掏手帕拭汗。

谁知,谢元嵩似乎看不到他的眼色,已咧着嘴哈哈笑着进房去了,说:"啸天兄,来来来,抽口鸦片消遣吧。"又赞叹地说:"是上好的云南红土哩!"

童霜威十分尴尬,只好在李士群邀请下也进了那间布置得华丽舒适的房间,却见谢元嵩已坐上了烟榻,在同一个身材小巧、肤色白净、穿素雅的灰格子洋纱旗袍的女人打起招呼来。这女人,旗袍两侧叉开,长度拖到脚踝,身腰细窄,袖口缩到肩下,裸露着两条雪白的臂膀,两只手细嫩,右手上一只钻戒闪闪发亮,左颊有个酒窝,长得俏丽,就是美中含有一种凶相。从她那待人接物的态度看来,也弄不清她的身份。

谢元嵩却介绍了:"啸天兄,这就是士群兄的太太叶吉卿,女中豪杰啊!"

叶吉卿同童霜威笑着点头,尊敬地伸出手来请童霜威在一只沙发上坐下。

谢元嵩已经躺下身去要吸大烟了,带着笑说:"李太太,麻烦你烧口烟吧。"看那样子,他同叶吉卿绝非第一次见面了。

李士群却陪童霜威在旁边另一只沙发上坐了下来。

有茶房用托盘送来了小瓷壶泡的热茶,也送来了两瓶柠檬汽水,敬在客人面前的茶几上。叶吉卿动手取烟签、烟膏烧烟。

李士群唇上挂着得意的微笑,对童霜威十分客气,说:"久仰童秘书长大名了!我李士群今天能够结识,非常高兴。"

童霜威这下肯定自己的耳朵没出毛病,听得真切是"李士群",心里打鼓,眼底盛满疑惑,想:"宁得罪君子,勿得罪小人",古之明训,点头敷衍,满腹心事,并没有说话。用眼看着青光幽幽的那盏鸦片灯,鼻里已闻到了浓烈的鸦片香。

李士群谈吐爽朗,脸上布满诚意,忽然说:"童秘书长早年留日,在友邦人士中名望很高,汪先生对你也很推崇。现在你在上海,我们希望你能参加和平运动,一起开创大业。"

童霜威没想到李士群开门见山,有一种瞥见了蛇蝎蜈蚣的感觉,惶惶然,神魂震悚地说:"我抱病在身,在沪养病,久已万事不关心了!……啊,今天天气真热。"说着,又掏手帕拭额上的汗。

谢元嵩躺在鸦片铺上,吹箫似的嘴唇紧箍着绿玉嘴的竹烟枪"嗞嗞嗞嗞"地吸鸦片,一股冲鼻的云南红土香味充满一屋,白烟从谢元嵩的两个鼻孔里冒出来。他两颊使劲吸烟都凹了进去,两眼紧盯着叶吉卿捏着钢签在玉石上搓烟泡的纤手。

李士群忽然变得有些激动了。看来,此人有些神经质,忽然慷慨激昂起来，神色残忍可怕，刚才那股斯文样子消失了，语气粗野强硬，态度急躁，说："我们进行和运，是以和平求和平，为了拯救中国！苍生倒悬，重庆还要抗战，是中了共产党的奸计，中国再抗什么战是要灭亡的。有人骂我们，看不起和运，与我们为敌，我们不怕。对这种人，我们是不客气的。"

这是威吓了！童霜威听不入耳，要说的话都陷在肚里，不敢反驳，只能敷衍地笑笑。

李士群突然收敛了一些。童霜威发觉是谢元嵩和叶吉卿在向他做眼色。李士群脸上又绽出笑容来了，瞪起双眼，敬香烟给童霜威。童霜威推说不吸，他自己点烟吸了，说："童秘书长，我们欢迎你这样的前辈参加和运，参加反共救国新秩序的建设。"见童霜威脸上的表情似不同意，说："汪先生有显赫的地位，光荣的历史，他主持和运，就是为了要和平救国！孙总理遗言是：'和平奋斗救中国'！汪先生为救国不惜个人付出牺牲！但他绝不是在自毁历史、自坠地位！他将在国人心目中更有地位、更受拥戴。"

童霜威如坐针毡，对这番老王卖瓜的吹嘘只好不置可否，勉强微笑，微笑既不是同意，也不是讽刺，只是表示不想得罪人。

谢元嵩已经抽完大烟坐了起来，捧了热茶在喝，搭腔说："啸天兄，快来抽一口，浑身舒泰、精神振奋。李太太的烟烧得绝妙！"

李士群也怂恿："童秘书长，抽一口尝尝，让我内人敬你一口烟。"

那俏丽又带点凶相的女人矜持有礼地对童霜威笑笑，坐在烟榻边上。童霜威这才想起，方立苏说过，李士群的女人当年也是在叶秋萍手下干过特工的，连连笑着打招呼推辞："谢谢，我不会，不会！近日血压高，只怕受用不了！免了吧！我不敢劳李太太的大驾！"

谢元嵩打着哈哈，说："啸天兄，你啊！你在司法界待长了，过于拘谨,什么事都是谨小慎微。"

正说着,见门帘一掀,刚才那个穿蓝条衬衣的瘦子来了,手拿一张支票,打躬说:"谢先生,你赢的款子开了支票了。"说完,呈上支票,转身走了。

谢元嵩笑着收下支票,说:"小意思!小意思!"将支票揣入袋里,劝解似的对童霜威说:"啸天兄,我说过,人生是场赌博!士群他也有这种看法。你其实也该有点这种精神。当年我们革命,如果没点亡命精神怎么行?现在长了点年岁,也不该胆小如鼠,遇事该拿决断就拿决断!带露摘花最新鲜!今天,巧不巧在此地遇到士群,你们交个朋友吧!他为人豪爽,有魄力,有智谋,是个不可多得的将才。你在上海,认识了他,安全可以无虞,不必藏头露尾了!"

李士群咯咯笑着,意思是谢元嵩说得不差。

童霜威依旧尴尬地笑着,心里发凉,十分后悔今天上了谢元嵩的当。可以肯定谢元嵩是同汪精卫及"和平运动"穿连裆裤的了!心里打定主意:今天要尽早摆脱李士群和谢元嵩回去。同他们谈话要特别小心,绝不留下话柄。

只见李士群眼里射出一丝透入肺腑的寒光,说:"童秘书长,虽是初交,你给我个面子,今天在此地便饭。我已经吩咐准备了西餐,马上去吃。我是向你表示点敬意。"

推辞是推辞不掉的,除非破脸闹翻,童霜威当然不愿这么做。他虽连声说:"不!不!不!"李士群张飞敬酒,谢元嵩抱人上轿,叶吉卿连笑带请,缠着他走到大菜间的雅座里去。童霜威不敢得罪李士群,心底倏起一种花落水流的无奈,手脚冰凉。

谢元嵩在一边哈哈地笑着说:"啸天兄,海格路有个奕庐,静安寺路地丰路口有个华人总会,都是高等赌窟,比这'好莱坞乐园'还要大,还要讲究。下次我再陪你到那两处去逛逛,包你满意。"

童霜威一句话也回答不出,嘴里只能"啊啊"、"啊啊",心头千头万绪,只是想:上海无论如何是住不下去了!必须快走,不能等九月秋风起了!

天上,忽然打了个响雷,发疯似的立刻降下了倾盆大雨。急雨敲打着屋顶、窗玻璃。天地间被碰撞得响声大作,使童霜威心情更加忐忑。

窗怕雨水扫进来,紧紧关着,虽有电扇,还是非常闷热。一顿西餐,童霜威吃得无味,也吃得沉默。李士群和谢元嵩喝陈年葡萄酒,酒红如血。叶吉卿殷勤劝饮,童霜威推说不会喝酒一点不沾。谢元嵩吃得十分高兴,用匙喝汤时滴滴答答淋得胸前西装上全是汤渍。童霜威一直闷闷不语,只在李士群找话同他谈时,万不得已才不清不楚地答上一句半句。吃完,他就推说身体不适起立告辞,显得态度生硬。

他后来上了汽车回汉口路仁安里。雨,仍在哗哗地下,挡风玻璃上的扫雨器刷刷地左右摇摆着,车窗外的世界一会儿模糊,一会儿清晰。他心里明白:李士群一定很不满意,但他觉得只能如此,"敬鬼神而远之"!还是赶快离开上海吧!

四

傍晚,午睡醒来,童霜威趿着皮拖鞋坐在沙发上,情绪很坏。

中午,在"好莱坞乐园"由李士群"请"吃的那顿饭,他胃口再好,吃了也是不消化的。

李士群在吃饭时像发表演讲似的说得很多,不外是"和平运动"如何必要,他们的力量如何雄厚,重庆的抗战如何没有前途,共产党必须剪除,乱世正是群雄逐鹿天下的好机会……这人表里常不一致,令人无从捉摸,有时笑眯眯,有时激动起来竟会用手乱挠头发,牙齿咬得咯咯响,看得出他是个心毒手辣的亡命之徒。

童霜威对干特工的历来厌恶而又害怕。南京潇湘路上的邻居叶秋萍的面孔浮现在眼前。李士群过去是叶秋萍的部下,地位当然难比,面貌、性格也不一样,但有一点是共同的:这类人都凶狠,都心口多变,杀人不眨眼。真后悔今天为什么要上谢元嵩的当!李士群当面要拉我下水,言语中有威胁,我怎么办?谢元嵩出面放圈套,李士群出面唱花脸,说明汪精卫已经属意拉我入伙了!拒绝是危险的,三十六计中只有走为上计了!离开"好莱坞乐园"回来时,李士群给了一个电话号码,殷勤地拍着胸脯说:"今后,有事给兄弟打电话好了,一定效劳!"他让手下派了一辆泰利出租汽车送童霜威走。看样子这家出租汽车公司也是他们有关系的。

回到家,下午三点钟了。方丽清和方老太太、"小翠红"、"老虎头"又坐在麻将桌上了。看童霜威回来,方丽清在牌桌上问:"去哪里了?"

他不愿当着人直率地说出来,含糊地说:"谢元嵩约出去散散心顺便吃了中饭。"心里决定,等她牌散了,今夜好好同她商量商量走的事。心里七上八下,精神疲乏,听着"哗哗"的雨声和牌声,躺上床不知不觉竟和衣睡熟了。

现在,醒来了。雨早停了,听到麻将声"啪!啪!",洗牌时哗哗像涨潮,他对方丽清爱打麻将的嗜好十分不满。心里空虚寂寞,看看桌上铺着的笔砚、宣纸,无聊地信笔练起草书来。

他记得于右任战前在南京时同他谈写草书时说过:"我中年才学草书,对于古代碑帖,主要是精读熟记,闭目凝神,不时用中指画意,每天就是只记一个字,两三年间也就可以执笔了。"他现在,也是用的这种方法,对"张草"、"十七帖"以及在四马路旧书肆里买到的一本战前于胡子亲自校印的《标准草书范本千字文》,一遍遍看,对照着默默练笔。

写了一张草字,忽又想起了于右任的一件笑话。战前,老于在公馆里宴客,醉后给一个求字的客人,写了一幅字。那人又要再索一幅。于胡子可能感到此人贪得无厌,也许是带着醉意了,竟写了"不可随处小便"六个字,弄得求字的人大为尴尬。但老于呵呵一笑,说:"我醉了,写错了! 你把这六个字拆开来装裱就是'小处不可随便'了! ……"于右任是真醉还是假醉,谁知道呢? 他如今在重庆,恐怕也不会有当年的闲情逸致了吧?

他攥着笔,又神驰重庆了,想:我一定要去香港! 在此地与任何人都不通信实在不行。到香港后可以先给重庆的熟人写信,然后就去重庆。

三层楼上的巧云在楼梯口打她的女儿传宝,边打边骂:"你只知道一天到晚白相,像只猪猡! 你叫我生气! 气死了我看你有好日子过! ……"

传宝放开嗓门"呀呀"大哭。这话像指桑骂槐,骂给"老虎头"听的。巧云是小老婆,打麻将总轮不到她的份。

对面小房间里,方雨苏前妻留下的儿子,上野鸡大学的方传经在听留声机。这个戏迷,在京戏唱法上花的钱很多。留声机上正放着谭富英的《击鼓骂曹》:"平生志气运未通,似蛟龙困在浅水中。……"传经很少去上课,捧名角,结交票友,在外边逛荡,回家就是听唱片。自己整日价嘴里也是哼着京戏,摇头晃脑。

童霜威放下毛笔,走近阳台。暮色中,从窗户和阳台的落地玻璃门里望出去,弄堂对面那排房子,阳台上晾着些各种颜色的衣裤和袜子。二楼一家人家的房间里,影影绰绰看得见珠罗纱帐子,有穿衣镜的大橱,放在桌上的有玻璃罩的珐琅自鸣钟。另一家的房间里,也有人在搓麻将,隐约的谈笑声夹着洗牌声一起传来。上海这地方,人似乎都嗜赌如命了。怪不得谢元嵩说人生就是一场赌博。可是，政治上的事，牵涉到国家民族的事，同打打麻将和赌赌三十六门轮盘赌到底不同。谢元嵩本来是赌徒，我可从来不赌的。还是柳忠华说的有道理！目前摆在我面前的选择如此严峻，我只有选择不做汉奸赶快离开上海的方案。哪怕到香港、重庆处境艰难，也只能这么做。

正呆呆思索，忽然听到家霆叫："爸爸！"回转身来，见儿子从学校回来了。

童霜威问："怎么这么迟才回来？"

家霆回答："今天学校里圣经班要学圣经，唱诗班又要练唱，所以迟回来了。"家霆对学校里这种做法很不满。东吴中学是教会学校，校址就设在跑马厅畔汉口路口的慕尔堂里。这是监理公会民国十九年建造的一所庄严美丽的教堂。礼拜堂和走廊墙上都有长大的窗户，窗玻璃镶嵌的是红、蓝、黄彩色玻璃。阳光映照时，五彩缤纷的光影就闪烁投射在屋里和窗台上，增加了一种肃穆的宗教气氛。学校作出一条死规定：实行积点制。学生不管信不信耶稣教，都要在星期日上午到慕尔堂做大礼拜。平时，每周都有一至二次课余圣经班和唱诗班的活动。每参加一次大礼拜和其他宗教活动，就记一个"点"。初中或高中毕业时，积的"点"要满规定数，不然就不发毕业证。家霆是为了毕业才参加活动的。现在，他说："真有趣！用强迫的方法叫人信教，有什么意思？我就是不相信有什么上帝！越是强迫，我越反感，怎么也不会信耶稣教了！"

童霜威看着儿子那张英俊的脸孔，觉得儿子的话很有值得玩味的地方。天下事就是这样，强迫总是引起人反感的。今天中午李士群那些威吓的话，使他特别反感。这时，寂寞无聊的心情更浓。他对家霆说："家霆，坐下，我告诉你一件事。"

家霆逐渐大了，十七岁了。说话常常有些见地，同父亲在感情上也亲密。当然，他还不成熟，但目前是童霜威惟一可以谈心的人。童霜威觉得有事应当同儿子说,让儿子知道,也听听儿子的意见。平时,自己对一切事情的看法,自己所了解的人和事,包括方立荪的"宏济善堂"的事以及江怀南突然来劝说的事,都先后告诉过家霆。能同儿子谈心,是他发泄心中苦闷的一个办法。因此,把今天上午谢元嵩来访同到"好莱坞乐园"见到李士群的事一五一十都讲了。

家霆听了,瞪大了眼,感到吃惊,说:"爸爸,快走吧!我跟您走!我现在跟着您也有点用了。我们还是到香港,先找舅舅和黄祁先生,然后,到重庆去抗战!"

童霜威点点头:"我是有此打算,要走,就该快走。本来,你继母答应我九月走,现在形势紧迫,等不得了。"

"她老是打麻将!"家霆吐露出对方丽清的不满,"真是'商女不知亡国恨'!"

童霜威笑了,纠正他说:"这诗里的'商女',指的是卖唱的歌女。"他不能说儿子的话不对。他一直想调和儿子和他继母之间的情谊。看来,完全徒劳。儿子越大,越有思想,越瞧不起方丽清。方丽清庸俗、吝啬、古怪,也难怪被家霆看不起。童霜威只好轻轻吁一口气,听着麻将声和留声机京戏唱片声,说:"走吧!离开这里!孤岛的环境恶劣,方家的环境也不好,我真住够了!在香港时,老觉得像坐牢,回到上海,仍像在坐牢,必须换换环境了。"

家霆问:"谢元嵩已经算是汉奸了吧?"

童霜威点点头:"我看是!"问:"你跟谢乐山常见面吗?"

家霆摇头说:"不常见面,话不投机。他完全是纨绔子弟,打扮得像个花花公子。一个中学生,就常跑跳舞厅。"

童霜威充满回忆情愫地说:"孩子,你对!怎样也不能做纨绔子弟。我看到你,常会想起你的生母柳苇,你的眼睛和神态越长越像她了。大约是民国十五年,那时你还很小,北平发生'三·一八'

之役①，沪上震动，你生母将你留在家里，自己跟人家到南京路上游行示威讲演去了。结果，差点被捕。回家时，天下雨，她浑身都湿了。你刚好在哭，她也来不及换衣就将你抱在身上，说：'小霆小霆，不要爱哭，快点长大，为民先锋！'我听了，笑了。她是要你为民先锋的，一晃她死已经八年，你也已经这么大了。如果她在，见你现在这样，一定是很高兴的。"言下，带着唏嘘。

家霆心酸。母亲的事，爸爸谈得不多，每每是在心情浩茫、感慨很深时才会谈及。也许是不愿触动旧的伤痕？也许是怕刺激儿子的感情？这些事正是家霆最有兴趣最想知道的。妈妈的一张遗像和小叔童军威在南京陷落前托人带出来的一方用血写着"一死报国"四个字的手帕，现在都由他保管着。他将这两样纪念品当作珍宝，藏在一只空雪茄烟盒内，放在床头柜抽屉里。有时夜深入睡前，戏迷表哥方传经外出未归，他就拿出来看看，会引起他许多动感情的回忆与思念。现在，童霜威讲了这么一件旧事，又触动了他的情怀，童年时就离他而去后来被杀害在雨花台的妈妈，形象又一次跃然地活动在他的眼前，给了他一种十分美好、十分神圣的印象。

他沉默着，似乎在享受一种精神上的母爱，甚至感到陶醉了。

正在这时，忽然听到楼下似乎发生了什么事，有方立苏粗重的嗓音在吆喝吼骂，夹杂着微弱的女人的话声以及隐约的哭声传来。

童霜威皱皱眉，说："什么事？"

二楼打麻将那间房里，似乎也躁动了。听到叽叽喳喳的话声，也听到楼下咚咚咚有人跑上来，在诉说些什么。是娘姨阿金的声音，似是在说什么："金娣……金娣……"

---

① "三·一八"之役：在一九二六年三月十八日，北京各界人民为反对日本帝国主义者侵犯中国主权，在天安门集会并……政府请愿。在国务院门前，遭残杀，死四十七人，伤一百五十多人，造成帝国……勾结屠杀我国人民的大惨案。

家霆说:"我去看看。"刚才听到说什么"金娣",他心里立刻一沉。方丽清的这个丫头,抗战开始后,民国二十六年的十二月,随童霜威、方丽清和家霆从武汉到广州时,在粤汉铁路线上的坪石站,被日机投的炸弹炸死,埋在那里瞬忽一年零八个月了。除了家霆还想起她,别人似乎早将她忘了。今天,怎么突然又有人提起她的名字了呢?

家霆出房以后,循着喧哗的人声,下楼到了通向后门口的厨房里。

厨房里,拥满了人。有挺胸腆肚弥勒佛似的方立荪,有巧云和"小娘娘"方丽明,有方老太太和方丽清,有"老虎头",有怀里抱着那只心爱的波斯种白猫的"小翠红",还有厨师傅胖子阿福和娘姨阿金,正围着一老一少两个女人在口舌。围观的人,有平静的,有激动的。在大舅妈"小翠红"的脸上和眼神里,家霆却看到一种同情。

那个年岁老的女人,脸色苍白泛黄,额上全是虫迹蚁踪般的皱纹,病恹恹的;剪的齐耳发,穿件打补丁的阴丹士林蓝布短衫,黑布裤子,像个做工的。跟她在一起的是个十五六岁的小姑娘,清汤挂面头,月白色的短褂,黑裤子。一望而知是母女两人,做娘的自己穿得破旧,尽量使女儿体面点。使家霆奇怪的是:小姑娘长得跟金娣一模一样。倘若不是亲眼目击金娣的惨死和埋葬,此刻一定以为是金娣复活了。尽管如此,他也忍不住吃惊地心里"哎哟"了一声。

方立荪正在蛮横地大声说话,像一尊凶神恶煞。他的光脑袋和脸上被汗水浸得油光光的,做着手势威吓地说:"……你们识相点,快走!不走,别怪我不客气!"

方丽清在旁边古古怪怪地用手对着病恹恹的老妇人指指戳戳:"金娣是卖给我们的,她爷立过字据,生死随我们!凭什么上门来找麻烦？"

方老太也叽叽咕咕："走吧走吧，不要在这里吵闹！"

老妇人果然是金娣的娘，苦着脸坚决哀告："我是来找自己女儿的！你们说金娣死了，到底怎么死的？"

方立荪大声吆喝："早告诉你是东洋飞机炸死的！你还要问些什么？快走！"

方丽清尖声叫喊："不走，马上叫巡捕来，捉你们到巡捕房去！"

家霆明白了，是金娣娘带了小女儿找金娣来了。啊，她们何尝会想到，金娣受尽了方丽清的虐待又被日机炸死埋葬瞬忽快两年了呢。金娣确是被她那又穷又有病的父亲收了一百块大洋卖到方家来的，所以方丽清常说："我要你死你就得死！"家霆在逃难途中，对金娣产生过一种由同情产生的朦胧好感。金娣死后，一直歉仄自己没有在金娣生前好好保护她。现在，面临这场金娣娘来讨人的事，触动了他许多久被尘封的记忆。见方立荪兄妹对人家那副凶相，使他辛酸又气恼。他咬着下唇，满脸严肃，撮眉听着。

只见金娣的妹妹开口了："你们有钱人别这样欺侮人好吗？我姐姐是卖到你们方家的，但一个好好的活人交给你们就没有了，是怎么死的？你们要讲清楚！"她激动得红着脸。

"怎么死的！不是早告诉你们是在广东被炸死的吗？死都死了，你们还来要人，有个屁用！"方立荪吆喝。

恰巧，方雨荪洋行里的跑街沈镇海来给大舅妈"小翠红"送大舅妈托他买的一包不知什么东西。方丽清指挥沈镇海说："镇海！快帮我们动手赶她们滚！"

沈镇海弄不清三七二十一，微微一笑，没有动手，站在一边观望。

金娣娘用手背拭泪，呜咽着说："不行，你们要还我女儿！我一个活生生的女儿怎么突然死了？"

方立荪狠狠用手把她朝外推:"去去去,想敲竹杠是吗? 四大金刚的琵琶,谈(弹)也不要谈! 滚!"

金娣的妹妹流下泪来,用身子护着娘,高声抗议:"谁想敲你们竹杠? 我姐姐死得不明不白,一条人命你们一句话就能打发得了吗? 我们要问问清楚,她葬在哪里?"

方丽清尖叫:"葬在广东坪石! 这死鬼,老娘还倒贴了丧葬费呢! 丧葬费该你们还我!"说这话时,她感到家霆的目光正锐利地对着她。她突然想起过去经常掐打虐待金娣的事,更想起了那天在粤汉路上日机轰炸,是她命令金娣伏在她身上保护她的。结果弹片炸死了金娣,她却安然无恙。这事,就她和金娣两人知道。金娣死了,当然不会讲了。但她一直怕有报应,也怕家霆和童霜威怀疑这件事。她更明白家霆对金娣的感情。现在,看到家霆狠狠盯住她,眼神使她心寒,就住口没继续往下讲。

金娣娘哭着在问:"金娣临死没留下话来?"做娘的已经给女儿的突然失去弄得六神无主了。

方丽清又吼起来:"她是个丫头,生不带来死不带去,没有遗产,留屁的话! 一个炸弹下来,轰的一声,人就见阎王去了! 哪来得及说话!"

方立荪继续大声驱赶:"快走快走快走! 我们忙得很! 以后不许再来! 不要敬酒不吃吃罚酒!"他也命令沈镇海:"镇海! 叫她们滚!"

沈镇海没奈何地只得上去劝说:"好了好了! 金娣的事已经告诉你们了,回去吧回去吧!"

金娣的妹妹不服这口气,高声说:"你们的心真比豺狼虎豹还狠!"

她娘不让她说,止住她:"银娣!——"又叹口气拭泪说:"我们走吧!"语气伤心极了。

方立荪手叉着腰,说:"对对对,快走吧!在此地闹,占不到便宜的!"

看到这里,家霆明白这母女俩是要被打发走了,决定上楼把事情告诉爸爸,轻轻抽出身来,拔腿上楼。

他上了楼,到了童霜威房里,匆匆一枝一瓣将事讲了,说:"金娣死得真可怜!他们方家也太欺侮穷人了,我真恨这些混蛋!"他咬牙切齿,忽然问:"爸爸,你说这件事怎么办?"

童霜威背着手踱步,叹气说:"人已经不在了,又能怎么办?"

家霆建议:"我想给点钱给她娘。她们马上要走了!您给我点钱,我追上去给她们。"

童霜威点头,说:"可以!"他去抽屉里拿钱,斟酌了一下,抽出够买三四石米的钱递给家霆,说,"拿去吧!"

家霆心头胀闷郁悒,接过钞票,刚要转身出房下楼,听到咳嗽一声,抬头看见不知什么时候方丽清已在面前站着了。方丽清漂亮的脸上凝着冷笑,生气地说:"怎么?拿我的钞票当水泼?倒是阔气!一给就这么多!你们父子做好人,拿我做恶人,不准!一个铜板我也不准给!"

她尖声厉叫,涂有脂粉的艳丽的脸扭曲起来。

家霆也不理她,揣好钞票大步流星地就走了,听到方丽清仍在房里不知嚷些什么。他想:让爸爸去忍受她吧,这个恶毒的坏女人!

家霆下楼时,见小娘舅方立荪和些舅妈什么的都上楼来了。厨房里只有"小娘娘"和阿金等在轻声嘀嘀咕咕议论刚才的事。那母女俩已经不见了,他开了后门跑出去。外边天已黑了,弄堂里的路灯亮了,昏黄的光披洒下来,映照成金色一片。他心里着急,脚下生风,浑身出汗,追赶那母女两人。跑出仁安里弄堂口,远远看见母女两人凄凉懊丧地在向东边走。女儿搀扶着用手背拭泪的病恹恹的娘,走得很慢。他高声叫喊:"喂,那位妈妈,停一停!"

金娣娘停住了脚步,回转身来,银娣也转过身来。路灯的光影下,在人来人往的路边,家霆看到她俩脸上的泪痕仍在熠熠发光。

家霆追了上来,说:"我叫童家霆!金娣她就是在南京我们家里的。……"他一口气把怎么逃难、怎么遇到空袭、金娣怎么被炸死、埋在何处等等都讲了。见这母女俩带着一种敌视、冷淡、怀疑的神态,他马上又说:"我的后娘叫方丽清,金娣就是给她做丫头的。她对金娣很不好,常常打骂金娣。我是很讨厌她的!"他的语气充满了同情,充满了一种年轻人的单纯的热情。却没有博得那母女俩的信任和了解。

只见银娣用一种傲然的态度问:"你有什么事?"

家霆从口袋里掏出那叠钞票来,说:"这一点钱,我父亲让我拿给你们!……"他从银娣火辣辣的眼光里已经看出了一种拒人于千里之外的情绪,所以嗫嚅着不知再说些什么好了。

果然,银娣冷冷地说:"不要!我们不要!"她拽拽她母亲的衣襟,说:"姆妈,走,我们走!"

有两个爱管闲事爱看热闹的路人停步看着家霆。家霆愣在那里,脸上发烧。这个女孩子长得跟金娣相貌一样,也颇像他在南京时同班的女同学欧阳素心,但性格同金娣迥然不同。金娣软弱,她却刚强,眉眼里透出一种对有钱人的仇恨心来。家霆明白,钱她们是不会收的。他难堪而又懊恼,追上一步,说:"我没有坏意,纯粹是一片好心!你们收下吧!"

可是,母女俩毫不理睬,像没听到似的。银娣挽着娘的胳臂,加快步子,急急向前走了。

家霆又跑上去几步,问:"你们住在哪里?"

还是没有得到回答。显然,母女俩是抱着一种深恶痛绝的情绪走的。丢下了童家霆,愣愣地独自伫立在路边,看着她俩远去、远去,隐没在路边的行人中。

家霆十分难过,觉得自己太幼稚,也觉得穷人和富人之间有道深沟,更似乎懂得世界上确实有许多事不是金钱能办到的。

五

童霜威又在更加愁闷苦恼中度过了十分无聊的一天。

昨夜发生的事造成的不幸感,到今天上午仍未消除。现在,方丽清在她母亲房里还在嘤嘤哭泣,弥勒佛般的方立荪摇着蒲扇移步走进房来,脸色难看地坐在他对面那张小沙发上了。

昨天傍晚,天擦黑时分,金娣娘来后,童霜威通过家霆给金娣娘一些钱的事,造成了方丽清一顿台风式的脾气,又是哭,又是骂,叽叽咕咕再也吵不完,闹得不可开交。连方老太太、"小翠红"和"老虎头"来拉她去继续打麻将,她也不去了。幸好,家霆回来说:人家金娣娘母女不肯收这点钱,方丽清将钱收回后,才又洗了脸搽了脂粉回到麻将桌上去。

当夜,童霜威等着方丽清打完了麻将回来睡觉时,郑重其事地宣布:"丽清,我决定马上离开上海。上海我是住不下去了!再住下去一定要出事!……"接着,将见到李士群的事告诉了方丽清,目的是使她警觉,爽快地点头。

想不到方丽清阴阳怪气,换了睡衣上床,揭开蔻丹瓶在指甲上涂着猩红的指甲油,说:"人家请你吃饭,是好意,不要香臭不分,胆小得像芝麻,疑神疑鬼,没出息!你要是胆量大,像立荪那样,早就升大官发大财了,也不会老是坐冷板凳。我看谢元嵩是聪明人,他参加,你为什么不能参加?汪精卫一直对你不错的嘛,想拉你,你就狮子大开口,问他讨个部长做做!"

童霜威生气地说:"我不能当汉奸给人指着脊梁骨骂!"

方丽清摇头:"我不懂你们政界的事。反正,人活着不会当官捞钞票是阿屈死!什么汉奸不汉奸,总不能死要面子活受罪做阿木林呀!"

童霜威忍无可忍了!他还从来没有生过这么大的气。这个女人呀!忍让已经到饱和了!她这样是要毁掉我的一生的!童霜威厉声说:"我为了要到香港去,简直到了哀求的地步了,你还是不松口,你想要我死吗?我对你说,我非去不可!你把我的钱拿出来!不然……"

"不然怎么?"方丽清这女人软硬不吃,精心涂着蔻丹慢吞吞地说,"你那点棺材钱早用光了!"

"胡说!我的积蓄两万多块钱这么快就用光了吗?"

"山也吃得空!钱怎么用不光?你现在带着儿子是在吃我的!"

"你让不让我走?"

"你有钱自己走好了!"

"我的钱都交给你了!"

"废话!你有本事就自己拿钱走!我的钱你一只铜板也别想动!"

俗话说:"冰冻三尺,非一日之寒!"童霜威简直气昏了,"啪"的一个耳光打在方丽清左边漂亮的脸孔上,说:"你简直是要害死我!你这个惟利是图的女人!我打死你!……"说这话时,他长期积酝在心胸中的所有怨恨和气恼都涌出来了,有点像发疯。

一瓶蔻丹被甩到了地板上,鲜血似的泼溅得一地。方丽清从来没被人打过,也从来想不到会挨童霜威的打,捧着左颊"哎哟哎哟"哭喊起来,大叫:"救命呀!救命呀!……"随即从床上滑到地上,在地板上打起滚来。睡衣沾满的蔻丹,像沾满了血,她哭叫的声音像屠宰场里猪的哀叫,在夜深人静的时分,分外刺耳。

童霜威心里发慌,有点懊恨自己动了手,心想:唉,这下更糟糕了!"小不忍则乱大谋"呀!我是有身份的人,岂能打女人?一时放不下脸面来,仍板着脸说:"你起来!你要不要脸面了?深更半夜吵得四邻不安,成何体统?反正我告诉你,你要是再不答应我走就不行!……"

但,方丽清偏是不要脸面,叫得更响:"救命呀!童霜威打死人了!童霜威要杀人了!……救命呀!"

看得到弄堂对面房子里的二层楼上、三层楼上一间间房里的灯都亮了,有人跑上阳台朝这边张望,也听到关着的房门上有人"咚咚咚"、"嘭嘭嘭"敲打,是方老太太焦灼的声音在叫:"丽清!什么事呀?……开门!……快开门!"

方丽清仍在地上杀猪般地乱滚乱叫:"救命呀!童霜威要杀人了!……"

童霜威乱了心神、慌了手脚,不知如何是好。忽然想起了看过的京剧《坐楼杀惜》,感到自己简直有点像宋江被阎婆惜逼得无可奈何的心情了,说:"丽清,起来!还乱叫什么?有话好好谈嘛!"

换来的仍然是方丽清的尖叫声:"杀人了!救命呀!童霜威杀人了!"

"嘭嘭嘭嘭!"敲门声更急更响,看来外边聚集了方家老少,都在敲门,人声嘈杂。

童霜威扣好睡衣钮子,没奈何地只好趿着皮拖鞋去开门。门开了,方老太太炮弹似的一头冲进来,"老虎头"、巧云、方雨荪、"小翠红"、"小娘娘"、传经、家霆、阿金……都在房门口。方老太太一把抱起披头散发在地上打滚的方丽清,"肉啊!肉啊!"哭叫起来:"怎么了呀?怎么把我女儿打成这模样了啊?……"等到发现红的是蔻丹不是鲜血,才冷静下来。

其余的人都在房门口张望,没有进来。

童霜威痛苦地解释:"唉,其实没有什么事,她就这么大哭大叫……"

方丽清蹙着眉头仍在叫嚷:"童霜威打人了呀!要杀人呀!要打死我呀!……"

方雨苏大约是了解自己妹妹的个性的,观察了一番,发现并不是什么杀人救命的事,不外是夫妻龃龉,淡淡说了一句:"姆妈,劝劝妹妹睡吧,都一点钟了!不要吵得四邻不安给人家笑话。有话明朝再说!"说完,他叫了"小翠红"回房去了。

方丽清仍在闭着眼干嚎:"童霜威打我了!打我耳光!他要杀我!……"说着,哭着,叫着。

方老太太也仍在心疼女儿,一口一个:"肉啊!肉啊!……你静静!你静静!……"

童霜威到门口,说:"大家睡吧!大家睡吧!"家霆、传经都走了,"老虎头"和巧云也一个下楼、一个上楼。方立苏有时是喜欢在外边过夜的。今夜是双日,轮着在"老虎头"那里过夜,他没有回来。只剩个"小娘娘"站在门口未走。方老太太不走,她不能走呀!

方丽清仍在呜呜哇哇地哭,不过不再叫"救命"了。方老太太抱着她,她也抱着方老太太,两人都坐在地板上。

童霜威叹口气,过去说:"有话明天谈吧!老人家去睡吧!"

方老太太生气地朝着童霜威发泄:"我的女儿,长这么大,我从来舍不得说一句的。嫁给了你,吃了那么多苦,你比她大十几岁,怎么还要亏待她?你不要没良心!你要再动她一个指头,我同你拼老命!"

童霜威不愿再多纠缠,也不说话了,去香烟罐里取了一支香烟坐在沙发上点火闷闷吸了起来。听着方丽清哭声更轻了,方老太太也不开口了。他站起身来,对仍旧站在门口的"小娘娘"说:"扶老太太去睡吧。"

"小娘娘"进房来扶方老太太,方老太太看问题不大了,同"小娘娘"将方丽清扶上了床,让她睡下,板着脸叮嘱童霜威:"我女儿交给你了!出了事要你负责!"

方老太太由"小娘娘"扶着走后,童霜威想劝劝方丽清,可惜说破了嘴也无用。整整一夜,方丽清先是不断地哭,后来大约睡着了,任凭你同她说什么她都不答。童霜威疲乏透了,后来也睡熟了。到早上八点多钟,被"砰"的一声放炮似的关门声惊醒,发现身边床上空了,方丽清起身走了。他十分扫兴,十分孤独,明白自己的处境更艰难了。

起身后,阿金照例送来了早点。他问:"小姐在哪里?"

阿金说:"二老板刚刚回来了。她在楼下二老板房里。"

童霜威明白:方丽清一定是向方立荪在"告状"。他们方家,这个方立荪既是青红帮的人,又被公认为是"有本事""吃得开"的人,有事总是由他出头露面解决的。

果然,现在方立荪蹒跚着进房来了。

一看他白里泛红的胖圆脸上两只不笑时常露凶光的大眼,童霜威猜不透自己这个大舅子要谈些什么,只好吸着烟闷闷地等着听他先说话。

弥勒佛似的方立荪也自己取支香烟吸了,忽然说:"妹夫,听说昨天李士群找过你,请你吃过饭?"

童霜威皱皱眉,点点头。

方立荪竖起右手大拇指,说:"妹夫,李士群这个人,现在是上海滩上的这个!他给你面子,我也高兴!我的意思,现在中国要想打胜日本,那是想吃天鹅肉,办不到的!做人,处处要讲生意经,要会随风转舵,不能死脑筋。国民政府对你,我看一点也不好。你现在何必出远门去香港、到重庆?你倒不如在上海弄个大官做做,我们也好沾沾光！江怀南劝你的话，你应当听得进！"

童霜威听他老调重弹，心想：你自己反正已经同盛老三与日本人勾结在一起，办"宏济善堂"做毒品生意了！你比汉奸还要汉奸！我要走，也有远远离开你的因素在里头！你竟老着脸皮劝我当汉奸，真是心肝全无。闷声不响，听着他絮絮叨叨。

方立荪很来劲，说："钞票这东西，谁不爱？人说打仗不好，我说打仗是不好，但倒是发财升官的好机会，不可错过！你怕人骂你汉奸，我说不必怕！有权有势有钞票，要人跪下叩头叫你祖宗都办得到！没官没钱成了瘪三，比什么都可怕，连狗也不向你摇尾巴！"

童霜威心里虽气，昨夜已同方丽清闹僵了，不愿再同方立荪闹僵，捺下性子说："立荪，政治上的事你不大懂。我要劝劝你，现在上海的情势很复杂。你同盛老三和日本浪人搅在一起，钱一定能赚不少，但这是造孽钱！现在重庆方面在上海的地下人员不少，依我说，你还是规规矩矩做绸缎生意，这才安全。我希望你劝劝妹妹，放我走。男人的事，她不要做主干涉。你说话她是会得听的。"

方立荪摇头冷笑，说："上海滩上，我开码头独立门户也不是三年五载了，巡捕房里、白相人里、生意场上，都有我的同门兄弟和徒弟。东洋人都买我的账，我怕啥？'怕死不得将军做'！你不要自己胆小无眼光，还要劝我没出息！"

童霜威默然，知道劝也无用，只能考虑自己的问题了，顺着方立荪听得进的路数，说："立荪，同你妹妹谈谈吧，让我走！她现在经济上控制我，是目光短浅。我去后，做官是不会成问题的。她的好日子在后头，她不要看不到这一点！要是把我留在上海，万一出了事，她也倒霉的！"

方立荪听了，把半截烟扔进痰盂，脸上没有表情。天热，他不断摇蒲扇，沉默了一会儿，说："这样吧！妹夫，你也别太急。我看一时半时决不会像你说的会出什么事。你多想想我的忠言，我也想想你说的那些话。反正,再从长计议。"

说完,方立荪摇着蒲扇站起身来,打了个哈欠,伸伸懒腰,说:"我要去睡一觉。"懒散地出房上楼到巧云房里去了,留下了踢踢踏踏远去的脚步声。

童霜威又陷在孤独里了,头脑里很乱,明白没有能说服方立荪,也明白方丽清的狭隘古怪脾气哪天能消很难预料,自己想走,已经陷入无法着急也无法进行的境地了。心里后悔夹杂着气恼,坐在沙发上闷闷吸烟,像两只湿手沾满了面粉,不知怎么办才好。

昨夜没有睡好,他觉得疲乏。家里听不到牌声。家霆一早上学去了,方雨荪去洋行上班,戏迷方传经也不在家。"小翠红"等都在方老太太房里劝慰方丽清,隐隐听到说话声和方丽清偶尔发出的啜泣声。"小娘娘"在盥洗室的大浴缸里洗衣,有衣服在搓板上搓洗的"嚓嚓"声和"哧啦啦"的放水声。童霜威心力交瘁,坐在沙发上打起盹来。

打着盹,也不知迷迷糊糊了多少时间,忽然听到"小娘娘"在门口叫他接电话,说:"打电话的人姓张,名叫张化龙,说是有十分重要的事。我回答他你不在上海。他说,他从香港来,知道你在,你一定会同他谈话的。"

童霜威心里奇怪:从不认识一个名叫张化龙的人哪!是谁?接不接呢?从香港来的,接这电话不好,不接好像也不妥呀。十分犹豫,又一想:唉,李士群都见过了,还怕谁呢?既说有十分重要的事,怎能不接呢?心里忐忑着,站起身来,走下楼去。

电话安在客堂间里的墙上。童霜威走近电话机拿起听筒"喂"了一声,听见一个熟悉的声音说:"童秘书长吗?您好吗?想不到我给您打电话吧?"

声音很熟,十分亲热,嗓子有点沙哑,实在一下想不出是谁,童霜威笑笑说:"喂,你是哪位呀?"

对方说:"我是洪池呀!来上海不久,好不容易才打听到了您的地址和电话号码……"

一听是张洪池,童霜威头里"嗡"的一响,差点发晕,脑际立刻出现了那个有着一双老像在生气的眼睛走起路来像鸭子的记者来了。这个厕身新闻界挂着中央社记者名义的叶秋萍的部下呀,怎么到上海来了呢?怎么又盯上我了呢?童霜威不能忘记在香港时被张洪池用"借"的名义敲竹杠的事,也不能忘记张洪池陪叶秋萍请他在香港仔吃海鲜并要他同日本人勾搭的事。好不容易在香港甩脱了他,怎么现在他又到上海来纠缠我了呢?童霜威有一种祸事临头的预感,心里懊丧地想:唉,一个人真是不能认识坏人!认识了一个坏人,他就会像一个恶鬼附在你身上永远跟着你,说不定什么时候害得你遭殃。我在上海,已经处境困难,天天担心要出事,再加上这个恶鬼,怎么得了呢!心里想着,嘴上在敷衍:"啊啊啊,是洪池啊,你好你好!我深居简出,不事交游,有病在身,身体不好,正在治病啊!"

谁知张洪池话中带刺,鹭鸶似的笑了两声说:"咯咯,童秘书长!您在香港突然失踪,原以为您去重庆了,没料到您竟是到上海了!叶先生给您问好呢!"

童霜威听了,头皮发麻。历来不欢喜同这类人打交道,现在身困孤岛,更不愿搭上关系。自己是个文弱名流,同些开枪动斧的人掺和在一起怎么能行?何况,七十六号李士群之流本来已在威胁,同张洪池交往岂不更增危险?他应付着说:"……啊呀!……他好!我在上海纯粹是养病的,身体好一些我是要走的。"

电话中传来带点尖酸的几下干笑声。张洪池说:"其实,李士群请吃饭的事我已知道。童秘书长,我有重要事想同您谈谈。"

童霜威惊呆了,心里五味俱全,似乎有一百张嘴也说不清了,慌乱得未多考虑地说:"请来吧!来谈谈吧!"想不透对方有什么重要事,却想同对方见见面解释解释。

张洪池滑得像条泥鳅,说:"您那里我去怕不方便,这样好不好,您放下电话马上动身,在汉口路石路的路口上那家大估衣店的门口等我。我们找个僻静的地方谈谈。请注意,您立刻动身,我也马上就到!"

童霜威斟酌了一下,犹豫,可又不愿放弃机会,不去似乎不行了!只好说:"好吧!我马上去,你也马上来!"

挂上电话,心里七上八下,回房换了件干净的白绸长衫,拉开抽屉,拿出金怀表来对准台上座钟的时间开足了发条,放在身上。这只表,过去常放在身边。自从来到上海,因为总在家里,表也一直搁在抽屉里睡觉了。看到表,他不禁有了感触:表犹如此,人何以堪?又拿了把折扇,戴顶巴拿马草帽,见方丽清和她那些嫂子们都仍在方老太太房里喊喊喳喳,也不管了,走下楼去,在后门厨房里对阿金说:"我出去一下。"立刻从后门走了出去。

是个晴热的天气,天色蔚蓝无云。转了一个弯,出了弄堂,沿汉口路向石路方向走去。

洒水车刚驶过,路上湿漉漉的。石路,是估衣店的集中地,全是卖旧衣的。大热天,连皮袄、皮大衣也仍在叫卖。店门前,那些店伙计掀动着旧衣,嘴里像唱诗文似的哼哼成曲,唱的是:"……嗨,看看衣裳嗷勿嗷;嗨,看看衣裳崭勿崭!……一件丝绒旗袍只卖一只洋,三块洋钿买套哔叽中山装!"

童霜威满头大汗走到石路口那家大估衣店门口站着,鼻子里闻到的是难闻的樟脑味、皮货味、估衣的陈旧味。听着那些店伙计摆弄旧衣的叫卖声,心想:张洪池什么时候能来?心里有些烦躁。

正在烦躁,瞥见一辆黑色小汽车从南面开来,"嗤"的一声煞车停在他面前路边了。车门一开,张洪池戴着眼镜的黄脸膛出现在他面前,说:"童秘书长,快上车。"

他跨入车内,车子风驰电掣开动了。他心想:这种人做事真是神秘、迅速!看看张洪池,白哔叽西装笔挺,衬衫大翻领,春风得意的模样。

他未说话,张洪池笑笑先开口了,说:"童秘书长,您气色很好,身体很好啊!"他两只眼仍旧像是在生气。

童霜威心里有点不快,没有回答,问:"上哪里去?"

张洪池说:"去个方便的地方谈谈。"

童霜威也弄不清司机是哪里的,车子是哪里的,不愿多说话,闭着嘴不断挥扇。

张洪池也缄默着。车子已经到了热闹的南京路上。路边人头攒动,路中央叮叮当当的有轨电车、揿着喇叭的双层公共汽车和一辆辆小汽车鱼贯来去。到处是商店"大减价"、"大拍卖"的旗招在飘扬,有的商店还在"嘣冬嘣冬"敲鼓奏乐招引顾客。车子一直向西,又向西,疾驶如箭。

见是往沪西去,童霜威不禁吃惊,说:"到沪西去?"

张洪池摇头,说:"不,放心,车子是不会开到'歹土'去的。在靠近巨泼来斯路旁边,有家葡萄牙老板开的'皇宫'咖啡馆兼旅店,是供外国士女幽会的地方,价钱贵些,一般中国人不大去,便于谈话。已经不远,马上就到了。"

说话间,汽车转了个弯,又疾驶了一段,在一所花园洋房前停下。铁门旁竖着英文霓虹灯招牌:"Palace Coffee& Inn"。是白天,霓虹灯未亮,但铁门开着,看到里边花园精致、绿草如茵,有幢三层楼的典雅宅院,蒙着异国田园诗般的色彩。

张洪池对司机说:"你等着!"对童霜威说:"到了,童秘书长,请下车。"

童霜威随他下车,进了铁门,只见一个穿西装的中年白俄上来,殷勤地鞠躬欢迎,请客人顺一条冬青丛中平坦的士敏土路走上台阶进楼里去。上了台阶,到玻璃门前,童霜威猛地一惊。原来门首站着两个彪形大汉,一色拖着长辫,佩大刀,穿清朝戎衣,胸贴"勇"字,武弁打扮,见客人来了,举刀为礼,拉开了扇状活动玻璃门。

童霜威随张洪池走进厅里,眼前顿时一亮,里面本来幽暗,但灯火处处,一色清宫形式的摆设,嵌入电灯泡的琉璃大宫灯、景泰蓝的檀香缸、通红的大龙凤花烛、绣着牡丹的彩缎椅垫,还有一张红木龙床上放着金银翡翠镶嵌的鸦片烟枪和烟灯、玉盘,供人欣赏。客人到了,景阳钟轻轻地一声声在敲,檀香的烟雾袅袅缭绕。最令人吃惊的,那些仆欧和女侍,有中国人,也有碧眼金发的洋人,男的一律穿前清朝服,拖着长辫,女的全是旗装,点着红唇,扮成宫女。大厅宽敞,有舞池可兼作表演场地,四周用彩色镂空垂帘分隔成一间间,有些男女外国客人喝着咖啡,姿态悠闲,偶尔低声谈些什么,坐得特别贴近。一个中国宫女上来,带着媚笑,微微打躬,将童霜威和张洪池请到里边一间有软沙发的小房间里去,她踩着跷装成了三寸金莲。

是白昼,却点燃插着十二支蜡烛的枝形大银烛台,用光闪闪的烛光照得一片辉煌。雪白的桌布浆洗得发亮。窗台、桌上有盆栽月季,绿叶疏落,开着朵朵红花和黄花,飘着清香。电扇呼呼地吹,沙发上铺着细凉席。张洪池点了两杯白兰地酒和两个冷盘,外加咖啡、西点。女侍走了。张洪池说:"这里是用噱头赚洋人钞票的!许多洋人来到上海很失望。他们想象中的中国应当有辫子、有鸦片,有三寸金莲,但到中国不一定看得到,在这里就可以饱饱眼福了!"

童霜威皱皱眉。他对辫子、鸦片、小脚这些辱华的东西都有些反感,觉得这不是个好地方。

张洪池摸出烟抽,突然笑笑,说:"楼上,是给人幽会处,价钱更贵。还有外国女人出卖色相。每晚,这里可以跳舞,有个白俄女郎在厅中央表演舞蹈。舞蹈像做柔软体操,人倒弯成一个'O'形,脚能衔在嘴里,愿看的拉开房间的帘幕就能看表演。"听他的口气,倒是常来的。

宫女打扮的女侍来了,端来了水晶杯盛着的白兰地、色彩诱人食欲的冷盘、一壶银壶装的浓咖啡、半打各式西点,屈膝将饮料、食物一起轻轻放在桌上,拉好帘幕,恭敬地躬身退出。

隐约听到有极轻微的男女交谈声和笑声,是邻近拉着帘幕的座间传来的。十分安静,远处角落里就座的客人都在娓娓细语,毫无声响。

童霜威问:"洪池,你找我谈什么事?"

出乎意外,张洪池舌头在酒杯上发出轻轻的咂咂声,从身边取出了两个信封,递了一个给童霜威说:"童秘书长,请先看看这个!"

童霜威拆开信封一看,是一封油印填写姓名的信,下边赫然用蓝色印章盖了一个"蒋中正"的毛笔签名名章。

信是这样的:

童霜威同志台鉴:

  卢沟变起,海内震动。淞沪抗战,坚持三月。举国上下,敌忾同仇。日寇虽挟其重兵利器,席卷千里,浸不可制,但今者抗战烈焰愈炽,敌势渐成强弩之末。胜利可期,端赖万众一心捍我国家民族。台端身在孤岛,守正不阿,可敬可颂。特予慰勉,祈更自重。专此顺颂

大安

蒋中正
中华民国二十八年七月

童霜威读着信。张洪池一边咂酒一边观察他的表情,说:"童秘书长!自从汪逆到了上海后,情况比较复杂。抗日团体在租界

内已难公开活动。而且,其中有不少人已经变节了!像原来上海市党部留沪的常委集体都下了水。中央为了重视上海的工作,成立了'上海统一委员会'领导反汪抗日。统一委员会,开了一批守正不阿者的名单,电请分别用蒋委员长或中央党部秘书长吴铁城名义发函慰勉。您是属于用蒋委员长名义慰勉的。非重要知名人士,分别由统一委员会或国民党上海市党部名义去函致慰,动摇者则用锄奸团名义发去警告信。这样,会有利于上海的稳定。您看了这信,该很高兴吧?很光荣啊!"

轻轻的乐声忽起,奏的是中国的广东音乐,旋律神奇,凄凉。从帘角缝隙中向外看,有一对年轻的外国男女离座正随着乐声在厅中央起舞。没有鼓声指挥舞步,只有随意的舞步在抒情的音乐中觉得一种有节奏的契合。

童霜威听着张洪池的话,心里十分复杂。此时此地,接到这样一封信,尽管是油印的,确实使他有些动感情。尤其是把他当作重要人物,由蒋介石署名慰勉,更使他不无欣慰。他本来对张洪池在电话上说的李士群请吃饭的事要作解释的。现在看来,那是张洪池在电话上有意刺激他的,不必太介意了。但也自警惕,觉得他们干这一行的消息实在灵通。又一想,"七十六号"的大小头目,听说大部分都来自"中统"、"军统",他们历来总是"敌中有我,我中有敌"的。好在自己问心无愧,也不怕弄不清的,因此说:"是啊是啊,我虽是日本留学生,但丧失气节、背叛国家民族的事,是十分鄙视也永远不会做的!"说着,将信揣入口袋,问:"你今后,就留在上海了吗?"

张洪池忽然似笑非笑,将攥在手里的另一封信递给童霜威,用叉吃着冷盘里的熏鱼说:"这是叶先生上月特地写给您的亲笔信,请您过目。"

童霜威像被针一刺,心里十分不悦,暗想:又有什么麻烦事呢?……从信封里抽出信笺来看。

信,确是叶秋萍的手书,写的是:

啸天我兄伟鉴:

香江一别,时切驰思。张化龙兄来沪经商,诸事请兄推情鼎力相助。特嘱其趋前面聆教益并致拳拳,诸事由其面陈,请多指点。言不尽意,专此敬颂

大祉

弟 萍

民国二十八年七月

张洪池大口吸烟,说:"我来之前,叶先生说,您是坚贞之士,我到上海有些事一定要恳切拜托,请您支持。运用您各方面的关系,掩护我们在沪宁一带活动的同志,尽量不使遭到破坏。如万一有同志出事被捕,请您要设法营救。叶先生让我向童秘书长转达中央的德意,请您以党国为重,为反汪抗日多出点力。"

童霜威扇着风扇,仍出汗不止。喝了一口白兰地,苦涩得很,紧张地想:真糟!竟要让我来给他们做特工了!我岂干得了这种事?只要一插手,问题就麻烦了,杀身之祸也来了!声音都变了,说:"呀,这些事我干不了的呀!不是不干,是干不了!我在上海哪有这么大的本事?心里支持,是毋庸说的。可是要我掩护、营救什么的,缺此能耐,答应了是空的,要误事的呀!"

张洪池喷了一口烟,呷了一口酒,用两只好像生气的眼睛瞅着童霜威,说:"童秘书长,我什么都了解得清清楚楚了。只看您肯不肯出力支持。方立荪是丁啸林的门徒,在上海兜得转,现在同盛老三独家经营毒品,日本人是他后台,大发国难财,这且不说。您同汪精卫过去不错,您同谢元嵩很亲密。'七十六号'李士群对您也很捧场。"

童霜威连忙分辩:"我同李士群没有瓜葛,那是上了当才见面

的。我这人是不做汉奸的,在上海一直与人不来往。"

张洪池点头,说:"这我们清楚,不然也不敢找您。但您完全可以利用一些关系做点反汪抗日的事嘛!您不要怕,如果上海待不住了,可以去重庆,我们可以打电报联系,保护您去。"

童霜威急切地说:"我正想走!现在的问题是:我内人不让我走。但我决定不管她了!你可否替我联系一下,并为我筹措一笔款子作盘缠?我马上就想先去香港!"

张洪池摇头笑笑,说:"童秘书长太……了!您岂是个连旅费都要我筹措的人?我的意思:你以后要去随时可以去,包在我身上。但现在,我刚到上海立足未稳,还要仰仗您的掩护帮助。您走了,我怎么交代?叶先生知道了也是不高兴的。"

童霜威明白:遇到了张洪池这个扫帚星,甩是甩不脱的,既不能得罪他,又不能拒绝他,只能答应下来。我干不了就是干不了!话早说在头里了,将来谁也怪不了我。心里想着,叹一口气说:"好吧,既然一定要我这样,我只能尽力而为。但我有家室,身体不好,目标也大,你事事要小心谨慎。"

张洪池点头:"好!一言为定!请喝一点。"他举起酒杯。

童霜威也只好勉强地举起酒杯,将苦涩的酒倒在嘴里。

第二卷 帘卷秋风,意外遭逢

(1939年9月—1939年11月)

> 战争年代的经验是无穷无尽的。回顾过去那段历史,至少,可以使我们懂得:人类必须阻止战争,如果发生了无法阻止的侵略战争,惟一的办法就是努力战胜侵略者!
>
> ——摘自创作手记

一

　　暑假里,九月一日那天下午,童家霆和程心如、余伯良三人匆匆赶到在爱多亚路和天主堂街相交处的《大美晚报》馆去。那儿算是法租界,有安南巡捕站岗。

　　三人心情都很悲壮,因为《大美晚报》副刊《夜光》的编辑朱惺公果然被暗杀了。

　　八月三十日下午四点多钟,当朱惺公从家里出来,去报馆上夜班,经过每天必经的天后宫垷塊时,有三个早已埋伏在那里的穿短打的暴徒,从路边突然蹿出来,其中的两个强行抓住朱惺公的两臂,另外一个"啪"地开枪打死了朱惺公。朱惺公遭杀害倒在血泊中,年仅三十九岁。

　　朱惺公早知道自己生命的危险了。自从六月中旬,他接到七十六号署名"中国国民党铲共救国特工总指挥部"的恐吓信后,除了用公开信答复了汉奸特工总部,表现了中国人的民族气节外,六月二十九日,又写过一首七绝明志,发表在《夜光》上,诗中有"懦夫畏死终须死,志士求仁几得仁?"的句子。其实,大多数人都知道朱惺公并不是共产党人,他仅仅是为了爱国。现在,他终于被日伪特工用"铲共"的名义把他当作抗日反汪的共产党人加以暗杀了。

　　他死得壮烈。他的被害,激起了上海人民的义愤。各界人士都纷纷前去捐献赙金、赠送挽联,并去报馆和殡仪馆吊唁。

　　三个年轻人凑成了一副挽联,买了两幅素绸由家霆挥毫写了一下。三人又凑了二十元,一起送到报馆给朱惺公的遗属。

挽联写的是：

> 黄浦江畔哭义士，死为鬼雄，先生应升天堂；
> 上海滩头恨暴徒，生是人渣，汉奸该下地狱！

挽联并不工整，但表达了三个年轻人的感情。

《大美晚报》门口，罩着铁丝网防止暴徒扔手榴弹或冲进去袭击，有几个保镖的站在那里，气氛紧张。送挽联和赙金来吊唁的人很多，都不能进去。家霆和程心如、余伯良挤到前边，在一张桌子前面把挽联和赙金递了进去，领了收条，在吊唁的签到本上签了名，又一起挤出来。

马路上，很热闹。卖晚报的小孩在沿街叫喊。卖蟹壳黄和生煎包子店的门口挤着顾客。路边，来去匆匆地走着男男女女的行人。

程心如义愤地说："听我爸爸说，明天《大美晚报》中文、英文版要同时刊登一封致汪精卫的公开信，要这个大汉奸对朱惺公被暗杀公开表明态度！汉奸真是卑鄙透了！"

余伯良说："心如，要叫你爸爸小心！我看，'萝卜头'①和'七十六号'对《大美晚报》还要下毒手的！"

家霆点头，叹口气说："人总是要死的，能像朱惺公这样死，就不算白死！"他睫毛下的黑瞳仁忧郁炽烈，透露出恳切和纯洁。

程心如也慷慨激昂，说："活着像条狗，倒不如勇敢地死得像个顶天立地的中国人！"他淳厚、朴实，棱角分明的脸此刻深沉冷静，深邃的眼睛隐藏着全部激情。

家霆突然想起了最近正在阅读的《神曲》，说："我最近在看但丁的《神曲》，但丁让施暴力于邻人者和大叛贼都下了地狱，在地狱里受苦。我想，将来总有一天，中国人会同侵略者和汉奸卖国贼算

---

① 萝卜头：上海人当时蔑视地把日本侵略者叫作"萝卜头"。

账的!"

程心如有独到见解地说:"坚持抗战,实际就是同他们算账,天天在同他们算账!"

马路边的人像潮水。大都市的五光十色、丰富多彩与行人脸上那种冷漠、疲劳、陌生交汇,使人在喧嚣的市声中,依然会产生一种凄寂、孤独的感觉。三人一路走一路谈,顺着爱多亚路回去。走着走着,忽然听到路旁一家糖食店里有人在喊:"童家霆!"

家霆抬头一看,店里出来一男一女。男的短小结实,梳的西装分头油光闪亮,穿一套进口料的做工讲究的米色西装,打条红花领带,是绰号叫"皮猴"的谢乐山。那女的素净自然,不用一点脂粉唇膏,美得非常骄傲,穿的是月白色印度绸旗袍,一双镂花灰色皮鞋,乌黑的头发齐到颈际,风韵地翘起尖角贴在耳下。仔细一看,认出来了!她不是欧阳素心吗?两年多不见,怎么长得这么高了?她越发美得惊人了!周身像飞溅出吸力似的引人注目。

遇到老同学了,家霆心里又高兴又激动,对程心如和余伯良知心地说:"你们先回去吧。我的两个南京时代的老同学,我要同他们谈谈。"程心如和余伯良点头走了。家霆迎上前去,热情地说:"啊呀!没想到会在这里遇到你们俩!"也不知为什么他见到欧阳素心竟会这么兴奋。欧阳素心绽着笑影的嘴唇,明亮的眼波,碰撞着他的感情,惹起了他一种无法说出来的心理变化。

欧阳素心微微在笑,亲热地说:"童家霆,听谢乐山说你在上海,问他你的住址和电话号码,他说记不得。没想到这么巧我刚才一眼就认出你了!"同谢乐山站在一起,更衬得家霆的身材和气宇出色,欧阳素心玩笑地说:"哈哈,你从小人国里跑出来了!长高了!变样了!"

家霆笑了,说:"是吗?你也不是小人国的臣民了!我们都长大了!"

三人站在马路旁边,人流拥挤。谢乐山不耐烦地说:"走吧走吧!老同学见面不容易,我请客,先吃晚饭,再去跳舞!到扬子舞厅,离这近些,好不好?"

欧阳素心开朗地笑他:"你真是舞迷,动不动就要上舞厅!"说了,摇头瞅着谢乐山笑。

家霆也摇头,说:"我不去!我不会跳狐步舞什么的,也不愿去舞厅!"他心里想,如你们要去,我就回家。

谢乐山不满地皱起鼻子说:"何必扫兴,我请客嘛!给个面子吧,不要老古板!"他摊开双手耸耸肩膀。

家霆笑着打退堂鼓说:"你俩去吧!"他对欧阳素心说:"给我你的地址,我以后来看你。"

欧阳素心忽然出了好主意:"谢乐山,这样吧!你去跳舞。我今天已经被你拉着逛了两个小时了!我和童家霆久不见面了,我同他逛逛马路谈一谈。"她用小手绢拭拭眉心。

谢乐山不高兴了,蹙眉说:"那怎么行?"

家霆也出意外,没想到欧阳素心会出这么个主意,心里产生好感,但不愿让谢乐山不愉快,只好闭口不语,只是微微带笑,听其自然。

谁知,欧阳素心十分任性,说:"谢乐山,怎么不行?先前没碰到童家霆,你已经说了四次要去跳舞,刚才又说了一次,为什么让你去跳你又不去了呢?你去跳你的舞,我和童家霆荡荡马路,各有各的自由,多好!我喜欢说话算数的人!这件事,就这么定了!"说完,莞尔一笑。

谢乐山尴尬地看看欧阳素心,又看看家霆。欧阳素心说得认真,家霆脸上平静。谢乐山难以舍弃地说:"那,欧阳,明天我再找你!"

欧阳素心点头:"可以,先通电话吧,好不好?"她有点骄傲,反倒变得脸上更光辉美丽了。

谢乐山对家霆拱拱手:"欧阳就拜托给你了!"

家霆窘得还没顾上说话,欧阳素心"哟"了一声,说:"'皮猴'!笑死人了!你说这什么意思?我同你是老同学,同童家霆也是老同学!要你拜托他干什么?"她一生气,脸微微绯红,说:"走,童家霆,过马路去,陪我逛逛,我们好好谈谈!"刚才她那几句话,够谢乐山受的。弄得谢乐山像撒了一脸灰。这时,她倒也不冷落谢乐山,对谢乐山说:"好好去跳舞吧!祝你快乐!"她挥挥手用上海话讲了一声:"再会!"迈步要走。

家霆明显地感到谢乐山的不愉快,说:"欧阳素心,我们三个一块儿谈谈吧!"

欧阳素心任性地笑笑:"何必呢?君子一言,驷马难追!我不喜欢说了话不算数!"她迈开了步。

谢乐山怕得罪了她,反倒结结巴巴地说:"我去跳舞!你们,你们逛逛谈谈吧!"又做着手势高声向欧阳素心说:"明晚,我打电话给你!"他的耳朵、脖子都变红了。

就这样,家霆和欧阳素心过了马路,看见谢乐山叫了一辆人力车坐上向西去了,他俩就也一边向西走一路谈起来。她的步态和气派从容、矫健,风度翩翩毫不做作。

马路上人很多。黄昏时分,电车、公共汽车、轿车、人力车……格外拥挤。穿洋装的、穿长衫的、穿旗袍的行人也来来去去更加匆忙。商店有播放歌曲的,也有播放申曲、京戏的。十字路口,巡捕开关着红绿灯。繁华的街角发生了一起打架的事情,围着一堆人看热闹,有巡捕过去大声干涉。

家霆感到飘飘然,说:"欧阳,前年十一月底,我随父亲到了武汉。在汉口,有一天,看到一辆汽车在路上驶过,里边坐着的好像有你。那时候你在汉口吗?"

欧阳素心笑了，笑得可爱，凝眸望着他说："是吗？"她心里算了一算，兴奋地回过脸说："嗨，真可能是我呢！在武汉！后来轰炸厉害，去年春天我们就经香港回上海了。"

家霆遗憾地说："要是在武汉我们就会见了，多有意思！"有一种迷惘充溢着眼睛。

他的潜台词是什么呢？她想。她看着家霆：这个她在小学和初一就感到是个"好人"的男同学，现在长得这样漂亮，这样挺拔英俊，真是她想不到的。尤其是两只坦率明亮的眼睛她更欢喜。她也说不出为什么对他竟有这么多的好感。她笑笑，说："现在碰到就没意思了吗？"

家霆笑了，感到自己刚才的话可笑，说："不，现在当然更有意思了！"他怕话说得过头了，又补上一句："从离开南京的学校到今天，我一直在想老同学，真没想到在上海能遇见你。"话里透着衷心的喜悦。

一家卖咖喱牛肉汤和生煎馒头的小铺里散出诱人的香味，该是吃晚饭的时刻了，家霆忽然着急了：袋里一共只有几角钱碎毛票了！零用钱已经全部拿出来凑成赙金送给朱惺公的遗属了。同欧阳素心现在一起走，晚饭怎么办呢？总不能第一次就让她请客呀！太糟糕了！怎么办呢？一想，有点局促不安了，心里老在嘀咕：怎么办？怎么办？

他神不守舍心里有事的神态，立刻被欧阳素心发觉了，想：他怎么啦？突然好像有心事呢！她站定脚步直率地说："你怎么啦？你好像是在想什么？"

家霆尴尬地笑了，他不想说谎，说谎解决不了目前的困境。他坦率地笑着，露出一口洁白的牙齿："我和两个同学刚才是从《大美晚报》馆回来。我们给被暗杀的朱惺公送了赙金，钱都凑到赙金上去了。现在，我口袋里只有几角钱！同你在一起，我在想，是吃晚饭的时候了,我该请你到哪里去吃点什么,但怎么办呢?……"他爽朗而窘迫地笑了,却襟怀坦白,虽然脸上有红晕。

听他一说,欧阳素心高兴地笑了,笑得快要落眼泪,用一块浅绿色的小手帕捂住嘴说:"怪不得你丧魂落魄呢!是为这啊!你一定是怕我把你当作守财奴、小气鬼吧?老同学见面,连请吃顿晚饭都舍不得掏钱!铁公鸡,一毛不拔,是不是?"

家霆笑着说:"我不是老老实实告诉你了吗?"

欧阳素心停止发笑,点头说:"对!我喜欢你的坦率和真诚。走!我来安排行程。我们先到霞飞路上吃晚饭,然后,你到我家去坐一会儿。"

家霆高兴地说:"好!"她那美丽的眸子像两汪清洌的深潭,使他想探探底蕴。他乐意多跟欧阳在一起待得久一些。也不知为什么,他感到自己确实喜欢她,感到欧阳也似乎很喜欢他。他心头充满欢乐,把先前去吊唁朱惺公时的那种悲痛心情冲淡了不少。

一辆空三轮车从路边经过。这种车估计将来是一定会代替黄包车的,但目前还少,车价也贵。

欧阳素心招呼三轮车夫过来,说:"霞飞路、环龙路口。"没讲价钱就同家霆一起上了三轮车。

天逐渐暗下来了,比白昼时凉快了。坐在三轮车上,沐浴着微风,家霆感到一种历来少有过的幸福。他把自己在抗战爆发后的全部经历扼要地讲给欧阳素心听。讲到安徽南陵,讲到武汉,讲到香港,然后讲到上海。……他看到欧阳素心的脸型和眉眼,想起了金娣。想起了金娣忽又觉得自己同欧阳素心更亲近了。讲完了,他问:"欧阳,我记得你父亲好像本来是在海军里的,他怎么也到上海来了?"

欧阳素心无事端端地微微叹了一口气,说:"他的事我管不了!我们是福建闽侯人,他做过海道测量局局长和军政部海军署海政司长,但实际不是军人,后来又做了财政部税务署长。抗战爆发,他带我到了武汉,但上海家里去信要他回上海,他就辞了职带我经香港回上海来了。"

家霆惊讶地说:"呀,你的经历跟我差不多呢!"

欧阳素心苦笑笑:"简直一模一样。你想不到吧?我也是继母,我的妈妈早就死了。"

家霆正要问问情况,三轮车已到霞飞路环龙路口了。

欧阳素心说:"到了!下车吧。"她同家霆走下车来,她付了车钱,说:"走!这附近,有家白俄开的罗宋西菜馆,叫'白拉拉卡',我们去吃罗宋大菜,好好谈谈。"

"白拉拉卡"罗宋西菜馆在附近。门面不大,里面挺洁净。雪白的台布,瓶里插着鲜花。吃西餐的人不多,有些座位都空着。一进门,扑鼻而来的是洋葱、土豆、卷心菜、牛肉合煮的罗宋汤味,诱发人的食欲。

一个肥胖、脸上多皱的白俄老太太上来,用洋腔洋调的上海话问吃些什么,递过菜单。欧阳素心点了两个汤、两个冷盘、两个猪排,外加咖啡和白脱、果酱面包,说:"同你在一起,感到话说不完;同谢乐山在一起,我也说不清为什么竟好像无话可说。其实都是老同学。"

留声机轻轻放着音乐,似乎是特意为他俩放的。那是奥地利作曲家弗兰兹·舒伯特的《小夜曲》,绚丽、清新,充满了诗意。听着音乐,叫人情意绵绵。

家霆觉得不应当在欧阳面前说谢乐山不好,没有做声。他其实对谢乐山也有看法,觉得"皮猴"变化很大,浮华、庸俗,但他隐约感到谢乐山是在追求欧阳,正因如此,说谢乐山的坏话,就不道德了。他沉默着,陶醉似的欣赏着音乐,眼睛明亮起来,心扉像被优美的音乐敲开了。

欧阳素心看着他,说:"咦,怎么不说话呀?我明白,你一定是想:我可不能说谢乐山不好,他是我从前的好朋友!再说,看样子,他在讨好欧阳素心……是不是?你说!"她有点顽皮地瞧着他。

家霆笑了:"你简直像钻进我心里看过了!你知道,我是不喜欢背后说老同学坏话的。"

欧阳素心也笑,说:"你这个人可交!但老同学之间,为什么不能坦率点真诚点呢?我刚见到谢乐山,很高兴,对他也很热情。可惜接触了几次,发现他是一个花花公子,搽香水、涂雪花膏、抹生发油、吹口哨、抽香烟、跑跳舞场,我就讨厌他了。他又是一只绣花枕头,连鲁迅姓周也不知道,看报纸只看电影、舞场的广告,他没有思想,没有灵魂,不好好读书,只知吃喝玩乐。他父母舍得给他钱乱花。上海这种花花世界,必然容易使他成了现在这样子!我惋惜他!他一见我面,就夸我漂亮。前天给我写了一封肉麻当有趣的信,别字连篇,总缠着要我跟他去跳舞,像橡皮膏似的黏在身上甩也甩不掉!我坦率地对他说:'老同学嘛,一起谈谈玩玩叙叙从前的事不是很好吗!别的少乱想!'可是他不听!"她又摇摇头。

家霆认为欧阳素心的话符合事实,但他还是不愿意背着谢乐山在欧阳面前说谢乐山不好,岔开话题说:"欧阳,见到你我真高兴,想起了在南京学校里时的许多事。你想念南京吗?"

白俄老太太端来了飘满番茄汁红油的罗宋汤和各色冷盘、面包等放在桌上。她走后,两人边吃边聊。

欧阳素心遐想地说:"怎么能不想念呢?那时,我们家住在中山东路上,像现在这种天气,南京仍很热,夜晚我总是在花园里的大树上拴起绳索,吊起珠罗纱蚊帐,用竹榻睡觉。我有时躺在竹榻上看着天上的月亮,数着天上的星星,幻想着电影《仲夏夜之梦》里的仙境。夏日,爸爸带我去白鹭洲打猎!满地是碧绿的芦苇。他喜欢用双筒猎枪打鸟,能打到野鸽子、白鹭,也能打到野鸭、野兔。

我嫌他残酷,还同他撒娇吵闹。可惜,和平的日子一去不复返了!听说南京沦陷被屠杀得很厉害,白鹭洲江面上尸骸飘浮、尸山血海,残酷极了。我家的房子也在战争中毁了!"

家霆神往地说:"不知哪天能再回南京?抗战一定会长期坚持下去的。说来也怪,仅仅两年出头,我却好像过了五年、十年,我们也都在战争中长大了。"

欧阳素心吃着冷盘中的"色拉",说:"现在回想过去,觉得那时候是那么小,那么不懂事。其实,也不过小两三岁。可是现在,我却觉得自己是成人了。"她的眼神沉入过去,"小时候,真快乐!学校门口有捏面人的,校园西边有棵老桑树,结的桑葚又紫又甜,我偷吃过,你呢?"

"哈哈,我也偷吃过,吃了连嘴唇都是紫的。那时,你打过辫子,也梳过日本式的童花头,额前有'刘海儿'!"

"那时,你爱笑,走起路来,胸老是挺挺的。"

"那时,你跟别的女生不一样。你大大方方从不忸怩,也从不推推搡搡。老师都喜欢你!"

欧阳素心开心地笑了,说:"我跟谢乐山现在同校。我同你一样,比他低了一年,暑假后他是高二,我才是高一。其实他从不好好上课,学校因为校舍挤,半天上课,分上午班和下午班。我同他在一个学校,互不知道。直到两个月前他才找到了我。听说你那个学校不错,我转到你的学校里来我们在一个班上课好吗?"

家霆欣喜地点头,说:"好极了!"他从欧阳的话里听出,她有逃避谢乐山的意思。

冷盘里的酸黄瓜太酸了,欧阳素心把黄瓜留下不吃,说:"你还记得在南京学校上初一时,我们一起演剧跳那个舞蹈的事吗?"

"哦,"家霆眼睛亮了一下,像在追忆一个美丽又远在天边的童话。那次,在同乐会上,音乐老师让他和欧阳素心两人跳一个名叫

《睡狮,醒来吧》的舞蹈。家霆穿一条红短裤,上身斜披一块兽皮,佩短刀,演睡狮。狮子沉睡不醒,林中的豺狼虎豹都出来蠢动,讨论要分食狮子。狮子仍沉睡不醒。欧阳素心饰演林中仙子,穿白纱衣,戴花环。她飘飘欲仙地舞着出现在狮子身边,用歌声唤醒狮子。她手腕和脚踝间系着小铃铛,舞姿和歌声、乐声、铃声和谐协调。她舞完唱完,睡狮醒了,手挥银亮的短刀跳起舞来,英武健美。豺狼虎豹狼狈逃窜。……家霆叹息地说:"那怎么忘得掉!那次,你的舞蹈和歌声真美。"

欧阳素心特别喜欢家霆讲话时的丰富表情。随着话声起落,家霆那对黑眼睛里闪烁着激情,奔放着旺盛的朝气,她说:"在南京学校里时,我一直觉得你这人不错!"她那双眼睛好像老跳动着一种希望的火苗,使人看了动心。

白俄老太太又端来了刚煎好的猪排,溢出肉香。她撤走了空盆、空盘。家霆凝视着欧阳素心,问:"为什么呢?"他注意到她有修长的睫毛。

"有一次,排《睡狮,醒来吧》的时候,我手在窗户的钉子上划破了一个大口子,血直淌。音乐老师恰好不在,我哭了。那时男生同女生多讲话要被同学笑的。你没有顾虑这些,你叫我不要哭,马上跑到医务室给我拿来了红药水和纱布棉花,给我包扎。你还记得吗?我当时真感激你,可什么都没有说。连一声谢谢都没有说。"

家霆记得,想不到的是这件事欧阳会一直放在心上。此刻,同欧阳在一起,他感到一种生活的欢乐。

留声机上的乐曲放的是舒伯特的《圣母颂》,圣洁、高超、悲凉,似乎更促使人们去勾起回忆。不信耶稣教的人,也会喜欢这曲子。

欧阳素心用刀叉切着猪排,说:"有一天下雨,在校门口,我见到你站在那儿不知等什么人。后来,才听说你拾到了一个钱包,在等候失主。失主来了,是个初二同学的父亲。听说钱包里有几十元,那家长拍着你的肩膀说:'好学生！好学生！'去找级任老师,夸奖了你!"

这件事,欧阳不提,家霆早忘了。她一提,看她说话时那种富于感情的表情,家霆感到温暖,不禁想:呀,看来,在南京时,我们虽然都还小,却互相都在关心。我那时喜欢看看她,也喜欢同她说说话,很注意她的一切,想不到她也是这样,忍不住说:"欧阳,我对你的印象也很好。还记得吗？我们常交换些书看。我借过一些书给你,你也借过书给我。你的书总是干干净净的。"刹那间,从前在南京学校里的生活又回来了。

"我到现在仍喜欢看书,心里有了苦恼,就在书里寻找提神的办法。中外文学名著、历史、传记、哲学……什么都看。"欧阳素心忽然由开朗变得有点郁悒了,问:"你呢？"

西菜店里来了一伙青年男女,五六个人,谈笑风生,坐到远处一个桌子上。白俄老太太将两杯咖啡送来,转身去招待客人了。

"我也一样。"家霆端起咖啡杯,不禁想:咦,她有什么苦恼呢？家庭条件是优越的,本人条件又好。转瞬又想:啊,她的生母已经不在,现在是继母。她的弟妹一定也是继母生的。她同我一样,我不也有时心里很不快活吗？一想,更同情她,也更喜欢她了,点头说:"喜欢看书,什么都看,但主要还是喜欢看点小说、杂文、诗歌。"他讲了一些中外大作家的名字和名著,问:"你呢？"

"一样！"她抿嘴笑着点头,"我们可以常常有更多的话好谈了！你知道,我有时很寂寞,非常寂寞。但以后,也许我不会再那么寂寞了。"

家霆喝一口咖啡,咖啡质量不好,没有香味。他觉得她像一块磁铁,吸引着他,打趣地说:"为什么说'也许'呢？"

她一小口一小口地呷着咖啡,说:"因为,有时候,发自内心的寂寞可能不是别人能够代为消除的。"

"有些什么苦恼与寂寞这么沉重呢？"家霆看着她那美丽而带着郁悒的脸，充满着热情和关切地问。这张脸先一会儿是十分开朗、幸福的。

她微微一笑，喝了一口咖啡，站起身来，说："走吧！上我家去再谈一会儿。"

她付了账，陪家霆走出"白拉拉卡"到门外。天已黑了。霞飞路上有零落的汽车尾部亮着红灯来往行驶。商店的霓虹灯夜招和广告在眼前闪烁着色彩变幻着形状。路边人行道上行人很少。天，有雨意。他俩准备转弯向环龙路上走去。

一个穿得破烂的八九岁的女孩上来乞讨。欧阳素心从皮夹里取出钱来亲切地递给了小女孩。小女孩谢着走了。她看着小女孩的背影，叹口气说："有时，我看到这种事就难过。难过时，我带上零钱沿霞飞路走过去，一路施舍，直到把钱全给光才慢慢再走回家来。可我没法使所有的穷人都变富，这么一想，心里又压抑了。"

他觉得她心好，真是一个可爱的少女，不由得用一种流露出深情的眼光看着她。

走了几步，他突然问："你将来上大学想学什么？"

"学医，或者学艺术、学绘画。"

"为什么？"

"医，可以给人解除痛苦；艺术和绘画，可以给人美。"她反问他："你呢？"

"想学文科，最好做一个朱惺公那样的新闻记者！"

她笑了："人真奇怪，即使一样的事，也会有各种不同的想法。"

天黑黝低沉，雨意更浓。突然，一个卖报的小孩声嘶力竭地叫着从后面跑了过来，一面跑一面大叫："号外！号外！要看希特勒进攻波兰的重要新闻！……号外！号外！德国闪电战三路夹攻，美国和法国要向德国宣战！"

家霆"哎"了一声,心里一惊,上前截住卖报的小孩,掏钱买了一张"号外"。欧阳素心也上来紧挨着他注目阅读那张号外。一种对战争的不安的感情,在两人心中同时激荡。

就着街灯橙黄的灯光,看到用大号铅字排印的号外,是一则路透社电讯和一则合众社电讯,内容相似,正是卖报的小孩叫喊的那样。

家霆和欧阳素心靠着街灯的光,读完了号外上的电讯,默默移步。卖报的小孩已经远去,买号外的人很多,有的边看边走,有的喊喊谈论,路人的脚步似乎更匆匆了。家霆一时还意会不到欧洲战争的爆发会造成怎样的后果,但从电讯中已经闻到了浓烈的火药味,感觉到了枪声、炮声、炸弹声……坦克和飞机的驰啸,妇女和儿童的哭泣,死亡与鲜血的呈现。顿时感到有一股滚滚战争暗流正掀起惊涛骇浪。它冲击着欧洲,必然也要震荡到亚洲,震荡到中国。……他不禁吁了一口气,心揪紧了。

欧阳素心声音很不平静:"唉,这世界,人好像疯狂了!战争真像一只能毁掉一切的野兽,像一场杀人遍野的瘟疫!从东方到西方,都在听任战火蔓延!人为什么不能用爱来代替恨?用和平来代替战争?用宽恕来代替杀戮呢?"

他们在环龙路上慢慢向前走,欧阳素心带着路。家霆看着欧阳素心的脸。夜色中,她的脸显得苍白。他听得出她的话发自内心,所以十分动人,但他并不认为她的话正确。抗战爆发后,他在颠沛流离中也觉得战争的可怕与可恨,却清醒意识到发生在中国的这场战争是日本帝国主义者强加到中国人头上来的。如果不抗战,意味着亡国,意味着听任敌人屠杀蹂躏。从听到南京大屠杀的消息后,他更坚信这一点。现在,住在上海租界上,靠着租界庇护,这"孤岛"上并不是前方那样的战场。可是战争正在用另一种形式在进行。能使人感觉到,战争不但在进行,而且很激烈。像朱惺公这样的人就是为国家民族战死的勇士。暗杀朱惺公的,正是敌人——日本帝国主义者和汉奸。爱和平,是一回事;有没有可能,又是一回事。欧阳素心的感叹现实吗?当然不!

家霆忍不住把心里想的讲了,最后说:"欧阳,你的期望是好的,可是日本鬼子杀了我们那么多同胞,我无法爱他们!我的小叔战死在南京,这仇我要报!日本鬼子侵略中国发动战争,要我像汉奸那样去同他们讲和平,也办不到!现在,只有汪精卫之流才叫喊和平,那是假和平!不含善意的和平!爱国者只有坚持抗战这一条路!"他说这话时,十分激动,热血沸腾。

"你认为打仗是好事?"她立定了脚步,脸上表情严肃。

他皱皱眉:"打仗当然不是好事!但日本打你,你不打他怎么办?我恨死日本鬼子了!"他率直、热情,生气勃勃。

欧阳素心像被火烫了一下,纠纠眉,又像忽然克制地说:"人如果都是像你这样,战争就只能连续不断。要都像我这样,也许人类才能有和平与幸福。"

家霆不愿让气氛过于严肃,微笑着说:"在战场上,不是你杀他,就是他杀你!如果面对凶恶的敌人,他要杀你了,你怎么办?让他杀?不还手?"

"你是雄辩的!"欧阳素心笑笑,笑得勉强,"我不是说日本没有侵略中国!也不是说中国不该抗战!但我希望消除仇恨,换成和睦。为什么日本人一定要侵略杀戮中国人,而中国人一定要仇恨报复日本人呢?不能再播种仇恨了!你不要也不该消灭我这种爱的信念,倘若人类没有爱只有仇恨,绝不是人类的福气!人类应该相爱,人类需要和平,这没有错!"说完这些,她又继续往前走去。

黑暗中家霆明显地感到,欧阳的脸由于激动一定显出了淡淡的红晕。他本来可以再辩下去,却决定不再多说。辩论的题目太严肃了!他觉得这一会儿两人之间谈话的气氛不如先一会儿融洽甜蜜了。他不愿意再使气氛变坏。欧阳素心十分可爱,也十分任性。她有自己的主见,一时是不容易改变她的。他们走在环龙路上,有一幢西式房子的楼上,传出了悠悠的钢琴声,窗户里露出白色纱窗帘和灿灿的灯光。琴声在夜空中打着旋,显得缥缈、空灵,又带着伤感,使人能想起悲伤的事。他们都默默无语。

欧阳素心带家霆走到一幢假三层的花园洋房的黑铁门跟前了。这幢讲究的法国式洋房,二尺多高的矮围墙上围有带着尖镞的铁栅栏。他明白到了欧阳的家了。这幢洋房在沉沉的黑暗中,楼上楼下有些房间亮着灯。他发现欧阳素心似乎仍沉浸在一种不愉快的情绪中。他忽然决定如果她热情邀约,就进去坐坐;如果她不热情,就不进去了。

他朝天上看看,上下四方的黑暗,有一种不可解脱的沉重的压力,快要下雨的气氛更浓了。

他说:"欧阳,我将你送到家了,你进去吧!"

"你不进来了吗?"她问,看不清她的表情。

"不早了,我下次来看你吧。"他回答,心里等待着她邀约。他不能不承认,同她在一起,灵魂能得到最大限度的和谐与共鸣,"天快下雨了。"

"好吧。"她说,"我今天也有些累了,你是否能把电话号码和地址给我呢?"

他告诉了她电话号码和地址,也问了她家里电话的号码。看着她揿了一下门上的电铃,就同她说了声:"再见!"

他也说不清自己为什么要这样。其实他心里并不愿意匆匆就离开她。她脱俗不羁、纯洁美丽的神情和她那双跳动着希望的火苗的眼睛,使他心神震撼,再也忘不了。他走到电车站时,下小雨了,柔和而缠绵,恰似他心头的感情。

二

　　一连两天,童家霆都没有接到欧阳素心打来的电话。
　　他清醒地发现自己缺少不了她。难道这就是初恋吗?
　　那晚的仓促离开,而且是在不太协调的气氛中分别,使他心里遗憾。他怕自己在说不清的一种心态中伤害了她的感情。她一定是非常高傲的,甚而任性得有点无边无际。他回想,那天重逢后她是很喜欢他的。难道刚见面,只不过争论了几句不应造成气恼的话就会从此分手?他有些后悔由于自己的矜持,当晚的告别过于草率和生硬。应该想法弥补,他想:如果再等两天仍接不到电话,我一定打电话去,约她见面,或者径直在夜晚到环龙路她家那幢矮墙上有尖镞铁栅栏的洋房里去找她。
　　下午五点多钟,从学校里回家后,他在后门口厨房里的桌上看到搁着他的一封信。厨师傅胖子阿福粗声粗气地说:"有你一封信。"
　　这厨师傅有点势利。他接过信来,想:谁来的信呢?难道是欧阳素心?拆开信来,意外地看到是舅舅柳忠华的信,他激动得几乎想叫起来。
　　信很短,写的是"我已到沪,望即来看我。接信后三天内每日傍晚到沪西开纳路永康纱厂劳工夜校找杨秋水",下面署名是"忠华"。
　　家霆无论如何想不到在香港《港声报》做记者的舅舅怎么突然又在上海出现。看了信,心里怦怦地跳,决定马上到沪西开纳路去一次。他上了二楼。方老太太房里仍是一桌麻将,噼噼啪啪的牌声夹着谈笑声。他进自己的住房放好书包,见戏迷表哥方传经不知从哪里借了一件鱼鳞甲戏衣穿在身上,脚上蹬着有大红穗子的彩鞋,正拿了把宝剑在房里学舞剑。见他回来了,传经逗能地说:"来来来,家霆,你来得正好!我们票房要彩排《霸王别姬》,你来看看,我这虞姬的扮相怎么样?"

戏迷表哥长了两个朝外伸的门牙,唱青衣扮相难看。他刚找医生拔掉了门牙,还没安上假牙,一说话就露出两个血窟窿,看了恶心。也不等家霆回答,他已挤压着嗓子道白了:"大王啊!自古忠臣不事二主,烈女岂嫁二夫?也罢!愿借大王腰中宝剑,自刎于军前,喂呀——以报深恩!"说着,用宝剑要自刎。

家霆心里有事,不想再看他忸忸怩怩,说:"马马虎虎,不过你的门牙得赶快装!"说着,赶快向对面童霜威的房里走。

童霜威正寂寞地独自坐在沙发上看书,见家霆回来了,有几分高兴,说:"回来啦?"

家霆将柳忠华的信递过去,轻轻地说:"爸爸,怪事,舅舅来信了!"

"什么?"童霜威惊讶地取出信看,沉吟着说,"他来上海了?"显然也出意外,将信看完,说:"快!快秘密去见见他!看看他有什么事。你到外边馆店里吃点东西直接去吧,他们一打牌,晚饭又不知要几点钟吃了。"

家霆点点头,见童霜威忽又浩叹一声,说:"他一定是赞成我不在上海待下去的。你这个继母呀!自从上次闹了以后,直到今天,对我还是冷冰冰。同她谈走的事,也不得要领。手脚全给她捆住了!我真恨哪!我现在决定:一面继续要说得她同意我立刻走,一面要找张洪池想想办法,让他帮助我走。只是张洪池鬼祟得很,无处找他。今天见到你舅舅,你不妨也对他说说我目前的处境,问他能不能想想办法帮我走。万不得已,我可以带着你走了再说。一是要有笔钱,二是到香港得有个地方先落脚。"

家霆点头,说:"好,爸爸,我走了。"

出了门,步行走到南京路,坐公共汽车到静安寺,又转车到开纳路,路上足足一个多钟点。

沪西开纳路一带,有点冷冷清清。这里有些新开办的小型工厂:火柴厂、电灯泡厂、丝厂、小五金厂……家霆找些工人模样的路人打听,终于找到了永康纱厂的劳工夜校。夜校在一个小弄堂附近的几间平房里,挂着个木头牌子。摆饰简单陋旧。附近倒很安静。

家霆上去,见门敞开着,里边坐着两个女的:一个年岁大些,一个年轻,模样都像教员。家霆走到门边,问:"有没有一位名叫杨秋水的在这里?"

那个三十七八岁光景年岁大些的女教员从一张桌子后面站起身来,说:"我是杨秋水,你姓什么?"她戴眼镜,挺清秀,有一张白得素净、端庄的脸,和和气气。

家霆回答:"我姓童。"将信递了过去,说:"我找舅舅。"

杨秋水摇摇头,说:"不知道这件事,我也不认识这个人!"将信退还给了家霆。

家霆失望,"咦"了一声,说:"奇怪!"见那戴眼镜的女教员盯着自己看,祈求地说:"我有要紧事要找他,他写这信叫我来的呀!"

见他十分真诚焦灼的模样,杨秋水问:"你是一个人来的吗?"见家霆点头,她起身出屋,说:"你跟我来,我给你打听打听。"

家霆感激地谢了她,跟在她身后走,想:看来,她刚才是诓我的。他意会到舅舅这类人做事总是喜欢秘密的。

杨秋水带着他走了一段路,忽然弯进一个又窄又破旧的弄堂里去。进了弄堂,对他笑笑,满怀感情地说:"啊,你就是家霆!都这么高大了!真是光阴似水啊!"又慨叹地说:"你的眉眼跟你妈妈真像啊!"

家霆奇怪地看看杨秋水,想:看来,她也知道我!是舅舅告诉她的?她还认识妈妈呢!

杨秋水亲切地拍拍他的肩膀,又说:"你不知道吧?我是你妈妈的好朋友呢!你舅舅给过你爸爸一张你妈妈的遗像吧?照片是她生前赠我的。我保存了多年,直到见到了你舅舅才给了他的,他又转送你们了。"

家霆心里升起一股敬意,说:"啊,是这样!阿姨,照片我现在保存着。"他真想谢谢这个戴眼镜的眉清目秀的女人。刚见到这女人时他不觉得可亲,但她一讲照片的事,他就觉得她十分亲切了。他想起了去年在香港时舅舅将照片带来送给爸爸的事。他问:"阿姨,我舅舅在干什么?"

杨秋水手一指,说:"他暂时住在这里。"她手指处是一所破旧弄堂房子的后门灶披间。说话间,到了门前,门紧闭着。杨秋水"笃笃"敲了两声,又"笃笃"敲了两声。

门"呀"的一声开了。家霆看到,舅舅柳忠华站在眼前。

啊,生活中的事有时能比小说里写的还奇还巧。在上海租界上,能突然又见到舅舅柳忠华,真使家霆觉得神奇,觉得不可思议。

夏秋之交,柳忠华穿了朴素的灰色旧西裤、白衬衫,显得非常精神,只是干燥、粗硬的黑发、开阔的前额、刚强下撇的嘴角和那执拗、深邃的眼睛,仍同在香港见到时毫无区别。

家霆喜叫了一声:"舅舅!"热情地扑上去抱住了舅舅。他的眼眶湿润了,心里好像有许许多多话要同舅舅讲。

柳忠华笑了,拍着他肩膀说:"我知道你收到信立刻就会来的。怎么样?你好吗?"他嘴上浮着亲切的笑意。

这个灶披间,阴暗、潮湿,现在放了一张简陋的小铁床,铺着席子,有两只板凳、一张破旧的方桌和一些热水瓶、锅碗勺等用具,还有一只熄了火的煤球炉,边上有一堆煤球。估计原来是个什么工人住的,墙角有些五金零件和扳子等工具。墙上糊着旧报纸和发了黄的《良友》画报的画页,还挂着一面破了的镜子。

杨秋水关上了门,打趣地说:"刚才,一见面,他打听你,我说:不认识这个人!你没看到,他那失望的样子叫人有多动心!一看他那两只眼睛,我就想起了他妈妈。我就在心里说:没错,确实是柳苇的儿子!"

柳忠华介绍说:"家霆,你妈妈生前是叫她秋妹的,你该叫杨阿姨。"

杨秋水笑着说:"叫过了叫过了。"她又亲热地拍拍家霆肩膀,说:"我前边夜校还有事,你们谈吧。"说着,轻轻开门又关上门走了,一串脚步声窸窸远去。

家霆坐下,急切地问:"舅舅,你怎么来上海了?"

柳忠华笑笑:"说来,话就长了。你们来上海时,报馆正派我在重庆采访。我回到香港后,知道你们到了上海,心里很不是味。三个月前,报馆又派我回上海,要我写上海通讯,我就来了。我很想了解你爸爸带你回来后,这十个月来的情况,你谈谈好吗?"

柳忠华当然不会告诉家霆他所担负的任务。他到上海,是需要把大量来自敌伪方面的情况,来自各界人士的动态、反映、情绪和问题,都及时收集汇报上去。他也负责协助建立一条从上海到皖南和淮南、苏北解放区的交通线,来保证上海和解放区的人员、物资交通顺畅的任务。为了这,他通过关系参加了"上海民众赴新四军慰问团",从上海已经到皖南新四军里去过一次。那路线是从上海装作去内地探亲,坐船到浙江温州。到温州后,去安徽太平。国民党虽然阻止慰问团去皖南,但太平有新四军办事处。取得联系后,新四军派出部队迎接,国民党第三战区就不能不同意慰问团去了。慰问团将一面"变敌人后方为前线"的锦旗献给了新四军军长叶挺和副军长项英,将医药等慰问品送到了皖南,回来还不久。

家霆看着脸上有风尘之色的舅舅,扼要但是完整地把跟爸爸回上海后直到现在的全部情况都讲了。不但把方立荪的事告诉了舅舅,也特别把谢元嵩、张洪池、江怀南的事都谈了。对李士群的威吓也如实说了。

柳忠华认真听完,又问了些问题,最后去床上席下拿出一张报纸,说:"我给你看一张报纸,你看看是怎么回事?"

家霆拿过来一看,是一张《新申报》,说:"这是日本人操纵着由汉奸办的报纸呀!是吗?"他知道《新申报》在租界上不大见到,只是在租界以外的敌占区里发售摊派。

柳忠华指着报上的一大片名单,说:"你看!八月二十八日,汪精卫那伙汉奸的'国民党第六次全国代表大会'上演了!听说这个会将达到两个目的:一是要把所谓'和平反共救国'写入汪记国民党的章程,对三民主义作出符合日本侵略者要求的解释;二是要把国民党的'总裁'改成'主席',由汪逆来担任'主席',然后集合南北的大汉奸,举行'中央政治会议',以便搭起'国民政府'的架子,使汪伪傀儡政权正式粉墨登场。你看,这是所谓中央委员会名单!中委中赫赫写着你爸爸的名字呢!"

家霆看着,果然在名单中有"童霜威"的名字。再看名单,汪精卫、周佛海、褚民谊、高宗武、陶希圣、梅思平、罗君强、丁默村……都是知道的。谢元嵩的名字也在,同那些臭名昭著的老牌汉奸温宗尧、陈群、任援道、卢英等并列在一起。家霆心里激动,脸唰的一下子红了,生气地说:"呀!怎么将爸爸也列上了呢?"

前面的堂屋同柳忠华住的灶披间是隔断的。那边堂屋里有了人声,也传来了一股白水煮青菜的淡淡的清香。

柳忠华沉思着轻声问家霆:"会不会他有什么事瞒着你了?"

"不会的!"家霆摇头思索着答,"确实不会的。再说……"他看着报纸说:"这个汉奸们的会是八月二十八号开的。那天和以后的日子,他从来没有出去过,也没有人来找过他!"

"那就怪了!"柳忠华继续思索着,突然好像又有所解悟,"也许汪逆他们是盗用了他的名义。我听说'七十六号'正在拼命拉人下水,不仅大批吸收特工人员,还用利诱威胁等手段,把社会各阶层人士拉入所谓'和平运动',为汪逆扩大汉奸队伍。所谓参加'和平运动',手续非常简单,填一张宣誓书表示忠于汪精卫,可以每月领取津贴。日本正从正金银行拨大批活动经费给汪精卫。但他的威胁利诱并不都生效,他们达不到目的,对你父亲这样的有声望的人物,谢元嵩牵线,李士群出面请吃了饭,他们就盗用了名义。一方面扩大声势,一方面造成既成事实,倒是十分可能的!"

家霆着急了,问:"舅舅,怎么办呢?"他觉得问题非常严重,太严重了!严重得使他透不过气来。

柳忠华坚定地说:"最好的办法,当然是立刻离开上海,走!敌人这一手很厉害啊!实际是釜底抽薪!在汉奸名单上添上了你爸爸的名字,使他去不得重庆,只能俯首就范了!你要告诉你爸爸:一定要赶快离开上海,立刻去香港!这张报纸给你。"他突然掏出钢笔来,在那张汉奸报纸顶端空白处写下了十个字:"富贵不能淫,威武不能屈",将报纸递给家霆,说:"你带回去给他看看。你说,我主张他快逃离上海,切莫犹豫!"

家霆坦率地说:"但是他走不了,没有钱!方丽清不给他钱走!需要很多钱!他要带我走,到香港后,吃、住等等都要花很多钱。要是再去重庆,花钱更多。"他忍不住将方丽清的事粗粗细细都讲了,也将来时爸爸让他对舅舅说的话讲了。

柳忠华听罢,摇摇头又叹息一声,说:"人是会变的。早年,你爸爸参加讨袁世凯时,在上海,险险被密探抓去。为了逃命,他身边不名一文就溜上了日本轮船去到了日本。那时,他的顾虑哪有现在这么多。现在,养尊处优惯了,干什么事都要讲条件,办事就特别困难了。要是换了一个普通人,只要需要,哪顾得讲什么条件。你们走,船票我可以想办法,但坐头、二、三等舱太贵了,是不是我给你们准备两张四等舱的船票。美国邮船四等舱是满不错的。到香港后,暂时先在你黄祁老师那里落落脚,住的条件差些,但何必计较这些呢,你说是不是?"

家霆认为舅舅说得有理,连连点头,不禁想起在香港时给自己补习功课的黄祁先生来了,也想起自己同爸爸一起离港来上海时,黄祁送行的情况。黄祁那戴着眼镜有点书呆子气的面容又出现在他眼前。他问:"黄祁先生好吗?"

柳忠华点点头:"他仍在办他的补习学校。你们去,短期住在他那里落落脚是没问题的。你回去同爸爸谈谈,这样安排,行不行?"

家霆应承:"好,我回去就跟他说。"他见了舅舅,感到特别亲切,心里有无数的话要同舅舅说。他十七岁了!懂得人同人之间有些感情和感觉,是只可意会不可言传的。比如舅舅这个人,究竟是一个什么样的人,他无须多问就似乎很清楚。他懂得共产党干事是十分秘密的。有些事不宜问他也不问,反正他相信舅舅,知道舅舅是抗日的,爱国的!感到舅舅对于他做的一切属于抗日爱国的事都是会支持的。他忍不住用一种带点炫耀的语气和态度说:"舅舅,你想不到吧?我和两个要好的同学,程心如和余伯良,常写抗日传单出去散发。……"撒传单的事他从未向爸爸说过,因为怕爸爸责怪和禁止,但对舅舅,他觉得是可以老老实实讲出来的。

外边,天色暗将下来,柳忠华"啪"的开亮了电灯。一只昏黄的十五支光灯泡,金灿灿的光辉披洒下来,虽不明亮,却像阳光让人舒适。他看着家霆,关切地说:"抗日是对的,撒传单可要特别小心,不能出事。以后,孤岛的形势将越来越坏,你们可以把仇恨放在心里,努力读书,努力上进,倒也不一定要常干这种事,因为你们都还小,不成熟。自发地干,危险,效果也不会很好。"

家霆把同心如、伯良组织了"爱国党"的事讲了。

"爱国党?"柳忠华听后咧嘴笑了,拍拍家霆的脑袋,说,"真是小孩子气!这是个什么党呀?你懂得什么是政党吗?署这个党的名义散发传单还不如不署的好,民众不一定喜欢这个什么'爱国党'呢!"他笑得很高兴。

舅舅问的问题,家霆觉得说懂也懂,说不懂也不懂。反正,几个人凑在一起,志同道合,为爱国来抗日,就算个政党了吧?舅舅的话,是笑他们幼稚,但对于撒传单抗日,舅舅还是肯定的,这使他欣慰。于是,他又把去吊唁朱惺公送赙金和挽联的事也讲了,并且把挽联背诵给舅舅听。

楼上人家不知碰倒了凳子还是什么,"砰"的楼板一响,天花板上落下些灰尘来。

听了挽联,柳忠华动容了,说:"写得好!"他被外甥表达的爱国热情感动了。外甥处在方家那样一个环境里,他不放心。现在,同外甥接触以后,他放心了。一个孩子的成长,起作用的不仅仅是家庭,社会影响是不可忽视的。从家霆身上,他看到童霜威是有爱国思想的,有一股民族正气,显然是给了家霆好影响的。他心里欣悦,爱抚地看着家霆说:"家霆,你又长大得多了!舅舅看到你健康成长,爱国,有正义感,舅舅高兴。你所处的家庭环境不好,舅舅本来极不放心,怕你在恶劣环境里会成为一棵歪歪斜斜不成材的小树。但今天同你接触后,舅舅放心了!舅舅非常高兴。"

家霆听舅舅这么说,心里兴奋,忍不住问:"舅舅,为什么汪精卫这么拼命反共?听说他们要在青天白日满地红的旗子上加个黄布条,上写'和平、反共、建国'。朱惺公收到的'七十六号'恐吓信署名是'中国国民党铲共救国特工总指挥部',朱惺公反汪抗日,他们就说朱是共产党,杀了他。但我听人说,朱惺公并不是共产党。

你说这是怎么回事？"

"朱惺公不是共产党人！"柳忠华轻轻地告诉家霆，"他只不过表达了中国人反抗侵略反对卖国的一种正气。正由于共产党人历来反对帝国主义，历来主张抗日反侵略，历来反对卖国！所以日本人和汪精卫反共是必然的。你应当知道，国共两党在历史上曾经很好地合作过，但后来在反帝反封建上，国民党叛变了，就大杀起共产党来了。你妈妈也是在十年屠杀的白色恐怖中牺牲的。西安事变后，国共两党在抗日的旗帜下，又开始了合作，但国民党里的右派、堕落成为汉奸了的汪精卫之流投靠了日寇，他们自然又要高举反共的旗帜。迁都重庆的国民党里的右派，对抗战总是动摇，他们也害怕共产党的力量扩展，怕共产党得人心，就总要同共产党闹摩擦。所以共产党现在提出：妥协与分裂是中国当前的两个最大危险！号召全国同胞起来，坚持抗战、团结、进步，反对投降、分裂、倒退！共产党领导的八路军、新四军，坚持敌后抗战，战果辉煌，但处境艰苦。在'孤岛'上的共产党人，也是一样。孤岛情况复杂，共产党人的抗日活动，不但要受日本、汉奸的明枪，还要防国民党右派的暗箭。我这么说一说，可能太简单了。你懂吗？"

家霆点头，他不能说全懂，但也还是大致明白的。看到外边天色已经漆黑，他虽心里还有许许多多话要说要问，又记挂着要早点回去，可以将《新申报》连同舅舅的话带给爸爸。因此，他说："舅舅，我想回去了！"见柳忠华点头说好，他问："舅舅，我以后怎么找您？"

柳忠华含着感情地说："你告诉我电话号码，我可以随时同你联系。"听家霆讲了电话号码，他将电话号码复诵了一遍，似乎就记熟了，说："我如果打电话给你，就说是你的同学好了。这地方，我最近要离开的。今后，行踪也还没有一定，你是无法找到我的。由我同你联系就是。"又说："你住在方家，环境不好，自己要多注意。我想，如果你爸爸被盗用了名义而他又不肯落水的话，说不定会有什么灾祸降身的。比如说,'七十六号'的特工会不会已经派人监视他的行动了呢?会不会绑架或暗杀他呢?这些都要想到。这样吧,你回去同他谈后,如果我提的方案可行,我明天晚上七点打电话给你,你就告诉我,我好立刻给他准备去香港的船票,然后合计秘密脱身的办法。你看好不好?"

家霆见舅舅设想得周到,当然说好。他决定走了,忽然想到杨秋水。虽是初次见面,由于杨秋水告诉了他关于她同他母亲交往和保存照片的事,使他心里感觉特别可亲,他不禁问:"舅舅,刚才带我来的杨阿姨,我以后可以找她吗?"

柳忠华亲切地看着他,摇头说:"不要找她!"他这样说,家霆有些失望。

家霆明白,像舅舅这些做秘密工作的人总是尽量谨慎的,看来,杨秋水阿姨也是他们一伙的人!他虽失望,又想通了:是呀,连我同程心如、余伯良撒点传单都必须秘密小心,何况他们呢!

家霆请求说:"那,我去向杨阿姨告个别。也不知怎么的,我看到了她,特别想起了妈妈!"

柳忠华深情地看着家霆,说:"她确实是你妈妈的好朋友,她对你也当然有感情。"他摸出一只旧怀表来看了一下,说:"好吧,现在离她上课时间还有一个多小时,她一定在。我陪你去,告个别!"说着,陪家霆出了灶披间,轻声带上了门。

弄堂里一盏路灯的灯泡坏了。两人走在黢黑、窄小、破旧的弄堂里,住户的门户大都闭着,亮着灯的人家不少。有一家人家在打小孩;另一家夫妻在吵架,有清脆的摔碗声,男的吼,女的哭……走的是来时的路,绕到了刚才家霆到过的劳工夜校附近,远远看到夜校金灿灿的灯光,也看到里边有人的身影在晃动。杨阿姨的屋里好像有两个人。

柳忠华在路边街灯旁墙影里伫立着,让家霆前去,说:"你去找她,告个别。我等你,快去快来!"

家霆轻盈地走向劳工夜校,走到亮着灯的平房门口朝里一望,惊奇地"呀"了一声,站在那里愣住了。

杨秋水正同一个十五六岁的姑娘谈话。姑娘剪的清汤挂面头,穿的月白色短褂、黑裤子,身材不高,乌亮的头发,长长的眉毛,白白的脸,眼目清明像两潭池水,酷肖死去的金娣,也有点像欧阳素心。她正坐在杨秋水身边,亲热地同杨秋水在说什么。啊!不是银娣吗?正是银娣呀!

家霆几乎要叫起来。银娣那天怒冲冲表露出来的仇视心理,和高傲拒人千里之外的态度,给他留下了深刻难忘的印象。他当时问她地址,她不肯说。今天,怎么会碰巧在此地见到了呢?他在又惊讶又奇怪的感情中跨步进屋,叫了一声:"杨阿姨!"

杨秋水见他来了,笑着和蔼地说:"啊,家霆,坐一下。"

家霆朝银娣看看,说:"银娣,是你?"

银娣朝家霆看看,似是遗忘了又想起了,说:"啊,是你!"她的表情特别,有一种复杂的情绪。

杨秋水坐在灯旁,近视眼镜的镜片闪烁着灯光,说:"怎么?你们认识?"

家霆点点头,但来不及讲什么了,只问了一句:"她在永康纱厂?"

杨秋水点点头,说:"是呀!她同她娘都在永康。她在上我们的夜校。"忽然,明白了似的说:"对了!难道她的姐姐金娣过去就是卖给你继母家的?……"

家霆脸上发烫,脸红了,什么也说不出来。能说什么呢?方丽清曾残酷虐待金娣,金娣早已被日本飞机的炸弹炸死了。方家又势利、蛮横地对待过金娣娘和银娣。

这一切都非常丑恶,使他感到耻辱。此刻,见到了银娣,他虽心里有一种感触和同情,却既无法表达这种感情,也拿不出什么银娣母女俩切实能接受的帮助来。他能说些什么呢?一时心上的伤痕被触动了,又想起了在广东坪石站埋葬金娣时的情景来了。他只好懊恼地点点头,心里只想早点离开,说:"杨阿姨,我是来向您告别的!不多坐了,舅舅在等着我,我走了!"

杨秋水凝望着他,点点头,站起来,亲切但又带着一种严峻,叮嘱说:"再见了,家霆。"她走到家霆身旁,轻声说:"以后,也不一定能常见到你!但要记着,你是住在坏人家里。你要上进,要常常记住你的妈妈!像她那样做一个顶天立地的人!"她仿佛有千言万语要说,近视眼镜下两只眼睛射出光芒,是一种关切、带着期望的光芒。她又用手拍拍家霆的肩膀,似是鼓励,又是爱抚。

家霆激动得眼圈发红,说不清为什么会这样。离别了杨秋水,他回身出来,又走到黑暗中,在舅舅等着的街灯旁边的墙影里见到了柳忠华。

柳忠华敏锐地见他忽然情绪沮丧,问:"怎么了,家霆?"

他把刚才见到银娣的事讲了,又把金娣的死和那天银娣陪娘到方家寻找金娣的事讲了。带着感情,讲得动人。

柳忠华听着,慢慢地陪家霆走到电车站去。银色的夜在街上浮动,沿街有些店家的灯光较亮,看得到路边一些工人模样的行路者脸色阴沉,有饥饿的神情。到这种贫苦工人较集中的地区,家霆好像看到了大上海的又一个侧面。

柳忠华听家霆讲完,谆谆地说:"家霆,要对贫穷的劳苦大众有同情心,也要认识到他们比那些有钱的坏人像方立苏之流高贵。归根结底,一个人如果是为自己个人活着、为自己当官捞钱以及享乐活着,是渺小的;一个人如果能为广大贫苦劳动大众活着,替他们谋利益,才是伟大的。我们现在抗日,说到底还是为了中华民族、为了广大的人民群众的生存!汉奸之所以可耻,是因为他们只要为了私欲就不惜出卖一切。"稍停,他又说:"你学过历史了吧?石敬瑭将燕云十六州出卖、做儿皇帝的事,同汪精卫像不像?可惜我实在太忙了。我一直想写一本书,考证一下从古到今的大汉奸,给每个大汉奸都立一个遗臭万年的传!这是在苏州监狱里时就有过的想法呢。"

舅舅谈金娣、银娣的事,并没有就事论事,而是兜开去讲,仿佛是为了叫家霆放大眼界,开阔思路。

今天,舅舅讲了不少大道理,但是家霆爱听,并没有听够。人生在世,不懂道理怎么行?年轻人正是特别需要多听听道理的时候。家霆想:要是天天有一个像舅舅这样知识渊博、有阅历的人,把许许多多世上的大道理都能讲一讲,该是多么幸福的事啊!

柳忠华送家霆上了电车。临上电车,家霆突然想到了在重庆的冯村,他问:"舅舅,你知道冯村舅舅的情况吗?"

"他仍在做新闻记者。"柳忠华说,"最近情况就不知道了。"

家霆问了柳忠华冯村在重庆的地址,然后上了电车。家霆在电车驶行后,挤在人丛中,看到舅舅的背影在路边隐去,摸摸袋里那张有汉奸中委名单的《新申报》,心里有一种空落落沉甸甸的纷繁的情绪。

他到噪音掩盖、车辆交汇、人流打着涡儿的静安寺,估计回家已经开过饭了,找了一家小馆店吃了一碗排骨面。然后,才转车回家。转车时,突然很想转车到环龙路去看望一下欧阳素心,但时候已经不早,又急于回去把报纸给爸爸看,决定不去了,心里想:明天!我一定去看看她!一定要去看看她!

三

童霜威又是一夜没有睡好。他不但心绪不宁,由于生气,感到血压升高,心脏也不适。

昨晚,家霆从开纳路回来时,他正在刻一方篆字"西陆蝉声唱,南冠客思深"的鸡血章消遣。家霆给他看了《新申报》,告诉他同舅舅柳忠华见面的情况以及柳忠华的劝告和提出的办法等等,他当时看着报纸,惊呆了,怒气冲冲,脸上冒出的火气,似乎擦一根火柴就能着火。

他实在想不到会出现这样一个从未想到过的新情况。想不到汪精卫和他手下那伙汉奸会这么卑鄙无耻。他立即敏感地想起了张洪池。那天在那家外国人开的"皇冠"咖啡馆里,张洪池约定过几天要同他再见一次面,希望他能侧面从方立苏那里了解一下丁啸林的种种情况。结果,张洪池并没有来联系。为什么变卦了呢?一定是张洪池看到了敌伪报上这个汉奸中委的名单了呀!真糟透了!传到重庆去后会造成什么影响呢?

他分析,一定是谢元嵩捣的鬼。听家霆讲完全部情况后,他抑制不住愤怒地说:"我要打电话给谢元嵩,问问他是怎么一回事。"

家霆陪童霜威下楼打电话给谢元嵩。谢元嵩刚好在家,接了电话,从他愉悦的话音里听来,他刚喝过酒吃了饭,一副疏懒满足的声调:"是啸天兄吧!哈哈,人家从南京带了些香肚、板鸭和孝陵卫的蜜酿酒来,我刚喝了两盅吃罢饭,真叫人更加思念南京呀!"

童霜威哪有心思听他扯吃喝,打断他的话劈头盖脸怒吼起来:"我想问:那个什么'六大'开会的事你是参加的吧?"

谢元嵩不说参加,也不说没参加,打太极拳似的绵软地问:"啸天兄,怎么啦?"

"我是说:我没参加这个会,也不知道这个会!怎么名单上突然出现了我的名字了呢?是你玩的把戏?"

"啸天兄,不要生气嘛。你的中央委员是选举产生的嘛!众望所归呀!哈哈!"谢元嵩大声笑得很开心,"是好事嘛!我这人,做什么总是忘不了老朋友的！总是不叫老朋友吃亏的！我自己好了总希望朋友也好！会前，我是代你签了个名,但中央委员是公意决定的嘛！"

童霜威火往上冒，头晕眼花，忍不住脱口而出骂了一声："无耻！"

谢元嵩竟哈哈仍在笑,说："啸天兄,这耻字的有无,我向来是不斤斤计较的。照我的看法,无耻二字也颇不易得,无论如何,无耻也是做人的手段之一,是不能笼统一概而论的。……"

像一拳打在棉花絮上,童霜威一点办法也没有,严正地说："我从未委托你签名,你怎么代我乱签名呢？你真是害死人了！人各有志嘛！你怎么这样胡来呢？"童霜威气得七窍冒烟,冤屈得心里想落泪。

谢元嵩更加绵软软了："啸天兄,不要激动,不要生气！伤身体的！我的意思是汪先生一向对你不错,你对他也不错。我们又是知己。再说,这一来,你住在上海今后安全就无虑了。你我都是本党的同志嘛！中央党部现在设在愚园路一一三六弄,有事今后你可以找他们办！"

童霜威生气地说："你那天说是陪我出去逛逛,却安排了李某同我见面。你应当知道,我是不喜欢同这种人接触的！"

"哈哈哈,啸天兄！历史上任何一个政权草创之际,鸡鸣狗盗应该无所不容的嘛！北伐军定鼎南京之初,上海滩上的黄金荣、杜月笙之流不也都脱颖而出的吗？老兄不要太清高太书生气了！何况士群他……"

童霜威不等他说完,打断他话连声说："岂有此理！岂有此理！你真是岂有此理！……"他真想咬谢元嵩一口。

谢元嵩仍旧打着哈哈："啸天兄,不要急躁。你应当冷静考虑考虑！我这人,一向是爱说老实话办老实事的。即使你真不想干,虚虚实实也可以嘛！我都是为你好嘛！告诉你，你是跑不掉的！"

童霜威差点晕厥过去，噎着气问："你说什么？跑不掉？"

"你已经被监视了！"谢元嵩打哈哈，"我已经听说。如果不信，你走出弄堂试试吧！无论到哪里，都有人跟着的，天罗地网。我是想把你拉到船上来。懂得兄弟的好心了吧？"

童霜威浑身出冷汗，泄气地"砰"挂上电话，像脑门上被狠狠击了一拳，由家霆扶着上楼，回房斜倚在沙发上，半晌不能开口。

方丽清等在对面方老太太的房里打麻将，打得谈笑风生、兴高采烈。戏迷方传经的留声机上也仍在放京戏唱片。那是梅兰芳的《三堂会审》。梅兰芳正在唱："……王公子好比采花蜂，想当初花开多茂盛，他好比那蜜蜂儿飞来飞去采花心……"

童霜威坐在沙发上，面色如土，久久默不作声。最后把脚一跺，恨恨地说："完了！我给谢元嵩这个王八蛋害得下地狱了！"

刚才，家霆在楼下电话机旁，对谢元嵩讲的每句话都听得一清二楚，心里也是麻麻辣辣的又气又难过，怕爸爸身体受不了，劝慰说："也许，他是吓唬你的！"

"不！"童霜威判断说，"你年纪小！不知道特工的凶残毒辣。派人监视我，不会假！因为他们知道我是不做汉奸的！既盗用了我的名义，当然不会放心，监视我、威吓我，完全可能！"

"怎么办呢？"家霆愁容满面，忽又带点天真侥幸地说，"立刻照舅舅的话办吧？明晚七点左右，他会来电话，我叫他买船票！爸爸，我们偷偷逃跑！"他这种年岁，富于幻想，喜欢那种带点冒险的神奇的行径。

童霜威江湖越老越寒心，摇头说："不行了！晚了！"他长叹一声："说不定我的电话他们也在设法监听呢！特工的勾当，如水银泻地，是无孔不入的啊！要注意，明晚忠华来电话，你打他招呼回绝他。千万别连累了他！让他知道我这里出了事、有人监视就行！

他机灵,你巧妙地一点他就会明白的。不要他费心了!我本来是很想设法同他见面聊聊的,目前处境是绝不允许的了。我如果同他搭在一起,问题就更复杂了!"他摇摇头,自思自叹地又说:"再说,我在想,我是个有身份地位的人,我要走,确实还不能坐四等舱、靠黄祁的补习学校下榻。我还没有狼狈到那副可怜相。那种样子,去了也是吃不开的!"说毕,他又长吁一声,闷闷不乐地坐着,动也不动,像一尊蒙着灰尘的雕塑。

家霆也纠着眉尖苦恼,不知该怎么劝解,更不知该怎么为爸爸找条妥善的路。他信任爸爸在处理事情上是有经验的,也意会到"七十六号"的监视不可轻视。爸爸正处于生命安全的威胁中。他焦灼地问:"唉……您怎么办呢?"

童霜威心里的颤怵仍然笼罩着,思索着说:"汉奸我是绝对不做的。我暂时只有学蔡松坡了!在这里稳住不动!既不出去,也不同人接触,让他们看到我毫无动静。然后,在哪一天的晚上,我就突然伺机离沪,给他们个措手不及!"说完,又是叹气。现在,又同去年冬天在香港那段时日里一样了,他老是爱叹气。

似乎也只好这样了。家霆也只能陪着叹气。童霜威说他要上床睡了,家霆心情不宁地离开爸爸,回房在喧闹的京戏唱片声中做英语练习题。

童霜威上了床,并睡不着。

半夜,牌散,童霜威本来是准备等方丽清来睡时,再同她谈谈处境和走的打算的。没想到,方丽清进房来了,面上高兴,带着比平日温存十倍的表情进房来了。同她一起进房来的,还有喜孜孜的方立荪。

方立荪心宽体胖。近一向来,又发福不少,脸在灯光下红润得泛着玫瑰色,酒意醺醺还未全消,大腹便便,他一进来,出乎童霜威意外地说:"嘻嘻,妹夫,你到底是玩政治的,政界的老鬼!嘴上说不不,暗中不声不响却早参加了和平运动!嘻嘻,今天,我去南市,我们'宏济善堂'的人告诉我说妹夫你做了中央委员了!我还不相信!后来,他们拿《新申报》给我看,我亲眼看见了,才相信!哈哈,妹夫,平地一声雷,你也算是听了我生意人的劝告。我不懂政治,但懂得做生意赚钞票。其实嘛,玩政治同做生意,我看也没有太大的区别,反正都要有利可图!是不是?"

童霜威早从床上起来,正襟危坐在沙发上了,截断他的话说:"你弄错了!没有的事!是汉奸盗用我的名义!"

"怎么?"方立荪睁大了牛眼,瞅着跟自己同样吃惊的方丽清,似是问:是怎么回事?又转脸对童霜威说:"妹夫,上了报纸的事还能错吗?你何必对我们守秘密呢?盛老三说了,哪天他要请你吃饭,来往来往,交个朋友。今天晚上,我在老太爷丁啸林公馆吃饭,他也听人说起你了,对我说:他哪天也要请你到他那里白相白相,还说有啥事体要他说句话的,提出来就行,不要客气。有你这样的妹夫,我光荣,但我这个舅老爷也不坍你的台。我已经在西爱咸斯路买了一幢花园洋房,过两天就搬进去住。妹夫,你和妹妹要是给我面子,一起住到我新房子里去。那里比此地宽敞得多。……"

童霜威实在听不下去了,打断他话说:"我对你说的全是实话。我这人,是绝对不下水的!我早对你说过了!这次,是谢元嵩捣的鬼!他落了水,出席了那个会,竟说替我签了名。我不答应,先一会儿已给他打了电话,责问了他!混账王八蛋!他害苦我了!"

方丽清一直憋着没说话。她进房来时,满面笑容。此刻,早已脸如冰霜了,轻蔑地说:"人家对你好,你怎么好坏都分不清?你以前不是对我说过你没做到中央委员所以不吃香的吗?现在,天上掉了金元宝下来,给了你中央委员,你又不要了!你没听小阿哥说吗?你的名字登了报,连他也吃香。你怎么老是死心眼、笨肚肠?"

童霜威恨不得拍桌子,大声顶她:"这是什么中委?伪组织,大汉奸!你还不懂吗?我是不做汉奸的!对你说过一千遍了,你还是莫名其妙!"

方丽清的漂亮脸拉长了,红得像桃花,"你才莫名其妙呢!放着官不做,却要像吃官司一样地蹲在屋里!我对你说:现在是我养你了!你一个男子汉大丈夫,钞票不会赚,只知开口闭口不做汉奸!不做汉奸有什么好?有官有钞票有什么不好?你张眼看看小阿哥吧,他发大财了!花园洋房也买进了!你却还在这里像只煨灶猫!你不难为情?"

童霜威一时万念俱空,他真想摆脱这个庸俗、狭隘、自私自利、不通人情、毫无民族意识的女人!唉!他想:如果能出家做和尚,四大皆空,找一处风景优美的名山禅寺去度过乱世,倒也不错。他很喜欢唐朝诗人常建的那首五律《破山寺后禅院》:"清晨入古寺,初日照高林。曲径通幽处,禅房花木深。山光悦鸟性,潭影空人心。万籁此俱寂,惟闻钟磬声。"这种意境多么美,多么高雅,最近,他常有这种奇怪的想去出家的想法。只要方丽清一烦一闹,出家的念头马上升起在心头。现在,又是这样。他脸色难看,强忍愤怒,狠狠地哼了一声。

方立苏劝解地说:"妹妹,你不要瞎三话四!"又说:"妹夫,其实,你也太不会算账。你做了中央委员,南京潇湘路的花园洋房马上就回来了!你再在汪精卫手下弄个有油水的大官做做,顶好像苏浙皖统税局局长这种官职,只要做上一年,黄金包你能用淘箩装。做生意讲时机,好时机失去了,懊悔也会来不及的。"

方丽清跟着嚷嚷:"我的命哪能这样苦?"说着,掏出一块湖色绣花手绢拭眼泪,"想要大富大贵,这辈子是无指望了!我要早知道你是个阿曲死,我才不嫁给你呢!……"边说边呜呜哭起来。

童霜威真恨不得拿起桌上所有的玻璃杯都摔掉,硬声硬气地说："你哭死，我也不当汉奸！"他心里想，孔子说得真对："惟女子与小人为难养也！"

方丽清念经似的大声嘀咕："人家都比你强，比你聪明实惠！江怀南处处比你会打算盘！他说你要是肯出来活动活动，捞个司法行政部长当当毫不困难。又说：天下大事，合久必分，分久必合，将来汪精卫同老蒋一定会又合起来，你怎么这一点也看不到？"

童霜威突然警惕："怎么？你又见到过江怀南了？他在什么时候对你说的？"

方丽清自知失言，脸突然发红，支支吾吾也不回答，反倒妖魔鬼怪似的又哭叫起来，含糊不清地嚷嚷："……我……你一点不……为我着想！……你……阿曲死！……你！……瘟生！……"

童霜威又只好大口叹气了，闭住嘴背着手来回踱方步，像一只关在笼子里的狮子，脸色煞是难看。

外边，楼下楼梯口传来了"老虎头"的吼声："今朝是双日，不是单日！给小老婆坯子灌了迷魂汤忘了吗？怎么在楼上不下来了？"

只听得巧云在三楼迅速作出了反应："叫叫叫，叫个屁！馋猫样的乱叫啥？他又不在我三楼，你骂点啥？真不怕难为情！"

方立苏烦躁地撇嘴皱眉叹了一口气。看看局面很僵，心里怨怪妹夫是个"死人额骨头"。站起身来，想走了，说："唉，占便宜的是乖，吃亏的是呆！俗话说：'吃顺不吃戗'！妹夫，我话只说到这里，你自己再三思！"又劝方丽清："妹妹，好好再同妹夫谈谈，你也不要哭了！时候不早，我要去睡了。"说着，迈开蹒跚的步子走了出去。

"老虎头"的吼声又在响："你这只狐狸精！"

只听到楼梯口传来了方立苏吓人的诟骂声："吵吵吵！吵你娘的×！睏觉也没有自由吗？"

方丽清整整一夜毫不理睬童霜威，童霜威也不想理睬她。这个女人！他想:我真想同她一刀两断！我真想去做和尚！又寻思:也许是我对不起柳苇的报应吧？弄了一个无知无识的泼妇来受罪！在这种时候,他加倍地思念起柳苇的气质与风度来了。整整一夜,在心情渺茫中未能入睡。

胡思乱想了一夜,想不出别的好办法来。他认为:拒绝柳忠华的建议是对的。他相信自己已经被"七十六号"特务监视,惟一的办法也只有暂时稳住不动,等到适当时候监视放松了,想法突然离沪。但为了经济,对方丽清还是要想法和缓关系。他突然想到方丽清的首饰盒是放在那摞皮箱底层的一只白牛皮箱里的。首饰盒里有金镯、金链、金指环,更有珍珠项链、翡翠宝石戒指、钻戒和钻石扣花等等,钥匙方丽清经常随身带着,夜晚才离身卸下来。他决定找机会将钥匙形状摹下来,让家霆配一把,必需时可以使用。他后悔,这步棋没有早几个月就下。如果早几个月办了,岂不是现在早已离开上海到了香港甚至已经去重庆了吗？人为什么总是要吃后悔药呢？

今天,他上午十点多起床后,方丽清古古怪怪又阴阳怪气地刮划着巧云去逛公司了。后来,巧云回来吃午饭了,说方丽清遇到个熟人,是小学同过学的小姐妹,将她邀到家里玩去了,要下午才回来。童霜威觉得:方丽清是昨晚的气未消,继续在发脾气,心里耿耿。只有忍耐又忍耐,在加深了的无聊与惆怅中打发时间。

家霆下午放学从学校里回来,特地到爸爸房里看望。恰好方丽清在。

方丽清今天没有打牌,打扮得浓妆艳抹的出去刚回来,买了许多大包小包的糖食、水果、衣料等回来,都搁在桌上。她嘴里正在嘀嘀咕咕自言自语,埋怨物价涨了,货色差了,啰嗦得没完。

家霆进房,本想看看爸爸情绪怎样,并问问等会儿舅舅来电话时,是否按昨天讲的回复。碍着方丽清在,感到不好说了。方丽清见到了他,没有理睬,像视而不见,仍旧自顾自地在咕噜:"……市场物价老是波动! 有进账的人家日子不愁,无进账的人家只好倒霉!"

家霆听了心烦,也没有叫她一声,就退出房来了。

大舅妈"小翠红"刚从盥洗室里洗了澡出来,趿着绣花拖鞋,天蓝手绢挽着头发,露出雪白的颈项,浑身散发出好闻的淡淡的香皂味,穿一件棕红乔奇纱旗袍,纽扣还没扣好,领口敞开着。她要回房去,见到了家霆,热络地招呼:"你回来啦?"又亲热地小声说:"来! 到我房里去。我拿酥糖你吃,上午我在采芝斋买的。"

在三个舅母里,数"小翠红"对家霆好。她是长三堂子里的人出身,识一些字,能看张恨水的《金粉世家》等小说,也会唱评弹、哼京戏。早几年,据说非常有风韵,在堂子里时是红得发紫的女人。娶回来给方雨荪填房后,在方家地位不高。从方老太太开始,心里都瞧不起她。她靠着对人和气、亲热,逐渐通过谦让将关系处好了,也提高了点地位。大舅方雨荪有点怪脾气,脸上不大有笑容,"小翠红"能将他侍候得服服帖帖。她脸上总是笑,对人总是不计较,对家霆常表示关切,有吃的爱送点给家霆吃,态度真诚。家霆感到大舅妈同情自己,起先不明白什么原因,后来,有一天他去"小翠红"房里,"小翠红"不知什么事不顺心,暗暗在拭泪。

家霆说:"大舅妈,您怎么啦?"

"小翠红"没有回答,最后叹口气擦干眼泪说:"家霆,你别看我整天笑,也别看我现在比过去胖了些,我心里比黄连都苦,我是药罐头里的枣子! 我是宝山县乡下的人,命苦,从小跟你一样,死了亲娘。我还有个弟弟,我爷娶了后娘,民国十五年,我爷参加北伐军打仗打死了。家里欠债,没法活命,晚娘将我卖到了堂子里,我只有十八岁,成了谁也看不起的下贱女人了! 我知道,方家谁都看不起我！你大舅也一样,脾气来时常动手就打。挨了打我还得笑,怕给人知道了更看不起我呀！他根本不把我当人看待的！"说了她又后悔,叮嘱说:"家霆,这些可不要对人说呀！"一说,泪水又满腮了。家霆忽然明白了:有一次,大舅妈额上贴块纱布,说是在门上撞伤的。啊！可怜的大舅妈！

金娣娘带银娣来讨人的第二天,"小翠红"同家霆谈起昨天的事,曾感慨地说:"唉,金娣死了,还有娘和妹妹想着她来讨人。我呢？我是没有根的浮萍,一个亲人也没有的！"

家霆这才明白:大舅妈同情他是个从小没娘的孩子,也感觉到大舅妈心里有苦没人谈。她不生子女。传经同她年龄只差七八岁,是方雨荪的前妻生的,平日对她是爱答不理的。所以家霆感到大舅妈对自己还带点那种说不出的母爱。她在家霆这里能找到同情,发泄点苦闷和牢骚不要紧。家霆心里苦恼时,在她面前谈点对方丽清和方家不满的话也可以。这样,两人之间有些"相濡以沫"的感情了。

现在,"小翠红"要家霆去吃酥糖,家霆心情不好,说:"不了,大舅妈,我不吃。"

"小翠红"对家霆做了个眼色,自己进房去了。她同方雨荪的住房就在童霜威和方丽清住房的隔壁。

家霆意会到"小翠红"要说什么话,跟着大舅妈进了房。

"小翠红"用块雪白的干毛巾擦她那湿漉漉的黑发,去五斗橱上拿装在玻璃盘里的酥糖给家霆吃,说:"吃吧！黑洋酥和玫瑰的都有！我知道你喜欢吃酥糖特意买的！"

她这样一说,家霆不能不吃了。

"小翠红"看着他吃,说:"家霆,我这人别的不懂,做人之道还是懂一点的。什么事都可以做,汉奸万万做不得！你大舅眼红你二舅,我劝他:别眼红！'汉奸'这句话太难听,我们坚决不做！你知道不？现在你小舅和你娘都一心要怂恿你爸爸做汉奸，你爸爸不肯，我看你爸爸是对的。你也要劝劝他，万万做不得！民国二十一年'一·二八'那时，十九路军在上海打日本，有些汉奸替东洋人做事，被捉到了，有的被活活打死，有的杀下头来挂在南市示众！我是亲眼看到过的。"

"小翠红"的话出乎家霆意外。家霆觉得堂子里出身的大舅妈，比自命为富家小姐的方丽清在人格上要高得多。他吃着酥糖，苦闷地将《新申报》的事一五一十讲了，点头说："大舅妈，你说得对！汉奸是日本人的走狗！卖国贼！爸爸他不会干的！他们再劝他也没有用的，您放心！"

"其实，你爸爸还是带了你走的好。在上海整天关在家里有什么好？上海是孤岛，现在乱糟糟，常常发生暗杀，常常马路上随便有人开枪，一点也不太平！""小翠红"坐在五斗橱前梳头了，五斗橱上放满了香粉、蔻丹、雪花膏、花露水、香水的瓶子，还有口红、骨簪、小篦子……她洗了个澡，容光焕发，梳着长长的黛色的头发，标致得很。家霆忽然发现：女人的头发太美了！欧阳素心也有一头乌黑的美发。

家霆把爸爸要走，方丽清不放，爸爸没有钱走的事讲了，叹了口气，说："现在，'七十六号'已经派人在监视了。想走，也走不脱了！他的安全叫人担心！"

"小翠红"吃惊地沉默着，在五斗橱的大玻璃镜里可以看到她惊愕的表情，一会儿，说："怎么办呢？"

家霆将童霜威决定的办法讲了。

那只波斯种的长毛大白猫，走过来亲热地跳在"小翠红"腿上。"小翠红"将它抱起来，用脸腮亲它粉红的鼻子。白猫亮闪着美丽的红眼睛，伸出粉红的舌头舔"小翠红"的手背，十分可爱。"小翠红"叹一口气，说："现在，似乎也只好这么办了。家霆——"她恳切地说:"我对你说,要是哪天能走,缺钱,我可以偷偷拿点首饰给你们当旅费的。不必客气!什么时候要,你对我说一声,我就秘密拿给你!"

家霆感动了,想不到大舅妈是这样一个侠义的人。他只能点头,心里有一种欣慰。

"小翠红"叮嘱:"刚才我对你说的,都不要让别人知道。"

家霆怕舅舅来电话,站起身来,说:"我下楼去打个电话。"关于舅舅柳忠华的事,除了爸爸他对谁都滴水不漏。他决定接了舅舅的电话后,今晚无论如何要到欧阳素心家里,同她见一面。爸爸的不幸遭遇使他痛苦,他更迫切想会会欧阳素心了。

柳忠华真是守信用的人,家霆在楼下客堂间里看《新闻报》等电话,正在七时整,自鸣钟"当!当!"敲响时,电话铃响了。他紧张地拿起电话,听到舅舅略带沙哑的话声:"喂!"

他惊喜地回答:"对!我是家霆!"他怕给厢房里的"老虎头"听到什么,不敢叫舅舅,只抢先把预先想好的话像放机关枪地说了:"那件事,不行了!让我告诉你,不行了!你不要再来电话了!懂吗?有变化!对了!……"

把这些话说完,只听柳忠华说:"知道了!"又叮嘱了一句:"你们身体当心!"就"克"的搁上了电话。

家霆怅怅地在电话机旁站了一会儿。今天方丽清她们没有打牌,他想看看是否快要开饭,走进厨房,见厨师傅胖子阿福在锅里烙萝卜丝饼,"小娘娘"方丽明正在厨房里给方老太太洗择燕窝。几只菜已经盛好在盘子里。他知道快开饭了,决定上楼去看一会儿书,等吃了晚饭赶快去欧阳素心家。

八点多钟时,家霆站在环龙路那幢漂亮的攀满碧绿爬山虎藤萝和翠叶的花园洋房的铁门外了。这是一个神奇而芬芳的夜晚。

蓝天下没有月亮,一些散碎的繁星在眨眼,飘着一些浮云。清风阵阵,羽毛似的云片在冉冉移动。透过矮墙上的铁栅栏,看到那幢仿佛是古画色泽的洋房在夜色中有点神秘,又好像冷冰冰的。

洋房的楼下和二楼上有的房间里亮着金莲花似的灯盏,射出耀眼的光芒。有好听的口琴声传来。吹的是家霆熟悉的曲子。他猜测:一定是欧阳素心在吹口琴。在南京上初一时,教音乐课的陈老师教过这支歌,歌词是:

记得当时年纪小,
我爱谈天你爱笑,
有一回并肩坐在桃树下,
风在林梢鸟在叫。
我们不知怎样睡着了,
梦里花儿落多少……①

听到悠扬的口琴声,引起他许多鲜明的回忆,卷起了心上的涟漪,他鼓起勇气揿了门铃。

一会儿,有人从洋房里走出来,经过一条水泥路来开门。他听到的是一个女人的声音:"谁啊?"

他说:"我找欧阳素心,她在家吗?"

梳发髻的中年女佣开了门,彬彬有礼地问:"你是谁?贵姓?"她上下打量着家霆。

他说:"我是她过去的同学,姓童。"

"啊!"中年女佣似乎知道来的是谁了,微笑着点头,客气地说:"小姐在二楼,请跟我来吧。"

口琴声仍在传来,正反复吹着那支歌。家霆跟着进了铁门,夜色里,看到这是一个小巧精致的花园,有如茵的绿草地,靠近水泥

---

① 这首歌原是卢前(字继野,南京中央大学中文系教授,诗人)所写的一首新诗,题名《本事》,由盲乐师冒烈卿制谱,传唱颇广,曾被选入当年中学生音乐课本。

路两边是成行的冬青,靠近房屋窗口的是一棵雍容多姿伞状的大雪松,苍翠挺秀。进了屋,灯光雪亮,有铺着地毯上楼的扶梯,左侧是间客厅,亮着枝形吊灯,里面坐着些人在谈笑,有男有女,还有男孩子的话声。中年女佣带家霆上楼,在楼梯口叫了一声:"小姐,有客人找!"冉冉转身慢慢下楼去了。

口琴声悠然停止。家霆看到欧阳素心从房里出来迎面站在楼道里。十七岁真是少女美丽的时光!她穿着西式的格子裙衣,灰底上有红蓝条格,鲜艳而又文雅。乌发自然地拳曲在耳边。她脸上被楼梯过道口的灯光映射得光彩照人,漆黑晶亮的眸子露出意外的惊讶,高贵得像个童话里的公主。她微微带着笑意,没有说话。

家霆热情招呼:"欧阳,我来了!"又说:"你怎么不给我打电话呢?"说着,他走上前去。

欧阳素心笑笑,请他进房,反问:"你怎么不给我打电话呢?"她的语气突然有点冷。

他用笑来和缓,打量着她的房间。这是朝南有着阳台的大房间,铺着银灰地毯,挂着绿色窗幔,灯光明亮,房里散发着香水味。灯光使一套奶油色的新式家具显得特别华丽。靠窗口的一只小写字桌上翻开着一本书,窗外的树影因花园里路灯光的映射将扶疏的枝杈影子投在窗上。那本书页有时轻轻被风翻动。房里空气流通,清洁舒适。五斗橱上摆着一只长方形的热带鱼缸,彩色的热带鱼活泼游动。一只玻璃书橱的上层放着些有趣的玩偶:穿长袍马褂的中国娃娃,穿和服的日本女孩,金发西装的西方儿童……

最吸引人注意的是墙上几只嵌着风景彩色油画的大镜框,一张最大的油画,画的是日本富士山和樱花。画色已经陈旧,气势与意境博大深远。因为画的是日本富士山,家霆感到刺眼,不禁对着画多看了一眼。

他同她在圆桌旁坐下了,他猜刚才来时她一定正躺在床上吹口琴。蜜色被罩的床上有躺过的痕迹。一本《战争与和平》正扔在床上。先一会儿她很可能是在看书。

他找着话使空气活跃起来:"你在看《战争与和平》?"

她笑笑:"是呀!我在继续那天我们之间的辩论,进行思考!"

他真诚地说:"那天你不高兴了?"

她既不承认,也不否认,态度仍有点冷,说:"你也不愉快吧?"

他摇摇头,说:"没有!"

"你今天来干什么?"她突然问。

他语塞了,确实不知道该怎么回答。反正,他想念她,想见见她,想同她在一起。再痛苦见到她心上的乌云也会消散。他吞吞吐吐地说:"必须有事才能来吗?也许……我只不过是想来看看你,同你随便谈谈。"

"也许,好像你是不该到今天连电话都不打的!"

他感到一种歉意,说:"我确实天天在等你的电话。而且,我家里出了点事。"

"可以告诉我吗?"她问,声音和眼神是关切的。直到这时,她才去橱里拿出一碟杏花软糖来给家霆吃,冷的态度开始变化了。

他觉得对她不应当隐瞒什么。他相信这样的坦率会增进了解,使关系更加亲密起来。他就把近几天里发生的事,除了同舅舅柳忠华见面的事外,别的全都讲了。

她听了,叹了一口气,说:"你有一个好爸爸,你爸爸也有一个好儿子!"

他坦率地说:"欧阳,仇恨日本侵略的种子,自小上学就埋在我的心里。你还记得在学校里时,每到国耻纪念日下半旗校长演讲,讲到国耻,他哭我们也痛哭的事吗?"

欧阳素心点点头。这点她同他是一样的。

家霆继续说:"抗战爆发,经历过轰炸、逃难,知道了南京大屠杀,知道了我小叔军威死在南京等等的消息。在香港过了些颠沛客居的生活,后来在'孤岛'上目睹耳闻敌伪的暴行,我对日本更加仇恨。不瞒你说,连在你房里看到这种日本的小玩偶和这张日本富士山风景画我都反感。我也说不出为什么。"

欧阳素心的脸上闪过一阵不易察觉的阴影,微喟地说:"所以,我说,人类要播种爱,不能再播种仇恨了!再播种仇恨,世代相报,怎么得了?事实上,中国人里也有坏人,日本人里也有好人。好人总是眷念和平反对战争的。"

家霆想了一想,说:"我们又可以辩论了。你看大英帝国那位拿着黑洋伞飞来飞去的首相张伯伦吧,他一直在执行绥靖政策向法西斯妥协,要避免战争,宁愿牺牲别国以保持屈辱的和平。结果呢?还是避免不了战争。"他朝床上那本《战争与和平》看看,说:"你那种对爱与和平的看法,是你读了《战争与和平》得来的感想吗?"

"倒也不全是从那儿得来的感想。"欧阳素心脸上有强劲的神色,"战争太残酷。拿破仑向来喜欢看看死伤场面,以此来验证自己大无畏的精神力量。可是鲍罗金诺战役后,战场上遍地死伤的惨状使他也战栗了。后来当他看到莫斯科在眼前的时候,他就想:我过去不寻求现在也不寻求战争。"

她的话拨动了家霆心灵深处的那根感情之弦,但他理智地摇头说:"那是你的误解!拿破仑是侵略俄国发动战争的罪魁祸首,当他体会到俄国人抵抗的激烈及俄罗斯冰天雪地的严寒时,他才意会到战争对他并不是轻松快乐的事,他才认识到战争的残酷可怕,他才有那种他并不要寻求战争的想法。可是,已经迟了。他说的我认为全是假话!俄国人也不能同意他的要求!俄国人惟一正确的办法是打败拿破仑,然后,才有和平,才谈得到爱。正像我们现在同日寇一样。现在,只谈得到打,谈不到和平,谈不到爱!现在有的只应当是恨!海一样深的仇恨!"他说话从容,抑扬顿挫,非常得体。

欧阳素心似乎有些难堪,摇摇头说:"乏味了!乏味了!我们见面老谈这些太没意思。是不是可以谈些别的呢?难道你今天来又是想来谈这些的吗?"

家霆歉仄地笑了,摇头说:"当然不是。"

他忽然注意到通向邻室的一道门开着,透过开着的门,看到邻室靠着阳台放着画架和画具,画架上的画布涂抹着底色,一只装着颜料的碗在画凳旁边打破翻转着,颜料沾污了地板。他知道那是一间画室,说:"啊!欧阳,你在画油画?"他是想换个话题谈谈了。

欧阳素心点头:"无聊,我就画点画!我母亲是学绘画的,生前会画画。可我不行。比如,我看着你,就在想:要我给谢乐山画肖像也许可以,给你画肖像我一定画不好。"

"为什么呢?"

她笑了:"谢乐山猥琐鄙俗,能抓住特点。你的气质,我画不出来。倾注感情的肖像画,需要画出精神内涵来。"

他突然想起谢乐山了:"近几天见到他了吗?"

"来过两次电话,约我看电影,我没去。他问我,是不是同谁有约会。我说:实际没有,如果有,不劳费心。今天听你谈了他的父亲,我对他的印象更坏了。你也许不知道,他常去赌场,还在玩舞女!"

家霆为谢乐山叹息。忽又想:他一定很恨我,可能以为我在破坏他同欧阳素心的关系。难道我真在同欧阳素心恋爱?心想:如果在逃难途中我对金娣存在的那种感情是朦胧而不自觉的一种异性感情的话,现在,同欧阳素心之间存在着的交往,确乎是一种自觉状态下的初恋了。但不知欧阳素心是否意会到这一点。家霆此时此地仍不愿背后损毁谢乐山,只关切地说:"欧阳,你和我都可以劝劝他!"

他还想说些什么,听到脚步声,楼下有人上楼好像走进房来了,他就停止说话,看着门口。

一个穿灰长衫的风度雍容、蓄着小胡子约摸五十岁左右的人出现在门口。他天庭饱满、额头宽阔、眉眼精明,已经有点发胖,表情里透露出一种威严,用一种搜索性的目光看着家霆,似在检查家霆的身份。他手里攥着一只小盒子,在门口说:"素心,我给你买了一样东西,你一定喜欢。"说着,将手里的紫红丝绒小盒递了过来,语气和表情里充满了爱。

欧阳素心接过小盒,向家霆笑笑,启齿说:"我爸爸!"又转向她爸爸说:"童家霆,我南京时的老同学!"补了一句:"他爸爸就是童霜威,我对您说过了。"

家霆有礼貌地站起身来,躬一躬身,叫了一声:"欧阳老伯!"

小胡子和蔼地笑笑:"啊,知道! 知道!"他仿佛不想打扰女儿会客,说:"你们谈吧! 你们谈吧!"回身走出房到前边去了。

家霆看到欧阳素心打开紫红丝绒的小戒指盒,里边是一只亮晃晃的钻戒,银灿灿的闪耀着奇光异彩。他能掂量出欧阳素心在她父亲心灵上的分量有多重。他问:"欧阳,伯父叫什么名字?"

"欧阳筱月!"

"他一定很爱你。"

"是的,我也爱他。可惜,他不像你的父亲。他的事,从不对我说,我们不能谈心,见了面无话可谈。在他心目中,我永远是个小女孩。金钱物质上,他可以给我满足。除此之外,什么也没有。这个家——"她笑笑,笑得寂寞,"对我来说,像一片沙漠!"

家霆充满同情,话声似想在她的心灵里寻找落脚的地方,问:"继母对你怎么样?"

"她？你读过莫泊桑的《羊脂球》吗？"见家霆点头，欧阳素心说，"面上她不能不敷衍我，但只要看她对别人，我就知道她的为人了。她像那小说里一个葡萄酒批发商乌先生的太太！占了人的便宜还要说人坏。天生的小市民！像长着浑身螫毛的荨麻一样爱刺人，见人倒了霉她还能笑！"

家霆默然。他发觉欧阳素心在家里并不快活。他排遣似的说："欧阳，不要被那些事来影响自己的情绪吧！生活的道路在我们脚下，我们要抖擞精神去寻找人生的真谛！"见欧阳素心默默无言地在玩弄那只色彩变幻的钻戒，他问："欧阳，上次你说要转学，打算什么时候办呢？快转过来吧！"

欧阳素心忧郁了，站起身摇摇头走近窗口，眺望着黑黝黝的花园和远处几幢高楼窗户里的灯光，说："我，决定不转学了！"她吁了一口气，声音轻而细，却悠长得直迈进家霆的心坎。

家霆惊讶地问："为什么？"

"不为什么！"欧阳素心坚定地摇摇头，回转身来朝家霆笑笑，浅浅的笑靥里埋下一种莫测高深的内涵，是谜一样的笑意。忽然，她又将一张唱片放到留声机上，问："爱听吗？贝多芬的第五交响曲《命运》？"她摇着留声机播放唱片。

家霆无从猜测她的心理。唱片上的《命运》交响曲在演奏。第一乐章，奏鸣曲式，一开始就出现了命运敲门式的动机，威风凛凛，豪迈辉煌。乐曲是在昭示些什么呢？他说不清楚。

他见她仿佛陶醉在神奇的音乐声中了。

谈话没有继续。欧阳素心忽然在乐声中歉意地说："童家霆，我今天有点累了！你回去吧，有空请再来玩！"

家霆后来离开了环龙路上那幢攀满爬山虎绿蔓的花园洋房。欧阳没有送他下楼。出了铁门回首眺望，二楼上欧阳素心房里的灯光溢射辉耀着屋墙上绿色的藤萝，灯光似乎也被染绿了。灯光显得有点儿寂寞。

坐公共汽车回去时,在车上,家霆心里悒闷,他觉得这次会面比起上次来,不但少了欢愉,好像在欧阳的感情上反而倒退了一大步。他老是颠来倒去地想:咦,为什么她又不想转学了呢?她对我的感情起了变化了吗?为什么呢?是由于我本身的原因还是由于她家庭的原因造成了她情绪上的波折呢?她为什么常常会突然忧郁起来呢?

贝多芬《命运》交响曲的旋律仍萦绕在耳边。这是一个神奇的初秋的夜晚。他想不出答案。但他觉得无论如何他已经离不开她了,找机会他一定还要同她去见面。

四

一连两三天,童家霆上课也不安心了。

在庄严神圣的慕尔堂里上课时,各节课的课本上、黑板上,连在圣经班上读圣经时,圣经上都出现了欧阳素心可爱的面容。童家霆虽上的教会中学,但在宗教中从未找到救世主。现在,却觉得欧阳素心倒有点像是他的救世主了!想起了欧阳,心里感到幸福和欣悦。

他耳边,老是回响着欧阳素心好听的话声。心里,更是反复思索着欧阳素心那些使他纳闷的"谜"。他将同欧阳素心谈过的话和会见时的场景,放电影似的在头脑里一遍遍重温,一个镜头一个镜头地过筛子,追忆、思索,寻找谜底,竟得不到答案。

他明显地感到她在有意疏远他,又感到她确实还是喜欢他的。他看得出,同他在一起时,她不加掩盖地向他流露出一种美好的感情来。她对他的疏远与冷淡,是矫揉造作的;她对他的亲切与喜爱,反倒朴实自然。

他想:唉!我是在恋爱了,何必自己骗自己呢?

年轻人有了这类高兴的事,总是想讲给自己的好朋友听。他忍不住也告诉了程心如和余伯良。他怕损害欧阳素心,不说欧阳对他如何如何,只说他是如何爱慕欧阳,有一个这样的老同学多么幸福。

程心如听了,胖胖的脸上露出笑意,没有发表意见,态度似乎是不鼓励也不反对。同学里不乏谈恋爱的人,程心如平时是瞧不起那些早早跌入爱情漩涡中的人的,他更瞧不起花花公子型的人物。早些时,有一次,他同家霆路遇谢乐山。那天,谢乐山吹着口哨,哼着外国歌,衣着讲究,戴着钻戒,话里夹着英文单词,一开口谈的都是舞场见闻和影星艳事。事后,程心如鄙视地说:"中国的青年,如果都像他,一定亡国!"将欧阳素心的事告诉了心如,他笑而不言,家霆明白心如一定是不以为然,只是不愿意使好朋友扫兴,才采取了沉默态度。这使家霆心里很不舒服,想:可惜我无法使你知道欧阳素心有多么可爱!如果你认识了她,一定会赞成我同她交往的。

余伯良听了,嬉皮笑脸,说:"请吃糖!请吃糖!"他不像程心如老练,用的是一种起哄、凑热闹的态度。家霆不喜欢心如的沉默,也不喜欢余伯良起哄。他希望好朋友听他讲了这件事后,能表态支持,能关心他的成功,能与他分担苦闷与快乐。可是,像石头扔在水里,什么也得不到。

他上课不安心,教英文的美国教员薛安之课堂提问,发现他心不在焉,叫他起来回答问题。英文课本用的是原版的《美国早期历史》,薛安之问的是一个有关华盛顿领导独立战争的问题。他没听到薛安之问什么,站起来瞠目结舌,引得同学们一阵哄笑。薛安之挺着大肚子,近视眼镜片下两只蓝眼睛瞅着他用英文说:"你平时是个好学生,为什么今天这样不正常?"又用中国话说:"不好!不好!顶不好!"

这天放学后,余伯良留在学校里打篮球,程心如同他一起回家。一路闲谈。程心如告诉他:"七月里我们去文化街撒传单那次见到暴徒袭击报馆,后来被巡捕抓到的几个暴徒被上海第一特区地方法院判了刑,'七十六号'气坏了,要求撤销原判,宣告无罪,还威吓法院。"又谈起退出四行仓库被公共租界工部局圈禁在胶州路孤军营的"四行孤军",由团长谢晋元率领每天仍举行晨操,升国旗,有些学校的学生常去慰问。谈起这类事,两人热血沸腾。最后,程心如劝他说:"我们年岁都小,顶好不要谈恋爱。你看你上课时那副失魂落魄的样子,有什么好的?"

家霆用沉默回答。他认为:程心如的话对,但感情怎么克制得住呢?心想:转眼明年我就十八岁了!再说,我并不就想到什么结婚不结婚的事。

见他沉默,程心如也不再说什么了。他内心又惭愧起来,感觉对于好朋友自己也并不诚恳,比如爸爸的事、舅舅柳忠华的事、方立荪的事,他都没有告诉过程心如和余伯良。而现在,自己对欧阳素心的那种感情,也只是有限地讲了一点给他们知道,并没有全部说出来。但这样做又似乎是恰当的。爸爸和舅舅柳忠华的事,不告诉程心如他们是为了爸爸和舅舅的安全,没有必要张扬。方立荪的事不告诉程心如他们,是因为这种事太丑恶。一个人似乎并不可能把内心的隐秘都说出来让人知道,只能有选择有分寸地将那些能公开的事让人知道,即使对好朋友也不能都做到完全坦率、毫无秘密。他想:舅舅显然是最能保守秘密的人。秘密同安全有关,秘密也同要去达到的某项特定目的有关。天下,势必没有绝对的坦率和诚恳,因为人太复杂,社会更复杂,不能用一种态度来对待所有的人和所有的事。他对人生的复杂引起了思索。原先一种单纯的思想逐渐被一种复杂的思想代替。每个人在心里保存着那些对人无害而自己不愿公开的隐秘,他觉得应当允许。这样想时,他就比较坦然了。

他同程心如回仁安里,弄堂口附近的酒店里正坐满了借酒浇愁的顾客。酒店生意兴隆,店里出售鸭翅、鸭肫、卤蛋、素鸡等熟菜,门口有卖清水阳澄湖大闸蟹的小贩在叫卖,铁丝笼里分等级装着大大小小的螃蟹。喝酒的客人买了蟹可以在酒店里煮熟了佐酒。一个卖油豆腐线粉的摊子,是个白发老头儿在卖,专做酒店里顾客的生意。一碗线粉,外加几只油豆腐,浇上金色的麻油、鲜红的辣油,香味扑鼻。经过线粉摊,看见一个长头发穿短打便衣的矮子,黑糊糊的胖脸,油光满面,眼光游移,手指上戴着金光闪闪的戒指,鬼鬼祟祟又飞扬跋扈,吸着香烟,同卖油豆腐线粉的白发老头在搭讪说话。

程心如忽然用肘碰碰家霆,说:"对了!你悄悄看看这个人,有件事要告诉你!"

家霆悄悄觑了矮子一眼,同程心如一起走进了仁安里,问:"心如,他怎么?"

程心如神秘地说:"这人最近常在弄堂里转来转去,有时在你们二十一号后门和前门转。听看弄堂的阿三说,他不敢问,怕得罪这矮子。矮子还有些同伴,有时两个人来,有时又换了另一个人来。"

看弄堂的阿三,五十多岁了,是个大烟鬼,单身一人住在弄堂口一间活动的衣橱样的木屋里。木屋小得只能睡他一个人。他管看弄堂兼带扫弄堂,买不起鸦片抽,经常不知从哪里弄了许多人家煮大烟过滤用的草纸来,熬出"龙头水"喝来杀大烟瘾,间或也见他在香烟锡纸上放一小撮白面,用火点化,用根吸管将点化的白面吸进嘴里吞下肚去过瘾。听程心如这么说,家霆心里大吃一惊,解悟到准是"七十六号"监视爸爸的特工。一时冲动,本想把爸爸的事告诉心如,话到嘴边,又留住了,只焦灼得丧魂落魄地说:"我回去,把这件事告诉家里!"

程心如分析说:"只有两种可能:一种是'七十六号'的特工,会不会是想搞暗杀的,因为你爸爸本来是要人;一种是强盗或者绑票,会不会因为你舅舅家有钱,想来捞一票?"

两人回家前站在弄堂里谈了一阵,家霆心里的浪头七上八下,终于说:"心如,我要赶快回去打招呼。以后,有情况你随时告诉我。"他同心如道别,急匆匆回家。

方丽清她们仍是在打麻将。真奇怪!麻将对她们为什么有这么大的吸引力,天天打也不厌呢?戏迷表哥方传经关上了房门在放留声机。家霆推门进去想放下书包,见戏迷表哥手执一把木头宝剑正在扭扭捏捏练舞剑,满脸是汗。家霆忽然发现睡的床和床头柜等物件都没有了,刚要问,传经先开口了,说:"乔迁之喜了!你的床拆了。东西'小娘娘'都给你搬到三楼去了。以后,你高升了,住三楼!"

他明白:方立荪带着"老虎头"、巧云和传文、传宝,前天雇了搬场公司的大卡车搬到新居去以后,楼上楼下都空出房间来了。他早看出戏迷表哥经常在外边胡调,夜里常常很迟回来,或者干脆不回来。怕他发现秘密,有时惊惶地问他:"我昨夜讲梦话了吗?你听到我讲些什么?"戏迷表哥并不乐意和他同住一间房,他也并不想同戏迷表哥混在一起。这下倒是两全其美了!他"唔"了一声,退身出房,掩上了门。

他顾不得上楼,先走到爸爸房里,见童霜威坐在沙发上,开了无线电,一边听广告一边看报,见家霆来了,"啪"地关了无线电,说:"简直没有什么可以听的!"他一脸闲居无聊的神色。家霆上前,激动地将刚才有关矮子的事一枝一瓣全都讲了。

童霜威听罢,脸上肌肉抽动,有点紧张,说:"好呀!反正是死守在家里不出去了!"稍停,又说:"你也要小心!他们会不会在我儿子的身上打什么主意呢?"他从沙发上站起身来,来回踱蹀,似是在计算分析。一会儿,说:"据我想,他们监视我则有之,暗杀我似尚无此必要。我不肯附逆,但名义已被盗用,他们马上来暗杀似乎小题大做、师出无名,影响也不好。你看是不是?"

家霆皱眉思索,担心地说:"我倒不要紧,您是有危险的。他们管什么青红皂白?一定要提防下毒手!"说着,眼睛湿润了。

童霜威带着感情看着儿子,说:"当然!反正,我不离开这间房!等会儿再同他们方家商量一下,把后门关紧,回绝所有陌生的客人。我看,过上一段,监视也就没劲了。到那时,一定想法偷跑!"又说:"现在,他们要逮捕抗日分子,也不很容易,要由日本宪兵队出面会同租界当局才能逮捕。我不附逆,但扣我一个帽子要逮捕我,似还扣不上。他们在租界上还不能为所欲为!我看,处境是险恶,还不至于出什么大事。你——"他安慰儿子:"不必着急!"说完,有意笑笑,表示坦然。

家霆觉得爸爸分析的有理,不再做声。爸爸的分析使他稍微宁静了一点,但心里总是有一种不快的情绪。越是有这种不快的情绪,越是想念欧阳素心了。他决定去打个电话给欧阳素心,约她出来谈谈。他说:"爸爸,我搬到三楼住了,现在去看看我的房间。"

他上了三楼,见原来巧云住的大房,全部家具都仍在,只是细软等搬走了。大柚木床原先是巧云和方立荪睡的,现在"小娘娘"方丽明在给他铺被单。他的许许多多各式各样的书和一些杂物,"小娘娘"都给他搬上了楼放在一边了。见他来了,"小娘娘"难得地笑着说:"你这些书真比砖头还重!"

他放下书包,谢了"小娘娘",问:"怎么这些家具都还没搬?"

"小娘娘"说:"买了新家具,旧家具只好搁在此地了。"

"小娘娘"这个人,平时一句多话也不说,一个笑容也不见,一天到晚,像个影子,常常出现,出现时也无声无息。家里有了她,她每天能埋头做许多事,如果不注意,却不使人感到她的存在,甚至还可能认为她是累赘、多余的人。天下事就是这么不公平。家霆有点可怜她。有天听方丽清同童霜威说:方老太太和两个儿子商定,再过一二年,就给"小娘娘"找个殷实可靠的人嫁掉。方立荪的绸缎庄里有个名叫郑金山的店员,比"小娘娘"大十七岁,会做生意,对老板忠心,老婆生黄疸病死了,未曾续弦,有一个十岁的女孩,方立荪看得中郑金山,决定要将"小娘娘"定亲定给郑金山,嫁给他填房。郑金山"相亲"后,表示对"小娘娘"满意。郑金山是个像杀猪的一样的胖子,胡子连腮,横眉竖眼。大舅妈"小翠红"见了,皱着眉说:"不行不行!这个人不行!……"但方老太太说:"怎么不行?立荪有眼光,他选中的人不会错!光图好看,找个荷花大少爷,有什么用?"据说"小娘娘"后来哭过几次,但她的命已经注定,这件婚姻是板上钉钉的事了!

家霆不让"小娘娘"给他铺床,自己抢过被单将床铺好,转身看时,"小娘娘"已经拿起笤帚去打扫隔壁房间了。他从三楼轻轻走到楼下去打电话。

拨了欧阳素心的电话号码,来接的是一个女人,声音不像那天见过面的中年女佣朱妈。他估计可能是欧阳素心的继母,态度倒还客气,只是带点无从捉摸的冷淡和矜傲。

过了一会儿,欧阳素心从楼上下来接电话。

家霆热情地问:"有空吗?"

她笑笑,答:"什么事?"声音很甜。

"我想约你在'白拉拉卡'见面,我们谈谈。"

她似乎是遮住嘴唇在说话:"要谈,我这里不是比那儿更好吗?你来,在我这里吃晚饭。"

他有点为难了,不想在她家吃饭。同她爸爸和继母见面一起吃饭,多么别扭!他推辞说:"啊,不了,还是在外边自由些。"

她很懂得他的心理,噗哧笑了一声:"来吧!我们俩一起单吃,不同他们一起吃!好不好?"

他喜出望外了,说:"我就来!"马上挂断了电话。

他走出仁安里时,天快黑了。天阴得能拧出水来,雨意很浓。他也不想回去拿雨衣,匆匆去公共汽车站。

一个钟点以后,家霆进入欧阳素心那间挂着富士山和樱花大油画的房间里了。

欧阳素心见他来了,情绪很好。她穿一件朴素的毛蓝布旗袍,没有打扮,却比打扮了更叫人看了舒服。她给他倒茶,又给他拿"沙利文"的糖果和新上市的福橘,说:"我已经跟厨房里讲了,吃得简单点,端到房里吃,你看好吗?"

家霆笑着说:"我来,不是为了吃!……这当然好!"

她抓住话进攻:"你是为什么来的呢?"

他语塞了,只好笑,笑得有点局促,也有点傻。

她陪着他笑,忽又任性地说:"唉,本来,我不想再同你来往了!但办不到。人生,为什么……"她没往下再说,却在玩弄着自己的手指。她十指尖尖,像女钢琴家的手。

他诧异地说:"怎么?为什么呢?"

她用坦率无邪的眼睛望着他说:"唉,我怕我们将来会不幸!"

他更大感不解了,问:"欧阳,你怎么这样想?"看到她有点凄楚的模样,他心里不安而且心疼。

她没有回答,抬起了头,脸上出现了一种勉强做出来的笑容,说:"我是怕我们加深了感情,对大家都不好。"

他相信了她的话,真诚地用从心里流出来的声音说:"欧阳,相信我吧!我不会做任何对你不好的事!我们都还年轻,但我确实——"他想说出那个最难于启口的字,却又为难地将滑到口边的话吞下去了,说:"想做你最忠实的好朋友!"

她笑了,顽皮地问:"用什么表明你是最忠实的好朋友呢?"

他诚实地答:"到现在为止,我还没有把任何事都告诉过别人。对你,今后,一切事,我心里的一切话,都可以对你说,告诉你。你知道,一个人,如果没有一个知音可以谈心,是痛苦的。"

她摇摇头:"如果你对我这样,而我对你不这样,你能忍受吗?"

他毫不考虑地说:"当然能够忍受! 要求我自己做到的,并不要求你也做到。我只希望我对你献出一切,而不要求你为我作出什么牺牲。"

她笑声里洋溢着欢乐:"啊,为什么这样不公平?"

"不为什么,只因为我——"他又想说那个字眼了,仍艰难得没有说出来,只是红着脸激动地说,"愿意用这来表明我的忠实、真诚。"

她忽然平静下来,好像悄悄叹了一口气,走近开着的窗口,看着已经黑暗下来的天空,又看着远处似是罩上了黑纱的有闪烁灯光的大楼,忽然岔开话题说:"啊,天要下雨了!"

厨房里让梳发髻的中年女佣朱妈用托盘把晚饭送到房里来了:一人一盘肉丝菠菜炒面和一碗鸡蛋羹。

欧阳素心招呼家霆:"来来来,我们边吃边谈。"

这时,下雨了,雨很大,淅淅沥沥在浸透了墨汁似的夜色中降落。雨声急骤,转瞬间又变成一片无法分出节奏的哗哗声了。有风将雨扫进窗来,带点绵绵的凉意。家霆连忙帮欧阳素心去关上窗户。

他俩在秋天的雨声中,吃着晚饭,回忆起从小学到初一在南京时的往事,谈得欢洽。

"那时候——"她说,"有一次初秋下大雨,我独自走回家去,没打伞,也没穿雨衣,头发上滴着水,浑身湿淋淋的,回去把爸爸吓了一跳,说:'啊呀,要生病的呀!'可我高兴地说:'真凉快!真舒服!'"

"那时候——"他说,"一年初夏,我小叔军威当时在军校上学,陪我到玄武湖钓鱼。下了雨,鱼特别容易吃饵上钩,钓了许多鱼。有个小女孩挽篮来叫卖樱桃,滴溜滚圆的樱桃又红又甜,我们买了樱桃一边吃一边钓鱼。这以后,再也没吃过那么好的樱桃了。"

那时候,男学生都爱在秋天时斗蟋蟀。女学生爱看斗蟋蟀,多数不敢去蔓草乱石丛中捕捉蟋蟀。欧阳素心不同,她敢抓蟋蟀,也要养蟋蟀。有些男生争着把自己的蟋蟀送给她。家霆有一天和谢乐山一起去北极阁捉蟋蟀,在野坟堆里听到一只蟋蟀"嘿嘿",叫声特别洪亮。家霆说:"听!这蟋蟀叫声多好!"谢乐山说:"我早听到它叫了!该归我!"他抢先上去把大石一掀,天哪!里边窜出一条通红的大蜈蚣来,谢乐山"哎呀"一声,回身一跳,一跤跌在一丈多外的草丛里,额上磕了一个大包。第二天同学们知道了都哈哈大笑。谢乐山事后偷偷告诉家霆:"我抓那只蟋蟀是想送给欧阳素心的,要不然,就让你抓了。没想到……真晦气!"

现在,谈起了这件旧事,欧阳素心笑得呛咳起来,说:"要不是今天你说,我还真一点不知道呢!昨天,谢乐山又来电话,这次倒不邀我跳舞了,说要请我去'D.D.S.'咖啡馆,我说头疼回绝了。为了小时候捉蟋蟀这件事,下次他再来电话——"她开心地格格发笑。

家霆问:"怎么样?"

她仍在笑:"我一定只有再陪他一次!"

雨水打着玻璃窗,清脆有声,像琵琶轻抹慢弹。窗玻璃上的雨水溢下来,不断地溢下来,映着灯光,珍珠似的灿烂闪光。外边天色黝黑,迷迷蒙蒙。远处不知谁家的钢琴声传来,叮叮咚咚,仿佛来自天的尽头,音韵悠长、苍茫。

　　吃着炒面,叙着旧,两人常笑得格格的特别高兴。回忆使他们亲近,沉湎在一种甜美、温暖的情绪中。晚饭吃完,朱妈来将碗盘和筷子收走。听着不绝如缕的雨曲,欧阳素心忽然显得心神不宁。她开了床头柜上一只奶油色的收音机。电台那么多,一个接一个。她调拨了一会儿,不是广告,就是京戏、申曲、滑稽戏或是靡靡之音的流行歌曲。她"啪"的又关上了收音机,缥缥缈缈叹息了一声。

　　家霆想:她可能又要像上次一样播放贝多芬的《命运》了。谁知,没有,她只是用眼看着那不断溅打在亮晃晃窗玻璃上的雨水。雨水正像泪水似的在玻璃上淋漓流泻。

　　她忽然推开窗户放进风雨来。雨,溅湿了她的衣服;风,吹得她的黑发飘飘飞动。她却伸开双臂像迎接和拥抱风雨,又似要让风雨驱散心上的什么痛苦。她才十七岁,又这么美丽,怎么有这么多的负担呢?

　　家霆上去,轻轻给她关上了窗户。她向他笑笑,说:"我还是像小时候一样,爱淋淋风雨!……真凉快!真舒服!"

　　家霆想找点话题谈谈,想起了那天看到过的画室,说:"欧阳,能让我看看你的画吗?"

　　欧阳素心说:"当然可以!"她去开了那扇通向画室的门,风趣地说:"看看我新画的一幅巨作吧!"她"啪"的开了电灯。

　　他跟着她走进了有着松脂油香的画室。画室洁净,又极杂乱,放着一只长沙发,有一只堆满了杂物的长条桌。此外,是画架画布、帆布画凳。墙上、地上挂放着许多幅油画,有风景,也有人像、静物,多数没有画完。有一幅风景画上只胡乱涂上了各种色块。

　　他看到了在画架上的那幅她新完成的杰作。

　　油画的色彩漂亮极了!令人着迷。画得随心所欲,飘飘欲仙,富于灵气,温暖、朦胧,把人带入梦一般的意境。她写意而不拘泥于写实。云和雾气扑朔迷离,使一切都变得如梦似烟,令人产生微醺的感觉。画上有海,海中有山,山在深深浅浅虚虚实实的云雾之中。海平线上堆积着沉甸甸压在海面上的乌云,风盛云涌,似有无声的闪闪雷电在震颤。海天弥合,若接若离,清新透明的空气似在抖动。蓝幽幽的云雾露出空豁,晃动着光束。光束摇曳生姿,荡漾开去,变幻着色彩,是童话世界与梦幻意境的化身。有一轮光束给乌云镶上了金边,是隐而未露的太阳的光?使人真盼着一个金色的太阳快点喷薄而出。

她说:"喜欢吗?是我们争辩了《战争与和平》后那夜我画的,一直画到第二天早上,整整一夜没睡。"

她画的是什么呢?像是仙境,给人缥缈、幽远的印象。除了神秘的变化着的海、山、云、雾、天空、光束,还有山上的花。花,一定是山杜鹃,开放得如火如荼,鲜艳极了。

他赞叹地说:"啊,美极了!真是一幅奇异的杰作!可惜我能有感受,却说不出。我觉得这里充满了你的想象,不然绝不可能这么美!你能告诉我,你画的到底是什么?"

她爽朗地笑了,说:"我自己也说不清。我画的是我想追求的东西,也许是和平?是幸福?是爱?是美?是真理?……总之,是最最美好的东西,也是在我想象和感觉中缥缥缈缈的东西。最美好的东西都被战争破坏了!"

是呀,画上的云团和雾气似有形似无形,它们凝滞、移动、消逝,光线穿插环绕,在向四方扩散。淡紫色的、蔚蓝色的、紫红色的、银灰色的色彩和光辉闪耀璀璨,画上边蕴含着美,一种惊心动魄的美,一种震慑人心的美!他看着画,对她说:"你像个哲学家了!但,为什么这样悲观?"

"艺术家应当是哲学家,用颜色、光线和形象来表现思想和感觉,发掘它的意义和价值。可惜我还做不到。"

"应当给这幅画起一个美丽的名字!"

"我早就想好了,画名是《山在虚无缥缈间》,行吗?"

他久久地凝视着这幅画,色和光的运用是非常神奇的。听着雨声哗哗,感到画面上的云雾飘浮波动,高山似隐似现。这使他记起,战前在南京潇湘路家里在雨中或在云雾缭绕的黎明远眺紫金山的情景。有时狂风暴雨骤然而至,阳光收敛,一切变为迷茫。云雾如浪涛,似有无声的音乐在飘响。画,真美,可惜太虚幻了!又好像尚未画完。

他想说些什么,又不知说些什么好。

她又将他带出画室回到房里。然后,站到窗前,呆呆地看着雨水泼剌剌地在窗玻璃上喷溅,默默无言。

雨哗哗在下,奏琴般地敲打着窗前的树叶,连绵有声,不断如缕。在渺渺的夜空下,雨水一定正泛流在房顶和马路上。家霆也说不出自己今夜来要达到什么目的。他只是想看看欧阳素心,同她谈谈,跟她一起消磨一个夜晚,看看她那双神奇的跳跃着希望的火苗的眼睛。他心里也渴望着今晚能得到她一个许诺,哪怕是点一下头或默认似的笑一下也好。他想把自己在感情上交给她,同样也希望她能给予回报。雨声使他的心感到压抑。他凝望着她,感叹和惊讶她在那幅画上所表现出的天才。她默默无声地坐着,听着雨声,似乎生活在空虚之中,模样像他看到过的法国画家雷诺阿画的一幅《罗曼·拉科小姐像》,只不过,她比那位贵族小姐还要耐看得多,朴素、自然而高贵。

忽然,雨,变小了。他觉得不应该回去得太晚,心里像有浪潮澎湃,想说的话总觉得难以出口,但他终于鼓足勇气说:"欧阳,我以后能成为你的好朋友吗?"

欧阳素心用一种含着感情的眼光望着他,说:"你唤醒了我许多美好的回忆和思念。你怎么还这样说呢?"

感情是很难表达的,它超越了语言。他觉得这就是满意的答复了,说:"我走了!"心里是舒畅的。他的心沉浮在一个饱满而欢悦的情感世界里。

她看看窗外快要停歇的小雨,说:"雨恐怕还要下,你就早点回去吧!"

她把自己用的一把讲究的花伞递在他手里,送他下楼。楼下客堂里的门虚掩着,听得出里边有客人热闹地在讲话。她冒着雨送他到了门口,替他关铁门,身上的毛蓝布旗袍都淋湿了。临别时,他看到她白皙的脸上有一种亲切迷人的微笑。她对他轻声妩媚地说:"什么时候想看到我,就给我打电话吧!"

家霆第二天精神抖擞。

昨晚的事,他每一想起立刻有一种幸福的感觉。白天在学校里,下了课他老是想唱唱歌。有这样高兴的事,真想告诉给别人知道。但想起程心如对他的冷静的劝告,想起余伯良那种起哄的孩子气,他就又不想告诉他们了。

下课放学回到家里以后,发现异常的静悄。既无牌声,也无留声机京戏唱片声和谈笑声。"小娘娘"告诉他:"除了你爸爸,人都去西爱咸斯路吃晚饭了。"

"西爱咸斯路"指的是方立苏新买的花园洋房。

家霆到爸爸房里,见童霜威睡着,他就不惊动爸爸了。踮脚走路,见桌上有一幅爸爸写好的草书放在那里,细细一看,是抄录的文天祥的《正气歌》:"天地有正气,杂然赋流形……于人曰浩然,沛乎塞苍冥……"笔走龙蛇,大气磅礴,他似乎能明白爸爸的心意。看看睡着的童霜威,心想:爸爸一定心情不好,寂寞无聊,所以睡了。心里感到一阵难受。

他回到三楼房里,自己也说不出是为了什么,竟将珍藏着的妈妈的遗像拿出来看了半天。照片是在苏州寒山寺照壁墙前几树杏花旁拍摄的。妈妈柳苇在褪色发黄的照片上带着向往的神情在微笑。翻转照片，他又诵读起照片背后那四句用铅笔写的诗来了："一陂春水绕花身，花影妖娆各占春。纵被东风吹作雪，绝胜南陌碾成尘。"看着照片诵着诗时，他禁不住心里发酸了。

他现在一人单住一间房，比同戏迷表哥方传经同住一间房要好得多了。安静、自由，闻不到传经有时喷人的酒气；看不到传经一个接一个大声打哈欠；更听不到传经一遍又一遍扭扭捏捏哼京戏、听唱片……此刻，看着妈妈的照片，他流着泪从心里面把自己的高兴无声地倾诉给妈妈听。他觉得照片上的妈妈似乎是欢乐的。

看着照片，他想起舅舅和杨秋水阿姨来了。幸而有这张照片，还能看到妈妈的模样。他决定以后要把这张照片给欧阳素心看，在适当的时候将妈妈的事也告诉她。

想起了舅舅和杨秋水阿姨，他忽然有一种强烈地想再看看他们的愿望。昨天刚见过欧阳素心，今天他又想再见到她，同她在一起是一种甜蜜的幸福。可是，有顾虑：欧阳素心说过，她的继母是一个"生性像长着浑身螫毛的荨麻一样爱刺人的女人"。这使他警惕：绝不能天天去找欧阳素心，免得被她的继母嚼舌。他想：尽管舅舅叮嘱我不要再去找他，但我悄悄去一次怕什么呢？我要去看看舅舅，也看看杨秋水阿姨，将爸爸现在的情况告诉他们。那天舅舅打电话来时，太匆促，也说得太简略，他一定是非常不放心的。再说，我也要同舅舅商量一下，该叫爸爸怎么办才好？这样一想，他决定再到沪西去一次。

他下楼对"小娘娘"说："我出去有点事，不在家吃饭了。爸爸醒来，请你对他说一声。"说完，迈步走出后门。

在弄堂口他大吃一惊，看到那手戴金戒指的黑胖矮子，穿着短打在对面马路边上站着抽烟。但对他似乎并不注意。他有心试试,快步流星地走,在马路上绕来绕去,看看背后有没有人跟踪。试了一会儿,并没有人盯梢,他走到汽车站,跳上一辆公共汽车就走了。

照上次的走法,又到了永康纱厂劳工夜校门前了。使他高兴的是:杨秋水阿姨仍旧坐在上次的老地方在同一些女工不知谈些什么。已是黄昏,他凑上前去,在门口叫了一声:"杨阿姨!"

见到家霆,杨秋水戴着眼镜的清秀白净的脸上露出欣喜,起身来到门口,说:"嗬,是你呀!……"又问:"来干什么?"不等家霆回答,又说:"你一定还没有吃过晚饭吧?在前边等我一会儿,我把这里的事了一了,我们一同去吃饭。"

他点点头,见杨秋水很忙,独自离开夜校,在前边不远处的一个小弄堂附近等着。身边一只水泥垃圾箱开着盖,有个背筐拾垃圾和香烟头的小孩在翻动垃圾。近旁一个小便池里臭气熏天。这一带比起市区热闹地段,显得特别贫穷、破陋与寒碜。

只过了不到十分钟,杨秋水出来找家霆了。近前后,她热络地轻声问:"家霆,找你舅舅?"

家霆点点头,补充说:"也看看您。"

杨秋水和蔼地笑了,说:"你舅舅叮嘱你不要来的呀!他早搬走了,在什么地方我也不知道。"话虽如此,她却没有严厉责怪的意思,拍拍家霆的肩膀,说:"走,我们去吃馄饨,一路谈谈。"

家霆听说舅舅不在,也不知在哪里,心里空落落的有些失望,说:"杨阿姨,我怕舅舅不放心我们,所以来看看他同他说说的。他不在我就同你说。你要是见到他,把我的话转告他。"说着,简单将有人监视等情况说了。

杨秋水挽着他的胳膊听他说完,皱着眉说:"你爸爸的胆量太小了!他受监视是真,但这事放在你舅舅身上,是一定会努力想出摆脱监视的办法来的。当然,你爸爸年岁大些,又养尊处优惯了,人对条件的要求不同,这也不能太苛责他。"稍停,又叮嘱说:"看来,你爸爸也只有照现在这样办了。小心提防,等到有机会马上想法走。"

他们在上次家霆见到柳忠华舅舅的那条弄堂外的横街上,走进一家吃馄饨的小店里去。生意不太好,顾客少,店里兼卖大饼油条。家霆抢着买了两副大饼油条,杨秋水叫了两碗菜肉馄饨,家霆又抢着付了钱。杨秋水笑了,说:"怎么?怕阿姨穷请不起你?"她从店老板娘手里将钱取回交给家霆,自己又付了钱。家霆只好由她。

两人坐下,邻座无人。家霆忍不住说:"杨阿姨,我来也是想看看您的。您能多讲点妈妈的事给我听听吗?"

杨秋水亲切地看着家霆,家霆感到她像个母亲。她叹口气说:"可以的,但我需要想一想。将来,总有机会讲给你听的。今天,我心情不宁。你知道吗?就是上次你见到的那个银娣,她的娘死了!"

"她娘死了?"家霆感到太突然了,立刻又想到了金娣,太凄惨了,这家人家太不幸了!他难过地说:"前不久还见她到仁安里去的,怎么死了呢?"他脑际浮现出金娣娘病恹恹的样子。

老板娘端了馄饨来。馄饨一只只很大,汤上飘着葱花和猪油,散着热气。

杨秋水用汤匙舀馄饨吃,轻声地说:"银娣和她娘逃难到了上海后,本来都在牛庄路大慈难民收容所的。银娣是个聪明伶俐又上进的小姑娘。难民所里,不但上文化课,也进行抗日教育,她表现很好。因为长得好看,难民所里混杂在难民中的流氓要欺侮她。那时我正在难民所里工作。我们开除了流氓,恢复了秩序。我们用移民垦荒的名义,送过几批难胞离开上海,有的到嘉定、清浦、常熟一带去参加江南抗日义勇军,有的到浙江温州转往皖南去新四军里参加抗战。银娣本来也要送走的,因为她妈妈有严重的心脏病,没能去。难民所里将她母女输送到了纱厂。她娘身体本来不好,去仁安里方家回来后,知道大女儿死了,老是恨自己对不起女儿,哭得不停。这不,昨天夜里,突然叫喊心口疼,打了几个滚就死了。"

家霆听到这里,哼哼地呻吟了一声,匙里一只馄饨掉到桌上,问:"银娣怎么办呢?"

杨秋水边吃边说:"她死了,银娣又有麻烦事。她那粗纱间的拿摩温给一个同'七十六号'有关系的招工头拉皮条。招工头看中了银娣,纠缠了好几次。娘一死,银娣单身住工房更不方便,很怕随时会被那招工头侮辱。我想给她换个厂或者另外找个地方落落脚,还没有门路,所以心里烦得很!"

听杨阿姨一口气谈这些情况,家霆忽然心上萌发了一个念头。他本来在那天第一次见到银娣和她娘时,就决心要尽力给她们一些同情和帮助的,一直没有如愿,心里老像欠缺了什么。现在,银娣的娘死了,银娣孤子一人,面临可怕、尴尬的处境,他觉得拿出自己的力量来帮助她是义不容辞的。他忽然想到了欧阳素心,他说:"杨阿姨,我认识一个女同学,她家里很阔绰的。倘若,我将银娣介绍给她,在她家帮佣,你看是不是行?"

杨秋水说:"那当然行!至少暂时也可帮助她渡过困境呀!"但又问:"你这女同学家是干什么的?"

家霆如实根据自己知道的作了介绍,说:"我马上先打个电话问问她,你看好不好?"

他们匆匆将馄饨和大饼油条都吃了。杨秋水陪家霆到附近一家小烟纸店里借打电话。巧得很,欧阳素心在家。

家霆在电话中说:"欧阳吗?我想求你一件事……"他将银娣

的情况扼要讲了,说:"倘若让她去你家帮佣,给你做做伴,我看你是一定会喜欢她的。她长得还真有点像你呢!"

欧阳素心笑了,说:"天老爷,你真有趣!怎么会突然想出这么一件怪事来找我?"见他态度恳切,她最后说:"我同爸爸商量一下,我看是可以的。我们是缺少一个勤快可靠、识点字能送茶待客的人。我一定努力办。"

他觉得她是一诺千金的,放下电话,欣慰地说:"事情看来是一定成功了!"又说:"等她到了欧阳家,我要劝欧阳给她条件,让她继续上学。环龙路上,有个夜间补习学校,她可以晚上去补习。"他说这话时,感到自己做了一件好事,一件对金娣一家补偿歉疚的好事,使他减轻了心上的负担。

他同杨秋水阿姨约定了明天再见面的时间,并且商定了带银娣去欧阳素心家帮佣的步骤。然后,又陪杨秋水说了一会儿,才告别回家。

天空,像黑色的锦缎,使人有一种难以解脱的沉重压力罩在头顶。在路边等公共汽车时,周围有世俗的喧嚣:小汽车的喇叭声,脚踏车的铃铛声,小贩的叫卖声……忽然,一幢楼房里不知谁家有人在弹奏曼陀铃,清脆的乐声随着秋风在夜空流泻,欢跃的音波,卷起了家霆心上的风雨。弹的是《义勇军进行曲》。抗战初期,这支歌响彻云霄,无论城乡,无论东西南北,处处都听到人在高唱:"起来,不愿做奴隶的人们!……"现在,"孤岛"充塞靡靡之音,环境险恶,很少听到这支激动人心充满雷声与怒涛的歌曲了!今夜,听到了它,感染力更强,使家霆想起了抗战初期许多往事。弹奏者是什么样的人呢?家霆屏息静听,心头动情,饱含激奋。公共汽车靠站了,他由着别人往上挤,站住脚跟不动。他恋恋不舍,不愿向这最强音告别,仍在静静倾听,停留着准备再等下一辆车。他珍惜这沸腾的乐声,沐浴着金风,许多激动的思想在心头荡漾。

五

转眼来到了冬天。

童霜威处于被暗中监视不敢随意动弹的蜗居情况下,心情十分恶劣。

这种恶劣,当然也同国内和国际形势有关。

国内蓬勃的抗战高潮似乎已经过去。汪精卫降日以后,敌伪不断在广播和报纸上以"反共"为日军停止进攻及变"反蒋"为"拥蒋"的条件。明眼人当然看得出这是一种诱降的手腕。日军自从占领武汉以后,进攻似乎不那么凌厉了,战局形成一副拖拉相持的状态。被软禁似的这种生活什么时候才能解脱?童霜威烦躁、痛苦极了。

国际形势,比童霜威预卜的也糟得多。九月初,德国闪电战进攻波兰,波兰节节败退。英、法虽然立即对德国宣战,但没有给波兰切实的军事援助,不到一个月,华沙沦陷,波兰宣告覆亡。希特勒出兵波兰时,那晚家霆买了一张号外带回来给爸爸看,童霜威曾很高兴地说:"英法终于同德国打起来了!德国是同日本一条战线的,英法也势必会同中国站在一条战线上了!以后,就看美国怎么了!美国拥有雄厚的实力,对于中国,口头上有时好像表示同情,实际上战略物资又去卖给日本,态度上也是迁就日本。现在,只希望美国的态度能有个改变了。"

"美国的态度会不会改变呢?"家霆问。

童霜威摇头叹息:"日本狼子野心,时刻想排斥英美等西方列强在亚洲的势力实现霸权。现在日本、德国、意大利都很得势,都很猖狂,谁要是看不到这点,迟早是要吃亏的。可叹美国好像还很麻木！什么时候她不麻木了，态度也就会改变了。"

"英、法军事上能抗住德国的闪电战吗？"

"我看总不成问题吧。"童霜威乐观地说。

可是，事实证明，童霜威的估计完全错了！

下一步欧洲战局如何发展？童霜威觉得自己是很难估计了。这些日子，他常默诵南宋宇文虚中的七律排遣心中的不快：

  遥夜沉沉满幕霜，有时归梦到家乡。
  传闻已筑西河馆，自许能肥北海羊。
  回首两朝俱草莽，驰心万里绝农桑。
  人生一死浑闲事，裂眦穿胸不汝忘。

宇文虚中南宋高宗初年时出使金国被扣留，后遭杀害。这首诗中，第三句的"西河馆"有个典故：春秋时，在平丘之盟中晋人扣押了鲁国的季孙如意。晋叔鱼劝季孙如意投降，说："鲋（叔鱼）也闻诸吏将为子除馆于西河。"这句的意思是，听说金人将要软禁自己。第四句的"北海羊"则指的是苏武牧羊坚贞不屈的典故。童霜威每当诵着这些诗时，就会感到心地畅快，情绪悲壮。他方寸已乱，自己写不出诗来，胸臆间的块垒，只有借诵念他人的诗才能发泄了。

弄堂外的监视，一直没有撤除。究竟是每天都有人监视，抑是偶尔有人来监视？弄不清。童霜威有一种八公山下草木皆兵的感觉，可怕的威胁一直无形地像彤云密布在心上。

江怀南托人转请方立荪给带过两次苏州的吃食来。说他在苏州，公务繁忙，未到上海，所以没有来看望。童霜威本来也不想见他。心里怀疑江怀南可能知道仁安里二十一号受到了监视，所以不来。这个人是十分精灵圆滑的。

方立荪有一次带回过消息，说："我从丁老太爷那里，听说妹夫你是被'七十六号'监视着的。监视的人同公共租界巡捕房的包打听全有关系,报告捕房也无用。'七十六号'的警卫总队长吴四宝是个凶神恶煞,原来也是上海青红帮里的人。他杀人不眨眼,现在绑票勒索,厉害得很,什么人都不在他们眼里。你处处要特别谨慎小心。"

家霆托程心如向看弄堂的阿三打听消息。阿三做着手势胆小怕事地说:"那个戴金戒指的黑矮胖和他一伙的人,一个葫芦头,一个小眼睛,经常轮流在弄堂口和弄堂里转。神得很!忽而去了,忽而又来了!像《封神榜》上的土行孙!"

听到这样一些话,童霜威十分紧张,仿佛自己被一张拖天扫地的大网罩住了。逃脱没有希望,怎么办呢?他六神无主,终日惶惶然、噩噩然。

这是十一月二十四号。他早上迟迟起来,听到方丽清和方老太太、"小翠红",还有二十三号里的陈太太已经打起麻将来了。但又忽然有了"老虎头"的声音。"老虎头"搬走了,打麻将三缺一了,方老太太只好去请隔壁的陈太太来。陈太太的先生做米生意,很发财,是有身价的人家。但"老虎头"舍不得这里的麻将,常常赶来凑一脚。今天,"老虎头"来迟了。童霜威听到方丽清在说:"我让你打!我手气今天太背!等一会儿,换换手气再打。""老虎头"客气了几句,好像是坐下打牌了。方丽清仍留在那里看牌。一早就听"啪!""啪!""哗啦哗啦"的麻将声,童霜威心里更加烦躁。

早点后,他翻开"小娘娘"送来的当天的报纸,万万没有想到翻到社会新闻版,一条触目惊心的新闻加了花边框刺激着他的眼睛:

昨日上午巨泼来斯路血案

公共租界高二法院刑庭长郁华遭暗杀

(本报讯)昨日(十一月二十三日)上午八时许,居住法租界巨泼来斯路一号之公共租界高二法院刑庭长郁华,循例出门,拟往法院办公,正上自备包车之际,遭预先埋伏在该处之歹徒二人开枪狙击。郁氏不及躲避,被击中三弹,一中胸部,一中腰部,一适中心窝,穿入后背。郁氏痛倒在地,血如泉涌。车夫当时冲上前将开枪歹徒之手抱住。但被凶手挣脱逃跑,凶手曾向车夫开了一枪,慌乱间未曾打中。车夫追至蒲石路口,见凶手奔上"8741"号汽车逃走,急向巡捕房报告。俟探捕赶来,凶手早已无影无踪。郁氏因伤及要害,在送往医院途中与世长辞。郁氏早年肄业于日本东京法政大学法科。回国后历任司法行政部刑章司第三科科长。据云被刺与今年七月二十二日袭击《中美日报》社时被捕之暴徒被判刑之事有关。郁氏日前曾收到恐吓信一封,要承审此案的郁氏撤销原判,宣告无罪,否则与渠本人不利。但郁氏坚决不为恶势力威胁所屈服,仍维持原判,将上诉驳回,遂遭毒手云。

郁华,童霜威是认识的。他有个弟弟叫郁达夫,有点名气,是位做小说的。郁华在日本留学时,也曾将他弟弟带到日本读书。郁华为人耿直,衣着朴素,一口浙江富阳口音的普通话也还萦绕在童霜威耳边。看到他遭歹徒暗杀的消息,童霜威先是恨"七十六号"日伪特工的残暴无耻,又痛心郁华的死。接着,却又感到身上发冷、两手发凉,产生一种惧怕的心理,可恨的汉奸什么坏事做不出来呢?

他有一种窒息感,窒息感是由恨和怕交织成的。放下报纸,在阳台里边,隔着明晃晃的玻璃门望着那块灰蒙蒙的被周围楼房屋顶分锯成不规则形的天空,愁闷地又想起去年深秋在香港湾仔蛰居时的心情了。非常后悔回到"孤岛"上来。就是向人借钱也应当到重庆去的嘛!无论如何,那里总比这里好得多的嘛!心里十分痛苦:自己未始不算老谋深算,为什么下错了这步棋呢?"棋差一着满盘输",真不堪设想呀!

他背着手开始在房里来回踱蹀,嘴里又轻轻吟起诗来:"遥夜沉沉满幕霜,有时归梦到家乡……"

忽然,他听到方丽清在同一个男的在说话。话声、笑声和脚步声越来越近,边走边说,是到房里来了。男的"哈哈"笑着,笑声淹没了话声。一听熟悉的笑声,童霜威心一惊,转过身来,果然看见方丽清陪着胖得像面包似的谢元嵩走进房来。童霜威明白:虽然我一再叮嘱任何客人来都不见,方丽清为了要我下水附逆,对谢元嵩是当"贵宾"看待的。这不,她竟亲自陪着戴黑呢帽、脚步蹒跚、衔雪茄烟的谢元嵩来了!童霜威心里真是生气。自从那天通电话后,他明知是得罪谢元嵩了,可没想到谢元嵩竟忽然又来了,这只九头鸟!这只白虎星!他今天突然又来,干什么呢?

只见谢元嵩张着蛤蟆嘴拱手打哈哈:"哈哈,啸天兄!久不见面,你可好啊?今天来看看你,叙谈叙谈。哈哈,如果不是见到嫂夫人,险险要吃闭门羹!楼下一个小姑娘,哈哈,偏说你不在!哈哈……"他那两只蛤蟆眼里泛着得意的神色,气色很好。一件崭新的黑呢大衣和花呢西装都做工讲究,只可惜穿在他身上有点不相称。

方丽清少有的热情殷勤,不但倒茶,还拿出香烟、端出果盘。她有些事还是很聪明的,见谢元嵩来,感到又有人来劝童霜威了,高兴得红着脸说:"啊,啸天不通人情世故,不识相!你是他好朋友,多劝劝他,多劝劝他!"说完,就又放心地去对面方老太太房里打麻将去了。

童霜威像喝了一碗苦药,又加喝了一杯烧酒一瓶酸醋,也不知心里嘴里是什么味儿。请谢元嵩在小沙发上坐下,自己也在旁边另一只小沙发上陪着,知道吵和骂、板脸和冷淡都不是办法,叹口气说:"元嵩兄,我身体一直不好,心脏、血压都有病,必须静养。你我相交过去不错,这一次,你是害苦了我了!"

谢元嵩脱下黑呢帽,露出秃顶,眨眨蛤蟆眼,似是老实得不能理解,说:"怎么?啸天兄,我还以为你经过这么一段韬光养性,对有些事一定早想通了呢！哈哈,如非我代你在'六大'上签了个名,你能平平安安无事享福到今天？今天报看了吧？郁华出事了！我知道你跟他不错,这人我也认识。书呆子气！好啰,他这下不做书呆子也迟了！"

童霜威皱眉,谢元嵩的话无法受用。

谢元嵩的雪茄烟味又随喷出来的烟雾弥漫一房,叫童霜威闻了头晕。他咂咂嘴说:"现在,你也该出山施展抱负了！我这人,说真心话办真心事是出名的,你完全应该信任我。你没注意到吗？和平是大势所趋,反共也是大势所趋。汪先生的建议事实已经被重庆接受。不过汪先生认为不妨直接谈判,重庆他们则主张通过国际调解谈判。汪先生主张公开反共,蒋先生主张隐蔽点反共,如此而已。区别并不大。蒋先生是心里想和,嘴里不敢言和;汪先生则是心口如一,为国家民族着想。说来说去,坏在共产党手里！要不,和平也许早实现了！"

童霜威吐了一口闷气,耳朵里嗡嗡响,天冷,胁下仍淌出汗来。

谢元嵩观察着童霜威的表情,从果盘里扞一只金丝蜜枣放在嘴里,嚼着说:"中国现在的处境要得到挽救,惟一的药方是与日本从速恢复和平。我这人,一向最老实、最诚恳,你是知道的。我对啸天兄你诚恳,你也应当对我诚恳。我今天,是专诚代表汪先生来看望你的。"说着,将个枣核"噗"的吐在痰盂里。雪茄灭了,他又擦火柴点雪茄大口狂吸。

童霜威被他大胆坦率的汉奸言论惊呆了。听他说是代表汪精卫来看望的,也辨不清真假,这个开口"老实"、闭口"真心"的人,历来叫人难以捉摸。佯作没听清他讲的话,自顾自地说:"元嵩兄,我只想有一个安居的环境,不要给我威胁,我希望能办到这一点。别的事我都无兴趣！"

谢元嵩吸了一口雪茄,爽快地点头:"哦,好办！好办！是不成问题的问题嘛！汪先生正忙于筹建国府还都的事,正想仰仗各方同志一起努力！希望同你见见面、叙叙旧,谈谈和运。我是奉命先来劝驾的。明天下午如何？约定时间,派车来接！"

啊！听得出真的是汪精卫派他来的。童霜威心跳加速,说："元嵩兄！我的态度你早已知道！是否不要强人所难？请代转告,我健康状况不好。有你关照,我想会谅解的。"

谢元嵩咧开蛤蟆嘴笑笑,笑得无声,有点狡猾,又似乎挺憨厚,忽又叹口粗气,说："啸天兄,玩政治的人都是滑头,都有手腕,都会变魔术。像我这样规规矩矩、实心实意肯说老实话以诚待人的傻瓜不多,这你最了解。汪先生希望同你见面,不去不但失礼,而且失策。干什么事都是迟不如早！比如瓜分一条猪,先来者吃腿肉,后来者可能只剩猪头猪尾猪杂碎了！请客你不张嘴,偏要敬酒不吃吃罚酒,何苦来哉？倘到那一步,唉,老朋友,你的处境真的危险了！"

童霜威心上一刺,感到了严重的威胁,想到了郁华的死,仿佛看到了淋漓的鲜血。但,此时此地,去同做了汉奸的汪精卫见面,是万万不可以的。他们已经盗用了我的名义,如果再深陷下去,将不可能被局外人谅解了,横下心说："'与其不逊也,宁固！'我身体不好,需要养病,确不能也不想过问政治。失礼只有请包涵了！"

谢元嵩虽然仍咧开嘴打着哈哈,已经感到劝得没有劲道了,像拿出杀手锏似的突然用打雷似的声音说："啸天兄！你这个玩政治的人,真是滑头！真有手腕！真会变魔术啊！我太傻了！上你当了！"

真不知从何说起！童霜威像吃了一只钻天椒,又吃了一块老姜,再加吃了一头辣蒜,开不得口,气得发抖,神情似是在问：你怎么啦？……

谢元嵩大摇其头,吃了大亏似的,振振有辞地说："并非我危言耸听！你是老于宦途的人,应当知道政治无情！你既然口口声声身体不好,不想过问政治,何以口上一套,暗中一套？"他两只蛤蟆眼不怀好意地盯着童霜威的眼睛,气势逼人地说:"你与重庆地下人员秘密勾结的事,别以为人不知道。天下之事,若要人不知,除非己莫为！哈哈……"

童霜威遽然色变,立刻想到了在"皇冠"同张洪池见面的事,心一虚,嘴上嗫嚅着说:"啊,啊,你是何所指呀？莫须有！莫须有！"

谢元嵩咬着雪茄哈哈一笑,摇头晃脑:"哈哈,你说你不会赌钱,我现在才知道你是大赌客！哈哈,你的赌注押在重庆那一方了,对吧？我为人老实,你对我太不诚恳了！我要奉告一条新闻:'七十六号'最近正在展开特工战,一个我们的老熟人带着特殊使命来到上海,你可知道？"

"谁？"童霜威脱口问,心里发寒。

"你又想欺我老实人了？你庇护他、支持他、同他秘密勾结,还要问我吗？"

"没有的事！你指的是谁？"童霜威虽这样问,心里打鼓,早已猜到是谁了。

果然,谢元嵩哈哈朗笑,说:"张洪池！叶秋萍派来的！"

童霜威像当头挨了一棒,又像淋了一盆冰水,浑身发颤,心里明白:糟透了！自己的处境确乎危险到极点了！他们已经知道张洪池到了上海,看来是正在要抓张洪池吗？……他定了定神,又变得坦然了。张洪池,跟我有什么关系呢？是的！叶秋萍是有信给我的,但我一点也没有帮他们干什么,哪会牵连到我呢,说:"莫须有！张洪池你我都认识,他同我没有关系,我也没有同他有什么政治牵连！"

谢元嵩伸伸懒腰,脸上变得特别厚道、特别愚蠢似的,说:"啸天兄,该说的话我都说了。"他打了个哈欠,显得疲倦,"听不听由你了!你是否能不再固执己见了?"

童霜威摇摇头,沉默不答,怎么答呢?

谢元嵩蹒跚地站起身来,搔搔秃顶,拿起身旁茶几上的黑呢帽顶在头上,咧嘴咯咯笑着说:"我是白做了一趟鲁肃,只有回去如实报命了!"

童霜威也站起身来,说:"元嵩兄,抱歉之至,请多海涵吧!"

谢元嵩有汽车停在弄口。他送谢元嵩下楼到后门口,没有再送。送走了"瘟神",童霜威两腿发软地上楼,独自回到房里。方丽清跟着进房来了,用眼斜睨着他,问:"谈得怎么样?"

童霜威摇头,背手踱着方步,看也不看她,生气地说:"我是不该回上海来的!我是被他害,也被你害了!你早放我走,也不至于有今天!"

方丽清听了,涨红了脸,鼻子里哼了一声,说:"人家长的是比干的七窍玲珑心,你长的是一颗戆大的秤砣心!你是把些老朋友都得罪光了!江怀南得罪了,谢元嵩又得罪了。神仙领路你不走,你偏要做走麦城的关老爷,我看你将来懊悔也来不及!"

童霜威心里强烈的反感又升起来了。唉!死女人!出家做和尚的想法突然又浓烈起来。他忍住气恼,不去回答她,也不理睬她,却从抽屉里取出了一个信封,坐下来,将前些天自己用草书抄录的《正气歌》装入信封。打开墨盒,提笔在信封上写了冯村的地址。拿出信笺,打算写一封短信给冯村。

方丽清站在那里,又气又没趣,把脚一跺,走出房去,"砰"的带上了门。

童霜威不去理会,专心致志写信。信上要冯村将他抄录的《正气歌》代呈"髯公"转交"原在丁家桥之店号"。"髯公"指的是于右任。"原在丁家桥之店号"是指中央党部,中央党部战前原在南京丁家桥。他听说上海租界和重庆通信是由香港转,并不检查。但为了谨慎,他信上未署名。他想:那张伪中委的名单肯定在重庆报纸上是会公布的。我寄这去,是表明心迹,也是作一番洗刷。他决定写完后,等下午家霆放学回来,叫家霆秘密将信发出。

当天晚上,童霜威心情特别不好。上午同谢元嵩一番谈话,使他预感到要有厄运降临。

他当然还想不出会是什么厄运。

得罪汪精卫这伙汉奸,已无法挽回,也不愿去挽回,因为降日做汉奸的事是宁死也干不得的。张洪池这个倒霉的家伙,看来是被"七十六号"逮捕了!不知会怎么样牵连到我?童霜威的心,像放在天上的一只风筝,晃晃悠悠的,也不知什么时候会断线飞走或者一头栽跌下来,老是提心吊胆。

二楼上的麻将牌声仍像每天一样在响,有时疏落,有时紧促,间或有几下猛然奋起的"啪啪"声。戏迷方传经房里的留声机,一遍又一遍播放梅兰芳的《贵妃醉酒》。戏迷正在学这个唱段,一遍一遍放得童霜威耳朵里都要生老茧了,心里烦躁。

家霆回来,按照爸爸的嘱咐,到弄堂口的烟纸店里买了邮票从邮筒里悄悄发出了那封寄到重庆给冯村的信。发信回来后,家霆到爸爸房里陪伴爸爸,听爸爸讲了上午谢元嵩来的情况,父子俩都愁眉苦脸,想不出万全之计。

童霜威心事重重,呆呆发愣,老是好像在皱眉思索问题。

平时,只要打麻将,吃晚饭就无定时,一般总是很迟才开饭。今天,因为厨师傅胖子阿福的儿子有病,胖子阿福晚上要请假回去看看,所以六点多钟开了饭。童霜威下楼吃晚饭时,只吃了半碗饭,就不想吃了。平时,在饭桌上,他乐意听听方老太太、"小翠红"和方丽清她们说些张家长、李家短的事,或者谈些牌经,讲些外边市面上的山海经,解解寂寞和无聊。今天晚饭时,听她们叽叽喳喳谈的是:有个在上海做了三十多年店员的潘姓老人,迷恋赛马赌博,把全部积蓄都买了香槟票,最后输得身上只剩一条短裤,跳黄浦江自杀了!……这使他忽然想起了那天去"好莱坞乐园"时,谢元嵩说的人生是场赌博的话!触动了心思更加不快。他想:我是不能利令智昏落千秋骂名的!……勉强嚼下了碗里的饭,独自踽踽上楼到房里去了,坐在沙发上发呆。

家霆发现爸爸有点异常,心里不安。本来,买了璇宫剧院的话剧票约欧阳素心看话剧的。见爸爸愁闷,决定不出去了。晚饭后,见方丽清和方老太太等上楼了,他打电话到环龙路欧阳素心家。接电话的是银娣。银娣自从到欧阳家去帮佣后,情绪挺好。欧阳一家觉得她勤快伶俐,模样长得也好,干干净净的,还识些字,都很喜欢她。家霆将金娣被炸死等往事告诉了欧阳素心,欧阳待银娣更好。她代银娣交了学费,每周有三个晚上,让银娣到环龙路的"环龙补习学校"补习功课。见是家霆打的电话,从语气里听得出银娣的高兴。

家霆说:"告诉欧阳,我临时有事不能去璇宫剧院看《葛嫩娘》了,叫她也别去了。"

"发生了什么事了吗?"银娣问,"要不要叫她接电话?"

"不用了,明天我同她谈。你马上代我转告就行。"

他挂上电话,打算上楼到爸爸房里去同爸爸谈谈,安慰一下爸爸。谁知,正走出客堂要上楼,忽然听到后门厨房里胖子阿福、娘姨阿金和"小娘娘"方丽明一片声嚷嚷起来:"不在家!不在家!""你们做什么?"……接着,听到"啪啪"的打人声,"叮当"的碗盘砸碎声,胖子阿福的"啊呀"、"哎哟"声,"小娘娘"方丽明的惊叫声,汇成了一片。

家霆心里一惊,冲到厨房旁一看,只见六七个穿短打的彪形汉子在厨房里,手里都攥着手枪。胖子阿福倒在地上抱着头哼叫,

"小娘娘"和阿金被一个拿枪的汉子用手枪指着站在壁角里发抖。满地碎瓷碗片。四五个汉子正冲出厨房往楼上去。

一阵寒噤缠绕全身,有种不祥的预兆阴风般钻进骨腔。家霆登时想到了暗杀。想到爸爸的生命在危险之中,家霆什么也不管了!他一咬牙,拼命往楼梯上跑,一把揪住正往楼上冲去的第一个上楼的黑衣暴徒,嘴里向着二楼高叫:"爸爸!有强盗!有强盗!……强盗上楼了!……"

黑衣暴徒凶狠异常,回身猛地一拳打在家霆脸门上,后边一个暴徒顺手又是一拳、一脚,将家霆骨碌碌摔下了楼梯。家霆"哟"的一声,捧住了脸,头里发晕,鼻血滴滴答答淌下来。一瞬间,几个暴徒都冲上楼去了。

家霆疼痛难忍地呻吟着要爬起来。又一个暴徒上来,揪住衣领将他拖到客堂间,猛地将他膀子一拧摔在地上,狠狠踢了他一脚。朦胧中,他好像看到胖子阿福和阿金、"小娘娘"都来到客堂间里了。一个穿旧西装的五大三粗的络腮胡子,手里攥着枪恶狠狠监视着他们。

楼上的人都被驱赶到打牌的那间房里。童霜威房里被查抄得兜底朝天,箱子、抽屉、橱柜……信件、纸片……乱糟糟地翻扔得一地。

童霜威在手枪威逼下,在黑夜中被绑架走了。

在楼上被反锁在方老太太房间里的人,隐约听到童霜威的声音吆喝:"要我去哪里?……"他仿佛是在挣扎。后来,杂乱的脚步声下楼了,听到吹口哨,暴徒们一窝蜂走了。

暴徒们走后,家霆挣扎着起来,要打电话报警,拿起话筒,才发现电话线已经割断。

家霆用手帕捂着脸,鼻血还在流,跑上楼去。方丽清在房里呼天抢地地大哭,嘴里像唱山歌。家霆好像听到她哼的是:"阎王注定三更死,断不留人到五更!……"又边哭边说:"我早说他敬酒不吃一定要吃罚酒呀!……我早说他得罪了朋友要现世报的呀!……叫我哪能办!哪能办?……"她那哭声真像无线电里常常播出的申曲《哭妙根笃爷》的哭法。又听到她对方老太太说:"打电话,找小阿哥来商量!"还说:"要不要打电报给江怀南,让他来看看怎么办,他过去一直是啸天的贴心人!"

家霆感到厌恶,心里火烧火燎。他肯定爸爸是被"七十六号"特工绑架走了。他们会不会杀害他呢?怎么才能救爸爸出来呢?现在到哪里打听爸爸的下落呢?唉,真是无能为力啊!飞来的横祸,出乎意外,但也在可料之中。怎么办呢?他一筹莫展。

他头里发晕,被打青了的眉骨和鼻梁处仍在疼痛,脑后也肿了一块,心里像打翻了五味作料瓶。他伤心地走上三楼,回到房里扑在床上号啕痛哭起来。

第三卷　钟声回荡，寒山寺沧桑

（1940年1月—1940年3月）

> 热爱祖国是中国人民的历史传统。从古到今，汉奸、卖国贼始终是最被鄙视和唾弃的民族败类。
>
> 对民族存亡命运的历史责任感，对侵略者奋战到底的铁石意志，为保卫祖国而不惜牺牲一切的正气，是我们当年用劣势武器坚持抗战的强大精神力量。
>
> ——摘自创作手记

一

童霜威老是觉得一切都好像是一场梦。

有时,半夜醒来,月色如霜,树杈隐翳,四周朦朦胧胧,恍恍惚惚,他疑是身在梦中,用牙咬咬手指,疼;用手掐掐大腿,也疼。看看宽广的寮房四壁,四壁空空,但自己的一件獭皮领大衣挂在东墙,西边一只小床上睡着的那个监视者也在打鼾。看看木桌,桌上青灯和《金刚般若波罗蜜经》等经书俱在。一杯清茶和笔墨纸砚也在,顿然醒悟:不是梦! 他就恻然了。

常常失眠,感到血压、心脏不适,手脚有时冰凉。天气寒冷,棉被虽厚,他仍觉得"罗衾不耐五更寒",有一种凄凉心情。即使睡着,也是乱梦颠倒。每当黎明,在他困倦得将能入睡时,又听到了磬声和木鱼声。磬声如流水涮心,木鱼声笃笃笃笃,似都在催他起床。于是,他恍然如听到和尚的诵经声,明明暗暗,沉沉浮浮,高低参差,荡漾入耳。这时,他常能想象得出,抗战爆发前此地的佛事与香火盛况。寒山、拾得的金塑神态柔和恬静。那时,晨钟震荡,香烟袅袅,古老沉重的木鱼声伴随着鱼贯而行的群僧上殿。院中一株玉兰树虬枝粗干,花开得洁白如玉。……但抗战爆发苏州沦陷,经过日寇轰炸与烧杀,一场兵燹,寒山寺里的老和尚和小和尚跑了不少。当年如织的游客,也很少见了,成了一个有点破落的寺庙,一副败颓荒芜景象。荒烟衰草,使人有荆棘铜驼之感。

白昼时,西北风吹扫,青石丹墀里,香纸、烟尘与枯枝败叶齐飞。方砖地上,枯死的苍苔散碎漫漶,四周阒然。除了偶尔看到二三个、三四个和尚外,主要就是经常在他身边转的那个"监视者"了。他不爱看这个壮实的中年人那张毫无表情的冷脸。这人似乎从不会笑,也不会说话。当然,也不是哑巴!他讲话是苏州口音,必要时,也说几句话,只不过,他是从不闲谈的。当然是个"七十六号"的特工,他是公开来陪伴监视的。有一天,童霜威看到他在擦拭一支手枪。他侍候童霜威,像一个当差的,很殷勤,很周到,间或也见外边有人来找他,鬼鬼祟祟地不知谈些什么,估计是特工之间的正常联系吧。他既是"七十六号"派遣的监视者,自然要定期向"七十六号"报告情况的。他倒也不是整天在童霜威身边,童霜威在寒山寺内是可以"自由"的。只是,他叮嘱过:"童委员(大约他们认为童霜威是'中央委员'才这么叫的吧?),你千万不要出庙门!如果出去,安全上出了问题,就是你自己负责了!"话,听来是一种关心,实际是一种威胁。童霜威明白:是画地为牢!

每当想起去年十一月二十四号晚上被绑架,童霜威还浑身发麻发凉。

他被那伙歹徒架出仁安里时,见外边弄堂口停着两辆黑色小汽车。被架上了后一辆汽车,一个说苏北话的歹徒用黑布蒙住了他的眼。汽车呼呼地开了很久,他猜:一定是在向沪西歹土极司斐尔路七十六号驶去。后来,听到车子停了,揿响了喇叭,似乎是开了铁门,汽车又往里开,听到有人说话似是盘问什么。然后,好像又过了些关卡,最后,车子"嗤"的一声停了。

童霜威眼上蒙的黑布被拿下来了。灯光耀眼,他揉揉眼,看到那个说苏北话的特工,穿的西装,戴的棕色呢帽,身强力壮,神气十足,用一种假客气的态度做着手势说:"请!"

童霜威下车,看到是在一幢高高的洋房门口,站着许多警卫人员,穿的都是绿色的军装,只是没有青天白日帽徽,全副武装。洋房的窗口,都安装着厚厚的防弹用的铁窗门。

这就是极司斐尔路七十六号吗?他听说"七十六号"的房子原是军事参议院院长陈调元的私人花园洋房,日军占领上海后,占有了"歹土"上这幢房子,后来拨给丁默村、李士群做特工机关用的。他想不到自己如今会进这儿来了!

被引进了楼房,灯光下,见通到楼上的楼梯口有一道铁栅栏门,也有人警戒着。童霜威被向左引进到楼下一个灯光雪亮装着烟囱火炉的大厅。大厅里有富丽堂皇的沙发、地毯、丝绒窗帘,摆设新颖,像个会议室,又像个会客室。上方,令人注目地挂着两面青天白日的党旗和一张总理遗像。童霜威不禁想:这真是欺世盗名了!

一张圆桌上,有一只方形玻璃缸饲养着美丽花哨的热带鱼,成群的热带鱼在里边游动。童霜威忽然叹息:唉,我像这些鱼了!不,也许不如呢!鱼还在缸里游,我很难估计会被怎么折磨了。

刚在沙发上坐定,出乎意外地看到一个女招待打扮得花枝招展地上来奉茶、敬烟,态度十分殷勤。

讲苏北话的歹徒始终站在一边未走。童霜威心里恐惧不宁,紧张地想:他们是"先礼后兵",既来此地,是凶多吉少了!火炉烧得很旺,他身上和手脚都冷,心里悲愤。忽然,听见皮鞋声"橐橐"响,有人进来了。

两个人出现在面前。前边一个个子不高,骨瘦如柴,穿的双排扣尖领西装,大约三十四五岁,宽额角,眼里有血丝,两颊潮红,体质虚弱,眼睛白多于黑,发出令人毛骨悚然的幽光。他咳嗽,有点神经质地伸出了苍白干瘦的手来同童霜威握,嘴里的话是湖南口音:"啊,童委员!久仰了!久仰了!"

童霜威立刻想到:一定是丁默村!听人说起过,丁默村是湖南人,本在南京军委会调查统计局做第三处处长,他个子矮小,大家叫他"丁小鬼",是个阴险冷酷的特务。一见果然有这印象。

后边那个,是在"好莱坞乐园"见过面的李士群。李士群今天穿的丝绵袍,同丁默村在一起,更显得他年轻白胖。他依然满面春风,笑眯眯的,恭恭敬敬,抢先上来作了介绍,说:"这是特工总部主任我们的丁默村老大哥!他是六届一中全会任命的中央常务委员。可惜童委员你没有出席这次会,不然大家早相识了!"

两个纵恣暴戾的特工总部头子像两个幽灵。尽管脸上带笑,有时丁默村目光像蛇,李士群的目光像铁钩,使人一看就毛骨悚然,想到暗杀、拷打、绑票和血腥味……

童霜威没奈何地伸出手去,丁默村的手冰凉,手汗淋漓。李士群伸出手来,童霜威又勉强一握。李士群的手绵软,轻轻一碰就缩回去了,连握手都是虚伪的。童霜威心里不快,他明白:这种人是没有心肝的!掏出手帕来擦手。

三人坐下,苏北口音的特工出去了。

丁默村不停咳嗽,说话似乎吃力,开口单刀直入。他的笑容像一种嘲笑,叫人厌恶,说:"童委员,我们是不得已才把你请来的。抗战前途渺茫暗淡,非和平运动不足以解决中日间的战争,也惟有和平运动才能拯救即将覆亡的中国。你已经参加和运,是中央委员,是我们的同志了,又出尔反尔,口口声声羞与我们为伍。你对和运的看法太错误了吧?你看——"他指指墙上的总理遗像和党旗,"我们同挂五色旗的维新政府是不同的,我们是悬挂国民党党旗和孙总理遗像的。和运正在进行,国府正在筹建,需要有铁的纪律。请你来商量,是不是转变一下态度?"说着,请童霜威吸烟,童霜威不吸,他自己点火吸烟,一吸烟又呛咳起来。

李士群也点火吸烟,脸上装得充满诚意,用手乱挠头发,说:"我们等待得太久了!脚踩两条船不行,面上一套,暗中一套,对重庆热,对我们冷,更不应该!我们不聋不瞎,已经仁至义尽。今天要摊牌!说穿了,目的两个:第一,请表表对和运的态度;第二,请把同重庆的秘密关系说出来!"

童霜威想:你们这些混蛋醉心个人权势,忘了民族大义,跳进火坑做汉奸,我是不想跳这个火坑的!本想闭口不说话,又觉得不能不说,心里像塞了一团乱麻,嘴里发苦,尽量镇定,端起茶杯喝了一口,说:"身体不好,在沪养病,不问政治。参加和运,是谢元嵩自作主张代签的名,我不知道。至于同重庆之间,秘密关系是没有的。我的职务,抗战前已辞掉了。"

丁默村态度咄咄逼人,脾气显得急躁,装出来的冷冰冰的宁静口吻消失了,咳着嗽用手拍着膝盖声调残忍地说:"假话不必说,我们要听真的。"

李士群连连点头:"假话反倒不如不说!"

童霜威又气又急,明白面对两个崇拜暴力与血腥的汉奸特工头子,难打交道。此时此地,为了维护自己的身份,不至于受害,必须用点策略了,说:"我想能见见汪先生……同他谈谈……"

丁默村忽然冷静些了,一定是腹中在做文章,用一种阴郁的态度,两只蛇眼舔着童霜威说:"本来,汪先生是想同你谈的,你拒绝了。现在,太迟了!只能同我们谈了!"

李士群用力吸着香烟,唇上挂着得势而不怀好意的微笑,好像能看穿童霜威心思似的说:"请不必害怕,我们办事,也是看人而定的。在'七十六号'里,杀一个在上海从事秘密恐怖活动的共产党和渝方特务,比杀一只鸡容易。刑具也一套套应有尽有。但有身份的人,不会在肉体上折磨的,我们是会特别优待的。明天就打电话给你太太,要她放心,让送些衣物来。"

丁默村呛咳着说:"对不转向的人,不外是杀、关和放三个办法。有声望地位的,我们尽量不开杀戒。但必须说真话,有好的表现!奉劝老兄,要懂得:给我们请出来后长期给予优待的大人物,如果再放出去,即使回到重庆方面去,他们也是不会信任的。"说完这番话,他笑起来。李士群也开朗地"哈哈"笑起来。

两人这些话,倒使童霜威一颗悬着的心放松了一些,想:是呀!杀我不难,但杀我有什么用,对他们有什么好处呢?既盗用了我的名义给我加了个伪中委的头衔,打自己耳光的事他们是不愿干的。那样影响不好!他们当然希望我真心落水才对他们有利呀!想着,他决定还是用闭口战术,不说话,也不动感情,来一个让人莫测高深。

后来,谈话继续不下去了,童霜威对丁默村的阴险毒辣和李士群的残忍虚伪却留下了深刻的印象。

当晚,童霜威被"请"到三楼上一个有沙发也有张棕垫小床的房里睡觉。一盏高吊着的电灯,灯光被笼在浅蓝色的纱罩里,溢出的光线匀洒在床上和桌上,像一层秋霜。疲惫不安地躺了一夜,第二天清晨从窗户里望出去,看到西面有幢石库门楼房,四周有骑马楼;东首,有一幢西式平房,看到有穿黄军衣戴红字白底臂箍的日本宪兵。他明白:"七十六号"操纵在日寇手里是一点也不错的了。

开始了被软禁的痛苦生活。看不到日历和钟表,看不到报纸。膳食不错,每天由一个日本厨师亲自送来。他好像知道童霜威会日文,每次来,总是用日语说:"请用饭!办得不好,请多多包涵。"童霜威想:连厨师都是日本人,说明了什么呢?难道怕中国厨师不可靠?

囚禁的生活憋气极了。这期间,丁默村不再露脸,李士群来过几次,有时候,笑眯眯,有时候神色可怕。看来,是个喜怒无常的人。他确实在第二天给方丽清打了电话。方丽清也让方立荪派了绸缎庄的店员按约定时间,到指定地点送了衣物。李士群来,关于"和运"照例说的是那些套话;对于同重庆的秘密关系以及同张洪池的交往,盘问得很多。有一天,谈到叶秋萍,当童霜威表示一问三不知时,他大声吼叫,牙咬得咯咯响:"蒋介石给你嘉勉信的嘛!

叶秋萍那个王八蛋给你写了密信的嘛！你当我们是寿头！"童霜威才明白：张洪池带来交给他的两封信在被绑架时，已被"七十六号"特工抄获交给李士群了。他真后悔那时没毁掉这两封惹祸的信。但他确实对内情一无所知，李士群的"软"与"硬"也就达不到任何目的了。

大约囚禁了一个来月。天越来越冷，童霜威的心情也越来越萧索。开头，每天吸烟，痛苦地吸了一支又一支，吸得房里烟雾腾腾。不久，他又不吸烟了！后来，他也说不出是几月几号，只估计新的一年已经开头。这期间，他对人生常有一种悲观出世的看法，更加向往那种青灯红鱼，在名山古刹中沉浸在香云缭绕、祥云掩涌的意境中去皈依佛门的超凡生活了。他对苏曼殊①、李叔同②突然好像理解得多了。尽管出家的原因不同，出家的心情是可以揣摸的。他每日闭目端坐，嘴里念念有辞，无声地背诵过去读过的诗文，模样像一个入定的老僧。其实，心里毫不平静，时常风波浩荡、汹涌澎湃。想念家人以外，死了的柳苇、军威，不知情况的柳忠华、冯村，在重庆和香港的熟人，都走马灯似的不断出现在脑际。越是苦恼，想摆脱一切去当和尚的欲望越强烈。

李士群来希望他表态，他总是反复地说："我已经心如死灰，形如槁木，不能纠缠红尘，只愿遁入空门。我今后决心与世无争，不涉政治，愿能容许我到寺庙里削发为僧。"

李士群奇怪了，瞪着双眼，目光像铁钩钩住童霜威，问："做和尚？出家？为什么要做和尚？"

他心平气和地回答："佛法大如天，禅门深似海！我早想解脱尘世一切烦恼，坐香参禅，大慈大悲，赎罪修身。我早年曾在苏州

---

① 苏曼殊(1884—1918)：近代文学家，广东香山人，留学日本，漫游南洋各地，能诗文，善绘画，出家为僧。
② 李叔同(1880—1942)：早期话剧活动家、艺术教育家。浙江平湖人，一九一八年在杭州虎跑寺出家为僧。

寒山寺数次进香许愿,如今为了还愿,渴望进入空门。"

李士群拼命吸香烟,突然似乎好心好意地劝告:"人生在世,放着荣华富贵、声色美酒不享受,要去做和尚吃斋,岂不太冤枉?其实,你只要点点头,说几句老实话,金钱地位都又飞来了,何必那样想不通?"

童霜威暗想:我自幼熟读孔孟,早些年又研究过宋儒之学,孔子说:"志士仁人,无求生以害仁,有杀身以成仁",又说:"三军可以夺帅也,匹夫不可以夺志也","见义不为无勇也"!成仁取义,是做人之道。父亲在日,也常教诲:"爱国莫为人后",汉奸我是无论如何不做的!和尚我倒是做定了!说:"我的意思已经表达清楚,不会改变,不会追悔!"说完,闭目打坐,像一个入定的老僧。

终于,一天晚上,李士群来了,客气地说:"童委员,汪先生要见见你,我们一起去!"

这次,没有用黑布蒙眼,坐上一辆新型的帕卡德汽车,出了极司斐尔路七十六号。虽是夜里,在耀眼的灯光下,却看得出那些穿绿军衣的警卫严阵以待的情景。刺刀和枪支闪闪发光,层层设立的门岗,牢固的黑铁门,有着通电的铁丝网的围墙。围墙边架设着机关枪的碉堡。

李士群用一种京戏《群英会》上周瑜向蒋干炫耀武力的态度问童霜威:"童委员!你看看我们的实力可雄厚否?"

童霜威心里正想看见了汪精卫要说些什么,听李士群这样问,既不愿肯定地回答他,又不愿得罪他,王顾左右而言它地说:"汪先生府邸在哪里?"

汽车出了"七十六号"大门向南行驶,一下向西转到了愚园路上,开足马力疾驶。

李士群用手指指前面,说:"快到了!愚园路一一三六弄,原来是王伯群的公馆。"

王伯群本是交通部长。好像是在民国二十年,他在上海做大夏大学校长时,为了娶该校一个校花为妻,在愚园路造了一所花园洋房准备金屋藏娇,被邹韬奋办的《生活周刊》揭露出来,当时还将那幢房子拍了照片发表在《生活周刊》上,轰动了京沪。童霜威当时身在司法界,注意过这件丑闻。现在听李士群讲起王伯群,不禁想起往事。现在这房子被日本人用来"金屋藏娇"了!

一会儿,汽车转进一条长长的弄堂。弄内有岗哨,围墙上有铁丝网、瞭望哨。汽车驶进去,绕过挂着"大日本沪西宪兵队"牌子的几间房子,看到里边有一幢幢独立的小花园洋房。每一幢房屋围墙上都加装了铁丝网,门窗也都装上了铁栅。汽车在一幢建筑华丽精美、灯光雪亮有绿军衣武装警卫站岗的楼房前停下。

李士群先下了车,说:"到了!"

童霜威本有一种梦境里的感觉。见到汪精卫时,梦的感觉更强烈。是在汪精卫的大客厅里。厅中央有一只装着马口铁管子的花盆炉。炉火熊熊,房里很暖。墙上一个大镜框里挂着一张孙总理的相片,两边还有"革命尚未成功,同志仍须努力"的对联。客厅里的摆设,与南京汪公馆里的气氛不同,似乎有一种要做面子故意摆阔的派头。这情景也与在武汉中央银行大楼里见到汪精卫时不同。那时,汪精卫对抗战消极悲观,讲话涉及抗战总是顾虑重重,有难言之隐。这次见到汪精卫,童霜威觉得汪精卫的架子大了。他穿一套深色西装,白衬衫上打条黑领带。谈到抗战时,反对的语气变得坚定、凶恶了。奇怪的是汪的脸上很疲乏,富于表情的脸上情绪经常起落变化,心情不宁、神情恍惚以及矫揉造作的神态常常流露。童霜威不禁想:看来,做儿皇帝是不会顺心的,"挂羊头卖狗肉"也是只能色厉内荏的。

汪精卫似乎并不想听童霜威说什么,既不多作客套,也不叙旧,就急于长篇大论发表演说了。他用一种开导的语气滔滔地说:

"国父中山先生说过：中国革命如果不取得日本的谅解，是不会获得成功的。我认为：善邻友好、共同防共、经济提携是日华共存的基础。民国十四年，总理逝世，我是在场的。他临终时，嘴里还说：'和平，奋斗，救中国'，我们怎么能不为和平、救中国而奋斗？"

童霜威想：唉，你们都抬出孙中山往自己脸上贴金，自封为中山信徒。可是，总理临终讲的和平，同你今天讲的和平是一码事吗？总理是叫你来做汉奸的吗？但脸上不露神色，眼睛看着汪精卫那双滋润白皙、秀窄修长的手，见手上的指甲放着青光，甲尖柔圆而带珠泽。

只听汪精卫又说："自抗战以来，最使我痛心的一件事，是有共产党人来夹杂在里头。我之离开重庆，十之八九是因为有共产党人夹杂在里面。最近共产主义流毒，蔓延更凶！……"他周身摆动，不断搓手。

童霜威不禁想：唉，你这大政客呀！一切都是根据你玩政治的需要想怎么说就怎么说。民国十四年你任国民政府主席后，在联共的问题上调子唱得多高呀！你说过："一堆堆战死的尸骸，没有共产派与反共产派的分别"，你说过："谁主张分裂的，绝非总理的信徒！"那时，你这些慷慨激昂的演讲，引起过不少人拥护。但不久你又变得反共了！抗战之初，你也唱过高调，在民族危亡的今天，你却靦颜事敌了。人说你汪精卫反复无常，一点也不冤枉啊！

汪精卫仍在滔滔不绝："……中日两国当此世界危疑震撼之时，应该谋相结合，不以东亚纳此漩涡之中。中日两国如在现在结束战争，开导和平，日本固可以有举足轻重之地位，中国尤可因此休养生息。我一直在希望重庆抛弃成见，立即停战，共谋和平，实现……"他挥舞着苍白的手。

童霜威坐在那里默不作声，想起过去听说的一件事：中山先生病危，家属和随从人员都在榻前请训，总理睁开乏神的眼睛盯着汪精卫说："我死后,敌人必来软化你们。你们如不受软化,敌人必将加害你们。你们如贪生畏死,最后又难免不受敌人的软化。"后来有人谈及,总理是最了解汪的为人的。汪为人,动摇、投机,又有野心。总理只因其才可用,又是多年相从,而且相信在他自己的精神感召下,汪才可以不入歧途。一旦总理本人死了,就再没有人能够约束这匹有野心的劣马了。想起这件往事,童霜威不禁心潮起伏。

汪精卫似乎发现他心不在焉,朝他看看,说:"我很忙!今天抽空谈话,是希望本党忠实的同志本着既往合作的精神,能破除成见,相与聚首,精诚团结,共商国是,一同还都!过些时,我将去青岛开会,商量取消北方的临时和南京的维新两组织,容纳各党各派参加国民党,以三月三十日为国民政府还都南京之期。啸天兄,对你,我们是要好好借重的啦!这点你可以放心!"他讲到这地方,广东腔更浓,耸肩搓手。见童霜威没有反应,又朝童霜威看看,眼睛里含有不快和责怪,摆动着手说:"不要有那种错误的正统观念嘛!我本来是国民党的副总裁!以后还都,唱党歌,做纪念周,挂总理遗像,读三民主义等等,都是保留不变的啦!五权分立也是不变的啦!……打不下去,重庆的态度也是会转变的嘛!有朝一日,如果蒋先生愿意停战回到南京来,我愿让贤出洋!这是我为救国、救我四万万五千万同胞从事和运的初衷!本党同志,都应该理解的嘛!"说到这里,他忽地轻轻叹了一口气,两条眉毛显得有点倒八字了。

战前南京政界人士有相当一部分都认为汪精卫外表谦和而心地狭窄,懦弱自卑而又要出人头地,处世圆滑,为人虚伪,听了他的一番话,童霜威这种感觉更深刻了。听到这里,空气沉滞,童霜威觉得自己不能再一言不发了,说:"我的情况,谢元嵩是知道的。我……"

他刚提到谢元嵩,忽见汪精卫眉头一皱,生气时有点女性的娇横。李士群在一边猛吸着香烟也脸色难看。

汪精卫愤激地说:"那人阴险卑鄙,不必提他!"

李士群帮腔插嘴:"败类!杀坯!"

童霜威莫名其妙,猜不出为什么提到谢元嵩,汪精卫和李士群会破口大骂。谢元嵩怎么啦?心里像十五个吊桶打水,七上八下,愣了一愣,又沉默不再说话。

汪精卫烦躁不安,看看手表,忽然弯弯绕绕、波诡云谲地说:"你早年在日本学法,日本知道你的人是不少的。前几天,影佐祯昭①还提起过你,认为应当多有些你这样的有学识有声望的人参加和运。但暗中如与重庆勾结,以吾辈为可欺,就辜负期望了!"说到末一句时,脸色严厉起来。

童霜威心中想:真是羊肉没吃,沾了一身臊,说不清楚了!他的政治阅历和社会经验,使他学会了用一种圆滑、和缓的态度来达到他不做汉奸又不至于吃无谓之苦的目的。他把头摇摇,说:"我一直想说明一件事,也提一个要求。要说明的是我同重庆确无秘密联系也无秘密工作。要提的要求是:超然于政坛之外。我年来血压、心脏有病,健康每况愈下,早已看破红尘,对人生毫无乐趣,心力交瘁,常常不能自持。倘能允许遁入山门,效法苏曼殊、李叔同,远离繁华世界,清净无为,四大皆空,晨钟暮鼓,修心养性,或尚可安度余生。否则,六根不净,徒为孽障,尘缘缠身,热火中烧,生命将如朝露,去日无多。窃思倘能释放回家,不胜感企,自当闭门谢客,百事不问;倘不能释放,请同意霜威去名山大刹削发为僧。今后余生愿厮守佛经,与青灯佛龛为伴!"

---

① 影佐祯昭:原为日本大本营陆军省中国课课长。一九三九年八月,日本成立"梅机关",以影佐为机关长,任务是监护汪精卫汉奸集团、扶植汪精卫筹组中央政权。一九四〇年三月,汪伪政权登场,"梅机关"相应改称为日本驻汪伪政府最高军事顾问部,影佐任汪伪国民政府最高军事顾问,具有至高权力。此人日本投降后押于东京国际军事法院监狱,一九四八年病死狱中。

汪精卫似有不满,皱起眉头,又似强自克制:"啊啊"一声,向李士群看看,说:"士群,你看如何?总之,仍加优遇是必要的。"他又频频搓手,脸上摆出一种政治家的虚伪风度来。

李士群吸着香烟,脖子缩在大衣领子里,皱皱眉,苍白的胖脸上似在思考,眼里有猫头鹰一样的磷光,说:"我们在苏州已经建立了苏州站,如果一定要去寺庙,也可以。"他又对着童霜威似乎诚心诚意地说:"何必去做和尚呢?如果一定想去寺庙里住住,就去寒山寺休养休养吧!总希望能够不辜负汪先生的耐心等待。……"

见面和谈话在不了了之的情况下结束。大家都不痛快。过了几天,一天早上,李士群突然出现了,态度客气,说:"童委员,我是来给你送行的。请到苏州寒山寺去住住治治病吧!但请只在寺里盘桓,不要外出,以免安全上出问题!"又介绍一个冷脸的中年人:"这是老董,由他照顾侍候。"

中年人有张毫无表情的脸,沉默寡言却卑躬得很。

李士群又问:"需要什么东西吗?"

"请通知我家里,给我加点御寒的衣服,还有我的诗书、笔墨纸砚以及刻镂金石的刀具,我还想要点佛经。"

李士群表示都可办到,随后送去。当天午饭后,一辆蒙着深蓝纱窗帘的黑色汽车,由冷脸的中年人陪同童霜威离开上海,沿公路到苏州城西十里的枫桥镇,去寒山寺。冷脸的中年人是苏州人,有时听他轻轻在哼苏州滩簧。车行迅速,颠簸在凹凸坑洼的公路上,去到苏州。

啊,一切真像在梦中,一场不可捉摸、神奇莫测的梦!通过汽车纱窗帘的缝隙,一眼看得到战火留下的痕迹,有残垣断壁,有弹痕、废础。苏州那些倚水而居的人家,门上有的贴着用红纸剪的日本太阳旗,红色已经褪解,估计还是苏州刚沦陷后不久维持会贴的。童霜威感到刺眼,也感到触目惊心。一路上,除了看到"仁丹"、"若素"、"大学眼药"等等广告外,常看到日本军人,有成群结队在走的,马匹上驮带着辎重物资,也有三五结伙在逛荡的,荷枪实弹在站岗的。终于,像战前那年,由江怀南陪同来逛寒山寺时一样,他又看到劫后重逢的有着一千几百年历史的寒山寺古刹那斑驳剥落的黄色照壁墙了!那次是春天,这次是严寒时节,环境无比凄凉。

童霜威穿着长袍外加獭皮领大衣,围着围巾,戴着礼帽,在西北风中,笼着双手,走进寒山寺去。

"古寒山寺"匾额的山门依旧,通过林木凋尽的小院,石板路通向森森然的大雄宝殿。枯草老树,几只冻饿的麻雀在檐头叽啾,一片萧瑟。几棵黄栌、红枫已经只剩几片变色的枯叶了。墙边有几畦冻得萎缩发蓝的塔棵菜。陪同来的"冷面人"请他到一间寮房休息。

他心境像寒冬一样悲凉。看到了右侧一间宽大洁净的寮房里已经安排得整整齐齐:床、桌、椅、柜,文房四宝,盆壶杯盂及碗筷等生活用具,一应俱全。房子古老陈旧了些,砖地格外阴冷。陪伴的"冷面人"搭了个小床在房间西头做伴。"冷面人"一定早来"安排"过了。寺里几个面黄肌瘦的和尚似已与他相熟。一会儿,他提来了开水瓶,泡了茶,生上了通红的炭火盆,自己像个下人似的缩到一边去坐着了,只卑恭地说:"童委员,今后有什么事尽管吩咐就是。"

来到寒山寺,处处都能触动回忆中的情思。尤其是柳苇娟秀的面容和两只深邃的、傲视一切的黑眼睛,总是萦绕在眼前。十八九年前,一个美丽的春天,与柳苇在这寒山寺里一起观看过俞曲园重写勒石的张继《枫桥夜泊》诗碑,他和她曾兴致勃勃地讨论过这首七绝应当怎样解释;四五年前与方丽清同来游逛寒山寺时,方丽清毫不了解他的感情,曾嘀嘀咕咕抱怨:"这么个破庙一点也无意思！……"两三年前,由江怀南陪同来到寒山寺时,大雄宝殿上善男信女正在匍匐叩头。现在,这里冷冷清清,阒无人声,看来香火已断,真是不胜沧桑!

想起同江怀南游苏州的往事,他心头留有隽永美好的印象。只是想起自己同江怀南之间有过的那些不便公开的暧昧交往,又联想到今天江怀南堕落成为汉奸,他又有忏悔,一种难用言语表述的忏悔,梗塞心头,既有痛楚,也有不快。

童霜威在寒山寺住下了。并没有削发为僧,却不抽烟,不喝酒,吃素斋;不看报,不问身外一切事,甚至不管是几月几号,颇有带发修行的味道。这是一种囚禁的生涯,只是能离开血腥的"七十六号"也就差强人意了。不准走出寺庙,经常有"冷面人"陪伴在身边,无法同人谈天。在这种时候,他特别认识到自由的可贵。寺里一些饥寒交迫黄皮寡瘦的和尚,似乎都避着他,常远远地用一种奇异、畏惧的眼光看着他。他寂寞极了,情绪消沉,一颗心确实如同死灰了。夜晚常常孤灯只影,捧着线装本的《坛经》《因明》《金刚经》《无量寿经》《弥陀经》……逐张翻阅,似懂非懂。面上平静,心里波澜滚滚。到夜晚睡觉,思前想后,死去的和活着的亲人和朋友,战前和战后的种种酸甜苦辣的经历,平凡与不平凡的遭际,特别是被杀害了的前妻柳苇,战死在南京的胞弟军威,在上海的儿子家霆……都像放电影似的出现在心上。每当夜雨潇潇,听着雨声,更有"半夜窗前十年事,一时随雨到心头"的感觉了。

不让他走出寒山寺就近到枫桥镇去看看,他心里总有怅怅的感觉。他是多么想再看看柳苇家的故居啊!

在那故居里,新婚以后,他和柳苇在一个月夜,无语对坐,默契于心。夜静可爱,诗意盎然。那故居现在什么样子了啊!他是多么想到枫桥镇和枫桥上再拾起当年的旧梦沉醉在其中啊!他是多么想下着雨时打把油纸伞在青石板路上彳亍,听着雨声落地,听着雨声敲伞,听着桥下水声潺潺啊!

当年,初识柳苇时,在枫桥镇的运河边上望见寒山寺时,柳苇讲:清代顺治年间,诗人王渔洋在一个春夜坐船到了枫桥镇。夜色曛黑,风雨漫天,王渔洋摄衣着屐,举起火把登岸,径上寒山寺门,题了两首七绝:"日暮东塘正落潮,孤篷泊处雨潇潇;疏钟夜火寒山寺,记过吴枫第几桥。""枫叶萧萧水驿空,离居千里怅难同;十年旧约江南梦,独听寒山半夜钟。"题诗毕,掷笔回船,衣履尽湿,一时以为狂。

听柳苇讲了这个故事,他就背诵了王渔洋这两首诗,到今天,也仍然记得。

柳苇当然还说过别的故事。

是第一次逛寒山寺,大殿中央排开宝案,案上规矩地摆着宝幢法器、烛台香炉、经卷圣水,烟雾迷绕,香火窒人。站在大殿一侧的堂屋里,柳苇陪他看着寒山和拾得那造型古朴、生动自然、袒胸露腹、赤足蓬头的塑像。站着的是寒山,手拿莲花,坐着的是拾得,双手捧着净瓶。

他问:"寒山寺的得名是由于寒山在此吗?"

她点头说:"是啊,考之姚广孝记称:在唐朝元和年间,有寒山子,冠桦布冠,着木履,披褴褛衣,掣风掣颠,笑歌自若,来此缚茆以居。后来游天台寒岩,与拾得、丰干为友,终隐而去。希迁禅师在此建伽蓝,遂额曰寒山寺。寒山是个诗人,有《寒山子诗集》流传后世。拾得据说是个孤儿,由天台山国清寺高僧丰干收养,起了个法名叫拾得。传说他两家本是七世冤家,仇深不共戴天,但从他们这一代起,由高僧丰干点化为僧,消除怨仇,亲如手足。在寒山寺住持,也成了有名的高僧。"

他笑了,说:"故事真是美妙!看来佛家主张以慈悲祥和救苦救难为主义,主张消除仇恨,化干戈为玉帛,所以有此传说。"

她也笑了,说:"可惜人世间不太平!就拿寒山寺说吧,一千多年来屡建屡毁,多数毁于战争。元代末,毁于战火,清朝咸丰十年,全寺再次毁于战火。现有建筑,都是清朝光绪、宣统年间重建的。在嘉靖中,铸过一口大钟,并且造了一座楼,把大钟挂在楼里。可是后来大钟据说也被日本人劫盗去了。所以康有为题寒山寺诗,曾有'钟声已渡海云东,冷尽寒山古寺枫'之句。到日本明治年间,有位从寒山寺归国的日本和尚,为寻这口钟,遍访日本各地,未能觅到。于是他化缘铸钟,一式铸了两口,一口留在日本,另一口送来到寒山寺,就是现在这口铸钟。"

啊!现在,他每天常在寺里徘徊。这是冬天,连秋虫的"嚯嚯""唧唧"之声都没有了,只间或有鸟雀"吱——"的一声从树中飞出又飞向遥远不可知的地方。但他却常仿佛依稀听见柳苇在秋夜的月下吹箫,洞箫袅袅,声入心扉。

青灯古佛,看着金身褪色尘土堆封蛛网攀结的寒山、拾得塑像,看着整个残败失修的古刹建筑,看着凋零寥落只间或有香烟缭绕的寺院景象,童霜威眼泪常想夺眶而出。往事多么不堪回首,多么不堪回首!

他明白,这种难以忍受的死一般的、沙漠上一般的寂寞,是他们逼迫我就范"悔悟"的手段。正因如此,必须经受得住这种在劫难逃的磨难。想通了这一点,他有时就能清醒地自持,对一切采取安之若素的态度了。

他尽量想使自己悟解人世的虚幻,超脱痛苦与烦恼,四大皆空,变成个不动感情的人,苦的是心里办不到。他学老僧盘腿打坐入定,闭上眼也仍是胡思乱想。他想起了战前死在苏州的章太炎,早年曾以大勋章作扇坠,到总统府诟骂袁世凯包藏祸心,一生七次被追捕,三次入牢狱,革命之志终不屈挠。为了逃避追捕,一次曾悄悄地到浙江余姚,躲在一所寺院里。太炎先生坚决主张抗日,曾说:"日本侵略者想要灭亡中国。中国人民当加紧研究本国灿烂文化,发扬民族主义精神,唤起爱国主义思想。"而今,他死后厝棺苏州,看到日寇铁骑践踏,岂能瞑目?

寺院内不知哪个和尚有一盆盆景放在殿旁。是一棵圆柏,苍老龟裂的主干,老态龙钟。紧贴枯干却从底部又发出了盘曲婆娑的新枝,伸展向上,蓊蓊蔚蔚。有时,他在这棵盆景前默默伫立,觉得自己太像这棵圆柏,生命虽在,但被围栽在一只狭小的"盆"中,已经苍老龟裂,何时能发新枝?

遐想虽多,有一条是坚定的。处境哪怕如同囚犯,能不做汉奸,他就觉得欣慰。这该是柳忠华说的人生的选择吧?他不能辜负自己的清白初衷,不能做国家民族的罪人,不能帮助日本帝国主义和汉奸卖国贼为虎作伥。为了达到保持操守、保持大节的目的,他宁可吃苦受难,哪怕要下十八层地狱!

在寒山寺里接受煎熬,从往事的回忆上,使他更坚定了信念,要贯彻初衷。

开头,有个姓裘的面容清癯的老中医,被"冷面人"请来到寒山寺给童霜威把脉看病。童霜威素知"吴医"一向享有盛名。从元末综合各家名医之长而成名的戴思恭开始,出了不少妙手回春的医生。戴思恭在明初洪武年间曾被征召为御医,医道高超,由他创始,"吴医"形成一个医派,在中医里影响很大。这个老中医七十多岁了,他来,面上笑容可掬。开药方,总是先服两三剂试试,然后再开新药方,由那个冷面的中年人用药罐煎药侍候。裘老先生除治病外,话不多,例行公事,一星期由马车接来一次,又由马车送走。老中医的医道很高明,服了他的药后,童霜威感到心跳得不那么快了,头也不那么晕了,人也舒服了点,心里对老中医很是感激。

一天,裘老先生又来看病。

童霜威说:"老先生,医道高明,我服药后遍体爽快,十分感谢!"

老中医捻着白胡须点头,恭谨地致谢,说:"夸奖!夸奖!愧不敢当!"忽又说:"见到尊驾的字,笔迹流利酣畅,章法自由不羁,龙飞凤舞。想求一幅墨宝,不知可否?"

童霜威明白,是自己写了一些草书,有的放在桌上,有的贴在墙上,被他看到了,所以想索取的,慨然应允,说:"当然可以!"

他走到桌旁,勺水磨墨,饱蘸墨汁;铺开宣纸,当场挥毫,将刚来寒山寺时填的一首词,写成一个屏条:

一天香云绕碧山,心随鸟飞烟散。只因庭园残,爱上禅林凭栏杆。起家立业在江南,凤舞龙蟠钟山,而今栖霞岭,已经几度血斑斓?

字写得草,监视的"冷面人"看了半天,从表情揣测,是读不成句。老中医显然能欣赏,看了一遍,连声称赞:"好!好!好!"接着,叹息一声,拱手说:"先生真是'出世犹垂忧国泪,居寺仍作感时诗'呀!"对童霜威格外恭敬。

后来,老中医连声道谢后,带着那幅字走了。童霜威发现不会笑的中年人跟出去同老中医不知说些什么。童霜威明白:一定是问老中医他写的什么。他想:是的!我这首诗里,是寓含着我对被囚的悲愤,也寓含着我对铁骑践踏及南京大屠杀的仇恨的。却含蓄而不明显,你这条猎狗又能逮到些什么?老中医对他说的话,使他仿佛得到了一种极大的鼓励。中国人,人心不死,行将入土的白发老者也如此,太可珍贵了!

可惜,从那,老中医不来了,换了一个年轻的西医,是个战战兢兢不敢同他说话的人,有话只同"冷面人"说。童霜威明白一定是那幅字连累了老中医,心里不免抱歉,也不知老中医会遭到什么厄运,只能自己警戒,今后更加要学那大殿两侧堂屋内的小型木雕五百罗汉一样,不声不响,一言不发。

偶有日本军人来到寒山寺,估计是慕名来的。来后就在寺内顶礼膜拜。有时把军马也牵进来拴在树上拉屎撒尿。日本人常用参拜神社的礼节参拜菩萨,敛手到了佛像前,先"啪!啪!啪!"拍三下巴掌,然后双手合十,低头默祷。有日本人来,陪伴的"冷面人"就来吩咐童霜威:"日本人来了,不要出去吧!"语气平和,态度很好,童霜威也就在寮房内打坐养神或阅读经书,间或也从桑皮纸已经破裂的窗隙里张望出去,可以看到穿黄呢军大衣佩军刀迈八字步大皮鞋踩地"夸夸"响的日本军官,也有带着武器背一个猫皮背包和一条毯子,带一个腰圆形钢精饭盒的日本陆军士兵在外边经过。有几次,还听到日本兵大喊大叫,他听得懂日语,是在叱骂和尚。

只要见到日本人,他就想起了死在南京保卫战中的弟弟童军威,一股仇恨侵略者的心火燃烧在胸膛。他想:侵略者对中国百姓大肆屠杀,残酷成性,完全有违大乘佛教救世学说,偏又号称信奉佛教,来拜佛祈求菩萨保佑,岂不可恨又可笑!一种痛心、仇恨、愤怒、恐怖交杂的感情涌满心头,久久不能平歇。

有一天,陪伴的"冷面人"来,问童霜威:"童委员,能帮庙里和尚刻个庙印吗?"

"庙印?"

"是啊!住持老和尚早跑得不知去向了,庙印找不到了。现在日本皇军来叩头礼拜,拿出护身符请求庙僧加盖庙印,没有庙印不好打发。日本人来礼拜,用军用券作布施,和尚可以用来买米维生。"

童霜威点头答应,拿出刻图章的刀具,用和尚给的木块刻了一方庙印,上用篆体刻了"大慈大悲"四字,外加"苏州寒山古寺庙印"八个字,心想:唉,对禽兽不能喻之以理,借佛祖或可使他们少开杀戒。刻了这方庙印交给和尚,他觉得心里反倒舒服了一些。

他深深感到:人在战争环境下,对自己的命运,对未来的种种,全都是把握不住的,一切都是特别不确定、特别模糊的。一天复一天,老是像在梦中,又老是清醒地认识到:不是梦! 童霜威在寒山寺里,以一种舍身的姿态以空无的观念默默生活。他不但无法主宰自己的命运,也不能预卜自己的命运。他心里总有一种可怕的暗影威胁着,时常深深悲哀。

有一天,下着晶莹的细雪,空间充满了灰蒙蒙的荒凉的意境,听不到爆竹声,也没有发现一点点热闹的感觉。那个陪伴的"冷面人",望着漫天的风雪,独自轻轻哼着苏滩,一会儿,用一种寂寞无聊的声调告诉他说:"童委员,明天就过年了!"

啊,明天就要过年了! 冰冷的雪,笼罩着苍穹,从不会笑的中年汉子的声音和面容里,他窥察到连这个"冷面人"也有一种心神摇惑阴郁的心境。愁绪哽咽着他。过年,又引想起多少沉落在他心底的事! 但他不能当着这个特工的面表露感情。他木然端坐,似乎一切都无动于衷。

二

在寒山寺里,日子难过,也好过。

过了白昼,是夜晚;过了夜晚,又是白昼。

这年冬天奇寒,成群觅食的白脖子乌鸦常结队"呀呀"叫着飞过天空。三五只失群落伍了的乌鸦,有时栖息在寺院内的大树上哀啼,使人想到厄运来临,也不时使童霜威想起张继《枫桥夜泊》诗上"月落乌啼霜满天"的名句。

阴历年时,常有雨雪。霏霏雨雪中,童霜威除了看书诵经外,就是思念往事,思念家人,在思念中消磨排遣光阴。岁暮天寒,风像幽灵般地吹来吹去。听到风声唿哨,心情更加低落。他觉得自己真是个被世界抛弃、被众人遗忘的出家人了!

他读《楚辞》中的《哀郢》①,津津有味:"去故乡而就远兮,遵江夏以流亡。出国门而轸怀兮,甲之鼌吾以行。……羌灵魂之欲归兮,何须臾而忘反。……心不怡之长久兮,忧与愁其相接……"

此时此地,他觉得特别能体会三闾大夫的心情。

他曾不止一次地思索:为什么汪精卫和丁默村、李士群他们能答应我的要求,让我到寒山寺里来呢?

当然,想通也很容易。他们已经透露了嘛!像我这样的人,杀了没什么作用,不杀则可利用。他们既已盗用了我的名义加上了伪中委的头衔,杀了影响不好,何如秘密软禁起来,等我"悔悟"、"转向"!外界不明真相的人,是不会知道我的真实情况的。关在"七十六号"里,影响也不好。听说日本人早训示"七十六号",不得逮捕与日本方面有关系的中国人!何谓有"关系"?我是留日的,有日本朋友,丁默村、李士群之流难道没有顾虑吗?倒不如按照我自己提出的要求,放到这苏州孤寂的寒山寺来。我既有此请求,他们这样做,反倒对我显得优待。从汪精卫那天的话里听来,日本方面由于我早年在日本留学并同日本人有过交往,可能知道我的态度而又希望我附逆。这就迫使他们只能逼我落水,不能随便杀我。再说,他们怀疑我同叶秋萍、张洪池有秘密勾当,可能也要弄清。

如果我不屈服,痛苦的囚禁生活要延长到哪一天呢?真是事不关心则已,关心则乱。想到这些烦恼事,他心乱如麻了。

过旧历年,很少听到爆竹声,在寒山寺里也没有过年的气氛。想起战前在南京潇湘路过年或在上海方家过年的热闹情景,想起前年在香港那个与日本人关系密切的大商人季尚铭家过年的情

---

① 《哀郢》:屈原《楚辞》中《九歌》里的一篇。《哀郢》是为楚国郢都被攻破而哀伤。由于郢都失陷,屈原追想起自己当年离郢和向东流放的情形,抒发了思念之情。

景,恍若隔世,更是不堪回首。

年初五上午,陪伴的"冷面人"用一口苏州话告诉他:"童委员,明朝你太太要来看望你了。上头已经打了招呼。是特别优待,有什么事要关照家里的,可以先想想好。"

自从到寒山寺来,也想念方丽清,但确实想得不算太多。每当想起身陷牢笼的处境,总怨恨方丽清。如果不是方丽清,何至于陷入今天这种危险、难堪、可怜的境地!想到方丽清时,他心里有股怒火。现在听说明天方丽清要来看望他了,却又突然有点原谅她了,觉得她也很可怜。他想象,她一定是容颜苍白,思念着他,经常以泪洗面,充满了忏悔心情。这一夜,月亮没有清晰的轮廓,只是一片朦胧的青光,寺庙大雄宝殿前的小院里水洗过似的明亮。他觉得夜特别长,竟真有"情人怨遥夜,竟夕起相思"之感。

半夜里,落雪了。风刮大树,发出可怕的呜呜声。有些树枝发出"噼啪"的声音折断了坠落下来。枝断的声音在童霜威听来,很像一个老人的骨骼被折断。这使他感到身体的虚弱衰颓。风吹窗棂,"格格"作响。舍利塔上的塔铃在冷风中颤抖低泣,扰得他心绪凄凉。雪映窗纸,寮房里白生生地通明。炭盆火灭了,他下半夜两脚冰凉不能入睡。短夜消逝,第二天一早,早早起来,穿上丝绵长袍,踏着厚棉鞋,打开门看,外边早已一片银白,井上成了个黑窟窿。寺庙大雄宝殿前的小院里,有个瘦弱的小和尚在扫雪,"簌簌"地响。寺院顶上,树梢上,到处积雪。小雪花仍在纷纷扬扬地下,他不禁暗想:似这般天气,她恐怕不会来了。

早餐是"冷面人"哼着苏滩给他煮的香油素挂面,外加鸡蛋。鸡蛋不算荤腥。据说有个老和尚吃鸡蛋时做过诗说:"老僧送尔西天去,免在人间受一刀!"来寒山寺后,每当吃到鸡蛋,他常想到这两句可笑的诗,心想:人间太苦,像鸡蛋尚未变成小鸡,在浑浑噩噩时上了西天,确比有了知觉后挨上一刀要幸福得多。我可惜太清醒了！如今被软禁在这里，人不像人，鬼不像鬼，既非凡人，又非和尚！画地为牢，受人监视，还不知到头来落得个什么下场，真太可怜！这样想着，心里酸楚，急切地想早点见到方丽清，好多少能了解点外边情况，也多少可以在感情上得到点慰藉，更可以问问家霆的种种。但不愿被"冷面人"看出，面上装得依然十分平静，若无其事。吃了挂面后，仍在寮房里闭目打坐，嘴里无声地默诵《哀郢》。

雪渐渐停歇，总该有上午九十点钟光景吧？听到远处寺门外有人声马嘶，估计来了马车。一会儿，去外边张望的"冷面人"突然回来了，一掀棉门帘走进寮房来。平时没有表情的脸上，此时也有一点喜色，献殷勤说："童委员，太太来了！还有一位江厅长！"

童霜威心里一愣：江怀南？是呀，江怀南是在苏州做"维新政府"的"江苏教育厅长"的呀！是他陪丽清来了？如果放着是方丽清一人来此，他是会出去迎一迎的，听说来的还有江怀南，他就犹豫了。想了一想，决定在床上打坐。他宁愿以一种摆脱凡心、超凡出世的姿态来会见江怀南。当然，他心里明白：方丽清能来，也许是江怀南出力疏通的关节。想起这，他又觉得江怀南总算还讲交情，不枉过去相交一场。也体谅地想：丽清不让他陪伴着来，独自从上海租界来苏州，恐怕也是不放心、不方便的呀！……他对"冷面人"点了点头，"唔"了一声。身子动也未动，眼睛也仍闭着。

一会儿，听到零乱的脚步声了。

又一会儿，听到脚步声和人声已经到了寮房门口，有人掀帘进来了。走在前面的显然是方丽清。他尚未睁眼，只闻到一股喷香刺鼻的脂粉香水味。后边的当是江怀南了！只听到江怀南高叫一声："秘书长！贵体康泰否？一日不见，如隔三秋！怀南在此给您拜年了！"

童霜威睁开眼来，见江怀南深深九十度鞠躬，恭敬非凡，双手提着些盒装糕点、瓶酒之类礼品，走去放在桌上。方丽清正生疏地保持着距离站在门里远远凝望着他,看不出她是悲是喜。只见她穿一件灰背大衣,颈项里围了一只上等银狐围脖,狐狸的玻璃眼珠子冷森森地闪着光。她胭脂唇膏通红,天冷,脸吹了风气色显得更好,美艳极了,嘴里正幽幽喷着热气。圆圆白净脸的江怀南穿一领皮袍,外加一件上等黑马裤呢的披风,手执呢帽,较前又微微胖了一些,颇有些官架子地含笑恭立。

童霜威点头为礼,佯作平静地说:"你们来了!坐!坐!"

"冷面人"跑过来倒了两杯茶,并不监视,客气地做了请喝茶的手势,转身走了出去。出去前,像打招呼地说:"前边,来了些皇军,来烧香拜佛的……"意思是:犯不着到前边去。

方丽清和江怀南都在椅上坐下。方丽清用眼四面张望,皱皱眉头,鼻子嗅嗅,嫌房里空气不好,摸出搽了香水的手绢捂在鼻上,接着就说:"啊呀,啸天,你怎么胡子留得像印度阿三了?龌里龌龊,多不卫生!难看死了!"

童霜威不禁想:唉,这个女人!

江怀南似乎要把话岔开去,说:"秘书长,早想来问安了,好不容易,今天才能重睹尊颜。"

方丽清用小手绢拭眼,似乎有点想流泪,插嘴说:"多亏了江厅长,托了他的老丈人丁啸林,费了大力气找了'七十六号'。要不然,哪能来得成!"

江怀南谦逊恭敬:"秘书长过去对我恩重如山,实在无由报答。"他指指桌上的礼品:"今天带了些吃食来,里边有秘书长喜欢喝的英国三星斧头白兰地,恭请哂纳。"

方丽清的手绢仍捂着鼻子和嘴,语气埋怨:"都是你呀,落到这种地步!害得我七荤八素有苦只能往肚里吞!这么大的风雪天,还要到这破庙里来吹风!"她咕咕哝哝,也听不清讲些什么,话声被呜咽着的哭声淹没了。

外边院子里,有皮靴的橐橐声,估计是些日本军人在走路。

童霜威心里烦躁,叹一口气,尽量克制,使自己平静下来,想:人与人要互相了解何其难哪!与她婚后相处也已时间不短了,可是她对我可说是毫不了解。我们精神上毫无交流,总是格格不入。我们在气质、性格、是非、利害、需求、兴趣上也总难和谐相容。行动上和感情上总是难以配合和互相体谅。你看,她今天到这里来,说了些什么呀?真是岂有此理!

江怀南想打圆场,一脸谄媚劝解的神态,说:"唉,师母,请不要难过,不要难过!不要流泪,不要流泪!外边有日本人,听到庙里有哭声等会儿有了麻烦不好办。"

方丽清依然哭哭啼啼,似乎她今天来就是要来哭的,嘴里也仍在颠三倒四地嘀咕:"你自己倒一个人在这里惬意!你怎么不替我想想?你是寿头,人吃荤腥你吃糠!……"只不过听说有日本人,哭声倒是放低了。

正在这时,忽然听到"当!当!当!"钟声响了!

江怀南竖起耳朵说:"啊!敲钟?"

方丽清也止住了哭泣,倾听钟声。

钟声洪亮,万籁和鸣,余韵悠长,颤音在空中久久不息,似在唤醒六道生众的痴妄迷梦。

童霜威面上坦然无动于衷,心里在纳闷:寒山古寺,虽然自古以来以钟声闻名,"欹枕遥闻半夜钟"、"愁杀寒山寺里钟",但抗战爆发苏州沦陷后,钟声大约还没有响过。自己软禁在此,也从未听到过钟声。有过几次,站在大钟前沉思,也很想轻轻敲它一下或重重撞它一下,都不敢碰它。今天,怎么有人敲钟了?

只见江怀南起身从桑皮纸糊着的格子窗户破隙处向大殿方向张望了一下,说:"有些皇军在双手合十礼拜菩萨。看来,是皇军在敲钟!"

钟声继续"当！当！当！"在悠扬响亮地传来。

江怀南看见寮房里空气紧张，童霜威和方丽清似乎都被这突然由日本军人乱敲的钟声震住了，都沉默住不声不响。他想使空气轻松轻松，豁达地说："提起这钟，我战前在吴江做县长时，到苏州来游寒山寺，听人说起过一个精彩的传说：有一年下了特大暴雨，天像决了口漏了似的，哗哗哗哗，寒山寺四周都被滔滔洪水淹没了！这天，当家和尚寒山和拾得愁眉苦脸站在庙门口，看到不知哪里漂来一只大钟。钟口朝上，摇摇晃晃，像船在漂浮。显然是天赐神钟。和尚们一起来打捞，可惜怎么也捞不上来，铜钟动也不动。拾得一拍巴掌，拾了根竹竿一撑，纵身跳进钟里，要把铜钟撑近崖边。谁知铜钟忽然随风而去，载着拾得漂走，转眼间不知去向了！"

方丽清专心在听，叽咕了一句："偷鸡不着蚀把米了！"

江怀南自顾自地讲故事："原来，铜钟向东方漂去，飘洋过海，到了日本！日本人想尽办法把钟拉上了岸，拾得就在日本的庙里住下了。寒山想念拾得，染了重病。这时，请来能工巧匠，仿照那只漂来的铜钟的样子，铸了一口大钟，挂悬在寒山寺的钟楼上。每天每夜，寒山在寺里敲钟。说也有趣，钟声竟会飘洋过海，传到日本寺庙内去。拾得听见了钟声，知道是寒山想念他、呼唤他的钟声，就也'当当'敲响铜钟作为回答。这样，两人虽在两个国家，一衣带水，相隔几千里，但不断的钟声，使两人心心相通，情谊永存。"

讲到这里，方丽清似乎听故事入迷了，感动地说："啊，还有这么个传说？"

江怀南借题发挥了，说："是呀，我近来常想，中日两国，是兄弟之邦！这个民间流传的故事就是明证。中日之间应当和平，不应当打仗。今天到寒山寺来，听到友邦军人敲钟，使我极为感动。看来，在过年的时节，这是一种祥和之气，也是友邦军人祈祷中日和平的虔诚心意。拙见不知秘书长以为然否?"

童霜威心里生气,想:做了汉奸的人真是处处都像汉奸,也处处要想尽办法替自己贴金。就这么一个胡编出来的传说,加上日本军人跑到寒山寺里来乱敲钟,就会发出这么一通汉奸谬论!中日两国民众的友好交往源远流长,中日两国确实也应睦邻友好。可是日本明治维新后为实行田中奏折不断侵略欺凌中国。这些年来,占我东三省,占我华北,蚕食野心,贪得无厌。中国忍无可忍,爆发了救亡的全民抗战。敌人手握屠刀,烧杀奸淫,无所不用其极,利用汉奸敲骨吸髓助纣为虐。在这种时候,身为中国人,置身沦陷区敌人铁蹄之下,却来侈谈和平,讹夸双手沾满血腥的敌寇爱好和平,真是毫无中国人的骨气!毫无心肝!……但不愿反驳,闭上双眼,作老僧入定状,似乎听而不闻。

钟声仍在"当!——当!""当当当当!""当!当当!当当当!"那伙日本军人敲得起劲,乱七八糟地敲,嘻嘻哈哈起哄喧嚣。

方丽清还是坐在那里嘀嘀咕咕:"……打什么断命仗!杀千刀的仗!早点和平了多好!"

童霜威突然睁开眼来,朝她看看。见她那银狐围脖上狐狸的两只玻璃眼珠子又冷森森闪着光了。他压着心里的不快,对着方丽清问:"家霆,他好吗?"

方丽清冷漠地点点头,看得出心里不高兴:"有吃有穿养着他,怎么不好?'隔层肚皮隔层山',旁人的肉贴不到自己身上!他不会亲热我,我也不会拿他当儿子!"马上又嘀咕起来:"你怎么也不问问姆妈和雨苏、立苏他们?只知道问你自己的宝贝儿子!大家都为你牵肠挂肚提心吊胆,你就只记挂着自己那个杀千刀的宝贝儿子?"

童霜威两道眉都纠到一起了,心里十分不受用。这女人还是那么漂亮滋润,但也还是那么不明事理!

方丽清继续发牢骚:"你的宝贝儿子,从你不在家后,晚上常常出去!有女人常常打电话来!听说交了女朋友了!传经碰到过,说他陪女朋友逛马路。年纪轻轻不学好,呒出息!现世报!"

江怀南观察到童霜威心里冒火,岔开话题说:"秘书长可能有所不知。那谢元嵩,他既参加了和运,又背叛了和运,竟在你被请到'七十六号'后不久,突然不告而别,到香港去了!"

童霜威把眼疑惑不解地朝江怀南看着。

江怀南语气带有惋惜和怨尤:"据说,现在已经去了重庆!此人无情无义,朝秦暮楚,不讲交情,真是个不可救药的大滑头!他到了香港,不但在香港报纸上发表文章,大骂和运,还在香港报纸上公布了汪先生、周佛海他们同友邦谈判的密约,糟糕得很!"

童霜威十分吃惊,稍停才平静下来,想:怪不得那次见到汪精卫时谈起谢元嵩,汪精卫和李士群都破口大骂。原来谢元嵩突然又离开上海跑了呀!看来,连我被囚至今也是受了他的牵连了呢,这个开口闭口"老实"、"诚恳"的滑头!他瞒着我替我签名,盗用了我的名字害苦了我,又奉命一再劝我落水附逆。可是结果自己又突然跑了,我却身陷囹圄在此倒霉受罪!真是从何说起!……越想,心里越像有蚂蚁爬、有火灼,不禁问:"他为什么要跑?"

江怀南摇着头:"谁知道呢?他突然失踪后,外界传闻,有的说是僧多粥少他嫌重要的肥缺内定给了别人,油水不大,他又同周佛海有矛盾,愤而出走的;有的说是他主张汪应当与蒋合作,现在见汪脱离了合作轨道另搞一套,他就有跳出圈子之意;也有的说,他感到汪无力量解决中日问题,失望而出走的。总之,此公向来神鬼莫测。看来大智若愚,实际城府极深,别人是无法猜度他的葫芦里卖什么药的!"

方丽清在一边插嘴骂了起来:"杀千刀的!他临走前还借了怀南一大笔钞票,一声不响就走了。"

江怀南苦笑，笑得故意好像气度恢宏，是做给童霜威看的，说："那倒没有什么，人去交情在嘛！我为人历来是讲交情的。他突然写信给我，约我由苏州到沪一晤，当面说：'南京"维新政府"不久将寿终正寝、树倒猢狲散了！你这"维新政府"的江苏省政府教育厅长，眼看快要下台。我有心助你一臂之力，在汪先生组成国民政府还都后，分得一杯羹。不知是否有此兴趣？'我听后，当然感激，他便说有急需，拟与友人筹建一个公司做生意，要我暂挪一笔款项借给他。款子数目不小，但看在当年交情分上，我如约给他将支票送去。谁知他上楼就撤梯，第三天，人竟逃之夭夭了！"

童霜威闭目听着，心里也说不出是什么滋味。同谢元嵩相交以后，上他的当本来不是一次了。许多事都一起浮上脑际，特别想起在"好莱坞乐园"时谢元嵩说的："其实，人生就是一场赌博！命运押上去，有胜有败。不过，人生不赌博有什么意思呢？赌赢了就能享乐！我这人是喜欢赌一赌的！赌赢了的那种乐趣，是无法形容的！"童霜威想：谢元嵩确是政治舞台上的一个赌徒呀！他是算输了还是赢了呢？他本是汪系的人，跟着汪精卫卖力，到了上海，又帮汪逆拉人落水。这是下了一次赌注，但突然又逃跑了！是因为感到输了才逃亡的呢？还是认为逃离"孤岛"去到重庆，把赌注下到那里赢了可以捞取更多的好处呢？……头脑里乱糟糟，想不出个头绪来，只感到自己被谢元嵩出卖得好苦！江怀南损失了一笔钱，那是他做了"维新"的汉奸，又想重新投靠汪精卫，咎由自取！可是我，纯粹被谢元嵩当作了下赌注的筹码。他瞒着我替我签名参加汉奸的伪"六大"，不外是讨好汪逆，表示他拉到了我这样一个人物落水，对"和运"作出了贡献。他替汪逆作说客来劝我落水与汪逆见面，也不外是同一用意。我未曾动摇，结果被绑架、软禁至今。他却自由自在，突然远走高飞去抗日大后方了。真是个七十二变的孙悟空啊！

那些日本军人大约已经走了。钟声也不知在什么时候已经停止。寒山寺里又变成一片死寂。

童霜威"唉"地叹了一口气,把头直摇。

方丽清用一种鄙夷埋怨的神情,睁着两只水汪汪的眼睛滴溜溜看着童霜威说:"谢元嵩这个赤佬,坏是坏,但一个跟斗十万八千里,哪像你呀!你是个捧金碗讨饭的戆大!人家想在上海做官就在上海做,不想在上海做官就到重庆去做。你呢?你开口闭口不做汉奸,落得个关在庙里来修行,合算吗?重庆会给你官、给你钞票吗?'人争一口气,佛受一炉香',你呢?你叫做一步走错,满盘皆输!道道地地的赔本生意!"

童霜威像被她泼了一头脏水,心里烦透了,只能嘴里念经:"南无阿弥陀佛!南无阿弥陀佛……"用右手食指仿照木槌敲着木鱼打拍子,一句又一句。他要用念佛来克制自己的痛苦与烦恼。他对方丽清银狐围脖上的两只凶恶的玻璃眼珠子反感透了,觉得那就像方丽清的心,冷森森的,恶毒又卑琐。他不爱看!

江怀南忽然叹一口气,用十分关切、十分亲热的语气恳请地说:"秘书长,今天我陪师母来,是家岳丁啸林帮助走了门路,找了李士群才能来的。他们有个好意,要我陪师母来劝劝您。俗话说'既来之,则安之',又说'苦海无边,回头是岸',以秘书长您的名望地位,汪先生寄望甚殷。新政府的组成在即,人员名单即将确定,还都日期也已定在三月下旬,良机千载难逢,除国民党外,还有不少政党的领袖都参加了,济济一堂!"

童霜威念着佛,耳朵不能不听,听到这里,又气又好笑,想:什么济济一堂呀?"社会民主党"的党魁汉奸江亢虎,他的党听说连一个党员也没有;"国家社会党"的汉奸诸青来和"中国青年党"的汉奸赵毓松都是些低档的马路政客,完全是花钱买来替汪精卫的"和运"吹喇叭抬轿子的!算什么东西!

只听江怀南劝道:"人生一世,草生春夏,该有远虑,应知近忧。身在宝山,何必空手? 是否给他们一个满意的答复,让师母带个回信给他们?"

见江怀南又厚颜来劝说,满口奴颜婢膝的汉奸谬论,童霜威强自忍耐,闭着双目,一言不答。

方丽清看不过去,怨怪地说:"人家怀南一片好心,费了多少事,出了多少力,陪我来苏州看望你。你不要让人好心无好报抹一鼻子灰呀!你一向放着鹅毛不知轻,顶着磨盘不知重,也该学学本事,懂得风从哪里起,雨从哪里落!不为自己着想,也该多为我想想呀!再说,怀南的厅长快下台了,你要是出来,也可以帮帮他忙,替他弄个肥缺呀!张三有钱不会花,李四会花又无钱!你这个张三呀,真气死急死人了!"

听她口上"怀南"叫得亲热,又见她对江怀南那种亲昵体贴劲儿,更听她说出来的话句句有刺,童霜威真想拍桌子破口叫她"滚"!终于,还是忍住了气愤,闭着眼仍旧在念:"南无阿弥陀佛!南无阿弥陀佛……"

江怀南觉得方丽清的话过火了,又见方丽清当着童霜威的面脱口而出一声一声"怀南"地叫,眉眼神情间又老是流露出一种暧昧,心里发急。他是个聪明机灵的人,见童霜威老不说话,面部神情有时又表露出一种强自克制的气恼,明白童霜威已经心如死灰。在寒山寺被软禁并没有能使他产生畏惧或悔悟。明白今天来是达不到目的了,不禁长长叹了一口气。他今天来,确是想规劝童霜威回心转意,好对自己的前程有利,顺便借此机会早早把方丽清邀到苏州欢聚几天。他本以为童霜威遭了这一场无妄之灾,说不定已经战战兢兢,想不到来后竟碰了钉子,心里不快,咳嗽几声,说:"秘书长,我是诚心一辈子给您做心腹人的!像唱戏一样,坏的配角能把主角砸下去,好的配角能把主角抬起来。秘书长如果出山,我是供您驰驱的。这次来后,不知哪天才能再来看望了!刚才的话,都是出于真心,请秘书长三思斟酌!"

方丽清在一边,气红了脸,仍朝童霜威发泄怨尤:"你不要顾前不顾后,顾三不顾四。鬼迷张天师,把好话都当耳旁风。这次你再不听劝,你一辈子在庙里当老和尚,我也只好不管你了!"

江怀南听方丽清说得绝情,在一旁忙顺势说好听的:"师母好说,师母好说!我明白你是希望秘书长快点回心转意,好和你一同回去,纯粹一片好心。但千万不要着急,我们改日可以想法再来。"

不料童霜威铁硬地吐了一句:"以后,不必再来看我!"说毕,闭目静坐,不再睁眼。

话谈到这种地步,似乎只好不再往下进行了。

江怀南又叹一口气,半真半假。同方丽清作了个眼色,方丽清又掏出手绢拭眼泪。两人站起身来,看看外边,雪花又在飘飞了,乱琼碎玉铺得满地都是。

方丽清最后发泄:"这么大的风雪天特地来看你,想不到你良心给狗吃了!……"说着,呜呜地哭起来。接着,又从手提包里取出一叠钞票,放在童霜威身旁,说:"带来给你的零用!"

但,童霜威像已入定,闭眼无声,长袍棉鞋,胡须很长,仔细看他,比遭绑架时苍老得多了。

江怀南恭恭敬敬又是一个九十度鞠躬,说:"秘书长保重,我以后再来!"他劝解着在揩眼泪的方丽清:"师母,不要难过了!早点走吧。这条路上不大安全,有时有便衣队!前不久还出过事打死过一个东洋人。"说着,他同方丽清掀帘走出寮房,向前走去。

外边,飞雪纷纷扬扬,愈下愈大了。"陪伴"童霜威的中年冷面人,掀开棉门帘朝里张望了一下,见童霜威坐在那里闭目不动,他又赶着出去送江怀南和方丽清出庙门。看着他们,上了等候在庙门外的那辆马车,马车蹄声"嘚嘚"地走了。这时,寒山寺苍黄色已经斑驳淡褪的照壁墙外,静静的空间,都让白雪填满。雪花随风旋舞,溶入迷茫的空际。远处枫桥镇那面,混沌一片,天地一色。风雪迷漫中,不一会儿,马车连影子也看不到了。

三

童家霆始终处在一种十分压抑、激动的感情中。

爸爸被绑走后的第二天,他照常去慕尔堂学校里上课。他的脸上还带着伤。同学们问他是怎么一回事,他说是昨天不小心碰伤的。课间休息时,程心如同他在一起,用一种同情的目光看着他,慰藉地说:"家霆,昨晚的事,我今晨已经听看弄堂的阿三说了!你爸爸给绑架走了,是不是?"

家霆想哭,忍住没淌眼泪,简单将昨晚的情况讲了一些,说:"详情晚上我告诉你。"

程心如哼了一声,说:"一定是'七十六号'干的事!这下,恐怕危险了!"说完,叹气,胖胖的脸上布满阴云。

晚上,家霆吃了饭,找了余伯良去仁安里十五号程心如家见面。心如的爸爸到《大美晚报》馆上夜班去了。他妈妈是个瘦小体弱十分和善的妇女,平时操劳家务,买菜、烧饭、洗衣、缝补……整天忙忙碌碌,对儿子的好朋友总是特别客气。三个人在程心如的小房里关起门来谈心。听家霆含泪详细讲了昨晚发生的事以及前前后后有关的一些事。三个高中一年级学生都热血沸腾。

程心如手攥着拳头气愤地说:"孤岛形势是越来越险恶了!我爸爸已经对我说过:如果形势再坏下去,他打算想办法带我走,离开孤岛去抗日,决不在此地受敌伪的威胁和残害了。"

家霆问:"是从香港去重庆吗?"

程心如摇头,说:"不!你别以为要抗日只有到重庆!现在上海四周近有淞沪郊区的游击队,远有江南抗日义勇军的武装活动,苏南许多县里也有新四军的游击队。另外,过长江到苏北,有新四军,去皖南泾县一带也有新四军。听我爸爸说,上海各界派代表去慰问过两次。"

家霆想:你也太小看我了,好像就你知道这些。他马上想起了死去的妈妈柳苇,也想起舅舅柳忠华和杨秋水阿姨。但他觉得这些都是不能乱讲的,就闷住不作声了。

余伯良听得有滋有味,问:"新四军打过大胜仗吗?"

程心如说:"当然!去年,虹桥飞机场遭到袭击,毁了好几架日本飞机,就是他们干的!"

家霆说:"心如,你有这方面的报刊杂志拿点给我和伯良看看不好吗?"说这话时,他想起了在香港时,给他补习的黄祁老师常给他看许多进步报刊的事。共产党在武汉出的《新华日报》那时连爸爸也是能看到的。

程心如站起身来,走到他爸爸住的那间房里去了。一会儿,抱来了一叠杂志和报纸,有《译报周刊》,有《民族公论》《每日译报》,有《良友》画报,也有英文《大美晚报》……上面都刊登了报道新四军的文章和照片,有的是一个叫杰克·贝尔登的美国记者写的,他到皖南采访过。有新四军作战和缴获战利品的照片,还有上海去的慰问团向新四军献锦旗的照片。《每日译报》上还登了群众捐献运动收到捐款人捐款的长长名单。

程心如说:"只找到这么一些,有些不知给我爸爸收到哪里去了。"说起他爸爸,他脸上有尊敬和骄傲的神色。

家霆和余伯良翻着心如捧出来的报刊,心里既高兴又激动。家霆又逗起了思念:舅舅柳忠华和杨秋水阿姨他们在上海一定很忙。可是却又再也见不到舅舅,杨阿姨也叮嘱我不要再找她。爸爸出了事,我也不能找到舅舅商量,心里真是说不出的杌陧。……"翻看着杂志,说:"心如,你这些事以前怎么不早说,也不早把这些报刊拿给我们看看?"

程心如笑着,带几分严肃地说:"家霆,老实告诉你吧!我那时听说你爸爸是个大官儿,可是又想:他为什么住在'孤岛'不去大后方抗战呢?这样的人,说实话,是可能做汉奸的。有些事有些话就不想乱说了!现在,知道你爸爸不肯做汉奸、被绑架这些事,我又知道你是个爱国的热血青年,同你讲讲就觉得没什么关系了。"

家霆叹了一口气,落下泪来,十分伤心。

程心如诚恳地劝慰他说:"现在,你也别急,托人走门路打听打听,看看怎么办?不过,我想,既被绑架,就很危险了,如果不肯当汉奸,被杀被害都可能。不过,萧伯纳说过:'生使一切的人站在一条水平线上,死使卓越的人露出头角来!'我觉得,一个中国人,宁可死,也是不能当卖国贼的!这点,你父亲也许能办得到。"

家霆愤然点头:"我想,他是能办到的!如果他被杀了!"他湿润着眼眶激昂地说:"我一定要给他报仇!要是有支枪,我要想法找到汪精卫,一枪送他的狗命!"

余伯良带三分天真地说:"万一你爸爸被逼迫得实在没有办法了,下了水呢?"

程心如在他肩上打了一拳,责骂他说:"你乱七八糟胡说些什么!"

家霆气红了脸瞪着余伯良,恨恨地说:"他绝不会落水的!我了解他的为人!假若,他投降做了汉奸,他就不是我的父亲!我就远远离开他,独自去闯荡江湖!"说完,泪水哗哗流得满面。

余伯良着急了,说:"家霆,我那是胡说八道,你别听到心里去。"他嘴里呃呃有声,一副自谴的神态。

程心如安慰地拍着家霆肩膀,热情地说:"家霆,不要难过!我想,中国绝大多数人都是爱国的! 做汉奸的败类在四万万五千万人里到底是少数。你这点不要担心。我在想,为了报复'七十六号'绑架了伯父,我们今晚写一批痛骂敌伪的传单准备散发一次,而且要到热闹的南京路上散发,你们赞不赞成?"

家霆擦干眼泪,振奋地说:"当然赞成!"

余伯良兴高采烈,点头说:"太好了! 说干就干!"但又问:"南京路上人那么多,怎么散发呢?"

程心如笑笑,胸有成竹地说:"白天我就想过了。你们知道那个慈淑大楼吗? 慈淑大楼下边是大陆商场。慈淑大楼有一面朝着南京路闹市。慈淑大楼里我去过。它楼上有精武体育会,也有医生的诊所、律师的事务所,还有学校。上楼下楼很方便。我本来想:就到那上边去,到楼梯旁靠近南京路的窗口里,将传单撒下去! 下边是人头济济的南京路,一定会引起轰动。"

家霆的兴致也起来了,说:"太好了!"

程心如摇摇头突然接着说:"可是不行! 我后来特地去侦察了一下,发现那些临街的窗户都是钉死了的,开不开。只有一个地方例外,就是四楼上的女厕所。我去侦察过,女厕所隔壁是男厕所。那男厕所可惜窗口不是面临南京路的,女厕所却有窗朝着南京路。但我们却不能钻进女厕所去撒传单呀! 这就是个难题了。"

家霆立刻想到了欧阳素心。自从昨晚爸爸被绑架后,他就想把不幸的事告诉欧阳素心。他有把握地说:"不要紧! 我想,我来找欧阳素心办,你们看好不好?"

余伯良拍巴掌:"当然好! 对了! 找她干! 我们陪她去!"

程心如却严肃地说:"她不会泄露秘密吗?"

家霆斩钉截铁说:"绝对不会!"

程心如盘问地说:"家霆,你最近同她关系有进展吗?"

家霆腼腆地说:"老同学了! 我心里喜欢她,可是说真的,也没谈恋爱。"

程心如思索着说:"上次听你介绍,她父亲也是政界的人物,怎么也在上海住着呢?"

家霆说:"弄不清!反正欧阳素心好像也不大爱管她父亲的事。"

"她是个什么样的人呢?"程心如不客气地问。

家霆被心如严肃正经的表情引笑了:"让我说一件她的事给你们听吧!有时候,她心里烦闷,看到穷人又同情,就带上许多零钱,从家里逛到霞飞路,一直沿霞飞路逛到善钟路。遇到叫花子就给钱,一路给下去,一直到把袋里的钱给光,才又走回家来。"

余伯良欣赏地说:"她心地善良!让她也参加我们的'爱国党'吧!这下我们有了四个党徒,还有女的,我看不错。"

家霆想起了舅舅柳忠华那天说起党派的那段话,说:"这次发传单,就不用'爱国党'的名义了!国民党、共产党都有那么多人,我们组织这个'爱国党'有什么意思?人家看了署名,靠不住会好笑!干脆我们在传单上不署名,谁看了传单都会知道是爱国的中国人干的,反倒好!"

程心如点头:"家霆的话有道理,我同意!我们这个'爱国党'让它完蛋算了!"又说:"我们就干吧!让欧阳素心参加,一起去散发传单,我觉得不错。家霆,今夜我们把传单写好,明晚散发,好不好?欧阳的事由你去办!"

家霆点头:"明天下课后,我同欧阳约定地点见面,同她谈谈。我估计她一定同意,绝无问题!"

程心如去一张玻璃书橱顶上拿下几叠红、黄、绿色的纸张来,用刀裁成一条条的。家霆用笔起草传单内容。三人又一同确定传单上写些什么,不外是:"打倒日本帝国主义!""打倒民族败类大汉奸汪精卫!""打倒无耻的汉奸特工总部七十六号!""抗战到底!抗战必胜!""向抗日蒙难的烈士致敬!""以血还血!杀尽汉奸!还我河山!"

三人加油干,每人写了百把条。程心如说:"够了!不能太多!"三人分手,家霆也就走回家去。

爸爸不在,他更怕进这个"家"了。这一天,仁安里二十一号空气阴沉,消失了麻将牌的哗哗声,也听不到戏迷方传经放京戏唱片声了,只听到方丽清常常哭泣。方立荪、方雨荪加上方老太太以及"小翠红"、"老虎头"、巧云等,都在方丽清房里谈心,劝慰。家霆回来时,已经十点多钟光景了。他不知该怎么办,到方丽清房里去劝慰方丽清吧,怕碰钉子讨没趣;不去吧,又觉得说不过去。想了一想,决定还是上三楼自己房里去看书算了,却在楼梯口碰到弥勒佛似的方立荪。方立荪头上戴顶黑缎瓜皮小帽,这种帽子如今戴的人越来越少。方立荪有时还喜欢戴,他剃的光头,戴这种帽子舒服。他腆着大肚子,酒气熏人,见到了家霆,咳嗽了一声。

家霆叫了一声:"小娘舅!"

方立荪用牛眼瞅瞅他,说:"到哪里去玩了?你父亲出了事,你娘伤心得要死要活,你也该在家里蹲蹲呀!"

家霆不好回答,只好听着训愣住不做声。

方立荪继续训斥:"你父亲是只敲不响的钟、打不响的鼓!人家好心好意请他当上宾他不干,硬要拿鸡蛋碰石头!现在落得个尿盆扣在头上,弄不好还要丢性命。你娘是破屋又遭连夜雨。我们这些做亲眷的也受牵连!唉!"他长叹一声,"就怕船到江心补漏迟了!"

家霆听了生气,只好不说话,眼见方立荪打着饱嗝,挺着肚子进盥洗室了,他正想要上三楼,见"小娘娘"方丽明急急忙忙一阵风从楼下跑上来,气急慌忙地说:"电话!电话!……说是从姐夫那里打来的,让姐姐接电话!"

家霆一听,一怔,心里复杂得很,见方老太太扶着头发蓬松的方丽清从房里出来了,要往楼下去。后边方雨荪、"小翠红"等也都跟着。又见方立荪腆着大肚子从盥洗室里急急忙忙系着裤带出来了。

方立荪大声说:"我来接电话!你们在边上听着好了。"

楼梯上的人一窝蜂往楼下走。家霆跟在最后边。大家都守在客堂间旁的电话机前,听方立荪拿起听筒讲话。

方立荪用平时少有的客气谦恭语气说话:"喂,哪里?噢噢噢,我叫方立荪!是,童霜威是我妹夫……对,对对……"对方的声音听不很清楚,呜里哇啦,讲了一通,只听得方立荪连声"噢噢噢""唔唔唔""对对对",最后又问:"他人好吗?"

对方的回答,可能是说很好,让放心。

方立荪点头,巴结地说:"明天准六点钟,我们将衣物送去!"接着,对方电话先挂,方立荪也"克"地挂上了电话。

众人七嘴八舌地问方立荪:"怎么了?""说些什么?"方丽清坐在红木椅上又用手绢捂住眼睛嘤嘤哭了起来。

方立荪吐了一口气,说:"勿要紧的!勿要着急!是'七十六号'来的电话!一切优待,人也很好!叫妹妹放心!说是明天下午六点钟让派一个可靠的人准时到沪西兆丰公园门口给妹夫送衣物,让把冬天的衣物送齐全,还有啸天看的那些诗书!吃的用不着送!"

方老太太拭着眼泪问:"啥时候能放回来?"

方立荪把头摇摇:"回来?回不回来那就看他自己了!"

"小翠红"好心地安慰说:"姆妈不要急。立荪不是说他去托丁啸林去打听打听说说情吗?总会有用的。现在知道人是在'七十六号',快托丁啸林去讲讲吧!"

方立荪看看哭泣的方丽清和方老太太,拿下头上的瓜皮小帽,用手搔搔光头,说:"老鼠要偷油,猫儿要吃腥!像童霜威这种不识相的戆大只会自作孽!他是个吃戗不吃顺的人!我看现在被人抢亲强抬进了花轿,看他嫁不嫁人?他要是肯点个头同人家拜天地,也许明天后天就能坐汽车大摇大摆回来;要是还是牛脾气,'七十六号'不吃你这一套!"说完,连连摇头。

方雨荪一脸晦气,双手插在西装裤袋里,说:"商量商量,明天派谁送衣物去。"

他话刚出口,家霆在一边说:"我去!我来送衣物去!"

没有人答理他,好像谁都没有听见他说话。

方立荪朝着方雨荪说:"明天再商量吧!"

于是,一伙人围着方丽清又从楼下上楼了,将家霆独自孤零零地丢在楼下。

家霆既没趣又伤心,更不甘心明天不给爸爸送东西去。他觉得是他该做的事,他想见见爸爸,他想问问情况。所以他也跟着上楼。见大家都在方丽清的房里像开会似的喊喊喳喳,他就也走进方丽清房里去,对方丽清说:"姆妈,明天,我来给爸爸送东西去!"

真奇怪,大家本来在说话的,见他进来,都闭了口。听他这样说,方丽清也没理睬他。

方立荪弹起眼珠厌恶地看看他,硬邦邦地说:"用不着!你办这种事不老练!一部真经要让法师念。派郑金山去送,他送稳妥!"

家霆生气,站在一边浑身不带劲,只得走出方丽清的房,自己上了三楼,关上房门伏在床上痛哭了一场。

啊,多么孤单呀!孤单得像一只失群的鸟儿陷身在无边无际的沙漠中一样。此时此地,如果见到舅舅柳忠华多么好!舅舅在哪里呢?怎么才能找到他呢?他转眼又想起了欧阳素心。此刻,如果欧阳素心在身边多好,可以向她倾诉自己心里的痛苦。但是,此刻只有自己孤身一人，好凄凉啊！他突然又有了一种奇怪的想法：少了爸爸，我现在很像一个遭到强盗洗劫变得一无所有的人了，我的前程似乎一下子变得暗淡无光了。欧阳素心知道了，会像以前一样瞧得起我吗？我既然丧失了匹配她的条件，我还应该同她加深关系吗？……他想着，心里难过，也很踌躇。最后，终于又想：唉，欧阳那么纯洁善良，我怎么能这样乱想去贬低她呢？

他困乏了。脱衣上床，钻进了冰冷的被窝。关了电灯，房里暗了，对面人家的电灯光映进屋来。耳边听得见不知远处哪家打麻将的"啪啪"声和"哗哗"声。他很挂念爸爸，尽管刚才方立苏接电话后说是"优待"，他意识到爸爸不屈服是必定要吃苦的。他闭上眼刚睡着，便梦见爸爸一身血污，仿佛受了酷刑在呻吟。从小已经失去了妈妈，现在怎么能再失去爸爸？流着苦泪，他惊醒过来，对面人家的电灯光仍射在床前像白霜一般。怎么办呢？怎么救爸爸呢？真是无计可施啊！

辗转反侧，脑里一分钟也不得安宁。先前听大舅妈"小翠红"说：方立苏要去找丁啸林。丁啸林这个海上闻人，同日本人来往不少，听说他给"七十六号"介绍了不少徒弟去做特工，同"七十六号"当然是有密切关系兜得转的。但他能说情让"七十六号"释放爸爸吗？爸爸要是同意落水附逆，当然会平安释放，如果坚贞拒绝落水，恐怕是回不来的了。

一夜七想八想，第二天一早，他头里昏昏沉沉地去学校上课。天阴沉沉的，像要下雨，这种天气增加了人心里的不快。

上午四节课，都是马而虎之听过去的。中午，他不回仁安里吃饭，在慕尔堂旁边的一家烟纸店里借打了一个电话给欧阳素心。欧阳素心上学去还没有回家，接电话的是银娣，轻声说："小姐一会儿就会回来吃中饭的。"

他叮嘱银娣："欧阳回来了，让她立刻到环龙路霞飞路口白俄开的'白拉拉卡'西菜店同我见面。"

银娣一口答应。挂了电话,他匆匆搭车赶到"白拉拉卡"去。

他昨晚本来决定傍晚找欧阳素心谈撒传单的事,然后陪欧阳素心同程之如、余伯良见面一同去慈淑大楼撒传单的。但昨晚接到"七十六号"的电话后,他如受寒流袭击,迫不及待地想早点见到欧阳素心,沐浴一下温暖的太阳和和煦的风,得到一些慰藉和安抚,以减轻一点艰难和不幸的沉重负担。

坐公共汽车又转电车,他急急忙忙赶到"白拉拉卡",本以为是会先到的,不料欧阳素心已经背对着马路站在附近一家外国人开的照相馆门口在看橱窗里的照片等候着他了。

欧阳素心戴顶自己编织的带有一个大绒球的尖顶白绒线帽,穿件银灰色的海勃龙短大衣,围一条黑色羊毛围巾,漂亮得使走过的人都回头看她。其实,她穿得朴素,并不花哨。真像伊索寓言里讲的:"美丽的鸟之所以美丽,不一定由于它有美丽的羽毛。"

家霆心里高兴,飞步跑过去说:"真没想到你这么快已经到了!"

她笑笑,没有回答,忽然指指照相馆玻璃橱窗说:"看,有趣不?"忽然发现他脸上的伤了,说:"啊,你怎么啦?"

他没有回答,抬眼一看,橱窗里一个金边大镜框,里边是希特勒的半身戎装相,国社党的制服胸前佩着铁十字章。希特勒额上一绺歪歪的尖发,唇上一撮短髭,两只歇斯底里的眼睛凶狠闪光,面目可憎也可笑,却威风凛凛。他厌恶地说:"这个崇拜尼采超人哲学和达尔文弱肉强食理论并创始法西斯主义的魔王,长得像个小丑,可恨他竟想主宰全世界,将战火烧红了欧洲!"

欧阳素心看着他的眼睛,说:"你懂吗?这是家德国人开的照相馆。不过,我听说,并不真是德国人,老板是被纳粹党驱逐出来的德籍犹太人。可是,最近,看到希特勒在欧洲疯狂得势,就把希特勒当祖宗供起来了。你说这是愚昧还是狡黠？"

他摇摇头，说："兼而有之，肉麻当有趣，可悲也可怜！"又说："走吧，到'白拉拉卡'去。"

两人一起向"白拉拉卡"走，到了"白拉拉卡"门口，欧阳素心指指橱窗说："看呀！这里也有有趣的事，真是咫尺之间也能看到世界风云哪！天下怎么能平静？"

家霆一看，橱窗里用金边镜框摆着一张斯大林的巨幅画像。斯大林浓眉大眼，风度翩翩的头发，威武的胡子，胸前悬着勋章，脸上带着微笑。他不禁笑了，说："嘀，是有意思。两家邻居，各人挂各人的，像唱对台戏。不过——"他沉吟着问："'白拉拉卡'的老板不是白俄吗？"

欧阳素心点头："是白俄呀！听说是个大贵族呢！但被赶出来流亡在上海许多年了。论理，是应当仇恨斯大林的，可是现在却摆出了斯大林的像对付邻居的希特勒呢！"

家霆思索着说："是啊！无论如何，俄罗斯总归是他们的祖国嘛！……"他觉得有很多的感想，一时又说不出来。

罗宋大菜，迅速便宜，价廉物美，中午顾客很多。欧阳素心推开玻璃门朝里一看，进去吃饭没法谈话，说："家霆，人太多了，进去没法谈话。"她好像不想进去。

家霆点头，说："人太多了！我今天要告诉你些秘密，陪我啃面包吧！"

欧阳素心笑了，笑得很甜，那双眼睛又好像在跳动着希望的火苗了，说："走！买两个罗宋面包，我们进法国公园里去啃！"她走进"白拉拉卡"，一会儿攥着两个两头尖的罗宋面包出来了。

天，突然下起了蒙蒙的小雨花。雨丝又细又密，像是编织得十分精致的一张半透明的无边无涯的蛛网。

欧阳素心仰脸朝天上看看，说："毛毛雨不会使衣服湿透的。

走吧,我喜欢在雨中踯躅。"

 法国公园里,在寒冷阴霾的冬日,游人稀少。天热时,常有些父母和保姆带了小孩来玩耍,现在不见踪影了。夏天时,碧绿清澈的池水,现在混浊了,漂浮着腐败的落叶和灰尘。本来苍翠葱茏的法国梧桐,早已枝丫光秃秃地像老妪干枯的指掌,默然伫立。

 两人冒着寒风并肩谈话,干啃着咸味的硬罗宋面包。

 欧阳素心着急地说:"家霆,快说吧,什么秘密事?"

 家霆先详详细细把爸爸前晚被"七十六号"绑架的事说了。

 淋着碎雨花,欧阳素心静静听了,着急地说:"怎么办呢?"她眼圈发红,"我是估计你一定发生了什么重要的事。昨天上午和昨天晚上我两次打电话,都说你不在。现在,你打算怎样呢?"她看看他脸上的伤痕,心里难过。

 家霆摇摇头,莫衷一是,说:"唉,只能听天由命了!"他忽然像经过充分考虑似的说:"欧阳,我想,今后我的人生道路不会是平坦的。我也没有一个有地位的爸爸可以依靠了!本来,我在小时候,爸爸对我说过:等我长大了,到了高中或者大学,就送我出国去留洋。但现在,像一场春梦醒来,这些都似乎谈不到了。继母一向对我冷淡,如果爸爸有了三长两短,她一定会马上同我断绝关系的。那时,我会怎么样?自己也难以预卜。我总有一种预感,要经历很崎岖的生涯,才能闯出自己未来的路来。也许,会成功;也许,会失败。因此,我……"

 欧阳素心忽然用一种奇怪的眼神看着家霆。眼神饱含责怪,也似有诧异。她突然说:"你同我讲这些什么意思?"

 家霆有点嗫嚅了,说:"我是如实地把心里想的告诉你。昨夜,我想得很多,一夜也没睡好。我觉得,我们是老同学、好朋友,认识你我感到幸福。但正因为这样,我也愿意你幸福,不愿让我的不幸连累了你。"

欧阳素心秀雅美丽的脸上忽然变得惨白了,说:"我懂了,你的意思是说我:势利、爱虚荣、不讲情义,是吗?"

冰凉的细雨中,家霆惶恐了:"没有这意思,我是说——"他越想辩解,越是说不清了。

欧阳素心伤感地把头摇摇,蓦然垂下眼帘,用一种哀怨多情的声调说:"家霆,你应当了解我。我不是那种人!不是你想象的那种人!如果你有喜悦,我愿分享你的一半;如果你有痛苦,我为什么不能分担你的一半?千万不要胡思乱想!也许我们之间有缘分!我喜欢你!没有任何条件地喜欢你。只要你上进,只要你始终是一个正直的好人,只要你永远对我好。我,永远是你的最好最好的朋友!"

家霆灵魂感动,心里发热,鼻子发酸。不知该用什么样的话回答她,语言是显得这样无力。稍停,他发自内心地说:"欧阳,我感谢你,但我不需要人怜悯,你不要可怜我!"

她摇摇头:"家霆,人的一生是难以逆料的。幸与不幸的来临,有时不由自己做主。你现在确是不幸!但我会不会也有不幸的遭遇呢?谁知道?谁能说?你怕我是可怜你,但如果连同情怜悯的感情都没有,又怎么行呢?"

公园里人寥若晨星,雨丝飘拂,风瑟瑟吹动着路边地上潮湿的落叶,两边是脱尽落叶的法国梧桐,积着雨水的柏油路上明亮如镜。

欧阳素心和他偎靠着向前走,迎着冷雨。前边有一对在窃窃私语的爱侣绕到一棵常青树背后去了。在那树背后,夏天时池畔有个喷泉,会喷溅出晶莹银色的水花来。现在停止了喷水,空间充满了寒冷和冬天的凄凉。

不知为什么,他们信步也走到一棵大常青树后面来了。

这里避风,常青的落地大雪松,碧绿苍翠,被雨水一洒更有生气,枝叶上沾着细雨珠像缀满了珍珠玻璃花。

欧阳素心停住脚步,她乌黑油亮的黑发上沾着雨珠像戴着闪烁钻石的美冠。她凝望着家霆气质轩昂的脸和燃烧的眼睛,忽然退缩,但又悄然靠拢家霆,扔掉了手里吃剩的面包,浑身像起了火一样的灼热,用双手抱着他的肩膀。他也扔掉了手里吃剩的面包,猛地回抱着她。刹那间,他叫了一声:"欧阳!"亲着她的脸,吻她。他发现她淋满雨丝的脸上在流泪,而他自己,也已经泪流满面分不清哪是雨水哪是泪水了。为什么哭呢?爱情的复杂是讲不明白的。

稍停,他们手拉着手,像两个小孩,在雨中离开那棵葱茏的雪松。带着一种纯洁、欢乐的幸福感情。

细雨拂脸,他亲切地问:"能永远爱我吗?"

她没有回答,朝他看了一眼,她的眼睛好像会说话,睫毛上是白色的碎雨珠,像是在说:"难道还需要我回答吗?难道你还不相信我会永远爱你吗?"

心里洋溢着幸福和纷乱,也洋溢着茫然与不安。是一种交杂着甜和辣的感情,也许稍带着苦味。他俩走着,走到公园开阔的中心地带来了。在这里,几乎可以看到公园东南面的全景。那里,远处一切都缠裹在淡淡的乳白色的雨雾中,雾气氤氲,像大海一样动荡着。

四周无人。家霆把关于传单的事讲了。像讲一个使人激动的爱国故事,一个迸发着青春和勇敢火焰的故事。

欧阳素心酣畅淋漓地笑了,认真地说:"好呀!好呀!我参加!我干!我一定干好!"她脸上泛着红晕,变得更美了。

"你不会害怕吧?"家霆带点玩笑地问。

"试一试吧!"欧阳素心收敛了笑容,"我想,我会干得很漂亮的。"她脸上表露出聪慧颖悟,嘴角上挂着坚定的毅力。

他们又踱出公园去。细雨停了,衣服都早湿了。各自都要赶回学校去上课。欧阳素心准备回家换件衣服。两人分手,约定晚上准八点钟在慈淑大楼后门口见面。

下午,只有两节课。家霆下课后回到仁安里二十一号,进了后门就听到麻将声了。厨师傅胖子阿福正同在淘米的娘姨阿金聊天,自来水哗啦啦响。胖子阿福前天晚上给打伤了左胳臂,左臂用根绷带吊了起来,左脸上也有一处乌青块。

家霆皱皱眉问:"楼上谁打牌呀?"他想象不出这种时候怎么家里还会出现牌声。

阿金说:"老太太陪你娘在打小麻将,让她散散心。"

家霆上楼,心里记挂着给爸爸送衣物的事。到了二楼楼梯口,碰见"小娘娘"方丽明端了一只紫铜空暖锅下楼,家霆向她打听,说:"小娘娘,给我爸爸送衣物的事不知怎么了?"

"小娘娘"低声说:"郑金山刚刚来过,让他去送衣裳,他已经走了。"

家霆心里生气,想:什么事都把我撇在一边。又想,好在已经给爸爸把衣物送去了,也就是了。听着方老太太房里的牌声和说笑声,叹了一口气,走上三楼,到自己房里做功课,想:不管身处逆境多么痛苦,一定要把功课学得更好,逆境中未尝没有慰藉和希望。

但,做着功课,心里一会儿想念爸爸,一会儿又想念欧阳素心。回味着在法国公园里甜蜜而匆忙的相会。欧阳素心说的话,使他感到温暖、感到幸福,总觉得自己恐怕不能给她幸福,感到歉仄和空虚。又想:唉,我这幸福指的是什么呢?难道不就是指的名利、地位、金钱等等形成富裕生活的因素吗?可是,是否有了这些就是幸福,没有这些就没有幸福呢?倘若这样,爸爸为什么不做汉奸呢?妈妈为什么当年宁可被枪杀在南京雨花台呢?舅舅为什么要坐监牢,出来后又东躲西藏吃苦耐劳呢?……显然,有的幸福并不是能用金钱、名望、地位等等这些物质生活来换得的。它也许是一种崇高的信仰,一种崇高的感情,一种崇高的精神。……这样想的时候,他才逐渐安心。

做完了功课,天色已晚,到楼下客堂间里看看挂钟,已经六点半了。他到厨房里,自己找了个碗,同厨师傅胖子阿福说:"阿福!我晚上有事,先吃饭行吗?"

爸爸给绑架走了,阿福挨了打,对家霆的态度倒是变得比往常好了,爽气地说:"好好好!"

他用大碗给家霆盛了一碗饭,舀上了红烧肉和塔棵菜,浇上了汤,递给家霆,说:"不够再添。"

家霆独自到客堂间吃饭,草草吃完,就去程心如家。

心如也提早吃了晚饭,见家霆来了,问:"怎么?谈成了吗?她同意?"

家霆得意地答:"当然!"将同欧阳素心约定的经过讲了一遍。正讲着,余伯良来了,听了经过,说:"太好了!我们早点去,等着给她保镖!"

三人一起步行到慈淑大楼去。程心如穿了件大衣,传单仍旧由程心如独自带在身上,危险的事他总是喜欢独自先往身上揽的。

慈淑大楼一共七层,在南京东路山东路的东首,下面一二两层是顾客拥挤的大陆商场,出售百货。三层以上全部出租给一些私人或公司、学校、团体使用。这幢大楼抗战前据说是花了一百六十万银元建造的,是上海有名的首富——英籍犹太人哈同遗孀罗迦陵的财产。

三人步行走到了慈淑大楼的后门。是吃晚饭时分,附近人不多,只有一伙小孩在捉迷藏,大声喊叫,玩得高兴。才七点四十五分。程心如说:"我们在这里等她一刻钟。她会准时来的吧?"

话音刚落,家霆用手一指,兴奋地说:"看!她已经先来了!"

欧阳素心正站在不远处,那儿避风也不惹人注目。她泰然自若,美丽的脸上燃着一个轻淡的微笑。她一定刻意打扮过,显得格外明艳照人,一袭合体剪裁的西式套装,衬出玲珑浮凸的身材,跃动着青春的活力。像一片浮云,冉冉地飘过来了。

余伯良惊叹:"嚄!真漂亮!"

心如歉意地说:"想不到她这么早就来了!"

四人站着讲话,家霆作了介绍。程心如指派地说:"这样吧,我来陪着欧阳先上楼看一看地点和位置。"

谁知,欧阳素心笑了,说:"一切不用费心了!我提前来了一会儿,上去仔细看过了。把东西交给我吧!你们三个在南京路山东路转弯口上等着我好了。"

家霆和心如、伯良都笑了,她真是个办事一板一眼的有心人啊!

余伯良夸奖地说:"想不到你还很内行哩!"

家霆殷勤地说:"我来陪你上去!"他招呼程心如和余伯良:"你俩到前面南京路上等着瞧吧!"

欧阳素心摇头,笑着对家霆说:"你也无需去!我独自行动方便些。"她从程心如手上接过用手帕扎着的一包传单,同她带着的一只金边蓝羊皮的手提包夹在一起,笑着说:"再见!"话声刚落,就飘忽地走进慈淑大楼左侧的一个后门上楼去了。

程心如对家霆和余伯良夸赞地说:"她真不错!走吧,我们从山东路赶快绕到前边南京路上去。"

天已暗黑下来,是万家灯火的时刻。三个人脚步匆匆,一会儿就走到了人潮如涌、市声沸扬、喧嚣杂乱的南京路上。南京路上,华灯初上,街中央车水马龙,高大的双层公共汽车和叮叮当当的有轨电车在疾驶。商店多彩的玻璃大橱窗里霓虹灯红红绿绿变幻着光彩。马路两旁,各式各样的行人摩肩接踵。三个人装作不介意地老是昂首抬眼盯着慈淑大楼四楼的窗口。不一会儿,只见从那临街的窗口里纷纷扬扬甩出一把一把彩色的传单来了!

色彩不同的传单,像雪花飘飘,在闪烁着霓虹灯光的夜色中,翻动着,散开着,抖抖索索,忽高忽低地飞降下来,美丽极了。

程心如在拥挤的人流中故意尖声高叫:"啊!看呀!那是什么?"

家霆和余伯良也跟着高叫:"看哪!""看哪!"

路上的行人都停住脚步抬头在观看。有人在叫:"传单!传单!"许多人都挤着、跑着去抢那些慢慢飘落的传单看。热闹的南京路上乱成一团,连马路中央的车辆也堵塞了。看得到捡着传单的人有的脸上带着激动,有的将传单珍贵地揣进口袋匆匆离去。

程心如和家霆、余伯良三个在南京路的转弯口上等着欧阳素心,情绪十分兴奋。历来撒传单,数这次的效果最好了。因为是在热闹拥挤的南京路上呀!

一会儿,见欧阳素心左顾右盼从容地笑着来了,三个人都飞也似的迎上去。

程心如从心里夸她说:"你干得真好!"

欧阳素心的眼里闪着快活的光彩,向他们微笑。

他们三个决定赶快离开慈淑大楼附近护送她回家。匆匆走在路上的时候,欧阳素心忽然对家霆说:"对了,有件事今天中午我忘记告诉你。你想不到吧?谢乐山走了!"

"走了?"家霆奇怪地问,"到哪里去了?"

"听说跟他父亲去香港了。他在学校里领了一张肄业证走了,走得挺秘密的。"

"是吗?"童家霆纳闷地摇头,"他跟谢元嵩突然秘密地走了?"他确实觉得人世间出乎意外的事太多了。

四

　　自从爸爸被绑架以后,家霆始终处在压抑、烦恼、激奋的情绪中,心里常像有把残忍的尖刀在挑剜。

　　郑金山按照约定的时间、地点到沪西兆丰公园送衣物给童霜威后,童霜威一直渺无音讯。家霆在郑金山送衣物去的当夜,回家后问过方丽清:"郑金山送衣物去人家怎么说?"

　　方丽清阴阳怪气看看他,似乎像见了只苍蝇,厌烦得连回答一个字都吝啬,却嘀咕了一句:"你哪把你爷放在心上呀!在外边白相到这么晚才回来!"

　　家霆明白向她是打听不到详情的,只好第二天中午回家找机会去问大舅妈"小翠红"。

　　方雨苏中午总是和洋行里的外国人一起,在西菜馆里吃公司大菜①不回来。家霆到大舅妈房里找她时,"小翠红"正在绣枕头上的芍药花。大舅洋行里的跑街沈镇海在房里同"小翠红"聊天。那只波斯种大白猫在"小翠红"脚旁的地毯上睡觉。

　　沈镇海是大舅方雨苏喜欢的职员。一个很能干的年轻人,平时方雨苏和"小翠红"有事都喜欢差使他做。他总是和和气气,一副讨人欢喜的样子。他是浙江宁波人,一口宁波话,见到家霆平日也总是热情打招呼,找几句话说说。

　　家霆问"小翠红":"大舅妈,昨天郑金山给我爸爸送衣物,不知详细情况是怎么样的?"

　　"小翠红"告诉他:"郑金山带了一大包衣物和一只小箱子,按

---

① 公司大菜:一般包括一汤、一菜或二菜,外加面包果酱之类,供洋行职员吃的西菜"份饭"。

照约定时间前去,到了兆丰公园门口,手拿一张《新闻报》作暗号。六点钟时,来了一辆黑色小汽车,'哧'地一煞车,上边跳下来一个穿短打的胖子,将箱子和包袱一拿,跳上汽车就开走了,一句话也没说。"

"唉!"家霆眼泪夺眶而出,"爸爸陷身'七十六号',以后生死难卜,怎么办呢?"

"小翠红"善心善意地安慰他说:"家霆,不要急!菩萨会保佑的!"叹口气又说:"他不做汉奸,是有良心的中国人!"

沈镇海也说:"不要急,吉人天相嘛!"

家霆拭着泪水。他理解爸爸,爸爸是有热血的。抗战前,在南京,有一次爸爸带他到一个陈列馆去,里边陈列着许多辛亥革命牺牲的烈士的遗像、血衣、遗书和遗物,有烈士受酷刑、被砍头的照片。爸爸对他讲起从前辛亥起义、北伐、讨袁等等的事情时,流下了眼泪,说:"我们活着在享受,他们早被有些人遗忘了!"爸爸现在陷身魔窟,会成为烈士吗?

"小翠红"十分善良地叹口气说:"唉,家霆!这几天,我也常想着你的事。天下人心不一样,有红的有黑的,有善的有恶的,谁也难说将来她们会怎么待你。不过,你记着,我这个大舅妈会对你好的。要是有一天你有难处,大舅妈一定会偷偷帮你忙的。"

给大舅妈一说,家霆反倒心酸了,也不做声,闷头跑出房去下楼到学校去了。

这样,连续一个多月里,家霆老是丧魂落魄,吃不香也睡不稳。爸爸出事后,他同欧阳素心约定:每星期只在礼拜六晚上见一次面,平时互相也不通电话,免得遭人闲话。只有一次例外,就是撒传单后的第二天,在《大美晚报》第一版上登了一条显著的加小花边框的新闻:

昨晚南京路闹市　有人撒抗日传单

【本报讯】　昨晚八时左右,南京路慈淑大楼前,有人散发大批抗日传单,路人皆纷纷抢阅。俟工部局警探驱车赶来,传单已被抢拾一空,撒传单者已无影无踪云。

家霆估计是程心如爸爸写发的新闻。看到这段新闻,他心里血液循环得飞快,简直想伸开双臂欢呼,特地送去给欧阳看了。欧阳素心当然也高兴得脸都绯红了,两人兴奋了好一阵。

但,不能天天见到欧阳,家霆心里总是十分悬念,像有小虫在心上爬,难受得很。见到欧阳,可以谈心事,谈见闻,谈小说,谈电影……见不到欧阳时,只有苦闷加上苦闷,郁郁不乐。他想见欧阳,很像一个被病折磨的人想见医生。住在方家,忍受多数人的冷淡、歧视,更使他每天都像在火上受煎熬。

转眼,过了元旦,民国二十九年降临。他感到新的一年可能会给他带来更可怕的经历,心情老是像飘荡在海中的舢板,痛苦得无处落根。心中常常燃烧着强烈的憎恨,难以发泄。

一月初的一天,下午放学回来,偏偏撞见一场人为的装神弄鬼,家霆的心里就更不是滋味了。

他回仁安里二十一号时,进了后门,在厨房里碰见娘姨阿金。这个女用人自从爸爸遭绑架后,对他也比从前好了。看到他回来了,阿金好心地对他说:"不要上去了!出去玩玩吧!上边老太太请了个巫婆在'关梦'呢。"

家霆不懂什么叫"关梦",也没见过巫婆,说:"我上去看看。"

上去时,见二楼楼梯口点燃着香烛,摆着蒲团,已经有人叩过头焚化过钱箔、纸钱了。烟火气刺鼻。方丽清房里人声喻喻,不知在干什么。"小娘娘"方丽明围着蓝色的"波俏",正呆呆站在门口朝里张望。

家霆跨步上前,朝方丽清房里张望,只见巫婆约有五十多岁年纪,小脚,头上梳的发髻,穿一件阴丹士林蓝布棉袄,下边是黑棉裤,端坐在一张红木太师椅上,闭眼像睡熟了,嘴里在咿咿呀呀,两手也在舞蹈着,唱得不太清楚,有时又能听清大概的意思。房里,方丽清坐在一张沙发上,蓬着头发,敞着衣领,哭得不断用手帕擦泪。方老太太在一边陪哭劝解。戏迷表哥方传经穿件新的缎面丝绵袍,毕恭毕敬跪在巫婆面前的一只沙发背垫上,低着头像在听训。"小翠红"在一边低头站着,背朝着门口,看不清她的表情。

细听时,巫婆唱山歌似的,唱的是:"……两边挂着八盏灯,八个仙人两边分!张果老骑驴送我来,我是你亲娘钱兰芬……"

方老太太哭声沙哑,叫传经:"快,传经!给你娘叩头!"

戏迷传经马上咚咚叩头。

巫婆自顾自地又唱:"叫声儿子你是听,你将来做官有前程!荣宗耀祖全靠你,你是一根擎天柱撑住了方家门!你爷靠你靠得住!你苦命娘娘也该把你当亲生!叫声丽清你是听!你无儿无女太可怜!你像水上浮萍没有根!"

方丽清抽抽搭搭哭将起来。

巫婆高唱:"你阿侄对你亲热有缘分,千好万好要好自家人!我把他过继给你当亲生,你老来靠他有福分!"

家霆听不下去了,回转身来,憋着气想上三楼去,转身同"小娘娘"的眼光碰在一起。"小娘娘"平时是个不多说话的人,此刻她的眼光是同情的,家霆刚走几步要上楼,"小娘娘"却轻轻跟上来,说:"刚才你有个电话,是环龙路一个小姐打来的,要你回来马上打个电话去。"又轻轻补充说:"阿姐她们关照过我,以后你的电话叫我不要接!你放心,只要有电话,我会接的。"

家霆谢了"小娘娘",心上的痛苦悲伤无法发泄,千愁万恨,堆上心来,有四面楚歌的感觉。巫婆唱的那些,看来是装神弄鬼,实际是一场阴谋,目的是让方丽清对她自己娘家的侄子方传经好。……不许"小娘娘"接外边打给我的电话,也是有心对付我的。他心头布满了苦闷和酸楚,又奇怪:今天是星期三,上星期六晚上刚见过面的,怎么今天欧阳素心又来电话了?难道有什么重要的事吗?

他上了三楼,到了自己房里,将数学习题匆匆做了,估计二楼的巫婆该已走了,也估计快吃晚饭了。这些天,他尽量在家里吃饭。自从爸爸被绑架后,他意会到今后方丽清是会不给零用钱或紧扣零用钱的。出去在外边吃饭,哪怕是吃一碗面,也是要花钱的。同欧阳素心在一起,他根本还没花过什么钱,但又不能不放些钱在身边以防万一。他想到这些,心里烦恼,打算过一会下楼吃饭,饭后就到环龙路去找欧阳素心,看看有什么事。现在,他觉得只有从欧阳素心那里才能得到人世间的温暖慰藉和人生的乐趣了。

他百无聊赖地走近大床,想躺下看书,发现枕头不知被谁翻过来了。真奇怪,平时枕头总是放得好好的,今天谁来翻动了?

他将枕头拿起来再翻过来将正面朝上,发现枕下有个纸包。将纸包拿在手里拆开一看,纸包里放的是二十块钱。咦?谁放的钱呀?一想,明白了!一定是大舅妈"小翠红"放的。中午,"小翠红"说的话他还都记得清清楚楚。大舅妈是个周到细致的人,她一定是想到我可能没有零用钱了。大舅妈也知道方丽清她们的为人,她一定也能估计到我的处境。但,无论如何,钱是不能拿她的!家霆想了一想,把钱又包起来放在袋里,决定下楼去还给大舅妈。

下了楼,听见戏迷表哥方传经又在放留声机唱片了。他到"小翠红"房里,见轻声地开着无线电,电台播的是广东音乐《平湖秋月》,凄凉缠绵的曲调,惹人愁绪。"小翠红"独自寂寞地抱着波斯种的白猫坐在小沙发上。她每逢头疼,就将眉心掐出一道鲜红的红印。眉心一道红印,将脸衬得更白。衣领未扣,眼睛哭得红红的,长长的睫毛瑟瑟颤动,倦慵懒散。

家霆明白:刚才巫婆唱的一些话,大舅妈听了也是不好受的。他走上前去,叫了一声:"大舅妈!"说:"大舅妈,纸包是你放在我枕头下面的吧?"

"小翠红"没有说是,也没有说不是,她的眼里包含着泪花,将手中抱着的白猫放到地上。白猫懒洋洋地在地毯上又趴下了,不断舔爪子。波斯种的白猫长得漂亮,雪白的长毛,大刷子似的尾巴,红宝石似的眼睛。每天都拿小鱼拌饭喂它。可是不让它出去,白猫似乎情绪不好,寂寞、孤单,很少活动,老是睡觉。"小翠红"忽然说:"家霆,先前一出假戏你看清了吧?是预先串通了巫婆演给我们看的!刺了你,也刺了我。你懂得为什么要这样吗?因为你不是方家的人,怕方家的财产落到外人手里,所以决定要将传经过继给你娘做儿子了!她们又看不起我这个堂子里出身的苦命女人,时时刻刻要提醒我,让我做人下人。我像只关在笼子里的鸟,又像根压在大石头下的竹笋。站在矮屋檐下,只能低下头。我对谁都是一片真心,她们却总还要当面鼓背面锣地敲我!"说完,晶莹的泪珠缓慢地滴下来。

家霆只好实心实意地劝她:"大舅妈,不要难过。先前的事,我也生气。生气有什么用呢?只有忍着,我一定要自己争气!"

"小翠红"点头,拭去眼泪,忽然起身"啪"地关了无线电,说:"家霆,说是你在外边交了女朋友了,是不是真的?"

家霆脸唰地红了,说:"是过去在南京时的老同学。"

"小翠红"好心地叮嘱说:"现在世道也开通了!但年纪轻,结交女朋友也不好。你现在应当好好读书,将来上个好大学。你爸爸已经落难了,你更要好好上进!"

家霆想,同她也说不清楚,点点头说:"大舅妈,我已经不是小孩子了,我一定会努力上进的,您放心!"说着,他将纸包放在沙发扶手上,说:"钱,大舅妈,您收下。我感谢您!我现在有,不需要。"

"小翠红"忽然流泪了,说:"家霆,你别看不起我!我这钱不脏。你知道,我命苦,在这世上是孤孤单单一个人,也没有一子半女。方传经,他不会孝我,我也老觉得他是个荷花大少爷,只会捧坤伶①、玩票②,听说近来还上赌场赌博、去燕子窠里抽大烟。他是不会有出息的败家子!我喜欢你,我们都是受人欺的,你将来是会有出息的。我命苦,也不指望你别的。只要你自己上进,做个好人。将来我死了以后,如果你有时还能想起有过这么一个可怜的大舅妈,给我这孤魂野鬼烧点纸钱,你就是报答我了!"说到这里,泪水像断线珍珠哗哗流下来。

家霆给她哭得心酸了,说:"大舅妈,您别哭呀!别哭!你对我好,我知道!"

"小翠红"起身,把纸包塞到家霆袋里,说:"你要是看得起我大舅妈,就收下零用。以后,我随时会给你的。要是瞧不起我,你就不收。从今以后你不认我这个大舅妈好了!"

她态度坚决,语气诚恳,话又说得绝。家霆只好将钱收下。家霆是个从小没有得到母爱的人。"小翠红"刚才的一番话里,带着一种母亲的温情,使家霆心里有说不出的滋味。刹那间,心里颤抖了一下,泪水慢慢凝聚到眼角,凝成泪珠滚落下来,不知说些什么才能表达自己的感受。在四面荆棘的方家住着,有了"小翠红"这种关怀,仿佛得到了一个有时可以避免风暴和刺痛的庇护港。这正是他最需要得到安慰和帮助的时候,他感到像有一把熨斗,在熨平他心上痛苦的皱褶。

---

① 捧坤伶:即捧女伶。
② 玩票:旧社会,许多富人或子弟,爱好京剧,组织"票房",可自费排练、演出京剧,叫作"玩票"。

他后来同大舅妈"小翠红"一起下楼去吃晚饭。

晚饭后,克制不住心里的渴望,决定去环龙路同欧阳素心见面。找个机会,他悄悄走出了衖堂口。但站在弄口一想:贸然前去不好,还是先通个电话。

他到弄口附近的酒店里借打电话。来接电话的是银娣。酒店里人声嘈杂,他只好捂住一只耳朵听电话。

他轻声地说:"啊,银娣,小姐在吗?叫她接电话。"

出乎意外的是,银娣紧张地说:"给你打过电话,有事谈。快来,好吗?"

他愣了一下,说:"好,我马上来!你在门口等我。"

银娣立刻把电话挂断了。

家霆心里不宁,闷闷地嘘一口气,脑海中像有晦暗浑浊的迷雾在昏昏然地飘浮,想:咳,她发生了什么事呢?心里左想右想,也想不出个头绪来。带着小跑奔向公共汽车站,想:好在到那里就知道了!

天已黑了,马路上十分热闹,走着穿各式衣着的男女。戏院门口亮着彩灯,有新编的绍兴戏在上演。舞厅门口霓虹灯变幻着色彩,听得到鼓声乐声。一些餐馆灯光灿灿,门口有小汽车,空气里似乎飘荡着酒肴味。路上有两个人不知为什么打架,围了一大群人在看,拥塞了一大串三轮车和黄包车。卖晚报的小孩拼命在叫喊。

他匆匆赶到环龙路那幢墙上有爬山虎枯藤的花园洋房跟前时,看到银娣已经等在门口。门灯亮着,当她从铁门旁出来刚一露脸时,家霆吓了一跳。这简直就是复活了的金娣呀!跟她姐姐金娣一模一样了!从第一次见到银娣到现在,时间不算长,银娣的变化却这么快!她胖了一点,穿着合身的衣服,头发像她姐姐以前一样黑亮,长长的睫毛,白白的脸,红红的嘴唇,眼目清明像两潭池水。她同金娣真像孪生姐妹一样,也正因这样,她同欧阳素心眉眼也像,只不过欧阳比她身材高,体形匀称。而她,显得小巧玲珑些。欧阳洋气些,她土气一些。家霆见了银娣,想起了金娣和往日的一些旧事,不觉微喟地叹了一口气。

家霆开门见山,焦灼地问:"银娣,发生了什么事吗?"

银娣紧张、神秘地说:"我必须要赶快让你知道这家人家是干什么的……"

"干什么的?"家霆惊诧地问。

"欧阳筱月当汉奸了!"

"什么?"家霆又像挨了当头一棒,什么坏事都降临了!急躁地问,"你怎么知道的?"他血在迸流,心怦怦跳。

"我听到了客人同他的谈话,还有欧阳筱月夫妻的谈话!"银娣语气急促,含有仇视和蔑视。

"欧阳素心知道吗?"家霆痛心地问,他心跳得快要蹦出胸膛,仿佛看到谁将一堆污秽的东西全部撒泼在纯洁的欧阳素心身上,使他几乎要晕厥了。

"她本来不知道,"银娣说,"但是昨天她知道了! 中午,她同欧阳筱月大闹了一场,坚决反对父亲做汉奸。晚上,她同她父母又一起大吵了一场。今天中午又同她父亲好一场拼命,闹得天翻地覆。她反对,但是没有用,她痛哭,现在睡了,锁上了房门,这两天饭也没有好好吃,我很担心她会出事。欧阳筱月夫妇午后坐汽车出去了,一直没回来!"

家霆想:一波未平,一波又起,真又是一个棘手的问题放在面前了。飞来横祸!怎么会想到欧阳素心的父亲突然会附逆做了汉奸了呢?怎么会料到欧阳素心会遭到这样的不幸呢?欧阳素心怎么来处理自己同她父亲的关系?我又怎么来处理这些关系?欧阳素心能同一个汉奸父亲生活在一起吗?我能爱一个可耻的汉奸的女儿吗?……矛盾啊!矛盾!痛苦啊!痛苦!他感到六神无主了,不知所措了,沉吟着说:"啊!银娣,你告诉我这件事,很好!但是……我怎么办呢?"

他似是自言自语,却又万分不放心欧阳素心,关切地问:"她要紧吗?不会出事吧?"

银娣在门灯光影里脸色严肃,但似乎很有决断地说:"你是不是去看看她?"

他也决断地点头,说:"对!在这种时候我应当去看看她!"他心里是这样爱她。在她处境如此困难、心情特别晦暗失望的时候,他应当毫不踌躇地在她身旁。但是,他应当怎么为她出主意?他自己又应当怎么处理眼面前突然发生的这种尴尬、艰难的局面呢?真是一点把握也没有。心里越乱,越不知该怎么办。他嘴里不断自言自语地呻吟:"唉!怎么办呢?怎么办呢?"

想不到银娣忽然说:"我昨天遇到柳叔叔了!他说:她父亲做汉奸,她不一定能反对得掉。只要她反对汉奸,她就是个好人。她有一个汉奸爸爸,她无罪,怪不得她。谁叫她投胎投在这个人家的呢?你是她的老同学,在这种时候,不应当丢掉她,应当鼓励她,让她坚强,做个好人!"

听银娣讲话头头是道,这么老练,家霆完全出乎意外。银娣比起她姐姐金娣来可是大不一样了。是她同杨秋水阿姨,不,还有舅舅柳忠华接近,所以能这样的吧?听杨秋水阿姨讲过,银娣在难民收容所里是学过文化的,后来又在劳工夜校上课,看来,她懂得许多道理。她说昨天她见到了舅舅,怎么会见到的呢?真是太奇怪了!人生,意外的事太多了!难道他们之间是保持着联系的吗?他脱口而出,问:"银娣!你昨天是怎么碰到我舅舅的呢?在哪里?"

银娣回答:"我昨天去上夜校,在路上遇到的。"她显然是滴水不漏,给家霆一种她想保守机密的感觉:天下哪有这样稀奇的巧事呢?

家霆急切地问:"他对我爸爸被绑架的事和我同欧阳素心的情况都知道吗?"他估计,银娣是会把这些都告诉柳忠华的。

银娣点点头。

家霆伤感地说:"唉,银娣,我现在什么亲人也没有了!只有舅舅,我却还见不到他!"

银娣沉默着,没有做声,稍停,说:"小姐是个好人!我虽在她家帮佣,她待我像姐妹一样。人还说我长得有点像她哩!我要急着把一切告诉你,是觉得你该安慰安慰她,你也该及时知道她家的情况。柳叔叔他也是要我及时把这告诉你!"

"他没有谈到我爸爸的事?"

"没有。"银娣说,"他只说,事情已经如此,只有看发展了。要你坚强些,也要你努力上进,争口气。他说,这是不幸的事,但对你是一种磨练的机会,可能反而有利于一个人的成长。"

家霆觉得银娣年龄比自己小,说起话来,有条有理一点也不小。他对她的看法完全变了。怕在门口久谈不好,说:"银娣,你带我进去吧,我去看看欧阳!"

他跟随银娣跨进了大铁门,夜色中花园里晦暗安静。冬日的树木光秃秃的,阴影幢幢。空气里可以嗅到那种从潮湿的草地里散出来的凉气。走进楼下房里迎面碰见朱妈。朱妈招呼着说:"童少爷,你来了?小姐在楼上。"

她让银娣带着上楼,欧阳素心反锁着房门。银娣敲门说:"小姐,童少爷来了!"

先是毫无回音。银娣又"笃笃"敲门。

门"呀"的一声开了。家霆看到欧阳素心披散着长发、哭肿了眼站在门口。她穿了一件黑色缎面的旗袍,衬得肤色雪白。旗袍的缎面在灯光下闪闪发亮,增加了她的光彩。她的眼睛周围有淡蓝的晕圈,长长的睫毛轻轻颤动。

见到家霆,她用一种深沉的胸音说:"你怎么来了?"说这话时,她瞅瞅已经离开正在下楼的银娣的背影,说:"是银娣通知你来的?"

家霆点点头随她进房,两人坐下。看到欧阳素心伤心悲恸的神色,家霆心里难过,说:"我不能不来!"

"你一切都知道了?"她问。

家霆点头,说:"是的,我们都太不幸了!各有各的不幸。"他情绪黯然,为安慰她,强打精神,把话说得平静。

欧阳素心忽然失声痛哭起来,伏在床上,哭得那么伤心,似乎一场冰雹、一场风暴砸毁、摧毁了她的一切。她的面容憔悴了,像一朵盛开的鲜花遭到了霜冻。她把脸埋在手里,肩膀不断抽搐。

家霆恨不得能分担她致命的痛苦,劝慰地说:"欧阳,不要这样!不要这样!……"他感到自己的言语苍白无力,不足以安慰欧阳素心巨大的悲伤,叹口气心酸地说:"欧阳,哭没有用!我们是不是能想想什么办法解决一下这种不幸呢?……让我们面向太阳,把阴影留到背后去吧!"

她从床上坐起来,抬起了头,掠一掠散乱了的黑发,叹口气摇着头失望地说:"迟了!一切都迟了!他已经陷进深渊里去了!已经无法挽回了!"说着,泪水潸潸流在脸上。

家霆近前亲切地说:"欧阳,到底是怎么的?他怎么好好的要做汉奸呢?他不怕被人十目所视、十手所指吗?"

欧阳素心摇摇头:"我早有些怀疑了!常有些他的朋友来,他也同那些人出去交际。但没有想到他竟真的会落水附逆!汪精卫组建伪国民政府,内定让他干财政部次长兼苏浙皖税务总局局长。我继母说这是个肥缺!他早年在日本时,和周佛海在鹿儿岛第七高等学校和京都帝国大学都是同学。我那继母又是个贪财虚荣的女人,怂恿着他,就干出秦桧般的事来了。"

家霆对欧阳素心曾说过的一些话及有时曾流露出的苦闷情绪似乎有点理解了,问:"你反对了?他怎么说?他不是很爱你的吗?你讲话他应当听的呀!"

"在他心目中,我还是孩子!他在政治上的事才不听我的呢!"欧阳素心伤心地拭泪,"家霆,你说我现在该怎么办?我真恨透了,也急死了!我可以死,但承受不了这种耻辱和痛苦!"

家霆心里暗忖:如果是我,我一定大闹天宫!实在不行,就脱离关系!但这样的话,他此时不愿说,说了徒然刺激欧阳素心,于事无补。她一个未曾独立的少女,离开了家能到哪里去?他叹口气说:"心里乱极了!真不知该怎么办好。如果我能负担你,还好办!可是,我现在也在风雨飘摇中,真不知该怎么办了。你继续反对吧,好好劝劝他!如果能劝他带你离开上海,走!去香港,就比这样好!"

"不行!"欧阳素心泄气地摇头,"他鬼迷心窍了!我已经大吵大闹过,甚至想到死!什么话都说过了,一点用也没有!知道他要做可耻的汉奸,却无力改变或控制这种事,真太痛苦了!况且,他过去是那样爱我,我也那样爱他!"

家霆突然想:现在似乎只有一个办法了!同欧阳一起走!让欧阳同家庭脱离关系。但又想:唉,到哪里去呢?我没有自己的家,方家是不能住的,难道能出去流落街头?本来冲动,逐渐冷静下来了,叹口气说:"唉,欧阳!本来,倘若你离开家同他断绝关系也是办法,或者我们一起出走,去香港,到重庆,隐姓埋名,我们可以不读书,可以过最贫穷艰苦的生活,可以找工作自食其力,我们可以像鸟儿似的出去飞!只要有一股爱国的正气,其他什么都可以不管也不要!但这些想法都太不现实!现在,我爸爸命运不定,生死难卜,我也不能离开孤岛,我们是无处可去的。"

"是呀!可是,我怎么办呢?我感到心里空虚,脸上羞耻!像坠在海里无所依靠,像心上给尖刀划开了口子!"欧阳素心睁大了失神的双眼,仰脸望着黑黝黝的窗外,似是要向上天寻问答案,呻吟着说,"我痛苦得难以生存下去了!"

家霆心里焦急,劝慰、鼓励着说:"不,欧阳!这一向来,我在痛苦中常常思索,痛苦与欢乐,像光明与黑暗,人应当懂得怎样适应,才懂得怎样生活。"他想起先一会儿银娣讲的舅舅柳忠华谈的话了,说:"欧阳,真是祸不单行,我们确实都是厄运缠身了。我的家和你的家在这场战争中好像都崩溃、破碎了。就像我们的国家一样!"他看见欧阳素心的眼里淌下了泪水,继续说:"你父亲的事,你一定要继续反对。只要反对,我们就顶天立地问心无愧。他堕落,由他自己负责,你爱国,你就是值得夸赞的中国儿女!你应当坚强!目前只有忍耐,再苦也忍耐!到我们一旦能自立的那天,我们就飞!"

欧阳素心仰望着天,脸孔背向灯光,惨白的嘴唇颤动,稀薄透明的泪水蒙住她的双眼。她心里有无数难以倾泻的痛苦,只能用泪水来洗涤。

稍停,她突然说:"家霆,你为什么爱我?"

"因为你可爱!"

"我是问为什么?"

"还用问吗?"他诚恳地回答,"因为我爱上了你,我就觉得你可爱!是无需要讲理由的,一千种理由都说不清这种爱的。我认为你可爱的原因,就是因为我爱上了你,你一切都好,一切都可爱!"

她似乎思索了一下,突然又说:"家霆,你不会因为我父亲是这样可耻,就看不起我吧?"

家霆情不自禁地一把抱住了她,亲着她的脸颊,吻着她的黑发,说:"不会的! 欧阳,不会的!"

她哭了,也拥抱他,却表现着自己的稳重,将泪水洒在他的肩上。

两个人的灵魂似乎溶化在一起了,彼此的命运似乎谁也难以逆料。但在她的心里,蕴藏着一个家霆估计不到的伤感的念头。

五

凄凉、冷落的寒山古寺内,童霜威读着佛经,并无法克制心头熊熊燃烧的烈火。

愤怒使人暴躁,烦闷使人抑郁。这些愤怒和烦闷的情绪,像戈矛利器似的在摧残童霜威的身体和精力,破坏他的健康,销毁他的锐气。他的心头总有一盆烈火在自焚似的耗去他的生命。他虽然不断地吃药,只要生气时总感到心脏不适,也感到血压不稳,头晕头疼。

方丽清和江怀南那次来到,丝毫没有给他带来安慰,反倒更激起了他的反感和憎恶。他将江怀南带来的酒和糕点等都赏给了陪伴的"冷面人",将那叠方丽清留下的钞票也全部给了"冷面人",说:"你恐怕也要养妻子儿女吧? 都拿去吧! 身外之物,我概不需要!"

"冷面人"先不肯收,见他是诚恳的,酒和点心悄悄地喝了吃了,钞票也偷偷地收了。眼里闪烁出喜悦的老鼠似的贼光,对童霜威的态度变得更恭敬了。

古朴、荒芜、残破的寺院,在冬天里更加显得缺少生气。寒山古寺,只要没有日本人来,总常常是一片死寂。日本军人偶尔来到,又总是皮鞋声"喀喀",马蹄声"嘚嘚",人喊马嘶,钟声也会被

"当当"乱敲。唉,连钟声都变了!过去寒山寺那种迷人的钟声在哪里?那种神秘、缓慢、发人深思、悠长广远、震撼人心灵的钟声在哪里哟!

童霜威在死沉沉的寂寥中,心里悲凉仇恨,在日本人来践踏朝拜时,又感到一种异国入侵的哀伤。他虽然总是不言不语,总是除了披览佛经、诗书之外,常常像老僧入定似的打坐,可是心头浪花千叠、惊涛拍打,极不平静。

日子一天一天逝去,春天要来了。

枯寂一冬的树上已经萌含着嫩芽,饱寓着生机。有早归的大雁,排成长长的"人"字,"咕啊咕啊"地叫着向北飞,过去一批,又一批,连夜里都能听到雁鸟带着离愁别绪的哀鸣。自然界凛冽的寒冬快要过去了。有紫色剪尾的燕子呢喃飞来,在寺庙的檐下衔泥筑窠。啊,江南又将是群莺乱飞、杏花春雨的季节了呢!

虽然被软禁在寒山寺的庙墙内,童霜威还是能想象得到在日寇铁蹄下江南锦绣大地上中国百姓的深重苦难。

他印象最深的是从上海被送到寒山寺来的那天。在汽车经过苏州城北遥望虎丘山时,正逢夕阳西下。天气寒冷,刮着西北风,夕照的红日将一抹斜晖射在古老的虎丘塔上,塔上斜矗着一面日本国旗,白色的旗中央一个通红的圆,在猎猎飘飞。是一个非常非常深刻的印象:侵略者的旗帜挂在被占领了的苏州上空!啊,国难!国难!无限悲痛和耻辱,给了他永远不能忘记的深刻印象。

现在,春天快来了。人心还是冰冷的、冻结的。大殿一侧有两大丛芭蕉,春天来后,必然又是绿油油地布满一院的清阴,使人爽心明目。听到雨打芭蕉时,淅淅沥沥的细雨蕉声,会使人有什么样的感觉呢?恐怕只能是一种凄恻、忧愤,因山河破碎而觉得往事不堪回首的感慨吧?

他想起柳苇。当冬天没有什么花的时候,过阴历年,柳苇最喜欢水仙花。水仙花每一朵像一颗星星,美极了。到了春天,柳苇就爱不胜收了,苏州的花在春天里是姹紫嫣红多种多样的。

那年,同柳苇在春天里逛过苏州阊门内皋桥东的吕祖庙。好像是在农历四月中吧。绕过那些低矮古老、青砖黛瓦龙脊的民房。民房都开着老虎窗或豆腐干天窗,屋前是幽深古雅的小巷,屋后,临着洗衣洗菜的小河,望得见河上历尽风霜的石桥。脚下踩着被路人鞋底磨得溜光圆滑的碎石路面。庙前的花市热闹极了!花农和花贩都推车挽篮来卖花。当时,香客、游人、乞丐、娼妓们都来吕祖庙烧香膜拜。许多打扮得涂脂抹粉珠光宝气的女人都在买花,要买的是"千年蒀"。

他说:"咦,为什么偏要买这种花?"

柳苇说:"'蒀'和'运'两字同音,买了'千年蒀',千年有好运,图个吉利嘛!"

他哈哈笑了:"我们也来买一束,求求好运!"

她笑着点头:"好,买一束!可惜,靠这样祈求好运,恐怕解决不了中国受外敌欺凌的问题!"

柳苇的话是对的。买"千年蒀"的苏州人数不清,谁真正得到了好运呢?那些当年买了"千年蒀"的人,像柳苇,早已死了,我则囚禁在这里。有些不相识的人,恐怕在战火中早已死在日寇炸弹、炮弹、枪弹和刺刀之下。活着的,现在不也都在水深火热之中,遭受亡国奴的惨痛过着铁蹄下呻吟的生活吗?

思绪像姑苏那些小小的古老石桥下流淌不断的清水,割不断,也拦不断。

他无限感慨。近来,更是常读《离骚》。读着《离骚》,他常喜欢无声地在心里吟诵记在心头的无锡元末著名山水画家和诗人倪瓒的一首诗:

秋风兰蕙化为茅,南国凄凉气已消。

只有所南心不改,泪泉和墨写《离骚》。

元末,著名的画家郑所南画了一幅兰花。兰花悬在半空,不着泥土。那是因为国土惨遭异国统治者的蹂躏有所寓意的吧?倪瓒看到了这幅画,题了这首七绝。他的想法是格外奇特的。在他眼里,兰花已不成其为兰花,而化成了茅草。是肃杀的秋风摧残了它。不仅如此,他的思绪还驰骋到了整个江南。那里,一片凄凉,所有的生气全部销蚀。透过这两句诗,童霜威仿佛听到了倪瓒发出的浩叹:啊!国土沦丧,众芳芜秽,南宋遗民那复国的心意也被消磨殆尽了。可是,郑所南是"心不改"的,他没有忘记故国。他画着《离骚》,借兰草抒情,用的不是墨,是泪水!他赞美郑所南,也是在表达自己的民族气节与对国家的忠贞感情。

童霜威每一吟诵,就沉浸在一种高尚的情操中。这种情操,使他对过去宦途中的种种遭逢,对他在人生道路上的经历作了回顾,也作了评判。他畏缩过,他后退过,他虚伪过,他贪心过,也在一定程度和一定范围中同流合污过。他营私舞弊,沽名钓誉,曾想欺名盗世,也曾向往高官厚禄。有些事使他后悔,有些事使他惭愧,有些事使他脸红,有些事使他痛心。他觉得,目下已经到了这种地步,作为一个中国人,汉奸是绝对干不得的!最后一道心上的防线,他要坚守,也能坚守!他遭受的折磨,使他痛苦,以至使他对生并不留恋,对死也并不恐惧。寒山寺几个月的软禁,促使他反省得到的结论是:不管用什么理论来乔装打扮,汉奸总是汉奸。他要像柳忠华所说的在人生中选择。选择什么呢?做爱国者,不做汉奸!做汉奸会得到眼前的近利,将遗臭万年!一个中国人能辜负中国人的气节和良心吗?当然不能!他是学法执法的人,对是非抉择清醒!

早年,他一直崇敬黄花岗七十二烈士,林觉民、方声洞的遗书他都能背诵。年轻时,参加革命,他有过勇敢不怕死的经历。民国二年二次革命失败后,他在上海,夏天时险遭密探侦捕。当时,革命党人正在开会,楼下被包围了。他急中生智,脱了上衣和长裤,翻三楼阳台到隔壁,赤膊短裤趿鞋摇扇,下楼从后门走出,佯作是乘凉看热闹的人混出弄堂,到码头混到一只日本商船上,亡命日本。那时是不怕死的。现在,当他决定舍弃安危与苦乐来捍卫自己的良心与民族气节时,他觉得应当像文天祥一样大无畏,被囚土室秽气浸入二年以上,仍能养浩然之气。有了这种决心,反倒能平静下来了。

惊蛰过了。蜘蛛悬垂下来在屋角吐丝结网。躺在床上,看着蜘蛛结网,百折不回的韧劲,使他得到启发。小小的蜘蛛,能不气馁,何况人呢!

闲来,他用笤帚扫地,一下,又一下,扫除寮房前、寺院里的尘土、碎草、败叶、枯苔。一下,又一下,"唰!""唰!"有时使他想起了战前在南京潇湘路一号时,看到和听到被叫作"老寿星"的门房刘三保扫地的声音。他当然不知道刘三保已经勇敢地死在南京城陷后的大屠杀中。他只是怜悯地想:唉,瘸腿的老头儿不知怎么了?他现在对过去的用人们似乎加深了感情。

从岁末到三月的漫长过程中,像经过了一次涅槃。心中的风雨,并不是别人能看得出来的。庙里的一些和尚,一定是被谁吩咐过的,都避着他,谁也不同他说话。他也把自己封闭起来,不去理任何人。

但,他觉察到:"陪伴"他的"冷面人",在起变化。"冷面人"肯定是"七十六号"的特工,而且一定是亲信,不然,不会受信任。这个陪伴者,老是引他想起伪满皇帝溥仪身边的那个日本高级顾问"御用挂"吉冈安直。"挂"这个字,在日文中说来并不难解,如"联络挂"就是联络人;"兵器挂"就是军械股、军械科的意思。但"挂"到"御用"上,实在是侵略者的创新,这个"挂"掌握在吉冈手里,挂在溥仪身上,就监视、包办了溥仪的一切。这个"冷面人",童霜威明白就是"挂"在我身上的日伪特工,对他不能不战战兢兢、刻意小心。

此人脸冷话少,但逐渐起了变化,脸和态度不那么冷了,也说点话了,对童霜威好像"放心"些了,并不紧紧监视着他。有几次,出去有事,就叮嘱童霜威:"我出去一下,就回来。童委员你在庙里可以随便走走,出去就不安全,一个人自己当心些!"有时,问童霜威:"童委员,想吃点什么?我给你办!"看来,这种生活他是感到冷静、单调、无聊的。当童霜威扫地时,有时他抢过扫帚说:"我来扫!"有时他说:"歇一会儿吧,别累着了!"看童霜威吃得少,他会说:"怎么不多吃一点?"晚上炭火灭了,他也会歉意地问:"冷吗?"

有变化,当然好。童霜威并不奢望这种坏人会对他开什么恩,但看惯了冷脸,能起些变化,总比不变好。童霜威感到:"冷面人"常常是在冷眼观察他。每当想起老中医的事,童霜威就心里警惕:这种人是不讲感情的。他们一定都杀过人,身后跟着的冤鬼不少,对这种人要注意。虽然发现"冷面人"起了变化,仍旧从不主动找"冷面人"谈什么。

一天晚上,夜寒寂寞,四下无声。"冷面人"喝了些童霜威给他的三星斧头白兰地酒,突然兴致高了。面孔发红,眼睛迷糊,同童霜威聊起了苏州的种种。说到了苏州被占领前遭到大轰炸的可怖情况,说到苏州被占领后满街都是被杀死的中国人的情况,又说:"在这寒山寺附近,死人就不少,大冷天女人都给脱得光条条的先奸后杀了!"

童霜威不敢答理他,默默听着。一会儿,上床睡之前,他突然看着在挑灯芯的童霜威问:

"童委员,你为什么不肯出来做大官?做大官多舒服,要钞票有钞票!要房子有房子!要女人有女人!哈哈,你不知是怎么想的？……"

（童霜威想：不少汉奸恐怕都是这样想的吧？）

童霜威毫无表情地答："他们告诉你我不肯出来做大官的吗？"

"是啊！""冷面人"用一口苏州官话说，"不然能这么优待你啊？'七十六号'里杀的人可多了！共产党、国民党，都有！"

（童霜威心里叹了一口气。不想谈，又不能不谈。这个看守突然变得热情了，而且似是怀着好意问的，怎么能拒之于千里之外？）

童霜威说："你觉得我该不该干？"

"啊哈，钞票是好东西！当官有权有势！你又有太太少爷，何必要让自己关在庙里吃苦头？"他一脸不可思议的表情。

"是呀，我也懂，但我不能！"童霜威说，"人是有灵魂的！不能亵渎自己纯洁的灵魂！"

"冷面人"听不懂："怎么呢？"

"国家兴亡，匹夫有责！我是中国人！我不愿意做亡国奴，也不愿意做卖国贼。"童霜威说出这番话后，突然感到自己胆太大了，何必向一个小汉奸对牛弹琴呢？倘若他去报告呢？他注意着"冷面人"的表情，表情是漠然的。

（童霜威想：唉，无知、愚昧，蠢到该懂的道理、该有的民族感情和民族自尊心都没有了，多么可怜又可恨！）

"冷面人"懒洋洋地打哈欠："这些话，我懂，但我不在乎！"

童霜威点头："是啊，寺庙里有副对联，说：'愿得佛手双垂下，摩得人心一样平。'人心不同，作为也不同啊！"

"冷面人"好像对他的话并不介意。过了一会儿，笑着说："哈哈，你们有钱人，反正手边有钱，不像我们穷，要活命，不做汉奸吃什么？"

（童霜威想：是呀！穷，要活命，就不惜做汉奸了！这难道是出了这么多汉奸的答案吗？不！再穷也不应是做汉奸的理由！做汉奸的并不都是穷人！有民族气节的也并不都是富人！）

童霜威发现这小汉奸是个有奶便是娘的家伙，沉默着，不想多说什么了。

后来，"冷面人"换题目谈了，告诉童霜威说："我有个表哥是李士群手下的红人——警卫总队长吴四宝的结拜弟兄。我是他介绍进'七十六号'的。端人的碗，听人的管，混口饭吃。"这话似是替自己辩解，又似是一种炫耀，不易分辨。

童霜威听了不响。

"冷面人"兴致很高，酒意烧得他想开口说话："你知道吗？'七十六号'里，李士群是这个——"他竖竖大拇指，"丁默村那个屁主任，我们叫他'丁小鬼'！他同他的一帮人，现在吃不开了！东洋人喜欢的是李士群！"

（童霜威想：奴才！奴才！）

"冷面人"谈得兴起："'七十六号'现在是李士群的一统天下。我们都给他卖命！这几个月，他同'丁小鬼'针尖对麦芒，忙得很，把你一直晾在这地方。现在，听说'丁小鬼'被排挤出'七十六号'了！你的事，我看他也要管管了！"

童霜威无意中从"冷面人"的闲谈中察觉到了"七十六号"特工总部两个特工头子的矛盾，知道了两条走狗在厮咬火并。但听到这个小特工炫耀得意的语气却厌烦鄙视，关心的是"冷面人"说的"你的事，我看他也要管管了"，忍不住问："我的事，他怎么来管管？"

"这是我猜的！现在，国府快要还都了！总不能老是把你放在庙里陪菩萨呀！"

"什么还都？"童霜威明知故问。

"汪主席带领国民政府回南京！听说是三月三十号。童委员，你真想不穿，到南京去做大官不比在庙里修行好？"

童霜威想:"夏虫不可以语冰"!闷声不响。

"我们苏州这里,""冷面人"说,"原先,维新政府七个师的绥靖军,现在东洋人把它也移交给汪主席了,改称和平军。第一师和第二师都仍驻在苏州对付游击队。听说他们想来占寒山寺驻点兵,不过东洋人还没有答应。这里皇军是小林师团。皇军要是答应他们来驻兵,我们就不能在庙里住了!"

那晚,谈了这些,引起童霜威很多思索,一夜也未睡好。"七十六号"里特工头头争抢肉骨头;快要沐猴而冠做儿皇帝的汪精卫;换汤不换药的伪和平军;一切受制于日本侵略者的汉奸的可怜相……当然,思索得最多的是自己的下场。"冷面人"说得对:长期晾在这寒山寺里似乎是不可能的,李士群是会"管一管"的。他会怎么来"管"呢?

半夜里,他翻来覆去睡不着。后来入梦了,梦见走在一条黑暗、阴湿的街道上,有浓雾,没有灯光……后来,又醒了,睁着眼看着晨曦将白光照耀在纸糊的木格子窗户上。

绝未想到,第二天有了一件想不到的遭遇。

第二天,下着瓢泼大雨,滴滴答答的檐头水发出单调的响声,使人听了心情惆怅。风刮着,摇晃着大树的丫杈,使大树发出叹息和呻吟的声音。午后,他午间跏趺入睡(盘腿坐睡)方醒,起身喝茶,掀开棉门帘走出去,站在门外廊下呆呆看着寺院被雨水浸湿的围墙、残破而尚未生出绿叶的树木、稀烂的泥地,浑身有一种冰凉的感觉。忽然听到寒山寺门外照壁墙方向有汽车马达声。倾盆大雨,来汽车干什么?一种习惯养成的小心谨慎的心态,使他回身走进寮房,不打算在外露脸。心里又在想:会不会是有人来找我的呢?

陪伴的"冷面人"突然脸色紧张匆匆来了,说:"童委员,来客了!坐日本皇军的汽车来的!是东洋人!"说着,匆匆出房去招呼去了。

童霜威听了,心里一紧,"东洋人","坐日本皇军的汽车来的",是谁?他没有做声,坐在床上,摊开面前放着的一本佛经,危然坐定,手指轻捻腕上挂的一串念珠,定下心诵读起来。

哗哗的风雨声中,脚步声和人声响起在耳边,有皮鞋声,也有雨鞋声正在一拥而来。不多久,棉门帘一掀,一个戴鸭舌帽的陌生人,估计是个保镖,站在门外。"冷面人"恭敬得弯腰点头地领着一个两鬓花白短小精瘦留牙刷胡的西装客人进来了。这种日本人,从身材、胡子、鸭子步、动作,一看就能知道国籍。他穿一件显得紧小的黑大衣,面上带笑,胡子刮得干干净净,嘴唇四周都显铁青色,眉毛和鼻子底下的牙刷胡显得特别黑。他有个轻轻搓手的习惯,见到童霜威后,亲热、缓慢地微微躬身,用比较流利的南京口音的中国话说:"啊,童先生,久违了!"说着,将两瓶日本著名的滩酒"天下春"放在桌上,"两瓶酒,一点敬意!"

童霜威吃了一惊,凝望着来人,脸有些熟,一时没认出是谁,立刻"啊"了一声,想起来了:不是吉野吗?他点点头,猜不透来人葫芦里卖的是什么八卦丹,说:"啊啊,啊啊!"

西安事变前的那一年冬天。在南京时,有一夜,日本总领事馆有个名叫吉野的"中国通"来潇湘路一号看望童霜威,说他也是日本东京帝国大学的学生,来叙叙同窗之谊的。其实,在童霜威的印象中并不认识这么个人。后来,吉野在谈话中大放厥词,谈到什么:中国对内力不能制共,对外力不能御苏,中国应当与日本提携,反共防苏,由日本代庖对付苏俄。……当时,童霜威听了不能苟同。结果,谈得不欢而散。事情过去已经四年多了,想不到今天居然会在姑苏寒山寺里重逢。童霜威不禁感慨系之,心里油然地想:咦!日本人亲自出马了!显然,吉兆是不会有的!好端端的这个吉野又出现了!他想干什么?

童霜威心里在想,脸上的表情紧张起来,布满了阴云,说:"阿弥陀佛!阿弥陀佛!"说这是什么意思呢?一点意思也没有。他有心让对方莫名其妙。

"冷面人"忙着沏茶敬客,泡好茶识相地出去了。

吉野在一张红木椅上坐下,轻轻搓着手,他的嗓音浑厚,微笑着说:"今天风雨很大,我真是像唐诗中说的:'欲持一瓢酒,远慰风雨餐'了!为了要看看老朋友,送两瓶好酒就顾不得风雨了。"

他出口文雅,满面是笑,童霜威心里十分狐疑,望望两瓶日本酒,暗想:"防人之心不可无"!难道是要用毒酒来毒死我?日本人是善于玩这一套残酷可怕的把戏的。听吉野这么说,他做了个合十手势,说:"啊,感谢得很,只是心脏血压不好,又已信佛,早已不喝酒了。"

吉野仍旧微笑,笑得非常虚伪,让人难受。这种日本人!倘若他们虎着脸,凶相毕露也许比虚伪的笑还叫人好受些。他不再谈酒,转换话题说:"我来苏州有些公事,晴气庆胤①中佐让我致意。"

"晴气中佐?"童霜威说,"素昧平生啊!"他表现出的冷淡,迟钝的人都能觉察到。

"啊,他本来是大本营指定援助上海极司斐尔路七十六号特工总部的负责人,现在将改任国民政府军事顾问。他要我告诉阁下,对于阁下在此修行的事,他是刚刚知道不久的。让你吃苦了,很抱歉。"

童霜威想:不可多说话!且听他如何讲!脸上平静,未置可否。

吉野轻轻搓搓手,说:"国府日内要还都南京。叨在同学之谊,

---

① 晴气庆胤(1901—1959):当年执行日本参谋本部命令,一手操纵和指使汪伪特工总部的罪魁祸首。一九三一年毕业于日本陆军大学。一九三八年为大特务土肥原贤二的助手。一九三九年二月起指挥特工总部,与李士群关系特别密切。一九四〇年担任汪伪政府军事顾问。

又有旧交,阁下早年负笈日本,一向在国民党中无派无系,又是法界泰斗,在知识界素孚人望。对蒋介石早有不满,晴气中佐要我来奉劝童先生惠然归附到新政权旗帜之下,致力于和平运动,埋首于日中局面之打开,不知童先生能否欣然应诺?"

听他语气,这个狂热的军国主义者似已有转变。转变看来还是由于中国的抗战造成的。像一个好打架的青皮流氓碰了硬钉子撞得头破血流后,也只好冷静地考虑停止厮打的问题了。童霜威把头摇摇,说:"鄙人体衰多病,归依于佛,无心问世。恒修佛法,彻悟佛道,但愿回家将息,不愿再入尘世。倘蒙转达,将十分感谢。"

吉野捧起热茶来喝,听着窗外的急遽风雨声,点头说:"明白了!但阁下应知,我们日本懂得中国的民族意识是不可征服的,诉诸武力解决不了这场事变。日中应当亲善,像兄弟之邦才是共同的出路。新政权将来势必会具备全华性格。这是纯正国民党及修正之三民主义的产物。中国朝野,现在是厌战的。和平,总是令人向往的。童先生同日本的关系素有渊源,为中日和平亲善干它一番,岂不是很有意义很值得的吗?"

大雨倾注,像是在狂击大地,从风雨中树木的摇晃声听来,树枝一定都在乱舞胳膊。院子里的瓦缸给雨点打得"滴滴当当"地响,也听得到水流声。童霜威心上起着风雨,摇摇头说:"我虽未削发,但礼佛以后,与遁入山林为僧相同。在此养性,如同扑去了万斛俗尘,确实不想再不自量失迷本性了!"他心里烦恼,觉得吉野的纠缠难以忍受。

吉野有些急躁,话变得有些沉重、尖锐了:"阁下与其将来被动,不如现在主动的好!"

童霜威明白话里有威吓,有刀光枪影,想:这个东洋鬼子,是个沉不住气的人!那次谈话是不欢而散,今天恐怕又是如此了!也不做声,尽量平静,手里数着佛珠。

吉野似乎觉察到自己的急躁了,忽又和缓下来,搓搓双手,说:"现在,国府要还都。童先生南京的故居,在战火中未受损失,保存得很好。想不想回去看看?或者回去住住。有此要求,可以提出!"

童霜威强捺住性子,想:唉,俗话说:"硬竹子缠不过软皮条",同他只能来软的,垂目合掌摇头说:"阿弥陀佛!让你操心了。愧甚!愧甚!"

对方不得要领,又说:"想同周佛海先生见面谈谈吗?他也是京都帝大的。我们学的法律,他学的经济。他是有见解的中国大政治家。他认为支那同日本作战,战必大败,和不致陷于大乱,是很有见地的。童先生愿意见面,可以提出。"

童霜威摇头,显得迟钝忧郁地数着佛珠说:"潜心修行,心如止水,不必了。阿弥陀佛!"

窗外的风雨声如在鞭挞倾泻,有大树丫杈折断声,有雨水落地的"沙沙"声。吉野斜睒着眼睛看着童霜威,脸上露出一副不耐烦的神色了,习惯地搓搓双手说:"好大的风雨,我特来看望,难道是空跑一趟?如果我的话不被接受,"他咳了一声,加重语气地说:"就只能看作是敌对的态度了!我见到晴气中佐,如何向他交待?"

童霜威心上忽然产生出一种厌世的感觉。长期的囚居,不断的威逼,非人的折磨,残酷的侮辱,他觉得人生太痛苦了!吉野如今语气生硬凶恶,使他痛恨,想:如今人为刀俎,我为鱼肉!你们要怎么处置就怎么处置吧!但尽可能地采用打太极拳的方式,说:"心即是佛!我在心里常为国家民族的灾难祈祷!愿为众生受无量苦。人无忠信!不可立于世!与其寡信,不如勿诺!我已参透红尘,摒弃七情六欲,请斡旋转陈吧!拜托了!"

吉野站起身来,说:"明白了!那只好再见了!不过,我想,就是顽石,也要叫它点头的!"他站起身来,也不握手,拿起放在桌上的礼帽,走到门口掀开棉门帘向外走去。临走却又回身微微点一点头。

童霜威也不送他。他懂,这种日本人有两副面孔,既傲慢又讲礼节,既凶横又狡猾。但中国自古以来,为国家民族殉难死节的志士多矣,我又何必临难苟免?一瞬间,竟有一种决心等待死亡降临的决心与感觉。他觉得这个日本人由于在政治观念和人生价值观念上的看法截然不同而构成的障碍,是可能会给他带来更恶劣的待遇甚至死亡的!他想:啊,人生的轨道真是无法预测!也没有比人生更难的艺术!死亡当然可怕,耻辱的生命又有什么意义?我已活够了!倘若要死,快点死吧!

风雨声中,听到庙门方向汽车马达发动声,然后是一种汽车驶行远去的声音。他嘘了一口气,心情激动。直到陪伴的"冷面人"来了,他仍沉浸在一种难以形容的愤怒情绪之中。

"冷面人"轻声哼着苏滩来了:"……哪个罗裙不扫地,哪把扫帚不沾灰……"进房后,说:"童委员,东洋人走了!好像不高兴!"

童霜威冰冷地沉默,闭着眼数佛珠。

"冷面人"说:"送了两瓶东洋酒!"他翻看把玩着桌上的两瓶"天下春"。这个酒鬼,毫不掩饰他对酒的嗜爱。他一定是希望童霜威像上次一样,将酒送给他,对他说:"酒!你拿去喝吧!"

但,童霜威没有做声,心想:这两瓶一定是毒酒!如果我同吉野谈得知心,答应落水附逆,吉野也许就会将酒带走。现在,吉野将酒留下,是打算毒死我的!酒,我当然不会喝!也不能送给人喝!

"冷面人"见童霜威正襟危坐,紧闭双目,数着佛珠,没趣地将酒仍放在桌上,轻轻走出房去。

从吉野走后,直到黑夜降临,童霜威始终没有讲过一句话。

风雨潇潇,天黑得早,点着油灯,听着风声喧哗、雨声淅沥。风雨中有几只失群的乌鸦在寺院树上"呀呀"哀叫。童霜威感到寮房里潮气令人窒息。屋前沟里的水,潺潺地响,也听到树枝放荡而狂悖的碰撞声。"冷面人"给他端了一碗有鸡蛋和素鸡的挂面来。他毫无胃口,放着没吃,埋头躺下睡了。紧紧闭着眼,一动也不动。

炭盆上烧着铁壶,青幽幽的火舌从壶底舔上来。铁壶里的水开了,壶盖"嗞嗞"地翕动,白色的水汽云雾般地摇曳着升上来。

他头脑里也像摇曳着烟云,乌七八糟地乱想。想到会被押回"七十六号"去处死,也或许会在这寒山寺里遭到毒手!……总之,那就永别了!不由自主地特别想念儿子家霆了。可爱的孩子!这几个月不知怎么过的?又想起了一连串自己难忘的人。

忽然,闻到了刺鼻的酒味,喷香的酒味。又听到了有人咂酒品味的那种馋酒的声音。

他突然警觉:准是"冷面人"在开酒,在喝日本人吉野送的"天下春"!这个贪杯的小特工,真是不要命了!相处的日子长了,虎落平阳受狗欺,他胆子也忒大了!知道我不喝酒,自己竟动手开酒喝了!万一是毒酒呢?

童霜威想从床上坐起来劝阻,又一想:来不及了!他已经喝了!唉,这个小汉奸!一定活不成了!……他想得很可怕,明天一早,"冷面人"会七窍流血浑身发青地死在床上。

一定的!一定会这样的!死个小汉奸当然没什么,中国人的败类、社会的渣滓!死了倒好!但,中毒而死也太恐怖了!他死,当然与我无涉,他是自己找死的!童霜威索性假装睡熟了。闻着喷香的酒味,听着"冷面人"不但喷香地咂着嘴喝了酒,而且将本来放在他床前桌上的一碗挂面也端去呼噜噜地吃了。然后,打着饱嗝儿,上了床,鼾声不久与风雨声一起伴奏而来。

半夜里,风停雨住,只有檐上轻微缓慢的滴水声。童霜威胡糊涂涂地入睡了。梦中,听到了寒山寺的钟声:"当!当!"钟声回荡,敲得他心跳血沸。他惊醒过来,钟并没有响。嘴干舌燥,心头涌塞着酸楚与对往事的忆念。疲乏地睁眼到了黎明,晨光来临,是一种美妙苍茫的时刻,房里是一片柔和的鱼肚白。"冷面人"仍在打鼾。咦!小汉奸没有死?没有中毒?

后来,"冷面人"起床了。叠被时,见童霜威醒了,说:"童委员,两瓶东洋酒,我想,嘻嘻,你是不喝的!昨晚有点受寒,开了一瓶喝……酒不错!东洋的!真不错!"

童霜威明白:酒里并没有放毒,是自己多虑了。想:我攥在他们手里,要杀我什么方法不可以用?当然不一定非要用酒来毒我啰!……好吧!什么厄运都来吧!他用一种豁出去的态度准备迎接难以预测的未来。

他对"冷面人"说:"老董!既然酒好,剩下的那瓶东洋酒,你也拿去喝了吧。"

第四卷 电闪雷鸣,生死善恶在搏斗

(1940年3月—1940年9月)

> 暗杀常伴随战争俱来。在战争中,有人为正义牺牲,有人为不义送命;有人为爱国而死,有人为卖国而亡。一样是死,价值迥异;一样流血,意义不同。
>
> 战争残酷可怕,但和平不能靠祈求和恩赐。不能不加选择地从敌人手中去接受诓人的和平!
>
> ——摘自创作手记

一

冯村从重庆寄来过一封信。信在途中走了一个月光景才到,并且经过邮检,信封是剪开过又用邮检封条封上的。信里说:"来谕敬悉,嘱转之件已照转。"冯村没有谈自己的近况,却用双关语劝童霜威:"在'孤岛'既然拮据,来此谋生为佳。"爸爸既然在囚禁中,信也无法送给他看。读了冯村的信,家霆很想念冯村。回忆起往昔相聚的日子,反而心上更添惆怅。爸爸的事,信上不好写。他只好不复冯村的信。

转眼民国二十九年的春天降临了。爸爸的事渺渺无讯。三月三十日,汪精卫的伪国民政府以"还都"名义在南京成立。那天,上海租界上,许多大、中学生罢了课。有的还举了"打倒汪精卫傀儡组织"等标语,到街上游行,散发了讨汪传单。家霆学校里无人组织发动,他和程心如、余伯良都没有参加游行,但知道当天有些学校的学生有过抗议行动,他们都感到高兴。

四月里,租界上有的报纸转载了重庆国民政府通缉汉奸一百多人的名单。从汪精卫起,伪政权各院、部、会首要一个不漏,大快人心。四月中下旬,有的报上又登出了八路军、新四军发表的讨汪救国通电,指出:汪逆的"和平"就是投降,汪逆的"反共"就是灭华,宣布"誓率全军为祖国流最后一滴血,驱逐敌伪,还我河山"。讨汪抗日的声浪在"孤岛"上铺天盖地,把汪逆"和平、反共、建国"的叫嚣全部淹没了。

五月里的一天傍晚,程心如和余伯良在弄堂里对着二十一号的楼上叫,把童家霆叫下楼来。在弄堂里,程心如对家霆说:"明天是礼拜天,上午要做大礼拜!下午,我们一起到胶州路孤军营里去看望八百壮士和谢团长①,你去不去?欧阳去不去?"

程心如和余伯良两人,"八·一三"抗日战争爆发时在上海,他们对谢晋元团长率领的八百壮士特别有感情。那时,上海战事已临尾声,坚守在苏州河畔四行仓库②的八百壮士坚守四昼夜后,因孤军无援,接受英、美当局的劝告,避免无谓牺牲,奉命退入租界,在胶州路建立了一个营房。上海人称之为"孤军营"。这支孤军被公共租界当局圈禁时只剩了三百七十一人③,仍由谢晋元统率。他们虽然丧失了自由,仍过着有组织的集体生活,每天举行晨操,上政治课讲述爱国抗日言论,还排演抗日反汪的话剧。为了升国旗,有的士兵被租界当局派来监视的万国商团中的白俄士兵打死打伤和凌辱过。各界人士、新闻记者、学生、市民有不少都纷纷常去孤军营慰问。

程心如和余伯良都不知道欧阳素心家里发生的事,也不知道这一向来,欧阳素心和家霆一直没有见面。

欧阳素心一直拒绝再见家霆。寒假期间,她到香港姑妈家去了。回来后,吩咐过银娣和其他用人,凡童家霆的电话一律不接;人来找,也一律不见。她有心避开家霆。有一次,家霆下午等在她校门附近。她装作没有看到,匆匆跳上一辆三轮车走了。她给家霆写过一封短信,说:"我不愿使你不幸!我也不愿使我痛苦!想挽回已经发生了变化的现状是办不到的,让我们分手吧!把我彻底忘掉!……"家霆给她写了好几封信,她再也不回信。家霆痛苦

---

① 谢团长:谢晋元,广东蕉岭县人,黄埔军校四期步科毕业,死守四行仓库时是副团长,后擢升团长。
② 四行仓库:大陆、金城、中南、盐业四家银行共有的仓库,矗立于上海苏州河北岸。
③ 坚守四行仓库的八百壮士,实际并非满额,当时仅一个加强营四百三十余人,经过战斗撤入租界时就只有三百七十一人了。

极了,却不想把这告诉好朋友。

听到程心如和余伯良要去孤军营,家霆激动地说:"啊,好极了,我跟你们一起去!"他想起抗战爆发后,从南京到了安徽南陵,以后又到武汉。那时武汉正盛行唱那支歌颂八百壮士的歌曲:"中国不会亡!中国不会亡!你看那民族英雄谢团长!中国不会亡!中国不会亡!你看那八百壮士孤军奋守东战场!……"家霆常常唱,一唱就热血沸腾。今天程心如提出了好建议,他当然双手拥护。他说:"欧阳素心忙,不邀她了吧,我们三个一同去!"

余伯良诧异地瞅着他说:"约她一起去不好吗?为什么撇开她呢?"

程心如也朴实地说:"我想她一定会愿意去的,我和余伯良好久都没见她了。"

但家霆摇头,说:"下次再邀她吧,这次我不想邀她。"

程心如似乎领悟到了一些什么,同余伯良都不再做声,露出一种想说些什么又未说的表情。

接着,三人商量到孤军营去该带什么东西去慰劳孤军。想来想去,一会儿想送点书,一会儿想买点什么纪念品,一会儿想送点慰劳品。

最后,程心如下决断地说:"我有个好想法。依靠我们三个的经济能力,送不了太多的钱和物。我们只有把我们的爱国热心捧去送给他们。那样,才有点意义!"

余伯良不解地问:"心怎么送?"

家霆一点就通,恍然大悟地说:"啊!我有点明白了!我们把那张《大美晚报》带去送给他们,对不对?"

程心如笑了,说:"对!这就想到一起去了!那张晚报上有我们撒传单的事,虽然没提我们的名字,事是我们做的!欧阳不去,这慰劳品里也有她的一份。送给孤军,让他们知道我们的心,不比送别的东西好吗？"

余伯良笑了，拍巴掌说："太好了！就这么办！就这么办！"他满心喜悦，仿佛捕捉到了什么美好的东西。

第二天下午，三个人兴奋地怀着一种崇敬与激动的心情到胶州路孤军营去。天气是醉人的温暖，迷人的春天通过路边绿树的新叶，慷慨地散布着芳香的气息和活力。家霆还特地在花店里去买了一束通红、美丽的月季带去。

孤军营所在的地方，原是胶州路公园的一角。孤军营门口架着铁丝网，有神色郁闷的万国商团的士兵荷枪实弹警戒着。透过死样的静寂和站岗士兵枪上冰凉银亮的刺刀，可以隐约窥见孤军营里有绿色的树木，灰色的墙垣。这里使人感到异样，公园原有的气氛没有了，有的是监狱那种苦难、屈辱、沉闷的气氛。春天的一点绿色，被刺刀、围墙、铁丝网禁锢住，显得黯然无光。

万国商团，是上海租界特有的一个武装组织，约有一千七百人的样子，是个从一开始建立就替西方殖民者在上海这个"冒险家的乐园"里服务的半军事组织。一八五三年刚成立时，人数很少，到一九〇〇年就扩充到千把人了。在清朝时，从一八五一年到一八六四年间，他们帮助过清朝政府攻打过太平天国起义军。那时，太平天国起义军占领过江南全部，小刀会也在一八五三年克复过上海县城。民国十四年"五卅"运动时，万国商团又帮助过英帝国主义镇压中国人民的反帝爱国运动。商团的团员服装配备讲究，枪械精良，有外国人，也有中国人。参加万国商团中华队的人，大部分属于洋行职员。这部分人在"八·一三"抗日战争中，在公共租界上巡查放哨。面对日本侵略者在华界肆虐，他们表现出来的爱国精神，并不落人后。因为他们究竟都是中国人！当八百壮士被困守在四行仓库时，弹尽粮绝，商团的中华队就曾想法给过接济。现在，孤军被囚禁在胶州公园的一角里了，万国商团扮演了"狱吏"

"狱卒"的角色,家霆和心如、伯良看到这些商团的士兵,都从心里泛出厌恶和怨恨来。

程心如带着头上前,老练地说:"我们都是学生,来看望谢团长的!"

一个背着枪的白俄商团士兵,蓝眼睛,黑络腮胡子,眼光从头到脚打量着三个高中学生模样的年轻人,神气活现地用流利的上海话吆喝:"不行!不能进!"他目中无人。

家霆跨上一步,质问:"为什么?"他明白所谓"孤军营"实际是一个变相的监狱,心里不是味儿,但知道来慰问是可以的。

另一个脸颊红润的白俄也挥手驱赶,用上海话说:"不能进就是不能进!"态度相当蛮横,显然是无理刁难。

有几个中年人,穿得很体面地从孤军营里出来。一个戴金丝边眼镜穿西装的胖子,一个穿灰毛料长衫的矮子,还有一个穿黑衣戴银十字架的神父。一看就知道都是来慰问孤军的。这加强了家霆和心如、伯良的勇气:人家能进去为什么我们不能进去?白俄太势利,难道因为是年轻的学生,就故意拦阻?

看到一个中国籍的商团士兵站在一边,脸上比较和气,心如和家霆、伯良一起都走到他面前,笑脸恳求说:"让我们进去吧,好不好?""谢谢你了!""我们是特地来表表心意的。"

到底都是中国人,他没有就应允,却也没有就拒绝。

程心如继续赔笑:"我们只进去看一看谢团长,表达一下慰问的意思就出来,请帮帮忙吧。"说着,用眼指指那两个白俄,说:"同他们说说情吧!"

家霆扬扬手里的花束说:"我们把花交给他们了马上出来,决不久待!"他表情热烈,看得出心里在燃烧。

余伯良调皮地说:"中国人总要帮帮中国人的!求求你了!我给你敬个礼行不行?"

那商团的中国士兵点头笑笑,看来他是有爱国心的,被三个年轻学生诚恳的态度打动了,叫着两个白俄的名字笑笑说:"让他们去一下吧!"又对程心如和家霆、伯良说:"到里边登记一下,快点出来!不要多停留!"

三个人竭力抑制着快乐,走进孤军营,见一间门房,里面有商团的外国人,也有一个似是传达的瘦瘦的孤军营的人。那人穿着草绿色军服,没戴军帽也没徽章,剃的光头,一副军人的架势。程心如上前说明了要来看望谢团长并慰问勇士们的意思。家霆拔笔填写了登记簿,就被那人亲切地邀到隔壁一间类似会客室的房里等待。那人匆匆走了,估计是去通报去了。

在这间简陋朴素只放着些椅子的小房里,家霆同心如、伯良透过玻璃窗,可以看到一个广场的一角。广场上,竖着旗杆,旗杆上是空空的。家霆恍然明白:由于日本军方的抗议和英国租界当局的禁止,孤军营升悬国旗的斗争实际是失败了。忧伤压住了他的心,使他感到一种没着落的空虚,感到非常凄怆,茫然若失。正在这时,他看到有一队光着头的孤军正在绕场跑步。整齐地在叫:"一、二、三、四!""一二三四!"声音雄壮悲凉。微风摇曳着绿树,场地上的草皮浓浓淡淡,使场地显得坑洼不平。跑步的脚步声"夸嚓夸嚓"似在发泄着愤怒,单调的"一二三四"声似在控诉着自由的丧失,撩乱了家霆的心。他两眼逐渐湿润,缓慢地滴下了泪珠,心里难过地想:唉!他们为什么要搬到租界上被缴械囚禁起来呢?他们应当死守在四行仓库血战到最后一个人、流尽最后一滴血的呀!宁可死!宁可死!他们本来是英雄,应当有一个壮烈的死!可是,如今却手无寸铁,被看守着。他们的过去,说明他们是英雄!可是他们的今天,太悲惨了!蒙受的耻辱与委屈太深重了!……也不知为什么,看到被囚禁着的四行孤军,他心里特别伤心,真想放声大哭一场。

他拭干了泪,吞下屡次升到喉头上的呜咽,在一种幽怨愠怒的情绪中,先听到了脚步声。转眼,看到门口出现了一个瘦瘦中等个儿的军人,三十岁左右的年纪,笔挺的腰杆。穿一套草绿军装,没有戴军帽,一定是军帽上有帽徽所以不准戴吧?家霆想:这一定是谢晋元团长了!但又觉得跟报刊和画报上见到过的照片不像。他和程心如、余伯良不约而同地肃然迎上前去。

程心如恭敬地说:"是谢团长吗?"

家霆和余伯良也尊敬地注视着来人。

来人微笑,亲切地伸出粗壮的大手来同他们握,握得非常用力,说:"对不起!谢团长正带领着弟兄们在跑步上操!我叫上官志标,是团副!"

家霆将手里一束芬芳鲜红的月季花双手捧着献上去,说:"上官团副!我们是三个高中学生,请接受我们对八百壮士的敬意!我们是来向八百壮士致敬的!你们视死如归,名震中外,是民族的傲骨、中国的骄傲!炎黄的好子孙!我们崇拜你们!"说完,他深深一鞠躬,忽然鼻子发酸,心里也发酸,顿时泪水涌流。他恨自己太懦弱!为什么要哭?但又止不住要哭。他发现,心如和伯良也流泪了。

他的话充满感情,程心如和余伯良受了感染,也同时深深鞠躬。他的话当然也感动了上官志标团副。

上官志标团副的眼圈红了,历尽风霜的黑黝黝的脸上刚劲而又痛楚,似有什么东西在咬着他的心。他眼里像喷吐火焰,接过花,说:"谢谢你们!我们很惭愧!没有战死在沙场,却奉命撤退到了这里!对不起全国民众!……"两行冰冷的泪水流在他的脸颊上,他马上用手拭去了。

"不不不,你们已经尽到了军人的职责!"程心如满怀热情地从心里吐出话来,"你们打得非常勇敢!你们是奉命撤退的!"

给心如这一说,刹那间,四个人的眼睛又都湿润了。

家霆想:是呀!要叫我是孤军,我是宁可战死的!但,怎么能苛责他们呢?心如的话是对的!

上官团副已经恢复了镇静,用嘶哑的声音带着感情地说:"我们四行孤军,现在的处境,随着'孤岛'形势的恶化而恶化!但有上海各界代表、爱国的团体来支持,我们是永远坚贞不屈的。'孤岛'各界给予我们的精神慰问与物质馈赠,对我们都是极大的鼓舞!"他的语气铿锵有力,"请大家放心!我们一定不辜负大家的期望!"说完,他虽然没戴军帽,却严肃地立正,行了一个标准的军礼。

在这里的每一秒钟,听到的每一句话,都值得三个年轻人细细咀嚼,热血澎湃地细细咀嚼。

程心如突然从袋里掏出折叠着的一张报纸来,说:"上官团副,请收下这张报纸吧,这里有我们的一片心!一片中国人的爱国心!"他将报纸双手递过去,并且指着那条南京路上有人散发抗日传单的花边新闻,说:"请看看这条新闻就明白了!"

上官志标团副弄不清是怎么回事,仔细而迅速地阅读了这条花边框新闻。但从他那清瘦的黑脸上看得出,他仍没有懂得是怎么回事。

程心如老练地说:"上官团副,我们要走了!万国商团不同意我们久待。请替我们向谢团长致意!向全体壮士致意!"

他同家霆、伯良一起要走。就在这要走的片刻,他轻声凑近上官团副的左耳说:"上官团副,这个秘密我们愿意告诉您,这传单就是我们三个和另一个姓欧阳的女学生一起撒的!上海虽然是'孤岛'了,我们抗日的心是不死的!中国人的心不死,中国就不会亡!"

家霆也想说点什么,这时只见门口出现了两个万国商团的外籍士兵。家霆不说话了。程心如也不多说了,招呼家霆和伯良说:

"走吧!"说完,他带头,三个人都向上官团副鞠躬告别。

他们看到:捧着鲜花捏着报纸的上官志标团副矫健笔挺地在门口站着,静默地动着感情凝视着他们,举花向他们招呼,似在向他们致敬!上官团副没有说话,眼神里的钢铁意志和受到的鼓动,却给三人留下了永难忘怀的印象。

三人大步走出令人压抑、窒息的孤军营来,走到灿烂的阳光下。啊!"孤岛"已经没有春天,被禁锢的孤军营里更加没有春天。五月的阳光徒然使人焦躁和烦恼,三人心里回荡着尚难平静的浪涛。

家霆叹口气说:"唉,我想来想去,八百壮士还是当初在四行仓库血战到死的好!现在,毫无自由,比坐监牢相差无几,要想抗战也不可能。连升国旗都有人被万国商团打死打伤,真太令人难过了!……"说这话时,他不由得又想起了爸爸。爸爸被囚禁在苏州,怎样了呢?过阴历年的时候,方丽清突然不见了。后来,才听大舅妈"小翠红"说:方丽清被江怀南邀约到苏州去了,因为打听到爸爸在苏州,江怀南走了门路托了人,特地邀她去探望的。方丽清去了不少天,快到正月十五元宵节,才由苏州回来。家霆向她打听爸爸的情况。她只阴阳怪气地说:"多亏江怀南找了门路,见了一面,身体不错,就是他想做和尚,不想回家!他不识相,人家当然也不肯放他!"方丽清态度冷冰冰,讲的话不明不白,家霆问她也问不出头绪。结果,还是大舅妈"小翠红"打听到了情况,转告了家霆:"你爸爸还是不肯做汉奸,所以'七十六号'和东洋人不放他。他在一个庙里修行,胡子很长,整天念佛。"又说:"有人看守着,但算是优待的。在庙里可以走动,就是不准出来。"……现在,想到了爸爸,家霆心里十分复杂。爸爸的处境不也像孤军差不多吗?不,处境一定更坏!他会怎么样呢?

想到爸爸,家霆哀伤,沉默起来了。

程心如和余伯良听了家霆的话,都认为说得有理。不过,程心如设身处地地说:"军人以服从为天职,上边下命令叫他们撤退,当然一定要撤的。再说,当时已经弹尽粮绝了,保存几百个士兵的生命,有朝一日再出来打日本不比无谓牺牲好吗?"

家霆和余伯良也都承认心如讲得有道理。三人到了一趟孤军营,身上好像注射了一种能使精神振奋的药剂,也像偿还了一笔爱国的欠债,头脑清醒,浑身蒸腾起热力来。归途中,余伯良特别愉快轻松,突然带着责怪和遗憾地说:"今天,无论如何该让欧阳素心也来的。她来,一定会像我们一样,浑身像被一个看不见的电池充了电那么带劲的!"

程心如也点头同意,说:"是呀!是该同她一起来的!"

但,尽管两个好朋友用眼瞅着他,家霆佯作不在意,没有做声。

家霆不由自主地想起了欧阳素心。今天没能同她一起来,实在太可惜了!他沉湎于旧情之中,满心难过,想:欧阳啊,欧阳!你为什么这样呢?他觉得当欧阳同他交往时,他感情上富有、满足;当欧阳离开了他,一切快乐全消淡飞逝了。爱,不是应当双方都坚守不渝的吗?为什么你要这样呢?那晚,我不是已经把我的心向你剖析了吗?是的,有一次,你说过:"如果一个人为利己而爱,就不是真爱!真爱,应当要舍得自己付出牺牲!"那么,你现在不再愿意接近我,显然在你是一种自我牺牲了!你能知道我是多么痛苦吗?晦暗浑浊的迷雾常在我心上昏昏飘浮,憋着激情和苦闷千思百想总因得不到你的爱而郁结得要爆炸。想着想着,他心里火辣辣的难忍难耐。唉,无论如何,我一定要想法再同她见见面,同她好好谈谈。无论如何,我不能失去她!

三个人分手各自回家已经快近傍晚。二楼上,方丽清等仍在"噼噼啪啪"打麻将。令人想到她们都在输赢的境地中眼睛发亮,满脸兴奋地在谈笑风生。家霆轻轻迈步上了三楼,在自己房间里做了数学习题,又复习了英文单词和语法。到楼下"小娘娘"叫喊吃晚饭了,才下楼到客堂间里去。

客堂间里,亮着电灯,正在开饭。方老太太、大舅方雨荪、方丽清、"小翠红"、戏迷表哥方传经、"小娘娘",还有沈镇海,今天因为麻将搭子不够,三缺一,是方老太太叫"小翠红"打电话把沈镇海叫来打牌的。他们七个加上家霆,刚好一桌。厨师傅胖子阿福和娘姨阿金等将荤菜、素菜和汤碗摆了一桌。大家上桌正动筷吃饭,忽然,后门铃响,阿金跑去开门,一会儿,只见方立荪挺着大肚子像个无锡大阿福似的来了。

方立荪蹒跚地一进客堂间,家霆发现他气急败坏神色不好,丧魂落魄,像发生了什么大事。这感觉可能大家都有了,每双眼睛都像聚光灯似的盯着他。

方老太太惴惴不安地说:"立荪,来得正好,快吃饭吧!有事吗?你怎么?"

听她一说,"小娘娘"已经抽签似的站了起来,让出了位子,打算去厨房拿一副干净碗筷来。

但方立荪摇摇头,用手止住了"小娘娘",说:"你们吃吧,我不想吃,回去再吃。"他在旁边一张红木太师椅上坐下,双眼失神,掏出香烟点火大口猛吸。

方雨荪满脸黑气,紧张地看看方立荪的脸,问:"立荪,你怎么了?发生了什么事吗?"

方立荪脸色铁青,两眼露出一种从未有过的惊恐之色,左脸颊有点痉挛,说话声音紧张,泥菩萨似的坐在那里叹口气说:"丁啸林被暗杀了!归天了!我刚从他公馆来,头都给斧子劈烂了!"说完,又大口吸烟。

"丁啸林?"方雨荪几乎是见了鬼似的尖叫起来,放下了象牙筷,"斧子劈的?"

一桌上的人惊吓、唏嘘的都有。方老太太放下汤匙瞪大了眼睛问："你老头子被暗杀了？什么时候发生的事？"

方丽清夹的一筷炒腰花掉在桌上，战栗着说："哎呀！谁这么大的胆呀！杀千刀！怎么得了？"

"快说说吧！"方雨荪催促着方立荪。他有胃病，一吃惊，就打嗝。干脆饭也不想吃了。

"小娘娘"方丽明照往常的规矩忙着给方立荪倒了一杯茶来敬在茶几上。家霆同桌上其他几个没有做声的人一样，吃惊、好奇，闭口不说话，只是他心里想：丁啸林这样的坏人，死了活该！

只听方立荪喝着茶说："死的不单是丁老太爷，他那个嫁给江怀南的女儿丁芝兰，也给劈成'陆稿荐'①的酱肉了！"

方丽清心里蓦然又惊又喜："丁芝兰也给劈死了？"立即又愁急起来，"江怀南呢？他？"

方立荪摇摇头，掏手帕拭额上的汗："江怀南在苏州，不在上海！"说着，往痰盂里吐浓痰。

方雨荪叹口气："丁老太爷保镖那么多，碰他一指头也难，怎么暗杀得了呢？"

方立荪嘘口粗气，像猪八戒甩耳朵般地摇头，惊魂不定地说："前两天，有两个人穿得非常体面，来找老太爷。带了一份厚礼，还说是带了一封重要信件要同老太爷单独当面详谈。老太爷估计是重庆的中央要人给他写的信，接见了，看了信，收了礼，谈了一会儿，老太爷笑眯眯地将两个人客客气气地送走了。后来，听说老太爷讲：'乱世要保住身价，只有脚踏两条船！'又说：'那信是重庆方面送来的，对我表示慰问，劝我以后不要胳膊向外转，我答应以后一定注意！'……谁知今天这两个人在中午又去了！仍是派头很大的又带了一份厚礼，笑嘻嘻地要找老太爷单独密谈。老太爷的十

---

① 陆稿荐：上海有名的酱肉店，出售的酱肉颜色是红的。

几个保镖都在二楼上和楼下警戒。老太爷让女儿丁芝兰陪着他一同谈。三姨太和四姨太都出去了,就在三姨太的卧房里,敬了茶后关起房门来密谈。保镖的都在外边侍候。大约谈了有一刻钟,里边毫无异常的声响。这两个人笑眯眯地从老太爷房里一边弯腰打躬,一边手执门把退着步出来了,嘴里连声说:'谢谢丁老太爷!请不必送!请不必送!''谢谢!谢谢!晚上我们再来,你请休息!'仿佛是老太爷在送他俩出来。他俩不让送所以顺手把门带上了。出来后,笑眯眯地同二楼外边的保镖还点头招呼,大摇大摆地下楼出去,上了一辆停在门外的小汽车就走了。"

方雨苏摇头说:"病隐千日,暴发一时!你有你的防盗术,他有他的翻墙法!丁老太爷真是触霉头了!"

方立苏自顾自地继续惊惊惶惶地说下去:"保镖们见门关了,估计老太爷和丁芝兰在里边不知有什么事,况且中午老太爷又本是要休息的时候,按照往常的规矩,谁也不能乱跑进去的!心里再也想不到会出人命案子。谁知等了又等,门也不开。老太爷的三姨太回来了,保镖们讲了一五一十,三姨太去敲门。敲了又敲,门也不开,觉得蹊跷,门是'司泼林'锁的,踢开门进去,才发现老太爷父女两人都躺在血泊里,一把雪亮的斧头扔在身边。斧头是夹在礼品中带进去的!"说完,像老牛喘了一口气,脸上哭丧得像个瘟神,平日那种带着流氓气的威风大半都消失了。

大家听着方立苏讲述,都又继续吃起饭来,边吃边听。听完,方雨苏捂着胃部,喔唷喔唷地摇头叹气,说:"不得了!不得了!上海滩真是要坍掉了!你杀我,我杀你!暗杀案子这么多!'七十六号'又在拼命绑票敲竹杠,谁钞票多谁就有危险!真吓人呀!"

戏迷方传经的想法倒是特别,在一边轻声地逞能说:"这种暗杀倒像京戏《鱼肠剑》里专诸刺王僚了!不过,专诸用的是剑,这用的是斧!嘻嘻!"见方雨苏瞪了他一眼,他不响了,用筷子大块夹蹄髒吃。

方老太太看见小儿子方立荪愁容满面不断吸烟,关切地问:"立荪,这下你的一个大靠山倒了,怎么办呢?"

方立荪摇头:"靠山不靠山倒没什么!老的靠山没有了还有新的。我难受的是这种暗杀叫人看了起鸡皮疙瘩!你没看到,丁啸林的头劈得歪七歪八,脑浆同血搅在一起多吓人!这以后,猪脑子、酱肉,我再也不想吃了!"

方丽清最关心的是江怀南,忍了半天,嚼着饭终于说:"江怀南不要紧吧?"

方立荪还没有回答,方雨荪先开口了,说:"他怎么不要紧?他是原来维新政府的江苏教育厅长!前几天,苏州来了个朋友,告诉我:维新政府以前怨声载道。江苏省长陈则民,财政厅长董修甲,民政厅长蔡洪田,教育厅长江怀南,这四个人老百姓都十分痛恨。苏州老百姓恨他们太坏,用苏州话的谐音编了首民谣,叫作:'江苏省长神经病(陈则民),财政厅长总搜括(董修甲),民政厅长赚铜钿(蔡洪田),教育厅长教坏囡(江怀南)'!想想吧,人叫江怀南是'教坏囡',不是恨透了他了吗?"

方丽清心里不悦,强词夺理地说:"维新政府的人,不是现在变成国民政府的人了吗?"

方雨荪不耐烦地说:"妹妹,你怎么这也弄不明白?换汤不换药!这个国民政府还是个汉奸政府呀!"

方立荪不以为然,他听到"汉奸"两字就刺耳,将烟蒂"嗤"地扔进痰盂,说:"这也看怎么说!汪精卫地位不比老蒋低,中央要人参加和平运动的多得麦老老,现在还都也实现了,难道人家都不懂道理?都没有眼光?都是猪头三和阿木林?"

方雨荪龇龇牙,说:"反正,现在外头把维新政府叫作'前汉',把汪精卫的国民政府叫作'后汉',说是'后汉'篡了'前汉'的位!

这'汉'不是'汉朝'的'汉',是'汉奸'的'汉',做汉奸,说起来总是鸭屎臭的!"

方丽清红着腮说:"说这些太没意思!啸天这个人,开口闭口不做汉奸,自己害得自己不死不活,有什么好?人家江怀南,本来在维新政府,现在决定进国民政府了!他是个走遍天下吃肉的能干人!"她说起江怀南,心里就发痒。今天听说丁芝兰被暗杀了,心里暗暗高兴。她心里一直厌恶、妒忌丁啸林这个抽鸦片烟的丑女儿!她总觉得这个女人死了比活着好。

听方丽清这样说,家霆心上像在撒盐粒和胡椒粉,皱着眉,瞪了她一眼,但除了"小翠红"外,没有谁注意他这表情。"小翠红"轻轻在桌下碰碰他的脚,好心地劝他克制些。

方立荪用手指掏鼻孔,边挖边说:"江怀南本来正由丁啸林在替他活动,找了新上任的财政部次长兼苏浙皖统税总局局长欧阳筱月想活动个新职,听说已经成功。这下丁啸林死了,还不知是不是人去人情空呢!"

一听提到欧阳筱月的名字,家霆心里一沉。唉!丑恶可耻的汉奸呀!唉,美丽、纯洁、善良、可爱的欧阳素心为什么竟有这样一个父亲呢?

方丽清啃着一只油爆虾,夸奖似的说:"江怀南这人,神通大得很,想办事没有办不成的!丁啸林死了,他靠自己我看也有办法。"

方雨荪忍着胃痛,打着嗝,吃了一小撮饭就不吃了,推开饭碗,说:"立荪,我看,你现在财也发大了!以后不要再坐你那辆新买的人力车了,换部汽车坐坐吧,安全一点!"

方立荪叹口气,似乎惊魂稍定了,又摸出一支烟来吸,说:"换部车子,拿人力车换成汽车有什么用?丁啸林也不是死在车子上的!那么多保镖也没保住他的老命!主要因为他是树大招风。我同他比,差得远了! 我与他不同! 拿'宏济善堂'的事来说:李基夫①是日本人,他是理事长! 盛老三是'宏济善堂'的这个——"他伸出大拇指,"大老板! 我是个生意人,不问政治! 巴结他们,只是为了做生意。这点,人家玩政治的都懂。暗杀,是杀不到我头上来的!"

方雨荪说:"你说的也是,但做鸦片生意总归不好!"

方立荪提高了声音,说:"鸦片也是给人吸的! 公买公卖,出于自愿,可以治胃气疼,可以提神,有什么不好?"

戏迷方传经讨好叔叔,插嘴说:"叔叔说得对! 香烟可以卖,鸦片当然也可以卖!"

方雨荪又瞪了他一眼,站起身来踱方步,说:"'宏济善堂'赚的钞票,先要按月孝敬东洋人,又要按月孝敬汪精卫的上海市政府。在渝看来,就是亲日媚汪替他们效力。现在,东洋人让川沙、南汇两地都要种罂粟,南市九亩地一带到处是燕子窝。你们'宏济善堂'公开贩毒发横财,能不被人恨? 被人恨就有危险。说实话,亏心钞票还是不要多赚……"

方丽清打断大哥的话说:"多赚点钞票有啥不好? 钞票还有啥亏心不亏心的?"

方雨荪没理睬她,又说:"立荪,你已经赚得不少了! 我看洗手不要再干了! 还是专心做做绸缎庄生意的好。你自作主张把三爿绸缎庄顶掉了两爿,资金全抽去投在'宏济善堂'里,看看聪明,实在糊涂! 我是不同意的,你事先也该商量商量呀!"

方立荪瞪着两只牛眼,笑笑,气又盛了,一缕缕烟在嘴边袅袅而上,掩饰辩解地说:"'宏济善堂'是个善堂嘛! 卖点鸦片,麻醉药、咳嗽药等等,哪样不要用鸦片,你不要说得那么难听嘛! 我晓得你是见我发了财眼红,资金的事,明年年底分红,少不了你该得

---

① 李基夫:即里见夫,日本浪人,专事鸦片贩卖,为"宏济善堂"的理事长。

的那一份！我是赚了点钞票，但比起盛老三来，算得了什么！他上海住宅十几处，姨太太个个漂亮得像鲜花。我到他家看过，真是金银满箱，连他用的烟具、烟灰缸、痰盂、鸟笼都是真金的，他姨太太的一只钻戒有二十几克拉重，值一千石上白米。我刚吃了点甜头，你就劝我不要干，有这道理吗？"

方老太太点头说："将本求利，一本万利！生意人有机会总是应该捞钞票的！"她这话是在偏袒小儿子。

方立荪更来劲了，说："是呀！做生意的，能把该赚的钞票朝外推吗？当年哈同做地产生意成了上海首富，遗产估价有四百万英镑，我还抵不上他一只小指头！绸缎生意如今要赚钞票，也要做日本生意、进日本货！现在是东洋人的天下。要吃奶，奶在东洋姆妈身上！我不能有奶不吃！你就少讲几句触我霉头的话好不好？"

方老太太怕他们兄弟不和，忙打圆场。她觉得大儿子是好意，小儿子赚钞票是好事。她朝着方立荪说："雨荪说的是好意！菩萨保佑，立荪，你是要特别小心！世道太乱，横祸多，小心点有好处！"

方立荪点点头，吁了一口气。他一颗心此刻跳得和缓了，说："世道是太乱，乱世才能发财呀！我本来对这场战争很厌恶，现在想想，打仗对生意人是机会！一打仗，物价就上涨；一打仗做生意的人就有路子走；一打仗，就有冒险的机会。胆小的人不敢动弹，胆大的人就能闯一闯！呵呵，做什么事不冒险能成功呢？再说，人也要懂得形势！现在，欧洲没有人打得过希特勒，英国、法国是银样镴枪头！东洋人在中国也是天下无敌！说实话，我押宝是押在东洋人身上了！像我们那个宝贝妹夫呀，放着阳关大道他不走，放着升官发财的好机会他不闯！对形势，他看也不看。结果，又怎样呢？……"说到这里，将半截未吸完的烟在烟灰缸里揿熄，居然还叹了一口气。

家霆刚好吃完了最后一口饭，听方立荪这些汉奸言论听得烦躁、恶心了。听到他又用一种轻蔑的态度说起爸爸,心里恼火,把手里的筷子"啪"的朝桌上一放,站起身来,离桌走出客堂间去。

他听得清清楚楚,他起身走出客堂间时,方立荪气吼吼地骂了一句:"小赤佬!"

随他们去骂吧!他怀着一种伤痛、抑郁而又孤单的心情,走上楼去。

二

天上的蓝灰色的云团浓密昏暗地挤在一起,铅色的空间显得冷酷无情。傍晚六点钟,童家霆又站在霞飞路环龙路口那家白俄开的罗宋大菜馆"白拉拉卡"门口了。

他等待着银娣来到。

他先在静静看着橱窗里那张苏联斯大林大元帅的半身巨幅画像。然后,他又踱到隔壁德籍犹太人开的照相馆橱窗前看看那张金框里的希特勒的大照片。唇边有一撮短髭、额上有一绺流水发的希特勒眉宇间隐含杀气,满脸愤怒不满妄自尊大的神气,还带点神经质,使他厌恶。

他不仅仅想起从前同欧阳素心在此地看相片的情景,而且想到了欧洲血肉纷飞的战事。

自从去年九月德国灭亡波兰后,今年四月,希特勒突然又动手了,用闪电攻势侵入北欧的丹麦、挪威。丹麦一天之内就被德军占领,挪威的抗战到五月初也失败了。五月十日,德军又用闪电战术,以强大的空军和坦克师团配合伞兵和第五纵队的破坏,一举侵入比利时、荷兰、卢森堡三国。荷兰、卢森堡很快投降了,比利时的抗战继续了十八天。这时,进攻法国的德军,绕过比利时的南部,占领色当,包抄了鼎鼎大名的马奇诺防线的后背,使防线上的百万法军无用武之地。德军横扫法国北部,一路西向布伦港推进,一路南下直逼法京巴黎。英法联军被切成两段。比利时国王宣布投降德国后,在比境的英法军队受到德军三面围攻,形势十分危急。

春天应当是阳光灿烂处处都能感到生命的骚动和欢乐的,但今天天气如此阴霾。国际形势的恶劣,"孤岛"上汉奸势力的嚣张,国内战局的沉寂与沙市、宜昌等地的弃守,使家霆内心同这天气一样阴暗。

他等待银娣来到,渴望着好好同银娣谈谈。

欧阳素心回避着他,立意同他不再来往。他写给她的信,得不到回复。他的电话,欧阳素心不接。自从欧阳筱月附逆以后,环龙路那幢爬满青藤的花园洋房里起了变化,多了些保镖的,多了门房,多了汽车,也多了客人。那些客人当然多数都是"新贵"。

家霆再也不想进去了!那幢从前曾使他心醉神往感到无比美丽的矮墙上有着铁镞栏杆,墙上攀满碧绿"爬山虎"藤蔓的花园洋房,如今成了一个可怕、肮脏、使他反感的地方了。他在远处停步伫望过,目的只是希望看到欧阳素心的身影,哪怕是短短的一瞥也好,哪怕是在二楼那个窗户里闪过一个侧影也好。但是,在那绿色已经覆盖的花园里,不见她缓缓地散步;在那二楼的窗户上,紧紧拉着窗帘。夜晚,有时她的住房和画室没有灯光;白昼,窗户也紧闭着。

银娣告诉他:"她情绪不好,身体也不好。同谁也不说话,有时见她眼睛哭泣过。她爱独自在楼上房里吃饭。她看书,听音乐,有时画画。同她谈起你,她总是不声不响,并且不准我再讲。"

银娣也说过:"欧阳筱月家来客很多。他很怕被人暗杀,坐汽车时有两个保镖护送,常不住在家里,好像在外边很秘密的地方还有住所。他也常去南京,去苏州……"

本来,家霆同银娣已经约见过一次了。今天见面,实际也没有新的话可说。他只是仍希望能多了解一点欧阳的情况和心态。作为一个有过深厚情谊的老同学,一个十分善良、纯洁和可爱的初恋女友,他怎么也不能没有她。而且,他明白她是在用一种牺牲自己的态度而不理睬他的时候,他更觉得绝不能放弃她,必须同她设法见面,好好谈一谈了。在他心中,"我爱你"这句话是同太阳一样,永远不会殒落熄灭的!

　　他约银娣来,不外乎是想再谈谈自己的想法,解解自己的苦闷。他的心事现在似乎只有在银娣面前才可以无拘无束地吐露的了。最可怕的寂寞,是心里的空虚。他渴望着看到热情的眼色、真挚的言语。银娣很忙,他仍旧决定约她出来谈一次。哪怕谈十分钟也好。他实在心里苦闷得要迸裂了。

　　他在"白拉拉卡"门口,鼻子里嗅着强烈的洋葱、奶油、牛肉、番茄酱的气味,又踱蹊了一会儿。先是等得不耐烦,瞬即心上那根激动的弦颤动了,看到银娣如约急急赶来了。

　　银娣真是太像她的姐姐金娣了。不仅面目像,一抬头,一笑,走路的姿势,都像。她远远见到家霆,匆匆带着小跑走过来,说:"啊,害你久等了吧?临时有事出不来,把我急死了!找个机会我溜出来了,但马上得回去,快要开饭了!"

　　家霆提议说:"我们到'白拉拉卡'吃点东西谈谈吧。"

　　银娣不肯,她带着健康的红晕,拭着唇上的汗说:"不必了!时间紧!再说,回去吃也方便,何必上馆子!"

　　家霆关切地问:"她在家吗?""她",当然指的是欧阳素心。他觉得心寄托在她身上。

　　银娣摇摇头,说:"不在!最近,她常一个人孤独地外出。那天下着雨,我上夜校补习,见她独自从法国公园里散步回来,也没穿雨衣,头发和身上都淋湿了。她平时仍很少说话,对我也一样,有时将自己锁在楼上房里,那是她不想看见欧阳筱月和她继母。"

同欧阳素心距离越远,家霆爱得越强烈,急忙问:"她身体怎样?"

"身体倒还好。"银娣知冷知热地说,"只是看得出她在承受极大的痛苦,她没有幸福。"

"她家情况没有什么变化吧?"

"没有!欧阳筱月很得意。他干的汉奸差使可以大捞钞票,但汉奸总是怕人行刺的。矮墙加高了,布了电网,好些客人他都不见,住在家里的时间更少了。坐汽车回家时先用电话通知家里,汽车到门口之前,远远就揿喇叭。喇叭是暗号,揿两下顿一顿,大铁门就开了。汽车进门他一头就钻进房子。我觉得他像只乌龟缩在壳里似的。"

家霆叹口气说:"银娣,我叫你出来,其实也没什么事,我实在太苦闷!只是想从你这里知道一点她的情况。我有些萎靡不振心灰意懒,知道这不对,一个人应该朝气蓬勃,但现在我还办不到!"

银娣点头,发现路边走过的人有的在注视着她和家霆谈话,说:"别在这里站着了,边走边谈吧,顺着霞飞路到马斯南路再绕回来怎么样?"

家霆随着银娣边走边谈。霞飞路上这时候嘈杂热闹。有轨电车"当当"地响着铃轰轰隆隆来往,震得地面似在颤抖;轿车、黄包车和三轮车拥挤;人行道上都是匆忙赶路的行人;咖啡馆、餐馆、商店的各色霓虹灯都闪烁了。门庭若市,市声喧嚣。

银娣同情、劝慰地说:"我知道你苦恼。但有些事我出不上力,像你们这样的事,只有靠你们自己才能解决。我只有希望你心胸开阔一些。"

家霆感谢银娣的好意,禁不住又问:"你觉得她这个人怎么样?"这是一种微妙的心情,他希望听到银娣肯定欧阳素心。银娣如果夸奖欧阳素心,对他就是一种安慰。

银娣坦率地说:"我不是早对你说过了吗?她虽有点小姐脾气,也很任性,但善良、正直,待我真诚,有同情心,能体谅别人的苦衷。她读书用功,多才多艺,仪态容貌当然更不必说了。我是喜欢她的。可惜她生在这家人家也太倒霉了。我不免也想过:如果我是她,我也会痛苦得要死的。"

家霆心里难过,说:"唉,我知道她痛苦,只是无法帮助她脱离痛苦。她的事,加上我父亲的事,使我陷入了痛苦的深渊。我简直感到精疲力尽支撑不住了!"

银娣用两只聪明敏锐的眼睛瞅着家霆,同情地说:"是呀!这当然!可是你必须振作!我妈妈死的时候,杨秋水老师劝过我说:金子要在火里焙炼,宝石要受匠人琢磨。一个人经过忧患、困苦的考验,吃了许多苦,却会成为一个坚强的、能干点事业的人。我觉得她的话是对的。"说到这里,她问:"你爸爸现在还是那情况吗?"

家霆点头,因为银娣提起了杨秋水,惘然地说:"唉,我老是想见见我舅舅,见见杨秋水阿姨。可是舅舅无影无踪,杨秋水阿姨叫我一定别到夜校找她。我前些时,实在忍不住了,终于又去了一次,只是想远远看看她。谁知夜校停办了,那房子已经成了工厂的临时仓库了。我心里的苦闷,要是能同他们谈谈多好啊!"他说这些话时,心里暗想:说不定银娣是知道他们在哪里的呢。舅舅在哪里她也许不知道,可是杨秋水阿姨在哪里,她很可能知道。她同他们究竟有什么样的关系谁说得清呢?从感觉上,总觉得他们之间的关系是密切的。而且,银娣也不像我原来想象的那样单纯、幼稚,她是一个有能力也有见解的少女呀!……这样想着,他脱口而出地问:"银娣,你能帮我找到我舅舅或者杨秋水阿姨吗?"

银娣摇摇头,若有所思地说:"我听说杨老师离开夜校了。但她在哪里,我也不知道。"

她那微弯的眉毛和无邪的目光显得很和谐,很平静。家霆泄气地点头,懊丧地说:"要是能碰到他们就好了!我现在心里有许许多多话无处找人谈。我未始不知道一个人在逆境中应当奋发,也不是不懂一个青年应当决不向不幸屈服。但像我现在这样的遭遇,就是浑身钢筋铁骨也承受不住!想起过去和未来,心里总是汹涌着酸痛的浪涛。"

已经走到马斯南路了。一个弄堂口,有个老木匠叮叮当当在动斧凿,一会儿,又弯着腰刨木头。像绸条一样的刨花飞卷着一长条一长条挂下来。家霆感到心里有斧凿砍敲,也感到心里的愁思就像这刨花又长又乱。

他俩向回走。银娣急着要回去,又说了不少勉励的话。在这种时候,家霆又想起金娣来了。同银娣在一起,他有时会突然感到金娣没有死。不同的是,他对金娣有过一种朦朦胧胧的吸引,似乎是一种混沌的爱恋,对银娣却没有。对银娣有的是另外一种感情,一种友谊和亲切的感情。随着年岁逐渐增大,他现在已将清醒的爱情全部更强烈更浓厚地倾注给了欧阳素心,而且倾注得这样深这样坚贞。爱情是什么?真是神奇得无法用言语来表述的。正像他在一本什么书上看到过的那种说法:"爱就是笼罩在云雾中的一颗星星",那确实是只可意会不可言传的呀!

他俩走回到环龙路口了。

临别时,家霆问银娣:"你在欧阳家还行吗?"没等银娣开口,又说:"我很懊悔,不该介绍你到这样一家人家去的。天下事真难说,谁想得到欧阳素心的父亲会这样堕落的呢!"

谁知,银娣出乎他意外地说:"不!你介绍我来,是很好的!"说这话时,她的眼睛深不可测,有锋利的光。

家霆思索着说:"如果有别的人家合适,换一家还是必要的。"他这纯粹是替银娣考虑,他没有注意到银娣的目光。

"不,在这家人家可以!"银娣落落大方地说,"小姐对我不错,我还在上补习学校。杨秋水老师对我说过:莲藕生在污泥中入污泥而不染!只要能这样,我干的是我的事!怕什么呢?"

家霆用一种惊异的眼光看着银娣小巧玲珑的背影急匆匆地远去,心里想:啊,我的天!这个姑娘呀,我对她的了解还真是太少太少了!

同银娣分手后,过了些天,一个星期日的下午,仁安里方家冷冷清清,寂静无声。

因为方立苏的大老婆"老虎头"同小老婆巧云打架,据说"老虎头"的一只耳朵给巧云撕豁了,巧云的膀子上给"老虎头"咬掉了一块肉,方老太太带着方丽清和"小翠红"一起去西爱咸斯路劝架去了。戏迷方传经这一向不大在家,听"小翠红"说,他在捧一个坤伶,又在赌场里输了许多钱想扳本。

家里少了这些人,家霆反倒觉得眼前清净。他在房间里背诵一篇古文《陈情表》。教国文的戴老师规定:后天要在课堂上点名背诵的。家霆做事向来喜欢赶早不赶晚,决定提前完成。他人聪明,记性好,有心想今天晚饭前将这篇古文背熟。这篇表中佳作,感情真挚,背到:"……臣以险衅,夙遭闵凶。生孩六月,慈父见背;行年四岁,舅夺母志。祖母刘愍臣孤弱,躬亲抚养。臣少多疾病,九岁不行,零丁孤苦,至于成立。既无叔伯,终鲜兄弟……茕茕孑立,形影相吊……"心里不觉悲伤起来。

正在这时,忽然"小娘娘"方丽明上楼来了,在房门口站着轻轻地说:"家霆,你有个电话,快去接!"

平时,"小娘娘"给别人叫电话,总是在楼下高叫一声:"××,有电话!"现在,她特地自己跑上来叫电话,家霆明白,一定是方丽清或者谁打过招呼:凡是家霆的电话不许接!他谢谢"小娘娘",轻轻飞步下楼,心想:是谁的电话呢?难道是欧阳素心?

拿起话筒,他气喘吁吁地听到是个男人的声音。

听到那熟悉、亲切的声音,他几乎要欢呼起来。呀!不是别人,是日思夜想的舅舅呀!

家霆想叫一声"舅舅",忍住了没叫,怕被胖子阿福和娘姨阿金他们听到了搬嘴。他欢快地说:"啊,我太想念您了!您在哪里?我能见见您吗?"

柳忠华略带沙哑的声音在电话里响起:"能!你立刻来好吗?立刻!到四川路一百二十号职业妇女俱乐部二楼来,一切面谈。"

家霆心里像打鼓,兴奋极了!牢牢记下了地址,电话中舅舅的话音消失,他挂上了电话,看看客堂间里的挂钟,已经四点钟了,决定不上楼了。穿过厨房走出后门时,对娘姨阿金说:"我有事要出去一趟,晚饭不在家吃了。"

其实,现在方家开饭时,根本不管他在不在家。他在,就吃;他不在,饭开过了,也就算了。对他的行动,方丽清当面是不管的,据大舅妈"小翠红"说,方丽清只在背后嘀嘀咕咕,说:"老是东走西跑,到老不会成器!""小树要砍,子女要管!如今他老子不在,山中无老虎,猴子称大王,谁管得住他?"……家霆听了,只觉得生活从四面八方在压迫着他,也只好我行我素不去理睬。

家霆出了仁安里,兴冲冲地急步走到四川路去,心里不禁想:咦,舅舅怎么突然打电话找我来了呢?真像一样失落了的珍宝突然又找回来了似的,使他快乐得陶醉。他隐隐觉得这同银娣说不定有关。那天,同银娣见面时,谈了心里难以抑制的苦恼,他能感到银娣的深切同情。银娣当时脸上掠过一种奇异的神采,要表露什么又没有透露。会不会是银娣通知了舅舅?又一想,银娣说她不知舅舅在哪里呀!看模样,她当时不像说谎呀!后来又想,何必去想这些呢?好在,马上能见到舅舅了,比什么都好!

兴冲冲地按地址找到了柳忠华讲的"职业妇女俱乐部",上了二楼,却不知该到哪一部分找舅舅。刚后悔在电话里没详细问清楚,却既出意外又在意中地看到杨秋水阿姨站在楼梯口朝他微笑。杨秋水穿了一件朴素的蓝布旗袍,干净、大方、雅淡,那笑容是一种妈妈般的微笑。眼镜下一双明镜般的眼睛,好像什么事都能看得很透彻。

家霆喜出望外地拭去额上的汗,欢叫了一声:"杨阿姨!"仰脸朝着容光焕发的杨秋水踩着楼梯往上走。

杨秋水向他招招手,高兴地说:"太好了!你来了!我在等着你呢,马上带你去见你舅舅!"又轻声说:"以后,你可以到这里来找我了。当然,常来不好,有事可以来,我在这里工作。我们正在举办'物品慈善义卖会',救济战区难民。"她又压低声音在家霆耳边说:"支援游击区军民!义卖的成绩很好!"她眼珠注满了兴奋,"'孤岛'人心不死,热血的同胞是数不胜数的!"

家霆望着杨秋水阿姨兴奋激动的模样,心里突突地跳。义卖会场在楼上,楼梯上不时有人上下来往。沿着墙,张贴着的海报上,用粗劲的美术体写着"物品慈善义卖""节约救难"的大字,绘着形象的图画。在排列着的赞助人的名单中,竟看到有好些海上"闻人"都列着名字。广播喇叭正在响。一个活泼能干口齿伶俐的女播音员在说:"我们这里是大陆电台,为了救济战区难民……要劝募大宗日用品!……欢迎听众踊跃推销代价券!"

家霆突然感到一种爱国抗日的气氛,一种在沉闷、黑暗的"孤岛"上少有的具有蓬勃生气的气氛。这种气氛回荡在空气中,强烈地侵进人的心灵世界。这种气氛似乎正与沪西极司斐尔路七十六号特工所制造的恐怖气氛在强烈对抗、凶猛斗争。他立刻敏感地想到:这种气氛、这项工作的开展,是同舅舅柳忠华、同杨秋水阿姨他们分不开的。他脸上激动得放光,竟一时摆脱了心头的全部苦闷与痛楚,变得轻松兴奋起来了。他随杨秋水阿姨一同走下楼来,他悄悄问:"杨阿姨,舅舅在哪里?"

看到他眼中射出昂扬的光辉,又露出熟思和探询的样子,杨秋水轻声和悦地说:"他在一家小舞厅里等你,要同你见见面。我送你去后,就回来。"

"小舞厅?"家霆有点惊诧,他本来无法把舅舅同小舞厅联系到一起,立即又想通了。

杨秋水机警地察觉到了他的想法,对他笑笑,细声地说:"那不是好地方,但那里对他方便些。"

杨秋水阿姨带着他一起走出大门的时候,看门房的白发老头子叫杨秋水说:"喂!杨先生,有你的一包东西,刚刚人家送来的。"

杨秋水到门房的玻璃窗口里,接过一只用盒子装着的有尺把长、比拳头粗的布包来。谢了看门房的老头,陪家霆走到街上,一边走,一边看那只用线缝紧外扎细麻绳的布包。家霆斜眼看见,布包上用毛笔字写着浓黑的大字:送交本埠四川路职业妇女俱乐部杨秋水女士台收。

杨秋水看着布包,"咦"了一声,自言自语思索地说:"这是谁送给我的?"

她手里攥着布包,陪家霆向前面走,告诉家霆说:"'孤岛'环境越来越坏了。各团体的抗日救亡工作只能尽可能利用公开合法的形式开展活动,但办事也越来越难。比如这次义卖吧,原来计划想在西藏路宁波同乡会内举行的,后来又想到新新公司举行,租他们的地方做会场。不料,他们受到了敌伪的压力,都拒绝了。我们又分头向美国妇女总会和工部局华员俱乐部租借会址,因为日本人和'七十六号'作怪,也未成功,只好就在这里举行。今天义卖,我们通过关系,巡捕房派了不少探捕来维持秩序,这才成功。"说到这里,她叹了一口闷气,问:"家霆,你爸爸的情况怎么样了?"

她一边走路,一边说话,又一边用手将布包上的细麻绳解开,将布包上缝的线头掐断。

家霆将爸爸的情况简单扼要地讲了。他的话很动听,带着感情,让人能体会到他的焦虑与担心。

杨秋水认真地听了,点头说:"家霆,现在国际风云险恶。你看到报纸了吧?英法联军在欧洲一败涂地,形势非常危急。日、德、意的气焰越来越高。日本侵略者借口租界内抗日气氛严重,嫌租界当局取缔不力,工部局里已加入了两个日本人,一个任副总董,一个任副总裁。'孤岛'的形势会日益恶化的。我们生活在这样一个环境中,特别需要一种乐观向上的精神。拿你来说,小小年纪,国事、家事都不顺心。怎么办呢?消沉吗?当然绝对不行!只有乐观、奋斗,健康茁长。比如,两个人从同一个窗口向外望,一个人向下望,望到的是泥土、杂草和沟渠;一个人向上望,望到的是太阳、月亮和星辰。……千万不要被痛苦折磨得消沉!常常想想你的妈妈吧!想起她,会有力量的!"

家霆一对亮闪闪的眼睛信赖而友好地望着杨秋水阿姨,觉得杨秋水阿姨说得对,正要向她谈谈自己的苦闷和决心,忽见杨秋水已经将布包拆开,取出里边一只硬纸盒来了。纸盒用橡皮胶布密封着,封得十分严实。

杨秋水又"咦"了一声,说:"怎么封得这么牢?"

她用手撕掉盒子上的橡皮胶布,家霆也看着她撕。一会儿,橡皮胶布全撕掉了,她立定脚步,打开硬纸盒,闻见一股扑鼻的药水味,看见纸盒里贮放的是个白色纱布包,纱布包上有张纸条。她一看纸条"哼"了一声,停住了脚步。

家霆从杨秋水阿姨变色的脸上察觉出了什么严重的事,忙凑上去看那纸条。

只见纸条上赫然写的是:

经调查,台端系共党激烈分子。嗣后,必须停止一切活动!如再发现有不轨行为,决不再作任何警告与通知,即派员执行死刑,以昭炯戒!特此警告,莫谓言之不预也!

恐吓信没有署名,但一看就猜得出是哪里写发的。

家霆脸都苍白了,脱口骂了一声:"狗汉奸!"

他明白,一定是从沪西"歹土"上那伙"七十六号"特工手里寄出来的。沪西现在被他们搅得更加乌烟瘴气了。不但赌场、吸毒公开,还在报上天天登了什么《银宫》裸体舞的广告。日伪是想用这些手段毒害上海人的灵魂和躯体,斫丧人们的抗日意志呀!

杨秋水凛然一笑,将那张纸条取出折好,攥在手里,说:"走,家霆,不去理它!纸条倒要留着,这包东西也不必看了,不看也可以猜到决不是什么好东西!"说着,她同家霆又向前走。

擦身而过的人陆续不断。家霆轻声地说:"盒里什么东西呀?"

杨秋水平静些了,思索着说:"这些豺狼常发恐吓信,附寄手枪子弹吓人。但这盒子里一股药水味,倒不像是子弹之类,我看,也许是更坏的东西!"她手里捏着纸盒和外边的包袱布,满脸憎恶的神态。

家霆紧挨着杨秋水阿姨,激动地说:"看一下吧!到底是什么要弄弄清楚,我来看!"

杨秋水坚决地说:"不,我来看!当然不像是手榴弹或炸药!"她将盒盖和纸条等交给家霆攥着,自己用右手托住盒子,用左手掀开纱布一看,马上放下。路边全是熙来攘往的行人,她不想让人家看到或听到。她轻声地附着家霆的耳朵,声音也变了,说:"手!一只人手!连着一截手臂!"

"人手?手臂?"家霆耳朵里轰了一声,神经如同被尖针刺了一下,脸上似有火烧,心突突乱跳,稍停,说:"要不要报告捕房?"

杨秋水将盒盖又重新盖上,将盒子拿在手里,他们继续向前走。

杨秋水机灵、警觉地沉吟着说:"报告捕房没用,但还是应当报告一下。等会儿,我把你送去见你舅舅后,就回去报告捕房,把这盒子交给他们。"

家霆咬牙切齿愤愤地说:"唉!杨阿姨,为什么中国不争气的人那么多!有那么多的坏人要做汉奸呢?"

杨秋水亲切地看着他,摇头说:"汉奸是不少,可是拿四万万五千万人来比,汉奸就是极少数了,绝大多数中国人是有骨气的,是不做卖国贼的!在前线和后方,为抗日在英勇战斗的人多得数也数不清的啊!"

家霆忍不住瞧着杨秋水明亮的眼睛,悄声地说:"杨阿姨,您跟我妈妈是一伙的人吧?"他问得天真,包含着尊敬。

杨秋水笑笑,没有回答。她心中的秘密,仍没有人能够看透。她表情从容,那只"人手"对她的恐吓,不起作用。

家霆觉得她不回答,也就是回答了,关怀地说:"您要小心!"

杨秋水阿姨又笑笑,坦然地说:"在同敌人战斗的时候,会有牺牲的。但一个人能如愿以生、如愿以死,就没有任何遗憾了。生命本身没有任何意义,它的意义是事业赋予的。我不能因为受到汉奸的恐吓,什么也不干呀!"她说着,又笑,笑得朴素、真诚。

家霆体味着她的话,话富于哲理。似乎从她的话里,从她的身上,增进了对那死去了的妈妈的了解。她们都是一样的人呀!他产生了一种悲壮崇高的感情,也同时掺杂了担心的想法。他发自内心地说:"阿姨,你说得对!但,你最好暂时避一避。"

杨秋水敏捷地走着,一只手托着那只装有"人手"的纸盒,一只手扶着家霆的肩膀,使家霆不由自主又感到她身上那种妈妈似的感情了。她有一种坚强果敢隐藏在平静和柔和下面,用深挚的语气说:"好的!家霆,不要为我担心,我会一切都注意的!"忽然,她用眼色和下巴指指前面路旁,低声地说:"看哪,就是那个小舞厅。你在马路上绕一圈,机灵些,看到没人注意就走进去。你会在那里见到你舅舅的。"她拍拍家霆的肩膀,"我走了!既然有恐吓信,我就要注意!你放心,恐吓信的事可以告诉你舅舅,但叫他不要担心。"

家霆懂了,依依不舍地说:"好,我去!您要保重!"

他离开杨秋水阿姨,快步窜进人丛中,转身看时,杨秋水也在人流中消失了。他灵敏地东走西逛,感到确实无人盯梢也无人注意,觑个机会,钻进了那家叫作"绿野"的小舞厅里去了。

"绿野"舞厅里吸烟的人多,烟气浑沌沌弥漫空间,从外边走进去,感到里边特别幽暗。此时正跳茶舞,洋琴鬼奏着舞曲,闪烁变幻的彩色霓虹灯下有个穿杏黄色旗袍的歌女在柔声娇气地唱:"香槟酒气满场飞,钗光鬓影晃来回,爵士乐声响,跳伦巴才够味。"

舞池里很拥挤,一对对男女勾肩搭背正翩翩起舞。舞池旁,是一张张供舞客坐的小桌,乐声加上歌声、谈话声,嘈杂得很。

家霆进去后,眯着眼四处张望,光线太暗,一时看不到舅舅柳忠华。环境和气氛他很不喜欢,不由得皱起眉来。忽然,他看到了,左侧角落里一张桌旁,有个穿西装戴金丝眼镜的陌生人向他招呼。仔细睁眼看看,是舅舅呀!只不过舅舅衣饰讲究,戴了副金丝边眼镜,气派不同了。他连忙蹩上前去,高兴地在舅舅旁边的位置上坐了下来。

柳忠华笑笑说:"等了你不少时候了!"

一个男侍过来招呼。柳忠华付钱让男侍给家霆泡一杯清茶。男侍接了钱转身就走了。

家霆刚才同杨秋水阿姨在一起时,被恐吓信和那只可怕的断手惊扰得神魂不定。现在,舞厅里的气氛又使他局促不安。但见到舅舅,心情愉快,说不出的欢喜,冲淡了那些刺激。他见舅舅体魄虽不十分强壮,却蕴藏着充沛的精力。深沉而坚决的目光透过平光镜片露出干练的气质。他热呵呵地说:"舅舅,这么久不见,我可太想念您了!"

柳忠华点头微笑,问:"是杨阿姨把你领来的吗?"

家霆点头说是,立即把刚才杨秋水收到一盒物件内藏恐吓信和一只断手的事讲了。

柳忠华专心地静静听着,等那男侍将一杯清茶送来转身走后,他脸上毫无笑容地说:"看来,她是必须提高警惕的了!敌伪的特工是什么坏事都做得出来的。"说完,纠了纠眉,显然,这件事打乱了他的思绪,也影响了他的情绪。他的脸色严峻、肃穆,眼里流露出仇恨的光芒。沉默了一会儿,他才又问:"你爸爸的情况怎样?"

舞厅里舞曲的旋律庸俗而疯狂,人声叽喳,倒是便于谈话。家霆如实地小声将情况枝枝瓣瓣讲了一遍。

柳忠华仔细地听完,说:"家霆,你爸爸表现了一种中国人的气节!但他陷身在敌人的魔掌中,如果不屈膝,生命是随时有危险的。死亡可怕,但它比耻辱地活着要好。你要做好一种最坏的思想准备。有这种准备,万一遇到更不幸的事,就不致惊惶失措、消极悲观了。你有过一个好妈妈,现在,又有一个不愿做汉奸的爸爸。你要有志气!不要消沉!"

家霆体味着舅舅讲的每一句话。他迫切希望从舅舅那里可以对自己的痛苦和惶惑能得到聪明的答复。他是用如饥似渴的心情在听的。听着舅舅的话,他不时点头。

柳忠华继续谈心地说:"舅舅不能常同你在一起,但时刻关心着你。我能估计到这一向来你的心情一定非常忧愁苦闷。但忧愁和苦闷,像一把摇椅,它可以使你有事做,却不能使你前进一步。你应当用勇敢和鲁迅说的那种'韧'的精神当作武器来对抗忧愁和苦闷。今天舅舅同你见面,首先就是想同你讲这些话。你已经十八岁了,成年了!锻炼意志非常重要!你能同意我说的这些话吗?"

家霆感到温暖,发自内心地点头。舅舅并没有用教训的口吻,但确实是在教训他。他轻声回答:"舅舅,我一定照您的话办。这一向来,我总觉得自己像生活在密封的罐头里,窒息得透不过气来。除了我和程心如他们偶尔撒一次传单和到孤军营去慰问,在那种时候,我会感到一点快乐外,平时终日高兴不起来。"他将与程心如、余伯良、欧阳素心撒传单的事和到孤军营去的事讲了,又说:"我实在不想在'孤岛'上再生活下去,我真想到大后方去读书。冯村舅舅来了信,也劝爸爸去。可是爸爸被囚禁着,他去不成,我也去不成。我只能在此地忍受这种难以忍受的生活!我的痛苦无人倾诉,住在方家就像住在沙漠上的荆棘丛中,真不知道这种痛苦要再煎熬多久?也不知道这种痛苦会加重加深到什么程度。"

舞池里的人随着乐队的节奏,摇曳摆动。有些男男女女跳舞的姿势十分难看,模模糊糊的人影在红红绿绿变幻着的灯光下暧昧地回旋,鼓声打着拍子敲得人心跳。

柳忠华用亲切的眼神望着家霆,关心地说:"你的痛苦除了刚才讲的之外,恐怕还夹杂着欧阳素心的事在内吧?"

舅舅这样问倒是出乎家霆意外的。家霆心里更肯定舅舅是从银娣那里了解到一切了,点头诚实地说:"是的!"也不知为什么,他脸红了,说:"舅舅,她是个很好的女同学,偏偏她父亲堕落了,她太痛苦了!她拒绝同我见面,也不愿再理睬我了。在她可能是好意,在我,心里总觉得难过!"他在舅舅面前,觉得不该也无须隐瞒什么。

柳忠华没有立刻说话,似在思考什么。舞场里恰好一曲停止,又一曲要开始。柳忠华突然轻声对家霆说:"我去跳一支舞!老是坐在这里谈,却不跳舞,被人注意了不太好。"说着,乐声又起,他起身随一些舞客下到池里,随意邀请了一位舞女跳起舞来。

台上的歌女又换了支曲子在唱:"夜上海!夜上海!你是个不夜城!……"似是一个在漆黑的深夜里迷失路途的孤独女人诉述侮辱与损害的呻吟。

家霆看到:舅舅跳得不好,全靠那穿绿色旗袍的舞女像拖黄包车似的带着他移步。见到舅舅今天这种滑稽的模样,家霆对比在香港时见到的舅舅,以及上次在沪西工厂区见到舅舅时的模样,感到舅舅几乎变成另一个人了!这种低等的小舞厅,有汗臭和粉香,有媚笑和乌烟瘴气。给他一种肮脏、神秘的感觉,男男女女可能什么样的人都有。但像舅舅这种人肯定是不多的。不用舅舅明说,家霆就懂得舅舅必须要使自己混同在普通人中间,不被人注目。那么舅舅今天在舞厅同他见面,又下池跳舞,家霆也就觉得不奇怪了。

一曲停止,柳忠华又回到座位上来。他对家霆笑笑,坦率地说:"家霆,你吃惊吧?舅舅在这种地方跳起舞来了!"

家霆也笑了,会意地说:"是吃惊!也不吃惊!我懂得为什么要这样。这不是堕落!要同阎王和小鬼作战,不下地狱怎么行?是吧?"

柳忠华点点头,表情严肃起来了,说:"是的!我知道你会懂的。这场战争会使你多懂得、早懂得许多事的。天下的事复杂多变!对待复杂多变的事,只能用复杂多变的办法去解决,我们的头脑也该复杂一些。许多事,不要仅看到表面,还要看到实质。因为表面有时是靠不住的。比如我在这里西装革履地同舞女跳舞,是表面现象。如果你只看到表面,对我就不能理解了。一个爱国抗日的人,如果在沦陷区大摇大摆走在马路上高喊抗日反汪的口号,勇敢倒是勇敢,可能立刻会被抓进监牢里去了,只有傻子才会那么干。特殊环境下,要有特殊的干法,才能成功。所以如果见到舅舅有些什么使你奇怪吃惊的地方,要理解舅舅。"

家霆羡慕舅舅的勇敢、智慧和神秘,体味着舅舅的话,觉得含有丰富的内涵和深刻的道理。听这些话句句都懂,但那包含的深意却一时还似乎不能全捉摸住。他点头说:"舅舅,您说的话我会记住的。"

柳忠华摸出香烟来吸,忽然说:"家霆,我现在还住无定所,但不久,要公开做个生意人了!我想干一件令你吃惊的事。你能不能通过欧阳素心让她给我介绍认识她的父亲欧阳筱月?她是欧阳筱月的爱女,这样的事她办得成。"

"啊?"家霆实在太吃惊了。同欧阳筱月去认识,这是为什么?他忽然觉得面前的舅舅像是一个披上戏装的演员,扮什么能像什么。他有一种奇异的活力,叱咤风云或者低回婉转,都能使人目瞪口呆。谁想认识他的本来面目,分析他的复杂表演,是困难的。家霆结结巴巴思想毫无准备地说:"舅舅,您这是干什么呀?同欧阳筱月认识能干些什么好事呀?自从知道欧阳筱月落水附逆后,他家我后来就发誓决不去了!"

柳忠华精明、冷静地看着外甥笑笑,说:"你就别管干什么了。反正,你知道,舅舅是不会做汉奸的!但反对汉奸的人,在敌伪统治地区如果有正当需要,也不能就拒绝同汉奸交往结识呀!我刚才跟你说的话,你说你会记住,可是我看你现在转眼间已经忘了呢!"

家霆心上豁然像打开了一扇窗户,通明透亮了,犹豫着说:"啊……我明白了!可是真需要搅到一起去吗?不危险吗?"

柳忠华慢吞吞地、从容不迫地吸烟,吐出朵朵烟云,说:"需要的!危不危险就看怎么干了……"

"会不会玷污自己呢?"家霆总是不安、不放心。

"这种事只能这样干。到底能怎样,不能预先打包票。代价,是要付出的;能得到多少收获,不光是靠努力,还要看有没有机会。所以要尽力而为!这也比如在战场上打仗,不能保证每次都胜利,但是如果因为害怕打败仗或有损自己而不敢上战场,就永远也没有机会打胜仗了。你说是不?"柳忠华说这番话时,眼睛里仿佛在说:我这说得很明白了吧?难道你还不懂?

"可是,舅舅!"家霆踌躇,"我总担心,万一同欧阳筱月搅在一起,引起人家误解,或者万一出了什么事,弄不清情况,不是倒霉了吗?"

"是呀!"柳忠华皱眉吸烟,喷出浓烟,又举起手搅散那些轻淡透明的青烟,声音里带着感情,"这样的人和这样的事都是会有的。但需要这样做时,只有这样去做,不能计较个人的得失。正像诸葛亮后出师表上所说的'成败利钝,非所计也'!"

家霆肃然起敬,叹了一口气,耳朵里同时听到忸忸怩怩的靡靡之音,心里纷乱。蓦然,欧阳素心的面容浮现在心头,像提醒了他什么似的,他为难地说:"舅舅,可是,我同欧阳素心现在……"

"我知道。"没等他说完,柳忠华点头凝视着他说,"她不幸生在一个这样的家庭,但她本人是无罪的。你同她的友谊为什么不能保持呢?我知道你们之间已经有了爱情。但你们都还年轻,通过交往增进了解是可以的。目前,双方家庭都处于这种特殊的境地,恋爱问题晚点谈也有好处。我了解到,欧阳素心是个很好的姑娘。她有良心,反对侵略和卖国。像她现在的心情,很可能会毁了自己。给她友谊和好的影响,多多鼓励她,使她对自己的家庭、对自己都有一个正确的认识,对她有利。当然,如果她是一个坏姑娘,或者你对她毫无感情,决心同她一刀两断,那就不必说了。可是我了解,你现在为她的事在痛苦,而且十分痛苦,她为你的事也在十分痛苦,那我就同意你继续同她交往,双方相互勉励。将来,到适当时机,或你们羽毛丰满了,能够自立了,那时,一切都是好办的!"

柳忠华的长篇大论,家霆听来只觉得不够,舅舅的话,句句打动着他的心。他思索着说:"舅舅,我怎么向她介绍您并且托她办这件事呢?"

"马上我们商量一下!"柳忠华又掏出一支香烟来吸。他紧紧抿住嘴,蹙起眉毛,眼光锋利,脸上的表情像海一般的深沉,似乎正在敞开思想……

舞池前面台上洋琴鬼们耸肩挥手正在奏乐,那个歌女正用哀怨的声音在唱一支软绵绵的歌:"上海呀本来呀是天堂,只有欢乐没有悲伤。"

三

程心如一连三天没有到校上课了,说是家里有事。家霆去找过他两次,一次是同余伯良一起去找的,两次他都不在家,也不知他在外边忙些什么。

今天早上,家霆上学时,意外地看见程心如等在仁安里的弄堂口。他面颊丰满红润,两眼晶亮,风度潇洒地站在那里。

家霆跑步上前,说:"心如,你怎么了?在忙些什么?怎么没上学?"

想不到程心如把他拽到一边,双手搭在他的双肩上,带感情地看着他说:"家霆,我是向你来告别的。本来,我跟爸爸走的这件事,是要保守秘密的。爸爸叮嘱我对谁也不要讲。但你是我的知心朋友,我不能不告而别。等一会儿,我们就要走了。"

家霆浑身蒸腾出汗水来了,真是突然从天而降的事,何曾想到呢?一时竟想落泪,他是个热情重友谊的人。他明白心如跟他爸爸要到哪里去,但想不到说要走果然马上就要走了。他心头梗塞着离情别意,眼泪在眶里打转,说:"呀!这么快就走了吗?"

"是啊!"程心如充满豪情壮志地说,"不走是不行了!我爸爸又接到了恐吓信,据说'七十六号'决定要在《大美晚报》再暗杀一些人!"

"你该早点告诉我的!"家霆动感情地说,"现在,想送送你也不可能了。再说,我是应该送样纪念品给你的。"

程心如像个老大哥似的紧握着他的手,摇头说:"都不必了!家霆,我的好朋友!后会有期!我们以后一定会重相见的。再会吧!"他的大手温暖有力,见家霆泪水涌出了眼眶,他安慰地说:"保重吧!我相信,抗战胜利了,打败了萝卜头,我们也就能见面了。那时,痛饮黄龙,该多高兴!"

"是呀!那时该多高兴!"家霆含着泪心里也这样想。

他俩后来分别了,依依不舍。临分手时,程心如叮嘱说:"余伯良我无法向他告别了!你代我说一声,一定要说到!还有欧阳素心!我好久都没见到她了,你代我问她好!也一定要说到。告诉她,我对她的印象很好很好!"

亲如兄弟般的好朋友程心如走了,留下了一段共同爱国抗日散发传单的记忆。每当想起这段往事,就有一种在暗夜中举着火把带着自信骄傲地走着似的紧张而快乐的情操。心如走的当晚,家霆半夜梦醒,做的是与心如、伯良撒传单的梦,传单红的、黄的、绿的纷纷扬扬撒满天空。他一骨碌从床上坐起,房里漆黑,传单在眼前都不见了,才想起是梦。想起心如已经离开"孤岛"随他父亲走了,心头留下了无限豪情和怅惘。

心如走后,家霆心情很坏,觉得简直没有一件高兴的事情,觉得自己更加寂寞孤单了。

一连几天,人们都在关心着欧洲比利时境内溃败了的三十五万英法联军从邓扣尔克港撤退回英伦三岛的事。法兰西之战打得真糟,以联军统帅法国将军魏刚为名的防线,三天就被德军打得全线崩溃。六月十日,意大利墨索里尼趁火打劫,宣布对英法宣战,巴黎已在十四日陷落。欧洲形势真是阴暗,许多人谈起来总是摇头叹气。

在国内,战局仍在胶着对峙,在慢慢地推磨拉锯,看不到什么大的捷报或值得兴奋的消息。孤岛上,局势更加恶化。物价飞涨,敌伪阻挠食米和日用必需品运进租界。人心恐慌,街上乞丐大量增多。沪西极司斐尔路七十六号的绑票、暗杀、恐吓活动也在继续。

家霆那种好像自己被关闭在密封罐头中的感觉,更强烈了。

下午,天上飘洒着蛛丝般的毛毛细雨。六月中旬,温度渐高,不知不觉间早已成荫的绿树上麻雀在啁啾。在这种微雨中行走,不穿雨衣,不打雨伞,家霆也体味到了欧阳素心所说的"我喜欢在雨中走路"的滋味了。

他也不知道为什么,竟让自己冒雨走到法国公园里来了。是因为怀念那同欧阳素心逛游这里的往事,还是因为银娣说见到欧阳曾独自到这里散步?说不清,他仿佛是来寻找失落了的欢欣来的。下雨,公园里游人顿时少了。被雨淋洒过的花草树木,绿得油亮透明,花朵色彩艳丽,爽目清神,叫人心里舒适极了。

喷水池旁,一个红衣女孩,六七岁吧?在放一只有着白帆的蓝色小船。小船飘在碧绿的水面上斜驶,水面被牛毛雨洒上一层细密昏晕的蒙蒙银粉。一个戴眼镜的男人,穿件浅灰长衫,看来是小女孩的父亲,打着黑洋伞,笑看着雨中不肯离去的小女儿在玩水放船,脸上布满幸福。小女孩在说:"爸爸!……船走不快!……"

一对老年夫妇,男的白发苍苍,拄着手杖,女的梳着发髻也白了双鬓,互相搀扶着偎依在一起悠闲地在雨中的林荫道上漫步。他们也没有打伞,难道他们年轻时也有爱在雨中走路的回忆?……

家霆头发、眉毛上全是细水珠,夹克衫上也缀着雨水。走着,心里像很空虚。他久不来这里了!今天偶然逛进来了,又是微雨飘拂的时候,触发起他那段美好的回忆。严寒时节,他曾和欧阳同来漫步。那天,冬日的花园处处被雨濡湿,雨无声地降落,是一种不易听清的、沉沉欲睡的絮语声,地上散发出带着清香的雨水的气味。只是,想起这段美好的回忆时,他的心却有哀伤。

记起了雪莱的一首诗中的几行:

轻柔的声音化为乌有,
音乐还在记忆中颤抖;
甜蜜的紫罗兰不再发香,
感官中还存留着它的芬芳。

他终于走到那背后有个喷泉的常青树前来了。

喷泉正喷溅着晶莹的玻璃般的水花,在寒冬时节那天来时,树后有对爱侣偎依在那里。然后,他和欧阳素心就也走到一棵碧绿葱茏的落地大雪松后面来了。

大雪松依旧多姿地直立,像一个生气勃勃的武士,高耸、威严,散发着青春气息,光彩地站着。那光彩是闪闪发光的雨珠交互错综构成的。

那天,雪松的绿枝上和松针上沾着雨珠像缀满了珍珠玻璃花。那天,欧阳素心美丽如黛的长发上也沾满雨珠像挂满了璀璨的金刚钻。

现在,家霆又在这样一个下着浓雾般细雨的日子里来到大雪松的背后来了。地上的绿草碧茸茸的,他记起了那天他拥抱她亲吻她的情景。她淋满雨水的脸上流着眼泪,他能感觉到她的体温和鬓发的香气。只是,一切都过去了,像流水浮云般地过去了。

欧阳素心仍回避着他。他又给她写过一封信约她见面,她还是不复。他到环龙路那幢砌了高墙的花园洋房跟前要求见她,保镖和门房挡住了他。他报了姓名,她仍不见。他打电话给银娣询问情况,银娣用他能意会的措词说:"她偶尔也出去散步,你或许能碰上她。"

所以,他这几天,三次在环龙路上和霞飞路上逛,也在法国公园门口等候。今天,终于独自淋着雨走进公园里来逛了。

雨,继续飘洒。他在大雪松后淋着雨伫立,久久不愿离去。温情、轻爽、无声的细雨,给他清凉、清醒的感觉,沉淀在他心里的许多事情一时都浮上心头:有南京石头城旁玄武湖畔与欧阳同学时的童年生活;有在武汉瞥见欧阳坐在汽车里一瞬间的印象;有去年同她初次见面时的欢乐;更有那晚在南京路上让她上慈淑大楼撒传单时的紧张与兴奋。

家霆不禁微喟,凝望着远处公园近旁一些西式房屋的斜坡屋顶和灰色青砖墙,怅然出神。房屋年代久了,风吹日晒,在雨中显得分外陈旧、苍老。雨,逐渐大起来了,发出潇潇的声响。雨水,似要洗净一切,使远处花坛里的一大片五颜六色的鲜花更加娇艳。淋着雨,他也还是没有回去的意思。大雪松后面,有他认为崇高珍贵、难以割舍的默念,有他即使失落永远也不能摒弃的衷情。怎么能仓促离开?衣发湿了,让它湿吧!心灵在燃烧,雨水似乎能使他心上洁净、舒适。他悄然站立,祈祷似的遐想。

这时,就在这时,传来了一阵轻盈的脚步声,窸窸窣窣,是有人来到大雪松旁来了。这样的下雨天,居然总有爱淋着雨逛公园的人!是个什么样的人呢?

他转身看时,来人已经转到大雪松背后来了。

他眼前一亮,"啊"地叫了起来:"欧阳!"他的脸激动得发烧,心像要从口里跳出来!欧阳的来到,把他的眼睛和心完全吸引住了,眼睛充溢着迷惘,容光却顿时焕发起来。

啊！真是欧阳素心呀！她穿着一件淡绿的风雨衣，绿得美极了！未戴风雨帽。她那雪白的西式衬衫领子翻在风雨衣领上，衬得更有风度。潇洒多姿的黑发蓬松着像波浪，发上沾满了灿灿的碎雨花。她的脸上布满了幻想、困惑、追求。当她看到大雪松后面站着的是家霆，她的眼睛突然露出惊讶，她"啊"地触电似的一怔，停住了脚步。

"你在这里？"天虽下着雨，她却觉得他那张有朝气的脸上有阳光在跳跃。

"你也来了！"他从心底里发出了呼喊，"欧阳！"

是什么样的力量像神奇的针线似的将他俩的爱情又缝在一起了呢？就在一刹那间，像两极相吸，两个人情不自禁地拥抱在一起了。一时忘掉了自己，甚至忘掉了世界。

"我知道你会来的！我知道你会来的！"她颤动地把头埋在他的肩上，盈盈的泪珠涌上眼眶。

"我知道你仍爱着我！我不能没有你！"他兴奋又心醉地流着泪亲切地吻着她被雨淋湿了的头发，像在沙漠中遇到了绿洲。

一阵春风拂过，树叶激动，沙沙作响，似在窃窃私议。周围沐浴在咝咝的顽皮的轻柔雨丝中。

她和他不明白自己为什么在这万分喜悦的时刻却又这么伤心？两人都抑制不住眼泪，是哭泣，也不是哭泣。哭泣是应当给予悲伤的，但此刻他们都不应该悲伤，只应该喜悦。

雨，霏霏地下，下得格外起劲。他们松手含泪笑看着对方的时候，眺望远处的花草和树木，似乎那边地上都在浮起轻烟般的淡雾。一切都有点朦胧，朦胧得正像欧阳素心那幅油画上的云雾。

欧阳素心忽然眯起眼睛皱了皱眉："啊，家霆，不会是在梦中吧？"她环顾四周，是悦目的绿色，浅绿、淡绿、浓绿……融成一片绿色的世界，一片充满生命的世界。

家霆用两只真诚的眼睛凝望着她好看的黑眼睛,说:"当然不是!欧阳!你读过雪莱这样一首诗吗?"他轻声抑扬顿挫地背诵起来:

> 泉水混入江河,
> 江河混入海洋巨波,
> 怀着甜蜜的情怀,
> 天上的风永远互相往来。
> 世界无物孑然孤立,
> 一切都依照神圣规律。
> 生命互相混合在一起——
> 你和我为什么不这样呢?

她说:"我读过!"

他笑了,说:"那我把下面再背出来。"

> 看哪,大山和高空相会,
> 波浪彼此相亲;……
> 日光把大地揽在胸怀,
> 月光亲抚着大海。

诵到这里,他突然又笑着拥抱了她。

她眼里燃满了光彩,连眼梢的余波都溢满了情和爱,却笑着推开了他。

爱情,真像一首诗呀!

两人和好如初,变得更亲热了,一起从大雪松后面走出来,淋着雨舒适地在公园里漫步。几株月季正盛开着红色的花朵,甜香馥郁飘漾在清新的空气之中。他俩在花畔停留,闻着花香,看着一对被雨水淋湿的蜜蜂仍在湿漉漉的花心中忙碌着采蜜。……他们仿佛沉入了幽深的湖底,进入了一个恬静的世界。

不远处,在一排出售汽水、糖果等的小商店前,有些在廊下避雨的游客,看到两个漂亮的年轻人在雨中高兴地散步,似乎觉得不可思议,都注视着他俩。他和她却听任雨水飘洒,悠然自得。在他们的心中,有艳丽的太阳,晴朗的天空,洁白的浮云,欢唱着飞翔的小鸟……

家霆吁口气,说:"欧阳!你为什么要使我这样痛苦?我懂得你的用心,但你没有想到吗?你这样做反而使我增加了无穷的痛苦!"说到这里,他忽然发现消失了的乌云突然又出现在欧阳素心的脸上,他马上转口说:"啊,不谈那些了!让一切都过去吧!欧阳,能再跟你在一起,我感到真幸福。"

欧阳素心点头:"家霆,我也感到幸福。"她用两只美丽的眼睛真诚地看着他,眼里跳动着希望的火焰,微喟地说:"倘若我神经脆弱,我早疯了!……我总怕我们之间会有不幸。"说到这里,她停住不说了,脸上的愁云飘来得更多了。

家霆安慰她:"欧阳,我们一路同行,一定会幸福的!因为我们彼此理解,我们都还年轻。"为了安慰她,他斩钉截铁地说:"让我们坚强地生活!你我都已经十八岁了!再过上一段时间,或者等我爸爸能够生还,再或我们能有其他的什么幸运的遭遇……"

她听到这里,插嘴问:"你这是指的什么?"

家霆乐观地说:"人生的际遇是难以预卜的,也许会有什么料不到的幸运会突然降临。在那种时候,我们羽毛稍为丰满些了,就可以一起飞!比如,去大后方!我们可以到大后方去上学!我们会有远大前程的。"

欧阳素心高兴地笑笑,忽又叹了一口气。家霆感到她心里似乎有些话不想说出来。

雨,逐渐停歇了。家霆的衣裤鞋袜全湿了,欧阳的风雨衣也湿透了,身上都凉丝丝的。只是谈兴仍浓,不想分开。家霆讲了这段时日里的种种,欧阳素心也谈了自己的一些情况。两人快走到法国公园通向环龙路的出口处了。

家霆突然诚挚地说:"欧阳,我想托你一件事!"

欧阳素心看到他聚精会神一本正经的模样,点头说:"什么事?只要我能办到!"她脸上露出恍惚的微笑。

有只小鸟在法国梧桐青绿的枝头上唱着动听的歌。

"我有个舅舅名叫柳明,他经商,在浙江路宁波路口开了个大华贸易公司。他想认识你的父亲,在做生意上以后可以得到些照应。"家霆理直气壮却又尴尬地说,并且添上一个尾巴,"这件事,除了你,我不想让人知道。"

欧阳素心的脸色立刻变了:"你觉得这样好吗?"她惊讶地看着家霆,诧异他怎么会替人办这种事。

家霆脸红了,他事先未想到欧阳素心会尖锐地反问,带点吞吞吐吐地说:"我,也是不得已!舅舅托了我,不给他办不好,好在只是做做生意。"

"倘若我不能办呢?"

"我想,你不会拒绝我的要求的!"

"但这种事!"

"你相信我吧,好不好?"

"你这人有些奇怪!这件事也真奇怪!"

"其实也不是什么了不起的大事!生意人的事,与政治无关的。"

"你知道,我不愿意找他!"她这个"他",当然指的是欧阳筱月,"近来,我尽量不同他见面,也不说话!"

"我珍视你的感情!但这件事你帮助我舅舅办一办,我看不难!"

欧阳素心咬咬嘴唇,一双明亮的大眼睛含着探询的目光,叹口气,很不情愿地说:"如果你一定要我办,我当然只好给你办!但是……"

家霆克制住感情,打断她的话,说:"一定给我舅舅办一办吧!他是个殷实可靠的正经商人,为了做生意才有这种要求的!他做'五洋'①生意和日用品、医药用品生意。我们约个日期,就是本星期六吧!在'白拉拉卡'见面,我先将他介绍给你,你再将他设法介绍给你父亲,好不好?"

欧阳素心先是低头沉默,然后为难而又若有所思地点点头。家霆感到她对办这样一件事很不乐意,只是迫于感情不能不答应罢了。家霆反倒因为欧阳素心的态度感到高兴,他心里更爱她了,歉疚地想:唉!欧阳,原谅我对你隐瞒一些原因吧!原谅我使你这样为难吧!

走出公园,踩着湿漉漉的柏油路,走在环龙路上。欧阳素心变得沉默了,老是像在思索什么,又老是好像郁郁寡欢。家霆更觉得歉疚了,找着话说:"前几天我到你家去找过你,门房和保镖挡住了我,你又不见我!我只好走!以后,倘若必要,我去找你,你家里会不会不欢迎?"

欧阳素心摇头叹息:"谁能做得了谁的主呢?我劝他不要落水,他不肯听!他又能把我怎么样?不过你还是少来吧!"她说话时,眉眼内透露出一种刚强的气质。他喜欢她这种难以形容的气质。

两人后来要分手各自回家了。分别前,除了约定仍像以前一样每星期六见一次面外,家霆把程心如跟父亲离开孤岛的事告诉了欧阳素心,并且代心如向她问了好,告诉她心如对她的看法。

欧阳素心怔了一怔,问:"他们是到重庆去?"

家霆摇头,说:"不好详细问他,但我知道他们不是去重庆,是

---

① 五洋:当时指洋火、洋油、洋烛、洋皂、洋烟。

去找新四军！新四军在江南有，在苏北、淮北和皖南也有！"

"到那些乡下地方去，程心如将来恐怕不能上大学了！"欧阳素心关心地说。

"是的！恐怕环境也十分艰苦！说不定那些地方还经常要发生战斗。但那里是中国人的天下，一定能呼吸自由空气，不像'孤岛'令人窒息。说实话，我还是羡慕心如的。他走了，我就感到更寂寞了。"家霆的声音里带着叹息。

天上有些灰暗、轮廓朦胧的云片，缓慢地滞留在空中。雨停了，温度又回升起来，使人感到烦躁。欧阳素心将淡绿色的风雨衣脱下来挽在左臂上，露出雪白的衬衫、一件银灰的背心，外加一条藏青的裙子。服装朴素，却给她一种超越的气度。她沉默地迈步，不再说话，似乎陷入一种阴郁的情调中，无法猜测她心里在想些什么。

四

自从那天去四川路"职业妇女俱乐部"看到了杨秋水阿姨，见到她收到一只奇怪的硬纸盒，里边藏着一封恐吓信和一只可怕的断手臂后，家霆一直挂念着杨秋水阿姨。

尤其见到程心如随父亲走了，家霆更挂念杨秋水阿姨。

程心如匆匆跟随他父亲离开"孤岛"，是因为他那在《大美晚报》当编辑的父亲两次收到了恐吓信，风闻沪西极司斐尔路七十六号特工总部要继续对《大美晚报》的一些人下毒手，这才赶快转移、逃避的。

心如走后的那晚，家霆同余伯良一起到心如家里去看望。见早已人去楼空，心如他们住的三楼上的两间房子已经顶给别人家了。拟搬来的一户人家正在打扫房间,门敞开着。家霆望着心如住过的那间空房默默出神。他注意到,墙上贴着的一篇从《大美晚报》上裁剪下来的朱惺公在《夜光》上发表的题为《将被"国法"宣判"死刑"者之自供——复所谓"中国国民党铲共救国特工总指挥部"书》仍在那里未动,好像新搬进来的住户也不想把它撕去。朱惺公被暗杀已经快十个月了。人不在了,文章仍在,浩气常存!看到心如家的空房,看到被暗杀了的朱惺公的这篇充分表现了民族气节的文章,使家霆和余伯良都引起许多动心的回忆和感慨。

当时,家霆就决定无论如何要去看看杨秋水阿姨。

第二天,是星期三,下午,家霆打电话到"职业妇女俱乐部"找杨秋水阿姨,俱乐部里说她不在。晚上,又打电话,恰好她在。听到是家霆打的电话,她很高兴,语气里有喜悦和笑声,使人仿佛能看到她近视眼镜片下两只意志坚强又慈和含笑的眼睛。

她朝气蓬勃地说:"不要不放心,我很好!一切都好!……只是太忙,忙得脚不落地!……呵呵……"

家霆征求意见:"我来看看您好吗?"

杨秋水热情奔放地说:"当然好!本来我也要找你的。这样吧!明天,星期四晚上七点钟,你准时来好吗?我等你,想陪你看一场话剧。"

"什么?看话剧?"

"对!看《夜上海》!新上演的话剧,据说反映了上海的真实,黑暗与光明同在,庄严与无耻并存!很值得一看!"

家霆兴奋地答应了,心里感到温暖、欣慰。杨秋水阿姨这么忙,还要陪他看一场话剧。他又感到在杨秋水阿姨身上有一种母亲的爱了。

这一夜,方丽清由方老太太、"小翠红"和沈镇海陪着打小麻将,一直打到夜深。麻将牌声吵得家霆睡着了又被闹醒。牌散后,家霆刚合上眼,忽然又被二楼大舅方雨荪的吼声闹醒。吼声中夹杂着摔东西的声音。"砰",似乎是个花瓶;"嘭",好像是个热水瓶。

方雨荪平时一生气总是满面乌云噘起了嘴,方丽清和"老虎头"她们背后笑他生气时嘴上能挂油瓶。他平时关了门发火,打"小翠红"也是关了门干的,很少见他这样大叫大吼摔物件的。隐约听到他骂骂咧咧,什么难听的话都有,似是说:"……不要面孔!""坍我的台!……沈镇海……"又听到大舅妈"小翠红"的哭泣声和说话声,隐隐约约,似是在辩解什么。

吵闹声持续了很长时间,家霆一颗心悬着在听,他不忍心听到大舅妈"小翠红"挨打受骂,却又觉得无能为力。听到方老太太和方丽清都起身去劝了,叽里咕噜,喊喊喳喳,也听不清说些什么,弄不明白到底是什么事。家霆实在困乏了,后来,迷迷糊糊睡着了。

第二天一早,方雨荪照常去洋行里上班。大舅妈"小翠红"一直在自己房里关上房门哭泣。家霆匆匆去上学时,出门看到了大舅方雨荪。方雨荪脸上黑气更重,一张脸像拉长了好几寸,冷酷得能杀人。

中午,家霆回家,见方老太太和方丽清都阴阳怪气,麻将牌也停了。大舅妈"小翠红"还是关着房门不开。家里像有了丧事。方雨荪中午也没有回来。

家霆心里同情大舅妈,下午放学回家后,趁方雨荪不在,又趁方老太太和方丽清在楼下客堂间里聊天嗑瓜子,找个机会就踅进大舅妈房里去,想劝劝她。

进去时,见"小翠红"坐在沙发上,手里抱着那只波斯种的白猫呆呆望着窗外出神。她眼哭肿得像桃子,身边茶几上甩着一本被撕成碎片了的《啼笑姻缘》。房里地上,碎玻璃碴儿、碎热水瓶胆……同水搅和在一起,枕头、被褥也摔在地上,她都没有收拾。见家霆进来了,她忽然又流起泪来,用手帕拭眼。

家霆关切地问:"大舅妈,什么事呀?"顺手将一只未摔碎的香水瓶拾起来放在桌上。

"小翠红"摇摇头,带着绝望的神情,两眼望着地上乱七八糟的东西发愣,叹息地说:"怎么对你说呢?好的家庭是天堂,坏的家庭是地狱!你大舅疑心病大,连毁誉从来不可偏信的道理都不懂!粪缸越淘越臭,无事生非,他还得意!"说着,伤心得泪水成串地挂下来。

家霆注意到大舅妈"小翠红"额上有一处伤,心里不忍。听她说了一些,他心里似乎有点明白,又不太明白。没法排遣,只能安慰地说:"大舅妈,您不要伤心!"

"小翠红"听了安慰的话,反倒更伤心了,说:"我的事同你也说不明白。我是个苦命人!为什么命这样苦?要不是打仗,家乡给东洋人占了,我真情愿一人回乡下去种田!……"她将抱着的波斯种白猫轻轻放到地上,双手捂着脸,泪水从指缝里沁出来,看得出她是在感情的漩涡里挣扎。

家霆更加同情大舅妈了。大舅妈平时待他好,他对大舅妈也有感情。血缘关系并不重要,重要的是理解和相处。在方家住着,幸亏有"大舅妈",才使他的日子好过些。现在,大舅妈遇到了不幸,使他难过。他弄不清大舅妈同沈镇海之间有没有什么暧昧的事,也不好问她。但他对大舅方雨荪冰冷阴暗的性格和傲慢专制的态度反感,平时对方老太太、方丽清、"老虎头"等,包括戏迷表哥方传经因为大舅妈是堂子出身而轻视她的情况也不顺眼。大舅妈的生活,确实像只关在笼子里的金丝雀,也像她喂养的正在屋角地毯上睡懒觉的波斯种白猫。吃的穿的都不坏,但是关在笼子里、关在房里苦得很。只是马上又想:我不也像一匹被拴在柱子上的马吗?被拴在哪里就只能在哪里吃草!哪天我才能去掉拴在头上和绑在柱子上的绳索自由飞跑呢?

他忍不住劝解地说:"大舅妈,您要想得开点,身体要紧。"说着,去屋角拿笤帚,说:"我来把这些地上的东西扫一扫。"又将枕头和被褥抱起来放到床上。

"小翠红"停住哭泣了,拭掉泪水,点点头,说:"谢谢你,家霆,你去做功课吧!让我一人独自静一静!"说着,站起身来,从家霆手中抢过笤帚,说:"我自己来扫!"

家霆感到无能为力,人世间的事太复杂,许多事他都是难以处理的。见大舅妈说得诚恳,他只好同大舅妈告别,走出房去上了三楼,回到自己房里。

他拿出物理习题来做,头脑里还在想着大舅妈额上那条伤痕,伤痕的形状像一把残忍的尖刀。大舅和大舅妈之间的夫妻生活似乎正在幻化为尘土,这是他的一种预感。大舅和大舅妈他们是一种什么样的婚姻呢?他还想不明白。但他似乎很能理解大舅妈说的"坏的家庭是地狱"的话。外边是个晴天,有麻雀在吱吱喳喳地叫,也能听到远处有人家在打牌的声音。弄堂里有两个小孩踩着轮式冰鞋在溜冰,隆隆的声音吵人得很。有挑担卖油炸臭豆腐的小贩在高声叫卖。……他已经习惯于在不安定中寻找安定了,一口气做了三道很难的物理计算题。但忽然又听到二楼大舅妈房里响起了方雨荪的吼骂声。

方雨荪回来了!吼声比夜里还高:"沈镇海!……""家丑外扬!……"夹杂着难听的诟骂声。家霆想象得出方雨荪那种火冒三丈的架势,不禁又想:倘若我在大舅妈房里没出来,少不了要看他的脸色或者也挨他的辱骂了。

"砰!""啪!"方雨荪在掷东西了。是桌上景德镇的蓝瓷瓶,还是五斗橱上那些香水瓶、花露水瓶?抑是窗台上托盘里放着的苏州盆景?盆景中的老树桩头,枯干虬枝,像经受过漫长岁月风霜雨雪的侵蚀,清秀古雅,尚有生机。如果"砰"地一砸,怕是活不成了吧？

大舅妈"小翠红"的哭声又清晰地传来了。

家霆心里烦恼，赶快做完了习题，决定不在家里吃晚饭了。他打算出去，在外边小馆店里吃一客排骨菜饭，或者吃碗咖哩牛肉面，然后按时如约到四川路"职业妇女俱乐部"找杨秋水阿姨。

楼下的吵吼声、哭泣声、摔碎玻璃器皿声继续传来。家霆一溜烟地从三楼下来，离开了仁安里，才觉得松了一口气。

按照约定的时间，家霆到了"职业妇女俱乐部"。

六月天的四川路上，这时十分热闹。男男女女春装、夏装混杂着穿，服饰色彩丰富。乱哄哄的人流，快速的车辆，一片匆忙、拥挤景象。"职业妇女俱乐部"门口的水果摊上小贩在叫卖水蜜桃，报摊上去买晚报的人不少。

家霆兴致勃勃地上了楼。在一间放了好几张写字台的大办公室里，找到了杨秋水阿姨。大办公室里空荡荡的，别人都下班了，她还正忙着在向一个年轻的穿黑布旗袍的女人好像交代什么事情。她自己穿一件蓝布旗袍，旗袍显得有点宽大。见到家霆来了，她看看手上的表，亲热地招呼着，说："好！你真准时！坐一下。"她用手指指一只椅子，"我把一些事情处理好马上走！"

家霆在那张椅子上坐下，先看看办公桌上玻璃板底下压着的一段用钢笔抄写的文字：

我记得有一种开过极细小的粉红花，现在还开着，但是更极细小了，她在冷的夜气中，瑟缩地做梦，梦见春的到来，梦见秋的到来，梦见瘦的诗人将泪擦在她最末的花瓣上，告诉她秋虽然来，冬虽然来，而此后接着还是春，蝴蝶乱飞，蜜蜂都唱起春词来了。她于是一笑，虽然颜色冻得红惨惨地，仍然瑟缩着。

钢笔字写得娟秀挺拔。这段话家霆记得，是鲁迅的散文诗《秋夜》中耐咀嚼的一段。压在玻璃板下,算是作为座右铭的吗?他体味着这段意味深长的话。起先不知这张办公桌是谁的,但看到玻璃板底下压着一只信封,上面写着杨秋水的名字,他立刻意识到这就是杨阿姨的办公桌了。他还是第一次看到杨阿姨写的字呢。真想不到她的钢笔字竟这么流利,这么漂亮!一段座右铭又使他似乎加深了对杨秋水的了解。

杨秋水同年轻黑衣女人悄悄在说话。家霆又转眼去看墙上用图钉钉着的一张永安、先施、国货公司等五十几家大小厂商捐助大宗日用品的大表格,捐助的日用品真不少。抗战初那种"有钱出钱,有力出力"的精神在这上面仍在表现,家霆感到欣喜。看了一会儿,见杨秋水同年轻的黑衣女人谈完,黑衣女人走了。杨秋水款款地移步过来。

家霆站起身来,说:"杨阿姨,我是吃过晚饭来的,您恐怕忙到现在还没吃晚饭吧?"

杨秋水笑了,点头说:"给你猜中啦!不要紧的!等会顺路买两只面包,带到剧院里啃就行了。"她过来收拾着桌上的一些簿册等物塞进抽屉,用锁锁上,说:"家霆,告诉你一个你想不到的情况。后天,我要离开'孤岛'走了!其实,我并不想走,我舍不得离开工作。但怕我有危险,一定要我走,也只好走。走后,再见面恐怕要不少春秋了。所以我决定抽空陪你看一场话剧。"说着,她微微对家霆一笑,拿起一只小巧的黑色手提包,说:"走吧!"

听说杨秋水阿姨后天就要离开上海,家霆愣了。怀着一种他未曾公开说出来过的孩子对妈妈的感情,他不但依依不舍,而且觉得失去得太多了。他怅怅地,觉察到杨秋水阿姨平常似乎是个很少顾念私情的人,就更能体会到今晚陪他看话剧的这种深厚的关切和情谊了。

他理解到:恐吓信和可怕的断手,都是严酷的现实。杨秋水留在上海是非常危险的,赶快离开"孤岛"暂时到外地去避一避,十分必要,也是惟一应该这么办的方法。可惜,理智是一回事,感情又是一回事。他心里交汇着留恋、伤别、怅惘的情绪,以致一时竟说不出话来,只是用两只充满感情的明亮的眼睛凝望着杨秋水阿姨,无限留恋。

杨秋水明白这一点,同家霆走下楼来,仍旧笑着说:"家霆,有点舍不得我走吧?其实不必,我走,应当高高兴兴送我。我们这一代和你们这一代的人,责任很重,忧患很深。为了抗日救国,要像庄子说的:'喜怒哀乐不入于胸次'。来吧!"她把家霆当作孩子,在楼梯上搀着家霆的手,说:"高高兴兴,笑着陪阿姨看一场戏。然后,高高兴兴地互相祝福、分别。"

家霆发现她的心灵深处充溢着一种随时会喷射出来的光和热。

她的手是温暖的。家霆也感染到了她乐观爽朗的豪情壮志。紧握住她的手,他仿佛依稀记得在很小很小的时候,也许是刚会迈步的时候吧,妈妈柳苇也曾经这样搀着他的手,同他一起走过的。

四川路上的店家里,有的已经亮灯了。金灿灿的灯光和嘈杂的车声、人声以及商店播放的收音机里的歌曲声、评弹声、申曲声、广告声混成一种热烈、吵闹的气氛。他们离南京路很近了,经过一个弄堂口,突然路边走出一个穿米色旗袍的女人,猛地撞了杨秋水一下。

杨秋水一个趔趄,手提包掉在地上了。家霆忙给杨阿姨把手提包拾起来。他奇怪穿米色旗袍的女人为什么这样鲁莽。

那女的随口说了声:"啊,对不起!"也没让人看清她的脸面,就闪身混进人流中去了。

杨秋水也感到蹊跷,从家霆手中接过手提包,回身张望那个女的,说:"真奇怪,这女人怎么这样的?"

正说着,忽然弄堂里窜出两个穿西装的男人,其中一个猛地冲到杨秋水和家霆面前,突然急急转过身来拔出了手枪,"砰!""砰!"开枪了!忽然,后边那一个也"砰"地开枪了!

"砰!""砰!""砰!"

刺耳的枪声,在喧哗的街声中传来,显得特别尖厉、剧烈,就像汽车轮胎的爆破声,也像一声又一声惊雷。家霆思想毫无准备,有点晕头转向!突然被刺耳的枪声震撼,看到杨秋水阿姨"哎哟"一声,眼镜跌落在地,颓然地用手捂住腹部,倒了下去。通红的鲜血从她腹部涌淌出来。一瞬间,滴滴答答,洒满在路边地上。

周围的行人一下子像炸了窝、开了锅,四散纷乱地奔跑。女人的惊叫声,皮鞋的橐橐声响成一团。家霆在杨秋水身边,脑子从惊惶与慌乱中清醒过来,想马上扑去将杨阿姨抱起来,又一想:不!首先应当抓住凶手!

他满心悲痛与愤恨,瞥见穿西装的两个凶手正在仓皇飞奔,他拔腿不顾一切地勇敢追上去。

两个凶手狡猾狠毒,在人丛中分成两路一左一右钻过人流的缝隙向前逃跑。

家霆用尽浑身的力气,一边追一边高叫:"抓凶手!抓凶手!""抓强盗!""抓杀人的汉奸!"……

他无法同时抓两个人,死命盯住右边那个凶手飞步追赶上去。他认清这凶手是先开枪的那个。

天,已经暗将下来了,但商店橱窗和店面中的灯光明亮。灯光照耀,看得出前面逃跑的凶手手中有枪。听到有警笛声使劲地在吹响:"嚯——嚯——",估计是巡捕来了。

有些行人听到家霆叫喊,要拦阻凶手,凶手竟朝天"砰"地打了一枪,又回过头来朝家霆"砰"地开了一枪。子弹"嘘"地从家霆头上飞过,前后左右的人丛更乱了。家霆眼里冒火,心里冒烟,不顾一切地拼命继续追赶。

　　人丛逃散开了,露出了前面人行道和马路边上的一片开阔地带。家霆跑得很快,眼看距离缩短。凶手又打了一枪,但未打中家霆。家霆继续高叫:"抓住他!抓住他!"……

　　奔跑着,已到四川路宁波路口的转角处了。有一辆黑色小汽车停放着。家霆声嘶力竭叫喊着、飞跑着,清晰地看到汽车门一开,穿西装的凶手老鼠似的钻进车去。汽车马达发动,"呜——"一阵风地疾驰而去,险险撞倒了路边一个走路的人。

　　家霆浑身满脸都是淋漓的汗水,喘着气,欲哭无泪,无处求援。凶手跑了!未能抓到。杨阿姨被枪击后浑身是血,不知怎么了?他心里明白:伤势一定是十分严重的。先一会儿,他看到了她那痛楚的面容,也听到了她惨痛的呻吟。他急着又飞跑回去,想赶快送她上医院。

　　枪声早吸引来了一个黑胡子、黄绸缠头的印度巡捕和一个身材魁梧、脸上有黑痣的中国巡捕,刚才的警笛该是他们吹的。逃散的行人现在又聚拢来围观着刚才枪击处地上的血泊。家霆跑回来钻进人丛,杨秋水已经不在,地上留下的鲜血有一大摊和滴滴答答两小摊。他强忍住心头的悲痛,噙着眼泪,将先前目击的情况告诉了巡捕。从脸上有黑痣的中国巡捕口中知道:刚才已有热心的行人和一个巡捕,用黄包车将被刺倒地的杨秋水送到最近的山东路上的仁济医院去了。

　　印度巡捕用上海话说:"伤的地方不要紧,在肚皮上,人也有知觉,救得活的!"

　　听他这么说,家霆感到安慰,带着小跑向仁济医院去。天已黑了,是万家灯火的时候。他赶到医院,听说病人已经送进手术间抢救,他马上借打电话到"职业妇女俱乐部"。幸好,还有人接电话,他将杨秋水被刺的情况谈了。那边说:马上来人!家霆又立刻跑上二楼等候在手术间门外。他感到浑身骨架都像散了似的,疲劳极了。

哥罗方的药水味,刺激着他的鼻孔。穿白衣戴口罩的医生和护士,忙忙碌碌进进出出。一个白衣护士出来时,家霆泪湿着眼眶上前问她:"请问,伤势严重吗?"

护士先是沉默,看到家霆焦灼和悲痛的样子,终于说:"一共中了三枪!流血过多,弹头已经取出,但严重的是——"

"严重的是什么?"家霆落着泪追问。

"子弹头可能有毒!正在送去化验。"

浑身是汗的家霆,像当头被泼了一盆冰水,挨了一声雷劈。一种不祥的预感侵蚀着他的心,好凶狠毒辣的日寇和汉奸啊!他泪水从眼里簌簌流下,心里酸痛,几乎忍不住要放声痛哭。他感到血液在太阳穴里发疯似的跃动,有一面铜锣在头里猛击,脑袋像要炸裂了。他垂下了头,把脸埋在冷冰冰的手里。

这时,有几个不认识的男男女女来了,都是与"职业妇女俱乐部"有关的人。其中一个,家霆认出就是先一会儿杨秋水向她交代事情的那个穿黑旗袍的年轻女人。

她认识家霆,关切地走上来,脸色苍白、悲戚,向家霆详细问了情况。家霆叙述时,其他人也走上来听。穿黑旗袍的年轻女人,不断用手帕拭泪。从其他人的表情上,也看得出他们对杨秋水的感情。

一个戴眼镜穿长衫的中年男人额上静脉鼓胀,眼瞪得大大的,愤怒地在自言自语:"暴力恐怖,毁灭不了正义的斗争!卑鄙的刽子手,对一个手无寸铁的爱国妇女,竟然伤天害理加以残害!天地不容!"

又一个多小时后,手术先完,化验结果也出来了,子弹头确实有毒!

杨秋水从手术间里被护士推出来时,家霆同大家一起围上去看望。杨秋水全身罩着雪白的被单,她那白得素净的面容现在变得惨白,少了光泽的眼眶发黑,衬得两只近视的眼睛深凹憔悴。她的眼镜没有了,体力衰竭。上了麻药,像沉睡着,又像已经长眠,紧闭双眼,默默无言。

家霆实在忍不住,哭出了声。他感觉得到杨秋水阿姨内心的钢铁意志,非常想扑上去拥抱她。但护士要大家冷静,不要刺激伤者,将杨秋水送进病房里去了。

这一夜,天气炎热。家霆没有回仁安里,他与"职业妇女俱乐部"里的两个女职员一同在仁济医院里守夜。

快到黎明的时候,杨秋水恢复了知觉,勉强睁开眼来,对着家霆和大家看了一眼,见大家都很悲伤,她竟不同寻常地笑了一笑,力竭地说:"不要……为我悲伤,我是……随时……准备着……牺牲的……"转眼她又昏迷过去了。一个多小时后,她无声地离开了人间。咽气前,她看着家霆,像想留下几句话似的,但嘴唇颤颤动了几动,来不及说出什么话来就去世了。

家霆扑在杨秋水阿姨的遗体旁,大哭了一场。他感到自己又一次失去了一个母亲。

早晨,家霆像大病了一场,疲乏到极点地回到仁安里方家,打算到三楼房间里拿了课本去上课。不巧,迎面在后门口碰到手拿一把折扇穿白西装去洋行上班的大舅方雨荪。

方雨荪叫住了他,用两只古怪冷酷的眼睛瞅着他,说:"你昨晚怎么没回家睡觉?在哪里过夜的?"

家霆一时觉得说不清,顺口答:"在同学家!"

方雨荪鼻子里哼了一声:"年纪不大,不要在外面瞎胡调!"

家霆气得耳朵也红了,顶嘴说:"我才不会呢!"

方雨荪凶恶地瞪他一眼,大声说:"不要嘴硬!我是过来人!

什么样的人,什么样的事,我一看就清楚!"

家霆本想回他一句:"你好好管管你那个专门在外边捧坤伶的戏迷儿子去吧!"话到嘴边吞下去了,何必呢?有什么用呢?他不做声,心里明白:在方家住着,无风也会起浪的,有什么解释的必要呢?

只是,在哀悼杨秋水阿姨的心情中,遇到方雨苏,又使他想起了大舅妈"小翠红"。大舅妈"小翠红"痛苦而毫无意义的"生",何如杨秋水阿姨激昂而勇敢的"死"呢?同一时代,同一地点,同样的两个女人,可是境遇、遭逢、道路……多么不一样啊!

杨秋水壮烈牺牲后,家霆一直在同悲伤搏斗。

按照约定,星期六傍晚,家霆陪舅舅柳忠华到"白拉拉卡"等待欧阳素心会见时,柳忠华脸上露出异常悲戚的神态,对他说:"后天上午,你杨阿姨下葬,我不能去参加了!你下午放学后去时,代我诚诚恳恳鞠三个躬吧!"

家霆不禁说:"杨阿姨下葬,舅舅,您是应该去的!"

"是呀,家霆!"柳忠华的眼神和脸色刹那间都变了,深情地说,"我应该告诉你,你杨阿姨也就是你舅母!她是我的妻子!"

"什么?"家霆耳朵里轰了一声,木头一样地愣着两只眼望着舅舅。舅舅双眼红了。啊!舅舅!啊!舅妈!真没有想到,真没有想到呀!

舅舅柳忠华说:"……可是,我不能去!我不能让敌人发现我同她之间的关系。你舅妈的熟人里出了叛徒。据我所知,下葬时,特工总部是有人窥伺监视的。"

家霆默默点头,心上,像刮起了一场呼啸咆哮的暴风雨。

后来,欧阳素心冉冉地来了,同柳忠华谈得很融洽。她答应在下礼拜,当她父亲欧阳筱月从南京回来时,打电话同柳忠华约定时间,陪同柳忠华见欧阳筱月。

吃完罗宋大菜,柳忠华走后,家霆同欧阳素心在霞飞路上徜徉。漫步时,家霆将杨秋水阿姨被暗杀的事告诉了欧阳素心,只是一些他认为不宜说的话都没有说,包括杨秋水就是舅母这样一些事。他约欧阳素心后天参加杨秋水阿姨的葬礼,欧阳素心立刻同意了。

杨秋水阿姨被葬在沪西一所公墓里的那天,下着毛毛细雨。下葬的事都是由"职业妇女俱乐部"的人办的。

公墓里,尽是一个个墓碑,满目荒凉,杂草丛生。偌大的墓地里,死气沉沉,墓园的围墙刷上了白石灰,给人一种幽静安宁的感觉。

家霆和欧阳素心带着一束花下午去时,葬礼早已完毕,人已散去。他俩带着阴郁不快的心情走在墓场里,看到周围杂草中稀稀落落开放着一些黄色、白色、蓝色的野花,形成彩虹般的色彩。牛毛细雨中,夏天的风吹拂,似在窃窃私语。草尖晃动,树叶摇摆,有不知名的小鸟在啼叫。这里似有悠长的叹息,也有万般悲哀,但又似有沸腾的激情和奔腾跳跃的冲击,用无声的形式在表达。

找到了杨秋水阿姨的墓了。她墓上有一块美丽精致的大理石墓碑,除了姓名外,上面镌刻着两行金字:

生如春花之灿烂,
死如秋枫之壮丽。

来到墓地,家霆心中时时翻滚着烫人的溶液,真想放声痛哭,把心中郁积的痛苦和压抑抛向无限的空间,但他勉力克制住了懦弱的泪水。他觉得:刚强的舅母不喜欢他流泪!

欧阳素心穿了一件藕合色香镂空花薄纱的旗袍。风吹拂着她的头发和旗袍角,她显得素静典雅、娴静、端庄。

细密的雨丝在空间织成了一片乳白色的网。虽是夏天,在牛毛细雨中,似乎渗藏着不露声色的凉意。雨水洒落在绿色的蔓草上,草尖绿得透亮;雨,洒落在路上,路变得泥泞起来了。

家霆同欧阳素心沐着雨丝,在墓前鞠躬,恭敬地献了一束鲜花。那花,洁白和淡黄的花瓣衬着浓黄的花蕊,给人无限雅洁的感受。当看到家霆十分依依地鞠了六个躬的时候,欧阳素心奇怪了,轻声地问:"你怎么鞠六个躬呀?"

家霆没有回答,凝神似在思索。

她问:"你在想什么?"

家霆自言自语地说:"我在想生命长短的问题。有的人活得长,却在干坏事;有的人活得短,却为了干好事。但活得长的,未必幸运;活得短的,未必会被人遗忘,关键在于你干了些什么。我想,她是不朽的!"

欧阳素心忽然流泪了。雨水和泪水混合在脸上,若有所思地点头说:"是啊,生命不在长,而在好!"

五

炎夏悄悄地溜走了。蝉声稀少了,蛙声也不像盛夏时鼓噪得那么热闹了。

秋初,早晚天气比较凉爽。天上常常明净无云,显得特别晴朗和清新。夏季美丽的色彩似乎已经开始褪色,但还看不到黄叶和红叶。寒山寺内的大树上,有时成群的楝雀飞来停歇,又成群"轰"地飞走了。夜晚,窗前阶下,瓦砾堆里,大树根旁,都有秋虫哀鸣,终宵不停。于是,寂寞惆怅的感觉又会袭入童霜威的心头,引起他无限的愁绪。

那天,"冷面人"带着几分高兴地告诉童霜威:"童委员,今天下午,我们要动身回上海了!"话声里带着欣悦,看来,"冷面人"在寒山寺里住够了,对于能回繁华、热闹的上海去很满意。

事出突然,不无惊诧。

童霜威佯作平静,故意无动于衷地问了一句:"回去干什么?"

"冷面人"摇摇头:"不知道!"看来他是真的不知道。他说:"童委员,我来帮你收拾收拾东西吧!"

忽然要回上海,不能不引起童霜威心头的波动。听到"冷面人"走进走出嘴里轻轻哼苏滩,他克制住感情,上午照样闭眼打坐,实际自己在脑际自问自答:

"这次回去以后会怎样呢?"

"谁能预卜!也许是继续软禁?也许他们又有什么新的策略?……当然,继续纠缠我是免不了的,一定要有充分的准备!"

"唉,应该怎么办呢?难熬的岁月!长夜漫漫,何以待旦?"

"在这种时候,利用他们的心理,我应该捍卫我的信念,不做汉奸!还是文天祥说得好:'时穷节乃见,一一垂丹青。''哲人日已远,典型在夙昔。'"

自问自答,在童霜威脑中早已反复无数次了。现在由于突然又要被送回上海,思绪更纷乱复杂了。像临战前夕,心里有难耐的紧张,有焦灼的不安,搅得他痛苦不堪。

要离开寒山寺了,他心里有凄恻的感情,是一段像在梦中的生活哟!往事如烟,柳苇的笑声、箫声……甚至方丽清和江怀南的身影容貌……都在脑里闪动。一场噩梦就要过去,另一场新的噩梦眼看又要来临,他感到沉重,感到百不耐烦。

正因这样,童霜威觉得血压升高,头里发晕,手脚发冷,浑身不舒适。心脏跳动得比平时快得多。自己把把脉,心跳得那么急,感觉上就更难受了。他怕自己病倒,强自克制,不断数着佛珠,嘴里念佛,使自己宁静下来。

下午,来了一辆由一个穿短打的黑瘦子驾驶的黑色小汽车,

"冷面人"替他提着物件陪他上了车。这次,除了"冷面人",没有别人押送。车子离开寒山寺,掠过枫桥镇旁,那留下过他足迹和记忆的古老破落的小镇,近旁长着高高的野草,灰黑色拥挤的平房墙壁剥落,在阳光下,显得格外寒酸,一幅破败荒弃的景象。童霜威留恋地看了一眼,小镇流水似的就在眼前闪过了。车子不走苏州城里,绕过城外,沿着铁路旁向东的公路走。城外十分荒凉,一片兵荒马乱后的气氛。一些破衣烂衫满面忧愁的穷苦农民提篮挑筐脚步匆匆,一些日本兵在兵营外边牵着棕红色的军马溜达。古老的苏州城墙上,有用蓝底白字漆刷的大字标语口号:"日支合作建设全面和平",口号似通非通,也弄不清是日本人写的还是汉奸讨好主子写的。汽车沿公路驶行时,看到铁路上有运兵的军车,一些日本兵粗声粗气野蛮地高唱着军歌。瞩目远望,一块一块的田野里,庄稼长得稀稀落落,杂草丛生。田里站着七歪八倒的稻草人,有成群的麻雀在田间啄食,起飞。

该是快收割的季节了。有三三两两的农夫在田地里忙碌。最奇怪的,是一路上在沿铁路的地方,被渠道、水沟所分割的田野上,连绵不断地密密插埋着竹篱笆。童霜威明白了:这是防止人接近铁路。看来,是有中国人在破坏铁路呢!不然,何至于花这么大的力气来插埋这些竹篱笆?

路边,荒草萋萋的小河浜里,绿水在阳光下粼然闪烁。远处一些被竹林和树木围住的小村子,死气沉沉,村口有土冢累累的乱坟岗,叫人看了心里发寒。锦绣的江南水乡哪里去了?如今呈现在童霜威眼前的大地,像是大病后一个疮痍满身奄奄一息的老人了。每逢经过铁路沿线的小站附近,总是看到穿黄军衣的日本兵荷枪放哨,刺刀明晃晃的,把守着铁路。那种"国破山河在""往来成古今"的感触布满心头。童霜威不愿再向车窗外张望,过了一会儿,干脆闭目打起盹来。也许是晚上着了凉,他觉得有点伤风似的,打了好几个喷嚏,心里酸酸的,鼻子也酸酸的。

他半醒半睡地闭目打盹,约摸过了两个多小时,终于在颠簸的公路上进入上海了。

太阳正被浮云遮掩,上海附近那些楼房,远远看去,肮脏,破旧。他看到了高高悬挂在一些楼房上的日本旗,看到了一些墙壁上刷着的日本药品广告:仁丹、若素、大学眼药……伴随着军事侵略,经济侵略当然来了。然后,又看到了"日支亲善,共同提携"、"日支团结建设大东亚"一类的大标语口号了。

童霜威尽量使自己平静,脸上不流露任何情绪。这是他在寒山寺"修行"学到的本领。于是,又闭上了眼,盘算着走到目的地后,怎么应付即将来临的一场新的磨难。

终于,他看到,又回到极司斐尔路七十六号来了。

七十六号里,一切似乎又有了些变化。比从前防范得更严密了。紧紧关闭着的乌黑而牢固的铁门,仿佛不让杀气腾腾的气氛泄露出来。墙上,围着密密麻麻通电的铁丝网,谁也别想钻进去。穿草绿色军装的警卫队全副武装,约摸有一个班。在坐着童霜威的小汽车驶抵大门前时,"冷面人"亮了亮一张通行证,铁门"咯吱"一声开了。铁门里面,有两座钢筋水泥碉堡,架设着机枪。汽车驶进去后,到了第二道铁门,"冷面人"报了一个号码,出来的几个警卫,有一个拿着一本贴着照片的簿子,验明后,做了个手势,铁门又开了,汽车开进去。童霜威瞥见,前面东边就是那座楼下有客厅自己被在三楼软禁过的高洋房了。同刚被绑架到此地时不同,旁边新建了一幢西式平房,门口有两个日本宪兵在张望。看来,是日本宪兵队办公的地方。想起日本宪兵队特高课出名的凶残暴戾,童霜威有一种生理上的厌恶。这时,汽车"嗞"的一声,已经在高洋房前停下了。

"冷面人"帮童霜威提了东西,一起送到门卫跟前,估计是要等门卫检查后再拿进去。他空着手陪童霜威进去,楼梯口一道铁栅栏门前有几个便衣特工在警戒。"冷面人"上去打了招呼,陪童霜威上楼。到了三楼,仍旧是先前童霜威住的那间窗户上有铁栏杆的房间。房里的摆设:床、桌、沙发都未变,时间在这里仿佛是停滞着的。童霜威有一种恍若隔世的感觉,也有一种似乎刚离开不久又回到原地的感觉。

"冷面人"又恢复了他擅长的没有表情的样子,说:"休息一下吧!"就匆匆走了。他话少了,脸上的"冷"又增强了。

童霜威吁了一口气,真像唐三藏去西天取经要经历一个又一个的磨难呀!谁知他们又出什么新花样呢?

一会儿,"冷面人"来了,端来了洗脸水,让童霜威洗了脸,他端着洗脸水又走了,一个字未说。童霜威觉得这不是好的征兆。他疲乏地躺到床上去,擤着鼻涕,感到有点伤风,心里不适。血压高,头上老像有个紧箍箍着似的。他横一横心,爽性什么也不想地闭眼又打起盹来。

傍晚,刚醒来,听到有人声。一个浙江口音响起在耳边,很熟悉。一会儿,穿深灰法兰绒长袍的李士群吸着香烟进房来了。有个保镖的站在门外。李士群心宽体胖,更加满面春风,笑嘻嘻的,进房后,拱拱手,说:"啊!童委员!别来无恙!别来无恙!"

童霜威从床上坐起,故意先谈病,蔫蔫地说:"心脏、血压都不好!"

李士群在小沙发上坐下了,目光像匕首一般投来,打量着童霜威,开朗地说:"啊!你蓄起胡须来了!在苏州寒山寺将息得还不错吧!侍候得好不好?我是再三叮嘱过要优待的!要是没有照我的话办,我来惩办他们!"他看来是有意撇开童霜威的病不谈。

童霜威见他谈些什么"优待"之类的话,想:你又何必假惺惺,说:"天天看看佛经,打打坐。'浮世沧海远,去世法舟轻'①,我早已心如古井,尘世诸事,一概不问,衣食诸项,均不介意。"

李士群端详着童霜威的脸,似在窥探,大口吸着烟说:"这次请你回来,是因为晴气庆胤中佐要同阁下见见面。他是在影佐少将指挥下指导特工总部的日本朋友。在他同你谈话之先,他要我先劝告阁下,希望阁下不要固执,有什么条件都好商量。"

童霜威心里想:看来,日本人又要亲自出马了!你们如果继续软磨,我也只有继续打太极拳,装得心平气和地说:"我已是无用之辈了!钻读经书,更加消极出世。健康状况又江河日下,对一切皆无所求,只盼回家养疴,不问俗事,金钱利禄,当然更无兴趣,请多谅解。"

李士群有点冒火了,眼闪白色亮光,忽然脸露残酷神色,用手乱挠头发,说:"我想请你见见一个人!你的老熟人!"话出有因,语气锋利。

童霜威不知他的话是什么意思,没有表态,依然脸上装得呆板,无动于衷。

李士群对着门外,右手的食指与拇指一甩,发出"啪"的一个指响,房门口有个粗壮高大的保镖马上立正站在门口。李士群厉声说:"把人带来!"

脚步声响,童霜威抬头看时,不由得心里一惊,原来是化名张化龙的张洪池呀!张洪池由两个保镖陪着,出现在门口了。他穿一套深咖啡色西装,没打领带,头发依然蓬松,两眼也依然好像是在生气,脸上却有一种恐惧不安加上谄媚讨好的神态。见到童霜威,他出乎意外地一怔一惊,愕然愣在那里,停步不前了。

李士群像对待一条狗似的招招手,用下巴示意他坐在对面一张小沙发上,说:"坐吧!坐吧!"

---

① 此为唐朝诗人、天宝进士钱起之诗《送僧归日本》中的两句。

张洪池局促不安地坐下了,脸上尴尬得难看。李士群递根烟给他,他接过了烟,李士群又将吸剩的半截烟蒂递给他点火。他贪婪地点火吸烟。烟点着了,他手拿半截烟蒂不知是该还给李士群好还是不还的好,一副可怜相。

李士群笑笑做着手势说:"你们是老熟人啰!互相谈谈嘛!"他的语气、话声和笑容总叫人觉得不怀好意,也不知真假。

童霜威沉默不语,张洪池尴尬地笑笑,像是讨好李士群,但两眼仍像生气。忽然,嘴对着童霜威,眼睛和脸色是在谄媚李士群,说:"童秘书长,忠臣不事二主的思想我本来也有。其实呢,汪主席也是国民党的领袖,谁正确我们就该跟谁走!抗日,我本来也是有决心的。可是,抗不抗得下去?抗日对谁有利?都要考虑!如果抗下去是亡国,如果对共产党有利,就必须放弃!"他又大口吸烟,恨不得一口气把一支烟吸光,喷着烟说:"经过反省,我是决心宣誓签署和平运动誓书了!童秘书长,你是老前辈,这些都该比我懂!你说是吧?"他在这种时候,充分表现了一个"无冕之王"的口才、敏捷和那种强词夺理的口吻。

童霜威平静地毫无表情,只在偶尔瞥一瞥眼时,可能使李士群感到他对让张洪池这样一个原来叶秋萍的爪牙来作说客似乎不愉快。

李士群以一种上司的风度对张洪池挥挥手,打发叫花子似的说:"你回去吧!我和童委员再谈谈。"

张洪池毕恭毕敬地起身,躬身招呼,出房由保镖陪同走了。看来他还在囚禁中并没有得到自由呢。

李士群解释说:"童委员,我李某人衷心希望我们一同都是跟随汪主席从事和运的革命同志。我知道,说穿了,你是怕背汉奸的骂名。其实,完全可以不必忌讳。前些日子,日本在华一些首脑请吃饭。那天,周佛海发表演说时,有段话说得理直气壮。佛海说:

'重庆各人自命民族英雄,而将我等看作汉奸。我等则自命为民族英雄。盖是否民族英雄,纯视能否救国为定。我等确信惟和平足以救国,故以民族英雄自命。但究竟以民族英雄而终,抑以汉奸而终,实系于能否救国。如我等以民族英雄而终,则中日之永久和平可定;如以汉奸而终,则中日纠纷永不能解决。'当时,听者动容,你对他这段话怎么看?"

童霜威在听李士群转述这段话时,只觉得血往脑里涌,针往耳里戳,暗忖:汉奸真是汉奸!厚颜无耻,其心可诛。不愿回答李士群的问题,又因过分激动、气愤与紧张,头疼,心区也隐隐作痛,脸上依然装得平静,却禁不住不断用手揉搓太阳穴,抚摸胸部。

李士群忽然站起,不满地说:"童委员!走!我陪你到隔壁房间里去看看!"他语气带点凶横,又带点气恼。

他陪童霜威走进了三楼一间紧闭着的房间。门一开,看到房很大,阴森森,空气里有陈旧的焚烧过纸钱、锡箔的烟火味。

童霜威一眼看到供桌上一排排祭奠着的四十多块白色的灵牌,灵牌上用毛笔写的是人名、死期和地点。

李士群用手指点,装得沉痛地双掌合十,喃喃自语,似在祈祷。忽然说:"这里祭祀的是除了共产党外,重庆和我们双方牺牲的特工人员的灵位。我常来这里为死者祈祷冥福。同是中国人,死而恩仇共!我有时也到寺院里去,向敌我双方人员的亡灵谢罪。"

童霜威不禁惊讶地想:唉,人的内心真是复杂!这个杀人不眨眼的汉奸魔王,看来也是色厉内荏,怕的是因果报应呢。他连重庆的特工也在祭奠,因为他本来就是从那些人里跑过来做汉奸的,他是心怀恐惧怕冤鬼找他索命呢。杀人者人必杀之!他也总在担忧自己将来未必有好下场吧?

正在想,只听李士群忽然咬牙切齿,神经质地厉声继续说:"你可以看到,不管怎么,一味慈悲解决不了任何问题。目前的处境是:不是你死,就是我亡;我不杀人,人要杀我!怎么办呢?"他用两只凶恶眼盯着童霜威,"对反对我们的人,只有一个办法:杀!杀!杀!"

童霜威毛骨悚然,胁下出汗,只有闭口不语,装呆卖傻,但脸色难看,心跳得更快了。

李士群好像冷静下来了,又陪童霜威回房。他似乎明白遇到的是个棉花套子裹着的铁器了,忽然狞笑,说:"童委员,本来我可以陪你去看看这里的刑讯室。但我觉得看了对你的心脏、血压不好,就免了!不过,我们已经仁至义尽,你如果再执迷不悟,什么样的后果都是该你自己负责的。至少,我们可以永远把你软禁下去,直到你回心转意!"说这些话时,他瞪着眼,咬着牙,完全像个凶神恶煞,像个流氓地痞。这个人从表情到性格、内心都是变幻无常的。说完,也不打招呼,大步跨出房去。

暂时,好像又渡过了一次磨难。痛苦的是猜不到下一步会是怎么?他躺上床去,心中又气恼又怨恨,更有恐惧。忽然,觉得头痛欲裂,心口发闷,手脚冰凉,额上淌下虚汗,脸上潮红,明白自己是要病倒了。他忍耐了一会儿,浑身越来越难受,觉得不好,挣扎着朝门外大声叫嚷:"喂!我……病了!我……病了!"他怕自己的病会出问题,也希望用病能来帮助他少受点折磨。

出乎意外,在门外阴暗处守护着的正是"冷面人"。他跑进来,脸上毫无表情地问:"怎么了?"

童霜威断断续续说了症状。"冷面人"给他倒水,将随身带来的物件中的药瓶取出,给他服了治心跳过速的药和降压药。童霜威服着药,刚才的气愤、紧张与恐惧仍揪着他的神经。他忽然感到头里一阵抽搐,身上发热,就昏迷过去了。

也不知昏迷了多久,醒来时,童霜威看到面前站着两个人。一个是穿军装的日本中佐,约摸四十岁光景,身材笔挺,光着头没戴帽子。乍一看,面目清秀,有两只精明的眼睛。细细看,就使人感到残忍可怕,连笑容都是虚伪、冷酷、凶狠、毒辣的。另一个是个五十来岁身穿西装戴眼镜的老头,花白头发,提个方形的皮药箱,模样一望而知是个医生。

中佐用日本话说:"童先生,我是晴气庆胤!……"略停一下,似在观察童霜威的反应,又说:"我想,我说日本话你是听得懂的!"这个"七十六号"的日本太上皇,面上带笑。

童霜威衰弱地没有说话。

晴气用日本话介绍提药箱的日本老头,说:"请来了福生医院的冈田大夫!"

冈田恭敬鞠躬,用日本话说:"童先生,我来替你检查治疗。"

童霜威依旧默默不响,满脸痛苦不适的样子。

冈田打开皮药箱,给童霜威用口表量温度,发现童霜威发着高烧,又取出听诊器,先给童霜威听心脏听肺部,一边听一边说:"唔,杂音!唔……"后来,又拿出血压器,给童霜威量血压,说:"啊,很高!血压很高!……"他的态度和善,也很关切。

检查完了,他从皮药箱里拿出些药瓶来,又拿出些透明纸的小口袋来,从药瓶中往小纸口袋里各倒了一些药片、药丸,用日文对晴气轻声说:"很严重!心脏不好,血压高……肺炎,高烧,需要好好治疗!"

童霜威闭眼躺着,隐约又听到晴气同冈田用日语轻轻交谈,不知是商量些什么。

童霜威发着高烧,迷迷糊糊,但心里明白:自己确实是病得不轻了。他想:我也许会就这样死的!什么人都不知道,无声无息地就死在"七十六号"里了!家霆不在身边,方丽清也不在身边,孤孑地就在这冰凉阴暗的囚室中死去!

他怆然地悲从中来,泪水盈眶,又清醒地用手拭去了泪水,横下心来,有一种视死如归的感情,想:死吧! 就这样死吧!"人生一死浑闲事①"! 临难毋苟免,死就死吧! 不做汉奸,我于心无愧!

他闭着眼念着佛,使自己心绪平静起来。

过了一会儿,他真又有点昏迷了。人们听到他嘴里喃喃叫着儿子的名字:"家霆! ……家霆! ……家霆!"

他的病情是严重的。当晚,被用担架抬下楼去,由一辆大汽车将他送到了虹口日本福生医院去住院治疗。

---

① 人生一死浑闲事:此为南宋宇文虚中诗《在金日作》中的一句。他出使金国被扣留,后遇害,此诗表示了一种视死如归的感情。

第五卷 "听夜声寂寞打孤城，春潮急"

(1941年3月—1941年10月)

抗日战争时期南京遭到日本侵略者大屠杀时，当时上海英文《字林西报》上曾谴责日军暴行说："这些凄惨的事实……要成为若干世纪的读物。"

抗战八年，中国军队伤亡三百八十余万人，人民伤亡达一千八百余万人，财产损失和战争消耗折合一千多亿美元。但中国军民共歼日军二百六十余万，日本在整个祸及亚太各国的侵略战争中有三百多万人丧生，而且日本是世界上惟一遭原子弹轰炸的国家。

战争不仅使被侵略国家的人民蒙受灾难，也给侵略国家的人民带来极大的不幸。

——摘自创作手记

一

童霜威绝对想不到在这中日战争进行快四年的时候,在这民国三十年的初春,自己竟会又在南京潇湘路一号的公馆里生活着了。

从去秋经过冬天到今年年初,他一直在上海虹口日本医生冈田开的福生医院里治疗、养病。冈田俊一医学博士有精湛的医技,上海的日本军界要人,有病都喜欢请他治疗。他的医院是一幢三层楼的花园洋房,并不大,条件很好。医生、护士都是日本人。

童霜威住进医院以后,一直卧床治疗。肺炎很顽固,一度快要康复,忽又转重,反复了两次,而且发炎部位相同,恢复极慢,到年初才又逐渐痊愈。

对冈田医生,童霜威抱有好感。冈田态度和善,从他口里童霜威才知道:冈田的妻弟石黑一郎与自己是东京帝大时的同班同学。据冈田说:"童先生可能忘了,早年在日本时,有一次在东京杉并区三谷町石黑家里我们是见过面的。……"啊!他一提起,童霜威那记忆的深井被搅动了,是遥远的事了!似乎恍惚还有点印象,印象当然已经模糊,但确实存在着,石黑一郎有个妙龄的妹妹,梳着油亮的"高岛田"①,穿着木屐,走起路来"格格格"响。

同冈田相处几个月,没有别人在场时,童霜威发现这个医生有一种悲天悯人的反战思想。冈田谈到:日本有不少人都反对同中国打仗,只是不敢公开说。冈田谈到,由于战争,日本国内人民的

---

① 高岛田:日本妇女的发型。

生活十分痛苦。冈田更说起,他的大儿子参加上海战役时在宝山阵亡了。说起儿子,冈田言谈间极为悲痛。冈田更流露出一种对童霜威的尊敬,说:"一个人应当爱他自己的国家!童先生是很受我敬重的。"尽管冈田说了这些话,童霜威始终沉默,不敢信任日本人。他也摸不清这个日本医生究竟是怎么回事。当然他也相信,十个指头不是一般齐,日本人里确实有不少像宫崎滔天①那样全心帮助过中国的好人;也确实是有不少人真正主张中日友好、反对日本对华发动侵略战争的。可恨日本的法西斯政权黩武侵略。日本的军国主义分子也不少,坏人同好人混在一起,一时很难分清,他就也不想多同这种日本人谈心了。治病期间,冈田对童霜威悉心医疗。童霜威长期卧床,身体虚弱,肺炎逐渐康愈,血压、心脏情况改善后,按照晴气的叮嘱,本是不允许童霜威离开病房出来的。幸有冈田从医学和人道的角度力争,准许童霜威在医院的花园里拄着手杖散步,晒晒太阳、吹吹风,活动活动筋骨,才有利于童霜威健康的恢复。

有一天晚上,晴气庆胤突然来了。在童霜威病床对面的椅子上像个标准军人似的端坐着,微带笑容,眼光却残酷锐利,说:"童先生的病已经康复,应当祝贺!国府还都已快一年,你也应当在南京的好!你南京潇湘路的公馆已经可以居住,同从前一样,可以过平静舒适的生活,可以好好休养身体。"他态度和气,话却句句是命令式的。

这一步棋比软禁在苏州寒山寺里更毒!当然是没有什么讨价还价的。

三月里的一天,童霜威被一个日本宪兵和那个在寒山寺陪伴过他的"冷面人"一起陪送到南京。坐的是京沪铁路火车上一个头等包厢。然后,在下关火车站下车,坐一辆派来迎接的小汽车来到

---

① 宫崎滔天:日本人,是孙中山、黄兴的好友,曾尽力支持孙、黄革命。

了潇湘路一号。

童霜威心里明白：日寇与汪逆采取这种鬼蜮伎俩，目的是用长期监禁与软化，使他的意志逐渐消沉，思想情绪发生变化，能表示忏悔而后落水附敌。这使他不能不想起一九一〇年春天汪精卫谋刺清朝摄政王载沣的旧事来了：当时，谋刺事泄，汪精卫被捕，按照清廷刑律，是要判处极刑的。可是民政部大臣肃亲王善耆感到革命党人遍天下，杀几个革命党人不足以消灭革命，不如收买人心、从轻处治有利，只判处了汪精卫终身监禁。善耆还多次到狱中探视汪精卫，与他谈论政治表示倾慕，并赠送书籍等，目的是羁绊网罗汪精卫。果然，汪精卫感恩戴德，表示了忏悔。后来，汪精卫回忆起旧事时，总说善耆是"伟大的政治家"，有"救命"之恩。现在看来，汪精卫也是在如法炮制了！

童霜威已经很难描述当时又见到石头城和紫金山、玄武湖的心情了。那天，凄风苦雨，虎踞龙盘的石头城，春光烟水气中的后湖，苍茫萧瑟。在下关车站和挹江门见到不少日本哨兵和岗卫，说明南京城内的警卫权仍在日本手中。回首前尘，处处似是梦境。小汽车赴潇湘路时，一路上，童霜威恍若隔世，只见断瓦颓垣、荒烟蔓草，城北十分荒凉。到潇湘路口时，见那条本来由大柳树分列两旁的潇湘路上，大柳树已被砍伐得所剩不多。柳枝快要发芽，柳条微带绿意在风雨中拂扫摇摆。潇湘路一号的公馆洋房，包括朱红大门、刷过柏油的竹篱笆，分别未满四年，已经显得陈旧衰朽。于是他想起了抗战爆发那年，八月十五日敌机轰炸后仓皇离开南京时的情景了。那时，曾徘徊各室，若不忍离。当时曾想：如今一别，不知何日能再回来？现在，竟真的回来了！遗憾的是在被胁迫囚禁的状态下回来的。真是何曾想到！

远远望见潇湘路一号洋房的墙上被用黑漆刷上了"大日本蓖麻籽株式会社"的大字。这些大字一定是早两年漆刷上去的，已经被日晒雨淋侵蚀得暗淡无光了。门上挂着一个白底黑字中文和日文合写的木牌,有一人多高,上写"大日本蓖麻籽株式会社"字样。童霜威透过雨水迸溅的汽车玻璃窗,目睹潇湘路一号越来越近,一种腾云驾雾般的缥缈感觉顿时又缠罩全身,历历往事,多么不堪回首!

小汽车停在潇湘路一号门口,代替当年门房"老寿星"刘三保来开门的,是一个矮矮的日本兵。进入潇湘路一号后,他发现原来的门房间里和尹二住的下房里都有日本的卫兵。楼下住房,包括会客的客厅、吃饭间、家霆原来的卧室、冯村原来的卧室等全部仍由那个"蓖麻籽株式会社"占住,但这株式会社的人多数是日本军人。他记得江怀南说过:叶秋萍和管仲辉公馆的房子也由"蓖麻籽株式会社"占住着。他立刻敏感地觉得这个"蓖麻籽株式会社"不像一个商业公司。会不会是日本的特务机关呢?倒有些像!不然,为什么有许多日本军人却要打出一个"蓖麻籽株式会社"的招牌来呢?南京也并不盛产蓖麻籽呀!看到日本人,想起这些事,他在故居里迈着沉重的步子,只觉得空气里多了一种异邦气氛,一种日本帝国主义者入侵的使人难以忍受的气氛。

他被送上二楼。在走廊里每跨一步,在楼梯上每踏一级,就似乎看见当年在这里见过的一张张熟悉的面孔,听见一声声熟悉的声音。那是汽车夫尹二给他提着公文皮包……那是"老寿星"刘三保在大门口"嗞嗞呀呀"地闩铁门……那是秘书冯村在说:"秘书长回来了?"……那是方丽清在笑着叫他:"啸天!"……那是已经战死在南京的胞弟军威在叫他:"大哥!……"那是可爱的儿子家霆跑着迎上来在叫:"爸爸!……"那是风韵犹美的庄嫂在"波俏"上擦着手叫他:"先生!……"那是在广东坪石被日机炸死的丫头金娣给他端来了西洋参茶……过去和现在,死者和生者,听着风声、雨声,声声由耳入心,他不禁黯然神伤。

但,何尝想到梦中更会有梦呢?

童霜威心力交瘁地迈着蹒跚的步伐上了二楼。

从前,二楼有他和方丽清的大卧室,也有他放着二十四史书箱和铜鼎钟彝一类古玩的书房和小会客室、贮藏室、盥洗室。现在,他清晰地看到站在楼梯口的是他日思夜想的爱子——家霆!这是梦吗?难道真是梦?

家霆长高了!肩膀更宽了!是个更加挺拔的十八岁的有着美男子气概的青年人了。他一定是被风雨声中夹杂着的汽车声以及人声脚步声惊动得从早先那间放着二十四史书箱的书房里闪身走出来的。他穿一套藏青的学生装,挺身站立,眼神里有一种难以形容的感情混合:有愤怒,有仇恨,有怀疑,有忧虑。

当童霜威猛抬头,刚认出是自己的儿子在面前时,童家霆已经急步走过来了:"爸爸!是您?爸爸!您好吗?我……我真想念极了!"

童霜威泪眼昏花地看着儿子,抱着儿子。儿子也紧紧搂着父亲并且使父亲察觉到他是在抽搐、哭泣。童霜威不禁也老泪纵横。他看看身后,日本宪兵并没有陪他上楼,陪他上楼的仍是在寒山寺一直"陪伴"着的"冷面人"。此刻,"冷面人"仍在,手里拿着一些童霜威随身携带来的物件。童霜威站在楼梯口,越过儿子家霆的肩上望过去,书房里早已空空洞洞,原有的摆设基本没有了,只剩下了些桌椅之类。早先富丽堂皇的那间大卧室门敞开着,里边也是空荡荡的,方丽清陪嫁购置的家具、摆设都没有了,放着一张大床和一些椅子。窗户紧闭,凄风苦雨正拍打着窗棂。盥洗间里的白瓷砖墙,已经糟践得破损残缺,镀镍的水龙头锈得失去了光泽。

远处传来雨中小火车驶过的汽笛声,"呜——呜——"和"轰隆轰隆"声,如泣如诉。啊,小火车倒恢复了!

童霜威紧抱着儿子,置身梦境的感觉又来了,松开双臂咬咬嘴唇,叹息得眼眶发热,问:"家霆,是做梦吗?"

"啊,爸爸,不是做梦!"家霆回答。

家霆已经克制住了悲伤,望着变得衰老、苍白了的爸爸,爸爸的花白胡须,长得有三寸多长,他看了觉得伤心。他扶着童霜威到卧室里,说:"爸爸,您坐一下吧!"扶童霜威在床上坐下,凝视着父亲说:"爸爸,您老了!"

看着已经长大的儿子,童霜威心情复杂。无论如何想不到,怎么会在南京、在潇湘路一号故居里突然又看见自己的儿子呢?儿子怎么会跑到这里来了呢?他心里懊丧,想:唉,孩子啊!你可曾想到,你爸爸是不愿做汉奸卖国贼才落到今天这种可怜境地的呀!爸爸我一人陷身虎口也就罢了,你怎么也来了呢?你一来,不是使事情更复杂了吗?他怨怪儿子到南京来,脸色严峻起来,说:"唉,家霆,你怎么到南京来了呢?"语气里充满责怪。

"冷面人"老董将东西放下,又去楼下搬东西了。他似乎并不担心父子俩谈些什么。本来嘛,是他们的天下,怎么会怕你们跳出他们的手掌心呢?

家霆见"冷面人"下楼去了,将双手的袖子往上一捋,露出手腕。手腕上有绳子捆绑擦破皮肉的伤痕,说:"爸爸,您看!"他目光里溅射出仇恨和倔犟。

童霜威顿时心里都明白了!

家霆轻声关切地问:"爸爸,您没有屈服吧?"

"当然!"童霜威点头,"他们将我绑架来,是想造成一种我已在南京供职的印象,可恶之至呀!"

"爸爸,您真好!"家霆欣喜地含着泪花,说,"一个多星期前,有他们的人找到方立荪,说是爸爸您身体不好,准备回南京住,要方丽清也回南京陪伴侍候。这是从去年她到苏州见到您后,第一次传来的关于您的消息。您不在,她照样打麻将、逛公司、听申曲、买跑马票,高兴得很。消息传来后,他们方家一些人一商量,结果是由方立苏去回绝,说他妹妹身体不好,不能到南京。大舅妈'小翠红'知道后,悄悄告诉我说:方立苏说,可以由我来南京陪伴侍候您。四天前,我就出了事。"

童霜威哼了一声,似是呻吟,又似叹息。

家霆继续说:"我下午从学校放学回家,走在汉口路扬子饭店附近,路边停着一辆蓝色小汽车,三个壮汉过来,要我上汽车,我不肯,他们突然一把揪住我往车上推。我挣扎、反抗,被他们捆住双手用布塞住口,绑架到了一个不知什么地方。然后,同我谈话,说您身体不好,马上要回南京潇湘路住,要我陪伴侍候。随后,前天夜里派了两个人将我铐着手蒙着眼睛送上火车,放在一节车厢的小房间里押到南京潇湘路这里来了,还告诉我,您今天会来。我将信将疑,也不知您到底怎么了?想不到您竟真的来了!"他一边说,一边拭着泪水。

童霜威连连摇头,听完,"唉"了一声,说:"这下,他们多了一个人质了!"又吁口气说:"今后,不但是我,把你也牵连进来了,怎么得了?说实话,宁可你继母来,也不愿你来呀!"

家霆也叹了一口气:"他们告诉我,您生了一场大病,在病重昏迷时,曾多次叫唤我的名字。"

童霜威一把又抱住儿子。家霆也抱住父亲,说:"爸爸,没什么大不了的!您是个有民族气节的中国人!有您这样的爸爸,我同您一起生、一起死,也心甘情愿。且看他们怎么发落吧!"

"冷面人"又上楼来送箱子物件,打断了家霆的话,但放下物件,他又走了。

父子俩沉默起来。这房子打扫过,只是打扫得很马虎,依然户牖尘封,天花板上、墙角有蜘蛛结的旧网。看到蛛网,童霜威心头又涌起被软禁在苏州寒山寺时那种用"韧"来激励自己的感情了。他看看这间卧室,床仍是原来的,被褥全不是旧日之物了。早先这间卧房里,有方丽清的银台面和全部银器,豪华舒适,如今的布置,简单寒碜。窗外,风雨击撞玻璃,似喘息,似咆哮。

童霜威轻声微唱:"原来是我们的家,现在已经不是的了。"

"是啊,我们的家早已经给毁了!"家霆叹息。

"我们都没有自由了。"童霜威轻声说,"我怀疑楼下的蓖麻籽株式会社可能是个日本特务机关!"

家霆点头:"是呀,都是日本鬼子!有军人,也有便衣!"他又问:"刚才陪您来的是?"

"上海极司斐尔路七十六号的一个小爪牙!在苏州寒山寺就是他一直陪伴监视的,你要注意!"

"爸爸,无论如何,我同您在一起了,这我高兴。我要告诉您许多事情。"家霆恨不得立刻把长时间里的一切都告诉爸爸。方家的情况变化不大;但自己同欧阳素心的事要告诉爸爸;舅舅柳忠华通过欧阳素心介绍已经在同欧阳筱月一起做生意的事,也要告诉爸爸。他说:"爸爸,首先是您的身体,我要您好好保养身体。"

"冷面人"上楼送热水瓶来了,说:"童委员,以后,伙食还是由我给你在下面厨房里做。少爷也来了,可以一同侍候你。上边关照过:你闲来无事,可以下楼在花园里散散步,逛逛,种种花草,前边池塘还可以钓鱼。我会给你准备钓竿的。但你身体不好,外边也不安全,所以就不必外出了。要用什么东西,可以让我买,让少爷给你出去买也可以。"他说到这里,恭恭敬敬对着家霆说:"少爷嘛,当然可以出外走动。其实将来在南京上学多好!现在,南京很热闹了!看电影、逛新街口的商场,玩玩名胜古迹都可以。有什么事,吩咐我做就是。"

这个苏州人,自从在寒山寺同童霜威处过一段时日,现在只要他主子不在,由"冷"似乎变得"热"一些了。说完,他恭恭敬敬又下楼去了。

童霜威默然无语。童家霆明白爸爸是继续被软禁,但听说自己可以出外走动,倒有点出乎意外,心想:我倒要找机会出外遛遛,看看南京城现在是什么模样?又不禁想:如果有机会,我也要到中华门外雨花台去看看舅舅给妈妈立的墓碑。……

童霜威百无聊赖,禁不住站起身来踱步。他走近窗口,想看看风雨中故园的情况。从楼上雨水淋漓的玻璃窗里望下去,早先锦绣一般的两亩多地的花园里,现在是一片荒芜。风雨中,被雨濡湿了的竹林中,翠竹东倒西歪,原来那些亭亭如盖的雪松和虬生苍碧的龙柏,都已被砍伐掉了,剩的树桩子然孤立。前边,流动着潮湿雾气的清水塘边,一棵歪脖子老柳树像个伛偻的老人披着簑衣蹲在灰蒙蒙的芦苇丛中。自从潇湘路上盖了这幢洋房,这株树就存在,它经历过一个个春夏秋冬,见到过这里的盛衰,也看到了这里经历的战乱和发生的一切。可惜它不会说话,不然,它将会叙述多少故事呀!

花园中央的琉璃瓦八角亭,早先色彩绚丽,现在倾坍成一片废墟了。原先平整如茵的草坪乱草蔓生,有一棵被砍倒的大树躺在那里腐烂。野草已将一条通往清水塘边的煤屑路遮没。竹林旁原先堆满柴火的柴房也被拆毁,搭上了一排幕棚。早先的汽车间敞开着,当然已经没有尹二驾驶的"雪佛兰"了,门边放着的是一辆日本军车。风雨中,整个花园,惨淡孤寂,罩上了模糊昏晕的外壳。潇潇的雨声,淅淅沥沥,响个不停。

童霜威和家霆静静站在窗前,钻心的疼痛袭上心头。童霜威不禁想起了元朝萨都剌的词来了:"六代豪华春去也,更无消息。空怅望,山川形胜已非畴昔。……"他倦慵地呆呆回转身来,叹息一声,轻声对家霆说:"唉,我是学法执法的人,讲的是司法独立和四级三审①或三级三审②那一套,那时对司法界的一些黑暗丑恶现象也多有不满,但现在他们是无法无天,杀人、关人随心所欲!亡国奴是宁可死也做不得的!"说完,苦笑一声摇头,"我太书呆气了!"

家霆轻声问:"他们这样做打算把您怎么样?"

童霜威苦着脸说:"还不明显吗?软禁在此,既可继续盗用我的名义,又可杀鸡吓猴。他们采取了古代匈奴对于苏武的办法,希望我效法李陵。如今把你又弄来做了人质,他们就更放心更得意了。"

家霆咬着牙说:"爸爸,该怎么办呢?"

童霜威穷愁地说:"如今身不由己,只能从长计议了。过去,中山先生逝世前曾语重心长地说过:革命党人不能被敌人软化。气节,我是奉若神明的!就像你舅舅提示我应当'威武不能屈、富贵不能淫'。其实,他不说,我也懂!人生,大不了一死就是。我不怕!只是你不该来。你来,解除了我一些寂寞,却增加了我许多牵挂。何况,你又荒废了学业。"

"不是我要来……"

"是的!这些干特工的人,最会打听人的隐私,他们一定知道我疼爱的是你。"

听爸爸这么说,家霆伤心,眼睛发酸,却无法拿出安慰爸爸的话语和方法来。

从此,父子俩在潇湘路一号故居的二楼上开始了痛苦的、自己无法主宰命运的生活。

---

① 四级三审:国民党政府的法院组织法,以县司法科或县法院为第一级,地方法院为第二级,高等法院为第三级,最高法院为第四级。三审者,简易案件,以县司法或地院简易庭为一审,地院为二审,高院为三审。

② 三级三审:国民党法院组织法后来修订,改为三级三审。地院为一审,高院或高分院为二审。最高法院或最高分院为三审,同时也是三级。简易案件,不得上诉第三审。

一晃,个把月流水般过去。来时仍一片枯黄草地的花园,如今换上了绿色的新装。前边池塘边上的杂草中,散散落落地冒出些"步步登高"和鸡冠花的茎叶来,虽未开花,也会使童霜威和家霆想起门房兼花匠的"老寿星"刘三保来。当然,这已经是被日军杀死的刘三保在南京陷落前撒下的花籽的第三代或第四代子孙了。"老寿星"刘三保当年在城陷落前后的那段往事,童霜威和家霆并不知道。但这星星点点零零碎碎摇晃着点头的"步步登高"和鸡冠花,却会随着春风有时拂动童霜威和家霆的情思,使他们回想起战前花园里花卉繁盛时的那段美好的和平时光。

有一天,不知从哪里飞来一只红嘴红爪雪白羽毛的鸽子。鸽子飞来后突然停歇在已经倾圮和被拆毁的八角琉璃亭的废墟上。在那里伫留了很久,侧着头东张西望,有时"咕咕"叫着在地上啄食些什么。这引起了家霆许许多多童年时的回忆。尤其想到了西安事变时那个傍晚在屋顶上挥舞红绸赶鸽子飞的事。啊,逝去了的难忘岁月呀!啊,飞来的鸽子会不会是离开南京前残留在鸽房中的十几只鸽子中的一只呢?它难道是来寻找故居和当年的伙伴的吗?当年的鸽房早已无影无踪了,那些鸽子的命运后来在战火中不知如何了?

家霆在二楼的窗口怅望着不知从何处飞来的白鸽,浮想联翩。直到楼下一个"蓖麻籽株式会社"的日本兵拾起砖头砸过去,白鸽才惊得"扑楞楞"拍翅飞去,飞得远远的看也看不到了。家霆不禁仇恨地盯了那矮个儿的日本兵一眼。这些东洋侵略者为什么时时刻刻都在威胁着、刺激着中国人的神经呢?多可恨、多可恶啊!

站在二楼窗口远眺近望,已经成了童霜威父子消磨时日的一项例行公事了。

从二楼家霆住着的那间早先是书房的玻璃窗口和阳台上张望,童霜威和家霆瞥见东面潇湘路二号管仲辉公馆那幢日本式的二层楼住宅正在修葺,有些瓦工在屋顶上换瓦,有些壮工在修整花园。三号邻居叶秋萍的公馆里,住着些日本人,大约也是"蓖麻籽株式会社"的。可以看到有日本军人和便衣坐着宝蓝色的小汽车或军用车进出。童霜威的沧桑之感,又涌上心际。战前潇湘路上这两家近邻:军委会办公厅副主任管仲辉、中央党部党务调查处处长叶秋萍,现在怎么样了?他们俩,两年多前在香港见到时,叶秋萍春风得意,管仲辉在弃军经商。现在,叶秋萍肯定是在重庆。管仲辉呢?他的公馆在动工修葺,大兴土木,是要供给日本人住还是给哪个新贵居住呢?

从住着的二楼下去,如今在楼下专门开了个小小的边门供童霜威父子使用,以便与"蓖麻籽株式会社"隔开。出边门走下已经朽塌了的水泥台阶,可以走到乱草丛生的花园中去。当然,外出是不可能的。大铁门的门房里有"蓖麻籽株式会社"的日本兵把守,四面经过修整加固的竹篱笆上,也都绕着电网。童霜威不喜欢见到日本人,尽量不下楼,总是在二楼上的各房间里踱来踱去,作为散步。闷来时,有时凝望着远处的紫金山与北极阁、鸡鸣寺遐想;有时凝望着古台城沉思。往昔的岁月,在司法院、司法行政部及中央党部、中惩会里办公、开会、做纪念周以及去中山陵谒陵的往事……熟人、亲友的面容……柳苇和军威的死去……与方丽清生活的愉快与痛苦……甚至庄嫂、尹二、刘三保的下落,无不翻江倒海地在心头搅起波澜。他常同儿子谈心,谈伤心的事与高兴的事,谈值得怀念与不值得惦记的人,让时光似水般流逝。但春暖以后,外边的阳光与和风吸引着他。天晴时,他终于由家霆陪着下楼了。"蓖麻籽株式会社"的那些日本人,不知忙些什么,不大在花园里出现。陪伴侍候的"冷面人"偶尔来看看,见他们父子俩在花园里漫步也不上来干扰,办好了饭就请童霜威和家霆上楼去吃。这已是个无花的花园了。他们在零乱冷落的旧日花园里无聊地踩着野花散步,或拿了钓竿到前边清水塘边垂钓。池塘旁草丛中散落着野生的花儿,有步步登高的黄花,有石竹的粉红小花,有鸡冠的深红花朵。花儿像遭过劫难似的,跻身在野草里,像挨过饥饿似的瘦弱,像遭过风暴和践踏似的七歪八倒。

啊!战前,家霆常在这里垂钓,尹二和"老寿星"刘三保都教过他怎样装饵、怎样"打塘"①。清水塘水面绿绸般平滑,水色青如碧玉,漂着浮萍,塘里的鱼儿常跳出水面来嬉戏。鱼钩常甩出水面钓起银色的活蹦活跳的鲫鱼。……"覆巢之下,岂有完卵",南京沦陷了,被远隔重洋的一个小小军事强国用铁蹄强占了。一切也都变了。回忆使人心里沉重,想起往日徒然伤心。可是不想又怎么可能呢!

天还凉,鱼不大上钩。这时,父子俩会悄悄地交谈。家霆谈些来南京之前上海的情况,童霜威谈些苏州寒山寺的生活。有时也会沉默地产生一种"坐观垂钓者,徒有羡鱼情"②的心绪。是呀,如果能像鱼儿一样在水中自由自在地游东游西,多么好呀!

空气里掺和着泥土、青草与苔藓的气味。就在这种垂钓的时间里,家霆将舅舅柳忠华的事和舅母杨秋水被暗杀的经过都告诉了爸爸。杨秋水的死,使童霜威震惊。柳忠华的情况,也使童霜威担心。

童霜威疲倦而带着感情地说:"你舅舅是个叫人猜不透的人,但有一条可以肯定:他决不会给敌伪办事。我看,他是要利用欧阳筱月。做汉奸的人多数是为了得利,给他们利就可以利用他们。你舅舅干的自然不会是蠢事,更不会是坏事。不过,我怕他是在冒险!"

童霜威从来看不到报纸,对外界的一切几乎一无所知。他明

---

① "打塘":将米炒焦,有了香味,下到池塘中的某一个地方,吸引鱼来,叫"打塘"。
② 唐朝诗人孟浩然《临洞庭上张丞相》诗中的两句。

白敌人是用愚民政策,用封锁使他不了解外界的种种,好软化他。儿子来到身边,他知道了不少外边的形势,使他更向往自由了,也使他更感到心灵的枯燥了。

一连多少天,常细雨纷纷。今天,有点阳光,父子俩又在清水塘边垂钓了。说起悄悄话后,家霆终于将天天憋在心里想吐露又不愿吐露的事——他同欧阳素心的关系,告诉了爸爸。

从儿子吞吞吐吐的叙述中,童霜威发觉儿子已经同欧阳筱月的女儿欧阳素心发生了爱情。这真像听一支悠扬的曲子,音节之间出现拖长的停顿,令人心焦;旋律中有疑问和迷失;爱情的主题被引进,昂扬挣扎,忽又下泻,痛苦而沉重。童霜威不赞成儿子早早就谈恋爱,更反对儿子同一个汉奸的女儿建立恋爱关系。听完,他摇头说:"啊,你要慎重!不要草率!"他心里苦恼。

家霆察觉到爸爸感情的变化,迟缓、犹豫地说:"不,爸爸,您真不知道她有多么好!她善良、纯洁,她是反对她父亲落水的!"他将欧阳素心全部情况一五一十详详细细告诉了爸爸,又将柳忠华关于欧阳素心的话也说了,目的是要使爸爸回心转意。

童霜威咬咬嘴唇,叹口气,说:"子女当然无罪。可是……我们两家的情况都很不幸。我的处境,现在你的处境,都如此恶劣。你来到我的身边,她也并不知道。将来怎样,谁也难以预料。她父亲已经落水附逆,她的处境也不佳妙。我就怕你们的相处不会带来幸福呢!"他怕伤儿子的心,不愿多说,家霆却已经感觉到了。

家霆像许多同龄的年轻人一样,血气方刚而又幼稚单纯,说:"幸福是可以靠自己创造的!不幸是可以靠自己改变的。爸爸,我想写封信给她,我自己出去寄发。一个多月来,我没有出去过。我觉得应当出去逛逛看看,我也要想想和试试,看看我们有没有什么办法脱离眼前的困境。"

童霜威警惕地摇头:"不要太单纯了,孩子!他们说是准许你自由,实际我看是假的,很可能是一种骗局,目的是看你外出后到哪里活动。我是'江湖越老越寒心',他们所有的话我都是要打上问号打上折扣的。"

家霆认为爸爸说得有理,但又想:我这样一个高中学生,已经在他们手掌中了。出于笼络和恩赐的目的,给一些在南京购物、游玩的自由,也不是不可能的。因此,固执地说:"如果是这样,验证验证也好。明天我就外出,看看是否有人跟踪盯梢?"他心里记挂着欧阳素心,一心想晚上写封信给她,告诉他自己的遭遇,明天可以外出发信。他更从"冷面人"老董挂在童霜威房里的一份日历上(他们给这份日历目的是什么?难道是想用日历促使爸爸时常想到岁月的逝去、囚居的苦痛而放弃自己的信念?)看到明天是清明节了!他多么想到中华门外雨花台去寻找妈妈柳苇就义的地方,找到舅舅立的那块石碑祭奠妈妈啊!只不过,为怕触动爸爸的愁绪,他没有说。

父子俩收竿打算回去休息,看见一对燕子,正呢喃地兜着圈子飞向二楼阳台。原来紫燕正在阳台的门楣上筑窠呢。燕子都在筑窠,童霜威不禁暗暗伤心:我的家在哪里?

他心头发酸,指着剪尾飞旋的燕子正要同家霆说点什么,却见"冷面人"老董带着两个人来了。走在前面的一个五十多岁的老头,双鬓泛白,穿的是古铜色短打,扎足裤,黑布鞋。一看他那嘴角上露出的一颗金牙和唇上两撇胡子,童霜威和家霆顿时认出是保长夏得宜。

这条地头蛇就住在近旁,看他的模样,混得不错。两撇胡子过去像是京戏《盗双钩》中武丑扮演的杨香武式的,现在改得有点像日本人的牙刷胡了。他面色红润,一见童霜威,老远打躬作揖,高声谄笑着说:"啊,童秘书长!你老人家还都了!恭喜恭喜!"又忙着介绍跟在他身后一个戴日本军帽穿西装的年轻人说:"小二子,叫童秘书长呀！"得意地告诉童霜威："这是我的那个二儿夏金贵呀！如今就在这儿'蓖麻籽株式会社'机关里协助皇军办点公事。嗨嗨，要不是听他说，还不知童秘书长你已经还都了呢！哈哈！"

童霜威战前就不喜欢这个保长，现在见他十分热情巴结，只是说的话句句不中听，又不好不马虎敷衍一下，只是点点头"嗨嗨啊啊"了一下，什么也没有说。

夏保长垂着双手眨着狡猾的眼，说："童太太呢？太太怎么没还都？"

童霜威不动声色地答："她在上海。"

夏保长手指指潇湘路二号的方向，说："现在，南京太平啦！二号管主任他参加和平回来好几个月了。如今是国民政府军事参议院副院长，比以前又升官啦！正在修房子，公馆修好马上搬来了。童秘书长你也还都了！嗨嗨，就不知道三号里的人回不回来？"

听说管仲辉已经回南京好几个月了，童霜威心里既吃惊又奇怪。哎哟！怎么回事呀？但一是不愿向夏保长打听，二是在"冷面人"面前总仍是尽量装得迟钝和脱离尘俗。心里虽有许多想问的事，忍住未问，也不回答，只反问："你现在在哪里得意？"心想：这家伙准是个小汉奸！

夏得宜得意地龇着金牙笑笑，谦恭又自负："哈哈，哪谈得上得意呀！我们这号人，剜棵蒜苗补棵葱，不占便宜可也不能吃亏，是吧？如今我在南京市保甲指导委员会有了个委员的名义，嗨嗨，也算跟随汪主席的和平出点力，也给友邦皇军出点力，哈哈。"

童霜威听了，心里更烦，闷声不语，想摆脱这个小汉奸拔步回去。没想到家霆在一边忍不住了，开口问："夏保长！过去我们家的尹二、庄嫂和刘三保他们怎么了？"

夏得宜朝家霆看看，笑着高声说："哈，这不是少爷吗？如今这么大了！"他忽然摇头皱鼻子："你不问起他妈的三个坏蛋倒还罢了,要说起他们呀,能气死人!尹二和庄嫂偷了你们公馆里不少好东西早早就跑了,至今下落不明,恐怕也早翘辫子了!瘸腿的刘三保在皇军来到的那个夜晚,拿刀杀皇军,还放了一把火烧你们公馆的房子。要不是皇军开枪毙了他,救灭了火,你们潇湘路一号公馆早片瓦无存了!这个老浑蛋!"

童霜威想:啊!刘三保是干下了抗日的事被杀死了!倒不禁有些悲惜。又想:尹二、庄嫂如果真的拿了些东西跑了,也不能怪他们。兵荒马乱,他们不拿东西也不会存在。只是他们说不定在南京大屠杀中也遭到了杀戮,不禁也有几分悼念。

家霆听了,心情比爸爸更加激动和伤感。他觉得从夏保长口里倒是可以知道些情况的,想问问小叔军威的情况,又一想,不便问,改口说:"这个'蓖麻籽株式会社'是专门买卖蓖麻籽的?"

夏得宜朝他的二儿子夏金贵看看,又朝"冷面人"看看,嘻嘻笑笑,说:"皇军的事,不好说,不好说!嘻嘻!"转过话头说:"童秘书长,你现在还都了!我听说,要是以后你愿意把家搬来,人家皇军愿意迁走。将来府上公馆的房子如果修理,可以交给我来操办!二号管公馆就是交给我操办的。保险给修得富丽堂皇,叫你和太太、少爷十二分满意。"

童霜威心里冒火,鄙视这个小汉奸,但不想得罪小人,脸上尽量平静,打着哈欠,点头说:"啊—啊—啊—"又说:"我身体不好,隔天再谈吧,我想去休息一下。"他指指"冷面人",说:"老董,你们谈谈吧!你们谈谈!"又对家霆说:"家霆!扶我上楼去,我怎么感到头里不舒服?"

他和家霆走了,留下了"冷面人"和夏得宜父子在花园里。

见到了夏保长,谈起了管仲辉,又谈起了刘三保、尹二和庄嫂,虽然情况都略而不详,却使童霜威和家霆都思索、揣测,回想得很多、很多。

二

从二楼窗口向紫金山方向望去,云雾蒸腾,紫金山只露出一个墨色的山尖,像海浪翻滚中的蓬莱仙岛。云团和雾气变幻着形状和色彩,朦朦胧胧,缥缥缈缈,使家霆不能不立刻想起欧阳素心画的那幅神奇的油画。

啊!他的心头,充塞了一种奇异的感情。山尖一时裸露,忽又在云雾中消失。欧阳说的幸福、爱情、和平、真、善、美……一切都像这样的吗?

他心头涌上一阵难以言喻的感情波涛。

清明时节雨纷纷,夜里一直下着蒙蒙的针尖雨,到早晨,雨才停歇。外边,树上、草上、花上、地上都是湿淋淋的。

半夜,楼下"蓖麻籽株式会社"的汽车,响了好几阵,也不知日本人忙些什么事,吵得人睡不好。

一早醒来,童霜威走到儿子房里,见家霆凝望着远处的紫金山出神,对儿子说:"唉,大约是清明了吧。昨夜,我又梦见了你小叔军威,也梦见了你那早已离开人世的妈妈柳苇!……"他带着凌晨的倦意,说话时声音伤感。

约摸九点钟光景,家霆刚想出外,"冷面人"上楼来了,给童霜威送来了一封方丽清的信和装在另一只封袋里的一叠钞票,还有一藤包衣物。

"冷面人"恭敬地说:"童委员,我们特工总部南京区办事处在颐和路二十一号,派人送了这封信、这笔钱和这些衣物让你收下,请打个收条。"

童霜威让家霆写了个收条给老董。

"冷面人"老董又讨好地说："童委员,恭喜你！上边说:今后可以会客,可以让客人来看望你。今后也给你订了两份报纸,一份是上海的《新申报》,一份是南京的《民国日报》。以后,有报纸看了。"

童霜威想:有意思！这是想造成我在南京"供职"的假象呀！准许会客,我有什么客可会？看报是好的,可是看的是日伪报纸,对我进行和运宣传罢了！……也不做声,却将方丽清带来的一叠钞票从信封中取出,分了一小叠递给"冷面人",说:"买点酒喝！"

"冷面人"装作不肯,连连摇手:"啊,不能,不能！"

童霜威把钞票塞到他手里,说:"没人知道的,拿着吧！"

"冷面人"不声不响收下了,看得出十分高兴。他轻声哼着苏滩下楼,带走了收条。

"冷面人"一走,家霆说:"爸爸,你给他这么多？"

童霜威看看儿子,说:"多给点钱,少点麻烦！"

方丽清的信未封,童霜威急急抽出信来看。信是方丽清那种一只只像螃蟹爬似的钢笔字。

方丽清在信上说:

……知悉你在南京一切都好,极为欣慰。带上老法币五百元,供你零用。上海物价大涨,我们缺少财源,只出不进,总将坐吃山空。听人说南京鲫鱼和蔬菜均比上海租界便宜,你日常可以多吃点滋补身体。你在南京居住,我本极想前来陪伴,但千思万想,来与不来,决定于你的态度。如你决定参加国府留在南京办公,我随时就来！如你仍像现在固执不化,如何能让我来京？我自幼娇生惯养,愿做人上之人,不愿吃苦受罪。你放着千载难逢之机会不要,怎样对得起我？现在,有眼光之人都在找官做。南陵县的王汉亭也已高升为暂编第十三师师长,驻防皖南。像你名声在外,只要肯做,一定大展鸿图。见信后,务望三思,有好的决定立即告我,免我再三失望。潇湘路一号房屋,常挂在心。现你居住，可以照管，我也放心了。夜里要让人看看玻璃门窗关上没有？不然玻璃容易打碎！听说楼下住户是日本公司，一定有钱。可否同他们交涉一下，既然长期住房，应该付些房租才对，不能使我们过于吃亏。姆妈和雨荪、立荪两家均好。立荪生意兴隆，财源茂盛。雨荪洋行生意不佳，正在准备同人合作做赚钱生意。他们都附笔问好。江怀南先生现在新任江苏锡箔税局局长，有时在苏州，有时在上海。到上海时常来看望，并让向你问安。此人是个有良心的好人。此信和款及衣物也是请其托办的。……"

读了方丽清的信，童霜威说不出是酸是辣还是麻，感情十分复杂，差点要骂出声来，气闷地把信朝地上一甩，鼻子里哼了一声，啼笑皆非。

家霆明白爸爸是看了继母的来信不高兴，拾起信来放在桌上，问："信上说些什么？"

童霜威把信递过去，恨恨地说："你看看吧！这个女人！哼！"他心里想：方丽清这封信看来是写了经人改过的。既无错别字，有些话还不一定是她能写得出来的。是谁改的？不是方立荪就是江怀南，很可能是江怀南！江怀南又当上什么"江苏锡箔税局局长"了，好呀！焚化给孤魂野鬼的锡箔，伪政府这些汉奸也要设个"局"来统起来抽税了！自然又是个敛钱搜括的肥缺！听家霆说，江怀南的岳父丁啸林被暗杀送了命，看来他又找到别的后台了，所以又是新官上任了！此人真会钻营呀！心里想着，无限感叹。

家霆已将信看完，非常生气，闭着嘴闷不作声。他见爸爸已经态度鲜明，不愿再火上加油增加爸爸的不快了，但年少气盛还是说了一句："这信撕掉算了！"

童霜威真的将信拿起来，"哗""哗"几下撕得粉碎，然后站到窗口眺望着远处的紫金山，哼哼唧唧吟起诗来。家霆听到他吟的是："……人世几回伤往事，山形依旧枕寒流，从今四海为家日……"

家霆同情爸爸,又觉得无从安慰。他昨夜写了一封信给欧阳素心,告诉她自己的近况,又决定到中华门外雨花台去看看妈妈的牺牲处和舅舅埋的墓碑。这时说:"爸爸,我走了!想在外边多逛逛,回来恐怕是要在下午了。"

童霜威突然好像意会到家霆会干些什么似的,叮嘱说:"家霆,今天是清明,我想,中华门外的雨花台,太远也太冷僻,你无论如何不要去。你去,我不放心的。你还是在鼓楼、新街口一带转转,在热闹的地方看一看的好。"

家霆点头,怕爸爸不放心,说:"爸爸,不能去的地方我就不去,您放心好了。"他离开爸爸,整整衣服下楼。

宽大结实的楼梯通向楼下。他下楼后,见"冷面人"老董正在厨房前面与两个穿西装的人聊天。"蓖麻籽株式会社"很怪,常有些外边的人进进出出,年轻人、老年人、男女都有。一些日本军人,有时穿军装,有时也穿便衣,又有些汉奸像夏金贵之流在协助日本人办事。因此,常常分不清是中国人还是日本人。

见家霆像要外出的样子,"冷面人"走上前来了。

家霆先开口,故意装得轻松愉快地说:"我想出去玩玩,南京好几年没玩过了,老是蹲在楼上也太闷了!"

"冷面人"点点头,善意地谄笑着说:"行行行啊!家里送了钞票来了,是哦?就有钱玩了!"看来,先一会儿爸爸赏了些钱给他,起了作用了。

家霆笑着点头:"是啊,被你说着了!回头见!"话声刚落,就迈步向大铁门走去。"冷面人"也陪着他过去。大铁门旁的门房里坐着的是一个日本兵。"冷面人"不知打了个什么招呼,家霆出去,他毫不阻拦,像没有看到似的。家霆走出大门,立刻感到自由轻松,但想起爸爸的囚禁生活,又感到一阵悲哀。

家霆走出了潇湘路,向左转,沿着柏油路走到过去熟悉的百子亭、高楼门一带来了。路上行人稀少。百子亭、高楼门一带显然在南京城陷时并未发生过大规模的激战,但又到处可以看到一种战后的疮痍气氛与现象。到处是垃圾,有的房屋似乎是拆毁的,门窗俱缺,墙倒屋塌,野草没胫,也有些墙上有累累的弹痕。在这清明时节,一些被细雨滋润过的菜园和空地已经缀满绿色,仍掩盖不住凄凉寥落的气象。行人罕见,车辆也少。战前,这条路上,家霆常同谢乐山骑脚踏车经过。那时,这一带有日本领事馆,马路很洁净,小汽车很多。一些种菜园的农户把菜园种得碧油油的。现在,井井有条的菜园子也看不到了。

他又听到小火车的"呜—呜"叫声了。

南京城里的小火车,起自下关江边,经过新民门、三牌楼、鼓楼、国府路、中正路至中华门外的马家山与宁芜路接轨,线路横贯全城,噪声很大。火车经过时,沿路人家都受震动。汽笛"呜—呜",传得很远,浓烟、煤灰飞扬散落,小火车来时,路口的行人和车辆都要停止等待,人们把它叫作"南京一怪"。可是今天家霆见到了感到十分亲切。战前,在南京上学时,孤寂的夜晚,小火车的汽笛声,常常催眠曲一样地催他入梦。现在,他迎着小火车的叫声往前跑,那是一个大坡。小火车的铁路在上边。越过铁道下坡,是通向丹凤街的安仁街。他远远看到坡上等待着一些行人和黄包车。一会儿,小火车"乞卡乞卡"驶过来了,车上扯着一面触目的日本旗,是军车!车上满载着穿黄军衣的日本兵,刺刀闪闪发出寒光,疾驶而过,留下了隆隆的车轮声。这刺激了他,他恨恨地咬了咬牙。他本有坐小火车到中华门外去的打算,现在觉得爸爸叮嘱得对,不能冒冒失失到中华门外的雨花台去。当年日寇占领南京时,报上登载过:中华门内外,战况十分激烈,房屋毁得多,人被屠杀的也多。雨花台一定荒凉冷僻,不摸清情况怎么去得?他打消了去雨花台的意图,心里空落落的,很难过。脚下踩着潮湿的路面,双手插在裤袋里往前迈步。

他落落寡欢地走上大坡,越过铁道下坡走到安仁街去。过了安仁街,是丹凤街。人比较多些了,街边一些低矮拥挤的小店有的开着业在做生意,小贩在叫卖。但比起战前,也像少了些什么。是少了什么呢?好像是少了一种热闹的气氛和情绪。从人们冷漠的、经过风霜和战火的脸上,透露出一种愁苦的心思。一些衣衫褴褛的菜农在卖菜;一些面有菜色的男女在烧饼铺门口等着烧饼出炉;一个牵驴子的老头买了一根油条塞到驴子嘴里给驴子吃;一些闲人在杂货店门口抽烟聊天。

一家门口挂满长锭、纸钱的锡箔店生意极好,出售一盒盒的锡箔和一串串的长锭,还有纸钱、冥币,许多人都在购买。家霆猛然意识到:南京城陷时遭到过惨绝人寰的大屠杀,今天清明岂不正是家家户户扫墓祭奠亡灵的日子?又敏感地想:怪不得江怀南做了汉奸的江苏锡箔局局长哩!日寇杀了那么多中国人,使锡箔生意茂盛起来,汉奸竟连这笔钱财也要搜括了中饱私囊孝敬敌人,真是狼心狗肺了!

他站在店门口看了一会儿,想起了妈妈柳苇,想起了叔叔军威,想起了死在粤汉路日机炸弹下的金娣,想起了死在潇湘路一号的"老寿星"刘三保,又想起了牺牲在上海的舅妈杨秋水,心里酸疼,忽然下意识地走上前去,在店里买了五串长锭、一盒火柴。

他并不迷信,却感到这是表达思念与哀悼的一种方式。当他提着长锭走出店门时,又忽然想:在哪里焚化呢?带回潇湘路一号吗?当然不合适。那,只有在外边把五串长锭火化了再回去吧!他有一种布满全身的哀伤悲愤的心情。这种心情使他浑身热血滚滚。想起死去的人,想起南京城的沧桑,想起同爸爸一起被软禁在潇湘路一号的这种苦难生活,简直一刻也不能忍受。

路边潮湿肮脏,到处有垃圾堆。一些拾荒的穷瘦小叫花子在翻拣垃圾。他一路上始终在注意有没有人跟踪盯梢。结果发现，并没有人盯梢。他想：敌伪们的注意力是放在爸爸身上，只要将爸爸囚住，他们就达到了目的，也就羁绊住了我。我，一个中学生，他们是不会放在眼里的。无人跟踪，他倒感到轻松了不少。

他提着长锭，带着火柴，向鼓楼方向走，为了去发信，也找一个合适的地方焚化长锭。他估计鼓楼必然会有邮局。一路上陆续看到不少人来来往往。天色阴霾，灰白色的云团如同柔软、蓬松的棉絮飘浮在天空。那来去匆匆的行人脸上，也都阴沉沉的，从平静麻木的外表上透露出刚毅、坚韧和悲恸。行人们三三两两，有的手里拿着折断的绿色柳枝，有的提着香烛、锡箔或长锭以及插在坟上用的纸幡纸钱，有的则还戴着孝。佩着黑纱箍的、穿着白布鞋的、拴着白腰带的，仿佛有的是刚要去上坟祭奠，有的则已经踏青上坟归来。

不！恐怕不是上坟吧？他想：南京大屠杀中死了那么多人，被日寇杀死在江里、集体屠杀后集体秘密掩埋的人就不计其数，哪里去找什么坟呀！恐怕也正同我一样，只不过是一种象征性的心灵上的祭奠与抗议吧？啊，这雪白的孝装！这银亮的锡箔和长锭！实际是无声的示威的东西了。

他觉得今天出来得真是巧！在清明节的时候，才能更明显地看到南京城老百姓的悲愤反抗与哀怨伤痛情绪，才能看到中华民族不死的民心！尽管大汉奸汪精卫、周佛海之流"还都"了，建立了伪政权，尽管南京城仍在日寇的刺刀与铁蹄之下，但百姓们的心是不会跟他们走的！南京城的中国百姓绝不是日本的顺民！

战前，在南京，清明前后上坟是被民间当作头等大事看待的。上坟必备酒菜。今天没有看见人家携带酒菜。清明时节，也正是放风筝的好时光，旧时的南京，到处看到人放风筝。家霆小时候也放过装着苇簧飞上天空会"嚯嚯"响的蝴蝶风筝。那时，小学同学中有首儿歌:"杨柳生,放风筝;杨柳死,踢毽子。"今天,却没有看到天上有冉冉飞升的风筝。当然,也许是天阴要下雨的原因吧?还是铁蹄下连孩子也少了闲情逸趣呢?

想着想着,他眼眶发热,记起了过去读过的一首诗:

> 南北山头多墓田,
> 清明祭扫各纷然。
> 纸灰飞作白蝴蝶,
> 血泪染成红杜鹃。

忽然,觉得脚下的土地可能在南京沦陷时都曾是流过血、横过尸的屠场,他的心战栗了,直想落泪。

终于,彳亍着走到鼓楼附近来了。南京的人口似乎真是猛地少了很多。鼓楼附近,也异常冷清了。战前,鱼贯驶行的一辆辆"江南汽车公司"的公共汽车不见了。现在,只偶尔看到有一辆日伪"华中都市公共汽车公司"的公共汽车老牛破车般地驶过。有时,也可以看到小轿车驶过。他站在路边,注视着小轿车里坐的人。有一辆坐的是日本军人;有一辆坐的是个戴眼镜穿长衫的胖子,估计一定是个沐猴而冠的新贵;有一辆坐的两个穿西装的中年人,看样子也像日本人。

他看到在日本仁丹的大广告牌旁,街边有一个小邮局,漆着深绿色的门窗,就提着长铤去到邮局,买了邮票,摸出寄给欧阳素心的信来,贴上邮票投入信箱。

发掉信后,少了一件心事,他又走出邮局,在附近逛逛看看。鼓楼附近,战前那些宣传"新生活运动"和拥护老蒋的蓝底白字大标语牌都拆除了。现在立了些新的标语牌。一块蓝底白字的大标语牌上写的是"以反共为和平建国之必要工作,望海内外同胞共喻此旨——中国国民党第六次全国代表大会宣言"。另一些大标语牌上蓝底白字写的是:"善邻友好,共同防共""中日合作,共同建设新秩序""协助政府实现和平、恢复治安""拥护汪主席和平奋斗救中国",他不愿意再看这些汉奸口号,又向旁边走去。

附近一带都是断壁残垣,一些毁掉的房屋和墙基上的枯草丛中,都已萌发出新绿的野草来了。他忽然记起,从前这里有个当铺。当铺朝马路的一面大粉墙上写着个大"当"字,大得惊人。当铺门口还挂着个大木头的"当"字招牌。当铺的门槛很高很高。他没有进去过,但看到拎个包袱进当铺的人都要高高提起腿来跨进跨出。现在,当铺早没有了,变成断垣残壁了。汉奸的标语牌临马路高高竖着,正好可以遮挡一下后边龇牙咧嘴的断垣残壁。他不禁想:一定都是南京陷落时被日寇破坏的房屋吧?战争留下的创痕,从破碎的砖土缝里,从残缺的矮墙上,从已经钻出了杂草、背阴处长满了苔藓的屋基上都可看到。他站在那里发呆,不禁产生了刺心的遐想。

忽然,发现路边停着一辆破旧的黄包车,看到一个穿得破破烂烂的黄包车夫,戴个破毡帽,正在那堆断垣残壁旁火化一堆锡箔。地,湿漉漉的。车夫的脸面看不清楚,一根接一根地擦火柴点燃了锡箔。看着锡箔冒着黑烟和白烟起火燃烧,车夫突然跪倒在湿淋淋的地上,对着那堆残垣断壁的废墟恭恭敬敬叩下头去,一下,两下,三下。然后,跪在那里伤心地动也不动,失神地凝望着黑色、灰白色的锡箔灰飘飞碎灭。

啊!看来,车夫一定曾有亲骨肉死在这儿!是在南京城陷时死的?啊!

一种同情心油然而生,家霆不禁移步上前,站着观看。他忽然也有在这儿把五串长锭火化掉的心愿了。五串长锭,一串给妈妈柳苇,一串给小叔军威,一串给金娣,一串给"老寿星",一串给杨秋水舅妈。他忽然又后悔起来:先一会儿为什么不买六串呢?应当更有一串焚化给那些无人祭奠烧纸的遭到日寇屠杀了的不知姓名的同胞们呀!

一边想,他一边迈步上前,就在那黄包车夫跪着的地方附近,放下了长锭,然后,用一只手遮住风,另一只手"嗤"地擦燃火柴,点着了长锭。

长锭起火燃烧了。家霆微喟着,在长锭前面恭恭敬敬鞠了三个躬,嘴里说:"妈妈、舅妈、小叔!金娣、'老寿星'!今天清明,我祭你们来了!"

那人力车夫忽然站起身来,转身似乎要走了。家霆抬头下意识地想看看这个人的脸,车夫也正在打量他。车夫的眉眼、身材、举止都有点熟悉,但脸色黧黑、胡子拉碴的,又好生疏。家霆忍不住盯着看了又看,忽然发现车夫用一种奇特的眼光也紧紧瞅着他不放。

天又降雨了,纤细的雨花、雨丝散碎洒下来,若雾若烟。

像触电一样,几乎是在同时,两个人都"啊哟"一声,互相认出了对方。

"啊哟!你是尹二!你不是尹二吗?"家霆心里想哭,上前几乎要抱住人力车夫,声音哽塞了,眼眶发热了。但,这怎么是尹二呢?当年尹二的风貌、面目已不复存在了,完全变了!家霆伤心又喜悦地说:"啊,我简直认不出你来了!你变得太多太多了!见到你真高兴啊!"

"啊哟!你是少爷!你是家霆呀!你长这么大了?"尹二高声同时说,但他似乎又突然缺少了热情。他脸上不带笑容,不像当年尹二那样调皮、喜欢开玩笑的样子了。他瞬即皱着眉用一种带有距离的姿态问:"你怎么在南京?你老子也来南京了吗?"

家霆一时真的不知怎么回答才好了,迟迟疑疑地说:"啊,他在南京!啊,不!……他……"他觉得很难用三言两语把爸爸的事说清楚。

非常奇怪！尹二用一种多疑、冷漠、敌视的眼光看着家霆。他先一会儿叫那一声"啊哟"时的一点热情，似乎完全消失了。蒙蒙细雨中，他突然毫不理睬家霆就迈步要走了。他离开断垣残壁的废墟堆，走向路边停放着的那辆人力车旁去。看来，现在他是靠拉这辆破烂的黄包车在维生糊口呢。

家霆在细雨扑面中"咦"了一声，有点伤心。满腔热情得到的怎么竟是一盆冰水呢？见到了尹二，使他记起了许许多多战前小时候在南京的往事。那时，尹二在他家拉包车，很喜欢他。尹二还教过他一首有趣的绕口令呢："吃橘子，剥橘壳。九个橘子九个壳。橘壳噼里啪啦丢在东边隔壁毕家屋角落。"绕口令一直没有忘记。现在，尹二怎么啦？⋯⋯

家霆追上几步，高声说："尹二！你怎么啦？"

尹二立定脚步，黧黑的瘦脸上蕴含怒气，两眼凶恶，鄙视地看看家霆，没有说话，他还是想走，不想多理睬家霆。

风雨扑面，家霆急匆匆地说："尹二，为什么不理我？你怎么啦？"

"你们升官发财，还是做你们的老爷、少爷去吧！"尹二铁青着脸，生硬地说，"老子不想高攀！"说完，转身又走。

家霆似乎有点明白了，追着靠拢他轻声解释地说："唉！尹二！你知道吗？我爸爸不肯做汉奸，我和他是从上海被绑架来南京的！他就被软禁在潇湘路！⋯⋯"他恨不得有一百张嘴同时说话，好把事情讲得有条有理一清二楚，可是一时语塞竟不知怎么往下讲了，只嗫嗫嚅嚅地说："今天清明，我是第一次从潇湘路出来。我刚才是烧化长锭给我亲生的妈妈、小叔军威和金娣、'老寿星'他们的！⋯⋯我⋯⋯"说着，他动感情了，眼眶红了，泪水和细雨丝痒痒地在脸上流动。

尹二似乎怔了一怔，眼神可怕，生硬地说："什么？你再说一遍:'老寿星'死了？二先生和金娣都死了？"战前,尹二他们是习惯把童军威叫作"二先生"的。

"是的！"家霆简单把知道的情况都说了。

尹二听着,昂起脸来,脸上伤心,像要仰天长啸,叹口气摇着头:"唉！二先生是个好军人！他本来该是可以一步步高升做个出色的师长、军长的！太叫人难过啦！"

变成了轻雾的细雨,被风吹扑到人的脸上好像扑粉似的。远处近处包上了晕糊糊的外壳。家霆扼要地将童霜威的事一五一十说了。尹二顺便问起方丽清和秘书冯村的情况,家霆也都如实说了。两人蹲了下来,叙谈起来。

尹二听着,一直看着家霆坦率明亮的眼睛和面容,态度变了,紧绷着的冒着黑气的脸上和缓下来,咬牙切齿地说:"浩劫呀！浩劫呀！永生永世难忘的仇恨呀！那年冬天,南京城给鬼子杀得血流成河了呀！紫金山活埋了几千人,雨花台杀了几万人！上元门、凤凰街、上新河那些地方杀了几万人！汉西门一次杀了上万人！八卦洲渡江的多少万人全给用机枪扫了！……八岁的女孩和七十多岁的老太太都给强奸了！你可能不知道我的遭遇吧?"说着,他将自己怎么在南京沦陷前与庄嫂结了婚,同"老寿星"分别后回到棚户区夜里被拉了伕,怎么上了狮子山抗战,怎么被俘,怎么在下关中山码头遭到集体屠杀,怎么左臂中弹斜身纵跳到滔滔江中泅上了江心洲,又怎么利用黑夜拼死泅到对江登岸,被一户农家援救。养好伤后,隔了一段时日,在南京秩序好了一些后,又回到了城里,都简单讲了。讲完,尹二指指面前的断垣残壁和废墟,说:"我那苦命的娘是死在这里的！已经是第四个清明了。"说着,两行热泪挂了下来。

针尖细雨蒙蒙地越发紧密了。

家霆忍不住关切地问:"庄嫂,她怎么了？她好吗?"

尹二纠眉看看降雨的天空,突然说:"家霆,你想见她不?"他脸上露出凶恶残忍的表情,有些吓人,家霆以前从来没有在尹二脸上见过。尹二当年是爱笑的,一笑就咧嘴,露出雪白的整齐的牙齿。他说:"现在人家不叫她庄嫂,都叫她尹嫂啦。你想不想见见她?"

家霆连连点头,热情地说:"当然啰!我常常想你们的啰,我想见见她!"

尹二直通通地指指黄包车,说:"上车吧!我拉你去见她!下雨了,我来拿油布。"他让家霆上车,先在车座下取出两块雨布,一块挂在车棚上给家霆遮挡住身子,一块披在身上,说:"跟我去看看她吧,她见到你一定会高兴的。但是,见到她可不要害怕呀,她毁容啦!"说着,尹二拉起黄包车,在雨中奔跑起来。

雨,突然由蒙蒙变为潇潇,又由潇潇变为哗哗了。家霆坐在车上,看到尹二浑身被雨淋得湿透了,心里不忍,说:"尹二,我们找个地方躲躲雨再走吧,好不好?"

但,尹二不睬,拼命飞跑,脚步声"噔噔"地响,仿佛是用拼命飞跑在发泄心上的无限仇恨。

家霆坐在车上,心里不禁想:啊!战争使人起的变化多大呀!原先的尹二,是个漂亮、明朗、健壮、喜欢说俏皮话的小伙子呀!如今,怎么从外貌到性格都变了呢?又想:是呀!他的遭遇是死里逃生、九死一生呀,他能不变得阴暗、瘦削、苍老、充满杀气吗?他当然仇恨鬼子和汉奸啰!

因为能马上要见到庄嫂,啊,不,是尹嫂了,家霆心里有几分欣慰。回想起来,那时候,尹嫂待他真是不错。有时,也有一种像妈妈对孩子的感情,晚上给他来盖被,白天给他缝掉了的扣子、补破了的袜子,关心冷暖和饥饱。……真想不到今天出来竟会这么巧,不但遇到了尹二,还能见到尹嫂。如果不是清明,如果不是尹二在给他娘烧锡箔,如果自己不是到鼓楼寄信,如果自己不也是要烧化长锭,说不定见面的机会就错过了。天下事常常是差之毫厘,失之千里的呀!如今,马上要见到尹嫂了,该多兴奋呀!但尹嫂毁容了,怎么回事呢?她变成了什么样子了呢?她怎么毁容了呢?

雨,由哗哗又变成霏霏了,使远处近处的房屋、树木、街道都沐浴在淡灰色的雨幕中。

尹二拉着人力车,抄着近路,已经到了小铁路旁那条通往棚户区的泥泞道路上了。被雨水浸湿的地面,水漉漉的,嗞嗞咕咕一踩一脚泥,又滑又烂。两边是小水沟,流着潺潺的水,长着杂草、野菜的荒地,汪着一摊摊的水。尹二拉着车,闷声不响,始终在飞跑。

车子终于拉进了棚户区。这里住的依然是些穷人:拉人力车的、补伞的、补锅的、卖豆腐的、挑铜匠担的……只是经过大屠杀和离乱,穷街坊们如今人少了一大半。有些棚户新修葺过,有些旧棚户的住处已经倾塌破烂。

一会儿,尹二把车拉到一个周遭种了不少碧绿的菜秧的棚屋门前。这里有一口没有井栏的水井,井边一家棚户的墙上不知是谁用黑墨画了一只大眼睛。那意思是警告不识字的人注意:此地有井!危险!别掉下去。

尹二放下了车子,用手抹着脸上的雨水和汗水,说:"家霆,到啦!"他又敲敲关着的门,说:"尹嫂,开门!看看谁来了!"

门"吱呀"一声开了。家霆正从车上下来。尹二说:"外边下雨,进去坐吧。地方小,你不要嫌弃!"

家霆进了棚屋,一下就吓呆了。

在这小小的一间简陋破旧的棚屋里,面前站着一个女人,穿一身旧灰布衣裳,素素气气的。她只有一只左眼,右眼是一个空窟窿,可怕的空窟窿!她脸上有两条深刻的刀痕,一条斜砍在鼻梁和左脸颊上,一条笔直地砍在左颊和左嘴角上,恐怖极了!

是庄嫂吗?是的!也不是!过去的庄嫂,挺秀的黑眉毛,白白的脸,眼里总闪烁着动人的光泽,身上也有风韵。眼前的这个女人,却变得像影片《夜半歌声》里的宋丹萍那样的丑怪模样了。

家霆不由得"啊!"的一声,双脚胶在地上怔住不动,心里发怵发麻,眼眶酸涩了。

庄嫂忽然认出是谁了,叫了一声:"少爷!你是家霆呀!"眼睛里潸潸流下了成串的热泪。接着,就双手蒙住脸站在那里呜呜地痛哭起来。

尹二进来了,劝说道:"别哭了!哭干什么呀?家霆来了,该高兴呀!谁还想到能活着见面呢?"他脱光了上衣,露出精瘦但是有力的肌肉,用旧毛巾擦身,去床头取了一件打着补丁的短衫穿上。

重逢的凄楚和惆怅,是无法冲淡的。庄嫂畅快地哭着,半边脸上全是泪水,全身伤心地抽搐着,嘴唇颤动。

家霆算是冷静下来了,上前说:"庄嫂,啊,尹嫂!别哭了,别难过!……"语言是这样苍白无力!能用什么样的话才能安慰遭到如此残酷摧残的尹嫂,使她不再难过呢?家霆只觉得心里发苦发酸,泪水也溢出眼眶来了。

尹二叹口气说:"唉!当年撤退,我们这些穷人全给甩下了!下地狱也没这么苦哇!南京城里,尸骨如山,鬼子杀了多少人啊!我们这些壮丁,训练了也不发支枪拼一拼,真亏心啊!"说着,又突然神秘地问:"家霆,你说,蒋委员长什么时候能带着兵打回来?"

家霆也是为了安慰他,点点头,说:"鬼子总要给打跑的!……我看再过几年总能打回来的!"

尹二詈骂道:"他妈的!汪精卫这狗×的我早知道他不是好东西了!这条鬼子的走狗,我真想宰了他!"

尹嫂阻挡他说:"唉,轻声些!你总是……"

尹二喘着粗气:"我憋够了!在家霆面前说说,没事!"

空气中弥漫着雨腥味。三人一起挤坐在木板床上。小棚屋里,墙上糊着旧报纸,床腿用砖垫得很高,怕潮湿。一只破竹篮里装满了嫩绿的野荠菜,看来是尹嫂新从野地里挑挖来的。一只破葫芦瓢里有些黄色的六谷粉,一只旧淘箩里有些淘过的碎米。木板床上被絮破旧,一些盆、锅、碗、勺连同瓶瓶罐罐也都残破。两个大破布包袱包着的估计是些旧衣物,一只破小板凳和些旧鞋堆在床下。窗台上,两只锈了的空洋铁罐蓄着泥土长着两株迎春花,星星似的金黄的花朵给小屋里添了一点盎然的生机。物价上涨,谋生艰难,沦陷区贫穷百姓的生活,从这间棚屋里就可以看到。尹二和尹嫂的日子很困苦啊!

家霆静静坐着,心潮起伏,听尹嫂叙述她在南京城陷时的苦难经历:……被日寇从难民区里劫走,为抗拒受辱自己毁容遭到敌人军刀的劈砍。敌人以为她死了,但她并没有死。天黑后,挣扎着爬到一家本地人的门前,被一个信佛的白发老奶奶扶回去包伤、喂食,残留下一条性命。两个多月后,大屠杀后的南京城,到处还可以看到人骨和骷髅。讨着饭回到棚户区来,看到原来住的棚屋仍在,又过了些日子,意外地看到尹二竟生还着归来了!

她说着,说着,说到伤心处泪水涟涟。家霆陪着唏嘘,只有尹二钢打铁铸般地木然坐着,眼珠直挺挺地盯着挂满尘埃与蛛网的屋角,是仇恨太深的缘故吧?

最后,尹二发自胸臆地长叹一口气,说:"别光顾着哭了!我们是拆屋还基的人①,有眼泪要咽在肚里!东洋鬼子,天火烧、地火爆的!这仇反正总要报!"说这话时,他两眼冒火,脖子上青筋鼓胀,嗓音嘶哑。

家霆心笃笃迸跳,点头说:"是呀,尹二!这个仇一定要报!只可惜——"他懊丧地说:"爸爸现在被软禁着,我被绑架来陪伴着他,跟囚犯相仿,我们还不知以后会遇到些什么倒霉的事呢!"

----

① 拆屋还基的人:南京方言,指有骨气的人。

尹二瞪着大眼生硬地说："要是我,不是死就是跑!大不了死吧?能想法跑就得跑!"说到这里,又通情达理地说:"唉,当然,你爸爸他年岁大,又是个让人侍候惯了的大官,他要跑一定不容易!但,总也得想想办法呀!要叫我是他,宁可自己死了,也得把个儿子放出去!不该让儿子也拴在鬼子汉奸手里呀!"说到这里,见家霆脸色难看,似是受了刺激,又变了话题对尹嫂说:"刘三保刘大叔死啦!他死得有种!"就将听家霆讲的"老寿星"死的情况给尹嫂讲了。

尹嫂听了,独眼里又扑簌簌落下眼泪来了,告诉家霆说:"自从离开潇湘路,一直不敢再去。夏保长是个汉奸,天打五雷轰的,尹二怕他找事报复呀!"说着,将夏得宜和他儿子在南京城陷落前的一些事都讲了。

家霆听着尹嫂讲,看着尹二与尹嫂生活窘迫艰难的境况,怕等会儿匆匆离开忘了,把身边带的钱全部掏出来,递在尹嫂手上,说:"尹嫂,一点钱,收下用!我带的不多,以后找机会再给你们送些来。"

尹嫂不肯,将钱还到家霆手里,说:"不行,家霆,这钱不能拿!"

尹二更硬,纠起眉说:"家霆,你要是可怜我们,就不必!南京城里,该可怜的穷人太多了!棚户区里的人大半都讨过饭,现在老的小的讨饭的也不少。再说,如今青皮流氓、蜈蚣百脚,全都被日本鬼子收来当汉奸了。我要是肯卖国,去给鬼子和汉奸开车也不是没人要。我是顶天立地的中国人,不给他们干事,才这么穷的!你不要可怜我们!"

尹二一番铿铿锵锵的话,将家霆急得脸通红。他是个热心肠的年轻人,固执地将钱又全塞到尹嫂手里,说:"尹嫂、尹二,你们听着,如果你们还看得起家霆我,还有点交情,就收下这点心意。要是不给我面子不收,就等于当面骂我!我马上将钞票全撕掉!"

见他说得诚恳,好心的尹嫂不忍心了,说:"好好好,家霆,我收下!收下!"说着,她又拭眼泪,从家霆手里接过了钞票。

尹二似乎满腔热血在沸腾,又似有满腔心里话要倾吐,忽然轻轻挨着家霆说:"家霆,几年不见,你出落得像个大人了。听你说的话,你是个堂堂正正的中国人!这我高兴。你一定要做个好人!要爱国!要恨鬼子和汉奸!现在的南京城,汉奸骑在老百姓头上,日本人又骑在汉奸头上,哪个汉奸部门都有日本顾问在做太上皇!老百姓像亡国奴太可怜了!我告诉你,我这一家,我这一生,都叫敌人给毁了呀!我活着,就是为了要报仇!……"说这话时,他两眼充血,咬咬嘴唇,嘴唇裂出血来了。

尹嫂突然阻止他说下去,用手拽他:"尹二!你就少说点吧。"

家霆诚恳地说:"不要紧,尹嫂!尹二对我说什么都没关系。"尹二过去总爱笑着说一些温和的逗人乐的讥诮话,现在,尹二变得不会笑了,使家霆心里有一种说不出的难过。

尹二点头,豪爽地说:"对!家霆!我是看着你长大的。以前你虽是少爷,我一直喜欢你。告诉你实话吧!我是个血性人,时时刻刻在想到报仇。我留着胡子,戴着毡帽头,是怕夏得宜那条地头蛇!他儿子也是汉奸!这些汉奸,说他不是人,五官俱全;说他是人,偏偏缺少心肝!只要有机会,我就要他们的狗命!日本人凶,死了就不凶了!汉奸坏,死了也就干不了坏事了!我什么也不怕!一条命换它几条命合算!"他眉毛扬起来,脑门上出现一条条深纹,眼光炽烈。

尹嫂听尹二这么说,惊得低声"嘘"了一声。

家霆看着尹二,不禁想起战前有一次尹二给他讲的上海那个与日本鬼子同归于尽的爱国司机胡阿毛的故事来了。

尹二深陷在激动的感情波涛中,一切好像都豁开不管了,继续说:"家霆,告诉你!前年冬天,我拉车在城南门西柳叶街附近,有个喝醉了的日本浪人叫我拉车,被我在僻静处用刀子宰了!我这是替我娘报的仇!去年秋天夜里,我拉了一个小汉奸,这家伙是汉奸警政部里的一个爪牙,车子拉到升州路附近冷僻处,也被我用刀捅了!我那是替尹嫂报的仇!今天,我知道刘三保大叔也被鬼子杀了!我的仇还要报下去!我要再杀下去!不杀到鬼子汉奸完蛋那天不算完!"

家霆见尹二的话说得冷静、坚决、威风凛凛,不由自主地嘘了一口气,太惊人了!也太令人敬重了!棚屋檐头的滴水声沉重地在答答响,令人想起风、雨、雷、电,家霆的脸色变得苍白激动,心头奔马似的不能平静。

"你不会嫌我吧?我变成一个会杀人的凶手了!"尹二瞅着家霆的眼睛问,他脸上在痉挛。

尹嫂嘤嘤地在一边哭了,她是个善良和顺的女人。这种哭泣,感情十分复杂。

家霆听了尹二的叙述,被刺激得浑身发烫,心猛跳,血奔流,肃然起了敬意,忍不住说:"尹二!我佩服你!你是个响当当的中国人!但你要小心!鬼子和汉奸处处有眼,敌人很凶恶,你可不能大意!"

尹二朴实地点头:"我知道!我平时拉车总只在城北,每年就那么一二次到远离城北的地方。他们凶恶,我也机灵!我常想,中国人嘛!要能每个人都起来拼命,会落到今天这种惨局吗?"

家霆点头,发自肺腑地说:"是啊!"刹那间,他想得很多,很多。

尹二忽然走到门边,开门看看天色。雨停了,灰色的云团密布天空。他关上门回身说:"家霆,今天见面,我十分高兴!你要原谅,我和尹嫂没办法好好招待你。"

家霆明白他的心意,抢着说:"不,那何必!我以后还要给你们送点钱来的!"

尹二忽然又变得生硬了,语气粗鲁地说:"不!家霆,听着!以后,千万不准再上我这儿来!我刚才对你说了那些,是要你明白,你来没好处,对你对我们都没好处。我们今天见一次,很好!再多见,没必要!好在,后会有期吧!大家保重!你听到吗?"

家霆只好点点头,心里却发酸。

尹二直通通地说:"你答应我!"

家霆点头,说:"好!我答应你!"他懂得尹二的性格。

尹嫂在一边,深情地说:"让家霆再多坐一会儿走!"

尹二摇摇头,说:"不必了!大家越是难舍难分越是不好。雨停了,家霆也该回去了。他第一趟出来,老是不回去不好!他爸爸要不放心的。"

家霆站起身来,心里缠绕着离愁别绪,说:"好!那我回去了。"他走到尹嫂面前,忽然拥抱住尹嫂。这亲热异乎寻常,以致尹嫂的眼睛里涌满了泪水,伤心地发出了微喟。尹嫂也像拥抱自己孩子似的抱住了家霆,呜咽起来。

家霆深情地说:"好尹嫂!你保重!"

尹嫂抽搐着松开了双臂,不断用手背拭泪,说:"你好好保重!好好孝顺你爸爸。"

尹二叹口气,说:"家霆,我已经变成一个不会笑的人了!打从那次看到江边日寇大屠杀以后,我就笑不出了。看到尹嫂被鬼子害成这副模样,知道了我的娘是怎么死的以后,我更笑不出了!亲手杀了那两个狗娘养的,我更不会笑了!今天,见到你,我都拿不出个笑脸来对着你,你别怪我!"

家霆流泪了,猛地一把抱住尹二强壮结实的肩膀和胳膊,说:"好尹二!怎么会怪你呢?你保重!千万保重!"

家霆同尹嫂道别,走出棚屋。尹二坚持要拉洋车送家霆到安仁街口的小火车铁道旁,然后让家霆自己走回潇湘路去。家霆只好答应。家霆在小火车铁路旁下车后,看着完全改变了性格和外貌的尹二拉着空洋车飞也似的远去,他硬起心肠忍住悲泪,心头涌起一种"风萧萧兮易水寒"的感情。

啊!战争毁了那么多东西,但美好的人、美好的心灵,实际是再毁也毁不了的!

针尖雨,又纷纷洒下来了。清明节啊!使路上行人欲断魂的清明节啊!

三

五月榴红,初夏翩临。管仲辉以"军事委员会委员"、"军事参议院副院长"、"中央陆军军官学校校务委员"的身份,突然又被任命为新成立的"清乡委员会军务处处长"。他在南京时被安排住在首都饭店豪华的房间里。这房间"还都"时周佛海夫妇住过,后来周佛海西流湾八号的住宅修复了,搬离首都饭店,把这房子给管仲辉住,显然意味着优遇。"清乡委员会"在南京马台街,但不过是虚设门面,真正的权力机构是设在苏州十梓街信孚里的"清乡委员会驻苏州办事处"。管仲辉既被任命为"军务处处长",自然只能像一匹马套上了笼头给牵到苏州去了。

管仲辉自己揶揄自己,也自己安慰自己:反正,汪精卫的伪官也值钱也不值钱。说它"值钱",因为虽是汉奸的官儿,抢官做的孬种还真不少;说它"不值钱",因为到底是被人唾骂、让日本人当猴子耍的傀儡。而且,"空心大老倌"多,随便胡诌一个名义,封你一官半职,头衔好听,实权寥寥。

管仲辉很清楚:所谓"海军部长",仅能指挥一条普通内河航行的小火轮那么大的"卫民号"兵舰。这条"兵舰"已经老掉牙了,纯粹是象征性的破玩意儿。所谓"航空署",哈哈,一共仅有三架破教练机,其中有两架还不敢上天,怕上了天会倒栽葱摔下来。管仲辉明白:日本人,肚里疙瘩多,最精明不过了,绝不会让你汪精卫真正"建军"的!反正,既做汉奸,目的不外乎是捞钱、刮地皮,想尽方法吃喝嫖赌享受!自己来此,也乐得混天度日、花天酒地,不必认真。但自从被任命为"清乡委员会军务处处长"后,他却觉得事情有点棘手了。

管仲辉想起奉命来做汉奸的事,常常心里好笑。他想:俗话说,天有不测风云,人有旦夕祸福!一场大赌博中,我不过是个小筹码!我算是祸呢?还是福呢?

去年春季,有一天,天气醉人,到处有残春媚丽的光景使人流连。他在重庆何应钦[①]公馆的一次宴会上遇到了叶秋萍。他显得冷淡,保持距离,不卑不亢。叶秋萍却非常热情、谦虚,问了他的住址,说要专诚去看望。

过了一天,叶秋萍果然在晚上热情去看望他了。不但看望,送了泸州坛装的曲酒和宜宾糟蛋,同他叙了旧,大谈南京战前潇湘路时代的生活,并且在谈得融洽以后,突然矜持而又亲切地说:"慎之兄,有一个非常重要非常重要的特殊任务,委员长同我讲,让你担任最合适。"

管仲辉满腹狐疑,莫名其妙地瞅着叶秋萍,猜不透他宝葫芦里卖的什么稀罕药。

叶秋萍近视眼镜下,两只蛇眼带着一种逼人的猜度和审视,慢声细语地说:"我们在上海和南京的地下组织绝大部分被敌人破坏了!汪逆又玩了'还都'的把戏。沦陷区京沪一带的工作,委员长认为比任何地方都重要,但又不容易找到一个很适当的人。后来

[①] 何应钦:字敬之,贵州兴义人,蒋介石的主要军事助手之一。此时是军委会参谋总长,并兼任军政部长。

还是委员长提到了你,认为你很适宜。真不简单啊,像这样伟大的领袖,日理万机,还想得到你,是很光荣的!"

"啊,这种事我可干不了!"管仲辉像被火烫了一下,马上摆手摇头,"鄙人还是像现在这样平平稳稳的好!"

"不,你干确实最适宜了!慎之兄,请莫推辞。"

管仲辉心里警惕,想:你叶秋萍的事,我得时时提防上当。又想:好呀!看来是要派我去沦陷区了!你们只要有送死、跳火坑的差使,就想到了我管某人!守南京,让我去;现在,到沦陷区,又让我去!真是何其毒也!更一想,我现在宦途失意,做生意也不发财,老蒋他居然心中还有个我,能想到用我,到底说明我管某人还不是无能之辈。这一想,又有点飘飘然了,问:"为什么说我合适呢?其实,秋萍兄,我看你自己亲自去才最合适了!"

"慎之兄,不要说笑话了!事情不明摆着的吗?"叶秋萍一本正经地说,"第一,你在日本有点影响,也有朋友;第二,汉奸里你的熟朋友不少!"

管仲辉插嘴说:"你的熟朋友也不少!"

叶秋萍好像没有听见,继续说下去:"第三,你本来沾点亲日派的光,你曾是何敬之的亲信。"

管仲辉骂了一句,说:"混账王八蛋!别提他了!他做他的参谋总长和军政部长,我经我的商,我算什么他的亲信?"

叶秋萍一双眼睛冷冷的,温文尔雅地继续说:"第四,你现在不得意,肚里怨气大;第五,宝眷在上海租界上;第六,你以前同特务工作没有任何关系,而你我本是南京潇湘路上的邻居,关系不错,以后联络方便……"

管仲辉心里暗骂一句,想:天晓得!谁跟你关系不错?假话说得比唱的都好听!

叶秋萍又说:"第七,人家认为你这人讲吃讲玩,食不厌精,嫖赌不拒,对你不易产生怀疑。"

管仲辉听了,心里生气,但又不能不承认。叶秋萍老谋深算,说得有点道理,只好愣怔住不做声。

叶秋萍阴阳怪气地又说:"委员长认为你外表敦厚而内秀,是个不露头角的能人。过去虽有过反对他的活动,但他始终是原谅你的,对你也是看重的。"

管仲辉想:放屁!脸上却咧嘴在笑,一句不吭,只是"啪!""啪!"拔手指骨,眨着眼睛说:"不去可以吗?"

"是委座的决定!"叶秋萍掏出手帕来擤鼻涕,说,"是怕去要送掉性命吗?"

管仲辉憨厚地笑笑,夸口地说:"当年南京城我都守过,下地狱也不会怕了!不过,要不是委员长派我去,我是不去的!我如今弃军从商其实也很不错,何必去冒风险?再说,'飞鸟尽,良弓藏',拼死守了南京城我也没得到点什么嘉奖,反倒打入了冷宫,我对世事也早心灰意冷了!"

叶秋萍听得出他是发牢骚,毫不理会,却说:"我前前后后都为你设想过,你去绝对没有任何危险。因为你不像别人。以你的身份,可以公开地去,大大方方地与他们往来,一定会受到他们欢迎。至于日本人方面,只要自己多加小心,决不会出任何问题。我们过去私交敦睦,我可以向你保证,决不会存心把你送进罗网的!"

管仲辉打起哈哈来,军人脾气地说:"可是,这一来,我不是成了你叶老板的部下了吗?"

叶秋萍连忙摇头,说:"岂敢岂敢!你是站在朋友立场上给党国辛劳。你的个人自由我们不干涉。保持朋友关系,彼此都方便。这些,委员长召见你时,我想,他会训示的。他如果让我谈,我再同你研究。"

管仲辉拔着手指骨想:嚄,老蒋他还要召见?心里倒有点激动,又想:不答应看来也是"牛不饮水强摁头"了!反正,军人为了打胜仗是只讲目标不讲手段的。狡诈、欺骗、真真假假、虚虚实实,军人在作战时,往往要采用这些手段来取得胜利的。你们派我去南京,我就捧了圣旨去!至于真做假做,是这样做还是那样做,就一切由我了!我也确实有点想念在上海租界上的老婆和孩子了,做生意也没意思,靠不住我是时来运转了呢!就默认了。

那晚,气候使人困懒,浓黑的夜色有一种郁闷、倦怠的肃静。叶秋萍走后,他感到疲倦,昏昏沉沉不想动弹。从都城饭店楼上房间的窗口望出去,有黑黝黝的山岩,莽苍苍的竹树,点点灿灿的灯光。他将叶秋萍送的曲酒喝了一些,吃了些宜宾糟蛋,带着酒意,心里涌起一种难耐的紧张。也不知为什么,突然哼起了《失街亭》:"两国交锋龙虎斗,各为其主统貔貅……"

想不到第二天下午,叶秋萍竟坐车来邀他了,说:"一起坐车到官邸去吧!委座要召见垂询,并有训示!"

管仲辉马上随叶秋萍同去。去后,老蒋虽然严肃,但态度亲切,显得高兴,一开口就夸奖了一句,说:"你很好!"接着说:"我现在决定要你去京沪,今后一切责任归我负,你要绝对相信我。任务由叶强同你详细谈。你以后需要钱用,缺什么东西,还有什么问题都可以对他说。他会随时报告我的。"接着,让侍从取来了一张照片。是一张他光头戎装戴白手套手握指挥刀的半身侧面坐像,咖啡色的,上面已经亲笔写上了"管仲辉同志惠存,蒋中正赠"字样,说:"唵唵,做个纪念!"又将侍从送来的一张一万元的支票递给管仲辉,说:"这些钱你作为特别费用吧!"这次召见,其实并无"垂询",也无太多的"训示",就算结束了。临别,老蒋劲气内敛地说:"汪逆那边,日子不好过!'还都'之年,皇天不佑,水旱灾同时而来,我不迷信,但这是气数!"又拉着管仲辉的手说:"早点动身!对你我放心得过,放心得过。走的时候不必再来见我了。等将来胜利后,再见面吧!"

尽管"召见"得匆匆促促,时间不长,也未留饭,给的特别费手面又不大,管仲辉仍有点兴奋。回沦陷区去已经确定。随后,叶秋萍把管仲辉请到自己在上清寺的公馆里吃晚饭。吃饭前后,将去的任务反反复复作了交代。

叶秋萍掏出手帕来擤鼻涕,说:"任务主要有三条。第一条,要在汪精卫那里占个职位,运用关系,设法掩护在上海、南京活动的同志,不使再遭到破坏。已被捕的,要设法营救出来。只要能救出来,出来后让他们'身在曹营心在汉'也行。第二条,找机会在适当时机对跟着汪逆投敌的人进行联络,告诉他们,领袖是很关怀他们的。只要他们做的事对得起国家,于国家有益,将来都可以宽恕的。第三条最重要,在江南地区敌后活动的力量除了我们的忠义救国军外,大部分地方都是新四军占领着。去后,要想尽办法,限制、打击他们的发展,努力消灭他们。"

管仲辉喝了点酒,有点燥热,双手放在自己那凸出的大肚子上,拨弄着手指头想:行啊!说由你说,做由我做,应承着就是。但佯作为难,先叹了一口气,摇摇拔了顶的光头,留后路地提出问题,说:"反共这一条,我当然双手赞成,细细一想,任务很艰巨啊!我是个武人,说话粗直,你别见笑!我想立牌坊,如今却要我去当婊子。当婊子总得做些不要脸的事。到了那里,万一身不由主,万一情况有变,免不了干了些良莠难分的事,怎么办?"

叶秋萍眼镜片下两只阴丝丝的眼瞅着管仲辉,白净瘦长条脸上皮笑肉不笑:"不必有顾虑嘛!任务并非硬性规定,可以看实际情况相机行事便宜从事嘛!到那里后,变化必然很多,应当根据环境变化而变化。古时候还有个'将在外君命有所不受'嘛,何况今天!我随便打个比方:你只要能掌握到兵权,必要时,他们让你杀些我们的人,你也就放手杀给他们看!才可以取得他们的信任嘛!

你要是不肯杀,岂非露馅了?"

管仲辉听到这里,倒是愣了一愣,头皮发麻,暗想:干特务的真凶辣!同叶秋萍一谈,心里有底了。有这一招,等于有了护身符,危险性大大减少,干脆脚踩西瓜皮,滑到哪里算哪里了。

又过了几天,叶秋萍在珊瑚坝飞机场送管仲辉上飞机去香港转坐轮船赴沪。临上飞机,叶秋萍还叮嘱管仲辉到上海后,注意同汪伪警政部长、特工总部负责人李士群要拉拢好,说:"李士群同日本参谋本部关系密切,是实力派!抓住他和特工总部,可以使大后方和沦陷区的特务工作联成一片。李士群有野心,凶狠狡猾,但能利用一定要利用!"

管仲辉坐的是中央银行运钞票的道格拉斯飞机。半夜十二点起飞,凌晨三点半钟到香港。在香港住了一些时日,了解了上海、南京方面的各种情况以及日本、汪伪的许多动态。管仲辉纵情声色,又公开在一些熟人面前谈了不少主张和平、反对继续抗日和反蒋、反共的言论。十一月中旬,搭乘美国塔虎脱"总统号"邮轮到了上海租界,故意躲躲藏藏地住在家里,却又不自检点地出入赌场、舞厅。

通过原来在上海的一些熟人穿针引线,半推半就作了些假姿态,终于有一天由周佛海出面,派李士群去看望了管仲辉,邀请管仲辉到南京去与汪精卫见面。

管仲辉少不了忸怩作态,佯作不肯。

李士群拍胸脯:"啊啊,慎之先生!参不参加和运是一回事,看看老朋友是另一回事。老朋友见见面总是应该的!"

管仲辉一到南京,先被招待住在东亚俱乐部。汪精卫、周佛海都下了请帖请去赴宴。日本最高军事顾问影佐、经济委员会顾问青木也来赴宴。汪、周和两个日本人十分热情,慰勉有加,谈得十分融洽。席间有些话却令管仲辉十分吃惊。

汪精卫蹙着倒八字眉,心神不宁地用广东官话大谈了一通爱中国、爱日本、爱东亚的理论后,周身摆动地问:"重庆的民众希望和平吗?"

管仲辉顺着他说:"那当然!"

汪精卫脸朝着戴眼镜在大口喝酒的周佛海冲动躁急地说:"佛海!重庆的民众都希望和平,我们治下的民众却都希望抗战,不可不注意啊!"

周佛海是个嗜酒而且酒后话很多的人,感情也好激动,没有回答汪精卫,干了一杯酒,忽然对管仲辉用一口湖南腔大声说:"现在,一部分中国人想杀我!这就是共产党和重庆分子。一部分日本人也想杀我,这就是日本少壮派中主张用军事灭亡中国不主张我们上台的人。我都有证据!"他对着戴眼镜剃光头的影佐和微胖带笑的青木苦笑笑,"中国人想杀我,证明我不是抗日主义者;日本人想杀我,证明我不是汉奸!"他红着脸嘴唇颤动着说:"慎之兄!你说是不是?"他酒喝多了,胃痛了,用右手不断揿揉肚子。

管仲辉想:真会鬼扯!也真会往自己的脸上贴金!不断点头:"当然!当然!"

倒是城府很深的影佐,见汪精卫搓着手不断皱眉,笑着圆场:"啊哈,大家酒都喝多了。不谈那些!不谈那些!"

很有趣,第二天,南京的《民国日报》、上海的《新申报》和《中华日报》,在头版显要位置都刊出了"管仲辉将军来京参加和运,汪主席设盛宴洗尘接风"的新闻。隔了一天,马上送给了管仲辉一份"国民政府特任令",任命为"军事委员会委员、军事参议院副院长、中央陆军军官学校校务委员"。三个头衔虽一望而知其"空",但李士群说是最高军事顾问影佐建议的,地位都很高。汪精卫还立即命令军委会给管仲辉将潇湘路二号的公馆尽早修缮一新,好让管仲辉将在上海租界上的家眷接到南京住。

管仲辉可不是个傻瓜。到南京一看，心里噼噼啪啪打了小算盘。他先住东亚俱乐部，后来又住首都饭店，款待得不错。可是见汪精卫的"国民政府"名义上是建立了，实际上只是个政令不出南京城门的小朝廷，虽可助纣为虐，连南京的几个城门都由日本兵把守。长江未开放，由日本海军统驭。粮食统制权、京沪铁路的路权、南京城内的警卫权，都在日本人手里。偌大一个六朝胜地、十代名都的古金陵，经过三年半前一场世上少有的大屠杀，元气恢复不了。白昼冷冷清清，夜晚凄凄惨惨，电灯稀稀拉拉像鬼眨眼，如何可以住得？潇湘路二号的公馆，修一修当然好，但上海租界上的房屋他是不愿放弃的。李士群表现得十分豪爽，将大西路上一幢花园洋房让给管仲辉做公馆，并按照汪精卫的批示，送了管仲辉一辆新式别克小汽车。管仲辉也给李士群的老婆叶吉卿送了一个大钻戒和一批香港带来的舶来用品。有了上海大西路的花园洋房，管仲辉干脆住在上海花天酒地起来，只偶尔到南京在首都饭店里住住。

　　没想到五月里"清乡委员会"成立，汪精卫自兼"委员长"，任命管仲辉为"军务处处长"。管仲辉觉得给自己一个"军务处处长"的职务比起"军事委员会委员"和"军事参议院副议长"来，简直太"小"了！比起捞到了"清乡委员会秘书长"的李士群，自己也显得太吃亏了！但也无可奈何，军务处处长是个硬碰硬的职务。管仲辉怀疑这是日本军方对他的"考验"，他不得不舍弃上海的声色犬马，由李士群陪着来到苏州，并且同日本军事顾问、新近由中佐升为大佐的晴气庆胤见面。李士群以"清乡委员会秘书长"名义兼"苏州地区清乡委员会办事处主任"。但办事处真正负责人是晴气大佐，他也是李士群的后台老板。"清乡"是日本侵华战略计划的重要组成部分。日军只掌握了城市和几条主要交通线，广大乡村都在新四军和抗日游击队控制下，甚至上海、南京近郊也有抗日武装活动,日军在华北正大规模发动"扫荡",在华中就决定"清乡",提出以沪宁铁路沿线作为"清乡实验区",以苏州为中心,向四面展开。

管仲辉心里暗想:日本人和汪精卫让我干这差使是对我不信任。他很明白,这次"清乡",既要清新四军,又要清忠义救国军。如果我清了忠义救国军,就得罪了重庆,势必只好死心塌地跟他们走到底了。他狡猾地想:行啊!好在叶秋萍有言在先,让日本人和汪精卫怀疑总是危险的,要我清乡我就清!管你青红皂白!管你谁死谁活!但人有才能容易犯忌,庸碌倒能平安。我要尽量少露锋芒。

他发现晴气不过是个大佐,自己挂中将领章向晴气敬礼不大像话,故意降低两级,挂上一副上校领章。李士群看了觉得奇怪。等到领会到他的用心,格格笑了,说:"老兄,我一直还以为你是个粗心大意的人,看来,你的心比头发丝还细啊!"他心里一惊,假装糊涂,脸上露出傻笑,也不辩解,却装出好像受到了夸奖很得意的样子。

他来到物华天宝、人杰地灵的苏州,看到的是一番破落凋零的景象。苏州和京沪铁路沿线一些城镇一样,满街都贴着标语口号:"肃清共匪,确保治安""拥护和平、反共、建国""保证清乡工作顺利进行""人人参加清乡!清乡个个有责!""三分军事,七分政治"……由苏州办事处领导的伪军有些是日本人历年来收编的土匪,有些是释放的俘虏,有些是投敌的部队,有些是招募的青皮流氓无业游民,武器窳败,训练极差,战斗力很弱。清乡的主力是日本中国派遣军总司令畑俊六大将派来的日本登部队的六个大队。不过日军不归办事处指挥,每次出动都要由目光阴鸷笑容冷酷的晴气大佐点头。

日军希望用中国人打中国人,轻易不肯出兵。在常熟东南地区,忠义救国军不少,常对西北面的新四军根据地进攻。同是抗日军人,但重庆部队又总是同新四军摩擦。战斗常常是以日本军对付重庆军队、重庆军队对付共产军、共产军对付日本军这样三种情况循环出现,形式多样,持续不断。

晴气不断同管仲辉和李士群研究清乡的步骤。可是每当日军大部队出动时,新四军往往总是事前安全转移不知疾风流水般地吹流到哪里去了。到了七月,天气特别炎热。原来在清乡区里活动的新四军大部队,大部分开始向苏北地区安全撤去,日军和伪军干脆在清乡区乱抓乱杀老百姓谎报战果了。管仲辉在一次清乡战斗后,去阳澄湖边的一个小村庄视察。看到房舍全烧了,几十具尸体中多数是妇女老幼,抓到的几个"共产军",实际是种田的农民,一个个都已被拷打得遍体鳞伤奄奄一息了。缴获的所谓新四军的"军粮",数量很少,品种很多,连绿豆、赤豆都有,看来是从农家抢来的一些粮食,并不是什么"军粮"。他心里有数:连日本兵也是一样,他们不想打硬仗,只想杀点中国老百姓,既无危险,又可吹嘘战果。

管仲辉出了一点力,又尽了一点心,庸庸碌碌又不急不慌,混了一个半月,想:假戏可不能长期真唱,要适可而止。见德国进攻苏联,苏德大战爆发,他觉得希特勒可能是犯了个大错误。在"清乡"工作上,他决定抽腿了!装作伤风感冒又有风湿痛,回上海去过周末,一去就是五六七八天。回到苏州也是天天寻欢作乐:到书场听评弹,到妓院寻花问柳,到狮子林品茶,去观前街吃喝。不久,听到晴气大佐的闲言碎语了。晴气大佐是个特别精明的人,目光多疑,脸上常有残忍的表情,对李士群说:"管处长对清乡不负责任也太过分了吧?他太无能了!太喜欢寻欢作乐了!这样的人不行的!"

李士群好意地规劝管仲辉,把晴气的话告诉了他,瞪起双眼说:"你我不见外,我才实话实说。现在,大军人一个个参加和运的已经不少,郝鹏举、李长江、孙殿英、公秉藩等等都是带了兵过来的。以后一定还有。老兄你资历深、职位高,还是要给日本人一个好印象才行!"

管仲辉早感到李士群很想把军务处处长的职务攫去给自己的亲信干,落得投其所好,装着傻笑"啪""啪"拔着手指骨,摇头说:"我这人,大的才能是没有的。人都叫我'福将',说我打仗不挂彩,逢凶能化吉,大难能不死。我全靠自己的八字好吃饭。说实话,清乡这种事,我不是不想干,实在是干不好。再说,人生在世,谁不喜欢吃喝玩乐?你要是讲交情,给我在日本人面前美言几句。天这么热,放我离开这个苦差事回上海或南京去花天酒地,那我真是阿弥陀佛感谢不尽!"

白胖的李士群拿他没办法,只好笑眯眯地摇摇头说:"好吧!你这职位人家想干还干不到。老兄要真不想干,我只好给老兄想想办法!"

有了他一句话,管仲辉就颇有到南京看看潇湘路二号公馆的想法了。他听说潇湘路二号公馆修整一新,连花园也全重建好了,公馆里已经由军委会派人布置停当。想起有一天晚上乘凉闲谈时,听晴气和李士群都谈起童霜威也住在潇湘路的事,并听说了童霜威的情况。管仲辉回南京前,对晴气和李士群说:"我同童霜威过去交情不错,我去劝劝他!再说,我也要去看看我的公馆。"

这样,管仲辉就"一马离了西凉界",从苏州回南京潇湘路来了。

从苏州回到南京潇湘路二号故居,正是下午。
管仲辉回首前尘,也有一种恍若隔世的感觉。
他在新整理好的花园里转了一圈,看繁花争艳、绿树葱茏,听鸟鸣枝头、蝉鸣叶丛,心旷神怡。又将修整一新的楼上楼下看了一番,对布置比较满意,有点踌躇满志。

军委会已经派来了副官、勤务兵,也招来了厨师和老妈子以及汽车夫。他心情轻松,美美地睡了一觉。

醒来时,见天变了。燕雀在暮霭的天空中回绕翻飞,乌云笼罩,空气闷热得烫人。他汗水淌得不停,觉得饿了,叫副官关照厨房提前开晚饭。

正喝酒吃饭时,天上"轰隆隆"一阵闷雷,接着大点的急雨鞭子似的凶猛抽打下来。天本来热,下了大雨,凉快了些。一阵骤雨过去,他站在楼下客厅的门前用牙签剔牙,见几只蝙蝠逮虫子,绕着房檐飞来飞去。天暗下来了,花园里有些地方积了水闪着明镜般的亮光,树木花草都湿淋淋的。他打算到一号童霜威那里去谈谈,吩咐副官:"我要到一号童霜威公馆去看看他。你先去联络一下,联络好了,快来陪我去。"

副官是个唯唯诺诺模样文弱的年轻人,答应一声乖乖地去了。他刚走不久,管仲辉就听到了刺耳的空袭警报声。声音响得门窗仿佛都震动,像个泼妇呼天抢地地号哭。

管仲辉吓了一跳,大叫:"勤务兵!勤务兵!"

勤务兵跑来了。管仲辉问:"怎么回事?放警报?"

勤务兵是个老兵油子,说:"报告管副院长!是防空演习!"

管仲辉不禁想起了四年前参与防守南京时听到警报声的情形,说:"还没有听说有重庆飞机来炸,乱放警报干什么?"

勤务兵立正回答:"这警报从还都就试放过,怕的是渝蒋飞机来空袭。演习演习,以防万一,出了告示的!"

管仲辉吁了一口气,檐头滴水声已经凄然,加上刚才揪心的警报声使他扫兴。他在楼下客厅里踱来踱去,身上、额上不断淌汗。看看花园里,暗黑中的树木像鬼影幢幢。

一会儿,副官回来报告,说:"联络好了,请副院长去。"

管仲辉打听情况,说:"一号那里设的是个日本的什么特务机关?"

副官回答:"打的是'蓖麻籽株式会社'的招牌,实际过去是个日本军事特务机关,如今听说是调查收集情报的,什么情况都收集。"

管仲辉暗忖:鬼子真是鬼子!侵略中国如水银泻地,无孔不入,在南京城还设这种情报机关!汪精卫他们明明把国卖得一干二净了,还要老着脸皮自我辩解,就是用一万张嘴我看也无用!所幸我是奉命来做汉奸,不然岂不天天像泡在辣椒水里坐在火山口上?这样想着,突然不想穿军装了,对副官说:"等一下,我换了便装再去,凉爽点。"

他到房里换了西装,见天上又在下雨了,他让副官打了手电筒和雨伞,陪他冒雨到潇湘路一号去。副官问他是不是派汽车送一送,他说:"就这么一点路,我要逛着走去。"其实,他是因为潇湘路一号楼下有日本特务机关,不愿招摇。

雨点沉重飘急,暗黑中处处一片渐沥声。地上溅水,皮鞋和裤脚全湿了。走进潇湘路一号朱漆剥落的大铁门,见大门两侧的大灯罩左侧那个碎了,像人瞎了一只眼,有种潦倒衰败的气象。门房里点着蜡烛,坐的是日本兵,有个苏州口音的中年瘦子在恭恭敬敬迎候着,请管仲辉上二楼去。管仲辉明白这准是监视童霜威的"七十六号"特工。

管仲辉在童霜威卧室里见到童霜威时,忽然心头浮起一种同情。烛光下,在陈设简单寒碜的房间里,童霜威正背着手站在窗前,凝视着下着夜雨的黑黝黝的窗外。窗怕溅雨,关闭着,房里闷热。窗外,什么也看不到,只有玻璃上纵横的眼泪似的雨水。在看些什么呢?童霜威回转身来了。管仲辉看到童霜威原来那气度不凡的轩昂气概和堂堂仪表变了！蓄着花白零乱的胡须,头发也长,面容较前瘦了。因为防空演习,电灯没有,点着蜡烛。烛光闪烁,房里更多了一种冷落凄凉的气氛。童霜威伫立在那里,像一个幽灵。

见管仲辉来了,童霜威脸上竟毫无表情,似乎对一切都毫无感觉,眼里却有愠怒幽怨之色。管仲辉不禁想起守南京时那夜在自己公馆里见到童霜威的胞弟童军威的情景来了！想:这家姓童的,兄弟俩倒都是硬汉!

管仲辉热情地说:"啸天兄,听说你在这里,我特来看望!别来可好?"他满面红光,又肥又胖,掏手帕擦汗。

童霜威点点头,以手示意,请管仲辉坐。

管仲辉在椅子上坐下,对副官和那中年说苏州话的瘦子说:"你们去吧!在下面等着,我在这里谈谈。"

中年瘦子对副官说:"走,到下面我房里坐吧。"他陪副官轻轻下楼去了。

管仲辉寒暄说:"啸天兄,身体可好?"

见他热情亲切,冒雨夜访,又念起旧谊,童霜威觉得不能再不开口,说:"谈得上什么好呢?心脏血压都不好,行尸走肉罢了!早听说你来了,可我是被软禁在这里,处境与你不同啊!"见管仲辉嫌热,递了把扇子过去。

管仲辉看看空空的四壁,擦着汗扇着扇子,说:"啸天兄,你我知己,我对你不能不讲心里话。你的为人,我得夸一声:好!但其实你不必自己苦自己,大丈夫能屈能伸,劲草遇到疾风也要偃倒。你是文官,何必学谢晋元守四行仓库?'过刚则折',古之明训,智者不为的呀!"

童霜威不禁肃然端坐,问:"慎之兄,你是来作说客的?"

出乎所料,管仲辉摇着扇打个哈哈,轻轻地将椅子往前挪,靠近童霜威耳朵小声神秘地耳语说:"他们有这意思。不过,你我交情深,我这人你是知道的,虽是武人,不会拿你当云梯踩着爬城墙的!我要尽量助你一臂之力!"

童霜威如坠五里雾中,思索着说:"慎之兄,那好!今晚你来看我,我很感激。你我就叙叙家常,不谈我的事吧!"

管仲辉想:此人真是书呆子气十足!本来也并不想劝童霜威下水附逆,自己的事又不好同童霜威明言。刚才说的那些话,只嫌童霜威太傻太直,一头撞在墙上不会转弯,想传授他一点诀窍,听童霜威这样说,又不好过于坚持了,点头说:"好好好,叙叙家常,叙叙家常。"但仍想指点指点童霜威,话头一转,说:"谢元嵩可是个聪明人。我在重庆见到过他!他说:在汪精卫那里做汉奸好像打麻将,坐在牌桌上的人从来不决定自己的牌怎样打法,而由坐在身后看牌的人从后面把手伸过他们的肩头,来替他们摸牌出牌,作决定。不过,只要能赢钱,做汉奸的就心甘情愿了!所以汉奸并不少。哈哈,他在那边大骂日本人大骂老汪和汉奸们,像个忠臣烈士似的,有趣得很!"

提起谢元嵩,童霜威心头烧起了无名火,问:"他在干什么?"

"听说给了他一笔考察金,去美国考察了。"

童霜威咬牙想:此人翻手为云,覆手为雨,真是变化多端,却运气亨通。他是实实在在做了汉奸的,到重庆却不吃亏。我被他害了,到现在软禁挟持在此,如同阶下之囚,真是从何说起!气得耳朵发热,头也晕了,发牢骚说:"真是世无天理!他在上海是落了水又突然走的……"忍不住将自己怎么受他作弄的情况扼要说了。

管仲辉用右手三根指头敲着桌面,说:"是啊,啸天兄,他是个站在海边也不湿鞋的人,你何必偏要用湿手沾干面落得个甩也甩不脱的处境呢?"

童霜威不禁沉思,但决定不谈这个问题了,听着雨声击窗,问道:"慎之兄,那边情况如何?"这"那边"当然指的是重庆。

管仲辉笑笑:"怎么说呢?轰炸太可怕了!雾季还好,一过雾季就提心吊胆。前年最厉害,几乎夷平了重庆城。前年五三、五四两天,一下子炸死炸伤六千人左右。物价飞涨,小公务员叫苦连天。至于做纪念周、唱党歌、背总理遗嘱,连同官场的吹牛拍马,派系复杂,人事纠纷,门户倾轧,一如过去。我们那些熟人,都仍是当官的当官,做老爷的做老爷。贪污腐化更盛,特务气焰更高。共产党很活跃,有报纸,有办事处。不过这里在反共,那里也在反共,只不过这里是明着叫,那里是暗中反。哈哈,现在那边占便宜的是两条——"

童霜威问:"哪两条?"

管仲辉放下扇子,掏手帕擦脸,附身过来耳语说:"第一条是抗战抗下来了。日本人的残暴烧杀,激起了中国人的抗日决心,并未像汪精卫他们预料的那样,支持不住要垮台,更未像日本人的如意算盘,以为让老汪'还都'后,重庆就要动摇。日本人对老汪这点很失望啊!现在看来,四川是天府之国,养得活下江去的人。蜀道又难,山高路远。哈哈,汪精卫一伙到了南京,更刺激了老蒋。共产党又整天唱高调、打游击,牵制监督,不抗也不行。外加指望世界形势起变化寄希望于美、英、苏俄!于是,抗战就拖到了今天。现在,苏德一火并,这抗战当然更要抗下去的!"

"第二条呢?"

"日本人本来想速战速决,一下子席卷中国。有人认为日本很快能灭中国,谁想到蛇要吞象并不容易。听说日本陆军一共不过四十九个师团,三十八个师团牵制在中国!如今兵力分散,力不从心,除铁路线和大城市外,无法驾驭,心腹地带像江南都有新四军和忠义救国军,其他地区可想而知。所以,大的攻势基本停顿,陷在泥淖里拔不出腿来。日本人里有一派倒是急于想和了!你也是知道的,在香港,这种来往和联系是从来没有中断的。"

见管仲辉说得这么大胆坦率,童霜威既出意外又极吃惊,但了解此人的军人性格,也就不奇怪了。听管仲辉的叙述,觉得有理,忍不住又问:"你推测这大局前途,有哪种结果?"

管仲辉摇摇扇子,又放下扇子拔着指关节,笑笑说:"我把听到的周佛海的推测讲给你听听如何? 有一次在他公馆里闲谈,他说:不外五种结果。一是在汪蒋合作之下实现全面和平!"

童霜威摇头,说:"不可能吧?"

管仲辉继续说:"二是汪去蒋来实现全面和平!"

童霜威摇头,说:"怎么可能!"

管仲辉说:"三是蒋下台实现中日和平!"

童霜威又摇头,说:"我看也不可能!"

管仲辉说:"四是日军进逼重庆,或重庆自行崩溃!"

童霜威心里不以为然,没有表态,脸上也无表情。

管仲辉说:"五是日本不能支持,自动撤兵,表面重庆反攻胜利,实则共产党得势以俄代日!"

童霜威仍未表态,反问:"他认为哪种可能最大?"

管仲辉笑笑,说:"他说,最希望第一种,其次第三种,但可能性都很小。第二种是他们所企求的,但似乎也不容易。第五种,以日方情况看,则较可能,但就令人忧虑了!"

童霜威想:汉奸站在汉奸地位上胡思乱想,岂能想得准确! 有意地说:"他这些推测实际是觉得前途渺茫呀! 慎之兄,那你呢?"

管仲辉得意地挤眼笑笑,说:"我是不管这些的!'船到桥头自然直'嘛,哈哈! 春秋时军事家吴起说过:'战胜易,守胜难',日本现在正是这样。也许第六种是眼前这种局面还要不死不活拖下去!"也反问:"你看呢?"

童霜威说:"你这看法我也有! 只是,不管未来如何,中国人总是该做个中国人!"说到这里,童霜威推心置腹地说:"来此观感如何?"

管仲辉笑笑,想说什么又没有说,沉吟了一下,答:"国难!国难!"又说:"'天下乌鸦一般黑'!甚至一蟹不如一蟹了!"

童霜威见管仲辉似乎实心实意,感叹地说:"慎之兄,你是守过南京的将领,你不该来!"

管仲辉哈哈笑了一声,脸上放光,话到嘴边,又咽了下去,点点头,忽又吞吞吐吐地说:"啸天兄,你为人厚道,也不能太……你记得吗?在南京时我就说过你这人太君子了!脾气得改改。你是有学问的人,该懂得天下大势合久必分、分久必合的道理。真真假假,虚虚实实,'兵无常势,水无常形,能因敌变化而取胜者,谓之神'!我看谢元嵩就很'神',所以不吃亏!你也别把到这里来当汉奸的人看作清一色!我这话,哈哈,已经太明白了!哈哈……"他用直率而又曲折的笑声把下面的话全淹没了。

童霜威不禁一字一句咬嚼着他这些神神道道的话,体味着,似乎有了几分明白,又似乎仍不很明白,又问:"那边国共关系如何?"

"哈哈,我是从来不认为也不希望这种关系好的!何敬之做参谋总长,今年一月,秉承最高当局的旨意,叫顾祝同、上官云相在皖南抓了叶挺、杀了项英、消灭新四军。我听汪精卫夸赞过,说这是办了件好事。可惜!共党不好对付!皖南消灭了,如今又在江南、苏北扎下了根。以后,南京这儿反共,重庆那儿也反,一个明枪,一个暗箭,反法不同,宗旨相似,哈哈!"

外面,雨声淅沥。忽然,又响起了"呜——"的解除警报声。夜里人静,警报声特别清楚悠长。

管仲辉站起身来,踱着方步,习惯地拔着骨节"啪啪"响,说:"防空演习完毕了!其实,还从未有飞机来轰炸,有这演习,说明东洋佬和老汪他们心虚,害怕!听到警报的呜呜声,我既想起了守南京时的情景,又想起了在重庆时的情景。今天见到你,潇湘路夜雨,促膝谈心,真又恍然如在梦中。战争年代,这种际遇也不容易啊!"

听他这么一个自命为武人的军人,讲起话来带着诗意和感情,童霜威不禁想:晏子说,"言莫若信,人莫若故"!管仲辉虽来落水附逆,今天也是来作说客的,但并无害我之心,说话也自坦率,与谢元嵩确实不同,因而礼貌地问:"嫂夫人和女公子他们要搬到南京来吗?"

管仲辉肥头大耳地直摇头,咧嘴笑着说:"兔子尚有三窟,我何必把家搬来?偶尔来住住玩玩罢了!我上海租界上的公馆住着舒服。可怜的南京城啊!——"他见雨停歇了,去将窗户"砰"地开了,吸了一口扑面清凉的空气,说:"太荒凉了!住着也总是叫人想起许多往事。兵灾以后,杀人盈城的地方鬼太多,是住不得的!"

电来了,电灯又亮了。童霜威"噗"地吹灭了蜡烛,叹口气说:"我还不知要在此被软禁到哪一天!在此也无日不思念上海租界呢!"

管仲辉忽然挪步踱回来,又坐在童霜威对面,靠近身子说:"啸天兄,我看我可以给你一条锦囊妙计!"

童霜威瞅着他,想起了抗战爆发那年七月,管仲辉送锦囊妙计的事,目光似是问:什么锦囊妙计?

管仲辉轻声神秘地说:"你身体不好,要学学我西安事变后装病住院的本事!嘻嘻,懂吗?"

童霜威说:"我心脏、血压确是不好。这一向,也一直是长期服用一些降压、定心的成药。"

管仲辉点头悄声说:"奉劝老兄,五分病要装成十分重。我呢?要暗中给你出力!晴气庆胤和李士群对我都还可以。我一方面给他们送送礼,一方面要反复告诉他们,你这个人胆小怕事、书呆子气,身体又坏,软禁着病死了影响不好,既不宜杀,也不宜关,化敌为友是上策,驱友为敌是下策,与其逼其为敌,不如联之为友。如此这般,说不定他们会放你回家!"

童霜威想:这管慎之到底是个什么人物呢？他回来落水附逆,又似乎并不把自己看作是汉奸,想说什么就敢说什么,真是玄妙!叫人猜不透！觉得同他到底有过交情,他也熟读过兵法,颇懂得攻守进退之道,而且语气诚恳,不由得点头,说:"慎之兄,回想当年为国大代表的事,多蒙大力筹划,一直心感无既。这次,倘若我能重回上海家里养疴,真是格外感激。"

管仲辉问:"生活上还方便否？缺什么不缺？"他站起身来,扔下扇子,似是想走了。

童霜威也不想留,站起身摇头说:"小儿家霆在此陪伴侍候,也有个'七十六号'的人在此照顾！"说到这里,忽然想到似的问:"慎之兄,我以前的秘书冯村,你在那边时见过没有？"

管仲辉点头说:"噢噢,是西安事变后我住院时代表你来看望我的那个冯秘书吗？"摇摇头说:"可惜,在重庆后来没见到过。"

童霜威倒是很想知道一些冯村的状况的。虽然家霆说冯村来过信劝他去重庆,但信写得简短,看不出他在干些什么,也不知他处境如何。管仲辉的回答,使他失望,就不再说话。

管仲辉同童霜威紧紧握手告别。童霜威对着隔壁房间叫了一声:"家霆！"说:"你来送客！"

看着家霆陪管仲辉下楼后,童霜威独自站在敞开着的黑黝黝的窗前。雨后,天穹朦朦胧胧,远处一片模糊,近处也被黑暗严密地包裹着。一丛丛的树,好像是一簇簇渺渺茫茫的黑影,溶化在雾气里。潮湿的花园里,似有树木野草被水浸泡得难以忍受的呻吟声和叹息声。前边池塘边的蛙声"嘎嘎咕咕"叫成一片。看着雨后暗夜中遥遥人家星星点点鬼火似的灯光,听着一只夜鸟"吱——"

地惊叫着擦窗飞走,他心潮起伏,不禁随口吟出一首七律来:

　　凄凉空城忆浩劫,
　　一念回头未易寻。
　　钟山龙蟠前朝梦,
　　石城虎踞旧时情。
　　沉沉黑暗嗟夜雾,
　　灿灿光明盼晨星。
　　囚居秣陵羡飞鸟,
　　哀思降幡哭新亭①。

四

　　管仲辉来过后的第二天傍晚,天擦黑时分,家霆正在楼上童霜威房里同爸爸对弈。象棋,是家霆从新街口买回来的,倒是用来给童霜威解了些寂寞。

　　忽然,"冷面人"老董急急上楼来了,说:"童少爷,有个年轻漂亮穿和服的日本小姐来了!颐和路二十一号来电话通知过的!说是专门来看望你的。她在楼下!"

　　"年轻漂亮的日本小姐?"家霆放下手里的一只刚想跳过界河去的马,对童霜威说:"爸爸,我下去看看!"

　　他心里想:咦?真奇怪!谁呀?脑海里一闪:难道是欧阳素心?不!她不是什么日本小姐呀,但不是她会是谁呢?一定是她!难道她化了装来了?这可能吗?

　　他几乎没有一天不想欧阳,但第一封信发出后,渺渺无讯,未

---

① 新亭:故址在今南京市南,为三国时东吴所建。《世说新语》载,西晋末,北中国为外族所占领,渡江的一些名士常邀集于新亭饮宴,感叹风景依旧,河北变异,相视而垂泪。

曾收到过她的复信。写了第二封信去,仍旧不见音讯。现在,会是她来了吗?不,不会的!她娇生惯养,家里未必会肯让她来南京!再说,信上也没有叫她来。他信上用暗示的语气告诉她:这儿是有日本人和上海"七十六号"特工总部的人监视着的,随便跑来也不可能会见的。那么,她怎么会来呢?但,这是谁呢?

家霆一颗心忐忑迸跳着走下楼去。"冷面人"跟在后边,说:"她带了上海'七十六号'的公事信由颐和路二十一号办事处介绍来的。手里提着个收音机,门房里的日本兵在盘问。"

家霆暗想:如果是她,一定是找了她父亲才弄到了这种介绍信穿了日本和服来的。想到欧阳能在他和爸爸一同被软禁的情况下从上海租界上亲自到南京来,心里怀着一种又喜又爱又感激的心情,但如果真是她,却又觉得她不该来。

天,在一瞬间暗下来了。门房间亮着灯,灯光从门里射出来,将外边洒亮了一片。灯光里,闪烁着欧阳素心的身影。她穿了一件色调鲜艳的日本和服,正在用日本话同门房间里的日本兵在讲些什么。

家霆心里一热,喜叫一声:"欧阳!……"跑上前去。如果此刻只有他和她,他一定早就冲上去拥抱她了。他的心猛烈地狂跳,几乎忘掉了一切,脸上泛着红晕,眼睛似在燃烧。

欧阳素心回转脸走来。银色的灯光闪在她的背后,她同家霆之间是暗的,彼此几乎看不清脸面,但他看到了她丝织和服里风姿绰约的身材。应当说,日本女子的和服是具有强烈的东方美的:彩带束腰,广袖长裙,显得高雅绮丽。但此刻作为敌国的女性服饰,一种抗日的民族感情,使家霆忍受不了欧阳素心穿这种服装。家霆原谅地想:像她这样漂亮的姑娘,到南京这种由日寇和汉奸盘踞着的城市,如果不穿日本和服,能毫无危险性吗?……但立刻又想:她穿了日本和服遇到像尹二这样的中国人,不也一样是有危险性的吗？一想，感情又矛盾了。

欧阳素心用娴熟的日本话不知对日本门卫说了些什么。日本兵客气地点头招呼。然后，家霆见欧阳素心又闪身站在灯光里朝他可爱地抿嘴笑笑，示意他快帮着去提她带来的提包、小箱子和一只艺妓舞香扇的日本花绸包袱包着的无线电。他看到她脸上的汗水泛光。

他又看到她掏小费给停在门口的那辆汽车的司机，打发那辆汽车走了。她像风一样轻地走过来了。他上前去提物件，"冷面人"也讨好地上来帮着提东西，陪她上楼。

爱情像一团火焰在他心里加温，他喜悦地问："你今天从上海来的？"

她点点头，紧挨着他，用轻得别人听不见的声音问："欢迎吗？"

"你怎么会来的呢？"他问出口了，却又感到在"冷面人"的身旁不该问这问题。

但她回答得很技巧也很真实："说不清！反正，我来了！好像有一股力量吸着我来，不来不行！"

他对她笑了，露出一口雪白的牙齿，心里感到有许许多多话恨不得立刻都同她讲。

他和"冷面人"将欧阳素心的物件都拎到了他住的卧室里。这里早先是童霜威的书房，如今他住着。童霜威在隔壁原先的卧室里住，两间房相通，中间的门关着。家霆是对欧阳素心说也是对"冷面人"说："今晚，你就住在这间房里！我到隔壁房里，同爸爸睡。"然后，他对"冷面人"指指欧阳素心说："老董，等会儿她同我们一起吃晚饭。"

"冷面人"见是日本小姐，格外巴结，连连点头："对对对，我去添菜！"说完，匆匆离开下楼去了。

家霆见"冷面人"走了，一把抱住欧阳素心，紧紧地亲了亲她。

像是在咀嚼幸福,立刻又告诉欧阳素心:"这就是'七十六号'派来的人!"又说:"你来了我真高兴!"但又鄙夷地瞅瞅欧阳素心穿的和服,说:"快把日本衣服换掉吧!洗洗澡,换了衣服我陪你去见爸爸!对面——"他用手指指,"就是盥洗室。"天热,他觉得她一定需要洗一洗了。

欧阳素心明白他是因为仇恨日本人所以厌恶她穿日本和服,没有做声,忽然轻轻叹了一口气,说:"好,我先洗一洗,再换换衣。"

家霆将开水瓶给欧阳送到盥洗间去,又回来开门到隔壁房里去了,将欧阳素心留在房里去洗脸、更衣。他到了爸爸房里,说:"爸爸,欧阳素心从上海来了!"

童霜威正在纳闷,诧异地说:"怎么说是日本小姐呢?"

"她会日语,化装成日本姑娘来了!"家霆思绪复杂地说,"我已经叫她快洗一洗,换了衣再来见您。"

"她来做什么呀?"童霜威摇头,带有责怪地说,"生逢乱世!我们又是这种处境!一个女孩子!……她其实不该来!"

家霆默然,但说:"她既然已经来了,爸爸,您就别说那些了!我希望爸爸您能对她好一些。您见了面就会知道的,她是一个多么好的姑娘!"

童霜威站起身来,踱了几步,摸出万金油来往太阳穴上搽,叹了一口气,说:"是呀,她可能是非常好的!只是,如果不是生在她那样的家庭里就好了!"

家霆又默然了。盥洗室里传来哗哗的水声,欧阳素心关着门在洗濯。他说:"爸爸,这些话您可不要当着她的面说。她自尊心非常强,这是她伤心的事。我只希望您能对她客客气气,那就行了。"

童霜威点点头,又闷闷地叹一口气,烦恼地说:"今晚怎么睡?"

家霆做着手势:"我来陪您睡,她睡我的房。"说完,听到盥洗室水声停了,欧阳素心的脚步声回房了,他就又开了通向自己卧室的那扇门走到隔壁房里去了。

他见欧阳素心动作迅速,已经换去了日本和服,穿上了一件夏季穿的闪闪发亮的丝质黑色旗袍。灯光下,她温柔纯真地看着他,略带忧悒,但雪白的皮肤衬着黑旗袍,异常美丽。

家霆似乎能体会到她的心情,轻声亲切地说:"啊,你累了吧?你是怎么来的?真想死我了!"

她面上平静内心激动地说:"我只想,你在地狱里我也应该下地狱!实在无奈,我找了爸爸。他现在在清乡委员会又兼了个福利处处长的职务,同日本顾问晴气和李士群都有交往。这不,我就请了假设法来了。我总想能看看你,哪怕看上一眼就死也愿意。"说这话时,盈盈的泪珠涌上了眼眶。她从皮夹里取出洁白的小手绢来拭眼。

家霆深深感动,叹了口气,说:"是啊,我还不知哪天才能离开这儿回去呢?学校里的课业也荒废了。"

"我接到你信后,已经找人给你请了假,同学校里打了招呼。你如果能回去,继续上学是没问题的。"

"真想回去啊!可是办不到。我真恨啊!"家霆怒发冲冠,紧紧攥着拳,瞬即又说:"欧阳,你不该穿日本人的服装来的!假冒日本人出了事多不好。再说,你不是不知道,现在中国人多么恨日本人,穿这种衣服不但不安全,反而可能出危险!"

欧阳素心点头,抑制住痛苦地说:"是呀,我想偏了!只以为穿日本和服可能安全一点。没想到在火车上,我坐在那里,人家都不愿意挨着我坐。在下关下火车时,向人打听颐和路,那人也给我脸色瞧,明明知道也说不知道。"

见她梳完了头,家霆说:"走吧,欧阳!到隔壁房里,看看我爸爸去。"他拉着她的手,她却甩脱了他的手。他走到侧门,欢叫:"爸爸,欧阳素心来了!"

欧阳素心随着家霆,像一片云似的飘飘出现在门口,看着头发、胡须都很长的童霜威。童霜威的脸色苍白,威严,身材稳健。她恭敬地叫了一声:"童老伯!"

童霜威被眼前这女孩子美丽脱俗的风度与容貌惊住了,想:呀!怪不得家霆着迷!确实是一个少见的可爱的女孩子!朴素、大方、典雅,带点傲气,又十分灵敏、智慧。她能一个人设法化装成日本少女来南京看家霆,这就不是常人所能做到的呀!想着,心态变了,说:"啊,你就是素心!好啊!知道你来看我们,很高兴!你快坐呀!"

欧阳素心像只小鸟似的依着童霜威身边的椅子上坐下了,说:"老伯,我给您带了一只收音机来,好给您解解寂寞。您可以收听些广播。您等着,我去给您拿来。"说着,她轻快地走到隔壁房间里去。一会儿,就把那只艺妓舞香扇的日本花绸包袱包着的无线电和另一只手提皮包抱来了,解开包袱,抱出一只乳白色的收音机来,微笑着对家霆说:"明天就给伯父安个电插子吧。"她转向童霜威:"伯父,我猜,您一定欢喜我带这个礼物来的!是吗?"

童霜威感到心里温暖,点头说:"当然,当然欢喜!"他已经很久很久没有这么激动过了。

欧阳素心似乎是有意要使童霜威高兴,又打开手提皮包,取出一只金翠镶嵌的深黄色古玩小葫芦来,说:"老伯,还给你带来了一样礼物,是我们家里的!这小葫芦里养着一只会叫的蝈蝈。"说着,她把葫芦转开,果然有一只蝈蝈露出头和触须爬了出来。她又将蝈蝈放进葫芦,说:"老伯,你听!它唱得多么好听。"她孩子气地将小葫芦放近童霜威的耳边,说:"好听吗,老伯?"

童霜威听到:蝈蝈正振翅弹唱出一种"嚯嚯"的音乐声,清脆悦耳,点头说:"好听!好听!"他笑了。家霆发现爸爸本来是从来不笑或极少笑的,现在的笑容是从心里泛上脸颊的。家霆不知为什么,竟想淌眼泪了。

欧阳素心像个可爱的女儿似的说:"老伯,蝈蝈很好喂养,不费事。每天给一点点南瓜、豆芽或者萝卜什么的,它就当饭吃了,可以一直喂养到明年春天还活着。能过冬,冬天放您被窝里别让冻着就行。"说着,将小葫芦塞进童霜威的手里,说:"老伯,您收下。"

童霜威暗想:唉,多么惹人爱的女儿!想来她父亲一定是把她当作掌上明珠的。可是,唉,他为什么要落水呢?为什么不替这样可爱的女儿多想想呢?他有些感慨,接过欧阳素心递来的小葫芦,说:"好!我收下!谢谢你,素心!"

家霆发现并且感觉到爸爸对欧阳素心的感情,就在这不到十分钟的时间里完全变了。心里真高兴呀!在一旁开心地说:"欧阳!你带了什么给我呢?"

欧阳素心笑了,说:"你等不及啦?我给你带了好些吃的东西来,还给你带了你该读的课本和一些书来。说实话,就算给你带的东西重!但想到我们是老同学,又想到一句西洋格言:'不受痛苦,得不到胜利;不踩荆棘,得不到王座;不背负十字架,得不到皇冕!'再重我也只好把它拖来了!"

听她说得有趣,童霜威和家霆都笑了。他们同时觉得她有一样最宝贵的东西,那就是丰富的内心世界和感情世界。

空气很融洽。后来,"冷面人"开晚饭来了。三个人一起吃晚饭。欧阳素心将从上海带来的咖喱鸡、宁波露笋、冬菇鸭、烤麸等罐头开了,还把两个罐头给了"冷面人"。吃饭时,"冷面人"给童霜威送来一张粉红色的烫金请帖,是"留日同学会"发的,邀请后天中午在"迎宾馆"聚餐。

"冷面人"讨好地说:"童委员,后天中午有汽车来接。"

童霜威手拿请柬,掂着分量,想:好呀!对我的软禁又放松一步了,岂不奇怪?对了,又是个圈套!看来似是一个聚餐会,如果我参加了,也就是落水了!说不定报上又要登些什么了!马上对"冷面人"说:"不!老董!你快去打招呼。我身体不好,不能去!"天热,他额上冒汗。

说完这话,他的情绪变了。吃饭时,一句话未说,胃口也不好,吃了大半碗饭,就搁下了。默默地摇扇,郁闷着,使人很容易感觉到他的不快。因此,连欧阳素心也感到在这种时候,不该说什么,只默默地同家霆埋头吃饭。

"冷面人"将吃剩的晚饭收走后,童霜威依旧默默无言,沉浸在抑郁、愤怒的情绪中。家霆同欧阳素心陪他坐着。为了打破铁一般沉重的气氛,欧阳素心先谈了上海初春时的许多惊人暗杀案。最突出的是三月里"七十六号"制造了三起震动中外的大血案:一次是在深夜暴徒们跑到江苏农民银行宿舍集体枪杀了十几个职员;一次是在中国银行宿舍,绑架了近两百人;另一次是袭击中央银行上海驻地放了定时炸弹,炸死炸伤多人。到了四月里,在胶州路孤军营里,八百壮士的团长谢晋元也被刺死了!租界上已经成了无法无天的杀人世界。

家霆听着,计算时间,发生这些事时,正是自己被"七十六号"绑架送来南京的时候。那时报也看不到,也不接触人,这些消息当然都不知道。听到这些日伪特务横行的事后,童霜威父子心情都很压抑,感到天气热得遍体如焚。

家霆后来问起舅舅柳忠华的情况,说:"欧阳,我舅舅做生意的情况怎样了?"

欧阳素心靠窗口坐着,带点娇慵困倦地好像在数天上的星星,说:"你可能想不到吧?生意好像做得不小!现在你那仁安里的大舅方雨荪也搭了伙,还有一个你们家认识的人,名叫江怀南的,也搭了伙。方雨荪就是江怀南介绍的。江怀南常到我们家,就认识了你舅舅。现在,他们都是兴茂贸易公司的股东老板了。"

童霜威也在窗边坐着。夜晚,暑气仍热腾腾地笼罩在空气中,从窗口吹进来的风也不凉爽。听到这里,他皱皱眉,问:"他们在做什么生意?"

欧阳素心摇头,坦率地说:"我不想管,弄不清楚。好像是在上海收购棉纱、棉布、西药等禁运物资,然后运到杭州,再越过封锁线运往浙江富阳等地,到那儿换取桐油、木材等物资。还将上海的西药、钢材等以及从浙江、安徽那一带贩来的桐油、土纸等紧张物资,运到江南和苏北,换取棉花、土布、烧酒。反正是贩来贩去赚钞票。"

从南面安仁街那边,传来了小火车的尖利急促汽笛声和火车车轮与铁轨的撞击声,隆隆地响,单调而疲惫。

童霜威不禁问:"这么运来运去容易吗?日本人不管?"

欧阳素心似乎不想多讲,又似乎并不知道得太详细,但语气充满鄙视和气恨:"依我看,日本人和汉奸都要钱!钱能通神呀!说是日军以'大日本战地御用商'名义给发搬运证呢!"有蚊子在叮她,她用手"啪"的打死了腿上的一只蚊子。

清水塘边和花园草丛中的蛙声阵阵,叫得喧闹。童霜威想:是呀!她说得有理!但日本人、汉奸勾结在一起做生意,江怀南、方雨苏同欧阳筱月一起狼狈为奸并不奇怪,奇怪的是柳忠华他也卷进去了,是干什么?童霜威敏感地想:忠华不是见利忘义的人,他本来也不是商人。如今,通过家霆找到素心的父亲来干这种勾当,决不单纯。会不会是利用日寇、汉奸给新四军走私搞物资?他们贩来贩去,过封锁线,一会儿沦陷区,一会儿国军防守的地区,一会儿又是新四军活动的地区,真是神通广大。一时,思念起柳忠华来了:在汉口时敌机轰炸声中的交谈,在香港湾仔寓所的见面,在上海时他在伪《新申报》上写的赠言,都如在眼前。童霜威想:唉,如果能见到他,同他谈谈多么好!他是个有能耐的人,对什么事都有主见。想念着柳忠华,他就呆呆地不言不语了,起身伫立在窗前,眺望着远处黑暗中星星点点的灯光,看着皎洁的一弯蛾眉月,沉思默想起来,用扇子扇赶蚊子。

见爸爸这样,家霆点上一盘蚊烟,又问欧阳素心:"银娣好吗?"

欧阳素心点头,摇着扇子说:"好!她有本事能使家里人人都喜欢她,我自然更喜欢她。她聪明,仍在上补习学校。我有种感觉,好像你舅舅跟她很知心,不是泛泛的关系。"

家霆没有点头。他能意会到欧阳素心的感觉是正确的。他问:"你有什么感觉?"

"唔,有一点!"她笑得带点顽皮,带点心眼儿,"我常想,你为什么先后介绍这样两个人给我?又常想,你是那样地痛恨日本人和民族败类,可为什么?"她突然停住不说了,笑一笑,缄默起来。

一瞬间,舅舅柳忠华和舅妈杨秋水的面容又浮上家霆的心头。舅舅和舅妈之间的爱情一定是有一段曲折的经历的。舅舅坐牢坐了漫长的岁月,舅妈一定是在等待着他的。可是,他们多么不幸,相聚短促竟又生离死别了,真像一曲悲歌!想起这种种,他有点心酸,他觉得不好回答欧阳素心的问题,就岔开话题对欧阳素心说:"欧阳,明天,你陪我到中华门外去一次好吗?"

"去干什么?"她坐在窗边,似乎闻到了风从玄武湖里散播过来的荷花和莲叶的清香。

"那里埋葬着我的母亲,我要让你见见她,也让她看看你。"

"那当然好。"她乐意地点头回答,似乎觉得这是她应该做的事。偶尔飘来的荷花、莲叶清香使她陶醉。

他看着欧阳素心。她坐在窗前,沐浴着银样的月光,那美好的容貌,高贵庄重的仪态,活泼温柔的韵味,使他心头涌起幸福的潮汐。他向她微笑,她也回他以微笑。用不着说话,情意畅通交流。

他心里有爱情,真希望时光永驻,停顿在这种甜美隽永的感情和意境之中。他想起了拜伦的一首诗中的两句:

> 她在美中步履姗姗,
> 像星空和无云的夜晚。

后来,那夜,欧阳素心回房放下珠罗纱帐子睡了。

家霆在爸爸房里陪童霜威睡。父亲和儿子两人亲密地睡在一头。夏夜,月光明镜似的照来,透过窗户,透过蚊帐,射在床上。这时,外边,月光一定正像透明的面纱,笼罩在玄武湖和古台城上,普照着烟雾。露水一定正悄悄地在降落。花园里,月光与树影也一定在一起晃动,闪烁在清水塘上。繁密的蛙声与虫声纷杂地传来,家霆想:欧阳素心这时一定也没有入睡,月光一定也照在她床上,她一定也在看着月光,听着蛙声与虫声。他真想此刻能同她仍在一起偎依着谈心,永无休止地偎依着,永无休止地谈着。不,不必谈,就是不说,只要无声地偎依着坐在一起,就是甜蜜和幸福!……他发现爸爸翻着身也没有睡熟。月亮像一盏银色的天灯,照得窗棂透明。他见爸爸正睁眼看着窗户外一只庞大的蜘蛛网出神。那八卦似的大网上有一只在苦苦挣扎的飞虫,好像是一只"金牯牛",被蛛网粘住了,正拼命想挣脱。一只大蜘蛛在网中央觊觎着,想等待飞虫精疲力尽了马上扑上去吐丝将它拴裹起来。但是,飞虫挣扎得凶,终于,破网飞走了!

家霆兴奋地问:"爸爸,您没有睡着?"

童霜威"唔"了一声,说:"是呀,我在想你的舅舅,想得很多。"他嫌热,又"噗噗"地扇起扇子来,"你把舅舅的情况告诉欧阳了吗?"

"没有。"家霆回答,"但她聪明,会有感觉的,不但对舅舅,对银娣也是那样。"说到这里,问:"爸爸,您觉得欧阳怎样?"

"我很喜欢她。"童霜威发自内心地说,"如果我有一个这样的女儿就好了,真是一个十分可爱又懂事的姑娘。只是——"他叹息一声,"她的父亲太对不起她了!"

家霆心里也叹息,嘴上没有说出来。他理解爸爸对于儿子同欧阳筱月的女儿恋爱还是不太同意的,想:只好依靠欧阳的为人和我的坚决使爸爸同意了。他告诉童霜威说:"爸爸,明天,我想同欧阳到雨花台去,寻找一下舅舅给妈妈立的那块墓碑,我们雇马车去。我打听过了,那里现在可以去,也有游人了,没问题的。"

童霜威沉默了一会儿,又叹息一声,说:"好啊!"

月光迷离,家霆看见爸爸朝天睡着,张着双眼,心里明白:爸爸一定又勾起了许多回忆,今夜一定又是睡不好了。他劝慰着说:"爸爸,您不要多想了,好好睡吧!也许,管仲辉会帮忙的。只要能回到上海仁安里,我就设法找到舅舅,跟他商量,我们就可以设法秘密逃跑。"

童霜威思考着说:"是啊,我是打算按管仲辉说的办啊。身体本来不好,我要装得更不好。这次,倘若真有机会不被软禁,拼着死,我也要冲出牢笼去!"稍停,又唏嘘一声,"你那继母,太无情无义了!我在这里,她哪管我的死活?其实,我也并不想她来,她来,除了逼我落水附逆,别无其他目的。但她要来,是不难办到的!她将你推进了火坑,自己却一定天天又在上海打麻将逛公司了!心肝全无!"

家霆明白:爸爸是有感而发,只能再劝慰着说:"她不来也好,一家人都拴在这里更糟!"

童霜威没有做声。在这夏天的夜晚,过了半夜,暑气渐消,窗外有微微的清风吹来拂动蚊帐。花园里月光下的虫叫声"曪曪""吱吱"传来,似乎带点秋意。童霜威忽然想到了什么似的说:"家霆,记得不?四年前这时候,南京初遭轰炸,我们正离开南京到安徽南陵县去。你还记得那夜行船上的情景吗?"

家霆轻声微喟地答:"记得。"

于是,那青弋江夜行船上的橹声、船桅上的一盏灯、水声、夜鸟惊叫声、船工夫妇轻轻低语声,一时都涌上心头。抗战爆发四年间的种种不平凡的经历,也都像烟云似的掠过眼前,既遥远又似只是昨天的事。

第二天早上,家霆陪欧阳素心像出去郊游似的离开潇湘路一号。

欧阳素心穿得特别朴素,一件浅天蓝色的短袖阴丹士林旗袍穿在她身上,显得格外妩媚、和谐。淡雅每每衬得人更美,天然也使少女出落得大方。她有一种平静的高傲,很惹人注目。

"冷面人"恭敬相送。他可能感到有管仲辉这样的大人物来看望,又有欧阳素心这样的日本小姐是家霆的女朋友,可以预卜到童霜威的命运不会太坏,脸上居然也笑眯眯的了。门房间里的日本兵对欧阳素心笑着用日语交谈,好像是问欧阳素心怎么改了装束。光脑袋的年轻日本兵笑得很和气,也点头鞠躬,彬彬有礼。

离开潇湘路一号走出路口时,家霆笑着打趣说:"欧阳,真想不到,你的日本话讲得跟鬼子一样好!连弯腰打躬,也像东洋人!"

欧阳素心用美丽的眼睛看看他,说:"是吗?"

是个晴朗的好天气,蝉声悠扬,气温很高。穿出潇湘路,笔直步行到中山路口上,恰好遇见一辆敞篷破旧马车。车上是一个花白头发戴破草帽、穿破汗衫的马车夫。讲了价钱,包了马车,说明到中华门外雨花台,在雨花台等候两小时后再原路回来,两人一起上了马车。

鞭丝斜袅,马蹄嘚嘚,破旧的马车在中山路上颠动着向南驰去。路上行人不多,汽车、人力车、马车也不多。一早就炎热,蝉声在路两边一些绿树上远远近近地鸣响。盛夏的太阳发挥着威力,闪着耀眼的金光,更衬得四下里景物的冷寂,荒凉。

欧阳素心叹息说:"啊!变化太大了!昨天从下关一下火车,就感到南京变了!同我记忆中的南京不一样,总觉得没了生气,没了笑声,人人脸上挂了一层灰。有些地方是断垣残壁,有些地方看不到人烟,有些地方使我想到战争和杀戮。我们家战前住在中山东路,房子听说烧毁了!早先,房顶上有个铁皮制的风信鸡,风一来,会转动,该也不在了。明后天,找时间你陪我去故居凭吊一下。"

马车夫是个历尽沧桑的老头儿,脸上的皱纹像松树皮,上身裸露的肌肉像被太阳灼焦了似的,闷头赶车。

家霆问他:"老伯伯,夫子庙现在怎么样了?"

老头儿摇摇头:"夫子庙烧光啦!除了剩个聚星亭还在,别的都没有啦。"

"老伯伯,南京失守时您在城里吗?"欧阳素心问。

老头儿好像无所顾忌,说:"当时躲在南边云台山乡下,光知道城里烧杀奸淫,过了两个月回来,知道的事比听到的更厉害。"他唉声叹气,"杀的人堆起来比山还要高哪!我回来很久了,夜里还没人敢上街,哭声还到处都有。"

家霆轻声地叹口气,说:"如果有鬼魂的话,南京城的鬼比人要多得多了!欧阳,你想到没有?我们经过的这些地方,也许都躺过死人,流过中国人的鲜血。"

欧阳素心似乎心里涨满伤感,惨然地说:"我真想生活在一个没有战争的世界里!"

家霆看着她善良的眼睛,遐想地说:"是啊,是希望有那么一天!再也没有侵略者和卖国贼,再也没有屠杀和奴役,再也没有流血和离散,再也没有眼泪和仇恨!"

"该有什么呢?"她凝思着问。

家霆认真地说:"留下的只有爱,只有美丽的家园、幸福勤奋的生活,只有我和你之间的甜蜜!"

她微微笑了。他觉得她笑得像一朵亭亭玉立的鲜花,只是她的微笑为什么带着淡淡的哀愁呢?

家霆觉得能理解她笑中的哀愁,叹口气说:"唉!现在,当然全是幻想和空想。中国在被侵略,中国人在被奴役和屠杀,只有抗战!不能像路边这些标语牌上写的什么'和平'!和平需要善意!也许只有抗战,只有杀死鬼子和汉奸,才能换来以后的和平。"

欧阳素心点头,但脸上那一丝带着哀愁的微笑也消失了,她的嘴唇变得苍白起来。

坐在敞篷马车上,虽然晒着太阳,但很舒适。童年时的欢乐与喜悦,都涌上心头,又一同回忆起儿时南京的情景,谈起南京夏日的一些风俗来了。

家霆说:"南京那时有个风俗,立夏那天,大人要叫小孩骑在门槛上吃豌豆糕,说是吃了可以不疰夏。那时,我家有个女佣是南京人,总要我那么干。"他问欧阳素心:"你小时候骑过门槛没有?"

欧阳素心摇头,笑着用南京话说:"傻乎乎的小把戏才会骑门槛,我可没骑过。但过端午时,南京叫作娃娃节,那时,我们女生抽屉里都有彩色丝线、小剪子,我们用彩线缠裹出五彩的粽子。我最爱那些装咸鸭蛋的五彩小网兜、小红绒花和用零碎缎子做的小香袋了。"

家霆笑了,也撇南京话说:"这些小丫头玩的东西,我可不喜欢。"

欧阳素心说:"阴历六月初四放荷花灯呢?喜不喜欢?六月初四南京人说是荷花生日,做了荷花灯点着了蜡烛放在水上漂,说是给荷花做生日。夜晚荷花灯一盏盏漂在水上,真美极了!"

边忆边谈,家霆约定:除了陪欧阳素心去烧毁了的故居看看外,再一同到大石桥畔的母校去看看旧址。老同学谈起当年学校里的生活,有谈不尽的话。

马车蹄声嘚嘚,经过比较热闹的新街口。广场中心有一个新迁置来的孙中山铜像,两米多高。家霆不禁想:汉奸汪精卫装得好像他是中山信徒。中山先生说:"革命尚未成功,同志仍需努力",如果像汪精卫这些卖国贼这样努力,中国不就彻底完了吗?新街口商店较多,有个商店正放唱片,一个日本女声妖声妖气在唱:"支那之夜哟!支那之夜哟!……"街边一个白发老太婆拄着拐杖在大声吆喝着讨钱。一家米店门口拥着些人,好像是卖平价米。一辆汽车上有日本人带着个时装年轻中国女人下车进饭馆。

马车在新街口没停留,继续向南。马不停蹄,一直走到中华门来了。这里人多,店摊不少,乱糟糟的。

马车夫指指中华门,说:"城墙上炮弹枪弹打的洞看到了吧?那些烧焦了的工事看到了吧?这一带,当时战事可激烈了,涂满了血,堆满了死人。城墙有好几处都给炮轰坍了,好些店面都是这两年新修的。"

搏战的风涛似仍存在。家霆和欧阳素心循着马车夫的手指,看着城墙上的弹洞和已被拆毁的犬牙交错的工事,当时的惨状历历如在目前,似乎能想象当年这儿伏尸喋血、墙垣呻吟、弹孔沥血、死者呼号的情景。

有一家卖包子的小店,放着两张破旧油垢的小木桌,门口火上蒸着笼屉,冒着热气,里边有个伙计在和面擀皮儿包包子。隔壁是一家卖本地月饼的糕点铺。家霆说:"欧阳,买点南京本地月饼带去野餐吧,好吗?"

欧阳素心赞成:"这几年吃的都是广东月饼、苏州月饼。南京月饼虽不好吃,也该尝尝了。"她叫马车夫:"老伯伯,停一停!我们买点吃的。"

靠街边停了车，两人一起下车。没想到，一下车，立刻拥上来六七个小叫花子，一个个都伸手讨钱。欧阳素心叹了口气，像天女散花似的一个个给了钱。两人同去那小铺里买了些荤五仁、素椒盐的本地月饼，又在隔壁一家小酒店里买了些咸鸭蛋和熟香肚、盐水鸭，店家都用荷叶分开给包了。恰好见有提篮卖荷花和莲蓬、嫩藕的，欧阳素心买了一束红白相间的荷花，又将莲蓬、嫩藕都买了些。上马车时，欧阳素心将月饼和鸭蛋、莲蓬等都分了一份给赶马车的老伯伯，马车夫千恩万谢。

出中华门又朝南行。西边有一片废墟，一男一女两个穷人家的小孩在瓦砾堆里拾石子玩耍，使人由废墟想到南京沦陷时遭到毁灭的旧事，心头凄凉。

终于，马车踽踽行到气象森然的雨花台下来了。

雨花台共有三个山岗，东面一个，中间一个，西面一个，除了蝉声吵人，一片幽静。虽是阳光蒸晒的晴天，却总使人感到天低云重，光景惨淡。

两人要马车夫等候，捧着荷花，提着吃的，向前走去。热风吹拂，遍地是丛生的蔓草，摇动的树梢投下斑驳游移的阴影，灰青色的石头上布满了苔藓。这地方历来公开和秘密杀害的人多了，在心理上给人造成了一种恐怖压抑的感觉，在环境上也给人一种苍郁而阒无声息的印象，使人想到黑夜里的枪声、残酷的活埋、血淋淋的刀劈、累累的白骨……

先看了北宋进士杨邦乂剖心处的碑文。杨邦乂不肯投降金人，被剖心杀死。风化了的碑文读起来令人毛骨悚然。碑文上有"俾曜忠灵于国步艰难外侮日亟之时，国人等亦瞻慕而兴起乎"的句子。杨邦乂剖心处旁，有辛亥革命阵亡将士人马冢刻石记事。荒草没胫，久已无人来凭吊了。

又走到雨花台下的方孝孺墓前来了。

方孝孺墓也是苍苔覆盖,凄凉地屹立在那里。周围有几棵挺拔的青松虬生多姿,墓旁有石栏。见到这墓,家霆想起前一段时间,爸爸讲起过杨邦义和方孝孺的故事。杨邦义是因为金兵攻下南京时被捕不屈,大骂金帅完颜宗弼被开膛剖心杀死的。方孝孺本是明太祖的大臣,辅佐太子。明成祖靖难后,命方孝孺草诏,他披麻戴孝执笔写了一个"篡"位的"篡"字。明成祖说:"你不怕灭九族吗?"方孝孺答:"十族何妨?"结果真的灭了十族,连老师一家都被满门抄斩。家霆想:爸爸好端端想起了杨邦义和方孝孺,也是从自身的遭遇有感而发的吧?看着墓,心里凄恻起来。

上了雨花台。乾隆皇帝题的"天下第二泉"的石碑仍在。这雨花台啊!真是"其旁冢累累,其下藏碧血"。远处山岗山坡间,绿草萋迷的荒冢数也数不清,令人产生空虚孤寂的沉思。这个名胜去处,现在也有用芦席搭的茶棚,也有出售一元钱一蒲包的五彩卵石的小贩。但游人稀少。几个卖五彩卵石的都同时拥上来纠缠着兜生意。

欧阳素心对家霆说:"买点做个纪念吧!"她付了钱给一个颤颤巍巍拄拐杖的跛老头,从一蒲包石子中挑了十几块精美的五彩卵石,将其余的还给老人,说:"最好的我都挑了,这些还您,再卖给别人吧!"

家霆来到这里,看到了远处乱草漠漠、荒冢累累,神魂不定,心里悲痛,想起了妈妈柳苇,哀伤不已。站在那里,双脚像铸定了似的。阳光下,碧绿的乱草坡岗,像睡熟了一般,蓝天上一丝云彩也没有。中午的气温熏人,有一种古怪的鸟不知躲在哪棵小树上啼叫,声音像是一声声的悲哭,啼得人心里悱恻难受。

欧阳素心看着洪荒之地似的乱坟岗黯然神伤,似看到有魂魄在荒山野岭间徘徊飘荡。忽然好像想起了什么,问:"家霆,伯母怎么会葬在这里的呢?"她显然是疏忽了。昨晚家霆约她上坟,她一时没有想到别的。但现在,触景生情,她想:雨花台过去是枪毙人的地方呀!……是怎么回事呢?

家霆回过身来,用两只俊气、坚定的眼睛看着欧阳素心,说:"欧阳!有一件事,我始终没有告诉你。今天,我要对你说。……"

一缕轻柔的黑发在额前飘动,欧阳素心的脸色因吃惊突然变得苍白,说:"家霆,告诉我吧!凡你愿意说的我都爱听;凡你不愿告诉我的我可以不问。"

家霆同欧阳素心找块树荫下的干净草地席地而坐。欧阳素心静静听着家霆含泪的叙述。

天下真是常有这种复杂得意想不到的事呢!听着叙述,欧阳素心也落泪了。听完,她捧着荷花站起身说:"走,家霆,我们好好找一找吧!可是这么大的雨花台,你知道墓碑是在哪里吗?"

家霆摇摇头,说:"还是抗战初在武汉的时候,冯村舅舅告诉我的,没谈具体地点。后来,我问过舅舅,他说是从主峰西下,有一片空草坪,那儿埋葬的被杀害的人最多!"天热,他满面是汗。

欧阳素心捧着那束纯洁高雅红白相间的荷花,说:"我们从主峰西下,好好找一找!"她庄重地注视着远处,脸上闪出善良的光辉,自然地流露出一种不经意的温柔,浑身洋溢着青春的活力,使人感到她的性情温柔,却意志刚强。

两人一起踩着沙砾的土地和荒草、卵石,从主峰西下,踏着长满青苔的羊肠小道,跨过高高的野草、荆棘。有凹凸不平的坡岗。有一些破碎断裂的青石碑,上面的字迹早已模糊。走着走着,在岗峦和绿树环抱中,果然有一片绿毯似的空草坪。

欧阳素心惊呼起来:"看哪!该是在这儿了!"

家霆挽着她的手,像两个孩子似的,两人奔跑着到草坪上去。草坪坑洼不平,杂草里开着野花。有些地方,草深没胫。是这儿流的血多了,所以野草长得特别茂盛吗?周围可以瞥见草中一些馒头似的荒坟,有的已经倾塌坍裂,被野狗、野兔扒开的洞孔中,露出白骨和骷髅。不远处正有一条野狗豺狼似的在草丛中蹿跃。家霆就地拣起一块卵石掷过去把狗赶走。南京城遭大屠杀时,日本兵连狗也不放过,用枪打死不少。这一定也是条劫后余生的狗吧?它一条后腿是瘸的,尾巴显然给人砍掉了,热得伸出鲜红的舌头,跳跃着溜了。

忽然,欧阳素心拭着汗叫了一声:"看!"

家霆定神一看,果然,在西侧一个土坡旁的野草中,竖着一块约摸一尺多高的石碑,经过风吹日晒和雨雾霜雪,石碑已经显得色泽灰淡,但上边深镌的字迹还是清晰的。

两人上前看时,果然上面写的是:

献给柳苇　廿·一·八

家霆双膝一屈,伏倒在地,流泪跪拜在碑前,呜咽地说:"妈妈,我和素心看您来了!……"

欧阳素心恭恭敬敬将一束美丽芬芳的荷花献在碑前,九十度深深鞠了三个躬。

这时,有只美丽洁白的蝴蝶在草丛中颤颤地翩跹起舞,忽然摇摇晃晃飞过来了,围着他们飞了一圈又飞走了。啊,在这附近,开放着一些黄色、红色的野花。是花儿吸引了蝴蝶,还是妈妈柳苇的精灵化成了蝴蝶?

天空蔚蓝,太阳照耀着绿色的平静、凄凉的空草坪,使野草显得生气勃勃。岗上扶疏叠翠的一些绿树寂寞地肃立。叫声古怪的鸟儿不知躲在什么树丛中,又在悲啼哀鸣了。

家霆站起身来,心里漾起了一种神圣感,说:"欧阳!我以我有这样一个母亲骄傲,因为她有高尚的品格。品格是难下定义的,但它却是人最宝贵的东西。"说这话时,他又想起了杨秋水阿姨,不!杨秋水舅妈!

欧阳素心低垂眼帘,长长的睫毛在轻轻颤动,说:"家霆,我羡慕你！……"她似乎想讲些什么,又没有讲。忽然,她指着墓碑说:"咦? 墓碑上还写着'廿·一·八',这三个字是什么意思呢? 是伯母的忌日,还是你舅舅立碑的日子?"

家霆想了一想,摇头说:"都不是! 妈妈死,是在一个秋天。舅舅来立碑,也是夏秋之际。"

"那是什么意思呢?"

家霆皱眉思索着,忽然好像大彻大悟了,说:"呀! 你看,这三个字组叠起来是一个'共'字呀! 也许,这是替妈妈立的碑,也是给所有死在这里的他们的党人立的碑呀!"

欧阳素心点着头缓缓地说:"家霆,我明白了! 一切我都明白了!"她激动得脸也红了,眼里闪着希望的光焰,说:"相信我吧! 我不会做对不起你的任何事的。我现在明白你为什么介绍你舅舅和银娣给我了。我知道,他们不是简单的人! 如果你认为有些事不便告诉我的话,我已经说过,我绝对不问。但我要尽力帮助他们。为了你,也为了正义。"

家霆感到欧阳是误解自己了! 确实,许许多多的事,对舅舅和银娣,自己也没有真了解,许多也仅是感觉和猜想,怎么说得清呢!

家霆诚恳地说:"欧阳,不要误解。我决不是有什么事故意隐瞒欺骗你。我们之间,既然相爱了,就不应当隐瞒什么。我完全信任你,就像信任我自己一样。"

想不到,欧阳素心忽然拭泪了,在感情的浪涛中颠簸着,脸上的表情似是要把一些冲击着她心灵之门的秘密的烦忧倾吐出来,说:"家霆,我有一件事,一直隐瞒着你。我现在要告诉你,不考虑任何后果!"

有一只苍鹰展翅在天空翱翔。

太阳发红,给周围的崖峰坡岗都抹上一层血色的光辉。四下死寂,仿佛在这块杀人盈野的草坪上,所有的生命都停止了喧嚣和骚动,显得空旷与寂寥。

家霆吃惊地看着她,发现她美丽的嘴唇在颤抖,脸色在阳光下变得分外冷峻,家霆安慰地说:"啊,欧阳!什么事使你这样激动呢?告诉我。"

欧阳素心突然忍住泪水变得矜持起来了,说:"我知道你仇恨日本!可是,我是半个日本人!"

"半个日本人?"家霆面部肌肉痉挛起来,感到十分痛苦,太缺少思想准备了!

"是的,半个日本人!"欧阳素心由于激动,脸上显出淡淡的红晕,眼里有一层薄薄的泪水在日光下闪亮,说:"我已经去世的妈妈,是日本人,她的骨灰葬在长崎。她是日本长崎人,战前就送去葬在日本长崎的。我知道你恨日本人,恨汉奸!我也觉得日本侵略中国,汉奸可耻可鄙,但偏偏……"她哭泣起来,"我是下了决心要把这件事告诉你的。我爱你,但不能对不起你!为什么日本偏要侵略中国同中国打仗呢?为什么欧阳筱月偏要落水附逆呢?我真受不了!我早说过,我们之间这样是不会有幸福的!我这次来看你,也是向你告别来的!……"说着,她伤心极了。

家霆刹那间全都明白了。过去一些没当一回事的疑团如今有了答案:欧阳素心卧室里的那幅日本富士山风景油画;那些日本小摆设;她说话时偶尔有过的吞吞吐吐;她的日语那么流利;她穿和服那么像个日本少女……直到那次她坚决不愿再相见的态度,现在都明白了,但他也惊呆了。啊!他心里是这样热爱欧阳,可是眼面前的事实却这样残酷!他在感情上遇到了两种难以调和的矛盾冲突,又掺和着凭吊妈妈涌在心头的悲痛与凄怆,一时竟愕然不知所措。想到爸爸如果知道欧阳素心是半个日本人后一定也会产生犹豫时,他更惘然,不知该怎么办了。

家霆十分怅惘!也许人生总陪伴着怅惘?家霆恨恨地"唉"了

一声,脸上带着迷惑的沉思。他没有说话,可是这一个脱口而出的"唉"声,所有情绪都表露无遗了!

欧阳素心凝视着他,不再多说,忽然却平静下来了。她似乎变得若无其事,似乎刚才并未发生过那件事,说:"走吧!回去吧!"

他们俩谁都没有说话,一起走着。回到等候着的那辆马车上,才想起刚才带的所有野餐用的吃食,都放在那块石碑旁忘了拿,更忘了吃。

瘦骨嶙峋的老马,蹄声寂寞地一路"嘚嘚"敲响。回到潇湘路一号,已是下午四点。家霆心里有事,显得沉闷抑郁。欧阳素心却正常得反常,依然陪童霜威谈话,热络络地把去雨花台的情况说给童霜威听。

晚饭后,外边,是一个清净凉爽的夏夜。有清风吹来玄武湖里的荷花香,有皎洁的明月光。从楼上窗口望下去,前边清水塘的水面上映着被水波揉破了的月亮倒影,银白的亮光漾开去,漾开去。蛙声鼓噪,败落的花园草丛中有纺织娘在低吟浅唱。萤火虫拖着绿色的小灯笼似的尾巴在飞舞。……静谧的夜里使人感到黑暗处潜伏着许多不静谧的东西。

家霆邀欧阳素心到楼下花园里散散步,她却摇摇头,说疲倦了,想早点休息,就回房去了,并且叮嘱家霆:"有事明天谈,今晚别打搅我!"

后来,家霆听到她下楼不知去干什么。家霆感到头疼,早早陪童霜威睡了。童霜威只以为儿子去雨花台触动了伤心处,又疲累了,也未过问。

意外的是:第二天早上,家霆到欧阳素心房里去,看到她不见了,有一封留在床上的信。急急拆开一看,上面写的是:

家霆:

我走了!来也匆匆,去也匆匆,别怪我,也别为我担心。

> 天下无不散的相聚。千思万想,还是这样分手的好。
>
> 说过的话我都会做到。我们永远总是要好的老同学。
>
> 为我谢谢伯父,祝他健康幸运!并请他原谅我不告而别。
>
> 欧阳

五

方立荪晚上在四马路广西路口会乐里书寓①里吃花酒。会乐里是上海滩有名的销金窟,弄堂内全是高等妓院。每家妓院门口都吊挂着白底红字的灯招,上面写着红妓的名字招徕客人。方立荪常在这里宴客,请日本人,也请"宏济善堂"的客户。昨晚酒宴结束,时间迟了,他夜里就在那里留宿了。虽已九月,天气炎热,他一夜都未睡好。

早上十点多起身,妓院里的娘姨送来了小笼包子和豆浆油条,他胡乱吃了一点,头里晕糊糊的。打了电话到西爱咸斯路公馆叫汽车来接。接电话的是"老虎头",啰啰嗦嗦,开口就责问:"昨天是双日,你为什么不回家住?你一天到晚'超出三界外,不在五行中',只知道自己玩女人、图痛快,就做事不留情!我是吊桶落在井里!瓦片永无翻身日了!"话未说完,呜呜哭将起来。

方立荪嫌她讨厌,在电话里大声吆喝:"一早上就触我霉头!哭哭哭,哭你娘的×!你马上叫汽车夫阿陈把车子开来!保镖也要来!车子开到四马路广西路口等我,越快越好!"说了,"啪"地挂上电话。

他是个谨慎人,从来不让车子到妓院来接他。过去没有汽车时,他有辆自备人力车。车上装有电石灯和响铃,晚间光亮夺目、

---

① 书寓:高级妓院的代称,又叫"长三堂子"。

铃声叮当。曾有妓院里的相好在夏天要他派车子坐了"兜风",他也从不答允。现在,买了汽车,有了保镖,他仍是老规矩,汽车只给自己坐。到自己认为应当秘密的去处,也不让汽车夫和保镖知道他的行踪。有时,他到日本人家里去,离开一截路下车,让汽车夫和保镖等着,宁可自己走了去,也不让汽车夫和保镖知道他去日本人那里干什么。虽有危险,他也还是觉得这样好。

后来,那辆"福特"汽车由汽车夫阿陈驾驶着来了,保镖"阔嘴巴"荣生也同车来了。汽车停在四川路广西路口,他上了车,让开到汉口路仁安里去。

他这一向,财运高照,人更胖了,走路也更蹒跚。昨天下午在虹口虬江路上一家日本人开的"御料理"里设宴请"宏济善堂"的两个日本人吃饭。同时,也请了支持"宏济善堂"的日本上海特务机关机关长陆军原田少将的辅佐官德本中佐,目的是请上海特务机关能给予"大日本战地御用商"或"嘱托商"名义核发"物资搬运出入许可证",让"宏济善堂"的鸦片烟能贩运到外地及内地国民党统治区去。在请这些客人时,他又特地加请了沪西极司斐尔路七十六号特工总部警卫总队长吴四宝。

吴四宝,江苏南通人,是个满脸横肉四十开外的黑大块头。年轻时,在上海公共租界跑马厅当过牵马僮,后来替巡捕房办些事,也替一个英国人开过汽车。因为在上海牵涉到一件杀人案,浪迹山东,到军阀队伍里当过兵。过了些年,回到上海,拜丁啸林的师弟青帮通字辈大流氓季云卿做了老头子。他像个凶神恶煞,不怕死,不要脸,成了青帮里的亡命之徒,人提起他都牙齿发冷,含糊三分。他同李士群搭上线后,成了李的心腹,同李士群结拜为异姓兄弟,李士群开口闭口叫他"四宝哥"。战争使他变成了铁石心肠。他杀人不眨眼,在"七十六号"里又安插了自己一伙流氓兄弟结成一帮,见钱眼红,什么坏事都干,绰号"杀人太保"。在帮李士群反丁默村,将丁默村排挤出"七十六号"中,为李士群立下了汗马功劳,他就更加狂妄,常说:"哪个瘪三敢同我穷爷为难,穷爷一个个请他吃卫生丸!我吴四宝当汉奸就要当个痛快!"

方立荪因为拜过丁啸林做老头子,同季云卿也熟识,凭这点关系和他搭上了边。本来,他是不想去沾吴四宝的,但吴四宝指挥他的徒子徒孙,到各处售吸所和土膏行登门拜客,迫使缴纳月规钱,为这还打伤过"宏济善堂"的人,也用手枪威胁过一些土膏行的老板。吴四宝又在沪西开了一爿吗啡厂,雇用了些高丽浪人勾结日本宪兵队里的密探贩毒售毒,方立荪就不能不敷衍、讨好吴四宝,同他拉拉关系了。

加上,近来方立荪越来越感到自己在政界应当有个亲近的靠山。眼面前放着的那个妹夫童霜威,偏偏是个死人额骨头,僵得很也硬得很。如果童霜威肯在汪精卫手下当大官,自己沾光之处一定不少!他生意越做越大,钱越赚越多,越感到需要政治上的靠山。当初,他主张将妹妹嫁给童霜威,本来是打过这算盘的。如今,童霜威被软禁着,自己不闻不问,岂非放着家里的自来水不用要去河里挑水喝?

比如吴四宝这种粗坯吧,如果,自己妹夫在南京是个部长,就不必买他的穷账了!所以,同方丽清商量过几次后,他决定走吴四宝的路子,亲自陪方丽清一起到南京走一趟,去看看童霜威,带些吃的去,好好再下力规劝一番,让方丽清在南京陪童霜威住上几天。"好汉也怕枕边风"!他认为目前东洋人很得势,德国人打苏联也打得很顺手。苦海无边,方丽清去劝劝,童霜威也该回心转意了。

他早些天给吴四宝送了礼,讲了情况,提了要求,说明打算陪妹妹去南京看看童霜威。吴四宝十分爽气,瞪着眼睛点头拍胸脯:"你妹妹同去不方便,不去算了!你老兄去当然可以!一句话,包在兄弟身上!"稍停,突然弹着黑眼珠又说:"不过,你是大富翁了!再说,又替东洋人一道做黑货生意。你自己去,万一渝蒋方面的特工下毒手,那也危险。我派两个弟兄送你到南京去!……"

方立荪是个精明人。昨天中午请客,特地请了吴四宝。既叫吴四宝领情,又是摆出些东洋人来给吴四宝看看。意思是:我方立荪同东洋人是有交情的,非等闲之辈!你不要小看了我,不买我的账!

果然,一顿饭吃得非常热闹。吴四宝兴高采烈,酒灌得很多,黑脸泛红,眼露血丝。临走,瞪着两只凶光毕露的大眼,对方立荪拍胸脯说:"方兄!明天下午,我就派人送你去南京!中午一点钟,你在西爱咸斯路府上等着,我派人来!但要保守秘密,不要对人说,免得出事。现在渝蒋的地下人员狗急跳墙……不提防不行!"

这事,方立荪昨晚打过电话告诉了妹妹方丽清,说明自己今天要去南京,行前见面再谈谈。现在,打算亲自去仁安里二十一号看看、谈谈,然后回西爱咸斯路家里吃中饭,等着"七十六号"派人来陪着去南京。

他到了仁安里,"小娘娘"方丽明正在厨房里帮娘姨阿金和厨师傅胖子阿福忙着办饭。见他来了,都各自叫了他一声。听见楼上麻将声,他明白又在打牌了,心里不禁想:这个小妹呀!真是个一心无牵挂的福人!

方丽清、方老太太正同仁安里十号的康太太和九号的孙师母在打小麻将。这一向,"小翠红"总是郁郁寡欢犯心口疼和头疼,自从方雨荪怀疑她同洋行里的青年跑街沈镇海"不干不净"以后,沈镇海再也不来了。方雨荪自己在外面又租了小房子包了一个百乐门舞厅的红舞女,常常不回来过夜。说他是有心冷落"小翠红"也可,说他是借这因头自己又在外边胡调更可。"小翠红"夏天"痒夏",吃不下睡不着,人一天比一天瘦削。方老太太和方丽清拉她打麻将,她能推托尽量推托,总是爱独自睡觉或者坐在房里膝上蹲着那只波斯种白猫绣枕套,一针又一针。再或,看戏迷方传经书架上的那些张恨水、包天笑的小说。她不多答理人,大家也不多答理她。今天,方立荪来,要同方丽清谈话商量去南京的事。方丽清才去"小翠红"房里,叫"小翠红"出来帮她代打几副牌。方丽清就陪小哥方立荪到了自己房里。

方立荪敞开绸长衫衣领说:"下午,我就去南京了!你带给妹夫的东西交给我好了!"

方丽清刚才一副"全求人"正快要做成,方立荪一来,打扰了牌兴,坏了手气,人虽下了牌桌,心里不高兴,古怪起来了,噘噘嘴,说:"我想了一想,他也不缺啥。上次,江怀南托人带信去时送去过一笔钞票。他关在那里,又不能吃喝嫖赌,钞票一定还在。要吃东西,他那宝贝儿子也在身边,可以替他在南京买!还带东西去做啥?我知道,你是想他再出来做官,你好找靠山!你要带啥就自己带些去!"

方立荪拭着汗斜眼看看妹妹,心里不是滋味,说:"妹妹,这就是你莫名其妙了!我们是兄妹,我这趟去南京,全是为你好。你们是明媒正娶的夫妻,总该团在一起。他现在落难,我去劝劝他。他开窍了,就又可以飞黄腾达。他当了大官,你不又是官太太了!这笔账要会算!火到猪头烂,你对他亲热些,他才容易转弯。你对他冷淡,有什么好?你怎么说得这样难听?好像去南京不是为你,而是为我?我给他要带些茶叶、火腿、糕点去的,但我带是我的义,你带是你的情!你不懂?"

方丽清板着脸,漂亮的两颊绯红,说:"童霜威是个半截身子入土抬不上轿子的寿头!我真后悔你们那时做主要我嫁给这么个瘟生!"说着,因为吃了亏,一脸怒气。

方立荪本不是个镴枪头,在上海生意场上和青红帮里混久了,处处不愿吃亏,又斜眼看看方丽清,说:"你这话就又错了!打开天窗说亮话吧,你别以为你现在同江怀南的事我同雨荪一点不知道。你是我妹妹,我们少不得庇护点。我也要劝你妹妹一句:江怀南不管他多能干,他比起童霜威来,也只是个——"他伸出小指,"小官!童霜威只要肯对汪精卫点头鞠个躬,马上就十六人大轿坐起!江怀南还是要拍他马屁靠他高升的。你不要近视眼,鬼迷心窍!"

给方立荪一顿抢白,方丽清哑口无言了,想想哥哥的话也对,嘴上仍不服输,说:"我是个心去意难留的人!天不怕,地不怕。你不要乱捅窗户纸。你到南京,想对他怎么说就怎么说!你自己做主好了!我都不管!东西吗,我这里有人家送的一盒西洋参,你带去给他泡水喝!"说着,去橱里拿那盒江怀南送的西洋参,递给方立荪,说:"我要去叉麻将了!"

妹妹娇生惯养,脾气一直别扭,方立荪是深知的。拿了西洋参,看着方丽清又去打牌了,方立荪心里不太受用,也懒得去打麻将的房里同方老太太说一声,就独自蹋蹋下楼去了。

坐汽车由保镖"阔嘴巴"荣生陪着回到西爱咸斯路家里,方立荪踏进门在楼下客厅前的走廊里,迎面见到"老虎头"正从那里经过。"老虎头"哭得两眼像两只红桃。见他来了,又落泪了,佯作没看见,扭着屁股,迈着一双"改组派"的小脚,往自己卧室走。方立荪做生意最讲究吉利,出门上路也讲究吉利,看到女人哭,觉得触霉头,一肚子的气,像个凶神似的虎着脸走进"老虎头"的房里,二话不说,对着"老虎头"脸上"啪"的一个耳光,连刚才受方丽清的一股气也出在"老虎头"身上了。他嘴里说:"好呀!你这个坏女人!你敢触我的霉头?我今天要出门,你偏偏要哭丧!给我不吉利!我要打掉你的晦气!"

"老虎头"披头散发,横倒身子往地上躺,蹬脚挥手又哭又叫。女用人和巧云都跑来了。女用人吓得不敢劝说。巧云心里高兴,嘴上甜,袅袅婷婷劝着方立荪到客厅里坐,讨好吉利地说:"好了好了!打发打发!一打就发财!打过了,就不要再打了!一家一个主、一庙一个神嘛!今天你要出门,中饭烧了你喜欢吃的醢燉鲜、油炸虾,好好吃一顿再出门,大吉大利!"

"老虎头"仍睡在地板上大哭大叫,也听不清嘴里是在抑扬顿挫地哭唱些什么。方立荪听了仍是皱眉,气得坐在沙发上哼哼,中饭也不想吃。巧云好说歹说劝着方立荪喝了点酒吃了点菜。一会儿,方立荪倒想睡午觉了,但看看客厅里的自鸣钟,已经快一点了,只好不睡,将带到南京的礼品和随身衣物放在一边,静静等着"七十六号"来人。

钟"当"地敲了一下,门铃"丁零零"响了。一会儿,"阔嘴巴"荣生进来了,垂手说:"老板,有个瘪嘴,自称人叫他'瘪嘴阿四',是'七十六号'派来陪同你到南京的,在门口!"

方立荪觉得吴四宝言而有信,说:"请他进来!"

"瘪嘴阿四"当年嘴上好像同人打架时给铁器击过一下,凹下一块。他穿套半新的帆布西装,衬衫领子翻在西装衣领上,一看是个闹事生非的白相人。到客厅后,他眼睛一直在骨碌碌打量着百宝格上放着的那些值钱的摆设:青花古瓷瓶、翡翠玉珮、二龙戏珠牙雕、五彩珐琅盘……虽没说话,脸上的神态却好像是赞叹:啊!真阔气呀!

方立荪让他在沙发上坐下,用人敬了茶和烟,"瘪嘴阿四"催方立荪动身,说:"方老板,时间不早,可以动身了!我陪你去,一切放心!"

方立荪思索了一下,说:"好!"却又说:"我让'阔嘴巴'荣生也送我一道去!"他是想起吴四宝那天的话,觉得再带个自己的心腹保镖放心些。

"瘪嘴阿四"也不说不行。三个人一起走出房屋到大门外,准备坐汽车夫阿陈开的那辆福特牌轿车去火车站。巧云满面春风地跑到大门口来送,站在门里看着方立荪上车。

谁知,方立荪正拉开汽车门要上车时,突然,路畔驰来一辆黑色小车,一阵风先后跳下三个人来,拔出手枪,大声拦住了汽车。保镖"阔嘴巴"荣生见势不好,刚拔出枪来,就被对方"砰""砰"两枪,打得鲜血迸流滚倒在地。汽车夫阿陈喊了一声"救命"!也挨了一枪血溅椅座。三个暴徒用枪指住方立荪和"瘪嘴阿四",绑票似的将二人一起推上了他们那辆黑色汽车,方立荪见情况不妙,凭借着正在家门口,突然推开一个暴徒,纵身跳下汽车。转身要逃进家里去,嘴里高声大叫:"强盗!强盗!"

就在这时,手枪"砰"地响了,也不知是走火还是怕方立荪挣扎逃跑,这一枪正打在方立荪的大腿上。两个绑票的跑上来一边一个用力一夹,将方立荪拖尸般地挟上了汽车,汽车"呜"地一溜烟开走了。

巧云在大铁门边眼见到这一幕情景,吓得趴倒在地面无人色,嘴里喃喃祷告救苦救难观世音菩萨。那死了的"阔嘴巴"荣生躺在血泊中,仰面朝天像个"大"字。方立荪伤口留下的鲜血滴滴答答淋了一地。真可怕呀!汽车夫阿陈被一枪打在脸上,子弹穿过鼻子从颈后出来,这时满面满身是血,挣扎着跌跌撞撞走下了汽车,嘴里"哎哟""哎哟",一会儿又栽倒在地不省人事了。等到警察听到枪声急忙赶来,被绑票的方立荪已经早不知去向了。

方立荪被一枪打在大腿上,本来应该无事,偏偏这颗子弹打断了大动脉血管,血滴滴答答流得很多。他的嘴被塞上了一块手帕,言语不得,神智倒还清醒。起先不明白遭谁绑了票,但见车子飞快向沪西开,心里就有点奇怪了。不久,车子到了极司斐尔路七十六号,他更奇怪。那三个绑票的连同"瘪嘴阿四"一起将他抬着下车,送到一间房里,让他躺在一张床上。看到"瘪嘴阿四"那副轻松快乐的样子,方立荪明白了:我是触霉头上了吴四宝的当了!这"瘪嘴阿四"是做鱼饵来钓我这条大鱼的呀!

有个中年医生来进行包扎,方立荪哼着听他摆弄。刚包扎完,见门口出现了一个黑黝黝的壮汉,胖脸上油光满面,布满血丝的双眼游移不定,手指上戴着金光闪闪的大戒指。这不是"杀人太保"吴四宝吗?方立荪心里一沉:好呀!果然不出所料!伤口疼痛,他感到自己像只屠宰场里快挨刀杀的猪羊了,呻吟着说:"四宝哥!我们是青帮师兄弟,有话好说!你要高抬贵手啊!"

吴四宝笑笑,笑得凶狠。这一向,他绑票的事干得不少:绸业银行的卢允之,绑后给了三万元"保款";银行资本家许建萍,被绑后,索取了十万元"保款"。方立荪这块大肥肉到手,吴四宝觉得是请了个财神菩萨来了,岂能不高兴?又岂能轻易丢掉财源?

吴四宝咧着嘴说:"方老板!管山吃山,管水吃水!私交归私交,公事要公办啊。我是奉命逮捕你的!你与渝方有关系!有反对汪主席的言行!你倒说说看,你要到南京去做什么?有啥秘密任务?"

方立荪像当头一连挨了几棒,昏昏沉沉,丈二和尚摸不着头脑,万万想不到一下子自己怎么成了与重庆有联系、有反对汪主席的言行、有秘密任务的渝蒋分子了?他呻吟着哀告说:"天地良心!完全没有的事!四宝哥,你积点阴功!大水哪能冲起龙王庙来了呀?"

吴四宝笑笑,又毒又辣,朝方立荪看看,眼神阴险,使方立荪浑身汗毛立正,心里恐怖得往外冒冷气。他对边上的"瘪嘴阿四"和几个壮汉歪歪嘴。一伙人七手八脚将方立荪抬到了一间刑讯室里。刑讯室地上潮湿,散发着血腥气,到处摆着刑具:老虎凳、阔皮鞭、灌水器、吊环、电刑器、水桶、绳索……方立荪心里明白:遇到了瘟神,皮肉要吃苦了!

方立荪懊悔极了:我真不该去沾吴四宝这种坏蛋的!为什么要自己把屁股送上去挨他的板子呢?为什么要往"七十六号"的圈套里钻呢?我自己要去与虎谋皮、引狼入室,我自己要将恶鬼请进门来,能怨谁?

吴四宝不见了,"瘪嘴阿四"上来,翻脸不认人地问:"姓方的!说!要钞票还是要性命?"

方立荪没有回答。他明白,这是黑吃黑!看来,要敲竹杠!这下是一定会狮子大开口的。他想:给点钱消灾化祸我愿意,但狮子大开口漫天要价吃大亏我是不干的!真没料到啊!"七十六号"绑票会绑到我方立荪头上来了!

"瘪嘴阿四"手里拿起一根阔皮鞭,见方立荪不回答,"啪""啪"在方立荪肥胖的身躯上甩了几鞭。方立荪杀猪般地痛叫起来。

"瘪嘴阿四"又甩了两鞭,说:"放心!伤不着筋骨的!要是不识相,我只好这么甩下去!"

吴四宝又进来了,吆喝"瘪嘴阿四":"不要乱打!"他飞扬跋扈地对方立荪笑笑,说:"我可以帮你说说情,但你要先承认同渝方有关系,写封信回家,让家属出钞票疏解了结。要是听我的,照这么办,就有回去的希望。不然,'七十六号'是进来容易出去难。要钱不要命,值得吗?"

方立荪脸涨得血红,想:这是要屈打成招好漫天要价逼我出巨款赎票呀!一肚子的气,摇头说:"你们无中生有,东洋人要不答应的!四宝哥,你得放手时须放手,不要错打了算盘星,将来大家在上海滩不好见面!"他的伤口虽然包扎了,仍在淌血。血流得太多了,人虚弱乏力,渐渐有点迷迷糊糊了。

吴四宝龇龇嘴:"想拿东洋人吓我呀!好,不给你点颜色看看,谅你也不知道你穷爷的厉害!"他从"瘪嘴阿四"手里夺起皮鞭亲自抽打,打了十来下,见方立荪只是哼哼,却不说话,发火说:"看来,横针不拿,竖线不动! 好吧! 你不答应这条件,天气热,给你先灌点冷水风凉风凉! 要是你胃口好,冷水吃得消,再灌洋油!"

"瘪嘴阿四"同另外两个壮汉上来动手,用一只漏斗插在方立荪嘴里,揿着他手脚,捏着他鼻子,提把水壶往漏斗里浇水。水"咕噜噜"冒泡,都从喉咙口直呛进嗓门里去了。方立荪剧烈呛咳起来,大声哼哼:"啊哟!""啊哟!"他觉得自己快要死了。

吴四宝的黑胖脸上冷酷无情,眼睛里放射着恶狠狠的凶光,问:"承不承认? 答不答应? 我是奉命行事没有办法! 旋你不圆我要砍得你圆! 老兄不要聪明一世糊涂一时!"

方立荪衰弱地睁开了眼,哆哆嗦嗦地问:"你们……要……多少钞票?"他对钞票的门槛最精! 要他多出钱他心疼,怎么也舍不得! 像做生意一样,他想打听打听价钱。

吴四宝觉得有点苗头了,笑笑说:"你大发横财,买洋房,买汽车,银行里有保险柜放金银财宝,天天花天酒地,肥得透油。我手下有过调查,一笔账清清楚楚。我也不要你太多,你付五十万也算是向'七十六号'缴点孝敬费吧! 讨价还价你免开尊口,这不是做鸦片生意!"

一听吴四宝开价五十万,方立荪明白事情棘手了! 这么多钞票,是要他倾家荡产,割他的肉,挖他的心呀! 方立荪伤口仍在流血,面色苍白泛紫,感到不能支持了,闭着眼呻吟,像醉成一摊泥似的,鼻翼急促地翕动,说:"我……我不行……了……"一下昏厥过去。

吴四宝是个蛮横的粗坯,杀人、闻血腥气都是家常便饭,嘴里骂骂咧咧:"你胖得像条猪,壮得像条牛! 你死不了! ……"见方立荪似乎真的昏厥了,又叫"瘪嘴阿四":"快! 掐人中! 快! 再泼凉水!"

一会儿,方立荪微微动弹,又眨了眨眼。

吴四宝狞笑笑,说:"我说你是假装的嘛!来!"他指挥手下:"冷水往鼻孔里灌!"

"瘪嘴阿四"和另外两个壮汉,又将方立荪揿住,只不过插在嘴里的漏斗换成了插在鼻孔里的两根橡皮管。冷水呼噜噜从方立荪鼻孔里灌进去,呛到肺里,方立荪又昏死过去了!

"瘪嘴阿四"看看方立荪的狼狈模样,对吴四宝说:"是只烂泥菩萨,一碰就碎了!看样子不灵光了!"又看看方立荪大腿上包扎的纱布早已被血染得湿淋淋了,说:"伤口好像蛮厉害!"

吴四宝也看出方立荪已经奄奄一息,上前翻翻他的眼皮,骂道:"死赤佬!钞票多得木佬佬,还是一钱如命,自己找死!"他对"瘪嘴阿四"说:"关照医生来,好好医一医!明朝再说!"其实,吴四宝心里明白,医生是医不活方立荪的了!想:其实,不该让他翘辫子的!也怪他自己实在太不中用了!

方立荪遭到绑架后,方家的人都像被剁了尾巴的猴子,焦灼暴跳。傍晚时分,汉口路仁安里方家的人都聚到西爱咸斯路来了。

"老虎头"呼天抢地,哭得死去活来,躺在床上不起来。她怨怪巧云:"你是只白虎星呀!有了你家里就不得安呀!你在门口看到人家绑票也不上去拼命呀!……"又哭嚷着:"要是我呀!……我一定把他抢回来了呀!……只有你这个没良心的'白虎星'呀!看着他被绑票也不管呀!"

那巧云,也是一把眼泪一把鼻涕。她招待着方家的人到客厅里坐,口口声声怪"老虎头"不该在方立荪出门时乱哭乱闹触了方立荪的霉头,说:"立荪顶怕人哭丧,'老虎头'偏要哭呀!这下她把立荪哭到绑票的手里去了呀!……都怪她这根哭丧棒哭得不吉利呀!"说完就哭,哭了再说,颠来倒去。

客厅里,方老太太不断嗫嗫嚅嚅祷告菩萨保佑。她和方丽清也不断地哭哭啼啼。"小翠红"跟着来了,在一旁陪着落眼泪。她是不能不落泪。不落泪,婆婆、小姑和男人都要不满的。再说,她心地善良,见人伤心自己也会伤心。她心情很坏,哭泣落泪,实际也是哭自己呀!

方雨荪哭丧着脸,嘴嘟得能挂只油瓶,坐在沙发上闷不作声。戏迷方传经被喊着一起跟来了。他坐在沙发上,看着方老太太呜呜咽咽地哭,默默无声地暗暗在哼京戏,哼的是《马鞍山》①中钟元甫的一段原板:"人老无儿甚凄惨,似狂风吹散了满天星。黄梅未落青梅落,白发人反送了黑发人。我的儿啊!……"这是他新学会的一出戏,哼着哼着,打起哈欠来。

方丽清为了撇清干系,嘀嘀咕咕一边流泪一边说:"他要去南京,不要他去,他偏要去!说起来是为了我去,其实,他是为了希望啸天上台好替他撑台面。现在出事了!这责任我是不能负的……呜呜……"

方老太太劝慰女儿:"丽清,谁也没有怪你呀!你说这些做啥?他不到南京未见得就不出这件事呀!树大招风,人怕出名,他遭人忌了呀!上海滩上的绑票都是为了钞票呀!……"说着,捶胸顿足哭将起来。

方雨荪听哭声听得腻了,烦躁得跺脚大吼:"你们不要哭了好不好?"

大家哭声停了。

方雨荪分析说:"捕房人也来过了,现场也看过了,送到医院去的汽车夫阿陈也讯问过了,巧云也讯问过了。看来,这绑票的不会

---

① 《马鞍山》:这出京戏写俞伯牙和钟子期结为知音,一年后,伯牙再来会钟子期,钟已死。伯牙遇到上坟的钟子期之父钟元甫,钟元甫向俞述说了子期至死不忘俞的经过,俞摔琴以报知音。

是'七十六号'的人！'七十六号'常干绑票的事,但吴四宝同立荪有交情,又是他拍胸脯答应派人送立荪的！送立荪的那个'瘪嘴阿四'也被绑走了！我看,保不住是渝蒋干的事！立荪做的黑货生意实在也太招风！这种绑票要是为敲点竹杠还罢,要是不为钞票,是为了政治原因,就更危险了！你们说,我这分析有没有道理？"

大家都点头说有道理,其实谁心中也无数。

只有方丽清说:"要是政治原因,那反倒好！像啸天关在南京,人家也不敲竹杠。就怕绑去是为了敲竹杠！那破财蚀本就太不合算了！"她是处处想到钱的。

方雨荪皱着眉叹气,说:"现在依靠巡捕房一点盼头也没有,只好自己找门路想办法了！我去多托几个认识的场面上的人,让各方打听。先弄清人在哪里。只要能平安回来,破点财也要忍痛牺牲,是不是？"

方老太太精明地说:"立荪这下子人突然不在,他的钱有多少,放在哪里,我们都不知道。'宏济善堂'那边,他的头寸不要全给人吞下去了。雨荪,你说怎么办？"

方雨荪点头,说:"是呀！"他转脸问在哭着擤鼻涕的巧云:"他银行保险柜上的钥匙在哪里？密码你知道不？金条、存款别的地方还有吗？家里有没有？"

巧云尖声叫喊起来:"啊哟！我怎么知道？他自己就像只保险柜！钱钞的事是不让我管的！也许'老虎头'知道,我是一点私房也没有！"说毕,又大哭起来。

方老太太不耐烦了,吆喝:"还要哭！还要哭！俗话说:家有贤妻,男人不遭横事！立荪倒了霉,都是你们两个不贤惠！你同'老虎头'把首饰全拿出来救立荪！"

巧云又尖叫:"首饰'老虎头'比我多！叫她拿！她不是大老婆吗？"说着,又一把眼泪一把鼻涕哭起来。

方雨荪叹口气:"可惜江怀南在苏州,不然,有他帮着跑跑更好。"说完,他要去打电话叫出租汽车,决定出去跑一跑,说:"我去叫辆出租汽车,出去找找熟人!"

方丽清突然插嘴说:"传经,你去电话局打个长途电话到苏州给你江家爷叔,叫他快点赶来上海,就说有要紧事!"

戏迷方传经一直在沙发上坐着打瞌睡,这时醒了,站起身来,说:"好!"像蹚马似的走了。他早想找个机会离开了。

一会儿,出租汽车来了。方雨荪匆匆上车走了。方家的人全都留在西爱咸斯路吃晚饭。到夜里九点多钟,大家正在焦急,方雨荪满脸黑气地回来了,一进客厅,大家就七嘴八舌地问他打听到消息没有。

方雨荪叹气说:"怪事怪事!托了好几个人,都打听不到消息。其中一个是黄金荣①老太爷的门徒,人叫他'闹天宫长赓',他同'七十六号'吴四宝他们常有来往。前些时,绸业银行卢允之被'七十六号'绑票,据说是他从中接洽,后来花了三万块保释了,卢允之送了他一万块!"

方丽清古古怪怪地叫起来:"发疯了!这么多钞票!又不开钞票印刷厂,怎么一下子就送这么多钞票出去?"

方雨荪铁青着脸说:"妹妹,这还是便宜的!你就别打岔了!听我说,事情很棘手呢!"

方老太太愁眉苦脸:"雨荪,快说呀!"

方雨荪板着脸做着手势说:"'闹天宫长赓'给我去打听,刚刚给了回音,他去托了吴四宝。吴四宝说:'七十六号'也正在找方立荪和他们的'瘪嘴阿四'。他同立荪有交情,可以帮忙。现在已经有了点线索,确是重庆方面干的。但是他派了许许多多弟兄出去打听,要先付五万元酬劳费。结果,'闹天宫长赓'千讲万讲,减少

---

① 黄金荣(1867—1953):上海最大的青帮头子。

到三万块！另外再给五千块酬谢'闹天宫长赓'。"

方丽清又叫嚷起来："哎呀！要这么多钞票？狮子大开口，你要杀杀价的嘛！这价钱太吃亏了！"

方雨荪摇头叹气，皱眉说："救命如救火！不能顾什么吃亏不吃亏了！难道立荪的身价不值三万五千块？我也巴不得一文不付，但那能行吗？这笔钱明天我就想法先筹了送去。"

方老太太心疼地叮嘱说："雨荪，你看着办吧！只要立荪能平平安安回来就行。有他这个人在，就有金山银海！"

方雨荪点头说："说定明天上午送这笔钱，明天下午就可以给确定的回音。"

大家似乎有了一线希望。十一点钟光景，方老太太和方丽清还有方雨荪和"小翠红"叫了出租汽车回汉口路仁安里去。

第二天早上，方雨荪给"闹天宫长赓"送了钞票。中午，江怀南由苏州来了，也立刻帮着到外面去跑，托熟人打听情况。傍晚，在汉口路仁安里，方雨荪一个人先回来了，嘴嘟得高高的，近视眼镜下一脸的晦气更重。

方老太太急着问："回音来了吗？"

方雨荪先点点头，又突然摇摇头。

方老太太知道不好，心"噗噗"跳得飞快。

方丽清上来追问："怎么了？"

方雨荪长叹一声，脸像朽了的大蒜瓣，摇头说："打听到立荪他已经给撕了票了！"说着，眼眶红了。

"什么？"方老太太听了，鬼哭神嚎，忽然一头栽倒在地，额上肿起个乌青块，人事不省。儿子、女儿连忙将她扶起，方丽清急着给她搓揉额上的肿块。"小翠红"、"小娘娘"等也连忙铺床的铺床、抬人的抬人，将方老太太抬到床上，守在边上哭哭啼啼。

掐人中，掐指尖，用冷手巾搭额，好一会儿，方老太太才苏醒过来,问:"尸体在哪里?"

方雨荪叹气:"这些赤佬门槛精得很!口口声声说'得人钱财,与人消灾!'口口声声是好心帮忙性质,可是在钱的问题上寸步不让。要打听尸体在哪里,还要先付三万块酬劳金!"

方丽清脸色绯红,又厉声尖叫:"热昏头了!"

方老太太委曲求全,哭着点头:"好吧!再还还价。实在不行,三万也可以!拿立荪西爱咸斯路的房子先抵押一笔款子用了再说。幸好房契他交在我手里。倾家荡产,我也要把立荪尸体找回来!都是怪他自己呀!要发这个断命的横财,做这种黑货生意。是现世报呀!"说完,连连哭着顿脚。

方雨荪点头,哀愁地说:"那我拿房契先去抵押,弄笔钞票来。"说完,等着方老太太起床开柜,从首饰箱里取出房契,接过房契,匆匆又走了。

深夜,方雨荪与江怀南都先后回来了,在仁安里楼下客堂间里坐着等"闹天宫长赓"的电话。

十二点多钟,电话铃声"丁零零"响了。"闹天宫长赓"如约打电话来,给了回音,说:"吴四宝派了几十个弟兄多方打听,才知道方立荪的尸体放在新开张的东亚殡仪馆里,明天一早就可以去领。"又说:"吴四宝和我都很难过!四宝哥要我深深表示哀悼。"

接过电话,方雨荪浑身冒汗。在客厅里坐在太师椅上,半晌做不得声。

江怀南用手在拔日本式的小胡髭。他蓄了这种日本式的小胡髭,方丽清夸过他"更有气派"了。他绸缎衫裤笔挺,举止仍旧潇洒,目光也十分机灵,听了电话内容,忽然一拍大腿,说:"雨荪兄,我看他们这是害死了人看出殡!"

方雨荪愣在那里,不由点头。

江怀南忽又叹口气说:"唉,雨荪兄,你和我,可也要当心啊!

这世道,谁知是怎么回事?"

方雨荪像具僵尸,灯光下,脸色发青发暗,脸上的肌肉牵动着,一跳,又一跳。

方立荪的死讯,童霜威和童家霆是从报纸上和收音机里陆续知道的。

先是看到了上海的《中华日报》,这张汉奸报上的简短社会新闻,说富商方立荪在要启程去南京时,突遭绑架,疑系渝蒋蓝衣社所为。后来,又看到报纸上的连续报道,说方立荪的尸体已在东亚殡仪馆发现,据东亚殡仪馆说:是头一天晚上,由几个男女冒充死者家属用汽车将尸体送到殡仪馆来的。经过验尸,尸体身上有遭鞭打的伤痕,大腿中过一枪,动脉打断,流过大量的鲜血,肺部有淤血、呛水情况……

《中华日报》说是重庆分子干的。

听说方立荪被绑架并死亡,童霜威和家霆都很惊讶,却并无悲伤。

家霆说:"我早想过,他迟早会出事。这种昧良心发国难财与敌伪勾结贩鸦片的奸商,不会有好结局的!"

童霜威感叹地说:"我不太相信报应,但天下事每每多行不义必自毙,这又似乎很有因果关系了。方立荪想在这场战争里捞一把,结果自己的命倒给捞走了!"他忽然问家霆:"报上说他是在要来南京时被绑架的,他来南京干什么?"

家霆思索着说:"还不是为了贩鸦片,当然也许会顺便看看你,再来劝你下水!"

自从欧阳素心不告而别,写了信去未曾得到答复,家霆情绪很坏,内心说不出的痛苦,话少了,饭量小了,有时怅望着天空叹气。他想得很多,觉得信仰是无法强迫改变的。爸爸不做汉奸,就是明证。他恨日寇和汉奸,也是明证。他想起学校生活:慕尔堂那扇硕大无朋的大门敞开着,台上牧师讲经,大风琴咿咿呀呀鸣个不休,赞美诗歌声盈耳,阳光从七彩玻璃长窗里射进来,照耀着唱经台那一角。学校里规定学生必须在星期日做大礼拜,平时也要参加圣经班和唱诗班,可是越这样,他越不想信仰基督教。他不信神!更厌恶强迫!……他爱欧阳素心,可偏偏欧阳的父亲落了水,母亲又是日本人。他明显地感到自己不能违背信仰,所以在爱和恨中蕴含着矛盾。怎么来排除这种矛盾?怎么来处理这种矛盾呢?他惶惑得很。

童霜威问明究竟,也看到儿子心情不好,体会到儿子心里的想法,想:欧阳素心确实是个可爱的女孩子,又想想欧阳素心是欧阳筱月和日本女人生的,却又觉得儿子就这么同她散了也好。但,白昼听着欧阳素心带来的收音机,晚间听着放在枕下葫芦里喂养的蝈蝈叫,想起欧阳素心来后短短相聚的情景,又总是觉得摆脱不了对这女孩子的记忆。这真是个会讨人欢喜的少女!家霆如果真有这样一个女朋友,是一种幸福。人生的际遇太难说了!如果家霆同她断了,也许以后就永远再也遇不到这么理想、可爱的女孩子了,那不是会有终生遗憾吗?

比如柳苇,当相聚时,曾有过龃龉,甚至分手各奔东西了。但后来,直到现在,只要想起她,或拿方丽清来同她比,就感到那分手是终身遗憾了。

这样想时,童霜威又觉得不应当在家霆这么伤心沮丧时再说什么使家霆不愉快的话了。另一方面,他想:我,难道就永远这样被囚禁着,过这种地狱般的灰暗、凄凉的生涯吗?管仲辉教了我"锦囊妙计",我为什么不赶快试一试呢?

柳忠华在武汉时对他说过的那番话,他常常咀嚼玩味:"任何人,任何时候、任何事上都存在着一个选择的问题。关键是看你如何作出正确的选择!"在投降与不屈之间,在冒险潜逃与苟且偷生之间……童霜威感到自己面前放着的抉择是严重的,但必须作出正确的选择! 他终于暗暗下定了决心。

童霜威本来想把自己这种决心告诉家霆,又一想:虽是亲生儿子,还是不先告诉他。告诉他,在敌人面前,他所流露出的焦灼也许就不那么真实了。适当的时候再告诉儿子吧,现在不但不能明明白白告诉他,连暗示都是无利的。

这个阶段,思虑多了。对家霆和欧阳素心的事烦了心,听家霆谈起在雨花台找到柳苇墓碑的事,又触动了种种痛心的回想,加上被囚居的心情一直不好,童霜威的血压、心脏又常有不舒适的感觉。他决定装出病情十分严重,装得逼真。现在,当从报上和收音机里知道了方立荪的死讯后,他感到是一个好的借口,一个好的"病因"。

这天晚上,他对家霆说:"无论如何,方立荪的死,使我吃惊,也使我难受! 这一个多月来,我老是感到心脏和血压都不适,今天特别严重,你快扶我躺下。"

家霆连忙扶他躺下,将药给他吃了。

童霜威喘着气说:"儿子,我很懊悔,一连走错了几步棋! 如果听你舅舅的劝告,当初不回上海就好了;回上海后,如果不顾一切,不顾经济困难,设法走了或后来早点冒险离沪,也好了。但犹豫、胆怯,结果造成今天的困境,我好悔啊!"

家霆劝解着说:"不! 爸爸,那两步棋是错了,但您的路子没错! 您到今天也没有屈服!"

童霜威装得异常衰弱地说:"儿子,我要对你说几句话。我的病好像很重! 如果我万一病况沉重,你不要急!"

家霆不禁流泪了,说:"爸爸,不会的! 您不会的!"但瞬即又说:"我恨透他们了! 如果您有三长两短,我也不想活了,我要找他们报仇！我要想尽办法暗杀汪精卫！"

童霜威没料到儿子会有这种想法，马上"嘘"的一声，叫他轻些。童霜威从家霆的双眼里看到一种仇恨的光芒，意识到家霆的性格。如果真有那一天，家霆是会这么干的！即使他没有枪，用一把刺刀他也会那么干的！童霜威也说不上自己是震惊还是感叹了，心里复杂得很，说："别么想！那是白白送命！办不到的！我只是叮嘱你，如果我万一有什么不好，比如病重了，你不要着急。我总在想，我们一定要争取回到汉口路仁安里去。也许我病重了，倒会放我回上海的！"

家霆伏在床边，说："爸爸，您先别想那些！"

童霜威喘息着说："拿纸笔来！你给我代笔写封信给汪精卫，就说：童霜威病情严重了，要求回上海治疗，并在家中住，便于家眷照顾。信末注明是代笔，明天你外出寄发。"

家霆说："求他吗？这个汉奸卖国贼！"

童霜威叹气："这不算求！我并不对他屈膝，也不跟他卖国，我只是要争取自由。"

家霆去拿纸笔，不禁犹豫地问："称呼他什么呀？这信不好写！"

童霜威思索了一会儿，变了主意，颓然地说："本可以不写他的姓名的。但我想，你的话是对的！不写这信了！我反正是病了，病重了，他们总会知道的。看他们怎么办吧！"

从第二天起，童霜威开始躺着，中饭和晚饭都吃得很少，"冷面人"老董来看了两次，显得有些着急。后来，家霆发现他在门房里打电话。

当晚，有个穿西装的陌生人陪着一个医生来给童霜威看病。童霜威闭眼躺着，胡须头发长长的，脸色苍白，皱着眉，左手抚着心脏部位，似乎痛苦不堪，人很衰弱。查了血压，血压高一些；听了心脏,那个穿西装的胖胖的中年医生说,心脏跳得快。那医生似乎觉得病人的病情确实不轻,说:"就这样检查,有些严重的心脏病是查不出的。看样子,病确实有,还不轻!要注意!"他留下了药,叮嘱要好好静养,也要好好照顾。

童霜威的病情确实越来越严重了。"冷面人"一连两天都常来看望。他见家霆十分焦灼,又见童霜威有时闭着眼似乎在昏迷,嘴里常呻吟着叫喊:"回家!……回家!……"

第六卷 战云迷漫，遮断望海路

(1941年10月—1942年1月)

中国人民艰苦卓绝的抗日战争，抗击和牵制了日本的大部分兵力，打乱了日本侵略者的战争部署，使它无法『北进』，使苏联能避免东西两线作战的被动局面，也推迟了日本的『南进』计划，支援了美、英盟军在太平洋战场和东南亚战场的作战。中国人民对世界反法西斯战争，作出了巨大的牺牲和不可磨灭的贡献。

——摘自创作手记

一

　　人的生活际遇难道常常总是这样周而复始来来回回重复的吗？

　　童霜威如今又由家霆陪着回到上海虹口冈田俊一医学博士开设的日本医院里来了。

　　童霜威在南京病得似乎相当严重，冈田被邀请到南京潇湘路给他检查诊治，最后说："还是由我把他接回上海住在我的医院里观察、治疗的好！"

　　终于，十月底，一辆小汽车由"冷面人"陪同，将童霜威父子送到南京和平门车站上了火车，将童霜威扶上了头等卧车的一间包厢里送到了上海。然后，又用小汽车由"冷面人"将童霜威陪送到虹口冈田博士的医院里。

　　童霜威在二楼朝南的一间病室里独自住着，架设了一张小铁床由家霆陪伴。"冷面人"依然住在医院里监视。到医院以后，"冷面人"通知家霆不要外出，只可以在医院里侍候父亲。家霆陪伴爸爸住在日本医院的病房里，屋顶令他窒息，四周的墙使他感到像座牢房。他觉得有无形的纵横交错的沟壑禁锢住脚步，心里被爸爸的病和这种可恶的环境折磨得十分痛苦。

　　但他认识到陪同病重的爸爸是必要的，一起被幽禁也是一种特殊的生活经历，为了爸爸，他应当付出牺牲。

　　医院里有日本病人，家霆同童霜威跟谁也不答理，尽量避开日本人。家霆只要看到日本人，心里就生出刻骨的仇恨，住在日本医院里,心里有说不出的烦躁。

虹口区本来在抗战爆发前就是日侨集中地区。家霆还记得有一年跟爸爸到上海玩时到过虹口。那时,虹口有日本人的小学校,在马路上看到一伙伙日本小学生男男女女都穿着制服上学。北四川路一带,沿街每隔十几家店面,就有一家日本"御果子商"和"御料理"之类的店铺。穿鲜艳色彩和服的日本女人和日本浪人、披黄袈裟的日本和尚都招摇过市。常见日本海军陆战队的士兵"夸嚓夸嚓"跨着八字步巡逻。现在,虹口当然更是日本人的天下。即使给家霆自由,他也不想出去溜达。他心里最挂念的是爸爸的身体、病情和心绪了。

虽然,离开南京回到了上海,家霆觉得处境毫无改善。家霆心里老是记挂着欧阳素心,记挂着舅舅柳忠华,记挂着上学的事,常常想到被暗杀葬在公墓里的杨秋水舅妈,连仁安里方家的舅妈"小翠红"他也惦念。自然,这一切都没有眼面前爸爸的病那样使他担心,使他悬念。只要爸爸能早日康复,他付出任何代价都可以。从南京能回到上海,他微微觉察出爸爸似乎有点喜悦。他也想:难道这是让爸爸回到仁安里去的先兆?爸爸的身体状况这样坏,他们轻视他,也许就会让他回家。可是,如果爸爸的病逐渐好起来了呢?到那时,会不会又被押解回南京去呢?……他从南京来时,将欧阳素心带给他的课本和书籍全带来了。那些书里,有小说,也有诗,陪伴着患病的爸爸,寂寞孤单,课本和书成了他的知心朋友。

书中有一本精装的《希腊神话》。他看着希腊的神话,就想起那次晚上到环龙路欧阳素心家去,在欧阳房里,见到这本《希腊神话》翻开书页摊放在她的写字桌上,树影映在书上、桌上,清风徐来、书页轻轻翻动的情景。

《希腊神话》中有一则故事,他过去也读过,并且也知道"普罗克拉斯突司的床"是一句西欧人常用的成语,意思是"逼人就范"。

现在,与爸爸一同住在日本人的医院里,行动毫无自由,再读这个故事,感受更深,联想也更多了。

普罗克拉斯突司传说是海神的儿子,他开设了一个黑店。店内有两张铁床,一张非常长,一张特别短。有人来住店,他就让个子矮小的客人睡在长床上,对客人说:"这床对于你太长了,让我把你弄得更适合些!"说着,就用力把客人的身体拼命拉长,直到客人被他折磨死了才罢休。遇到身材高大的客人,他就让这样的客人去睡短床,并且说:"朋友,对不起,这床对你太不合适了,不过我有办法!"说着,就用锯子锯去客人从床上伸出来的腿脚,把他折磨死。最后,希腊英雄蒂修司到雅典寻访父亲时,误入了这个黑店,普罗克拉斯突司又想如法炮制,逼人就范,却被英雄的蒂修司制服,强迫他睡在短床上,锯掉了他的腿和脚,惩治了这个罪大恶极的坏蛋。

家霆想:唉!爸爸始终是住在日本人、汪精卫和"七十六号"特工总部的黑店中呀!他们想逼他就范,用尽了卑鄙的手段。但,哪里有个蒂修司来惩罚这些天杀的坏蛋呢?

后来,又想通了,抗战的中国人民就是蒂修司!中国人有蒂修司的英雄精神,就能惩罚这些坏蛋。抗战如果胜利了,这些坏蛋一定都会受到惩罚的。

有了这种想法,家霆感到日本人冈田开的医院完全是个黑店了。冈田这个干瘪的瘦老头儿,尽管彬彬有礼,说话和善,鞠躬如仪,家霆却百不顺眼,心里想:东洋人!没有好的!说不定也是日本的什么特务!

他发现冈田对爸爸的态度很好,看病很细致,知道爸爸从南京潇湘路又回到上海住院,是冈田的建议,心里总觉得不知这是敌伪安的什么圈套,抱着怀疑的态度。有一次,见冈田同爸爸谈心,用的日语,他听不懂。事后,问童霜威:"刚才,日本老头讲些什么?"

童霜威回答时态度是漫然的:"他说他的二儿子八月份在华北冀省进行扫荡时又阵亡了。他说,他爱日本,也爱中国,爱交中国朋友,他希望中日之间不要打仗。打仗对谁都不利。但可惜他只是个医生。他医活一个人,要花费许多心血和时间,可是在战争中,放一阵枪炮就能打死几十人、几百人。他感到伤心。"

家霆想起刚才冈田黯然无光的眼神和面部颤动的情绪,还有哀愁悲伤的语气,警觉地说:"爸爸,您别多同他说什么!要防日本人不安好心。"

童霜威躺在床上,默默点头,觉得儿子的叮嘱很对,不禁想:一场战争正在激烈进行,处在两个敌国之间的人,谁对谁都不敢信任了!……从直觉上,他感到冈田医生确实有点反战思想,也常表示友好。但万一冈田是伪装,有什么罪恶目的,不是上当了吗?对日本人不能轻信,绝对不能轻信!这样想着,心里特别警惕起来。

住在日本医院里,见到日本医生和护士,见到悬挂在墙上的日本风景画,童霜威不免想起当年在日本留学时的一些情景来了,有一年,也是深秋初冬季节,与日本同学在京都郊外秋游。那些日本友人都还是融洽可亲的。山上有潺潺的清流,半夜下了淅淅沥沥的秋雨,雨声与水声混成一片,难辨是下雨还是水在流淌。一夜秋雨,第二天清晨气温骤然下降。山上枫叶如火,有古色古香日本风味的寺庙,林木幽深,坐在山上溪谷间野餐,用溪水洗手洗脸,水性润滑。远眺山景,有一种超然出世之感。……那次,冈田的妻弟石黑也在,他还高声吟咏了镰仓晚期女诗人永福门院的和歌:

  竹子枝头群雀语,
  满园秋色映斜阳。

  萧瑟秋风荻叶凋,
  夕阳投影壁间消……

啊，那时何尝想到日本狼子野心贪得无厌，一步步得寸进尺要灭亡中国，那时候又何尝想到中日之间会爆发一场旷日持久杀人盈野的大战？童霜威不禁感慨系之。

童霜威多数时间，是躺在床上卧床休息。又恐这样下去身体更加衰弱，有时晴天就装得十分衰弱地挣扎着起来，由家霆扶着下楼在花园里的草坪上蹒跚散步。外边的海阔天空和新鲜空气引诱着他，清风和阳光沐浴着他，更使他向往自由。

童霜威对冈田说过："我已经老朽昏聩无所作为了。只希望能回家养病，了此残生。……实在非常想念自己的家！"

冈田点点头，表示了解他的想法，没有说什么。

是他做不了主，还是他认为病情不宜离开医院？抑是他奉命监视用医院代替囹圄进行软禁？

其实，童霜威是知道自己的病的。病确实有几分，但装到了八九分。心脏病是难以确切查清的，冈田也老是说童霜威的病严重。像冈田这样的医生，也许是知道而不明说，也许是带有心理作用受了他这样一个病人的蒙混，还是冈田对心脏方面的病症并没有精湛的技巧和经验？总之，冈田是尽心尽力在为他治疗的。对他的病表现出一种关切的态度，他觉得这种关切不像假装出来的。

童霜威难以忍受无休止的、无尽的软禁生活。在苏州寒山寺，是这样；在南京潇湘路，也是这样；在冈田开设的这所医院里更是这样。尤其从家霆读给他听的报上，他知道了继英国驻军撤离上海公共租界后，美国总统罗斯福又下令撤退在华美国海军和美国侨民。上海英美籍商人纷纷结束业务，大量抛售房地产。上海公共租界似乎不会永远存在，日美之间似乎颇有将会开战的迹象。美国似乎可能卷入战争，童霜威内心更加焦灼。如果要去香港，势必要早去；假使延迟下去，万一国际形势发生变化，就是能回到汉口路仁安里，也会像瓮中之鳖无处可去了。他真是十二分的焦灼。

人,有时候在情绪上会这样:忍受,忍受,再忍受,许许多多愤激积累在一起,越积越多,终于,到了某一天,实在忍无可忍,就像火山喷发似的,会"轰"的一声突地而出。

　童霜威,现在的情绪也正是如此。他觉得所有生命在历史的长河中看,都只是昙花一现。它们的价值是在消失之前要散发出光芒来。不然,生如同死,生不如死!

　在冈田俊一的医院里整整一个多月,他本来的希望落空了。当他将病按照管仲辉的"锦囊妙计"装得越来越严重时,他被从南京转移到了上海。他期望着会放他回仁安里,终于失望了。在冈田的医院里,在冈田和"冷面人"的面前,他自己试验过:一会儿装得病好一些了,满心希冀会放他回家去;一会儿又装得病更重了,也满心希冀会放他回家去。他并且向冈田明确表达了这种希望和要求,说:"冈田博士,你是医生,我想,你会同他们说的,会让他们放我回家治疗和休养的。回去,有家的温暖,经过长期的治疗,也许我会逐渐好起来的。如果不能回家,我也许会死在这里的!"他这样说的目的,是希望冈田会向"七十六号"的幕后指挥者晴气庆胤大佐反映。

　冈田怎么想?冈田有没有同晴气他们说?"冷面人"有没有向上边反映?他都不清楚。

　他也想象不出:管仲辉许诺的助他一臂之力,做了没有?他明白:管仲辉与谢元嵩不同。管仲辉答应了他的事,是会办的。难道他管仲辉的话不起作用?这又想不明白了。

　童霜威用冷漠的态度,造成了一堵无形的自我保护的围墙,用来抵御外界的袭击。再装病,他觉得已无可再装。如果像《水浒》上的宋江装疯那样,打滚、吃屎……他觉得自己还没有那种本事。而且,敌伪奸诈狡猾,装疯未必能瞒得过敌人的耳目,反倒会弄巧成拙。他对继续这样再在冈田的医院里被无限期地软禁下去,绝对忍受不了！他甚至常有一种生不如死的感觉。如果自己真没有能力逃脱灭顶之灾，这样的生，倒不如死！如果自己真的死了，儿子家霆倒可以脱出牢笼了！如今，家霆学业荒废，也等于被软禁着，何必让儿子与自己一同殉葬呢？

当然，童霜威也想过：自杀，太傻！大可不必。

那，怎么办呢？不用苦肉计是不行的了。需要冒险！要拿自己的身体来冒险！但既然自己连自杀的念头都萌生过，又何在乎冒险呢！

童霜威深深感到：在战争环境下，人对自己的命运，对未来，全都是把握不住的，都是特别不确定、特别模糊的。但现在，他觉得人也不能听任命运的摆布呀！他不时想起在南京潇湘路一号时，有天夜晚躺在床上看到过的那幕金牯牛挣脱蜘蛛网羁绊的情景。金牯牛黏在蛛网上，拼死挣扎终于撑破了蛛网飞走了。蜘蛛的网破了一个大洞，它又重新织网，织得那么耐心、迅速！生存斗争多么激烈，使他每一想起就得到某种解悟，也得到了力量和信心。

人生真是选择啊！童霜威决定了选择！决心既下，他决定用连家霆都被瞒着的手段来试一试自己定的苦肉计。

十一月下旬的一天，早上天色灰暗阴郁，气候寒冷；中午变得晴朗了，有了阳光。冈田带日本护士来给童霜威听诊时，"冷面人"也来了。童霜威忽然说有些气闷，想到楼下花园里散散步透透气。冈田替他用听诊器听了心脏，又查了血压，然后陪他下楼。那是一道宽宽的旧式楼梯，由二楼通到楼下。楼梯的橡木板被打过蜡擦得锃亮，楼下地上铺的是镶木条的地板。当家霆扶着童霜威一步一步走到楼梯口时，童霜威忽然摇摇晃晃一个忽闪，"啊！"的一声惊喊，脚踩空了，双手一伸，身子一侧，猛地一头栽了下去。只见他那本来肥胖略带蹒跚的身子骨碌碌从楼梯上连颠带蹿地滚下去了。

家霆"啊!"的一声惊叫,叫得又急又惨,气急慌忙地冲下楼去。

冈田和"冷面人"及护士也惊叫起来,"噌噌噌"地跑下楼去。

童霜威眼前飞舞着数不清的金星,疼痛、发晕。他脸上带伤,满面是血,不省人事,长长的胡须和长发上、眉毛上都沾着鲜血。他这一跤是由上边一头栽滚下来的,跌得很凶!使人看到死亡正在这个本来有病的人身边轻步潜行。

家霆嘴唇惨白不断颤动,满脸痛苦,泪水流淌,哭叫起来:"啊,爸爸!我不好!我没有扶住您!我没有扶住您!……"他内心经历了一种从未有过的震颤,这种震颤又形成了一股感情的巨浪,撞击着他的每根神经。他号啕哭着,悲痛地自遣着,悔恨为什么竟会让爸爸摔了这么重的一跤!他害怕会在爸爸身上出现什么不幸,连脸色都变得煞白了。

冈田和"冷面人",连同被这种意外惊动而来的日本护士,和家霆一起抬起童霜威回到病房里放在床上,童霜威仍然不省人事,紧闭双目。

冈田慌了手足,又是翻眼皮,又是把脉搏,又是听心脏,让护士取麻黄素针注射,拿臭氧来给童霜威嗅闻,再拿亚硝酸异戊酯吸入剂来。护士给童霜威擦干净了脸上的血迹,童霜威的额上破了一道口子,脸上淤血处乌青的一大块,还擦破了皮,鼻子淌血,手和手臂、腿部也有擦伤。一阵慌乱,许久,童霜威才苏醒过来。但他的牙齿常常"格格"发抖,两手痉挛,人极衰弱,始终闭着眼,好像处在谵妄状态中。家霆连声叫唤,他也不答。他偶尔张眼,目光也异样,似乎有点痴呆、迟钝,脸上肌肉也显得木讷。

冈田认为:病人心脏不好,血压也高,这一摔跤,很可能脑部震荡,甚或会有脑伤,病况值得忧虑,需要继续观察。

从此,童霜威手举不起来,大小便和穿衣脱衣全靠家霆照顾了。起床自己不能独自行走,需要人扶,才能颤颤巍巍地走,有时还会摇晃像要跌跤。他变成一个半瘫痪了,说话也不清楚,口水从嘴角流淌下来自己也不知道,两眼常常闭着,面部表情呆滞,连吃饭都要家霆一口一口喂,吃得也很少。

最伤心的,自然是童家霆。他的心空荡荡的,感到无论什么东西都仿佛是空的、抓不住的、无可依靠的。他那种悲恸、伤心的神色,是任何人一看就明白的。他脸色变得苍白,眼皮浮肿,是焦灼、失眠、泪流综合造成的一种面容。他忧心忡忡地问冈田:"我爸爸还能复原吗?""他病得这样怎么办呢?"

冈田搔着白霜似的鬓发,瘦老的脸上也是忧心忡忡:"就怕脑部损伤,可是仪器设备不够,脑伤有些情况是难以判明的。只是从现在的症状看,他伤得太重了!确实一定是伤了脑子!"

"他会永远半瘫痪成为一个废人吗?"

日本老医学博士面露难色,也夹杂着同情:"医生只能尽量给他治病,很难预卜永远。病情是会发展变化的。"

家霆在这种时候,觉得感情和岁月都受到了残酷的蹂躏,就忍不住痛心地流泪了。

病房里,一盏二十五支光的电灯泡整夜里高悬,由于电压不定,昏黄的灯光总是颤颤抖抖的。守在爸爸身边,家霆深夜看到电灯时,总担心爸爸的生命会像这昏黄的灯光,说不定什么时候突然熄灭。啊!天哪!为什么我会有这样痛苦不幸的遭遇呢?……

隔了一天,有个穿西服的陌生人来,同冈田医生和"冷面人"老董都作了谈话,又去看望了童霜威。

童霜威躺在床上,有点痴呆地睡着,额上包着纱布,脸上手上涂着红药水,胡须很长。头发本来很长,因为额上有伤,剃了一绺,他的模样、色彩都很吓人。有人来,他像死了似的躺着,也没睁眼或动弹一下。

又过了一天,冈田单独对童家霆用比较流利的上海话说:"由我提出建议,他们决定让你爸爸回家去住。我知道你父亲是很想回家的。我给些药你带回去给他服用,希望他渐渐能好起来。青年人!你父亲是个道道地地的中国人!他这次跌跤,我认为实际是他想自杀!这点我发现了,但我没有对别人说!我懂得他为什么想自杀!我是尊敬他的!"

嚄!日本人里也有好人的呀!家霆接受了日本老头的好意,对爸爸和自己能够回汉口路仁安里感到欣慰。只是想到爸爸已经半瘫痪,又悲从中来泪流满面了。

二

童霜威回到汉口路仁安里方家后,成了一个半瘫痪,大部分时间躺在床上,偶尔由家霆扶着在沙发上坐坐,脸上痴呆木讷,反应迟钝。他这种狼狈落魄的模样,引起了方家各个人各种各样的反应。

厨房间里,胖子阿福和娘姨阿金喊喊喳喳,有同情也有惊讶,更像散播新闻似的在弄堂里将童霜威的病况告诉了张家,又告诉李家。

"小娘娘"方丽明是个不多管闲事不爱多说话的人,也被姐夫的模样吓呆了。她有点同情姐夫和家霆,但她在方家无足轻重,只好更加沉默寡言。

"老虎头"现在带着孩子又搬回仁安里二十一号楼下客堂间隔壁的厢房里住了。由于方立荪的死,她一直哭哭啼啼,叹自己命苦。现在看到童霜威半瘫痪了,想起平时盛气凌人,傲气十足的方丽清也没落得什么好遭遇,心里反倒想开了一些,变得不那么伤心了。

童霜威躺在二楼那间过去与方丽清同住的卧室里。如今,方丽清叫家霆来陪他爸爸睡,古古怪怪地说:"你们亲爷亲儿子生来亲热,老娘让给你们睡!"她单独搬到三楼去住了。家霆只好将自己放在三楼房里的物件全部搬到二楼来。但他突然发现自己那只小皮箱被人翻抄过了。检查物件,除了放在空雪茄烟盒子里的妈妈柳苇的照片和小叔军威那块用血写了"一死报国"四字的手帕外,一切都在。家霆找遍各处,都无影无踪。他心里冒火。猜测一定是方丽清干的!方丽清就是这样一种人,她能狭隘得锱铢必较,她能下毒手毁掉一切她认为应该毁掉的东西而无所顾忌。依家霆的性格,真想当面去质问她。但想到爸爸病伤严重,现在刚回仁安里来,怎么能闹?再说,万一方丽清不承认,徒然被动,只好吃哑巴亏,将怒气吞在肚里,闷声不吭。可是两件珍贵的纪念物被毁去了,家霆怎么能想得开、忘得掉呢?家霆气愤又依恋,只好偷偷拭眼泪。

童霜威的突然归来,完全出乎方丽清的意外。那天,方丽清正高高兴兴有说有笑地仍在打麻将,忽然听说童霜威由家霆扶着被用小汽车送回来了。她先是有三分高兴,待等看到的是回来了一个半瘫痪的带点痴呆的老头子时,她"哇"的一声哭了。不是哭童霜威,是哭自己。她一直在嘀嘀咕咕、哭哭啼啼:"你看他呀,胡子头发这么长!额头上包了纱布,脸上涂了红药水,龌龊得人不像人、鬼不像鬼!叫人看也不敢看!真丢面子!""真是活见鬼!他路也不能自己走了!吃饭上厕所也要人服侍,人是三分明白七分糊涂!今后怎么办呀?""我这一向,不是左眼跳,就是右眼跳。我晓得,左眼跳财,右眼跳灾!现在是破财和灾难一道来!我的命怎么这样苦?""他这样活着回来,倒还不如死在外面的好!"

方老太太心疼女儿,见童霜威回来像个"铁拐李",心里也又气又恼。自从方立荪死后,由于方立荪平日为人精明,怕"露财",财产的事守秘密,做假账,在"宏济善堂"的股子和存款等等都被人吞没了。方雨荪去找过盛老三,盛老三回答了三个字:"弄不清。"方立荪的财产有多少,在哪里,更没人知道。方立荪靠做鸦片发的横财,像做了场投机生意突然破产了,钞票都飞得无影无踪。原来他经手的全家生意,也成了一笔糊涂账,像一场春梦醒来,方家只剩下一爿方老头子传下来的绸缎庄生意可以继续撑点门面。办了丧事,卖了西爱咸斯路的房子,巧云像坐"特别快车"似的跟一个从前在舞厅里结识的做热水瓶胆生意的旧相好做姨太太去了。方老太太将传宝领了回来,交给"老虎头"带。方老太太的心里本来难受,现在一波未平、一波又起,童霜威又半瘫痪着回来了!方老太太真是吃不消。她这一年老了许多,额上多了皱纹,松弛的两颊上长了许多老人斑。她当着女儿和儿子方雨荪的面拭眼泪:"唉,我真像只无脚蟹团团了!叫我哪能办?""我作了什么孽呀?死了个儿子已经塌了天,现在女儿又碰到这种倒霉事!请神容易送神难!怎么办?""我真恨不得去跳黄浦江,眼一闭倒还清净点!"

方雨荪一张脸也像老阴天,嘴上能挂油瓶,总是闷闷不说话。他觉得一切都不顺利,交了厄运。瑞士万利洋行的老板说上海生意不好做,形势又多变,突然决定收业回瑞士了。方雨荪的洋行买办当然也就完了。他庆幸,幸亏与江怀南一起,同原来大华贸易公司的老板柳明一起合组了一个兴茂贸易公司,生意做得比较发达。想起生意是靠汉奸欧阳筱月的牌头,而且江怀南也是个汉奸,心里本来总有点不大受用。但自慰的是贸易公司哪一方面的生意都做,将本求利,不管你国民党、共产党还是日本人,什么地区需要什么就做什么生意。这同方立荪做鸦片生意完全不同,是正正经经的经商,他就心里踏实了。但近一向来,家里大祸临头:兄弟立荪死后,"小翠红"偏偏在一月前又病倒了。"小翠红"好哭泣,多梦,眩晕之外伴以恐惧,面色苍白,精神倦怠,耳鸣肢麻,已经躺在床上起不来。老中医给她检查,诊脉浮弱无力,说她阴阳气血俱虚,说这是一种疑难病症,拿出《金匮要略》给方雨荪看,医书中说:"邪哭,使魂魄不安者,血气少也,血气少者属于心,心气虚者,其人则畏。合目欲眠,梦远行而精神离散,魂魄妄行。"老中医认为病不太好治,需慢慢服药调养。方雨荪又请了个英国医生卡尔逊来给"小翠红"治病。卡尔逊是个白发老头,出诊价很贵,一周来两次,也说病不好治,要慢慢来。"小翠红"一病倒,方雨荪觉得是个负担。自己在外边租了小房子有了新欢,心里也有点歉意,不免想:在沈镇海的事上可能我过于怀疑敏感了,又想想"小翠红"平日为人的好处,也有点悔意。心情本来不好,加上童霜威瘫痪着回来,他更是一肚子气,觉得方家过去的鸿运忽然都烟消云散了,心里懊丧得要命。看到母亲和妹妹怨气冲天六神无主的样子,他想:唉,怪来怪去,要是不打仗,没有这场战争,童霜威还在南京得意,立荪也不会去同日本人做什么鸦片生意!这些凄惨事都不会发生。如今一个霹雳接一个霹雳,叫人怎么吃得消?但他究竟是个在外面跑跑的人,有点算计,对方老太太和方丽清说:"事到如今,白布已经涂上黑墨了,有啥法子!只有算另外一笔账,快点给他医治。能治好,花点钞票也值得!不然,就是亏本生意做到底了!"

方丽清嗡着鼻子:"治不好呢?"

"还没有治,怎么知道治不好?我过去听人说过:用黄芪桂枝五物汤和补阳还五汤调理,有的瘫痪病人是治得好的。"方雨荪劝告妹妹说,"留得青山在,不怕没柴烧,要抓紧找医生治!不要放着河水不洗船!"

方雨荪这样说,当然也多少是受点"小翠红"的影响。听不听在你们!他皱着眉就出外忙他的事去了。

"小翠红"病在床上,听说童霜威和家霆回来了,先是一喜,后来又听说童霜威成了个半瘫痪,不由得产生同情,难过起来。

方雨荪在外边忙碌,又租了小房子,"小翠红"虽病,方雨荪仍很少回仁安里住。"小翠红"全靠"小娘娘"方丽明送药送水和送饭照顾。方老太太和方丽清、"老虎头"只是偶尔来看望一下或者虚情假意地来问问病情。戏迷方传经,名义上是"小翠红"的儿子,平时本来就不管理"小翠红","小翠红"病了,他更不来看望了。方传经整天在外边胡调,常常传来不少"闲说"。但方老太太在方立荪死后更疼爱长房长孙,认为方家今后传宗接代、荣宗耀祖全靠传经了。明知他在外边不干好事,也不准人讲。方传经对"小翠红"冷淡,方老太太认为是天经地义。方传经已经"过继"给方丽清当儿子了!童霜威和家霆都不知道。由于这关系,家霆回到仁安里方家以后,立刻感到了人情冷暖和世态炎凉,像掉进了冰窖似的,觉得难以容身。家霆明白:在方家,最关心同情我的只有大舅妈"小翠红"。

当晚,饭后,家霆见方雨荪不在家,觑便就到大舅妈"小翠红"的房里看望她。

家霆进了大舅妈亮着电灯的房间,见那只美丽的波斯种白猫在床边"喵喵"叫唤,露出一种十分寂寞孤独无主的样子。

家霆绝未想到:孤零零躺在床上的大舅妈,已经变成这般模样。她两眼大而失神,原来白皙细嫩的面孔现在苍白发青,颧骨高耸,头发蓬乱,一床刺绣软缎面子的被絮下,是一个十分瘦弱的身子。耳上两只碧绿的翡翠耳环也卸掉不戴了。过去她戴着这副漂亮的耳环,脸色白得滋润,眼珠也衬得黑亮,人都夸她可爱。

家霆过去在方家,一直有那种呼吸不畅、人要萎黄的感觉。他觉得大舅妈过去也是这种感觉。现在,大舅妈真是被毁掉了!家霆几乎要哭出来,这里有他对大舅妈的感情和同情,也有他对自己的遭遇的悲哀。

家霆克制住悲伤,说:"大舅妈,您病了?"

"小翠红"勉强想对他笑,笑不出来,嘴角牵动,眼眶里反而涌出了眼泪,说:"家霆,你们回来了,我总算放心了!"说完,呜咽抽搐起来,泪水滴滴答答落在枕上,"谢谢你还记得大舅妈,还来看我!"

"我在南京和虹口时也常念着您,但不知道您病了。"家霆为了要安慰大舅妈,转变话题,将在南京和被转移到虹口的经过简略讲了。

"小翠红"听了,点头,家霆讲完,她突然问:"家霆,如果我死了,你回来了,会到我坟上给我行礼化点纸钱给我的吗?"灯影下,她脸上的表情凄凉,气息微细。

"大舅妈!"家霆难过地说,"您不是好好的在这里吗?您不会的!"

"小翠红"伤感地摇摇头:"不,你记得我以前对你谈过的话吗?我对你,也就这么一个指望。"

"记得!"

"那么,一言为定!"她的眼光似乎将要被来临的死亡遮蔽住了。

家霆落泪了,执拗地说:"不!您的病一定会好的!"

"不会好的了!"大舅妈"小翠红"说,"其实,死的人不见得比活的人苦!我死了,也只是像一盆洗脚水给泼了就是了!他们方家不会可怜我的。"她面容痛苦,额上有冷汗。

房里静得很,只有桌上的自鸣钟的滴答声在响,只有波斯猫偶尔在寂寞地叫,只有"小翠红"的啜泣声。

家霆关切地问:"大舅妈,您生的什么病?"他望着"小翠红"苍白的脸和弥漫着阴霾的眼睛,觉得"小翠红"对生活存在的那点热望,全部都已化为冰水了。

"小翠红"衰弱地摇摇头:"我是个苦命!过去算命的早说我是短寿,活不到老的。本来,我常想起你,希望我病了你能来!可怜人见到可怜人总是亲三分的。后来,我怕在我死之前你来不了,现在好了,你终于来了!死之前能见到你,太高兴了!"

"您会渐渐好起来的!"家霆安慰她说,"不要相信算命的瞎说。"他说了一些劝解鼓励的话,但看着"小翠红"的病容,觉得大舅妈的病真是重了。

"小翠红"反倒关切地问起童霜威的病来:"你爸爸半瘫了,我也不能起床去看他,你给我问问他好。菩萨保佑他!我真希望他能复原。他同我不一样,他是个能当官的人,又有学问又不肯做汉奸,是个好人。再说,大舅妈不放心的是你。你爸爸倒了霉,你就可怜了。大舅妈懂得这一点。这家姓方的,我早看穿了!"她头脑清楚,但面无血色。

家霆给她一说,心酸了,说:"我就怕爸爸永远这样,我真是急死了!"

"小翠红"点头,深深叹了一口气。她那双少了神采的眼瞳上有一层光亮的泪水迎着电灯射来的光线熠耀。她说:"是啊,我在床上胡思乱想,也为你这苦命的孩子担心。我是在想你该怎么办?我知道,如果你父亲万一有三长两短,你在方家是住不下去的。他们是容不下你的。你还没有自立,那时你就难办了。所以,我想过,我以前说的话是算数的。我可以帮助你。"

家霆奇怪地看着大舅妈,不太明白她指的"帮助"是什么。但觉得大舅妈善良、心地好。这种善良使她在病重得这样的时候,仍闪耀出一种母性的美。

"小翠红"喘息着说:"家霆,我有私房,主要是首饰,还有一笔钱,是很早就藏下的。没有别人知道的。我已经把它放在我身上了。我在想:如今是金钱世界,没有钱不行。我死了,也没有别的人可以给。我不能让纨绔子弟拿我的血汗钱去玩女人抽鸦片上赌场。我把它趁早拿给你,全都给你。你拿去好好放着,只要用在正道上,怎么用都行。有了钱,方家对你不好,你就可以不在乎了,我也可以放心了。"说着,她从被窝里摸出一个缝得很精致的绿绸小包来。小包有拳头那么大。她说:"家霆,快拿着!"

家霆不肯。钱,他确实是需要的。爸爸的钱全被方丽清掌握在手上,爸爸以前就是因为考虑到钱才没有去香港的。现在,爸爸需要治病,方丽清会不会又吝啬得不肯多掏钱呢?自己同爸爸住在方家,身边无钱,日子实在难过呀!但大舅妈的私房钱。怎么平平白白地可以拿呢?何况,她又病成了这样!家霆感动地说:"大舅妈,我不能拿!你放着,你的病很快会好的。"

"不,钱是不能带到土里去的!"大舅妈凄然地摇头,"家霆,卖命钱来得可怜,但不是偷来抢来的。你是看不起我,认为我下贱,是吗?"

"不!"家霆赶快辩白,"不是的!我觉得您对我的好,比钱更宝贵。您对我的关心,我早感激不尽了!我现在,不需要钱,您应当放着!"

"那你先代我放着!我好了你再还我。""小翠红"呻吟着说,"你接着!听话!"她说话吃力,十分衰弱。

家霆仍在摇头,偏偏在这时,听到皮鞋声"橐橐"响了,有人上了楼好像是就要走进房来。这是大舅方雨荪那熟悉的皮鞋声,家霆瞬即警惕起来。

"小翠红"将绿色小绸包连同消瘦的手臂一起缩藏进被窝里去。家霆站在那里看到,方雨荪阴沉着脸,陪着一个银丝头发微红皮肤的英国医生进房来了。

家霆叫了一声:"大娘舅!"

方雨荪似理非理似应非应,用一种冷冷的声调应酬般地哼了一声,侧脸对床上的"小翠红"说:"今天我不放心,又把卡尔逊请来了。"他用英文请西装笔挺提着一只牛皮药箱的英国医生坐。

"小翠红"先是沉默,接着说:"不必再请医生了!我的病不会好的。"她闭上了眼,似乎想摆脱一切。

家霆看到自己站在那里很尴尬,只好退出房去。走出房,恰好碰到方老太太,见家霆从"小翠红"房里出来,老太婆冷着脸,用两只精明的眼睛扫着家霆,关照说:"家霆,以后不要随便进去!你大舅不喜欢别人进他的房!"

家霆明白方家的人有意冷落大舅妈,也明白方老太太嫌弃他,没有做声,迈步回到自己房里。

他进房时,见灯光下,方丽清正坐在小沙发上,一脸古怪。童霜威仰面躺在床上,带点木讷。两人都不声不响,只听到对面人家二楼房间里的麻将声海潮般地传来。房里的气氛很不和谐,童霜威倒还平静,方丽清那张漂亮的脸上却有杀气。家霆进房以后,方丽清不言不语地站起身来,像阵青烟似的忽然走了。

家霆走到爸爸床前,轻声关切地问:"她怎么了?"

童霜威声调嘶哑,轻声吐了一个字:"钱!"

家霆心里像有荆棘在戳刺,心里明白:方丽清的事多半同钱有关,一定是又为钱的事同爸爸在嘀嘀咕咕。不由得"唉"地叹了一口气,想:大舅妈"小翠红"要将私房钱全部给我,说"钱是不能带到土里去的";方丽清却为钱的事老是斤斤计较。爸爸病伤成这样子,她还为钱的事喋喋不休折磨他,真是毫无心肝!想着这些,心里烦透了。

对面方传经房里轻轻传来留声机的唱片声。方传经整天在外边"忙",很少在家里露面。只要在家,留声机一定在放京戏唱片,对童霜威和家霆回来,他不管不问,似乎是方家惟一的一个不闻不问不表态的人。现在,戏迷表哥传经回来了,大声打着哈欠,又在关门放京戏唱片了。锣鼓胡琴响成一片,放的是露兰春唱的《天霸拜山》:

> 镖客路遇马兰关,
> 一见此马喜心间,
> 无有大胆的英雄汉,
> 不能到手也枉然。……

家霆那时同戏迷表哥一房住的时候,听这张唱片听熟了。露兰春是有名的坤角,擅长演时装戏,唱黄天霸的武生戏人都叫绝。大流氓黄金荣开设共舞台,长期聘露兰春挂正牌,她遂被黄金荣用暴力霸占为妾。但露兰春厌恶黄金荣,千方百计下堂求去,离开黄金荣,宁可嫁给了一个不太出名的唱老生的安舒元走了。大舅妈"小翠红"对京戏是熟悉的,过去她就爱听露兰春的唱片,讲起露兰春的遭遇来也津津有味。现在,病倒在床上,听到这唱片,她会有什么感触?

家霆忍不住把刚才去看大舅妈"小翠红"的事轻轻讲给童霜威听。他觉得死神已在敲响大舅妈的房门,讲着大舅妈的事,心里伤感起来。

童霜威静静听着,脸上有同情的神色,只是什么也没有说,似乎疲劳了,闭上了眼,像老僧入定的模样。

家霆心里很不踏实,头绪纷繁:他担心爸爸的病,也不知下一步该怎么办;他想念欧阳素心,渴望同她见一面;他记挂着学校的课业,自己脱课这么久了,复不复学?想到老朋友余伯良家里去一次,见见老朋友谈谈别后情况,问问学校情形;又想到大舅妈的病如此沉重,不知能不能痊愈?他感到像坐了一只小船,在大海洋上飘来荡去,四面望不到边,天际布满乌云,好像要来暴风雨,也不知会不会翻船。

见爸爸闭眼睡了,家霆在灯下拿出纸来,写了一封非常深情的信给欧阳素心,告诉她情况,说希望同她约定时间见面好好谈谈。然后,他也有一种心力交瘁的感觉,熄了电灯,在爸爸身边轻轻睡下了。

对面打牌的那家人家的灯光,雪亮地照耀过来,虽熄了灯,房里仍明亮得可以看清人的面目,看清床、橱、椅、沙发。睡到半夜,家霆正熟睡着忽然被爸爸用手推醒了。

家霆醒来,睁开了眼,借着对面人家照耀来的灯光,看见童霜威睁着两只大眼正瞅着他。听见蝈蝈叫:"曜曜曜!"那是欧阳素心送爸爸解除寂寞的蝈蝈葫芦放在爸爸枕边。蝈蝈正在欢叫。家霆看着爸爸的眼睛。真奇怪!爸爸两只眼很精神,与那天摔伤前不一样,与摔伤后更完全不同。他清晰地听到爸爸的声音,亲切而机警地说:"家霆!醒醒!到我这头来睡,我们谈谈。"

家霆一嗯噜坐了起来,压着嗓门惊奇地说:"爸爸,怎么?"

对面人家打通宵麻将,搓牌的声音像海潮喧嚣激荡。

童霜威神秘地把食指朝嘴上一放,示意家霆噤声,说:"儿子,告诉你!我那一跤是故意跌的!"

"这我猜到了!爸爸。"家霆不禁把冈田说的话也讲了。

"我摔得不轻,但并没有伤到脑子,只是外边皮肉有点硬伤。我也没有瘫痪,也能顺畅地讲话。你放心吧!不要着急!"说这些话时,童霜威脸上的痴呆、木讷全不存在了。

"那您?"

"我是假装的!不然怎么能回来呢?你,还是要继续装作着急,懂吗?千万别露马脚!西洋镜拆穿不得了!"

"啊!——"家霆完全明白了,真是又喜又惊呀,说:"爸爸,我真太高兴了!"但,不禁又问:"下一步我们怎么办呢?"在他面前原来笼罩在头上的乌云忽然消散,露出了阳光。

"是呀!事不宜迟,我们应当逃!赶快坐海船去香港!"

爸爸提起了海船,提起了去香港,家霆眼面前仿佛出现了碧蓝碧蓝无边无际波涛汹涌的大海,仿佛看到发怒咆哮的大海,撞击、跳跃、激荡、摇晃,几万吨的邮船,在海中显得特别微小,费力地在狂乱的海浪中挣扎前进。

"怎么走呢?"家霆有点迟疑了,他想起了钱的问题,"严重的是现在没有钱呀!"

本来,方丽清将首饰藏在一只皮箱中的首饰盒子里的。童霜威曾想配把钥匙把首饰取点放在手里。可是方丽清早把首饰存到银行保险箱里去了。她是只"铁公鸡",一根毛也拔不下来的。

"你大舅妈如果再把她的私房钱和首饰给你,你就收下,告诉她:算是我借她的,将来一定加倍奉还。她是个善心人。当然,走的事和我假病的事千万不能告诉她,但可以告诉她,我们需要钱用,比如治病。而且,可以对她说,你想一个人到内地去,到大后方去读书,要她帮助,叫她别对人说。"童霜威的话是经过深思熟虑的。

家霆默默点头,觉得可行,说:"但,要走,不简单,许多事都要张罗,也不能给他们姓方的人知道。"

"当然不能!包括你的继母!她是个利欲熏心的人,只知钱钱钱。昨天一回来,别的不说,除了埋怨我,就是哭穷,说什么金价两千多一两了,大米黑市价两百块一石了,要问她拿钱是一文也拿不到的!让他们把我看作废人吧!从明天起,你先去学校复学上课,课余的时间侍候我,多给人家一点假象。每隔几天陪我去医院找一次医生。将来,我们走的时候,就利用看病来脱逃。"

家霆心里几乎要叫绝了,说:"啊,爸爸,太好了!"又说:"我就不复学了吧!许多事都要办,我在家里照顾你,我们可以尽快走!"

"不,正因为要走,你必须去复学,懂吗?给人一个你我绝不会走的印象才行呀!"

家霆点头,体味领会爸爸的心计,明白了,问:"爸爸,你打算怎么办呢?"

在对面打牌人家那一百支光大灯泡的照耀下,童霜威两眼发亮,兴奋地压低了声音说:"所以,我急着今夜要同你谈呀!你必须赶快设法了解到你舅舅柳忠华的真实情况,我看他做生意要认识欧阳筱月,是有他的某种抗日的目的的。那么,你就告诉他:我决定走,请他帮助我们。你把全部情况都可以告诉他,我对他是有了解的,我相信他!把我们逃离'孤岛'托付给他,就有了依靠,懂吗?"

家霆点头,冲动地说:"我发现楼下电话机旁方雨苏贴着的一张表上,有个兴茂贸易公司的电话号码,后边写着'柳明'的名字,电话号码是97342。一定是舅舅同他们合办的公司现在改名叫兴茂贸易公司了。我明天就打电话找舅舅!"但又忧心忡忡,"总要等到你额上和面部的伤好了才能走吧?不然,一认就会被人认出来的。"

童霜威思索着眨动眼睛,点头说:"对,你的想法很好。这样吧,定在十二月十号光景,我们走,你看好不好?那时,我额上、面上的伤一定都痊愈了。带把剃刀去看病,预先在小旅馆里开个房间。到小旅馆里,剃去胡子长发,换上衣服,戴上眼镜,化了装就上船。神不知鬼不觉!让你舅舅照这时间安排我们走。神仙也想不到的!"

家霆尽量想把困难和问题想足,说:"如果看病不回来了,方家不是立刻就知道了吗?"

童霜威笑笑,说:"我也想过了。预先写好一封信寄发给你继母,佯作是绑票的人的口气,要她筹款十万元到沪西静安寺赎票,让他们当作我像方立苏一样遭到了绑票,就万事大吉了!一布迷魂阵,包括'七十六号'在内,谁也搞不清是怎么回事。只要外国轮船出了吴淞口,又过了厦门鼓浪屿,我们就自由了。等从香港去重庆时,再写信同他们打招呼。"他说着,话声里有十分得意。

家霆一切都出乎意外,爸爸把一切都想得非常熨帖了。今夜从睡梦中被叫醒,想不到竟有这样的奇遇。他真像在"山穷水尽疑无路"的时刻,忽然"柳暗花明又一村"了!赞叹地笑着,说:"太好了!太好了!爸爸,我这些天来,从没有现在这样高兴过。"说着,也不知为什么,一边笑,一边眼眶酸涩地流下泪来。终于在枕上抱着头啜泣起来。

童霜威用手抚摸着儿子的头发,说:"不要哭!不要哭!我们现在还处于危险中,既不能哭泣,也不能高兴。你明天赶快找你舅舅。最重要的是听听他的意见,一切都想得周到些,就会走得更顺利些。唉!"他深深叹了一口气,"人生的事,难以逆料。抗战爆发,我何尝想到会有这么多的坎坷艰险?现在,我老是想着两句诗:'万里飞腾仍有路,莫愁四海正风尘'①。锋镝牢囚都经历过了,胆子反倒似乎变大了!"

这一夜,父子俩都非常兴奋,睡得都不好。

第二天黎明,家霆刚睡熟不久,忽然感到童霜威又用手在摇动他,将他摇醒,轻轻对他说:"家霆,你听!"

家霆侧耳听时,隔壁大舅妈房里有人声,门外边楼梯口也有人声嗡嗡,似乎发生了什么紧张的事情。

家霆脑里火花一闪,觉得有事,不放心大舅妈"小翠红"了:难道她病情恶化了?掀被起床,穿衣趿鞋,说:"爸爸,我去看看!"

他急匆匆跑出房去看望,只见方丽清、"老虎头"都起来了,头发蓬乱,睡眼惺忪,脸上严肃、紧张,站在"小翠红"房门口喊喊喳喳。戏迷表哥方传经打着哈欠,扣着长衫衣钮,走出房来去盥洗间漱洗,姨娘阿金和"小娘娘",也在楼梯口死气沉沉地站着。大舅方雨苏正从楼下上来。那只不识相的波斯种白猫正巧"喵喵"叫着走过来想往方雨苏腿上擦身子,没料到方雨苏凶狠厌烦地甩起一脚

---

① 这是明末抗清爱国志士夏完淳的一首诗中的两句。

将白猫骨碌碌踢下楼去。白猫"喵！"的一声惨叫，跌到楼下去了。

方雨荪恨恨地说："晦气猫！送掉它！不养了！"他阴沉着脸，满面黑气，说："给殡仪馆打了电话了！"看样子，是打完电话从楼下上来的。

家霆惊呆了。悲伤猛烈地震撼着他：难道大舅妈真的死了？真的就这样去了？真是不愿信不能信又不能不信！何曾想到回来就遇到这样不幸的事？心里难过，想进房去看看，见方老太太从房里出来堵在门口，当然不能进去，只好犹犹豫豫站在那里。这时才发现：方雨荪手里攥着个绿色小绸包。家霆心里一怔：不是大舅妈贮藏私房首饰和钱钞的那个小包吗？昨天晚上大舅妈诚心诚意要交给他，他没有接。现在，落在方雨荪手里了！估计，大舅妈昨晚是预感到自己病入膏肓了，所以急于要将绿色小绸包交出来的呀。可是，一切都晚了！大舅妈不在了！绿色小绸包也落在方雨荪手里了！说不定方雨荪会把这些首饰送给他在外面租了小房子宠爱着的女人呢！大舅妈"小翠红"死后能瞑目吗？看来，绿色小绸包里的首饰什么的，大多不是她嫁给方雨荪后方家给的，很可能是她从前私藏了带来的。因此昨晚大舅妈说："你是看不起我，是吗？"昨天没有收大舅妈的绿色小绸包，结果，反倒伤了她的心了，真太不应该呀！现在，为了去香港，正需钱用。原来计划想今天收下来，作为向大舅妈借用以后由爸爸加倍归还的，现在也成泡影了。人世间的事为什么每每总有盈缺，总有蹊跷，总有遗憾？总是常常只差那么一小步？家霆心里懊丧极了，站在一边，丧魂落魄。

听到方雨荪气呼呼地在对方丽清和"老虎头"们说："贱货！自己作死！我花了这么多钞票请了英国医生，卡尔逊开的药她都没有吃！你们进去看看，药，她全藏在枕头里！她等于是自杀！有心叫我火烧眉毛破财死人触霉头！"

方老太太刚才从房里站到门口来，此刻又转身进房捧出一堆进口货的药瓶、药盒和药片,摇着头,嘴唇发抖。看样子,她是去给死了的大舅妈搜身的,骂着说:"看看吧,这个死人!作不作孽?这么多外国药白白浪费掉,一颗也不吃!真是白虎星!"看见"小娘娘"方丽明在楼梯口站着,又喝骂"小娘娘":"你,你瞎了眼吗?叫你服侍她,她不吃药你怎么不知道?"

"小娘娘"吓得脸孔发灰,结结巴巴,说不出话来,只是用小手绢拭眼泪。

家霆叹气,不能在大舅妈死去后到她房里见她一面,实在抱歉。他心上流着泪,决定回爸爸房里去,心里也说不出滋味有多复杂。大舅妈这种自杀方法也是完全出乎他意料的。她为什么要这样自杀呢?看来,死亡虽是一件可怕的事,但大舅妈一定觉得她过的生活比死亡更难受,她就不想活了。她缺少的是什么呢?她难受的是什么呢?爸爸的假自杀是因为陷身在敌人手中需要自由。大舅妈呢?她生活在方家这样一个大家庭中,没有她需要的东西,却有使她不想活下去的东西。于是,这个美丽、善良有过悲惨身世的纤弱女人,永远地走了,选择了一条永远长眠的路,像一阵轻风似的逝去了。

想着这些,家霆心里酸酸的,自己好像大病了一场,提步走回房去。

这时,他看见童霜威不声不响,又像痴痴呆呆地躺在那里了。他就也警惕起来,提醒自己:小心!决不能露出破绽来!人世复杂,布满斗争。要生存,就不能单纯呀!

三

早上,家霆到了余伯良家里。

余伯良见到家霆,高兴得笑出声来,一五一十问了家霆的遭遇。除了爸爸的真实病情外,其他家霆都如实告诉了好朋友。见到余伯良,家霆才知道,学校初中部仍在慕尔堂,因为太拥挤,高中部已经全部迁到慈淑大楼四楼去上课了。家霆约余伯良同路去学校办复学手续。幸亏欧阳素心托人去学校里给家霆请了假说明了情况,教务处办手续的老师都有爱国心,知道家霆家里出了事,问了问缘由,家霆简单地说了父亲病重瘫痪被释放回家的经过,并且说明自己自学了课本,能跟得上班。他本来是个成绩优秀的好学生,教务处的几位老师都很同情,破格同意家霆立刻来校跟班复学上课。

办好复学手续,余伯良留校上课,家霆决定第二天开始入学。他同余伯良分手,在街边烟纸店里借了个电话打到欧阳素心家去。他虽然一早就将昨晚写给欧阳素心的信贴上邮票投入了仁安里弄口马路边的邮筒,心里仍禁不住想念,终于希望能同她通个电话。但电话通了,那边接电话的是个陌生的女用人,说:"小姐不在!"

家霆想:是呀!欧阳这时候该在学校里上课嘛!问:"银娣在不在?"

对方说:"银娣出去了!"

家霆不愿多说什么,只好挂上了电话。

天冷,有风,他在街边站着,思索了一会儿,决定抽空独自到万寿殡仪馆吊唁大舅妈。昨天,没能见到大舅妈"小翠红"的遗容,他心里悲戚抱憾,今天无论如何要去见这最后一面。他再也听不见"小翠红"那甜润略带沙音的声音了,再也看不见她那可亲的笑容了。他挤上了电车去殡仪馆。

他还清晰记得去年年初的一天,大舅妈头疼,眉心掐出一道红印,对他说过:"……只要将来我死了以后,你有时还能想起有这么一个大舅妈,给我这孤魂野鬼烧点纸钱……"曾几何时,她果真生命消逝、魂归九泉了。家霆心里哀伤,他铭记住大舅妈"小翠红"对他的好处。在殡仪馆附近,有家卖香烛、冥币等的小店。他掏钱买了锡箔、元宝和一盒冥币,走进殡仪馆里去。他不迷信,但这是大舅妈"小翠红"生前的要求,他要实践诺言,不能失信;他也要表达心意,寄托哀思。人有时候是会做自己不愿做而又觉得应该做的事情的。

他知道,大舅妈的遗体,一早由万寿殡仪馆派车子接到了殡仪馆,也知道方雨荪带了方传经蜻蜓点水似的到了一下殡仪馆就会走的,方老太太和方丽清、"老虎头"都不打算到殡仪馆来。遗体停放一天,听说买的是一具红桧木棺材,明天就入殓下葬了。啊,从此天上人间两茫茫!他怎么能不留下她死后一瞬的印象保持到永远?

家霆提着一盒冥币和两串锡箔、元宝,进了殡仪馆,问清了灵堂在哪里,正要绕过邻厅一家全身缟素哭泣着的男女身边,走向西边那间放着大舅妈遗体的小厅里去,忽然远远瞥见一个熟悉的身影在眼前掠过:是一个穿深灰色长袍的人!

殡仪馆里阴沉沉的,仿佛处处都吹拂着阴风,使人心里凉丝丝。从天井里望上去,天低云重,有不知谁家痛彻心扉的哭声,使人悲伤。死者家属的白色孝衣,蓝绸金字的孝幛,黄色、白色的素花,死人肃穆的遗像,袅袅冒烟的高香,幽微通亮的长明灯,构成了殡丧的凄凉气氛,处处神秘,处处飘荡着死气。

家霆"呀"了一声,仔细看时,一点不错!是大舅洋行里原来的跑街沈镇海呀!

沈镇海正在那间小灵堂里向停放的尸体鞠躬。那儿冷冷清清,停放着大舅妈"小翠红"的遗体,没有亲属,没有故友。也不知是在什么微妙的心情支配下,家霆突然决定回避,向东边一个灵堂走去,在那里避一避。稍过了一会儿,见沈镇海穿灰长袍的身影匆匆地又从眼前闪过,沈镇海走了。他凝望着沈镇海的背影,直到看不见了,心头还荡漾着一种特殊的感情。是感动?是同情?说不清,只觉得大舅妈死了,人还来悼念她,悼念这样一个孤零零的弱者,这里面就有高尚的情愫。

他怀着哀痛、惋惜、不安的心情,急急走到停放大舅妈遗体的小灵堂里,一颗心猛地缩紧了。只见玻璃罩里的停尸台上,大舅妈"小翠红"仰面睡着,宁静安详。她已经换上了蓝色软缎的寿衣。她本来苗条,现在死后身体收缩变得更短小,似乎是被生活中连续不断的磨难耗尽了她的体力。这是她今生最后一次化装了!十分瘦削的脸上涂着脂粉,掩饰不了憔悴和痛苦;涂着唇膏的嘴唇微张,像有话说却说不出。她没有了脉搏,没有了声音,没有了眼泪,一点没有生前的那种美丽和灵秀气了。有一朵洁白的绢花,放在玻璃罩上。家霆意识到:一定是刚才沈镇海来献奉的。

灵堂外的天井里,放着用金银纸和彩色蜡光纸扎成的洋房、轿车、男仆、女佣和各式家用冥器。洋房是三层楼的,楼厅里还扎了个麻将桌,桌上一副麻将牌,边上几个女的牌客。风,阴丝丝地吹,纸糊的冥器上的飘带呼啦啦响。这难道就是方雨苏他们对"小翠红"表露的最后一点心意?……

家霆似有千言万语要对大舅妈说,有许多事情想替大舅妈做,已经来不及也谈不到了!永远用不着了!心里的波涛翻荡着错综复杂的感情。他在停放在尸体前面的一只焚烧纸钱的铁盆里擦火柴焚化了冥币和锡箔元宝,轻声在心里说:"大舅妈!我来送您了!"说着,心里更加难过起来。

他心里千头万绪,忽然从大舅妈的死,又想到了死去的杨秋水舅妈。啊!两个不同的舅妈,他对她俩都怀有感情,可是她俩多么不同啊!这里边,可以思索、回味的东西太多太多了!

他不想多留,不愿意在这里万一遇到方家的人。而且,他还急着想去找舅舅柳忠华,又急着想早点办完了事回去侍奉爸爸,他又想同欧阳素心见见面,同银娣见见面,事情实在太多了。他心里烦乱,在"小翠红"灵前诚心诚意鞠了三个躬,匆匆离开。

人虽离开,头脑里仍总萦绕着刚才见沈镇海来殡仪馆鞠躬的事,眼前总清晰地看到那朵洁白的绢花。想不清沈镇海同大舅妈之间是什么关系。其实,又何必去多想呢!人同人之间的感情是神奇微妙的。就拿他对大舅妈"小翠红"来说,他有一种对长辈的感情,有一种感激大舅妈同情和关心他的心理,却也好像混杂着一种不可捉摸的难以形容的异性之间的特殊感情。他总觉得大舅妈是很美很可爱的。当然,他对她绝无非分的邪想。但他觉得所谓"爱",本身就是一种特殊复杂的东西,也许用化学分解方法也是分解不出它有多么复杂的。大舅妈"小翠红"已经流星似的殒落了!生前,她同沈镇海之间也许有过什么,也许并没有什么。在她死后,沈镇海怀着情感来悼念她一下,献上一朵洁白美丽的绢花,这也合情合理,值得同情。追究,又何必呢?

家霆又走到熙熙攘攘的大街上来了。一家小照相馆的橱窗里,放着许多着了色的男女明星照。这些电影明星:周曼华、袁美云、陈云裳、白云、袁绍梅、王引、龚稼农、金焰、韩兰根……一个个都笑着,笑得很高兴。人的笑似乎只有停留在照片上才是永恒的吧?……他在一家卖炸茨菇片、冰雪酥等零食的小店里借打电话,拨了号码,问:"是兴茂贸易公司吗?我找柳先生接电话。"

很顺利,一会儿,柳忠华来接电话了。一听是家霆的声音,他就机警敏捷地说了:"哦哦,我知道了!我有客人!这样好不好?晚上七点你再打电话来!我们好好谈谈。"说完,"克"地挂上了电话。

人生的事真难想象,舅舅本来东躲西藏似的十分神秘,曾几何时,现在却公开以大商人的面貌出现了。同舅舅柳忠华联系上了,家霆非常高兴。他猜：舅舅那里一定有什么人在,说话不方便,所以语气平静不带感情,匆匆挂上了电话。同舅舅约定晚上七点再电话联系以后,他又打电话到欧阳素心家去。

这次非常巧,是银娣接的电话。听到是家霆,她的声音里带着惊喜,含蓄有所指地问:"你好吗?"

家霆也有所指地回答:"还好!你好吗?"

"好!"

"她呢?她好吗?"

银娣有分寸地说:"也还好!上学去了。"

"我想同她见见面。"

"不知为什么,对我说,不想再见你。"

"是吗?"家霆心里烦恼,觉得难堪,似在探询什么。

"唔!"语气里饱含同情。

家霆明白了,不甘心地说:"那你把我的想法告诉她。见不见由她,好不好?"

银娣又"唔"了一声,说:"一定。"她的话声信赖而友好。

"舅舅常来吗?"家霆问。

"常来。"银娣的话不卑不亢,简洁得无懈可击。

"他好?"

"好!"银娣这更加简单的回答,使家霆明白她旁边可能有人,不便多说。又似告诉家霆,她知道的仅此而已。

别的似乎都不好深问了,家霆只得结束电话了,说:"好,再见吧!"

他挂上了电话,心里按捺不住的"谜"又浮起在心头:舅舅到底是怎么回事?银娣又到底是怎样的一个人?若明若暗,家霆心里有想法。可惜想归想,没有听舅舅亲口说一说,总是不踏实的。他决定晚上如能见到舅舅的面,一定好好问一问,求个水落石出。

付了电话钱,从小店里出来,家霆真想到欧阳素心的学校里去找她。终于克制住了,想:我已去了信,等她看了信再讲吧。于是,他搭电车回汉口路仁安里。

绝对想不到,刚下电车走到汉口路远远望见仁安里的时候,忽然发现欧阳素心围一条浅灰围巾,穿一件黑色骆驼绒旗袍,服饰简朴洁净,手提一只钱包,正站在街边等候。她身姿柔韧妩媚,又带有青春朝气。

家霆喜出望外,快步跑上前去,说:"是你?欧阳!你在等我?"

欧阳素心唇边透出笑影,说:"不在等你,难道我爱吹西北风?"她目光无邪,风姿淡雅秀丽。

他爱欧阳素心,爱她会说这类幽默的话。见到欧阳素心这样,他以为双方之间的芥蒂完全消失了,高兴地随口问:"你没有上课吗?"他知道她不爱缺课。

欧阳素心摇摇头,说:"上了数学和英语,历史老师生病请假,我就来了。你们出来了,回了家!天大的事,我能无动于衷吗?"她讲话常常这样合情合理。

"你接到我早上发的信了?"家霆奇怪地问。

"没有啊!"欧阳素心睁大了眼睛,"早上发的,哪就能收到?我昨晚听说老伯和你回来了。想了又想,不能不来。打电话给你,一次给一个男的挂了,一次是个女的说你不在,出去了,我就决定来这里痴等。"

"你过得好吗?"

"怎么说呢?如果不诚恳,我就告诉你很好;如果说真话,我应该说:不好!"

家霆听了心里难受。没法约欧阳素心到仁安里二十一号方家坐,说:"欧阳,走吧!太想跟你长谈了。我们到'白拉拉卡'吃中饭,到法国公园去散步!"

欧阳素心点头说:"公园就不去了。我们到'白拉拉卡'吧,那里十点钟开始营业。这时人少,我们谈到中午正好。"她的话使家霆感到有一种坚强果决隐藏在温柔和平静下面。

家霆从她的话里分辨不出她是忙呢还是不愿去法国公园,点头说好。在汉口路石路口上叫了一辆三轮车到"白拉拉卡"。一路上,家霆将同欧阳素心在南京潇湘路分别后的种种情况讲给她听,最后追究地问:"欧阳,你为什么不告而别?"

欧阳素心笑笑。看得出她的心里并不平静,她的笑容带着疲乏,说:"一样要分别,说与不说也差不多。"她那深沉活泼的眼睛像会说话,潜台词似是:啊,家霆,还用得着问吗?你难道一点都不知道吗?

家霆叹气说:"嗨,怎么差不多呢?从那天你走开始,到今天,我心里总像有了一个伤口,随时想起就要疼痛流血。你难道想不到还是看不出?"

欧阳素心努力平静实际激动地说:"我只怨这场战争。如果不是战争,我的命运也许要好得多。对于我来说,这场战争是我父亲的祖国和我母亲的祖国之间的战争。但是偏偏我父亲又做了背叛他祖国的事,而我认识的你,却又是一个爱国者。于是,一切更复杂了!复杂得像一个解不开的死结了!"她的双眸闪射出忧郁沉思的光芒,"我不愿意别人为我付出牺牲,我也不愿意带给人不幸。当我意识到我自己对人不祥的时候,就只能选择我认为较好的道路走了。"

家霆着急地说:"欧阳,我感到我不能没有你!是的,坦率地说,你告诉我的关于你的一些情况确实使我吃惊过,但我……"他奕奕的眼睛喷薄出十分坦率真诚的神情。

欧阳素心忽然任性地打断他的话,挥着手说:"别谈这些了,好吗?我求求你!"

三轮车从喧闹的石路穿出去通过四马路到了八仙桥。靠近八仙桥附近,市声繁嚣,巡捕手持警棍在驱赶无照的小贩,脚步声、车辆声和吼叫声沸沸扬扬。白底红字的土耳其按摩浴的灯招,醒目地悬挂在马路旁按摩院的上方,招徕顾客。《大世界》游乐场前,拥挤着人的浪潮。

家霆用奇怪的眼光看着她,只见她脸色苍白严峻。家霆纯朴地说:"唉,你怎么啦?"

欧阳素心一字一声地说:"家霆,别以为我今天来找你,是为了要让我们以前一起做过的五彩梦再续下去。不,不是的!梦已经醒了,碎了,我不是为那来的。但我在南京时留给你的信上说过:'我们总是要好的老同学',这点是不变的。我说过话是算数的。我今天,是以老同学的身份来看望你的。至于别的,请忘了吧!"

家霆有点着急,又有点生气,说:"欧阳!"

但欧阳素心十分任性的面容使家霆退让了。欧阳素心阻止他说:"我本来是不来的。昨晚听我父亲说起老伯的情况,知道你们回家了,老伯瘫痪了,我就不能不来看看你了。我设身处地为你想过,现在,你的处境很恶劣,当然更不是考虑什么个人问题的时候。你需要清醒,需要理智,这是我对你要说的心里话。这话里不掺杂别的用意。我们应当像要好的老同学那样好好谈谈,为你的处境想想办法,你说是不是?"

家霆心里非常激动。他倔强,现在感觉欧阳素心还要倔强。他爱她,就只好闭住嘴任凭一颗心激烈跳动。风迎面吹来,冷飕飕的。他心里也冷飕飕的,冷静下来仔细想想欧阳素心的话,又觉得她是真诚的、善良的,说的话都在理。她在他与她的爱情中,注入了一种高尚的东西。目前他需要的确实是清醒,是理智,不是感情用事。现在,处境很坏,前途艰难,要离开上海还有意料不到的险阻。这种时候,再沉湎在恋爱之中,既不是时候,也无法妥善处理自己同欧阳素心的关系。欧阳讲她说的是心里话,不掺杂别的用意,是真的。这么想着,他不但不气恼,反倒更觉得欧阳素心实在是太善良、太可爱了。

三轮车绕过有轨电车"当当"响的金陵东路口,又转到电车"当当"、汽车衔接的霞飞路上来了。一家商店的无线电在播放陈云裳唱的歌曲:"……风光最好上林春,吉日良辰,桃花宫里召承恩,宫娥引,今日叩天阍……"一家跳茶舞的小舞厅里正奏着配上爵士乐拍子的广东音乐《杨翠喜》,月琴的弦声如泣如诉。

三轮车到了环龙路口的"白拉拉卡",家霆同欧阳素心下了车,又看到了那张摆在橱窗里的斯大林的大幅半身像了。斯大林翘着胡子仍旧在笑,笑得很开朗。站在路边,斜睨过去,德籍犹太人开的照相馆里也仍陈列着飞扬跋扈的希特勒巨幅照片。自从六月下旬,希特勒德国进攻苏联,苏德战争爆发后,七月间英苏订立了共同对德作战协定。只是德寇攻势凌厉,在战争初期就占领了苏联大片领土。德军夺取了乌克兰的大部分,侵入了顿巴斯,围攻列宁格勒,威胁了莫斯科。家霆和欧阳素心打算走进"白拉拉卡"吃罗宋大菜时,见那家照相馆的翘胡子德籍犹太老板,穿得很体面,挺着大肚子,满面矜持地笑着,正站在门口得意地装饰橱窗,并高声同一个胖外国女人嘻嘻哈哈地调情戏谑,两人不禁立定了脚步。

欧阳素心嫣然一笑,带着轻蔑地说:"看到吗?德国店的翘胡子犹太老板近些日子都是这样高兴。有一天,我还看到他到'白拉拉卡'门口,往橱窗上吐了一口唾沫。他是因为希特勒打了胜仗,存心趾高气扬欺侮邻居!"

家霆不禁感慨,说:"其实,谁胜谁败还不一定呢!当年,拿破仑远征俄国,一直打到莫斯科,托尔斯泰在《战争与和平》里都写了,最后仍是一败涂地。"

欧阳素心也叹了一口气,说:"一个人跟一个国家的关系太大了！其实,犹太人并不被希特勒承认,白俄也并不被斯大林承认。他们都是被驱赶出来流落在异国他乡的可怜人。能在这场战争中捞到什么好处呢?"

家霆思忖着说:"也许是一种只可意会不可言传的对祖先、对祖国、对诞生地和山河的向往和依恋?也许是无国籍的人也都想有个国籍找个靠山?也许是荀子所说的'性恶'在人们头脑里的反映?"

德籍犹太老板翘着胡子朗朗大笑,动手在摸胖外国女人的大腿,女的笑着逃进店里,男的追了进去,就像一只大公鸡追逐母鸡。欧阳素心和家霆不想再看,一起推开涂着白漆的玻璃门,走进了"白拉拉卡"俄式西菜馆。

店里空荡荡的,每张桌上都整整齐齐放着作料瓶、菜单,铺着雪白的台布。时间早,他俩是第一对客人。空气里仍热烘烘地充满了洋葱、奶油、牛肉、番茄酱等的混合香味。白俄老板大约在厨房里忙碌,胖老板娘头上扎着羊毛三角巾,穿着厚羊毛衫和格子羊毛裙,配着高统靴。她是个忍气吞声的老女人。也许当年是个贵族小姐?年轻时一定曾经有过海水一样的蓝眼睛,挑逗人心的白皮肤,青春肉感的身材。但现在已经臃肿肥硕,眉眼间全是粗糙的皱纹了。长期流落在异国异乡的生活,使她落得了一副叫人怜悯的神色。她送上了菜单,家霆点了菜,就又同欧阳素心谈起来。

欧阳素心关心地问:"家霆,你现在打算怎么办?"

家霆踌躇而矛盾。他不准备对欧阳素心隐瞒任何事情,可是现在想起爸爸的叮嘱,觉得不能将爸爸要逃走的事泄漏天机。这样,就势必要对欧阳素心进行欺骗、隐瞒了,这使他痛苦。在踌躇、犹豫、矛盾的心理下,他说话也不流畅了,思路也混乱迟钝了,说:"我……我已经复学,明天就去学校上课。"

留声机又在播放音乐唱片了,是贝多芬作曲的《欢乐颂》。一个女高音在唱,歌词该是席勒的。家霆听不懂德文,但知道歌词有这样的句子:"欢乐女神,圣洁美丽……你的力量能把人类重新团结起……"啊,尽管德苏在打仗,两家毗邻的店里又各自在橱窗里供着斯大林和希特勒的半身巨像,可是白俄开的店里却播放的是德国人作的歌曲,又是怎么一回事呢?难道是说明音乐本来该是人类的共同财富吗?

欧阳素心听着音乐,关切地问:"老伯的病有希望能好吗?"

家霆又只能吞吞吐吐了:"谁知道……他能不能好呢?"他感到一个人并不想说谎,尤其不想向亲爱、信任的人说谎,却又不能不说谎,是最痛苦的事了。

欧阳素心叹一口气,爽朗地说:"我为你想过,家霆,像你,还是离开上海的好。'孤岛'目前的处境越来越坏,可能还要更坏。你住下去不好。如果老伯病能有些好转,你们该偷偷地想办法冒险偷跑。如果他的病恶化了,有什么不幸了,你就该自己一个人走。你后母的这个家,你是住不下去的。你一个人离开'孤岛',无牵无挂地到海阔天空里去遨游,到大后方去上大学,青云直上,做国家的栋梁,是惟一的康庄大道。你认为我的话对吗?"

看到欧阳素心坦诚关心的态度,家霆心里感激,几次想把心里的秘密吐露出来,甚至想讲:"欧阳,将来,我们一块到大后方去吧!"但他讲不出口,走的事既要机密,又冒险。而且,只要想起落水了的欧阳筱月和欧阳素心的日本母亲,他就气短了,话到嘴边,终于还是忍住了,只点头说:"你为我想得很周到,我感激你。"

欧阳素心用手将一头乌亮的长发向后一拢,美丽的黑发衬得她妩媚的面容更可爱了。她叹口气说:"是啊,有趣的是,我能为你想得很周到,却不能为我自己想出一条路。"

家霆听了,难过地说:"欧阳,我也想过:路是人走出来的。你就暂时还这样生活着,读你的书。只要我有一天闯出一条路来了,我立刻告诉你,我们就一起去创造人生,创造幸福,你说好不好?"他的态度和语气充满了诚恳的同情和爱恋。

白俄老板娘端着托盘送罗宋汤和炸牛肉饼上来了,还送来了面包和果酱、白脱。

欧阳素心用匙喝着汤,说:"家霆,忘掉过去那些该忘掉的事吧!别管我了,你走你的路去,不要犹豫!"

家霆真诚地说:"欧阳,你应当了解,我少不了你。"

"我也不认为这是一件愉快的事。但,我们作为知心朋友,似乎更好。今天,我就是用知心朋友的资格来找你的。"

家霆默然了,一口一口喝着汤。汤淡而无味,盐瓶放在面前,他连盐也懒得去撒。

有一对中年男女客人推门进来了,坐在远处角落里,那女的脸给冷风吹得红红的,就像苹果。

欧阳素心用刀叉切开牛肉饼,说:"家霆,我给你带了些东西来,是我送你的一点小礼物。希望你收下。"

"什么东西?"

"你不要打开!"她从手提包里取出一个日本式的长方形嵌螺甸的乌木小盒子,有大半块砖头大 。木盒很精巧,拼凑起来,严丝合缝,像锁住了似的掰不开。只要懂得开启的窍门,立刻可以很方便地拆开。她说:"我来教你怎么打开。"她教了一下方法,说:"你收下,里边是我的首饰。如果有一天,你决定要离开上海了,就打开它,卖掉!我是希望你备而有用,有备无患。"

不知什么时候,留声机上的唱片换了,换的一张是俄国的民歌曲子,粗犷、豪放、活泼,充满生活气息。

家霆想起了大舅妈"小翠红"的绿色小绸包。他意会到,这是欧阳素心的宝贵心意。唉,目前确实需要!但是,怎么能收呢?

家霆摇头不接,说:"欧阳,我不能收!"

欧阳素心爽朗得像个男孩子,说:"这不就说明我们是泛泛之交了吗?如果我们是知心的老同学,你有什么理由不收呢?这里边有我的心,有我的祝福,也有我的期望。"她的声音似流水汩汩,"人同人之间的感情和心意,如果仅仅能用这样一种方式来表达,我已经觉得是值得悲哀的了!你还怎么能不收呢?你知道,也许,以后我们就不一定再有见面的机会了。"

"为什么?"家霆吃惊地睁大了两只明亮的眼睛。他不愿意听她用这种悲戚的语调说话,听了心里哀伤。

"不为什么。"欧阳素心用一种强行克制住的安详的神态回答,"我厌恶我那个家!也许,我会离开我的家到天涯海角去漂泊的!"

"你打算到哪里去?"家霆急切地问,内心充满焦灼。也许,欧阳仅仅不过讲的是年轻少女的遐想,但他隐约意识到这种遐想的分量和爱情的黯淡前景了。

"是呀,到哪里去呢?天下之大似乎没有我的容身之处。我并不反对抗战,谁叫日本侵略中国的呢?但我的一切都被战争毁了。本来我天真地想望着和平,可是现在,我想,就是真有和平降临,我也不会有什么幸福了!"她的心在叹息,"我自己现在也还不知道我会到哪里去!"欧阳素心脸上有梦幻中的表情。她的眼光里含着复杂的语言,说出来的似乎只是一点点。

"你不能消沉,欧阳!"家霆诚心诚意地亲切劝慰着。他十分难受,心在胸膛里猛烈跳动,血液在血管里也突然流得更快。他说出来的只是全部心意中的一点点。他不知怎样才能安慰她、帮助她。

欧阳素心凝望着他的眼睛,点头:"你放心吧!"她又把小盒子递过来,交到家霆手上,说:"不要拒绝我!拒绝我,我是要伤心的。它是干净的,多数是妈妈生前的东西,不是我父亲现在给的。"她已垂下睫毛,将那对浸在水雾中的眸子深掩起来,又是似乎有许多话不曾说出口。

她的话太令人感动,也太令人心碎了,家霆几乎要流泪,听她说得如此真诚,珍重她的感情和心意,只好接过小木盒,坦率地说:"是的,现在和未来,我确实需要钱用。但,这,将来是一定要还你的。……"他看到欧阳素心一种特殊的眼光,说不下去了。他心里总是不放心刚才欧阳素心说的那些情绪阑珊的话语,又问:"欧阳,你以后打算怎么办?"

欧阳素心放下刀叉,任性地摇摇头,说:"别管我了吧,生逢乱世,谁知道生命之舟会将我载到哪里去呢?尽可能忘了我吧!"说到这里,她用一种激动的语气又说:"啊,忘了告诉你了,你舅舅和银娣都很好,这你放心!"

她的话是什么意思呢?她为什么用这种语气和表情说话呢?家霆心里一刺,他觉得欧阳素心在舅舅柳忠华和银娣的事上,同自己一样,确是有所猜测和了解的,点头说:"我感谢你对他们的帮助。"

欧阳素心苦笑了,说:"好朋友是不该说客气话的。银娣长得有点像我,她有本事使家里人都喜欢她。"她说到这里,忽然脸色严肃了,"不过,我对他们有个要求,请你代我便中转告——"

家霆莫名其妙地望着欧阳。

欧阳素心自顾自地说:"他们,如果要干什么,都可以,我不干涉!但如果可能,请他们对我的父亲必要时能手下留情!我知道他是中华民族的败类,可是感情上,我受不了!……"说到这里,她眼圈忽然红了,长长的睫毛缀满泪水,显得格外晶莹。

她的话像刀子一样戳心,使家霆感到惊心动魄,一时也不知说什么好了。只见欧阳素心忽然站起身说:"家霆,我——走了!"

她起身,向家霆伸出手来。

家霆没有伸手去握。他不愿她走,坐着不动,用恳求的声音问:"难道就这样走了?"他轻声带感情地说:"你应当知道,我十分珍重你对我的情谊。我一直感到这种情谊像夜里的篝火,周围越黑,显得越明亮。我不愿这堆火熄灭。"

她那洁白的脸上泛着微笑,用手将浅灰的羊毛围巾的一头甩到肩上,潇洒又豁达地说:"我们第一次在此相聚,最后一次也在此分手,这就是有始有终了。你听!"

他侧耳听到,是舒伯特的《小夜曲》,美得醉人,似是月白风清之夜,在吐露爱情、倾诉衷肠、沸腾着狂热的等待,祈求着醉心的幸福……是的,真巧!第一次在这里听到的也是这神奇的旋律。

他黯然了,看到她的表情,明白留不住她。他站起身,说:"让我送送你!"他的声音逐渐变得沙哑,喉头像被一块石头堵住似的。

但欧阳素心摇摇头,用刚强的声音说:"不,家霆,不必了!"她又伸出手来,带着感情地用英语说:"Keep-Well!"[①]

他同她紧紧握手,感到她的手在颤抖。他望着她那盈盈如梦的眼睛,心里明白:这个任性的少女作出了决定的事,是无可挽回的了。他也用发自内心的声音带着哽咽回答她说:"保重!"

推开弹簧玻璃门出来,天,不知什么时候已经开始下雨了。出了店门,她匆匆在人丛中钻进雨幕,头也不回。他望着她飞快远去的背影,淋着雨,罩在雨雾中,朦朦胧胧,逐渐消失。他突然想到她的那幅油画,那幅朦胧、虚幻、迷离、充满遐想的油画。难道幸福真的像那云雾中虚无缥缈的远山?

淋着雨,他眼里蕴藏着悲伤,心碎片片。他觉得这世界阴沉,凄凉。他觉得他和她彼此之间常常不用多说就能互相了解;同时,彼此有时却又这样难于互相了解。

晚上七点钟,同舅舅柳忠华通过电话后,家霆在外滩公园临江的一只空连椅上坐着等待舅舅来到。

---

① Keep-Well:保重。

这里,离舅舅的那家贸易公司不远。贸易公司在沙逊大楼上租有写字间,从那里来到外滩公园,只需要一刻钟到二十分钟的时间。

天冷,中午又下过雨,地上还有点潮湿,外滩公园里游客寥寥。晚饭时间,人更加少。只看见一个醉了酒的花白头发的老年人,穿件驼色破长袍,嘴里哼着京戏:"未开言不由人泪流满面……"笼着手缩着脖子在江边看江水。一阵风来,枯叶毫不费力地到处沙沙响。花坛里面,花草早已凋尽,只剩下残枝在风中战抖。这个公园是上海最早建立的一所公园,建成于一八六八年,从前公园门口曾由英帝国主义主持竖立过一块"华人与狗不准入内"的牌子。在中国的土地上,由中国百姓出钱,用中国苦力建造的公园竟不让中国人进去游览,还将中国人与狗相提并论,进行侮辱,当然引起中国人的公愤。经过六十年的反对和斗争,才拆除了那块辱华的牌子,准许中国人入园。现在,家霆坐在江边,不禁想起了上海这段几乎尽人皆知的历史。如今,公共租界的英军已在八月撤走,美侨和美国海军陆战队也已在十月、十一月基本撤走。风闻英国正派专轮来上海加速撤侨。风云险恶,过去在上海不可一世的英、美势力走了!日本帝国主义却要来填补空白!黄浦江上,靠近江水东去的方向,可以看到深灰色的日本兵舰上狰狞的太阳旗在迎风猎猎飘飞。天在暗将下来,公园里的路灯已经灿亮,黄浦江上水声潺潺,雾气正在升起。看到江水东流,想到不久要跟爸爸坐船驶出吴淞口去到香港,家霆心里充塞了豪情壮志。

他正张望着公园进口处,盼着舅舅来到。一会儿,就看到了柳忠华戴灰礼帽穿黑西装大衣的矫健身影。他轻轻迎上前去,在凛冽的江风中喜悦地招呼了一声:"舅舅!"

柳忠华快步过来了。他衣履讲究,人也显得气派,亲热地用力攥着家霆的手,说:"啊,家霆,经过严峻考验了吧?见到你安然无恙,我就放心了。"他指指江边那张连椅,"走,坐着谈。"他左手里提了一包东西,现在把那包东西一扬,说:"我带了面包,还有熟牛肉。当晚饭边吃边谈吧!"他冷静,可是情感充沛,使家霆深深感到可以信赖。

两人面向江水坐下,天虽寒冷,特别安静。柳忠华拆开纸袋,取出牛肉、面包递给家霆,两人吃将起来。

家霆问:"舅舅,你好吗?"问这话时,他不禁想起了长眠在公墓里的杨秋水舅妈。

柳忠华点头说:"好!很好!"他十分精神,从神态气色看,确实极好。他解释说:"上午你来电话时,正好江怀南和方雨荪都在我身边,他们正在谈你爸爸的情况。下午,我又有要紧事,只好约在晚上通电话见面了。"

"他们怎么说?"家霆问。

"说你爸爸已经半瘫痪了。"柳忠华说,"家霆,你把详细情况说说吧!我们要用最短的时间谈最多的话。"

家霆一见舅舅,就感到舅舅亲近、真挚、精明,仍给他一种平生曾经历过许多危难却处之泰然的印象。除了服饰,舅舅同以前丝毫没有变化。家霆把爸爸同自己的遭逢,甚至在南京雨花台找到妈妈柳苇墓碑的事都一五一十扼要讲了。只留下爸爸现在半瘫痪意图逃跑的事,打算第二步说。

柳忠华嚼着面包夹牛肉,静静听完。最后,带点兴奋地说:"好了,你们父子都出了事,我一直挂心,却又无法援手。一是担心安全,二是担心你爸爸受不受得住折磨。现在,我放心了。他大节不亏,太好了!"他左手拿面包吃着,右手挽着家霆的肩膀,说:"我讲件真事你听:江苏泰县海安镇有个八十多岁的老人韩国钧[①],民国

[①] 韩国钧(1857—1942):字紫石,力主抗战。一九四一年九月在江苏海安陷敌。敌伪逼他出任伪江苏省长,他拒绝。日寇东台司令达马指责他:"和共产党关系密切,和国民党亦有来往,为什么不受日军之请?"他答:"老朽是中国人,宁死也不当一天亡国奴!"达马用指挥刀和手枪威胁,他怒斥道:"吾八十余老翁,死何足畏,陷敌图生,誓不为也,请即枪毙!"日伪无可奈何。敌退,他抑郁成疾,一九四二年一月逝世。陈毅为他挽联:"贤哲云亡念江淮危局藐藐吾怀若有失;民心未死忆商山故迹悠悠君恨不难平。"

十一年起当过江苏省长,德高望重。前不久,日寇占领海安,他逃避不及身陷敌手,日寇要他出山做汉奸。他停放了一具空棺材在家,表示决不变节。日寇用军刀指着他威胁,他神色不变,被囚禁着,宁死不屈。此人你爸爸认识,你可以把这件事告诉他。"

家霆被舅舅讲的事吸引,点头说好。

柳忠华继续说:"你爸爸反对汉奸的和运,坚持气节,同韩国钧是一样的。和平,当然可爱!但对付侵略者,只有坚持抗战,用战争来消灭战争然后取得和平。别的路是没有的!经过这次考验,在这个问题上,你们父子的认识一定更坚定了吧?"

家霆体味着舅舅的话,感到舅舅说得真对、真好。舅舅说的同尹二、庄嫂他们的感受,并无不同。对这场战争,拥护抗战的都会同意这种看法。汉奸大叫和平,实际是为日本的侵略服务,反对抗战。但欧阳素心她的看法是怎么回事呢?她并不反对抗战,她是反感日本侵略的。由于她有过一个日本母亲,又有了一个落水的父亲,她感情就变得十分复杂了。她哀自己的不幸,认为战争毁了她的幸福,所以她特别渴望一种没有战争的生活。不能说她的这种渴望不对,人应该有这种渴望。但只有渴望,没有行动,理想实现不了;面对侵略,不追求用战争消灭战争,只向往和平,是会迷惘消极的。可惜我以前同她在一起,我缺乏舅舅这种深刻简明的表达、启发能力。如果那时我能这样同她探讨,我相信她是会在思想和心灵上得到抚慰和解脱的。想到这些,家霆感到遗憾,望着面前奔腾流逝的黄浦江水荡漾着寒意在夜色中喘息,他也心潮起伏。

家霆正在沉思,听到柳忠华在问:"你爸爸的身体折磨成这样了,怎么办呢?我认为,日伪是因为见他是废人了,才释放他的。他身体如果好了,还会又生枝节的。你们既脱出了虎口,也仍在魔爪中。他处境仍很危险,千万不可大意。"

听舅舅说得这样中肯,家霆已经听出舅舅是个什么样的人了,禁不住问:"舅舅,你同欧阳筱月和江怀南、方雨荪这些人都裹在一起,到底是怎么回事啊?"

江上的船舶都像幢幢的黑影,有汽笛和哨子声在响,江水拍打着防波堤发出回音。冷风凛冽,柳忠华翻起了大衣领子,看着家霆说:"家霆,这些事别问!你不要为舅舅担心,懂吗?"

家霆默默点头。有时候,没有回答的本身也是回答。家霆决定抓紧时间,他将爸爸的情况和打算要走让他找舅舅的真实过程全部告诉了柳忠华。

柳忠华大口吃完了夹着牛肉的面包,兴奋地说:"这我才真正放心了。他要走,我当然出力。他带着你离开'孤岛'才算脱险。现在风云变幻,像把头埋在沙漠里的鸵鸟是不行的。风传港沪之间的航路客运可能要断,你们想在十二月十号左右走,我看宜早不宜迟。再提前几天吧!我估计,那时他伤口也该好了。我来购票,作好安排,让银娣同你联系,好不好?"

家霆从口袋里取出一只钻戒交到柳忠华手里,说:"舅舅,把这卖掉买票!"

傍晚,因为要来见舅舅,他打开了欧阳的小木盒,发现那些金饰、钻石、珠宝光华夺目,熠熠生辉,里边竟有五只金戒,一只钻戒,一副珍珠项链,一对翡翠镶金耳环和一只金锁片、一对金镯。另外,盒底有一张纸条,上边写着七个娟秀挺拔的钢笔字:"天涯海角毋相忘"。家霆将这件事告诉了童霜威,童霜威没有说话,但家霆看得出爸爸心里是很感动的。

现在,柳忠华接过钻戒,钻戒很大,足足有半个克拉。没等舅舅问什么,家霆便把同欧阳素心之间的事告诉了柳忠华。

柳忠华默默听完,也不知是安慰还是怎么,说:"她是个好姑娘。但你们不谈恋爱,我也赞成。保持住你们的友谊吧!到底年岁还小。"见家霆表情有些懊丧,又说:"家霆,当前最重要的是

'走',一切服从这一点,暂时就不要为别的事分心了。"忽然又说:"她出生在这样一个家庭,并不是她本人的意愿,不应由她负责。她只对她自己的为人与行动负责。在沦陷区的并不都是顺民;在大后方的并不都是抗日人士;日本的军阀同日本人民要区分开。正如,同汉奸混在一起的人,有的是为了抗日却不是为了卖国。你以后还是应当关心她。"

舅舅这番话,家霆觉得开窍,不禁又将欧阳素心在"白拉拉卡"提出的那个要求转告了柳忠华。

柳忠华听了,没有做声,稍停,沉重地吁了一口气。

江上风大,雾气氤氲。天完全黑了,江水上泛着一些船只的苍黄灯光,对岸雾气与夜色中的浦东模糊一片,点缀着星星似的灯火。远处杨树浦江边码头一带,有日本军舰的黑色身影。家霆心头惆怅。欧阳素心给他的初恋的甜蜜,曾使他感到幸福;同她分手,又使他感到不幸。但他懂得:此时此地,为了和爸爸逃离上海,一切要服从于"走",不为别的事分心是十分重要的。他用理性的堤坝拦住了感情泛滥的潮水。

他翻上大衣领,接近舅舅,挽着舅舅的胳臂,同舅舅一边走一边继续刚才未了的谈话。

四

童家霆在短短不到十天里,连续受到两次目瞪口呆的"打击"。生活似乎总是这样无情,惟有坚强的人才能立定脚跟。

第一次,是他给银娣打了个电话。那是同欧阳素心在"白拉拉卡"分别后的第三天夜晚,因为他不能见不到欧阳素心,他也不放心她。谁知在电话中,银娣说:"我也正要给你打电话告诉你呢!

她突然到香港去了！"

家霆像当头给泼了一盆凉水,问:"哪天走的?"

"今晨突然走的!"

"她怎么去香港了呢?"

"弄不明白,事先她什么也没有说。"

"是她叫你要告诉我的吗?"

银娣回答,语气里带着同情:"不,她临走什么也没有说,只是显得很伤心。"

啊！爱情！难道就这么无声地消失了？仅留下了一阵寂寥空旷的回声使人想起就会心酸？

家霆大声问:"怎么回事?"

"弄不清楚。她说走就走了,听说有个姑母在香港,她也许是去那里继续读书。"

"有地址吗?"

"有,我告诉你！地址是香港东区跑马地东山台12号。"

家霆记下了欧阳素心的地址就想起:东山台是香港东区跑马地直上的一座小山,由中环经过湾仔,通过湾仔夹道的岔路,沿着柏油路直上,便到了这风景优美的半山区。这里后面是大山,正面对着九龙。大海就在不远的眼前。近旁都是漂亮的洋房,一幢幢散落在山麓及半山间。现在,欧阳素心去那里了！她为什么匆匆飘然而去了呢？

后来,大约是有人来了,银娣突然匆匆挂断了电话。家霆放下电话,心里纷乱,险险大哭起来。他这才明白欧阳素心留下的那个纸条上写的"天涯海角毋相忘"是什么意思。但,已经迟了！此时此刻,他不禁又想起了欧阳素心画的那幅取名为《山在虚无缥缈间》的油画来了。多么朦胧变幻的神奇的画呀！欧阳是用她精神中最朦胧的部分,用那变幻的色和光构成景物来比拟人生的吧？

想着这些,他更黯然神伤了。

深夜,他做了一个梦,梦见了欧阳素心画的那幅美丽神奇的幻景。梦醒时,幻景消逝,眼前依然好像看到汹涌的海、花朵般的云彩、缥缈的山和飘忽的雾、隐约透露的阳光。心里有一种沁凉、澄明、蔚蓝、幽香的感觉,却也带来几分淡淡的忧郁。

第二次,是欧阳素心离沪一星期后的一天晚上,银娣从霞飞路上借烟纸店的电话机给他打来了一个电话,急急地约他在"白拉拉卡"附近会面。见面后,匆匆告诉他:"你舅舅让我告诉你,香港的船不通了!他明天——七号,星期日,上午八点在外滩公园老地方同你见面。"

原来,上个月东条英机上台组织日本新阁后,因为他是个力主在亚洲排斥西方势力建立"大东亚共荣圈"的军人,日英、日美、日荷关系都更加紧张。英国政府加派战舰增援香港和新加坡等远东殖民地,并派专轮来上海加速撤侨。十二月初,刚开到上海的荷兰邮船"芝沙辣克号",突然接到香港急电,来不及在上海卸货,又匆匆开回香港,驻沪英商太古、怡和两轮船公司也停止发售客票,限所有在上海的轮船一律开回香港。接着,往来上海、香港的英国"皇后号"邮船、美国"总统号"邮船和荷兰的"芝沙连加"等邮船都不再开来上海。上海对外洋的交通基本断了!只有不定期航行的一艘法国轮船和悬挂巴拿马旗的"雷梦那号"、"马拉松号"、"鲍亚卡号"三艘货船来维持了。

家霆如约在外滩公园准时见到了戴灰呢帽穿黑呢大衣的舅舅。柳忠华的神情有点紧张,把对港客运基本断绝的情况扼要同家霆讲了,说:"去香港是困难了!局势不妙,蹉跎不得,你们必须离开上海。现在只有一条路,我想马上安排你们到新四军地区去!"

家霆出乎意外,问:"那是在哪里?"他问这话时,不禁想起了程心如,估计程心如是跟他父亲到新四军地区去的。当时,不好细问。

柳忠华说:"淮北或者苏北。"

"路线呢?怎么去法?"

"目前,苏南敌伪仍在开展'清乡'。路线未定。可以坐火车到镇江,然后坐木船过江到仪征,进入新四军驻地。也可以从上海坐去苏北的夜班火轮,到海门县的青龙港登岸,走到二甲镇,进入新四军驻地。我们运货去也是可以这么走的。"

家霆听了,不禁问:"这样走,有危险吗?"

柳忠华神情严肃地说:"危险当然总是有的,但'不入虎穴,焉得虎子',不冒点险,怎么飞出'孤岛'去呢?就是坐船到香港,事实上也是有危险的呀!过吴淞口,日寇就要上船检查的。"

家霆心里翻腾,说:"舅舅,我马上回去把这些都告诉爸爸,看他怎么说。他有了决定,我马上告诉你。"

柳忠华点头,临分手时,叹了口气,说:"家霆,我估计,你爸爸可能是不会同意的。这样吧,无论如何,你好好劝劝他。我看,去比不去好。留在'孤岛'总是在敌伪的魔爪中。他因为犹豫,已经吃足苦头了,这次可不能再踌躇。今晚七点我等你的电话。你只说'好'或'不好'。同意走,说'好',否则就说'不好'。"

家霆心事重重,别了舅舅,匆匆赶回仁安里去。这几天,尽管空气里常飘溢着煎给童霜威喝的苦药味,方家又开始热闹了。方丽清和方老太太、"老虎头"常打麻将,牌搭子有时是仁安里的邻居,有时是江怀南。留日本式小胡子的江怀南常常来看望童霜威。童霜威虽有点痴呆木讷,态度是和蔼的,听觉也较正常。江怀南消息灵通,牢骚满腹,看到童霜威成了废人,他讲话反倒没有顾虑了,什么话都肯说。家霆回到仁安里时,急着想同爸爸谈谈,偏偏江怀南坐在童霜威床边正在海阔天空。家霆只好在一边坐下,听着他闲聊。

"听说,汪主席现在肝火旺,脾气极坏!七月里,经过日本一再催促,德国和意大利宣布承认国民政府,但一面承认一面却很冷淡。意大利派的大使戴礼尼到了上海,迟迟不去南京递交国书。后来,到了南京,又不正式出面接洽,汪主席只好在外交部宁远楼设宴请他来吃饭。谁知约好了时间,戴礼尼失约未来,气得汪把满屋子的茶具、花瓶、台布都摔在地上。"

家霆想:当狗汉奸是没人看得起的!也明白江怀南本是北洋余孽汉奸梁鸿志的"前汉"——伪"维新政府"的官吏,现在虽努力钻营成了汪精卫"国民政府"的官吏,在这种"两朝元老"的汉奸心里,汪精卫这个"后汉"是篡了梁鸿志"前汉"的权和位!他对自己从"前汉"的"江苏省教育厅长"变为"后汉"的"江苏锡箔局局长"看来是心怀不满的。

见童霜威温和、木讷地听着,没有说话。

江怀南手上捧只茶杯,说:"我听梁鸿志私下说过:王克敏在北京组织临时政府,日本人向他要十样东西,他还价给五样,结果日本人要了八样去。他在南京组织维新政府,日本人向他要十样东西,他还价给八样,结果十样都被日本人要了去。汪精卫呢?日本人伸出手来还没有开价,他就主动拿出十样东西来讨好日本人,结果日本人马上加码要加五样,要了十五样去。可惜,尽管汪对日本人有求必应,日本人希望他能拿出中日全面和平来,他却拿不出来,日本人还是不高兴。"

家霆想:汉奸也会贬汉奸!……见童霜威仍旧温和地听着,没有说话。家霆站起来,给童霜威将床前茶几上的一只小茶壶里对满了开水,却故意不给江怀南对水。

江怀南好像毫不介意,他似乎是在观察童霜威的动态、表情,说:"秘书长,我是在想,陪你谈谈,讲点什么给你听听,可能有利于你的恢复。养病之道,要不急不躁,哈哈,要心平气和。我是天天祈祷你早日康复能鲲鹏展翅的啊!"说着,又朝童霜威脸上看,好像还想谈些什么。

但,那边方丽清和方老太太在房里叫喊了:"江局长呀!快来叉麻将吧!""牌桌摆好了!"

自从方立荪和"小翠红"死后,方雨荪经常在外边租的小房子里同那个舞女过,很少回来。方老太太常说打打小麻将可以给方丽清解点寂寞,方丽清常说打打小麻将可以给方老太太和"老虎头"解解寂寞。这样,又常常打牌了。她们确实一上麻将桌子,就忘掉一切烦扰了。此刻,方老太太的叫喊声,充满兴奋。

江怀南站起身来,说:"啊啊啊,我去……啊啊……她们三缺一!"说着,起身带着谄媚的笑容走了。

家霆轻轻骂了一声:"讨厌!汉奸!"见江怀南走了,心里兴奋,马上去将门插上,坐在爸爸床边上,轻声将与舅舅柳忠华会面的全部情况如实讲了。

童霜威听了,脸色变了。上海到香港的轮船客运基本停了!惟一剩下的一艘法国邮船是不定期的,怎么办?这一来,去香港的打算完全落空了!他叹了一口气,频频摇头,声调悲戚地说:"唉,太糟糕了!"

等到听家霆将柳忠华的建议一讲,他又叹了一口长气,摇头说:"啊,怎么行呢?"

说这话时,他不禁回忆起抗战爆发那年,在武汉因躲空袭警报初遇柳忠华时的情景来了。那次,柳忠华曾说:"以前,你自命中间,实际是中间偏右!也许,现在,你可能算是一个国民党里的中间派!"又说:"当然,我希望你能从明哲保身的那种思想情绪里跑出来,将来,能不做中间派!做一个国民党的左派!"童霜威心里叹息,紊乱如麻,想:现在,我不肯去淮北或苏北,忠华一定又要说我确实不是国民党里的左派了吧？但他嘴上又重复咕噜了一句:"怎么行呢？"

"怎么不行呢？"家霆虽然也觉得去淮北和苏北不够理想:那里没有熟人;不比大城市,是落后贫苦的地区;常发生战斗,不安定;去后,同欧阳素心可能就要断绝音讯……但无论如何,首先是要逃离"孤岛",到那里才是真正逃出了虎口,因此,说:"您是怕危险吗？"

童霜威摇头,目光呆滞地说:"危险,当然也是危险,更重要的是我去干什么？共产党的地区,我没有根基,难以安身立命。不但没有根基,我去那里,是将我已有的根基也全部毁弃。这场战争我被毁掉的东西已经够多的了！不能再毁掉更多的东西！不能饥不择食啊！我是国民党人,如果离开上海,只有到大后方去！才是惟一正确的道路！"

家霆烦躁地说:"可是,现在香港去不成了啊！"

童霜威又叹了一口气:"是呀！但我总在琢磨,既然去苏北、淮北能有路,去大后方也必然会有别的路的。有人就有路！还是要找你舅舅,请他设法。一样是冒险,我宁可冒这个险也不去冒那个险。而且,我考虑的事很多！比如你,我是希望把你带到大后方去的。到重庆你可以上大学,将来还可以想法出国留洋。到苏北、淮北,你就上不了大学。更何况,去重庆,是可以一劳永逸的。那里远离战火,顶多是日机去轰炸,还可以在防空洞里躲躲。在苏北、淮北,敌伪的清乡、扫荡,是不会断的。管仲辉上次在南京,谈到过这些事。我希望冒险离开'孤岛'后能安定一些。如果冒险去了,又更不安定,天天听枪炮声,就非我所愿了。"

听爸爸周密思考地说了一大套,家霆忍不住把心头蕴藏了很久的问题提了出来,天真地说:"爸爸,你说,共产党同国民党哪个好？"

童霜威摇头叹息,说:"怎么说呢? 家霆,这是信仰问题。一个人应该有信仰,也会有信仰。但这种信仰应当通过自己的认识来建立。老实告诉你,对国民党,我并不觉得好,甚至觉得它很不好,这也就是为什么我虽是国民党员却并不积极的原因。但因为我已参加了国民党,而且它是执政的党,我就不能不混在大家中间跑。"

家霆插嘴说:"就像我在慕尔堂里做礼拜、读《圣经》、唱赞美诗似的,是吗?"

童霜威没有答理,只是无限感慨地继续说:"共产党,不合我的胃口,我也不喜欢。但严重的是国民党正在腐化,共产党却在拼命上进。不过,共产党那种严密的组织,那种只顾党的利益、不顾个人利益和个人自由的做法,那种不讲或少讲人情一切从阶级斗争观点出发的言行,都使我望而却步,使我无法去信奉。如果到他们的区域里去,我怕我是进去容易出来难啊!"

"妈妈为什么会信仰并且为此献身的呢?"

"那是她的选择! 辣椒我不爱吃,湖南人和云、贵、川的人'不可一日无此君'! 大蒜我不爱吃,山东人当宝贝! 共产党的理论不能说是没有吸引力的,何况它又有那么多为民先锋的党人! 唉,这种事很复杂,不谈了吧!"

家霆只好默然了。

童霜威朝儿子看看,安慰地说:"你已经十九岁了。也长成了! 信仰的问题,爸爸希望你慎重考虑,自己妥善选择。但我最希望的是你能不玩政治! 你最好学点工业技术。我对政治是玩够了! 不希望你再像我一样痛苦。"他的声音里有寂寞和惘然。

见爸爸的态度坚决,说的话是深思熟虑过的,家霆明白:只有同舅舅再去商量。他去拔掉门上的插闩,听到"啪""啪"的牌声中,江怀南正在放肆地大笑。家霆既因欧阳素心的突然去到香港,感到内心空虚与不安,又因爸爸的一时无法脱逃而六神无主。看看五斗橱上的座钟,已经十二点半了,对面方老太太房里嘻嘻哈哈打麻将的人吃中饭看来还早。他等不及了,就去楼下盛饭和菜上楼来喂爸爸。安排好童霜威午睡后,他就拿起课本做起数学习题来。

整个星期日的下午,都在无聊与心情忐忑中度过。晚上,他如约跑上街去,在石路上一家估衣店里借了个电话打给柳忠华。

柳忠华一定正守候在电话机旁,铃声刚响,他就拿起了话筒,问:"怎么样?"

家霆回答:"谈过了,他说:'不好'!"

"打算怎么办呢?"柳忠华问,语气里有无可奈何又深深惋惜的味道。

"他说还得找您想法。他还是决定到老地方去!"家霆像打暗号似的说,"他说:有人就有路!这事还是要找您!"

柳忠华微喟地说:"好吧!我想想办法再说。"他的语气是诚恳果断而又为难的。

家霆挂上了电话,回到仁安里二十一号。牌声仍在哗哗响,他到房里,轻声将刚才打电话的经过讲了。父子俩默默无言。童霜威呆呆睡着。灯光下,家霆发现前几天爸爸同他两人在一起时脸上出现过的那种比较焕发和舒畅的容光消失了。童霜威似乎又陷入了幽居软禁时的苦恼与抑郁中了。家霆找着话谈,想给爸爸排遣点寂寥,谈着闲话,最后将欧阳素心去香港的事告诉了爸爸。这件事,他放在心上好多天,一直没有同爸爸讲,今晚终于讲了。

只见童霜威闷闷地叹了一口气,眼睛看着放在茶几上的那只欧阳素心送的奶油色无线电,怅怅地说:"我想,这孩子是为了不愿在家里住才出走的!可惜我处境如此,不能对她有丝毫帮助,反倒得到了她不少好处。她独自去了香港,叫人太不放心了。现在是乱世,战争总是使得人无法支配自己的命运。她一走,恰巧沪港之间的客运就断了,她怎么办呢?"

从童霜威的话里,家霆听得出:爸爸对欧阳素心是关心的、喜欢的。童霜威讲的这些话,他也都想过,越想越牵挂,却只能让愁闷与忧郁罩满心头,脑海中似有晦暗浑浊的迷雾在昏昏然地飘浮,只有用回忆来填补空虚、抚慰思念。

这一夜,父子俩睡得很早。睡在床上,都睡不熟,各自在想各自的心事。

童霜威听着枕下葫芦里的"蝈蝈"在振翅"曜曜"鸣叫,心事浩茫,辗转反侧。柳忠华建议他去苏北或淮北,他不由得想起了柳苇。在苏州、在南京,他都无数次地想起过柳苇。尤其是家霆同欧阳素心去雨花台凭吊回来后,家霆同他讲起情况,他更在那夜整整一宿摆脱不了对柳苇的思念。但今天这种思念是非常特殊的。老有一种幻觉,好像柳苇在面前对他皱着眉头,一双傲然昂起的向往的目光,芬芳、素雅、清新的气质,如黛多姿的黑发,好像她在说:"我知道你是不会同我走一条路的!过去不会,今天仍然不会!"

童霜威记得,是遥远的以前,两人在上海发生龃龉的阶段。有一次,他怪她说:"以你的环境和地位,你完全可以过得很舒适。可是偏要破坏自己的安宁,脱离属于你的社会,放弃幸福的家庭。你将无路可走,这是何苦?"

柳苇用一种叛逆的眼光瞅着他说:"是的,你的所谓过得很舒适,就是要我成为一个太太小姐,把我关在家庭里、赶进厨房里做一只花瓶!但你知道,我根本不想追求个人的安逸和虚荣!根本否认和鄙视这些!我只相信,我是在自救,尽我的社会责任,也在找人类的出路!"

想这些干什么呢?童霜威无从回答,但头脑里总是缠绕着柳苇那双美丽、深邃的黑眼睛,一双永远像在责怪他、谴责他的眼睛,使他感到气短、遗恨无穷。唉,生活真像一只丝袜,断了一根线头,一连串的网眼就一起散光。他叹着气。现在,叹气成了家常便饭了。

家霆也是没有睡着。心上那根激动的弦失了控制。眼睛已经酸疼疲乏,还在翻身,还在胡思乱想。一会儿,想的是如果爸爸耽误了这次走的机会,会不会忽然又再出事?一会儿想:像江怀南这种坏蛋有没有害人之心?一会儿想:欧阳素心到了香港,什么时候才能相见?她在香港人地陌生将会怎样?欧阳是在什么心情之下去香港的呢?她对我以后会怎样呢?

家霆当然想上大学,甚至出国留学,觉得能到大后方去将来上大学是比较好的。但对不能马上离开"孤岛",总感到遗憾。何况,是舅舅的建议,他总觉得舅舅的建议是不会错的。矛盾纠结在心里,他感到苦闷得要爆裂了。直到方老太太房里的牌声停歇,他无声地在枕上数着数字,从一数到了八百多,才迷迷糊糊睡熟。

昏昏的也不知睡了多久,天色仍还漆黑,家霆忽然被一声"轰隆隆"的巨响震醒。他感到童霜威在用手推摇他,并且在说:"家霆,醒醒!听!什么声音?是炮声吗?"

家霆猛地坐起,听了,惊讶地说:"嗯!爸爸,像炮声!"

炮声又轰隆隆传来,声音也不太远,仿佛来自东面黄浦江的方向。

童霜威警觉地轻声说:"怪了,怎么回事呢?"话声刚落,听到"轧轧"的声音,他说:"听!飞机!"一种战争的恐怖立刻攫住了他。

确确实实是飞机声。家霆开了电灯看钟,钟上长短针正指着四点多。他说:"爸爸,会不会是萝卜头在举行演习?"他也陷入了战争降临的惊惶中了。

对面楼上一些窗口里的灯盏,一个接一个地亮了。恐怕听到这种声音的人家都在杌陧不安吧?

童霜威沉吟着说:"有可能,但无事端端在这时候演习扰民干什么呢?"他听到隆隆声还在传来。

家霆无法回答,觉得困乏,"啪"地又关上了电灯,说:"爸爸,不去管它!睡吧,到早晨我去打听打听。"

童霜威听着又传来的飞机声,打着哈欠,说:"睡也睡不着了,天也快亮了吧?"

家霆打着哈欠说:"还有一会儿呢!"他想睡,也被炮声惊得心头波澜迭起睡不着了,一种风云骤变的预感侵袭着他,使他惶惶然,心想:怎么回事呢?

隐约的飞机声仍在远处盘旋。童霜威突然说:"会不会是日本要向英美开战来占领上海租界了呢?"日美之间虽在进行谈判,但日本同英美之间的战争必将爆发,这一谣传很久以来一直在街头巷尾议论纷纷。此刻,童霜威不禁敏感地猜测到这上面去了。

家霆摇头说:"萝卜头敢吗?不会干这种蠢事吧?"

童霜威深沉地说:"军国主义,有什么不敢的?现在,日本在对华战争中,碰到一个苦闷,就是不能速战速决。表面上看,它力量强,占了许多地方。实际上,深陷在中国的泥淖中拔不出脚。它要转移视线,想对英美作战,借此寻找战争的出路,也借此配合德、意轴心。目前,趁着英国无力东顾、美国的军事实力还没有增强,先下手为强,想实现它梦想已久的大东亚共荣圈。它完全会冒险的!"

家霆折服地听着爸爸分析,不禁激动地点头说:"爸爸,有可能呢!黄浦江里,有英国兵舰,也有美国兵舰,我看到过的。会不会是打起来了?"

炮声又传来,但只是孤零零的一声,响过就悠然了。天蒙蒙透出亮光,飞机声也在远处浮荡消逝。曙色苍茫,空气里弥漫着破晓时的寒气。家霆也不再睡了,起身穿衣穿鞋,说:"爸爸,我上街打听打听消息。"

童霜威不做声,安息养神似的懒洋洋仰面望着雪白的天花板。

他心里悬着,当然希望儿子快去打听一下。

家霆穿上大衣,梳梳头上的黑发,正打算开门出房走下楼去,谁知房门一开,见江怀南站在楼梯口。这个汉奸昨晚打牌到一点钟光景才散,估计是给方老太太和方丽清留他住在方雨荪的房间里了。"小翠红"去世后,方雨荪根本不回来,但房里床铺仍然整齐地放着。江怀南前几天打麻将就在这睡过一次。一见家霆开了门,江怀南双手笼在绸缎丝绵袍子的袖子里就走上来了,问:"醒了吗?"

这当然指的是童霜威,见家霆点头"唔"了一声,江怀南闪身走进童霜威房里来了,说:"啊!打起来了!打起来了!"

家霆本来要上街去打听消息的。听江怀南这么说,就不打算马上走了,回身跟进房来。

只见江怀南对着躺在床上的童霜威说:"我听着炮声是在东面,像是黄浦江上的方向,刚才匆忙爬起来打电话,到报馆的熟人处询问,才知真的是日本对英美下手了!停泊在黄浦江上的一只英国炮舰已经被打沉,一只美国炮舰升起白旗投降了!"

尽管童霜威有点怀疑可能发生日本向英美宣战的事,听了江怀南的报道,仍觉得犹如晴天霹雳。但童霜威捺下激动,平静地看着江怀南。江怀南脸上紧张。他却毫无表情,只想:哼!谁想在战争里捞点什么,谁也会在战争里断送些什么。

江怀南一边说,一边心里震惊,白净脸上,因为昨夜欠觉,流露出疲乏无力的神情。此刻眼里布满血丝,两颊泛红,兴奋得声音都有些颤抖,说:"唉,日本在干蠢事啦!花旗美国是能乱碰乱打的吗?今天日本对华战争还没有解决的希望,为什么又要去同拥有强大国力的美利坚硬碰硬呢?真是薛刚大闹花灯乱打一气!很可能害了自己又害了我们这些主张和平主张中日亲善的中国人了呢!"

家霆想:你算什么中国人?不要脸的汉奸!见江怀南忐忑不安,心里感到痛快,悄悄看爸爸时,只见童霜威依然平静,带着木讷,一个字都没有答。

江怀南独自说得也无味了,觉得童霜威确实是伤了脑,反应迟钝的人了。他坐在沙发上,双手抱着头,显得倦乏,忽然自言自语地说:"今天,我得回苏州。离开不少天了,回去看看!……"

家霆不想听他再多啰嗦。恰巧,江怀南起身到隔壁他昨夜住宿的房里去了,家霆悄声对童霜威说:"爸爸,我漱洗一下就出去看看,等一会儿直接去学校了。早点,我让'小娘娘'来喂你!"说完,提起了帆布书包带捆住的一叠课本和练习本,去盥洗间匆匆洗漱了,就走下楼去。

方老太太和方丽清、"老虎头"等昨夜睡得迟都未起身,炮声也惊不醒她们。戏迷表哥传经通宵未归,最近他们父子好像都一个样,他也难得回来住。娘姨阿金和厨师傅胖子阿福在厨房里忙着将油氽果肉、炸黄豆、火腿片等装在盘子里做早饭菜。"小娘娘"方丽明手拿一杆秤,正同一个女的跑单帮的米贩子讲好了价钱,在收买米贩子带来的大米。米贩子的米,比米店的平粜米①贵得多,只是不必去排队,质地也好。米贩子都是从上海附近川沙、南汇、宝山等县冒险越过日寇封锁线偷运米粮进租界的。被日军发现,有的剥光衣服跪在冬天的西北风中示众,有的还遭到枪杀。这个女贩子满面风霜,在内衣和外衣之间穿了一件特制的装大米的衣服。衣服上缝成一根根管状,塞满了大米,又穿了一条肥大的裤子,宽大的裤脚里也灌满了大米。女贩子脱下裤子,将塞在裤里的大米倒在一只脸盆里准备过秤。家霆对"小娘娘"说:"'小娘娘',我要出去,爸爸的早饭拜托你了!"见"小娘娘"和善地点头说好,他就出

---

① 平粜米:上海租界成为孤岛后,由于内地粮食来源断绝,工部局邀集绅商巨子、社会闻人组织平粜委员会,从越南采购西贡米进口,专供平粜之用,称为平粜米。

后门走到弄堂里去。

外边,细雨蒙蒙,雨丝裹着寒意,袭进人的肌肤里层,天气阴霾,同人的心情一样。空中像笼罩着一层灰色的烟幕,难道"孤岛"上的人命运要更加暗淡可悲?

弄堂里,东一簇人,西一撮人,互相在传告、述说着拂晓前后炮声、飞机声的事。表情既兴奋,又紧张,也有忧虑。有乐观的,也有悲观的。谈的不外是日本对英美宣战了,黄浦江上打沉了一只英国炮舰,另一只美国炮舰投降了。有人在说:"公共汽车和电车都已经停驶,交通只能靠'11号汽车'①了!"也有人在预测:"看来,萝卜头今天要开进租界来了!"

弄堂里,有的人家在垃圾箱旁焚烧书籍,看来是怕日本人进租界后会抄家,将抗日的书籍赶快烧掉。

家霆听了一会儿,没有什么值得再听的新鲜事,立刻带着杌陧不安的心情走到马路上去。

马路上也是东一堆人西一堆人在喊喊喳喳。男男女女都有。男的看样子多数是去上班或特意出来打听消息看看情况的。女的多数挽着空篮子,一看而知是出来买菜的主妇。家霆找着人丛凑上前去听听情况,也同弄堂里的人谈的大致相仿。沿街的南货店、烟纸店、酒店都上着排门,人心惶惶。有雇黄包车在急急忙忙搬家的,是从公共租界搬到法租界去。法奸贝当投降德国后,组织了伪政权,法国本土已被德军占领,上海法租界像个海外孤儿,由于日法之间没有战争关系,法租界在有些人心目中,似乎比公共租界要安全得多。但马路边上有人在闲谈,说法租界当局已经派出大批安南巡捕沿爱多亚路架设了铁丝网,禁止人拥进法租界了,又说法租界和南市毗连的铁门也已全部关闭。

家霆心里七上八下,沿石路朝北向南京路方向走,见一家出售

---

① 11号汽车:指步行,两脚步行,好像在写"11"两个字。

平粜米的店家排门紧闭,好多人带着空布袋在店门口排成了一字长蛇阵,等待售米。一家卖煤球的店门口也有人抢着在买煤球。再往前走,经过浙江兴业银行的门口,见拉着铁栅门,一些要提取存款的户主正在银行门口大声叫嚷、"砰砰"敲门,要银行赶快开业付款。一家大南货店,平时生意兴隆,柜台里堆满了五颜六色的罐头、纸盒、瓶酒以及海味、红枣、桂圆之类的食品,今天未卸排门,贴了一张纸条,上写:"今日本号盘货,休业一天。"

街上行人脚步匆匆,脸色仓皇。家霆最关心的是日本兵进租界的问题了。一路上,却没有见到一个日本兵,向人打听,也都说没有看到日本兵。家霆想:到嘴的肉日本人何必急着马上吃。他叹息着,心里明白:无论如何,日本兵是一定要开进租界来了!以后,"孤岛"沦亡,沉没在日本帝国主义的侵略潮水中,原来在上海租界上的中国人过的将是更加黑暗、悲惨的亡国奴岁月了。心里充满仇恨,涌塞了一种悲壮的情绪。忽然觉得欧阳素心去到了香港,看不到、过不到这样的生活,是一种幸福。为了这,他宁可她走。

家霆在一个卖粢饭团的小摊上,买了一只包油条和白糖的粢饭团,拿在手里一边吃一边向学校所在的慈淑大楼方向走去。

忽然听见有些人在惊叫:"东洋兵!""东洋兵!"只见一辆日本军用卡车风驰电掣般开过来,"嗤"地停在路边。军用卡车上堆着许许多多刚印好的日军报道部编的《新申报》。日本军车上的几个穿黄军衣的日本兵撒传单似的散发报纸。有些路人在抢拾报纸。家霆凝望着那些日本兵,心里仇恨,为了好奇,也上前拾了一张报纸。边走边看,见报上有日本向英美两国宣战的消息,有日军昨日用海空军突然袭击珍珠港获得辉煌大捷,击毁击伤美国许多军舰和飞机的消息,也有日军今日黎明在黄浦江中击沉英国炮舰"彼得烈尔号"和美国炮舰"威克号"升起白旗投降的消息。他看完了报上的消息，心里发泄不出的愤怒更加强烈，将报纸揉成一团，扔在地上，甩起一脚，踢到了被雨水洒得湿漉漉的路边去。

他又向慈淑大楼走。当看见慈淑大楼灰色的七层楼房身影时，忽然又想起同程心如、余伯良一起等着欧阳素心从楼上将传单撒下来的情景了。那是多么峥嵘豪放的举动！可是现在，欧阳素心去香港了，心如跟他父亲到抗日地区去了，上海公共租界形势突变，日军铁蹄眼看马上要进来践踏在中国人头上了！真是不胜感慨啊！

蒙蒙细雨不知什么时候停歇了。天仍阴沉沉。路上见到的人，脸也都阴沉沉。路面潮湿，天气有些冻手冻脚。慈淑大楼南面是个公墓，上海人通常叫它"外国坟山"。此刻，他也不知为什么跑到那里转了一圈。是因为从公墓想到了为抗日而英勇牺牲了的杨秋水舅妈吗？也许是的。公墓里冷冷清清，有些十字架东歪西倒。往昔，过阴历年时，这里有花市，专卖红色鲜艳的天竹子和黄色喷香的腊梅花。家霆记得刚回上海那年，大舅妈"小翠红"、方丽清、巧云和他一起到这里买了好些天竹子和腊梅花回仁安里插花瓶。那时候，方立苏还没有同日本人和汉奸盛老三勾搭在一起，谁也料不到他后来会既发横财又送了命。那时候大舅妈"小翠红"风韵玲珑，谁也想不到她会这么快不在人世！那时候，当然谁也想不到巧云会又成为别人家的姨太太。……人事沧桑，死别生离，变化真是太大了啊！

家霆吃完了粢饭团，在一种难以形容的纷乱情绪中走进光线幽暗、阴森森的慈淑大楼后门，踏上楼梯走到四楼自己的教室里去。大楼里人异常地少，阒静无声。到了四楼，见来学校上课的人也十分稀少，多数人是害怕外出？还是忙着在马路上张望？啊，不！公共汽车和电车全停驶了，法租界和公共租界的路又截断了，人当然不会来得很多了。宽大的教室里一共不过五个同班同学，全是男的，一个女的也没有来。余伯良也在，家霆闪身刚朝门口一站，余伯良马上欢叫："童家霆！我去约你来学校，'小娘娘'说你已经走了，怎么现在刚到？"

家霆没心回答，将手里一叠用帆布带捆住的课本和练习本往课桌上一放，对着余伯良叹了一口气，说："唉，以后，不知道我们还能不能像以前一样地上课了呢！"说着，内心痛苦，戚然想掉泪。

听他这样说，同学们有的叹气，有的露出愁闷和气恼。余伯良忽然用粉笔在黑板中央端端正正写了四个大字："最后一课"！

他一写，家霆心里更难过了。

过去，在国文课本上读过法国作家都德的短篇小说《最后一课》，当时也感染到这篇文学名著中那种国土变色的凄凉心情。可是，今天，此时此地再来回想这篇名作时，感受更亲切更深沉了。眼看，日寇要来了！以后，也许一定要取缔那些富有民族精神、爱国抗日、反对卖国和褐橥气节和骨气的课程内容，代之以奴化教育的吧？学校里一定会让日本人或汉奸来教日文日语的吧？家霆虽然与《最后一课》中写的主人公完全不同，小时候并不逃课，从小学到高中功课一直很好，并没有那种后悔过去未曾好好用功读书的憾意，但仇恨敌人即将来到的思想，使他内心像被刀刃刺伤流着鲜血。他看着"最后一课"四个大字，眼眶发热，心里发酸。余伯良写的正是他心里想的。今天，可能是来上最后一课了呢！

啊！多么悲痛、多么屈辱、多么令人留恋的最后一课啊！

有两个同学也在黑板上跟余伯良一样，用粉笔加写了"最后一课""最后一课"……将整块黑板都写满了。然后，其中一个名叫黄玉书的同学突然哭了起来，抽搐着趴在课桌上耸动着肩膀呜呜出声。他是班上年龄最小的同学。

他出声一哭，家霆泪水忍不住哗哗流下来了。他正想去安慰黄玉书，却听见站在窗口俯瞰下边南京路的余伯良忽然高声大叫：

"来看呀！萝卜头来了！"

大家一起跑到窗口。四层楼的窗下是南京路。平日车水马龙行驶着双层公共汽车和有轨电车、小汽车的南京路,行人拥挤、商店集中十分热闹的南京路,此刻,宽广的马路上空荡荡,店家都不开门。远处从外滩方向列队走过来一支人数众多的日本海军陆战队,当头是一杆海军太阳旗,正在举行声威赫赫的入城式。

那些打着日本海军太阳旗的日本海军陆战队士兵,一色穿蓝色海军陆战队的制服,戴着钢盔,全副武装,奏着震慑人心的军乐,正以分列式的队形,在宽阔平坦的南京路上耀武扬威地迈着八字步行进。

啊！日寇来了！进公共租界来了,"孤岛"彻底沦陷在日本帝国主义者手中了,更黑暗严酷的岁月来临了！

家霆同余伯良肃立在一起,心上淌血,眼噙热泪。余伯良忽然咬牙切齿轻轻对家霆说:"要是有一把传单,我一定撒下去！"他一定是想起了那天同欧阳素心一起来撒传单的事。

家霆点头,拭去泪水,想:要是有手榴弹,我也一定扔下去！刹那间,忽然脑际闪过尹二仇恨满腔的面容。啊！发誓要杀死敌人报仇的尹二他怎么了？他和尹嫂在南京好吗？此刻,家霆忽然感到对尹二那种怒火冲天的情绪更理解了。

日本海军的军乐声,不知奏的是个什么军歌,节奏粗暴,似咆哮,似爆炸,听来特别狂热、野蛮。

家霆叹息一声,恨恨地说:"今后要在铁蹄下生活了！"看着眼前的场景,他觉得国耻真是比个人的耻辱更叫人难受。国耻牵连四万万五千万同胞,国耻使子孙万代蒙尘。他心底里不禁呼喊:中国！中国！你什么时候能变得强盛起来收复国土不被帝国主义欺侮呢？你什么时候能使中国人在世界上扬眉吐气呢？你什么时候能使中国人在中国的土地上顶天立地做主人呢？啊,啊！看到日本帝国主义的士兵昂首阔步践踏横行在"孤岛"的土地上,"夸夸"的脚步,像踩在他的头上和心上,他痛苦得简直不想活了。

正沉浸在痛苦中,忽然,听到教室门响,有人来了。

家霆回头一看,不禁叫了一声:"啊!戴老师!"

他一声喊叫,余伯良、黄玉书等也都转过身来,同声叫道:"戴老师!"

戴老师是个头发花白胡子也花白的老头子,瘦削、矮小、戴副黑边框眼镜。眼镜的黑边框大,更衬得他的脸小、头小。他家里人口多,负担重,从穿着上也看得出来,总是穿的破布鞋,寒冬时节,仍穿着一件薄薄的古铜色骆驼绒袍。袍子边沿和袖口全破损了,像被虫咬过似的,剥蚀着,丁丁挂挂。他平日为人古板,不苟言笑,严肃得过分,考试时批卷打分很紧,对学生在课堂上说笑或者背书时提示别人等一类事情,都要厉声教训,同学们大都不喜欢他。但今天,戴老师来了,大家对他的感情完全不同,叫他"戴老师"时,听得出每个学生对他都是十分尊敬、十分亲切的。

戴老师弓着背,嘴里嘘着热气,冷得搓着双手,一本国文课本夹在胁下,进了教室,歉意地用一口浙江湖州口音的官话说:"我迟到了!住得太远,今天没有电车也没有公共汽车,从大西路那边步行来的。我是从不迟到的!"

家霆想:戴老师啊!在今天这种情况下,谁会再计较你的迟到呢?家霆和同学们明白戴老师的脾气,他来就要上课的。也不想再俯瞰耀武扬威列队进租界的日本侵略军了,家霆和余伯良、黄玉书等都连忙离开玻璃窗前,回到自己的课桌后坐下来。

日本海军陆战队的军乐声仍在急风暴雨般地传来。戴老师依然那样古板,似乎听而不闻,在讲台桌上摊开国文课本,用手扶扶眼镜架,扫视了一下坐在下边的稀稀落落的学生,说:"人来得很少啊!"忽然,看见了黑板上写的"最后一课"的字样,他忽然背过身去,掏出一块破旧的白手帕来,用手扶住眼镜架,擦拭起眼睛来。啊,戴老师哭了! 稍停,他回过身来,无限感触地说:"是啊! 是最后一课了啊!"他用桌上的粉笔擦将未写"最后一课"的地方擦拭干净,却不去擦掉那些"最后一课"的字迹。在擦拭干净了的地方,写上了"新亭对泣"四个字,说:"上课! 大家翻到课本后边第一百零三页上,今天讲《新亭对泣》这一课。"

老古板的戴老师,平时讲课文一直是顺着往下讲的,今天怎么跳过许多课选讲后边的这一课了呢?

家霆翻到一百零三页,见课文一共选了两则《世说新语》上的故事。《新亭对泣》是第一则。课文极短,全文不过一百多字:

> 过江诸人,每至美日,辄相邀新亭,藉卉饮宴。周侯中坐而叹曰:"风景不殊,正自有山河之异。"皆相视流泪。惟王丞相愀然变色曰:"当共戮力王室,克复神州,何至作楚囚相对。"

课堂里肃静无声,日本侵略军的军乐声已隐约远去。

又有七八个同学陆续来了。他们迟到了,但一来就安心地坐下听讲,都非常专心。教室秩序从来没有这样严肃、安静过。

戴老师瘦黄苍老的脸上特别庄重,黑边眼镜下两只眼睛在放光,声音蓦然也比平时洪亮了几倍,说:"本文选自《世说新语》。新亭,又叫劳劳亭,在今天南京市南面,三国时东吴所建。作者刘义庆,是南朝刘宋时彭城人。宋武帝永初元年袭封为临川王,历任多种军政要职。现在我来讲讲这篇短文的背景。"

他讲课,平时家霆感到平淡。今天他的语气却抑扬顿挫,蒸腾着热力;他眼睛注满了兴奋,吐出来的字像扔出来的石头;用丰富的感情,神采奕奕地感染着学生:"西晋愍帝建兴四年,匈奴族刘曜攻破长安,愍帝投降,西晋覆亡。次年,琅琊王司马睿,即晋元帝,在江南建康建立东晋,开始了南北方对立的局面。当时,由北而南的士族官吏,一部分如闻鸡起舞、中流击楫的祖逖等是主张抗战恢复中原的,但多数只想偏安江南苟延残喘。《新亭对泣》正反映了南下的士族官吏截然不同的两种思想情况。周侯指周𫖮,袭父爵为武城侯,故又称周侯,是属于唉声叹气之辈的。王丞相指王导,是慷慨激昂有用抗战光复中原之志的。对比鲜明!"

家霆明白戴老师为什么今天要选讲这样一篇短课文了。他听着讲,看着课文,只觉得身上热血迸流,受到启发,心里痛快,有异乎寻常的满足。

戴老师慷慨激昂地说:"……要抗战!要光复神州!决不作楚囚之对泣!眼泪应当吞在肚里!把力量用到抗战上去!"他讲的是课文,又好像在讲今天的时局、今天的责任。

真奇怪,短短一百多字的一篇古文,此时在家霆身上竟会产生这么神奇的力量。他感到戴老师讲的正是他此刻十分需要听的课文。听着,听着,眼眶湿润了,心上身上血液里都被注射进一种渴望同敌人拼一拼死活的激情。课文浅显易懂,讲完,也就可以背熟了。他见余伯良、黄玉书等全部来上课的十几个同学,都比平时十倍专心地听讲。从大家脸上的表情,他能看到他们的心在跳,血在迸流。

家霆忽然心里十分忏悔:过去,为什么对戴老师不那么热爱呢?多么好的一位爱国老师呀!他竟是这么一位有感情的热血充沛的老人,平时可一点也不了解呀!在面临敌人铁蹄践踏的关键时刻,他像一把稀世的宝剑光辉闪闪地露出了锋刃!平时为什么看不到老师有一颗金子般的心呢?

戴老师讲完课文,突然掏出那块破旧的白手帕来,左手扶起眼镜架,右手去拭面颊。家霆看到:两行晶莹的泪珠顺着老师的鼻梁正流下来。教室里静得针尖落地也能听清。戴老师在啜泣!一刹那间,家霆也泪流满面了。同学们也都落泪,年纪最小的黄玉书,又伤心地趴在课桌上哭泣起来了。家霆突然想起,听说黄玉书的大哥是航空员,在杭州笕桥机场上空与日寇飞机空战时流血阵亡的。

哭泣了短暂的一会儿,戴老师止住了流泪,忽然说:"作楚囚对泣容易,就是讲完了这篇课文,懂得了应当去光复神州而不应当相视流泪的道理后,我们也仍是不禁要泣下。但,哭没有用!同学们,记住今天我这最后一课上讲的话吧。也许,今后我不会再来教你们的国文了。谁知道会不会派日本人或汉奸来给你们进行奴化教育呢?但你们只要记得曾经有一个五十八岁的国文老师给你们上过这样一堂课,那我也算没有白教你们这些学生了。"

家霆心里火辣辣地发热,真想上去热烈拥抱戴老师呀。他又有在南京见到尹二夫妻时的那种感情了:战争能毁灭许许多多东西,不能毁灭美的思想,美的人和事!侵略者能用铁蹄占领中国的土地,但他们想征服中国人的心那是妄想!

戴老师要下课走了。他用粉笔擦拭去了他写的"新亭对泣"四字,但仍保留着黑板上的所有"最后一课"的字样,用一种依依不舍的声调说:"同学们,再见了!下课。"

平时,老师来上下课,总是由班长叫喊:"一——二——三!""一"是学生起立,"二"是向老师鞠躬,"三"是老师还礼后学生坐下。今天,班长没有来。上课时,没有人叫"一——二——三",此刻,家霆忽然起立,代替了班长高叫:"一——二——三!"

所有学生,一同肃然起立,向戴老师恭敬地鞠躬,目送着戴老师飘然走出教室。

家霆见戴老师瘦削的背影已从教室门口消失,忽然想起了什么似的,拿起课桌上的课本、练习本大步追了出去。

他在下楼梯的地方追上了衣衫褴褛的戴老师。高叫:"戴老师!"快步走上去。

戴老师慢慢回过身来,瞅着他立定了脚步,脸上似乎是问:"什么事?"

家霆鞠了一躬,将一本练习本翻到空白处,递了过去,恳求地说:"戴老师!请给我留几句话作纪念吧!"他本想告诉戴老师,他将来可能会离开"孤岛"到大后方去的。但话到嘴边,咽住没说。

戴老师从长袍胸襟上取下他插着的一支黑色旧"新民"钢笔,在家霆练习本上,用流利的钢笔字写了两句话:"养天地正气,法古今完人!"然后,写了"童家霆同学留念",在下边签上了名,转身下楼去了。

余伯良从后面走过来,追问:"家霆,你在干什么?"

家霆将手里练习本上戴老师写的两句话给余伯良看了。

余伯良一跺脚说:"唉,我怎么没想到呢?我也要找戴老师写几句!"话音刚落,他已经"通通通"地下楼去追赶戴老师了。

家霆独自下楼。走出慈淑大楼时,看到街口已有横枪站立、面目狰狞、穿黄军衣的日本陆军在放哨。街头上出现了刚张贴的"上海方面大日本陆海军最高指挥官"署名的铅印中文布告。围观的人很多,家霆挤上前去看。布告上说日军进驻公共租界,是为了"确保租界治安"。从语气上看,似乎日本是要"保护租界"而并不是要接收租界,而且,仅以公共租界为限,法租界不在其内。布告上要求公司、商店、游乐场、影院、戏院、舞厅、书场……一律照常营业,各项公用事业更不许中断。对洋商所办的工矿企业,要派人"保管",悬挂的英、美国旗要卸下来。除中央、中国、交通、农民四个银行外,其余各银行和钱庄,一律开业。

看来,日本侵略者是攥着杀人的刀枪、戴上不动声色的假面具在攫取"孤岛"了。

五

十二月八日珍珠港事件发生后,报上不断陆续登出一条条触目惊心的消息:日本海军在十二月九日将英国远东舰队的旗舰"威尔斯亲王号"击沉于南中国海;十二月九日,日军占领九龙炮击香港,同时又在马来亚登陆;十二月十九日,日本兵舰驶入马尼拉湾,占领关岛,在婆罗洲登陆,占领槟榔屿;十二月二十三日,日军占领了威克岛……敌伪报纸上每天都兴高采烈地登载着"皇军"的"捷报"。跑马厅里,日本特制的巨大宣传气球,经常悬挂着醒目的巨幅标语:"庆祝九龙陷落①""皇军赫赫战果关岛陷落""热烈欢呼威克岛陷落"……看到这些捷报,家霆心里总是泛起仇恨和不安。仇恨日寇的猖狂,不安于日本为什么在军事上如此得利。太平洋战争爆发后,家霆和许许多多在"孤岛"上的人一样,始终在惶惶然的心情下生活着。

想同爸爸一起离开上海去大后方的事搁浅了。童霜威既然不肯冒险去淮北或苏北,未经妥善安排,就妄想冒冒失失去大后方当然不行。日本袭击珍珠港之前,柳忠华本想通过沪港之间的货船上的海员,将童霜威和家霆带往香港。谁知事未办成,日本已向英美宣战。在这同时,日军已在十二月八日进攻港九,去香港的设想立刻成了泡影。

童霜威既然一时无法离开"孤岛",只好继续装病。珍珠港事件发生,世界上壁垒分明,中国已与英美苏等国站在一边,孤立的状态有了改变,童霜威心里兴奋。虽然那些日本得胜的消息使他泄气,但他总抱有一种日本将来一定会失败的希望。

每隔一些日子,家霆总是雇一辆出租汽车或三轮陪童霜威到仁济医院看病。童霜威行走不便,靠家霆扶,又靠手杖,连拖带拽,在人心目中简直是一个半死的废人,复原似已毫无希望。其实他心里想的是:"翻手作云覆手雨,当面输心背后笑"。有时,听对面房间戏迷方传经在放谭富英的京戏唱片《击鼓骂曹》,那唱词中有

────────

① 陷落:"陷落"本是一个贬义词,但当时日军所有标语均用"陷落"而不用"进占"。

这样的句子:"……似蛟龙困在浅水中,有朝一日春雷动,会冲风云上九重……"就引起无限遐想,受到了鼓励,觉得在漆黑的暗夜中远处有灿灿的灯光,韬晦的耐心更充足了。

柳忠华很忙,家霆在太平洋战争爆发后半个月的时候,通过银娣安排,才同舅舅在法国公园里见了一次面。

那天,下着霏霏小雨。下午五点半钟,家霆来到公园,在约定的那棵亭亭的大雪松旁同舅舅见面,不由又想起了同欧阳素心在这里漫步、交谈、相聚的情景。往事历历,旧情悠悠。香港正战火漫天,日寇同英国守军包括英军和印度兵正在激战。从敌伪报纸上看到:占领九龙的是日本第二十八军第三十八师团和海空军及辅助部队,香港整个被包围了,居民没有食物,没有饮用水,香港总督杨慕琦爵士拒绝投降,铜锣湾汽油库发生大火,日军正拟向筲箕湾一带过海登陆,中环、湾仔一带已经落下炮弹。

家霆仿佛可以想见,本来应是香港热闹狂欢的圣诞节快到了,现在却是死亡、哀号、警报、火焚和枪炮声布满人间。他仿佛看到:夜晚的香港,一闪闪的火花不断在山间出现,一朵朵火花不断落在海的对面,火焰遮满了半天,探照灯的白光像长蛇一样在空中摇摆。

欧阳素心在香港怎么样了呢?还有,黄祁先生怎么样了呢?残酷无情的战火会波及到她和黄祁先生的安危吗?欧阳素心送给童霜威的那只蝈蝈,童霜威一直非常喜爱。前几天,一个晚上,蝈蝈突然死了。家霆看到爸爸手里攥着葫芦,在灯光下看着已经僵硬了的蝈蝈,怅然久之。后来,将葫芦交给家霆,怀念地说:"好好给我留着吧,作个纪念。香港炮火连天,不知她怎么样了?"

家霆觉得,每个人的一生也像一场战争——多灾多难的漫长战争,无尽无休的痛苦战争。他心头沉重,思绪绵绵。原先,曾庆幸过欧阳素心离开了上海;现在,又怨怪自己为什么事先没有察觉到欧阳要去香港而阻拦她成行。"此情可待成追忆,只是当时已惘然",唐诗上李商隐《锦瑟》中的两句,他觉得能恰如其分地表达自己的感情。

有一些使家霆大惑不解的事正在发生。比如,日军开入公共租界后,突然又全部撤退了,并且立刻开放交通、恢复生产和市面,让上海公共租界基本保持了日军占领前的状态,连学校里上课也可以同从前一样,是怎么一回事?

比如,日军控制租界后,立即下令严禁沪西极司斐尔路七十六号特工总部擅自在租界上杀人捕人,并说"违者重惩不贷",又是怎么回事?

再比如,汪伪办的《中华日报》在十二月十三日竟刊登了汪精卫通缉七十六号特工总部警卫总队长吴四宝的"命令",上面说:"吴四宝肆行不法,作恶多端,着即通缉讯办"。外边纷纷传说:吴四宝已经抓到,被押在虹口北四川路日本宪兵队本部了,又是怎么一回事?

公园里游客稀少,家霆打了一把黑布洋伞,在约定的那棵大雪松旁,看见柳忠华没戴帽子,西装大衣外罩着米黄色的风雨衣,急匆匆地冒着小雨来了。这里,是家霆同欧阳素心曾经表白永远相爱的地方,触动了他许多美丽而哀愁、伤感又甜蜜的记忆。现在,往事如烟,不堪回首。但怅怅的情绪很快被同舅舅见面的快乐和兴奋遮盖了。家霆心里有一连串的问题要问舅舅。雨,转眼忽然停歇。家霆收起洋伞,同柳忠华踩着湿润的地面,在一条冷僻无人的小径上漫步,亲密地谈起来。

天空中有低沉的乌云,风将云块拉长、匀开、扩大。刺骨的寒风掠过,法国梧桐光秃秃的枝条似乎因畏惧寒冷瑟瑟抖动。喷水池周围的水面上结着透明薄冰。气候这样恶劣,却因环境幽静、舅甥相聚带来了美好时光。

家霆急切地说:"舅舅,爸爸要我问问您,我们离开上海有没有希望?爸爸和我都憋坏了!时间仿佛被拽住了,凝固了,一分一秒都难熬,天天都想能见到您,问一问。"他年轻俊秀的面孔即使焦灼也散发着青春气息。

柳忠华新理过发,一头干燥、粗硬的黑发熨帖地在左侧分缝向两侧后边梳去,人显得很精神,不急不慌地安慰家霆说:"希望当然有!不要急,告诉你爸爸,听说由于上海市区人口在三百万以上,日本认为租界人口过度集中,市民的生活物资供应给他们带来了很大困难,想疏散人口。大约不久要发表公告:凡是中国人要由上海警戒线外迁居界内的,要日本宪兵队许可。由界内迁出的也要日本宪兵队许可。但是回籍的人不受这项限制。你懂得我说这个的意思吗?"

家霆想了想,摇摇头,说:"还不太明白。"

柳忠华扬扬眉毛,摸出香烟来吸,说:"就是说,以后,可以利用敌人要疏散人口的心理,用回籍的名义离开上海。懂吗?"

他轻轻一点,家霆笑起来,说:"啊,啊,我明白了!"

柳忠华两只深邃透彻的眼睛袒露着真诚,说:"也不要急三天五天十天八天了!反正,我时刻关心着你们的。只要机会成熟,安排妥当,就可以飞!安心等待。而且,我也有可能要走,倘若一起走,岂不是更好?"

听说舅舅也有可能要走,家霆十分高兴,眼里流着火样的热情,说:"舅舅,您如果同我们一起走,多好啊!您是说,有可能一起去重庆?"

柳忠华吸着烟笑笑,揽揽家霆肩膀,说:"唔!"

"为什么?"

"又要问为什么了?"柳忠华摇摇头,"需要去嘛!那里也有生意可做的嘛!"

家霆只好不谈这个问题,但问:"舅舅,日本发动太平洋战争,怎么这么厉害呀?这样打法,日本在东方,德国在西方,会不会平分天下了呢?我们的抗战能胜利吗?"

柳忠华看看家霆带着焦虑的眼睛,说:"舅舅不是星相家,但舅舅的看法是:我们必须有信心和决心。只要有信心和决心,一定能打败日本。日本这次先发制人,开始当然会占便宜。但日本陆军的主力百分之八十仍被牵制在中国战场上,是它的致命伤。在华北,日寇华北方面军总司令冈村宁次用十几万兵力扫荡,失败了,承认肃清八路军非短时期所能奏效。在山东,畑俊六率部五万围攻鲁南抗日根据地损失很大。这些天,湖南长沙正在激战。日本首相东条发表谈话,说:'重庆如能改变其意志,则日方极愿接受其任何和平建议。日本虽与重庆交战五年,但仍视中国为姊妹国而未改变其与重庆言和之心情。'你知道他这番话的意思吗?"

家霆和舅舅走着的柏油路上,有些低洼处积储着雨水。附近的花坛上有枯萎了的菊花残枝。光秃秃的法桐上飞来一只白头翁,响亮婉转地鸣叫,叫得枯寂的四周都有了生气。

家霆说:"是想引诱重庆投降?"

柳忠华宽宽的前额使人感到他的智慧和渊博,笑笑说:"对,他们知道共产党是不会和平投降的。汪精卫老早就不断在发出'宁渝合作共同反共''中日全面和平'的叫嚣了,是日本主子叫他这么喊叫的。日本想在中国把陷在泥淖中的两条腿拔出来。我们偏不让他拔,要他没顶、淹死!西方有些人有偏见,中国也有些人有偏见,看不到中国抗战对世界的贡献,好像仗要全靠人家打。其实,中国人挑着重担,是最早起来反侵略反法西斯的。不要自己看不起自己,你说是吗?"

每次同舅舅谈心,家霆都能像呼吸到新鲜空气似的感到兴奋和舒畅。舅舅的话富有力量,家霆点头说:"舅舅,您说得对!"又问:"最近,我有好些问题还想不出道理来。舅舅,您说:为什么日军进了租界又撤走,一切都仍让工部局出面,仍让租界上基本维持过去的状态?"

他们经过一排御寒的玻璃花房,花房里储放着怕被严寒冻坏的珍贵树木和花卉。隔着灰暗的玻璃,可以看到还有鲜花在暖房里开放,使人想到春天,想到温暖的季节里五彩缤纷、绿树成荫的公园。

柳忠华解释说:"日军岗哨林立,租界人心惶惶,生产凋敝,市面衰落,他们要一个死城一样的上海背上大包袱干什么?维持原状,保持上海'国际都市'的外貌,对日本有利,何乐而不为呢!这是鬼子聪明的办法,可以用'王道乐土'的精神来麻醉上海人,免得以侵略者自居引起上海市民的反抗和反感呢!"

"这是一套假把戏?"

"当然!日军司令部张贴布告说,如有政治恐怖事件发生,日本可以进行封锁,可以拘禁人质。日本又查封了商务、中华、开明、世界、大东五大书店;派出大批鹰犬检查各级学校教科书,汪伪正在根据敌伪需要重编教科书。为了节电,商店霓虹灯取消了,马路上的红绿灯取消了,公共汽车和电车傍晚六点就停驶了。你看吧,一步一步会紧起来的,假把戏是要露出真原形来的。"

"他们对'七十六号'下的命令以及逮捕吴四宝是为了什么呢?"

"'狡兔死,走狗烹'的道理你是知道的吧?"柳忠华刚强下撇的嘴角咂了一声,说,"以前日本人利用'七十六号'破坏租界秩序杀害抗日分子,现在租界落到他们手里,自然反过来要维持租界秩序了。对抗日分子,日本宪兵特务可以直接采取行动。'七十六号'坏事做尽人人痛恨,禁止他们乱来可以收买人心。吴四宝这条恶狗,名声太坏,日本又不愿意让他权力太大,该杀时杀了就是。连李士群这条豺狼,听说同日本宪兵和周佛海都有矛盾,到有朝一日他无足轻重的时候,步吴四宝后尘也是可能的。"

公园中央那片草坪,平坦广阔,现在是苍黄一片。草坪在春天来到时,就会返青疯长,变得满眼葱绿。草坪西侧,围绕着一丛丛小树林,春天以后,也会绿荫沉沉。但现在是凋零孤寂的,因为没有可爱的绿叶。只有一棵硕大无朋的老枞树,它得天独厚,像披着青铜的铠甲,充满生气,傲对严冬,似乎不畏风霜雨雪,既向往阳光和春日,但也不祈求恩赐,它有一种充满自信力的不屈姿态。

家霆被那棵老枞树吸引,凝望着大树,听着舅舅解释,心里的一些疑问都得到了圆满的回答,不禁说:"舅舅,您知道,爸爸老是催我设法找找您,问问您何时能走。他对您非常信任。每次您对我谈的,我回去后都一字一句告诉他听。他听了,总还要问:'他还说些什么?'好像听不够似的。爸爸现在白天总不说话,到了半夜里我们就轻轻谈心,什么都谈。每天也只有在半夜谈心的时候,使他和我感到快乐。今天回去,半夜里我们又有的谈了。"

柳忠华温和地笑了,说:"是呀,他是够寂寞的。但你说他对我非常信任,他在政治上却总有自己的定见。我劝他去淮北或苏北不过是为了脱离虎口,他也并不肯去。现在,你们哪天才能离开上海,还难以预定,得等待机会。但反正只要有岸,就能靠船,只要靠船,就能上岸。他总能走得掉的。他真是要像孟子说的要继续'苦其心志'了!可惜我虽然现在以公开的商人身份在活动,仍不能到仁安里去看他。方雨苏、江怀南他们不知道我们之间的关系。再说,我也要警惕敌伪的鹰犬。以后有事,银娣会找你。但你尽量不要找我和她。谨慎无害,你说是吗?"

阴沉沉的天空,似乎还要下雨。家霆点头说:"舅舅,我照办。"同舅舅见了一面,爸爸让打听离开上海有没有希望的事已经问过舅舅了,自己心中的一些问题也得到解答了。家霆知道舅舅不但非常忙,而且不愿意被人知道他们是舅甥关系,久同舅舅在一起不好,他说:"舅舅,您快走吧!"

柳忠华点点头,忽然从口袋中掏出一本小册子来,说:"带给你爸爸,说是我给他的。"

家霆接过小册子来一看,原来是一本《达摩气功和五禽健身法》,他说:"干什么?"

"四马路上旧书店里买的。"柳忠华笑着说,"你爸爸整天卧床,身体会虚弱的。最好半夜里锁上房门,让他每天练上三十分钟。这也是为走做准备,免得将来要走的时候,路都走不动。"

跟舅舅在一起,即使在这样阴冷潮湿的天气,也像身边有一片阳光似的叫人感到温暖、明亮。家霆笑了,说:"忘了告诉您,其实,这一向,锁上门睡了,半夜里他是几乎天天起床伸腿抬胳臂的。他也说:'整天睡着别把我真的给睡毁了!'"

"那我就放心了。"柳忠华说,"好,家霆,天下事,弯路总比直路长,叫你爸爸继续韬光养晦吧!我走了。"他亲切地用手拍拍家霆的肩膀,拍得那么用力,似乎不这样用力表达不出他的感情似的。

家霆在一瞬间,忽然又感到舅舅的眼睛跟妈妈柳苇太相似了。他很气愤地想把妈妈的照片被方丽清毁去的事讲给舅舅听,可是舅舅已经迈步,他又怕引起舅舅对杨秋水舅妈的怀念与伤感,就把话吞住未说,看着舅舅穿风雨衣的身影匆匆向法国公园的边门走去,走去,直到被大树、假山石整个遮挡住。然后,他怅然地又踱到那背后有个喷泉的常青树——雪松背后来了。

天因为阴霾,已有向晚的意思。突然,又蒙蒙下起蛛丝般的冬雨。他又来到这地方了!宛若当天,这天气,这地点,这氛围,这一切,都使他不能不记起那天他在这里拥抱欧阳亲吻她的情景。

那天,她那淋满雨水的脸上流着眼泪,他能感觉到她的体温和鬈发的香气。

他仿佛又听到了欧阳素心的声音:"难道你还不相信我会永远爱你吗?"

"啊!家霆,这不会是在梦中吧?"

啊,啊!欧阳!现在,你在炮火横飞的香港怎么样了呢?你安全吗?你好吗?

心,带着伤感。脚下的草地一片枯黄,令人想到冬夜凄凄的寒霜,离春天还很遥远很遥远,小北风飕飕吹来,他打了一个寒噤。香港的陷落似乎就是日内会发生的事。陷落以后,残酷的日寇能不烧杀奸淫吗?谁能说,谁知道啊!战争,早使那些侵略者的士兵变成野兽了!在兽性驱使下,他们什么卑鄙可怕的事做不出来呢?家霆不能多想,也不愿多想,他只是有一种负疚的心理。他爱她爱得这样深沉,曾向她信誓旦旦地宣称过"我会永远爱你!"可是,他却向她隐瞒了要陪爸爸离开上海去大后方的打算。最后一次分别时,如果他向她透露了这一点,并且对她说:"欧阳,让我们一起走吧!"那,也许她就不会去香港了吧?可是竟没有说,怎么对得起她呢?现在,她陷身在可怕的战火中,怎么对得起她呢?他清楚自己已经陷入一个糟糕的情感死角,但是怎样才能解脱?

有一个戴鸭舌帽、穿旧西装邋里邋遢不修边幅的中年男人在附近闲逛,模样像是个无家可归的流浪汉。看他脸上愁苦的表情,使人想到生活的艰难。这人不知想干什么,彳亍着,无所适从。法国公园里有时是有人来自杀的,难道这人是来找个这样的归宿?有一对年轻的情侣挽着臂走过,女的一身素净打扮,男的一身深色装束。他们笑着,笑得十分高兴。一样的人间,有苦有乐,各不相同。

家霆离开了雪松背后,向法国公园通向环龙路的出口走去。在这里,每走一步路都会想起欧阳素心,会想起同她在这里漫步的情景。他不禁想起念过的莎士比亚的十四行诗中的几句:

> 和你离别,多么像严冬的天气,
> 离开你这飞逝岁月的欢乐!
> 我看到日月无光,我觉得冷冰冰的!
> 到处是残冬一片荒凉萧索!

他在嘴里无声地吟着诗句,伤心地深切感受到她的善良:当他比她更不幸时,她会为了安慰他带着笑容出现在他身旁,即使是在南京被软禁时,她也毅然设法去了。当她比他更不幸时,她却怕有损于他而违心地离开了他。她的哲学也许是:假如幸福必须要你付出牺牲,就让我先去牺牲吧!可是,这种"善良"徒然造成了双方的痛苦,她何苦如此、何苦如此呢!

走着,走着,经过环龙路,远远可以看到欧阳素心家的那幢花园洋房了。……又走着,走着,走到霞飞路环龙路口了。他忽然下意识地想去看看"白拉拉卡"。

仿佛听到欧阳素心好听的声音在耳边说:"……你知道,我有时很寂寞,非常寂寞!但以后,也许我不会再那么寂寞了!"

"白拉拉卡"仍在眼前,正在吃晚饭的时候,有些顾客进出。玻璃门开时,闻得到里面散发出来熟悉的洋葱、番茄牛肉汤的香味,隐隐传出留声机播放的舒伯特《小夜曲》的乐声,勾起了他新鲜的回忆。那充满音乐、烛光的美好日子逝去了,她已经随云霞和清风而远去。

"白拉拉卡"的玻璃橱窗里仍放着斯大林穿元帅服的大画像,微笑里含着严厉。家霆站在那里,凝望着大画像出神。斜着看过去,德国籍犹太人开的照相馆橱窗里,也仍供着希特勒小丑似的大照片。希特勒两眼凶光毕露,神态歇斯底里。家霆不禁想:出了希特勒这样一个好战而又专制的法西斯魔王,悲剧的日尔曼民族又把这个疯子奉为"天王圣明",使本国和他国的人民受到多大的灾难呀!如果让希特勒赢得战争,也就是让屠杀南京的日本刽子手胜利，世界文明将会倒退到黑暗的世纪中去。战争残酷，但阻止侵略者发动战争已经失败，侵略和反侵略的大战正在搏斗，空谈和平有什么用！只有打赢敌人才是惟一出路了。战争的发展已使世界上形成德、日、意轴心与美、英、苏、中之间的大战。中国抗战的命运已同盟国的命运绑在一起。由于日本同苏联之间没有宣战，而且有中立约，斯大林的大画像还可以放在这橱窗里同希特勒的巨照对垒着。将来呢？将来总不会永远这样的吧？你死我活的战争正在进行。人类在大流血，苏联现在丢失了大批城市和土地，但德国这条毒蛇能吞掉苏联这头大象吗？吞不掉的！如果哪一天德国照相馆橱窗里的希特勒像突然消失了，也许就是世界人民的幸运了吧？家霆对斯大林并没有特殊的好感。此时此地，却希望斯大林的大画像就这么放在橱窗里，永远放在那里。

家霆离开了"白拉拉卡"，由法租界通过重庆路绕道进入公共租界回汉口路仁安里去。天，已经黑下来了。公共汽车和电车停驶。由于汽油要供日本军用，出租汽车停驶了，私人汽车减少了，马路上只有三轮车和黄包车，空荡荡的。由于通知"节约电流"，商店没有霓虹灯了，五色闪烁的霓虹灯广告和招牌黯然无光，十字路口的红绿灯也瞎了眼。店家早早打烊了，住户的灯泡都换小了，本来被称为"不夜城"的上海，在这夜色浓黑的时候，变成了阴间。家霆忽然想起了鲁迅杂文集《准风月谈》中的那篇《夜颂》，仿佛自己是在用"看夜的眼睛"发现了"惊人的真的大黑暗"。他看见一家舞厅里边还在传出靡靡的乐声和"崩嚓嚓"的鼓声，彩色的灯光十分幽暗，门口有招贴写着"奉谕本厅晚舞于十时前结束"。他突然觉得这正是鲁迅所说的"人肉酱缸上的金盖""鬼脸上的雪花膏"。他心里更加憎恶这种真正的黑暗，更有一种强烈地追求真正光明的愿望了。

家霆走着，过了八仙桥到了云南路口附近，想赶快回到仁安里吃晚饭,也免得爸爸不放心。正脚下生风,经过一家卖生煎馒头的小店,忽然听到警笛"嘘——嘘——"吹响了,远处出现了黑色的警车和大批军警。仔细一看,黄军衣的都是日本兵。一看而知是发生什么"恐怖案"了! 家霆心里着急,正想拔脚飞奔离开是非之地,看见一些黄包车和三轮车都停下了,街上的行人也站住不动了。想到日军贴出的通告上说:凡一个地段发生"恐怖案",行人、车辆必须立即停止不动,就只得在路边一家烟纸店门口站住了脚,心里急得打鼓,想:万一日寇封锁起这个地区来我回不了家怎么办呢? 正着急,见一个左臂缠个红色臂章的人飞跑而过,后边跟着几个人上来吆喝着追捕。一会儿,卡车开来了,车上下来一些巡捕卸下铁刺、沙包将路口堵封起来。一些日本宪兵牵着凶恶的狼狗出现在附近。家霆心里叹息:糟了! 被封锁在里面了! 记得日军司令部张贴的布告曾说:"接近案件发生地点,得施以长期封锁,直至破案之日为止。"家霆更加焦灼,假如封锁在这里,一天两天还能支撑,时日长了,怎么忍受? 想到爸爸,更不放心。站在那里,心乱如麻,继续张望。

幸好,是一场虚惊,并不是真的发生了"恐怖案",是日军举行的封锁演习。一会儿,只见汉奸扮的戴红臂章的假凶犯已被"逮获",鸣笛撤销封锁,卡车、军车等等都驶走了,交通恢复,前后不过一小时。家霆如逢大赦,庆幸侥幸,连忙急急匆匆赶回仁安里去。

他到了仁安里,进了二十一号后门厨房里,听见楼上仍有噼噼啪啪的麻将声。厨房里胖子阿福在埋怨:"这顿夜饭要啥时候吃? 菜热了冷,冷了又热,一只只都成了糨糊了!"

"小娘娘"方丽明在炉子旁边站着,不声也不响。见家霆回来了,说:"楼上有个客人在你房里,坐了快一个钟头了,拼命抽香烟,也不走。刚刚在叉麻将的阿姐来关照:客人不走,不开夜饭!"

家霆问:"客人是谁?"这么长的时间,从来没有爸爸的客人,也不会有爸爸的客人。难道又是"七十六号"有关的人来找麻烦? 听说有客人,蓦然使家霆有一种"黄鼠狼来给鸡拜年"的恐怖感。

"小娘娘"摇摇头,说:"弄不清。穿的西装,面孔蛮凶的。阿姐见了他,他非要见你爸爸。"

家霆听了,更不放心,快步上楼,直朝爸爸房里去。一进房,立刻一惊,倒抽了一口冷气:呀,是张洪池呀!

张洪池,在"七十六号"里同童霜威见面的事,童霜威原原本本全告诉过家霆。家霆感到这人像只蝎子,像条蜈蚣,是条毒虫。许久许久,不见他,也未听说过他,早将他忘了。现在,他又突然出现了,来干什么?他吸的香烟真多,房里烟雾腾腾,烟味呛人。

张洪池西装外穿的是件新花呢大衣,皮鞋雪亮,似乎并不落魄。两只老像生气的眼睛始终未变,叫人看了总是心里麻辣辣、凉丝丝的。

家霆心里对方丽清十分不满:你只顾打牌,就将爸爸独自留在这里躺着,就让张洪池这样的坏蛋在这坐着,也不来陪伴照看一下,真是岂有此理!走进房后,张洪池一双凶恶的老像在生气的眼睛骨碌碌朝家霆射来。家霆尽力克制自己,平静地点了点头,就去照看爸爸,给童霜威往床前小几上的小茶壶里斟开水,喂童霜威喝了两口。

张洪池想起这是谁了,说:"啊,霜老,这是你的公子呀!对了,过去见过面的!在从安庆到汉口的轮船《大贞丸》上,在香港也见过面。不过,现在长大了,真是一表人材了!"

童霜威木讷地躺在那里,没有做声,脸上痴呆。看来,张洪池来后,童霜威用的是装呆装傻的静默战术在应付。

家霆忧心忡忡地说:"家父身体不好,脑部受伤,走动不便,也不大能说话,半瘫痪了!"说话的目的是想下逐客令。

张洪池大口吸着香烟,喷着烟点头说:"是呀!刚才见到霜老时,我吓了一跳,怎么胡子头发这么长!而且,头上缠着绷带……"

他做着手势,似乎是说童霜威有点麻木痴呆的意思。

家霆暗想:爸爸头上的伤本来也是可以不缠绷带了,但他还要缠着,这倒好,能增加些病情。朝着张洪池叹口气说:"家父血压、心脏都不好,又受了伤,从楼梯高处一跤摔下去,就成了这样子。"

"听说了!听说了!"张洪池咂嘴说,"很可惜啊!但,令尊病得这样,令堂怎么还打麻将?倒是丢得开、放得下呢。"

家霆明白张洪池询问的话意,摇摇头恨恨地说:"她是我的继母。此一时也,彼一时也!她这种人,是不会心疼的!现在是我在照顾家父。"说着,问:"张先生有什么事吗?家父医嘱需要静养!他脑部不好,听话说话都还不行。"

"我是来看看的!"张洪池大口吸烟,贪婪得很,"没有事。本来想谈谈的,霜老不能谈,只好不谈了。"忽然两道烟气从鼻孔里冒出来,说:"对了,有件事,问问你也行。想跟你打听一个人,你记得的吧?在香港时,一次我到湾仔你们住处去,碰见过一个人,年纪比我大几岁,前额很宽,两只眼很有精神,头发粗硬。是香港《港声报》的记者。此人现在不知在哪里?"

家霆吃惊,格外警觉起来:好呀!张洪池难道是在给日本人和汪伪特工总部当鹰犬?好端端打听舅舅干什么?难道舅舅已经引起了敌人的注意?心里着急,也有些慌乱,机敏地掩饰住了,睁大眼似在思索地说:"谁呀?我怎么记不得了?"

"不,好好想想,会记得的。那天,很热,他穿的短袖白衬衫、黄咔叽短裤,同你们一起吃饭。此人那时到过上海,回港后写过不少文章报道上海的情况。"

"啊,我有点想起来了!"家霆皱眉思索着说,"好像是有过这么一个客人。我想,总一定还在香港啰!"

"不!"张洪池捏着烟屁股吸了一口,摇头说,"他在上海!有一天,我偶然见到他坐在一辆小汽车里,穿得很阔气!水獭领的皮大衣……"

家霆摇头:"自从家父病倒后,没有人来看他了!世态炎凉,像你,还来看他,是少有的。"

张洪池把烟蒂丢进痰盂,火热的烟蒂接触到水"呲"的一声熄灭了。他似乎觉得面对一个病人、一个毫不知情的年轻人,只好走了,站起身来,说:"好吧,我走了。"

童霜威一直平静地躺在床上,像段木头。这时仍旧动也不动,像段木头。

家霆摆出送客的姿态送张洪池,一直将张洪池送到后门外,才像送走了瘟神似的心里轻松了一点。匆匆回到楼上,准备侍候爸爸吃晚饭。感到香烟味太浓,"砰"地打开了一扇窗透换新鲜空气。

忽然,见童霜威向他作眼色。家霆走到床前屈膝伏在爸爸床前,只听童霜威轻声地说:"这个王八蛋!不安好心!但他一事无成。你要想法早点秘密告诉你舅舅,叫他谨慎小心!看来,是不是敌伪在注意他了?"

转眼,过了新年,到了一月下旬。

走,依然渺渺无讯。好难熬的时日啊!

隔天夜里,方老太太找到家霆,用两只精明的眼睛瞅着家霆,说:"要吃饭,就要半夜排队买米。你年轻力壮身体好,排队也要去一个。明早五点起来,到广西路南京路口的米店接阿金的班。"

家霆明白:方丽清不愿自己出面来讲,让方老太太出面。自己要吃饭,去排队也应该,应了一声:"好,我去!"

那天,是一月二十四号。清晨很冷,窗户上结着冰花。家霆四点半钟起身,夹起几本上课要用的课本,打算去广西路南京路口米店门口排队。天还墨黑,衖堂里冷冷清清,看衖堂的阿三在扫地,这个有鸦片烟和白面瘾的老头子,弓着腰,咳着嗽,扫一下,咳儿声,吐口浓痰,形成一种凄然而又令人恶心的韵律。

家霆出仁安里,借着远处路灯光,看见一辆漆着"普善山庄"字样的大卡车装满了冻饿路毙的十几具乞丐尸体,正好驶过停在对面马路边。几个收尸的汉子,跳下车来,将路边一个冻死的破衣烂衫盖着麻袋的男尸,拎脚拽臂地拉起甩上卡车去。尸体早已冻僵,"砰"地掉在车上发出震响。几个汉子爬上车去,卡车"呜"地又开走到别处收尸去了。这种情况,入冬以后常常见到,但最近更多,天天都有。

家霆急急走到那家米店门口,远远看到黑压压一大条长蛇阵。半夜就在排队的男女老少,站在凛冽寒风中,已经好几个小时了。熹微的晨光和昏黄的路灯光下,见米店门口挂着的一块小黑板上,写着平价米的价格和限购数量。家霆发现娘姨阿金正挤在队伍里,大约排在第十多名的位置上,头发蓬松,满面疲乏。

家霆上前,说:"阿金,快回去睡吧,我来替你。"他接过阿金手里的空米袋和钞票。

阿金把位置让给家霆,从人龙里挤出来,说:"谢天谢地,你来了!我真是腰酸背疼吃不消了!"她对家霆提早前来,很满意,临走说:"我回去,七点半钟,叫'小娘娘'来接你的班。"

米店要九点才开门,一些半夜里就来"烧头香"的男女老少,愁眉苦脸的、叹息的、骂骂咧咧的、冻得笼起手缩着脖子跺脚的、闷声不响抽烟的都有。家霆本来排在十几号。到六点钟光景,天色亮了,陆陆续续又来了许许多多人。不知怎的,推推搡搡、拉拉扯扯,人群像个大漩涡似的搅在一起,漩涡中的人叫喊的、诟骂的、挥动臂膀扭动身子的都有,像一群地狱里的冤鬼在争吵叫嚷。家霆前面的人逐渐多起来,好不容易他紧紧抱住了身前的一个瘦子,他身后的一个老头又紧紧抱住了他,约略数一数,自己变成三十多号了!只好心里叹气。

又一会儿,前边一个排队的花白头发老头子,模样像个小学教员,来了个十五六岁的小姑娘,像是他女儿,来给父亲送两根油条吃。油条刚递到老头手上,忽然斜刺里钻出了一个披麻袋的蓬首垢面的小瘪三,出其不意一把将两根油条抢过去,一根塞在嘴里、一根捏在手上远远跑开了。小姑娘气得大骂:"瘪三!"老头子苦笑笑,说:"算了!算了!回去吧,我不饿!……"

这一向,在马路上抢东西吃的事一天到晚都有。巡捕没法管,路人也不想管。人要有吃的才能活命,抢吃的"瘪三"不是在死亡线上挣扎也不至于公开动手干。被抢的人总比抢吃的人似乎境况好一点。这样,被抢的人只好自认倒霉,抢吃的人也不觉得不应该抢,碰到谁真要打几下就挨几下也可以。但这种情景却使家霆感到一种世纪末的状况,有一种在读《圣经》最后一卷《启示录》中以象征性语言描述世界末日时的难以形容的心态。

一会儿,两个手里拿着篾片的巡捕来维持秩序了。来买平价米的人也更多了。因为来迟了,有的就要加进长蛇阵里来,这就乱成一锅粥了。排队的人都一个个死命地你抱紧我、我抱紧你。巡捕凶神恶煞般地用篾片没头没脑地挥打维持秩序。乱一阵,平歇一阵;又乱一阵,再平歇一阵。然后,一个巡捕掏出粉笔在每个排队的人左肩上挨次写上号码。家霆肩上写的是"53"号。

前面那个瘦子手上的表七点半钟了,"小娘娘"没有来,八点半钟,"小娘娘"还没有来。快到九点钟的时候,"小娘娘"方丽明来了!她抑郁的面容上眼睛周围有淡蓝的晕圈,一定是走得急,脸上泛着红晕,用手拭着唇上的汗。家霆心里早急得要命,上课迟到了,但明白方丽明来得迟总有道理。她本人是不会故意迟来的。

家霆说:"'小娘娘',你来了!我去上课了!"

方丽明接过他手里的空布袋和钞票,挤到队伍里代替了他,说:"家里出事了!她们叫我不要来。我想,你要上课,还是来了。"

家霆见"小娘娘"脸色紧张,连忙心里不安地问:"什么事?"

"小娘娘"皱眉轻声地说:"你不知道吗?传经除了赌钱玩女人,早就偷偷抽鸦片有了瘾了!这事一直瞒着,现在戳穿了,家里一早闹得一塌糊涂。他爷打了他两个耳光,他竟一皮鞋踢得他爷腿上出血。你外婆哭得死去活来。方家气数是尽了!"说着,她挥手:"快去上课吧!"

听了这些话,家霆才懂得为什么大舅妈"小翠红"死前说过:"我不能让人拿我的血汗钱去玩女人、抽鸦片、上赌场!……"当时,还以为指的是大舅。看来,大舅妈早知道传经的事了。

家霆明白"小娘娘"方丽明赶来让他去上学,完全是一片好心。他用感激的眼光望着她,说什么好呢?只好什么也不说。家霆听说方家已经决定:过些日子就要把"小娘娘"嫁给郑金山做填房去了。方立荪死后,郑金山在绸缎庄当家,更加走红,拜了方老太太做寄妈①,是方家的贴心支柱。他年岁可以做"小娘娘"的父亲,听说浑身有牛皮癣。最近,一再催着要"小娘娘"结婚过门,"小娘娘"哭过好多次,不愿意,却又不能不嫁。"小娘娘"长得不算标致,但善良得美在骨头里,"小娘娘"是个可怜人呀!为什么善良的人总常这么可怜呢?

家霆夹着书闷闷地匆匆向慈淑大楼方向跑。肚子饿了,但不想脱课。见一家大饼油条铺在炸油条,有不少人在等候,他就不想买了,急急带着小跑赶路弯到南京路上,顺着南京路向东走。奇怪,平时南京路上这时已经车辆很多,行人也熙熙攘攘了,今天却不见车辆,行人也拥在前边。

忽然,发现前边路两边站着的人都立定脚步在引颈张望。有的在说:"来了!来了!"有的在说:"是从北四川路那边来的!"有的点点戳戳,有的踮脚伸头。

―――――――

① 寄妈:即干妈。

家霆昂首张望,他个子高,看见前边南京路上两边人行道已经挤得水泄不通了,人头攒动,乱乱腾腾。两边两条人流中间,空荡荡的宽阔马路上,正有许许多多人走过来。这些人麇集着,浪潮似的在慢慢地淌过来。隐隐约约看到有日本海军陆战队那种太阳旗在飘拂,也隐隐约约听到有军乐声,仍旧是那天日本海军陆战队举行入城式时吹奏的一种粗犷、蛮横、刺激人神经的军乐声。接着,看清了,有手攥步枪刺刀上膛的日本海军陆战队分列两旁,刺刀亮得耀眼。更看清了,在马路中间走的是在日军刺刀逼迫胁压下游行的一大批外国人:多数是黄头发、白皮肤、蓝眼睛的白种士兵,也夹杂着一些身材高大的黑人士兵。像熔岩流泻似的,过来了。

家霆匆匆挤向前边,顺路向拥挤着的人们打听:"是怎么回事?"

一个路人摇摇头,似乎是知道而不想说。另一个路人说:"出布告了:美国俘虏,游行示众!"

"这么多美国俘虏?"

"是啊!"边上一个尖鼻子男人说,"是日本兵舰从太平洋上运来的。有一千多俘虏呢!全是美国兵。听说是在威克岛俘虏的。东洋人要宣传打了大胜仗,押着俘虏游行给大家看。已经兜了一圈了!我刚才在北四川路那边碰到过,现在兜到这里来了。"

正说着,被刺刀押解着游街的美军俘虏快到面前了。密密麻麻,队伍既想保持着整齐,却又零乱。队伍在挪动,越来越看得清楚了。这是一长列战败、憔悴的队伍。即使有鼓声咚咚的日本军乐伴奏,也像一支送葬的队伍,看上去凄凉、落魄。大多数白种士兵都态度严肃、面容污浊、满腮胡髭。有不少士兵脸上还带着稚气。他们有的很颓丧,有的眼神露出惊恐、惶惑与不安。有的负了伤,身上有斑斑发黑的血污,绑着、吊着绷带,由同伴用肩膀搭扶着在迈步。有的垂着头眼露仇恨;有的在冷冷地东张西望,好奇地看着马路两边的店号、楼房；也有极少数在队伍里昂首阔步,抱着一种听天由命的姿态……肃穆、悲惨,使人怜悯。

押解的日本兵全副武装,残忍无情,铁青着脸,狰狞地做着手势,晃动刺刀,命令俘虏走,快走。

这是一支沉默、疲劳、狼狈,在遭受凌辱、虐待的俘虏队伍。看到这样一支耻辱蒙尘的队伍,有一种深沉难耐的刺激在叩击着人们的心。啊,战败了就要遭受到这样丑恶的作弄吗?他们是不该战败的!他们该光荣地在弹火殷红、硝烟弥漫中流尽最后一滴血死去的!他们不该被俘,落到凶暴的敌人手中。

边上有些人跟在日本兵后面在呼叫口号。这些是穿便衣的日本人呢,还是花钱雇来的汉奸?只听得呼叫的口号是:

"打倒英美帝国主义!"

"亚洲是亚洲人的亚洲!"

"白种人滚出亚洲去!"

啊,天下事就是如此奇妙而难以预测。英国的绥靖主义与美国的门罗主义政策造成的恶果,由他们自己的孩子在欧洲和亚洲各地的战场上承受吞食了。

口号声继续在叫嚷:

"建立东亚新秩序!"

"庆祝威克岛陷落的赫赫战果!"……

马路两边拥挤着观看战俘游街的人那么多,但没有谁跟着喊的。这是一种难耐的沉默。是同情弱者?是悲天悯人的人道主义的体现?是抗日的情绪在支援?是对美国人的好感?……家霆觉得自己的心里很矛盾、很复杂。他从小就仇恨帝国主义对中国的侵略,这里面当然也包括美国。但在程度上,似乎觉得美国比英国还要好一些,而日本是最坏的。日本帝国主义,从"九·一八""一·二八"到"七七""八·一三"积累下的仇恨更多更深了。正因为这样,当日本人用这种挑拨中国人起来仇恨白种人的手法来达到他们侵略中国和亚洲的目的,就看得更透,心里更不以为然了。何况今天,中国正与美英又站在同一个与日本作战的战线上,这种感情当然更复杂了。在这种时刻,叫他来兴高采烈地站在日本兵一边,仇恨、羞辱美国战俘,作为一个中国人,他是不肯也不愿做的。更何况,他心底里有一种对战俘的同情。这些年轻的美国兵,突然爆发的战争,将他们推到了死亡的边缘。他们离开父母亲人,远戍海外,逃过了战火中的死亡,有的还流过鲜血,却落入了凶残的日本武士道军人手中。家霆为他们的生命担忧,对他们的不幸有一种深切的同情。这些已被缴械放下武器听人宰割的美国战俘,拖着疲乏的脚步,流露出恐惧绝望的情绪,身上污垢,有的带伤。这些美国父母的儿子,正在他的眼前作死亡的游行。这些孩子曾为他们的祖国而战,曾为打击日寇的突然袭击而战,不幸战败了,也许是在弹尽粮绝情形下被俘了。他们无罪!但在毫无人道充满兽性的日本法西斯军人手中,他们将会怎样?

家霆自然而然地联想到了在胶州路孤军营里的八百壮士。太平洋战争爆发后,日军就接收了孤军营,处死了一些人,将一些人送去南京囚禁,又将一些人运到日本去做劳工。想起了这,他心上那种神圣的同情心和爱国心揉搅在一起,变得更强烈了。

美国战俘在枪刺下的游行示众在继续。给家霆留下了深刻难忘的印象,惊心动魄。他注意到:马路边那么多看热闹的中国人,神色严峻,眼里都流露着不忍的光芒。

有一个一步一步在队伍中逐渐走近来的美国战俘,与众不同。他大约不满二十岁,唇上的胡须还是金黄的茸毛,昂着头抬着脸,东张西望。他的目光与家霆正好相对。他忽然微微友好地对家霆笑笑,这笑容只是在一瞬间就像火焰熄灭似的消逝了。也许这根本不是笑,但家霆当时感到这是友好的笑。啊,这样年轻的士兵,他的妈妈呢?他的爸爸呢?他有爱人吗?有兄弟姐妹吗?在这种时候,他还在善意地笑。他是意识到现在美国与中国已经有了共同的命运?共同在一起战斗?并肩站在一边?他是认为美国人与抗日的中国人是应当互相理解互相同情的?会不会他的父母曾经结识过中国的朋友,所以他从小对中国有过美好的感情?……说不清!但也许是这样,也许是这样。

家霆忽然感到同这个年轻的美国战俘有了共同的欢乐与痛苦。家霆望着这坦率得带点天真的美国人,想回报他一个同情、友好的微笑,可是笑不出来。但他的眼神和表情显然使美国战俘明白他的心意了。美国战俘突然右手伸出食指与中指,组成了一个"V"字放在唇上,瞬即又放下了。

这是什么意思?

家霆立刻就懂了!这是"Victory"的"V"字呀!这是说:胜利!我们迟早终于会胜利的呀!

啊,啊!胜利!胜利!我们的胜利!

押解战俘的日本兵没有注意。像传电似的,家霆不被人知地用手指做了一个"V"字在唇上放了一放,还给那年轻的美国兵温和深情的一瞥。

他看到那美国兵又微笑了,淡淡的笑容像绽开了一朵不会凋落、不会消失的花。于是,家霆也还给他一个同情友好和鼓励的微笑。

人同人之间的感情,有时只要互相看上一眼,笑上一笑,用一个简单的手势,就会默然无声地交流的。哪怕是国籍不同的人也是一样。

长长的美国战俘的队伍流水似的在日军刺刀的寒光下押解着向前。

这一天,特别冷,天上有浓密昏暗的云团,还有刺骨的风。

第七卷 天灾人祸，故国三千里

（1942年6月—1942年8月）

天灾与人祸常常结伴而来。

战争，应该算是最大的"人祸"，它不但用自己本身带来的伤害与毁灭力量肆意摧残人们的和平生活，而且由于它的降临，天灾来到后，人民同天灾抗争的力量变小了。人类的渣滓会更有机会利用战争攫取利益，草菅人命。

在写战争时，我希望从更广阔的视野来探求战争和人的关系。

——摘自创作手记

一

傍晚,火车"轰隆轰隆""喊喀喊喀"地沿着京沪路由上海向南京驶行。

这是慢车,小站都停车,停车也没个准时。拥挤、嘈杂、空气混浊的三等车厢里,柳忠华和童霜威紧紧挨坐在一起。童家霆独自在车厢的另一头占了一个靠窗的座位,时而看看不远处的爸爸和舅舅,时而凝神杂乱地想着一些事情。火车的窗户被拉下了百叶扇,有的没有百叶扇的窗户,用黑布帘遮着。旅客在火车上不许开窗张望窗外。窗外,是苦难中的江南水乡。"清乡"正在继续。窗户外不让人张望,至少不是一种"皇道乐土"的气氛吧?

六月天,已经闷热得难耐。窗户被遮盖着,像闷罐车似的,使车厢里的氧气稀薄,车厢内的温度也更高,人都在出汗。高声闲谈的很少,默默吸烟的很多。三等车厢里的人,多数是离开上海被疏散回乡的穷人,或是跑单帮的小商贩。回乡的人,携老带小的不少。有个婴儿老是在哇哇哭闹,可能是妈妈奶水不足。有个白发老头儿在咳嗽吐痰,咳得叫人嗓眼儿里发痒。还有个年轻人在唱电影明星陈云裳在《木兰从军》影片中的插曲:"月亮在哪里?月亮在哪厢?……"唱得五音不全,既不成腔,又不成调。

家霆那张朝气蓬勃的脸上,又好像有阳光在上面跳跃了。他有一种飞鸟逃出囚笼、鱼儿逃出网眼的欢乐激奋心情。爸爸和舅舅一定也是这种心情。生活中常有风霜雨雪,常有乌云压顶,但一切都挡不住阳光普照。一旦乌云和风雨被阳光驱走,一切都又将变得美好起来。

他不能不再想起欧阳素心画的那幅神奇的油画来了。画上的意境老是萦绕在他心头。欧阳素心对和平、对美好理想的向往何其缥缈悠远！但美好的一切难道不能依靠百折不挠的努力去攫取吗？那不应当是缥缈悠远的东西，应当是实实在在的东西。关键只在你是否能不失望、不悲观、不怕牺牲，倔强地去进取。他遗憾不能把这想法同欧阳素心说说，这使他心里感到难受。

看着爸爸坐在那里戴了一顶舅舅早给准备下的旧巴拿马草帽，架着一副眼镜，身上穿的是一套商人的那种挺俗气的半旧纺绸大褂，花白的长胡子已经剃得精光，花白的长发也早剪成了平顶头，想起上午十点钟到十一点钟之间的事，家霆就有些兴奋，又有些后怕。

十点钟时，按照约定，家霆陪童霜威在仁济医院看病，突然陪爸爸坐三轮车到了"东方旅馆"，在三楼上的345号房间里见到了柳忠华。

是间大套间，铺着蓝色地毯，大床上叠着绸缎面子的被褥，五斗橱上安着屏风式的镜子，摆设着讲究的桌椅。房里香烟的烟气缭绕。外间一桌麻将，四个男人麻将打得起劲，嘻嘻哈哈的。童霜威和家霆到后，进了房，打牌的人好像只顾专心打麻将，不闻不问也不理睬。柳忠华把童霜威和家霆领进里边一间房中，说："外边都是自己人，掩护我们的，你们放心。"接着对童霜威说："火车中午十二点在北站开，我们早一个钟头去就行！现在，给你动动'手术'。"

他和童霜威进了盥洗室，让家霆在外边房里坐在沙发上看小报。一会儿，童霜威出来了，留蓄的长胡子已经剃光，长长的花白头发改成了平顶头。家霆笑了，说："哈哈，一点也不像了！"照照镜子，童霜威自己也笑了，对柳忠华说："哈哈，你真行！"

柳忠华笑笑说:"当年在苏州监狱里,学会了理发,这本事想不到今天还有用。"他拿一副平光眼镜给童霜威戴上,又将早已准备下的衣服拿给童霜威换上,说:"这样,真的不好认了!"

早些日子,家霆曾同舅舅柳忠华约定在善钟路附近的三友浴室见面。柳忠华定好了一个房间。家霆来,两人假作洗澡,商定了走的步骤:路线是离开上海坐火车到南京,去芜湖转往合肥。在合肥过封锁线。随身要带的衣物等,由柳忠华去采购存放。一些零碎的东西,由家霆秘密从仁安里转移出来。又约定了行期和见面的地点。

现在,看到舅舅给爸爸化了装,家霆非常高兴,问:"舅舅,一切都安排好了?"

柳忠华点头,说:"万事俱备了。"却去桌子抽屉里拿出信纸、信封来,说:"不是打算写封信玩弄一下障眼法吗?快写吧。"

家霆笑了,接过信纸,摸出笔来,胸有成竹地将同爸爸一再商量过的意思改换笔迹写在纸上,一挥而就后将信递给柳忠华说:"舅舅,您看看!"

柳忠华接过信来一看,写的是:

童府宝眷台鉴:

　　童氏父子已被请来暂住,并加优待。见字后请　台端于本月二十四日晚六点送新法币[①]现钞十五万元至霞飞路盖世宫咖啡馆见面洽谈。过时不候,不许报警,否则童氏父子生命安全将不再保证,顺颂

台安

名不具

民国三十一年六月二十一日

[①] 新法币:即伪中储券,当时汪伪发行伪钞,规定法币与伪币的兑换比率为二兑一。

柳忠华看后，笑了，将信递给童霜威看。

童霜威看了，苦笑笑，叹口气点头说："唉，不得已而为之！对付坏人不用坏办法又怎么办？"叮嘱家霆说："就这样发掉吧。"问柳忠华："二十四日，如果顺利，我们已经过封锁线了吧？"

柳忠华点头说："该已过了。"又说："这样一来，至少是起了缓兵之计的作用。他们做梦也想不到我们会在今天午后已经在开往南京的火车上了。"

柳忠华自己早化了装，穿上了蓝布长衫戴了眼镜。他让家霆也改装，拿出一只患眼疾戴的单眼罩来，叫家霆蒙住右眼，又让家霆穿上一条蓝布西裤和一件白衬衫，说："我们三人的身份：姐夫是开旧书店的老板，我算是姐夫旧书店的账房。旧书店倒闭了，回老家合肥去的。家霆就说是高中学生，因为生活困难，有肝脏病，回家乡合肥的。"他说着，从身边摸出三张身份证和三张临时通行证来，说："都是朋友帮忙弄的。上面职业，姐夫和我都填的'商'，家霆填的是'学'。姐夫这张照片还是前些年拍的，家霆交给我时，我觉得不太像，但现在姐夫胡子一剃、头发一剪，同照片还是有点像的。注意！上火车和到合肥东乡大安集之前，我同姐夫一伙，家霆单独一伙，但我们互相照顾着，不要离远。"

他想得周到、细致，使童霜威惊服、放心。看到他备下了身份证和临时通行证，童霜威更佩服他神通广大。

童霜威近半年来，度日如年，天天想离开上海，却一个月接一个月地失望。他一直在关注着世界局势和国内战况。国际上，德苏战争继续在大规模进行，德军在莫斯科附近遭到失败，苏军似乎逐渐在强大起来。在北非，德国同英国正在沙漠上激战拉锯。太平洋上，日本海军的攻势发展到了顶点，但盟国在太平洋上的退却停止了，相持阶段已经到来。在国内，一月间，日军进攻长沙，遭到挫败。二月里，美国贷给重庆五亿美元，英国也给了五千万镑借款。美国派了史迪威做蒋介石的参谋长。中国派了远征军入缅配合英军作战。三月份,敌伪报载:"渝蒋密令各战区以党政军全力进剿八路军、新四军。"消息虽未必完全可靠,但他感觉到国共摩擦确实存在而且愈演愈烈,这使他极为担忧。从年初开始,日寇在华北、冀东、晋东南大扫荡,矛头指向八路军。日寇和汪伪在苏北扫荡,苏南和浙江嘉兴、嘉善地区的清乡也在开展,锋芒是指向新四军的。《新申报》和《中华日报》上常常刊登大批国民党将领投敌参加和运的消息:二月里是骑兵第一军第一师赵瑞及第五师杨诚部在晋西投敌;四月里,山东省政府主席、三十九集团军副总司令孙良诚在鲁西南率六十九军暂三旅、特务旅全部及一批将领投敌,敌伪报纸上大吹大擂宣传了一通。但老百姓更感兴趣的是四月十八日美机轰炸了东京,"让日本人也尝尝炸弹落在本土的滋味吧!"人们暗中传告着这个消息,在愁苦的脸上露出了笑意。

童霜威想去重庆的愿望更加强烈。只是,离开上海十分困难。起初,是柳忠华联系不到走的机会。好不容易,到了五月里,一天,柳忠华突然同家霆在外滩公园见面,告诉家霆:"好了!我已经作了安排,我们一起由浙赣路走,到大后方。"

家霆喜出望外,但十分惊讶,问:"舅舅,怎么?您也走?"

"上次你不是告诉我了张洪池的事吗?这个阴险的家伙,已经找到我了。不过他看到我的情况,加上欧阳筱月的抵制,他们还不敢就贸然动手。他自己下了水,就不能肯定我同欧阳筱月混在一起到底是干什么。不过,总有危险,原来的事有别人干,我就跟你们一起去大后方,让他水中捞月去吧!"

"你走了,银娣呢?"

"她仍在欧阳家,有人会照顾她的。"

谁知,商定了走的步骤,一切就绪,偏偏五月中旬开始,日寇沿浙赣路向金华、衢州进攻,《新申报》载,畑俊六集结了六个师团兵力发动了攻势,路断了,走的计划立刻搁浅。时运蹇滞,童霜威和家霆感到极大的失望。

童霜威的日子太难过了。白昼装病,偶尔由家霆陪同去仁济医院治病,确确实实使人觉得他是个无用的废人了。方家本来势利,见他康复无望,对他更加冷淡。倘若不是有家霆同柳忠华暗中联系,给他打气,使他怀着希望,这种黯淡的日子,童霜威是过不下去的。见他像个废人,方丽清态度十分恶劣。有麻将打时,高高兴兴,去四马路香粉弄买胭脂水粉,到三马路小花园鞋店里挑选绣花鞋或者由江怀南陪着去逛公园、看申曲,也总是打扮得花枝招展、劲头十足。可是见了童霜威和家霆,总是脸拉得一尺二寸长,古古怪怪嘀嘀咕咕。一会儿说:"你的病老是不好,物价现在涨得这样,金价跳到三千五百块一两了!样样都有黑市,你叫我坐吃山空寅吃卯粮怎么办?""人家以前请你去做官,你不肯;现在你这副腔调,贴钞票人家也不要你了!你顾三不顾四害得我倒了大霉,叫我怎么办?"有一天,她干脆铁板着脸说:"你茶来伸手,饭来张口,倒是写意。告诉你,我是'没有闲钱补笊篱'的!再这样下去,我们只有离婚——拉倒!"

童霜威七窍生烟,忍耐住想:俗话说,禽有禽言,兽有兽语。我如今真是虎落平阳被犬欺了!只能装痴装聋、不声不响。只在半夜里起来活动时或夜深人静同儿子谈心时,会说:"哼!这个女人!目光浅,心术坏!好在我总是要走的。离开她,将来总得给她点教训。她一定要离婚,我就离!感情早就没有了!"

上海公共租界上的情况越来变化越大,要走,问题也越来越多。

那是在准备从浙赣路走的时期,有一天半夜,家霆同童霜威商量:"爸爸,敌伪要废除法币使用伪币了。我们动身,在沦陷区要用伪币,到了那边,又要用法币。到那时,法币已被伪币取代,市面上和手边都没有了,怎么办呢?"

童霜威点头思索着说:"只有设法藏些法币下来,以备将来过封锁线后到那边可以应急。最重要的是要将金子首饰带过去,到那边可以兑换成钱钞用。同你舅舅商量商量,看这样办是否好?"

五月初的一天,家霆同柳忠华在霞飞路一家小咖啡馆里见面。

柳忠华说:"对,最重要的是将金子首饰带过去。至于法币,封锁线附近有专做兑换生意的人。现在藏一点留着带过去用当然可以。万一就是没有,到封锁线附近再兑换也行。"柳忠华又叹息地说:"敌伪的统治越来越严了!正在搞保甲制度、推行连坐法。苏浙皖三省的清乡区里颁发了良民证,无证者不许居住,还有所谓通行证,无证的不能放行。上海也要发市民证了。这种统治一环扣一环,再不走,怕是越来越困难了,我们必须快走!"

谁也料不到,这次谈话后不多天,浙赣路忽因战争中断。一切准备都成了白费,童霜威和家霆愁得要命。

家霆上的中学,由于不愿意接受敌伪控制,撤离慈淑大楼,由一些教师出面,到大沽路找到了一些房子,办了个"养正补习学校"。这校名是国文教员戴老师取的。家霆明白这就是"养天地正气,法古今完人"的意思。校舍太少,学校采取了上下午分班制,只上半天课。家霆和余伯良都是上午上课。家霆要到内地去,不能没有一张转学证,但又不能声张被人知道,为了怕爸爸出事,甚至连余伯良面前也只好一字不漏。一天夜晚,他去到戴老师家,告诉戴老师自己要冒险去大后方,希望戴老师保守秘密给他弄一张转学证。

戴老师对那天在慈淑大楼上"最后一课"后请他题字的学生印象很好,一口答应说:"好!放心吧!不会被人知道的,我来办!"又鼓励家霆说:"有你这样爱国的学生,我高兴。我老了,战争也不知哪年才能结束。也许我们将来见不到面了。但我相信,中国人是不会做亡国奴的！抗战一定会胜利！你这样的学生，我喜欢！"

戴老师悄悄给家霆办好了转学证。家霆每天虽照常去上课，但心早飞到大后方去了，像热锅上的蚂蚁似的急躁。

听说浙赣路中断不能启行的第二天中午，仁安里看弄堂的阿三来了。他是被指定的甲长，来通知方老太太说："童家霆和方传经都是适龄男子，有担任自警团团员的义务。凡自警团团员，每天要到马路上轮值站岗两小时，让他俩今晚开始，每晚六点到八点到汉口路自警亭里站岗！"

方传经平时早出晚归，不大照面。他本来热恋共舞台唱连台本戏的一个跳"四脱舞"出名的花旦筱艳红，在外边负债累累，常向方雨荪讨钱，钱到手就光。方老太太常拿私房贴他，方丽清也给他钱用，都不够他挥霍的。他竟悄悄将客堂间里供着的一尊鎏金观音和方雨荪房里一只玉碗以及"小翠红"生前戴的一只瑞士金手表都偷出去卖了。前一向，又一直闹着要同筱艳红结婚。方雨荪不准，父子闹了好几次。一晚，在外边租了小房子同舞女居住的方雨荪早上回来，父子打闹起来。方雨荪说："你不孝、忤逆！你不要脸，是个败家子！"方传经回嘴："你呢？'老猫溜房檐，辈辈往下传'！我是学你的！"方老太太和方丽清都上来劝。最后，方雨荪算是勉强迁就，刚表示一半儿反对一半儿肯，想不到筱艳红突然去给伪中央储备银行上海分行的副经理当了三姨太。方传经失了恋，起初一些日子，像发神经似的在家里摔东西，哭闹。除了吸白面外，不吃饭，像是绝食似的。这些日子，又出去看京戏、捧坤角了，扬言："一定要娶个比筱艳红更漂亮的。"

听说要方传经和童家霆站岗，方老太太摸出一点钞票来塞给阿三，说："阿三，帮帮忙吧！'百无一用是书生'！我们家传经是大学生，还有一个也是高中生，哪会站什么岗呀！你就派别人去站吧。"

阿三嫌钱少,说:"老太太,外明不知里暗,我这甲长难做呀!你家两个少爷一定不想站岗,倒也可以。我替你代雇两个人站一站。但这点钞票太少。现在物价早晚不同,你拿得出手我还开不出口。你老太太就大方点吧!"

方老太太为了方传经,只好加钱,把阿三打发走。事后,家霆听到方丽清在同她娘嘀咕:"……以后站岗,让小赤佬自己去站,你出这笔冤枉钱干什么?他的事你我都不要管!"

家霆听了,心里难过。但也像童霜威一样,把希望寄托到去内地上,一切也就都忍受下来了。

家霆住在方家,觉得这家人家简直像一个坟场。毫无生气,使人心灵寂寞,而且容易使人产生那么多的噩梦似的感受和印象。可怜的"小娘娘"方丽明,正在筹办婚事,婚礼定在八月中秋。家霆看见"小娘娘"常常默默地在绣结婚用的枕套、拖鞋,满面愁容,有时还暗暗哭泣。听娘姨阿金和厨师傅胖子阿福在厨房里说:郑金山是罗店人,家里过去死了的老婆常常挨他拳打脚踢,别看他脸上笑眯眯,脾气臭得要命。……听到这些议论,又看到"小娘娘"办喜事有点好像在办丧事似的伤心,见她那种哀怨的逆来顺受的模样,家霆心里非常同情,只是不知怎样才能帮助她,只好闭住嘴什么也不说。

生活黯淡无光,家霆特别思念欧阳素心。满腔的愤怒与压抑,多么希望有欧阳素心在身边可以倾诉。身陷漆黑无光的环境中,又希望欧阳素心能用爱情和友谊之光给他照亮四周。欧阳素心恰似他生命中的阳光,不可缺少。香港被日军占领以后,前些时听说已经通邮,他从银娣那里,知道欧阳家里给香港去过信,只是渺无音讯。家霆有时独自到外滩江边孤独地散步,望着滔滔东去的江水静静遐想;也曾到杨秋水舅妈的坟前凭吊,看着墓碑上那两句意义深长的诗一般的镌语思索着人的生死,心事浩茫,忽然有一种解悟：一个人回忆过去可以帮助他了解人生，但一个人要度过人生却需要他向前展望。他觉得没有理由消极悲观，更没有理由颓丧彷徨。

五月底的一天，跑马厅由敌伪操纵举行了"扑灭英美人侵略大会"，正养补习学校接到通知必须去参加，师生却没有一个人愿意去的。学校里为了应付，早一天出了一个通知："五月三十一日上午，在跑马厅举行'扑灭英美人侵略大会'，该日不上课，望全校师生参加大会，早晨七时，在校门口集合整队出发。"那意思是：届时没人前去，怪不得学校。这种会，三月间，日本人和汪伪在上海跑马厅举行过一次，名曰"东亚民族大会"。当时，大汉奸陈公博、丁默村等都从南京赶来出席。会上，给日本歌功颂德，说日本"解放东亚，保卫东亚，战功彪炳，所向无敌"，又把鸦片战争以来，中国受西方殖民主义者欺负、压迫的历史用来煽动中国人反对英美。英美固然是侵略者，但说日本是中国的好朋友，爱国的中国人一听，就是强盗在骂别人是土匪了。这次的"扑灭英美人侵略大会"，当然也是换汤不换药。上午，家霆没有去学校上课，却去跑马厅附近张望，看看他们玩些什么鬼把戏。

家霆逛到国际饭店和大光明电影院之间，在人丛中徜徉，不料背后有人轻轻碰了他一下。一扭头，见是舅舅柳忠华。家霆心里高兴，见舅舅匆匆朝前走了，立刻跟上去，到了卡尔登电影院附近。

柳忠华转过身来，说："巧极了，正要找你！"

家霆见舅舅满脸喜色，问："舅舅，走的事有门路了？"

柳忠华点头，说："做好准备吧！随时就走！这次的路，是去南京转往安徽芜湖到合肥。由合肥过封锁线，步行从六安、金家寨经过颍上、阜阳到界首入河南。通过周家口、漯河、郾城、临汝到洛阳，沿陇海路入陕到西安，由宝鸡入四川。回去告诉爸爸，可以找地图看看这条路线。目前，只有这条路比较通畅、安全了。"

"具体怎么走法呢?"

"到时候再说。合肥东南乡大安集有我一个好朋友的家。我们去,可以住。他们会送我们过封锁线的。我们就说是合肥东南乡大安集的人,回乡去的。到时候,我给准备好身份证和通行证。"

家霆高兴得想拥抱舅舅,说:"大概什么时候走?"

柳忠华笑笑:"反正快了,通行证等办好就走。最要紧的是机密。"说完,拍拍家霆肩膀,说:"我走了!"又叮嘱道:"你是想看看猴子耍把戏吧? 现在不太平,经常不定点地恐怖演习,无事尽量少外出。"

这次同舅舅见面后,又过了二十天。现在,家霆终于同爸爸和舅舅上了火车,像飞鸟似的逃出牢笼了。

火车"轰隆轰隆""喊咯喊咯",车厢里一片轻轻的叽叽喳喳说话声,聊山海经的,剥花生的,吸香烟的,喂婴儿奶和抱着小孩就地撒尿的……汇成一股热腾腾、闹哄哄的气氛。苏州、无锡、常州都过了,正在向镇江去南京方向驶去。想起南京,家霆不禁带着一种深厚的感情想起了同欧阳素心到雨花台寻找妈妈墓碑那天的情景来了。光阴荏苒,那是去年夏天的事,瞬忽快一年了呢。啊,妈妈,亲爱的妈妈,您被屠杀在雨花台,如果死而有知,您现在又在敌人的铁蹄和汉奸的统治下长眠,您一定怨怒冲天,死不瞑目。想起南京,家霆眼前又出现了变得不会笑的尹二和少了一只眼睑上带着刀疤的尹嫂。想起了南京,家霆又想起了死守南京如今尸骨不知在何处的小叔军威以及死在潇湘路的"老寿星"刘三保。因此,不能不连带想起早已被日机炸死在广东坪石的金娣。啊,往事远去,梦已荒芜,如果人有灵魂,是否也会消散? 岁月在呼喊,谁又能遗忘历史和不朽?

家霆心情悲壮,人间世事难以预测,但现在,他是随同爸爸和舅舅在向一个新的天地去冲刺。爸爸,一个不满国民党的国民党员;舅舅,一个不承认自己是共产党的共产党人,他们竟在此时此地,一同结伴同行,逃离沦陷区,去到大后方。他们的道路和信仰不同,在抗日这点上,却是一致的。这就使得他们成了同行的伴侣。家霆看到爸爸在打盹,舅舅却似在深思。舅舅,在想些什么呢?

火车"轰隆轰隆""喊喀喊喀"在前进。家霆怀着一种胜利在望的喜悦,想:如果顺利,明天这时候,该到合肥了。生命真是奇妙啊,它是不那么容易被命运摧毁的!对坚强的人,对坚强的国家,对坚强的民族,都这样。

二

按照汪伪与日方签订的《汪日基本关系密约》,铁路为"中日合办",实际是由日本军管,使坐火车的人心里增加了不少不安与恐惧。

火车抵达南京是下半夜,乘客都疲惫不堪,由下关车站下车。柳忠华提着藤包和小箱子,陪着背个包袱的童霜威到下关江边,打算坐小火车到中华门外,再坐宁芜铁路的火车到芜湖。家霆提着物件远远紧跟。

南京在深夜里,像个鬼城,灯火稀少,破旧的瓦屋渗进了岁月黢黑的颜色,阴森凄凉。行人寥寥,漆黑无边,一派荒颓。先一会儿,车停和平门时,从窗缝里向外张望,童霜威想起了玄武湖和潇湘路,想起了许许多多悲伤与欢乐的往事和不在眼前的人,想起了那些难以忘却的遭遇。窗户遮挡着,车内暗,车外更黑,什么也看不清。车厢内十分闷热,哪个婴儿夜啼,哭得一直不停,做母亲的用块马粪纸板给婴儿当扇子扇风,嘴里不断发出"噢噢噢"哄孩子的声音。童霜威不禁想到过去在南京时,见玄武门附近的住户里一些夏天分娩的产妇,常用新鲜荷叶托着婴儿喂奶,也有将荷叶铺在床席中让婴儿睡在上面的。荷叶清香隔热,婴儿不生疮疖,也不哭闹。由此,忽又想到唐朝诗人韦庄的诗句:"无情最是台城柳,依旧烟笼十里堤。"想到南京在日寇汉奸蹂躏下民不聊生的地狱景况,真是沧海桑田,不胜兴废之感。

从下关车站下火车后,童霜威同柳忠华一起走着,浑身冒汗。近处没有路灯,出了车站,穿过停放人力车、摆着小食摊、小茶摊和旅客充塞的场地,走在凹凸不平的路面上,看到街边走过来几个光脊梁穿破裤乞讨的叫花子,个个蓬头垢面,三分像人,七分像鬼,蓦然又有置身阴间地狱里的感觉了。他摸了点零钱打发乞丐,同柳忠华和家霆前后拉开点距离往小火车站走去。

小火车要天亮时才有。离天亮还早,三人只好挤在许多男男女女老老少少的乘客中,在地上铺张报纸席地而坐,打着瞌睡,等待天亮。

家霆坐在童霜威身边转眼就趴在自己膝上睡着了。听着他均匀的鼾声,看到附近有一小队荷枪的日本兵走过。童霜威突然想起了明末的民族英雄郑成功。郑成功不但到过南京,抗清时还率兵攻打过南京。清兵攻陷北京的第二年,福王朱由崧在南京建立了南明王朝。当时,年轻的郑成功随父郑芝龙率兵到了南京。郑成功的父亲郑芝龙是福建人,他的母亲是日本人。但郑成功有忠君爱民保国御侮的思想。不久,他父亲郑芝龙降清,郑成功却起兵抗清。他与张煌言联合北伐,张煌言为前部,由崇明入江,攻克镇江,当时在清军统治下的父老都扶杖炷香出来欢迎,望见明朝衣冠,涕泪交下。次日,郑成功和张煌言会师瓜州,遥望石头城,聚拜明孝陵,恸哭誓师,三军都泣不成声。接着,发兵直抵南京燕子矶旁的观音门,包围南京。但中了敌人缓兵之计,未能攻下南京,反而败退海上。

　　为什么想到了郑成功呢？是因为在南京触景生情？是因为抗日的民族感情联想到了古人？是因为想起了欧阳素心的母亲也是日本人？是呀，童霜威想：人是有思想的一种奇怪的动物，郑芝龙降清，郑成功却反对父亲这样做。郑成功母亲是日本人，郑成功却是中国的民族英雄。欧阳素心是一个可爱的姑娘，她为什么要因为父亲落水或母亲是日本人就受到不公正的看待呢？这个善良的女孩子是够可怜的了！她独自跑到香港去在战火中生死未卜，倘若她活着，多么需要人来关心、爱抚她。现在，我们看来是确实能飞出牢笼了。过了封锁线，到了大后方，我应当叫家霆给她写信，让她摆脱不幸到我们身边来。

　　他内心过度兴奋，先前又在火车上打了盹，现在一点也不困倦了。头脑里颠来倒去，把昨天到现在已经想过无数遍的事又再思索起来。

　　他觉得这次脱险，一定会叫日本人影佐祯昭、晴气庆胤和汪精卫、李士群等汉奸都大吃一惊、目瞪口呆的。他决定到重庆以后，立即向记者发表谈话，谈谈脱险经过，并将沦陷区和上海的情况都向大后方的民众介绍，激发他们的抗日热情。

　　这次走，当然也会叫方丽清大吃一惊。他眼前又浮起方丽清那酷肖电影皇后胡蝶的面容，但又同时浮起方丽清发火薄情时的两眼凶光和她同江怀南打牌时嘻嘻哈哈的情景了。可恶而又无情的女人哟！如果知道我并没有被绑票，而是悄悄地到了重庆，她一定也会目瞪口呆的。她会后悔吗？她一向花钱做事都讲究"合算""不合算"，这次她又要觉得"不合算"了。这次非对付对付她！我要离婚，一定离！自从回到上海到现在离开，受她的窝囊气真受够了。这个坏女人，既不能共安乐，更不能共患难，无情无义，真是艳如桃李，心如蛇蝎！对她，我早已毫无留恋，是该同她算算总账了！

想到这里,他反倒有一种难以形容的快意。

　　人好像只有到了艰难困厄的时候才容易更深刻地认识一个人。怪不得西方有句俗话说:"富贵顺利时围在你身边转的人未必是你的朋友,只有你穷困艰难时帮助你的才是你的真朋友。"他看看柳忠华。柳忠华利用等待的机会也低着头打盹在保持精力。他觉得柳忠华应该说是个与谢元嵩截然相反的"真朋友"了。多亏他啊!在精神上,在逃离上海的安排上,都幸亏有了他的支持。童霜威想起就不禁感动。但心里不禁又捉摸:忠华在上海干了些什么呢?问他,既不便,他也未必肯说。反正,一定干的与抗日有关的事。现在,他随我到重庆,路上有了他,当然方便得多,尤其是过封锁线,如果没有他,我同家霆是没法办的。但,他到重庆去是干什么呢?当然,他一定是奉派去重庆的。从上海的敌伪报纸上看,大后方国共摩擦明争暗斗都有,事态复杂。柳忠华去到重庆,必然是离开一个艰难的环境又进入另一个艰难的环境,看到柳忠华额上的皱纹,他忽然产生出一种同情的情愫,想:他要同我一路走,也许是希望一路上出沦陷区后我能给他一些方便。是的,到内地后,我是应当尽力保护、帮助他的。

　　童霜威觉得这次飞出牢笼,像关公"过五关斩六将",重重阻难,一波平了一波又起,真不容易。现在,还只刚到南京,在未过封锁线之前,还不能说是平安无事。日本人和汪伪的特工十分厉害,谁知能不能平安到达合肥?谁知能不能顺利逃过封锁线?这样一想,心里又紧张起来。

　　边上几个旅客的身上,汗臭味和脚臭味熏人。他们也都低头或将头伏在膝盖上打瞌睡。小火车站售票处的一盏半明不灭的电灯发出昏黄的光,有卖葱油饼的小贩摆着小摊,在"当当"敲响平底铁锅叫卖,将一股葱油香散在空气中。远处江上传来江水潺潺声和船只上的哨音。看不见江上情景,可以想象得到江上停泊着不少日本驻泊长江的舰艇。童霜威一时思绪联翩,记得民国二十八年五月,孙总理灵柩由北京运到南京入葬,就是在下关飞虹码头上岸的。以后,飞虹码头就被叫作"中山码头"了。下关的江面,是中国的内河,现在听到的船只哨声、轮机声和水声,该是挂着太阳旗的日本军舰航行的声音吧?记得在战前,下关江面上,曾挤满过外国兵舰:英国的、美国的、法国的、日本的……都有过。那时,有人在小报上写过一首诗:"外国兵舰泊下关,挂的旗子东西洋,不知中国成何世,指点江山泪千行!"唉,泪千行,泪千行!好一个泪千行啊!

他记得在附近原来有过招商局的房子,是些比较高的建筑,现在已无影无踪,没有楼房,也不见像样的店铺了。都毁于战火了!不禁感慨起来。

柳忠华停止打盹了,挪过身子靠近他说:"你也打个盹吧。"

童霜威摇摇头,笑道:"不困不困!你再睡一会儿吧。"

柳忠华摸出香烟来,递一根给童霜威,两人点火吸了。烟味辛辣,此时吸了感到舒畅。童霜威看看自己身上的打扮,又看看四周环境,不禁浩叹:人生,真是奇妙!何曾想到我忽然既能逃脱虎口却又落魄到这种境地!人挤着人,同柳忠华似乎无法谈话。他只有沉默着又胡思乱想起来:过了封锁线后,给冯村打个电报,让他给我先张罗张罗,最好让他出川接我一接。这次脱险,如此艰难,到重庆后一定会引起一点轰动。经历过两年多的折腾,他对名利地位之类似乎比以前淡薄得多了,确有一腔想贡献力量来抗日报国的要求积蕴在胸间,希望到重庆后能有个职务,好安身立足。他想:如果中枢知道了我的情况,一定会体谅我的初衷,赞誉我的坚贞的。也说不明白是为什么,回顾在上海、苏州、南京被软禁的岁月,他忽然又记起了上海的老城隍庙。战前有一年,同方丽清一起到上海过年,曾一同去游老城隍庙。在大殿东首有一幢三层大厦。

三层楼上供着十殿阎罗,一张张脸都十分可怕。阎王殿正中是"天子殿"。阎罗王正中端坐,一边是手执生死簿的判官,两侧是黑白无常和牛头马面。烧香的善男信女叩头朝拜,香烟缭绕,衬得氛围更像阴间。大殿两侧有地狱各种酷刑:割舌、剜眼、锯人、用磨将人磨成血浆,上刀山,下油锅,过奈何桥……那次游城隍庙,方丽清看了吓得胆战心惊,连声念佛:"阿弥陀佛!阿弥陀佛!"他看了血淋淋、阴森森的地狱景象,心里也不是滋味。但何曾想到:日伪一手操办的特工总部七十六号是一个比这更加现实、恐怖的人间地狱。而自己竟在他们魔爪控制下受尽煎熬等于上了刀山、下了油锅、走了奈何桥。现在,用了瞒天过海、金蝉脱壳之计,有了逃脱的希望,心里真是轻松愉快。逃出地狱,经过折磨,身体比以前养尊处优时差了一些,心脏、血压一直有些问题,但并无大碍。此去巴蜀,从地狱回到人间,他想:我是可以好好再干一番事业的!

他虽闻着汗臭、脚臭,跻身在下层百姓中,身上因汗水盐渍微微痛痒,心情却是欢畅的。

不久,天蒙蒙亮了,开始要售票了。柳忠华轻轻用肘撞醒了家霆,他去挤着买了三张小火车票,同童霜威和家霆一起进站上了小火车。

小火车的路轨和车厢,比起京沪路更显得狭窄。车厢里脏乱不堪,格外闷热。汽笛一鸣,火车头喷出的浓烟和煤灰呛得人咳嗽。火车横贯南京城,向城南中华门开去。童霜威挤在人丛中,在小火车经过安仁街附近时,又想到了在潇湘路一号居住时经常听见小火车鸣叫的情景了。他见家霆正伸头在张望那片在小火车铁道旁边的棚户区。他明白,家霆此刻一定想起了尹二和庄嫂。他听家霆告诉他了尹二和庄嫂的情况。他们现在怎样了?以后会怎样?谁知道呢?

他在如烟如云的思索中,挤坐在人丛中不声不响。小火车横贯南京城到达中华门的马家山后,三人又一同匆匆下车,拉开距离夹在人群中购买宁芜铁路的火车票去安徽芜湖。

到芜湖已是下午,三人又急匆匆渡江到裕溪口,从裕溪口可以坐火车到合肥去。芜湖仍旧破落、拥挤。童霜威同家霆都想起了抗战爆发那年,八月里从南京逃避轰炸来到芜湖打算去皖南南陵县的往事。现在,市面不如当年了,因是水陆码头,客货运依然拥挤。火车站、船码头上都有荷枪站立的日本兵站岗。经过岗哨的人,都要向日本兵鞠躬。童霜威想:此时岂能逞匹夫之勇?为了顺利通过,学前面人的样,匆匆弯腰,上了轮渡。

轮渡是只破旧的小火轮。刚装了几十个中国人,忽然来了一伙全副武装的日本陆军,还牵着骡马牲口要摆渡。日本兵蛮横粗鲁,牵着骡马登上渡船后,中国人被挤到了一角。童霜威和柳忠华、家霆三人只好缩到船左侧边沿上站着。小火轮因为装了日本兵立刻开船。在宽阔的江面上摆渡,童霜威父子和柳忠华三人紧挨在一起,两边都挤着日本兵。童霜威真怕日本人开玩笑或发脾气动手将他们推下江去,只好将手牢牢拽住船舷上的铁栏,两眼也不敢张望脚下滔滔的江水。心里只想:唉,这就是可悲的亡国奴生活呀!随时随地你都有被日本兵杀死或作践的可能!随时随地你都能受侮辱、受欺凌!这是你的国土,但这国土已被日本强占,日本人才是主宰,岂不可哀?他感到家霆用手牢牢拽着他的衣襟,柳忠华又牢牢挽着家霆的臂膀,另一只手也牢牢抓紧船舷上的一根铁链,明白他们也有同感,不禁悄悄吁了一口气,想快点逃离沦陷区去参加抗战的心情更迫切了。

总算顺利地上了从裕溪口到合肥的夜车。三人在车站买了些冷烧饼冷油条充饥。上车以后,看到淮南铁路线上的夜车仍像京沪路一样,封闭着窗户,车厢里更加脏乱拥挤,非常闷热。三人总算都占到了位置,不像有些人就挤坐在中间过道的地上。童霜威掏出万金油来往额头上和鼻下抹,见周围的人也都带着万金油和八卦丹或十滴水在擦抹或服用。空气混浊极了,有个中暑发痧的人老在哼哼唧唧,还在"哇""哇"呕吐。火车在一些小站停下来的时候,可以听到有"咯咯"的蛙声震耳响成一片,连带会想到此刻外边一定有月光、清风、绿水,如果乘凉该多舒服。

火车老牛破车般驶行,有时突然停驶,一停就一两个钟点。听身边一个跑单帮的中年人讲:这条路常常遭到破坏,有时通有时不通。日本运兵车被炸过一次,铁轨也被破坏过。车内本来还有昏黄的灯光,后来干脆灯也没有了。于是车厢里和车外一样,都是黑漆抹乌。到天亮时,火车老牛般喘着气又停了,忽然有人从窗户缝隙里看到了外边浩瀚发黄的一片水色,在说:"到巢县了,已经看到巢湖了。"

巢县是冯玉祥的原籍。这个力主抗战与老蒋政见不合的国民党中常委、陆军上将、军委会副主席现在怎样了?想到了他,童霜威暗暗决定:到重庆后我要去看望他。

巢县离合肥不远。听说已到巢县,车厢里的乘客情绪活跃,打盹的都醒过来聊天了。谁知,忽然来了个脸晒得黑黑的瘦子,是个铁路上的人来吆喝:"人都下车吧!车子不到合肥了!只到巢县为止!"

柳忠华挤过去问:"车子为什么不到合肥?"

回答是:"前边路坏了!"

家霆也挤上前问:"我们票是买到合肥的,怎么办?"

"在巢县先住下吧!"

"车子什么时候能通?"有人大声问。

"问老天爷去!"那黑瘦子转身走了。

一片唉声叹气,车厢里的人都在忙着收拾东西,提着、背着物件行李下车,童霜威心里焦急:唉,真不顺利!不由得想起李白《蜀道难》中的诗句:"上有六龙回日之高标,下有冲波逆折之回川""朝避猛虎,夕避长蛇",处处有危险,事事出意外,如何得了?

他同柳忠华和家霆一起带着物件夹在乘客中出站,想找个小客栈住。车站出口处,有穿黄军衣戴着白底红字臂箍的日本宪兵把守。童霜威和柳忠华通过倒十分顺利。家霆经过,忽然被宪兵盘问扣留了。童霜威和柳忠华心里火烧火燎,远远在站外找了个隐蔽处伸颈张望。

童霜威激动地说:"糟了,怎么办呢?是不是注意到我们了?"

柳忠华心里叹气,却安慰地说:"我看,他们在大海里是捞不到我们这根针的!"

童霜威担心地说:"他会不会出事?"

柳忠华思索着说:"日本人的事,当然难说。不过,家霆有市民证和通行证,又机灵……"其实他心中也无数,怕童霜威受不了,只好安慰。

两人正谈着,见家霆通过检查,跑过来了。从他脸上看,没事了。童霜威和柳忠华心里控制不住高兴。等家霆过来了,童霜威急急地问:"怎么回事?"

家霆笑笑,说:"萝卜头发神经,大约见我年轻,要盘问一番,无事找事,说我手里提的帆布包那帆布是军用品,问是哪里来的。我回答:上海霞飞路上要多少能买多少。又问我去合肥干什么?为什么要离开上海?我说:上海疏散,让人回乡。我有肝病,回乡养病。宪佐是个中国人,翻译给鬼子宪兵听了,鬼子宪兵说:'开路开路'!"

一场虚惊,三人找了个离车站最近的小客栈住下,耐心等候。小客栈的门上贴着一副已经半旧的红纸对联,写的是:"生意兴隆通四海,财源茂盛达三江"。是市面上商家最普通的春联了,贴在小客栈上其实有点不伦不类。但火车停开,小客栈光顾的客人很多。老板是个矮老头,笑脸迎人,会做生意。向他打听铁路情况,他说:"这段路常不平靖!好在鬼子要运兵,路断了马上抢修,修好就通车。你们别急,小店价廉物美,不敲竹杠,吃住方便,你们就多住几天。"

老板说得轻松,童霜威父子和柳忠华听了却心里沉重。童霜威想:只要未过封锁线,仍是在敌伪手掌里,随时有被抓回去的可能。为什么偏偏这么不顺利呢?小客栈简陋,泥土地,矮门框,阴暗潮湿,床桌椅子都破旧。老板娘是个肥胖带笑的中年妇人,戳火捂灶,麻利地掌勺炒虾。炒的韭菜小虾,碧绿的韭菜,鲜红的巢湖小虾,配在一起色泽鲜美。三人要了一盘韭菜炒虾,外加一盘红烧串条鱼。矮子老板颤颤巍巍地用油腻的抹布来擦那肮脏的桌面,用手驱赶苍蝇。三人草草吃了点米饭,也不愿出去惹麻烦。天气晴热,只听客栈后边槐树上蝉声高唱,"知了——知了——",十分吵人。脱了外衣,都躺着休息扇扇子。

谁知,到了午间,店老板来了,说:"火车下午就通。我来告诉一声,做做准备,上车站去等着吧。"店老板是那种朴实的人,火车通了,旅客要走了,他倒不计较自己的得失,反倒替旅客高兴。

童霜威又兴奋起来。柳忠华去开了店饭钱,见住店的旅客纷纷离店到车站去了,三人仍分作前后走到站上去。早晨盘问过家霆的宪兵和宪佐已经不在,又换上了别的宪兵,却没有盘问。下午两点钟,大家又挤上原来那列火车往合肥去。

大安集,又名大兴集,在合肥的东南乡,是个小站。火车到合肥之前先经过大安集。在傍晚时,三人从大安集下车,仍旧分成先后两批走,竟意外顺利地没有遇到盘查。童霜威不禁想:日本人少,中国地大。如果在此地有个关卡,还能截住我。这里不设关卡,我就闯出华容道离自由不远了!心里有五分得意。

走在大安集上,柳忠华带头去找好朋友夏连仲。夏连仲原本是个在合肥东南乡教私塾的年轻私塾先生,在本乡很受尊敬。一打听,人都知道,指点着方向,让到夏连仲家里找他。

大安集跟江南那种蹩脚的小集镇差不多,比起苏州的枫桥镇显得贫穷、荒凉。一共只有一条开着些小店铺的正街,两边都是些低矮、苍黑、墙根长着青苔的瓦房。槐树、杨树上的鸣蝉疲乏无力地嘶叫,一些歪斜破烂的篱笆上爬满了黄瓜和豆角秧、牵牛花、藤萝。此时正是傍晚,童霜威奇怪的是看见田地里、路边空地菜园中种的全是罂粟。正是夏季花开未败的季节,通红通红婀娜多姿的罂粟花,随着轻风摇曳,绿叶中红花招展,鲜艳极了。更闻到不知谁家在熬鸦片,一股鸦片香味飘传入鼻。他明白:是敌伪推广种植鸦片的结果。由鸦片不禁想到了为发鸦片财横死的方立荪。方立荪财迷心窍,卖了国害了人,只以为有钱万事足,结果是臭名远扬送了命,死后一场空!

童霜威唏嘘地对柳忠华说:"看哪! 罂粟种得真不少啊!"

柳忠华点点头幽默地讽刺:"日本还正在宣传鸦片战争和《南京条约》是西方帝国主义使中国沦为半殖民地的开端。和尚骂贼秃,其实是一路货!"

两人向前走,家霆保持距离跟在后面,按照路人指点的地址,到了一家小酒店隔壁的一进瓦房门口,柳忠华叫童霜威在门口稍候,他进去找夏连仲。一会儿,夏连仲和柳忠华出来了,将童霜威请进去。柳忠华又向在后边路旁站着的家霆招手,三人一起到了夏连仲的住处。

童霜威打量着夏连仲,见他不到四十岁,布鞋、土布小褂裤,剃的平头,面容消瘦,体格结实。他浓眉大眼,面容开朗,说话声音很轻。住处院里,一架瓜棚,半熟的南瓜垂垂坠挂。一棵大柳树上有懒蝉拖起声音鸣叫。檐上麻雀吱吱喳喳。屋里简陋,一张木板小床铺着草席,桌椅板凳都破旧,茶具、坛坛罐罐也很粗糙。看来像个不会料理生活的独身男人的住所。他忙着从大茶壶里倒了三碗冷茶招待客人,胸有成竹地开门见山就说:"这镇上靠近铁路,来做鸦片生意的人多,出现三个陌生人并不引人注意。但住在这里到底不放心。鬼子虽不常来,伪乡长也不太问事,但便衣汉奸常来溜达。喝完了水,我马上带你们走。到我堂弟夏连季家去。那村子离此五里地,共产党的游击队和国民党的游击队现在都不去,鬼子汉奸也不去。你们到那住着,连季会带你们过封锁线的!"

见他说话有条有理,为人稳重、沉着、直爽,童霜威认为此人可以信赖,心里明白:夏连仲很可能是忠华一路的人。也不去问他,只是高兴地点头说:"好好好,费心早点带我们去吧。"他将碗里的茶水一喝而尽,心想:看来,磨难快结束了! 等会儿到了他堂弟家,过封锁线估计就无问题了。天虽热,身上早已汗臭熏人,人也疲乏,心里一兴奋,什么都不在话下了。

柳忠华和家霆也喝尽了茶水。

夏连仲看看天色,说:"你们到我堂弟那里吃东西吧。我们走!这时人都在家里吃饭,赶路也看得清。"

他拿起一卷报纸包着的东西,帮童霜威提起东西,带着三个人走出家门。

离开大安集到了田野间,水稻田里蛙声咯咯,罂粟花成片在暮色中迎风摇曳,蚊子成团扑面,天已擦黑,萤火虫飞舞在田间。夏连仲闷声不响独自领先在狭窄的田埂上向西面走,三人也跟着默默行走。

经过一个小村,房子毁了不少,不见人影,连个土地菩萨的小庙也倾塌了。有一片新坟地,一连十多个坟头,上边还有沾泥散落的白色纸钱、纸挂。

夏连仲轻声回头说:"月初鬼子突然来烧杀过一次。……"

他说得平静,大家听了心里却不平静。

天暗下来了,天上没有月亮,只有星光灿烂。大约半个多钟点,到了一户农家。屋东边有个水塘,蛙声吵人。风一过,水在夜色中一闪一闪,水面上的星星也晃动。走近前,只见有五六间茅屋在大树下。走到屋前空场地上,见场上堆着些碌碡、草垛,屋墙上粘晒着牛粪粑粑,场上有几个男女老少在乘凉。

夏连仲手搭喇叭叫了一声:"连季!"

场上光着脊梁的一个三十多岁的光头农夫站起身走来迎着说:"到了吗?"

夏连仲介绍说:"来了!三位,按我给你讲的办。先住下,弄点吃的。给,我带了挂面来了!"童霜威才知道他手里抱的纸包是挂面。这人委实周到极了,做事有板有眼,滴水不漏。

夏连仲逐一向夏连季介绍了柳忠华、童霜威和童家霆,又去亲热地招呼场上坐着的夏连季的父亲。夏连季叫他女人也来见了客人,又介绍了在场上坐着的他的老父,还有一男一女两个七八上十岁的孩子。他女人马上转身去屋里点灯烧水、打鸡蛋下挂面。

夏连仲也不多陪,同柳忠华去场上远处交谈了一会儿,不声不响就走了。柳忠华回来轻声告诉童霜威和家霆:"放心吧!到了这里,大致决无问题了。如果顺利,明晚可以过封锁线。"

三人到了茅屋里,屋里飘着潮湿的泥土味,点着棉花捻芯的小油灯。飞进来无数蚊虫、飞蛾和黑色、青色的小咬。吃了鸡蛋挂面,农家睡得早,老汉和两个孩子早去睡了。夏连季让女人也去睡了,自己去点艾草驱蚊,陪三人在堂屋里潮湿的地上铺上芦席一起睡。

童霜威忍不住问问当地的情况。夏连季不爱说话,问一句答一句,只说:"大安集鬼子让种鸦片,这里我不种!"又说:"这里鬼子汉奸不敢来!"但又叮嘱:"有个姓夏的本家名叫夏寨,人都叫他'寨子',弄到点枪支,拉起了四十多人,要打天下,声言不跟共产党,也不跟老蒋,要自己干!因为他打过鬼子杀过两个汉奸,虽有些扰民,人倒也不仇恨他。他带着手下的人有时也到这里转转。"

听夏连季说起"寨子",童霜威担心,只是没表露,心想:唉,趁早明晚离开这里,过了封锁线就安心了。他挨着家霆睡,临睡时欣慰地拍拍家霆的脑袋,似是说:睡吧,孩子!苦难即将过去,一切都要越来越顺利了。他虽没说什么,家霆却能感觉到他的情绪。

夜深人静,听得见村后那条淝水的支流水声湍急,似在与草树上的萤火、青空中的星星诉说历史上美丽而哀愁的故事,说不完也说不断。河边草丛中有水鸟的惊飞鸣叫声。蛙鼓敲得十分喧闹,此起彼落,响成一片。

夏连季打鼾,打得很响。三个人都累了,就是打雷也不会影响睡眠。只是睡到快近拂晓,忽然童霜威和家霆都被枪炮声惊醒了。

机关枪声像爆豆子,小炮的声音轰隆轰隆,天地在震动。天已经全亮了,白光在窗棂上晃跳。

童霜威翻身一骨碌坐起,惊问:"怎么回事?"他见身边只有家霆在,柳忠华和夏连季都已不在了。他连忙起身趿鞋,同爬起身来的家霆一起到门外去张望。见晨光熹微中,柳忠华同夏连季正站在场上向西北方向张望聆听。

是个晴天,日头散散淡淡的,无云,也无大风。蛙鸣未停,蝉声不绝,麻雀在草垛上逗闹翻飞,场边的一棵大槐树枝叶茂密,树干有点倾斜,远看像个平举双臂的巨人耸肩站在那里。偶尔远处有一两声稀罕的鸡叫,显得那么悠远、寂寥。牛栏、猪圈都是空空的,只有几只母鸡咕咕咯咯在场边啄食。枪炮声仍在继续传来。

一会儿,夏连季不知去忙什么了,柳忠华走过来了,脸上平静,语气中有着焦灼,说:"近一向,合肥形势紧张,鬼子运了不少兵来。本来以为要迟几天才打得起来的。现在看来,战事提前了。发生了战事,过封锁线就更危险了。日本人挖了很长很长一丈多宽的大深沟做封锁线。本来,找了人护送,打通伪军关节,可以平安过去的。一打仗,就不行了!"

童霜威叹息一声说:"唉,真是好事多磨!'行百里者半九十'啊!只以为已经'柳暗花明又一村'了,谁料到了这里又是'山穷水尽疑无路'呢?"

家霆走过来了,说:"这仗会打多久呢?会不会波及这儿呢?"

柳忠华似在思索什么,没有回答。

童霜威忧忧惶惶地说:"还是冒险走吧!万一留下来又出变故岂非前功尽弃!"

柳忠华点头说:"我再同他们商量!"

田野晒在日光下,庄稼与稗草齐生,一片碧绿。一对喜鹊从老远的树丛中飞来,又"呷呷"叫着飞走了。枪炮声仍在传来,声音不近,也不很远,叫人心里听了不安。

柳忠华告诉童霜威:"夏连季已经打算让妇女、小孩和老人去东边他丈人家避一避了。他想叫我们也去。"

童霜威沉吟着说:"我看,还是冒险过封锁线的好。我们三个人目标不小,在此人地生疏,不是土生土长,既有战事,逗留无益。"

夏连季的女人一早给煮了大米稀饭,又在锅上摊了葱花面饼,端着腌菜,上来邀大家进屋吃早饭。这是农家的上等款待,童霜威等却都吃得毫无滋味。枪炮声响一阵又停一阵,扰人心绪。苍蝇很多,嗡嗡嗡的。三人正吃着,忽然听见外边一片杂乱的脚步和说话声,堂屋门口出现了几个穿短打的人。为首的是个不到三十岁的壮汉,黑色香云纱上衣,黑布短裤,脚上一双黑皮鞋,戴顶草帽,斜挎一支盒子炮,盒子炮上拴着个长长的黄色丝穗头。后边跟着几个部下,有的攥步枪,有的提着红缨铁枪,也都戴着草帽,穿着短打,一个个横眉竖目。

童霜威心里含糊,放下粥碗。

当头的壮汉开口了,大声说:"我是'寨子'!听说来了陌生人,特来看看。"他虎着脸,杀气腾腾,瞪着人,慓悍非凡。家霆一看,马上想起了武侠小说上的刀客响马,不禁也放下了饭碗。童霜威想:糟了!遇到了地头蛇、乱世的草莽英雄,怎么打发呢?尴尬地看看柳忠华,只见柳忠华放下手里的面饼,镇静地慢慢站起身来,似要上前说话。

正在这时,夏连季在"寨子"身后出现了,带着笑脸招呼道:"啊,是寨子哥啊!快坐快坐!"他做手势请"寨子"坐,说:"连仲哥说过让我去跟你打个招呼,这不,正要去,你倒来了。我连仲哥,有封信让给你的呢!"说着,他快步从堂屋的一只旧木桌上拿起一张折叠了的纸笺递给"寨子"。

"寨子"一直脚步未动,听到夏连季说起连仲,他就未再开口说话。接过纸笺,打开一看,想了一想,忽然挥挥手对部下说:"走!"

从他语气和态度来看,既不高兴,也不反感,只是好像卖了一个面子。夏连季送"寨子"一伙走了,回身进屋来,说:"幸亏连仲想得周到,要不是留下了信,可麻烦了!"

柳忠华告诉童霜威:"这个人,想在这方圆几十里地称王称霸。他,抗日也是真的,但想打江山捞一把更重要。成则为王,败则为寇。有人约束可以成抗日的力量,听任横行,就是土匪。夏连仲正在做他的工作,他也有点含糊,今天才算卖了面子。不然,出什么事都很难说。"

童霜威心情沉重,说:"所以我认为还是越早离开越好。"

家霆也说:"是啊,一样冒险,等着遭殃,不如铤而走险。"

柳忠华望望夏连季,说:"连季,今晚走能行吗?"

夏连季点头说:"我刚才就是去打听的。留下也不安全。只是不能走老路过封锁线了,要绕道走。兜个圈子绕过封锁沟去上派河。我妻弟同我两人送你们。他路熟。傍晚启程,走一夜,明早可到上派河。兜圈子,一夜要走一百二十里,怕这位老先生——"他看看童霜威,"受不了!"

童霜威忙说:"不不不,我能走。别说一百二十里,再多点也不怕。"

走的事定下来了。天气闷热,夏连季要童霜威父子和柳忠华好好睡睡,养精蓄锐,晚上好赶路。

傍晚,他妻弟果然准时来了。这时,枪炮声仍在东北面响着。他妻弟是个短小精悍的青年,只是小时候害眼疾,落下个眼睛红肿多泪的毛病。他同夏连季二人用两副大箩筐,将所有藤包、小箱子、包袱、帆布包都放在箩筐上,上面盖点干草、牛粪粑粑,叫童霜威和家霆不要再戴眼镜了,让模样远看像乡下人。柳忠华早用树木给童霜威做了根手杖,说:"夜间行路,带着用吧。"五人一起上路。

从傍晚到天黑,夏连季和他妻弟挑担在前,童霜威和柳忠华、家霆三人紧紧跟随。走的先是田间小径,后来全是荒岭坡地了。枪炮声仍在远处隐约传来。天上没有月亮,只有繁星眨眼,蛙鸣和草丛中小虫的鸣叫声混成一片。夜风清凉,走得急促,大家仍淌着水汗。蚊虫扑面,脚下扬着尘土,偶尔还听到远处柳树和杨树上有蝉声夜鸣,叫得声嘶力竭。幸亏是赶夜路,如果白昼在阳光暴晒下这么急促地赶路,一定更加疲倦了。

走着走着,忽然家霆发现后边有个人紧紧跟着,心里吃惊,连忙告诉了舅舅和爸爸。

童霜威回头看了,说:"是个女人!"

柳忠华也看清了,确实是个披头散发的女人,光着脚,衣服破烂,模样吓人。

夏连季回头看了一眼,说:"不碍事的。她是个疯子,去年鬼子到庄上烧杀,强奸了她,后来就疯了,常东跑西走的。给她点吃的,她就不跟了。"

他妻弟停下担子,取了点干粮回头跑过去递给女疯子。黑暗中,果然见那女疯子停步不跟了。

大家心里给女疯子的事扰得不安,又继续前进。无声地走着,走着,只求安全,童霜威等不顾一切地随着夏连季和他妻弟绕开一切有敌人的、危险的地带,向上派河方向疾走。一气走了足足三十来里,在一处有树木隐蔽的地方,才停下来休息。既不说话,也不吸烟,忍受着郁闷、酷热的肃静。歇了一会儿,又重新上路。可能离战地远了,也许是战斗暂停了,枪炮声逐渐听不到了。

淡淡的乳白色的雾气,在半夜以后,笼罩游荡在林木和低洼的坡地里。天上在无声地下着露水。他们仍旧一个劲地急急赶路。脚底疼了,磨出了水泡。关节酸了,休息了一会儿再起来走路脚都麻木了。但这一切都不在话下。童霜威感到人的生命力真强,有时自己都不能估计出自己为什么有这样坚韧不拔的生存意志。从被"七十六号"绑架到后来被软禁,从决心用自杀的手段来使自己形成假瘫痪到这次脱逃,又从这次脱逃中的一次次闯过意外……回想起来,自己都是有一股民族精神在支持着已经衰老有病的身体。但终于支撑着走过来了。现在,似乎已是最后的一场冲锋了,怎么能退缩呢?柳忠华和家霆两人,一个在他前面,一个在他后面,有时拉他一把,有时扶他一下。他能感到他们手掌上的温馨与情意。他觉得凭自己的信心和决心,有力量在过封锁线时按照预定计划到达目的地。

兜来绕去,一共在途中休息过五回。厚重的露水湿了衣鞋。浑身发热,汗粘衣衫。天拂晓时,到了一个长满了灰灰菜、苇棵子的小山坡下,看到有座古墓,墓旁有几棵松树。夏连季和他妻弟放下挑子,大家又都坐下休息。

柳忠华看见家霆脱下鞋子正看脚底,脚底起了水泡,笑说:"抗战开始后,你们从安徽南陵到武汉,途中起过早,但那次听说是坐汽车。这次是长途步行,艰苦得多,吃得消吗?"

家霆笑着点头,说:"有目标、有希望,什么艰难不平的路都能走下去。这比无路可走或者不知路在何方强多了。"

柳忠华觉得他答得好,笑着点头,抚抚他的肩膀,充满爱意。

忽然,家霆发现:身旁有一条早已废弃了的战壕,长满了青草,有红锈的钢筋从布满裂隙的水泥板断裂处裸露出来,一边还有些长满青草已经塌陷的土坟堆。他说:"啊,这里打过仗!"随手拾起身边草堆里一个长满铜锈的步枪子弹壳在手里把玩。

"是呀!"柳忠华看着他手里的弹壳,用手指指左边说:"看哪,壕边还有块迫击炮弹皮呢!"

在这儿作过战的人也许早已埋在地下化作泥土了吧?也许有中国抗战的士兵,也有日本侵略军,都长眠在这荒凉的古墓旁吧?这儿虽还是沦陷区,但有时还在"拉锯",属于边缘战区,日军还没有绝对的控制权,所以现在还能使奔离沦陷区的人在这里憩歇凭吊。这使家霆欣慰。看到一些绿色幼松从旧战壕混凝土工事的缝隙里坚强地伸展出枝叶来,他觉得强悍的保卫着自己生存的那种抗争意志,在植物身上都如此,在人的身上是更加无法扼杀的。

天刚有点蒙蒙亮,曙色苍茫,四下寂静无声,草上滚动着白色晶莹的露珠,小河沟里的绿水被风吹出了花纹。有好听的小鸟叫声"吱—吱"掠过空际。残星像闭上眼睛似的消失了,东方透出一点点红光,似乎一个火球快升起来了。雾气在消散,飘荡。晨风拂面,空气里散发着树叶、野花和泥土的清香。景色并不好,童霜威却觉得此时此地风景美妙,意境更佳。他想起了那种"荷风送香气,竹露滴清响"①的意境。一夜默默,这时心情特好。

柳忠华从脸上发现了他高兴的情绪,轻声问夏连季:"连季,快

---

① 这是唐朝诗人孟浩然《夏日南亭怀辛大》的五律诗中的两句。

到了吧?"

夏连季的妻弟揉着红肿多泪的眼睛,回答:"快了!封锁沟早就绕过来了,再走十多里地就是上派河!这里已是三不管地带,日本人和汉奸是不大敢乱来逛悠的。"

家霆又在脱布鞋,发现脚下水泡破了,袜子已同脚底板上的肉粘在一起,血水沾湿了布鞋里子。他疼得咬咬牙将布鞋又穿上了脚。

天空晴爽、辽阔,渺渺茫茫。近处惊起一群吱吱喳喳的麻雀,倏忽化作一群黑点消失在蓝天远处。旭日升起来了,光灿灿的,照着一片青山绿水和野地。童霜威有着一种宽松、自慰的心境,觉得很满足、很宝贵,忽然高兴地笑了,说:"吸支烟吧!"他掏出香烟来,又分递香烟给夏连季和他妻弟,也给柳忠华一支,朗朗笑着说:"忠华、家霆!从此,日本人和汉奸抓不到我们了!"说完,既兴奋激动又欢欣鼓舞,眼眶湿了,几乎要落下泪来。他掏火柴"嚓"地点烟,深深抽了一口。

柳忠华和家霆都能体会到他的心情,也都高兴,满面是笑。

柳忠华说:"到了上派河,鬼子就拿我们没奈何了!"他也点火吸烟,吐出密密的青烟。

家霆兴奋地说:"到了上派河,好好庆祝庆祝!"

夏连季乐呵呵地笑着说:"走了一夜真够辛苦的吧?我还一直担心你们城里人走不下来呢!"他也吸着烟,吐出一朵朵淡淡的烟云,显得轻松。

过了几分钟,正打算起身再走,谁知刚起身,只见远处小山坡上迎面出现十几个穿旧灰军衣的丘八。要逃避也来不及了,但又不能立定不动。夏连季和他妻弟带头折身就走。只听见对方枪栓声"卡卡"响,有人高声吆喝:"不许动!""站住!"吼声未停,开枪了!"砰!"的一枪,子弹掠过头顶,"嘘"地留下了吓人的尾声。

夏连季放下挑子跺脚:"糟了!好像是国民党的游击队!"

十几个游击队员飞快地冲过来了,嘴里连喝带骂,步枪都攥在手上。五个人只好停步不动。

为首的"丘八"是个红脸膛的瘦高个子,像个队长,跨着大步过来厉声盘问:"干什么的?"

柳忠华反问:"你们是哪部分的?"他瞅见这些穿灰军衣的丘八,军衣破旧,军帽上都有青天白日帽徽,胸前有符号,符号上写的是"蜀山区游击大队"。

红脸膛见柳忠华气宇不凡,谈吐有点架子,含糊起来,态度和缓些了,但不甘心放掉到口的肥肉,说:"你管这干什么?反正是抗日的军队。你们从哪里来?要检查!"

他一说检查,十几个丘八已经动起手来。两个挑子里的物件全部倾倒出来,开箱拆包,翻得乱七八糟。大的衣物倒不要,牙刷、毛巾、汗衫、衬裤、奎宁丸……都塞进了口袋。

看到青天白日帽徽,听说是抗日的军队,童霜威放了三分心,又不敢全信,不愿暴露身份,心里胆寒地说:"好好好,你们需要的东西可以慰劳!可以慰劳!"身外之物,在这功亏一篑的时刻他觉得全部损失也不可惜,只要人平安就行。

柳忠华的想法相同,明知他们是想捞点油水,将红脸膛一拽,说:"抽烟!抽烟!"他摸出烟来,童霜威也摸出烟来,给十几个在"检查"的丘八都敬了烟。柳忠华同红脸膛轻轻在一边谈了起来。

一会儿,物件"检查"得差不多了,家霆见欧阳素心送给爸爸的养蝈蝈的嵌金葫芦也被一个丘八塞进上身军衣里去了,他生怕这些人又上来搜身。带作盘缠的那些欧阳的首饰都缝在他衬裤裤裆的夹层中,如果给抄出来抢去可就麻烦了!离四川还十分遥远,没有旅费可怎么去啊!

正在焦灼不安,幸好,条件谈妥了。红脸膛忽然高声吆喝:"弟兄们！这几位长官是要去四川跟着蒋委员长抗战的！不必检查了！我们抗日辛苦,三个月没关饷,他们要给点慰劳。"

"检查"停止。柳忠华已将一叠伪币加上法币,外加一只小金戒指交给了红脸膛,说:"沦陷区没有法币,我们带的也少,这点心意慰劳弟兄们,不要嫌少!"

红脸膛还虚情假意客气了一番,终于将钱和戒指都收下,带着他的手下离开。临走,招呼着说:"好吧好吧！你们走吧！对直往前,上派河不远了!"

童霜威一颗悬着的心才真正放下。五个人又急急赶路。家霆心里气恼,倒不仅是因为丢失了欧阳素心那只镶玉嵌金的小葫芦和些七零八碎的东西,更是因为第一次见到的抗日游击队竟是这副模样,使他泄气。

太阳收去了缠绕在远山前的云雾,霎时原野更山清水秀了。一个半小时后,他们到了上派河。是广西正规军队驻扎的前沿驻地。广西军队纪律尚好,胸前符号上写着不扰民的多项规定。经过检查盘问,童霜威公开了身份,顺利放行,到了镇上。

镇上有不少伤兵,是刚从与日寇交战的前线撤下来的。有的血肉模糊,有的断腿缺肢,担架搁在路边,看得出缺医少药,包扎得草草率率。没有伤兵医院收容,打算抬进老百姓家里去,当兵的正同老百姓在交涉。见到这种情况,童霜威不禁皱眉对家霆和柳忠华说:"当兵的太苦了！先前那伙地方部队虽然不好,但三个月不关饷,怪他们扰民也就不公平了!"

找了小旅店住下。夏连季和他妻弟怕战火蔓延立即告别要赶回家去,童霜威要给钱,他们坚决不收,匆匆就走了。童霜威猜得到他们跟柳忠华是一路的人,心里感激。他听到家霆兴奋地用一种诗意的语言对着他舅舅在说:"唉,我们终于跨过死亡的深渊来到生命的大陆了!"

柳忠华没有说话。童霜威却快慰地笑了。一场惊心动魄的噩梦总算过去了!

三

由于疲劳、兴奋,童霜威感到身体不适。虽然上派河离战斗地区近,柳忠华和家霆仍陪他在上派河休息了几天,然后才继续上路。

他们雇了一辆高架车装载了行李物件,全靠起早步行,日行夜宿,向前赶路。每天步行多则百把里,少则三五十里,经过六安,坐了一段木船到正阳关,又经过颍上、阜阳,走了足足一个多星期,到达了安徽与河南交界处的界首。天气炎热,三人脸也晒黑了,腿肚子走粗了,衣履也显得狼狈了。

这一路,起早步行的差不多全是凭着战争和混乱发财的商贩和烟贩。商贩们,从沦陷区贩了钢笔尖、钢笔橡皮管、孟山都糖精、拜耳西药、五金零件……往界首跑。烟贩们,乔装打扮成木工、骑自行车的单帮商人、挑担推车的小贩,随身携带鸦片,在锯子的木芯中、自行车的车架钢管内、扁担芯中、轮胎里……都巧设机关夹裹着大烟膏,也都一窝蜂地往界首跑。一路上,住小店时,有的烟贩以为童霜威、柳忠华和家霆也是贩烟土的,倒也不隐讳自己做的是烟土生意。待等知道童霜威等三人空着手上界首还要去洛阳,都替他们惋惜:"唉,有钱不赚白不赚!带点黑货赚上几个当盘缠多好,你们真是太傻了!"

据说,鸦片贩到洛阳,价钱比界首要再高一倍,贩到西安,赚得更多,倘若贩到四川,能翻几番!

界首是个有点奇特的地方,非常热闹,处在两省交界点上。沿着热闹的大街走,由安徽省走着走着就走到河南省了。它东南属安徽,西北属河南。这里属于以洛阳为中心的第一战区,司令长官是驻在洛阳的蒋鼎文。但第一战区有相当大的实权掌握在副司令长官、第三十一集团军总司令、豫鲁苏皖边区总司令兼四省边区党政分会主任委员汤恩伯手里。

界首似乎是个四通八达的地方,沪、宁、华北通过商丘、徐州、蒙城、阜阳来的客商,都汇总到这里。街两边可以看到许多小摊,叫卖着从上海贩来的日用品、香烟、杂货。也有一些店铺,卖的衣服、文具、钟表……全都是上海货,使得小小的界首畸形繁荣起来,妓院、酒馆、旅店,吃喝嫖赌俱全,商业繁荣,得到了"小上海"的美称。

童霜威、柳忠华和童家霆到达界首,正是傍晚。暑热未消,气温仍高。街边的狗都伸着舌头。天上没有一丝云彩。商业街上,茶馆里灯火辉煌,酒肉飘香,豁拳的、谈笑的,宾客满堂。旅店、客栈多数都已客满。柜台里站着些花枝招展的女人,有的在梳妆打扮,有的在搔首弄姿,招徕顾客。人把这种女人叫作"招牌"。旅店和客栈里,歌女卖唱的胡琴声音调嘹亮,哗啦哗啦的麻将声震人耳膜。说是禁娼禁赌,实际公开都有。

家霆看了,摇头说:"想不到界首这样热闹,这样升平!真有点'商女不知亡国恨,隔江犹唱后庭花'的气氛呢!"

童霜威叹口气说:"是呀,你还记得抗战爆发那年从南陵县到安庆一路的情况吗?那时,抗战气氛还浓得多。现在,仅仅不过四年多,一切好像都变了。此地的人似乎忘了抗战,想不到沦陷区老百姓的悲惨生活了!"

柳忠华的议论一直明白通俗,说:"在上海动身之前,我打听过这条路上的情况。这个第一战区,司令长官蒋鼎文讨的小老婆有八九个,刮钞票的本事很大,是个同共产党闹摩擦的专家。副司令长官汤恩伯,民国二十一年任八十九师师长在湖北黄陂一带剿共时,杀人如麻,曾用机枪屠杀过革命青年和群众两三千人。他在这里,向河南及四省边区人民抓兵、征粮、要饷。自己花天酒地,老百姓民不聊生,天灾人祸,河南人民有'水'、'旱'、'蝗'、'汤'四害并重的说法,更有老百姓干脆说:'不愿日本人来烧杀,也不愿汤恩伯来驻扎。'把他与日寇等同,民心愤激,可想而知。"

界首的小旅馆,依然保持着古风,门口悬挂着灯笼。一进门,即使客满了,老掌柜也起身迎接,点头哈腰,说明情况,执礼甚恭。三人双脚沉甸甸的都抬不动,带了高架车夫转了一圈,找不到客店可住。天已黑了。三人和高架车夫站在一家酒楼门口,拭着臭汗,束手无策。倒是围上来一些叫花子伸手乞讨,打发了,又上来,络绎不绝。

童霜威喟然叹了一口气,说:"汤恩伯之流,我也不认识。再说,看到、听到这种种情况,我更不想上门去找他们。但现在连个住处也没有,不找也不行了。我看这样吧,我们随便找一个政府机关,我来出面交涉。只要有个住处,住上一宿,明天就走,好不好?"

柳忠华思索着说:"这样也好。"

家霆用手指着南面说:"刚才我看到有个什么物资管理处,在那边。去跟他们交涉一下,好在是夏天,有间空房住打打地铺也就行了。"

童霜威实在疲劳了,刚点头说行,忽见食客云集豁拳饮宴的酒楼里有人送客。步履杂沓,送出来一个穿山东纺绸长衫挺着大肚子的矮胖子。灯光下,看到他长衫飘动,肩膀横阔,下巴上一颗黑痣上长着几根黑毛。他酒醉饭饱,一手用牙签剔牙,一手拿把折扇边走边扇。刚迈出酒楼大门,同童霜威面对面瞧个正着。见到这张熟脸,童霜威不禁"哎"了一声。

只听矮胖子也高兴地嚷了起来:"啊呀,不是童秘书长吗?真是!真是他乡遇故知了!……"他打量着童霜威,只见童霜威斜背着一顶大遮阳草帽,满面风尘,一身汗渍的衣衫,脚蹬一双旧布鞋,完全是落魄神态,边上站着的柳忠华和家霆也都同样狼狈,不禁追问:"啊呀,你们是从哪里来呀?"

童霜威此地此时见到了褚之班,觉得世事真像车轱辘转,谁能想到在此地会碰到褚之班呢?心里高兴,说:"浮云一别后,流水四年间①。往来成古今,一言难尽啊!"他给褚之班介绍柳忠华,说:"这是我的一个表弟。"又叫家霆:"快叫褚叔叔!"

家霆遵命叫了一声。他还记得抗战爆发那年,逃难到安庆,遇到褚之班在做地方法院院长,见面后连声说:"啊呀,难道中国真要注定会亡给日本了吗?令郎相貌俊秀,但不知为什么,啊呀,长得简直像日本孩子。现在,我看到许多人家的孩子都长得像日本孩子,也不知主何征兆?……"家霆对褚之班印象不好。方丽清同童霜威结婚,褚之班当时做上海地方法院院长,是介绍人。爸爸辞去中惩会委员兼秘书长和司法行政部秘书长的职务,他虽弄不清到底是怎么回事,但当时听说除了派系倾轧,就是同褚之班贪污爸爸要秉公惩处他是有关的。因此,虽然叫了一声"褚叔叔",却连笑容都露不出来。

褚之班挺着大肚子连连点头:"啊,公子这么大了!当年在安庆……"他伸出右手比了一下,"还只有这么高,现在已经是翩翩年少了!"他又回到正题上来,"秘书长,是从上海来吗?夫人呢?没有来?"

童霜威点头,说:"她没有来!我是脱险离开沦陷区到重庆抗战去的!之班,你怎么会在界首的呢?"

褚之班苦笑笑,说:"唉,谁料到我会'独在异乡为异客'呢?你

---

① 唐朝诗人韦应物《淮上喜会梁州故人》诗中有"浮云一别后,流水十年间"的诗句。此处,童霜威是风趣地将"十年间"改为"四年间"了。

们离安庆后,南京尚未失守,省府和法院就由安庆迁到了倒霉的六安,迁移过程中,工作人员流散了一大半,有的请假离职,有的不辞而别。不久,南京失守,省级机关成了混乱不堪的烂摊子,大家都逃跑寻出路。我也只好在安徽境内跑东跑西,最后光蛋一人,到了这里。官没有官,职没有职,钱没有钱。所好我是山东人,流亡的山东省政府寄食在此。安徽既然没有我的唼饭之所,我就找同乡了。如今给了我个山东省政府参议的名义,混口饭吃。"说着,摇头叹息,把话打住,说:"看来你们还没有找地方住下!请光临寒舍吧!能尽点地主之谊,是最高兴的了!"

童霜威想:天下事真有趣!我同他褚之班,不是冤家不聚首,也说不清同他到底算是好朋友还是算是对头。当年到安庆打搅了他,现在事隔四年半,到了界首,又来打搅他。一边想,一边说:"好呀好呀!我们正准备找个地方吃住呢!去你府上方便不?"

"方便!方便!"矮胖的褚之班用手指指西边大街亮着路灯的一侧,说:"就在那里,不远。去吧,去吧!见到面真是高兴。我也正想与阁下叙叙旧,听你谈谈上海情况呢!"

褚之班带路,让架子车夫推着行李物件跟随,陪童霜威父子和柳忠华一起到了他的住所。

是个中国式的小院。庭院里一些花树,都不高大。有些花盆,种了些兰草、海棠、万年红、寿星橘。檐下挂着鸟笼,里边是只八哥,见来了人,在笼里扑翅跳跃。屋里,倒给收拾得明窗净几,有个年轻标致的烫发女人,穿的月白色旗袍,瓜子脸,长得娇小玲珑,上来敬茶,又去吩咐一个十七八岁梳条油光大辫的漂亮丫头去备菜办饭。褚之班也没介绍。看模样,女人是他的家眷?童霜威暗想:褚之班家眷是在上海的呀?当年他到安庆做法院院长未带家眷,这一个准是在此地临时娶的压寨夫人了!只好装糊涂不问。褚之班叫丫头打水,童霜威和柳忠华、家霆都在院子里洗了一下。褚之班又让架子车夫将行李物件卸下搬到一间屋里,悄悄付了钱将车夫打发了,回来陪童霜威父子和柳忠华喝着水谈起话来。

童霜威简略地将自己在上海的遭遇讲了,并谈了逃出来的情况以及上海、南京的种种。

褚之班听了,有时咂嘴,有时拍腿,大为感慨,说:"过几天就是'七七'抗战五周年了!但是沿海城市全在日寇制压之下。浙赣线上一败涂地。滇缅路切断后,供应等等都很困难。这战事像一场无头官司要拖到哪年哪月,完全未可知。听你谈话,对抗战热情很高,可能你是从沦陷区来的原因。我在后方待久了,早已疲沓了。这几年,悟出了一条真禅:做人要庸碌。庸碌而无所作为是保身立命的要诀。因为凡是庸碌之辈如今一个个都很得意,升官的升官,发财的发财。什么抗战不抗战?别理会那一套!我的抗战热忱已经降到零度。有人劝我入川到重庆去,可我想:在此我还有个空头省政府参议干干,到重庆也许连这么个破饭碗也捧不到。啊呀!一动不如一静,算了!"说完,脸上消极。

听他语气低沉,童霜威情绪也受影响,点上一支香烟,身子仰在椅子上,默默望着窗台上一盆未开花的旱金莲,思绪被褚之班的话牵得很远很远,叹口气说:"之班,是呀!这里倒很繁华,但抗战气氛确实不浓。你倒介绍点这里的来龙去脉给我听听。"

褚之班说话还是喜欢"啊呀啊呀",一激动,说话时黑痣上的胡子不断抖动,摇头说:"啊呀啊呀!说不得的!这个第一战区,原先司令长官是卫立煌,调走后,蒋鼎文来接替。蒋与汤恩伯一正一副,将帅不和,争权夺利,打成一团。其实他们都是真正的嫡系。可是蒋驻洛阳,汤在叶县,已闹到不能见面的程度了。蒋贪污腐化,汤的绰号叫'汤屠夫'。你我都是学法的!学法的到此是废物,无用!汤恩伯扰民害民的事数不胜数。老百姓碰上了他正应了俗话说的'人已死得苦,偏遇盗墓人'!他拉丁、派款、征伕,军纪坏,视人命如草芥,对部下官兵也一样,可以凭喜怒随意处死。他玻璃台板下压着的座右铭是清朝胡林翼的话:'要有菩萨心肠,要有屠夫手段'。民间小孩啼哭,老百姓说:'汤屠夫来了!'小孩就不敢哭了。他杀人不用审判,动笔批上'枪决'二字就行。你说要学法的人干什么?"

听他长篇大论,滔滔不绝一口气讲了这么多,童霜威脸色都变了。柳忠华默默抽烟,用一把扇子扇风。家霆听了,心里涌起嫉恶如仇的情绪,捧起茶来一口一口地喝,仿佛要浇熄心上的火焰。

檐下笼里的八哥在叫,叫得机敏伶俐,但不悦耳。穿月白色旗袍的标致女人出来,在一张八仙桌上摆好杯盘碟筷,又闪身进里房去了。

稍停,童霜威吸着烟问:"汤恩伯的军队能打仗吗?怎么在这街上没见有伤兵?"

褚之班摇头:"好久没打什么大仗了!哪来许多伤兵?再说,界首是他们的门面,有点伤兵也关在伤兵医院里不准出来闹事的呀!汤的军队听说每个军至少吃一千五百至二千名的空额。军队欺压百姓,百姓当然反对军人。军队贪污腐化,官兵能不怕死?"

童霜威问:"汤恩伯本人在这里吗?"

褚之班摇头:"我刚才说了,他在叶县。可是他在界首有个物资管理处,名义上说是管制物资以免资敌,其实是'挂羊头卖狗肉'做投机生意,经常派心腹跑上海、徐州、开封、济南和天津,去沦陷区抢购物资,回来大发其财。有人统计过,经常有一百多辆卡车,不分昼夜,从界首开往川陕公路入川,其中当然也包括送礼的物资,到重庆去进贡。"

童霜威不明白了,说:"他这样干,沦陷区里日本人愿意吗?难道真同日本人有勾结?"

褚之班哈哈笑了,说:"啊呀,这种复杂案子交到我们手上,我们还真办不了!同日本人有没有勾结我可说不清,可是同汉奸分肥,是无问题的。他派人同张岚峰①合作,在沦陷区实行武装走私,赚的钱可吓人了。确是'窃钩者诛,窃国者侯'!"

柳忠华一直听着,沉默着,这时说:"我也早听说,也不光是这里。浙赣路战事未起之前,那边顾祝同在第三战区也是同敌伪勾结一起做生意的。这事情,本来如果是为了公,为了抗战,利用敌伪,从敌伪手中取得需要的物资,或利用敌伪达到抗战需要达到的目的,是完全应该进行的。糟糕的是:不是'天下为公',而是天下为私!这种勾结就是狼狈为奸了!"

褚之班一直未注意柳忠华,没把他放在眼里,听了这段话,忽然刮目相看,说:"啊呀!你说得对!说得对!确实就是这么回事!"

童霜威和家霆听了柳忠华的话,心里的一层窗户纸像给捅破变得豁亮了,都一起点头。童霜威怕柳忠华再多谈什么,引起褚之班注意,就又打开岔问褚之班:"把物资从这里往四川运,路上无碍吗?"

褚之班笑笑,说:"这事军统局的戴笠也插了手:水际交通统一检查权都在戴笠手里,三十一集团军运货的卡车还有谁会拦阻!汤和戴是莫逆之交!穿连裆裤的!"

童霜威将烟蒂丢入痰盂,又接上一支烟,说:"汤恩伯的事,天高皇帝远,上边不知道?"

褚之班笑笑,好像关节痛似的自己捶腿:"汤是老蒋的宠儿!既是浙江同乡,又是日本士官先后同学,惟命是听。老蒋身边的权贵,大大小小几乎都收过汤的重礼替汤说好话。汤敢为非作歹,还是因为委员长赋予了他权力。事情是明摆着的!"

童霜威心里气恼,觉得在沦陷区住了一段,回到国民政府治

---

① 张岚峰:河南柘城人,汪伪军委会委员、第一军军长。

下,这才发现:抗了几年战,政权的腐化比以前又大大前进了不知多少步了!他本来又想叹气,猛地克制住了。叹气的次数实在太多了!老是叹气干什么呢?

打油光长辫的丫头将饭菜开出来了,托盘里的菜很丰盛。烫发穿月白色旗袍的标致女人又出来张罗了一下。她俩回身走后,褚之班才在童霜威耳边轻轻一笑,说:"这两年,河南老是有灾情,从战区逃出来的人也多,贩到界首来的女人不少,有的从良,有的为娼。上天有好生之德,我是发善心做好事,在这里又缺人照顾,买了个小妾。不要见笑!蒋鼎文有八九个小老婆,我可只有这一个。哈哈,那个丫头也是我买的,你看如何?很不错吧?你是不是就带走?到重庆也好侍候你。这儿今年灾情更重,女人跌价,我在这里再买一个很方便的。"

童霜威连声"啊啊",摆手说:"不不不!"心想:你是个法官,怎么也买丫头、买小老婆?看来,抗了这几年战,你的变化也不小!

因为童霜威不喝酒,就都一起吃饭。七八个菜都是从街上酒楼菜馆里定了派伙计送来的,不外是些鸡鸭鱼肉之类。

吃饭时,童霜威说:"之班,我明天就走。"

褚之班说:"啊呀,为什么急如星火呢?留下住几天,好好叙叙。机会难得啊!"

童霜威吐着鱼刺,说:"人说归心似箭,我则去心似箭!这次脱离虎口颇不容易啊!"

褚之班说:"既来之,则安之嘛!汤恩伯在叶县办了个讲究的招待所,知名人士来了,都热情招待,馈赠厚礼,装得礼贤下士,目的是要人讲他的好话。在此地的物资管理处长,名叫韦鲁斋,是他亲信,我认识。我去给他打个招呼,他准会代表'汤屠夫'请你吃饭,甚至请你到叶县去逛一逛同汤见面,然后送上盘缠为你饯行派车将你送到洛阳或西安。那多方便!见你带了公子与寻常百姓一样起早赶路,我心里很不是味。今晚你们好好睡一觉,这事明天交给我办就是了!"说着,给大家搛菜。

听他这样说,童霜威心情激荡开来了。本来,未始不想公开身份,找找熟人,弄辆汽车上路,既快又稳,自己身体又不太好,比在酷暑天气里步行起早要舒适迅速得多。但听了刚才褚之班的一番谈话,心里对汤恩伯之流十分反感,觉得再上门去找他未免可耻,甚至自己又有了一种新的想法:脱离大后方已久,在沦陷区里,一直闭塞。现在既要到重庆参加抗战,理应多看多听多了解。在这一路上,与柳忠华和家霆做伴,广广见闻,亲眼看看,亲耳听听,未始不是好事,何必去乞求汤恩伯之流给一杯羹?因此,对柳忠华说:"忠华,我想,还是不找他们派车送的好。你说呢?"

柳忠华放下汤匙,连连点头,说:"对对对,不去麻烦他们的好。这一路,虽然艰苦,我们和家霆看看,都有好处。"

家霆吃着饭也说:"我也愿意走走。"他这一路上已经走出滋味来了,觉得人生行万里路也像读许多本无字的书,听褚之班讲了汤恩伯的种种,完全能理解和尊重爸爸的心情。

褚之班是了解童霜威脾气的,看童霜威的表情和语气,又听了柳忠华和家霆的话,明白童霜威是不会让他找韦鲁斋的了,不等童霜威开口,尴尬地笑着说:"秘书长,我是一片好心!大热天,从此地去洛阳,足足七百里。他们俩年轻,你哪能经得起折腾。再说,从去年到今年,大水大旱,蝗虫为害,灾歉之年,战争又加重了天灾人祸,老百姓倒了穷霉,路上也不太平。我们学法的人容易清高,其实众人皆醉,惟我独醒又何济于事?你若是不吃他们的饭,不去叶县,我都可以跟韦鲁斋打招呼。可是,汽车,叫他们派一辆,那又有什么?"说完,又动筷给三人搛菜。他是吃过晚饭喝过酒的。陪着吃饭,目的就是给大家敬菜。

童霜威明白褚之班确是好意,心里也深受感动,诚恳地说:"之班,不必了!我还是一路看看听听的好。我到重庆,人家一定要问我一路上的观感,得便我倒想谈谈亲耳所听、亲眼所见。"他看看柳忠华和家霆又说:"路上,好在有他俩照应,不会成问题的。我把此行当作一次考察,机会难得。我决心已下,今天打扰一夜,明晨就走!"

褚之班看着童霜威那张被太阳晒得黝黑发红的脸,又看看他花白的头发和胡髭,听了童霜威的话,他觉得童霜威身上有了些变化。是什么变化?还辨别不出,但确实是一种变化。他似乎颇有触动,一时竟无言对答。最后,才十分恳切地说:"唉,暑热袭人,你也上了年岁,身体又有病,那,无论如何,也该在我这里休息几天再走!人生难得这样的重逢,也许今后就是'明日隔山岳,世事两茫茫'了!"

四

在界首休息了五六天。离开界首,童霜威、柳忠华和家霆三人,仍雇了辆高架车拉物件,起早步行,千辛万苦,一个多星期后,终于在夜晚到达离洛阳七十里的彭婆镇,住进了一个兼卖甜面条和咸面条的小客店。

所谓甜面条,是白水煮面条;所谓咸面条,是白水面条里加点盐加几滴油。

彭婆镇是个穷苦落后的小镇。一条破旧的街道又窄又小,房屋破旧,没有什么市面。夜里黑灯瞎火,有些人家点的油灯像鬼火。小客店是一对黑瘦的中年夫妇开的,前边半间搭个小席棚卖面,后面有几间用高粱秸子隔开的小屋,供人住宿。也没有个床,只在地上铺上篾席给人睡。小木窗棂上糊的报纸黄旧破烂,高粱秸的顶篷上挂着黑色的蛛网尘串,墙角砖缝里有时还出现可怕的翘起尾巴的蝎子。

三个人都累得腿酸背疼。童霜威上了年岁,身体又不好,格外觉得劳累。在彭婆镇找到这家小店住下以后,吃了一碗咸面条,觉得浑身像散了骨架,弄点水洗一洗,就躺在高粱席上休息了。柳忠华走过来摸摸他的额头,觉得没有热度,才放心了,坐着陪童霜威,让童霜威好好睡一觉。家霆在外边同架子车夫算账:本来讲好是到洛阳的,听说洛阳常有日机空袭,不准备进城住。童霜威累了,打算在彭婆镇住两天休息休息再赶路。家霆为人厚道,虽然不去洛阳了,仍照原来讲定的价钱付给了架子车夫。车夫当然满意。

这一个多星期步行起早,走烂了好几双草鞋,有想象不到的艰难困苦,也有想象不到的危险。不走不知道,走了这一程才知褚之班的劝告确有道理。童霜威无论如何想象不到"水、旱、蝗、汤"四灾竟会将这本来古今闻名的中原大地糟踏成这样可怕的人间地狱,以致到了离洛阳不远的彭婆镇,想起一个多星期来的经历,心头仍感到战颤,疼痛。

他们离开界首后,向西北走。雇着一辆高架车拉着行李物件。架子车夫,是个慓悍的汉子,黑脸上皱起核桃壳似的皮。他套着车袢,用两只紫铜般的胳膊拉着高架车。他光着脊梁,只穿一条脏得发了黑的白短裤,汗流浃背地迈着大步。他们由架子车夫带路,步行到周家口,又由周家口向西到漯河市。从漯河市过铁路线到郾城,然后向西北经安沟、襄城、郏县到临汝,由临汝又来到彭婆镇。

烈日当空,火辣辣的,地皮像给烧灼着。

在从界首到周家口的路上,行人不少,多数是逃荒要饭的和商贩。日寇打到了河南,烧杀奸淫,离战区近的地方,田地早已荒芜,百姓都向河南西南流亡逃难。去年河南大旱,今年旱情更重,农夫已经无法生存,大批逃荒出外。逃荒的人携家带口,男的头扎黑污羊肚巾,挑着些破烂物件或挑着小孩,衣衫褴褛地离开家乡,盲目地流浪,一户户聚着、蹲着,端着黑碗,一路乞讨。看到灾民饥饿飘零的可怜景象,叫人心酸。

正逢最炎热的暑天,日头毒辣辣,公路上灼热的尘土飞扬,公路两边种的高粱、玉米和粟子缺水,都卷着叶片,稀稀疏疏,萎瘪矮小,长得像癫痢头似的。原来该是青纱帐起满目碧绿的景色,如今,高粱和玉米连不了片成不了"帐",只看到迷漫浑黄的土地上,疏落地点缀着绿色。

童霜威问一个挑着破棉絮、铁锅和小孩又带着女人逃荒的青年农夫:"是哪里的?"

"杞县的。"

"家乡不能待吗?"

他摇头:"地老天荒,要有一点活路也不能出来逃荒啊!"

"打算去哪里?"

那青年骨架大肌肉瘦,一看是饿成这样的,瓮声瓮气地回答:"哪里能活命就去哪里!"

"家有老人吗?"

"有!年岁大了,没法出来逃荒,少锅断顿的,只能留下等死了。"

血泪的话,童霜威心酸,只能让家霆掏些钱给他。

烈日当空,白热的太阳太炽烈了,反而显得混浊不清。公路和大车路上也没个遮荫的地方。偶尔有搭着草棚卖小米稀饭和大米稀饭的摊子。苍蝇嗡嗡地乱打转。所谓稀饭,只是稀薄的糊涂汤,很少米粒,价钱还贵得很。童霜威和柳忠华、家霆带着架子车夫就靠喝点这种稀饭充饥解渴。

日行夜宿,第二天到达周家口附近,忽然听见一片窸窸窣窣的怪声。张眼看时,三个人都惊呆了,只见公路上黑压压拥过来无边无际海浪似的大片蝗蝻。这种飞蝗的幼虫,青黄色,有淡黑的花纹,还没长成翅膀,会爬会跳,倾轧拥挤着,有三四寸厚,漫地都是,足足有二三里地面积,流水一般向东北面爬行,看了叫人汗毛直竖。可怕的情景,真是见所未见。

童霜威叹息了:"日寇还在肆虐,再加上这样的天灾如何得了?"

蝗蝻占了公路,童霜威等三人和架子车夫避也避不开了,只好迎着蝗蝻在公路上向前走。柳忠华和家霆走在公路上有意拼命用脚去踩蝗蝻,一脚下去,起码踩死十几只,但你踩你的,它爬它的。踩不尽杀不完。约摸十几分钟,那群黑压压绿浪似的蝗蝻,一起过了公路到两侧地里去了。只听到"窸窸窣窣"的声音,蝗蝻都在嚼食庄稼,地里种的那点本来萎瘪矮小的高粱、玉米和小米,转眼间七歪八倒,绿叶都被啃得精光。蝗蝻虽小,吃不饱似的蜂拥着又边吃边向前蔓延过去。迎着蝗蝻刚才来的方向朝前走,只见路的两侧,庄稼像收割过似的一片精光。

家霆扶着心在战栗的童霜威向前走。柳忠华同那架子车夫正在边走边谈。架子车夫平时看上去不声不响,似乎对什么都不关心。其实不然。他说:"去年,就大旱了,也闹蝗虫。飞蝗成片飞来时,天都被遮黑了,声音嘶嘶嘶哗哗哗,像落大雨似的,可骇人了!庄稼被蝗虫啃光了,许多人家就逮了蝗虫放在锅里炒熟了充饥。可是军粮还是照样征收。当兵的也吃不饱,有些兵像匪一样。上头还让百姓自带粮食工具去周家口到开封之间挖深沟工程提防鬼子来。为挖深沟,民房拆了好多,祖坟也给扒了!其实那深沟并没什么用,百姓心里的怨恨呀,就没法说了!今年又旱,春天从周家口到漯河的大道两边,隔不了多远,就能看到几具尸首,都是饿死的,也没人收敛,全叫野狗啃了!那个惨呀!说了也叫人掉泪,死了多少人谁也说不清。"说着,他显得很生气,额上凸起青筋,黑脸都涨红了。

童霜威听了,闷闷无言,浑身是汗,脚下迈着步,心里因感慨想赋首诗。情绪不对,搜索枯肠,怎么也做不出诗,只是反复边走边吟起唐诗来:"世乱同南去,时清独北还。他乡生白发,旧国见青山。晓月过残垒,繁星宿故关。寒禽与衰草,处处伴愁颜。"

唐代诗人司空曙的这首五律,虽然写的是寒冬,现在正是酷暑盛夏,但童霜威觉得心情与感触以及心境都与诗中相似。只有吟着诗时,他觉得还能发泄心中的痛苦。

铁路线上的漯河,在河南省大灾之年,依然灯火辉煌一片升平。路灯光线黯淡,如蒙云罩雾,但酒楼上电灯明亮,猜拳敬酒,胡琴声嘹亮,女招待、歌女、红绿满眼,梳妆打扮;旅馆里牌九、麻将聚赌,妓女进出,数量惊人。漯河是个市,比界首更繁华。找家小客店住了,茶房马上来问:"要不要女人过夜,最漂亮的大姑娘一夜只要八十元。"柳忠华回绝了他。童霜威等三人带那架子车夫一起上街,到小馆店里炒菜吃了一顿馍馍。

架子车夫提醒说:"从这再往西北去,灾情重,一路上可能买不到吃的,要买些馍带着上路当干粮吃。"

柳忠华问:"火一样热的天,买了馍就馊了,怎么带呢?"

架子车夫笑了,说:"买点麻绳,把馍一个个串上,斜背在身上起早,不容易馊,路上要吃掰一个下来就是。"

家霆依他的话,同柳忠华一起在馆店里买了六十多个馍。馆店门口卖馍的地方,防备灾民抢食,馍上都罩着网子。两人将馍馍用细麻绳分串成三串。三人各背了二十多个馍,很像《西游记》里沙和尚挂的那串骷髅念珠。

小客店隔壁是家小铁匠店,一盘炉子,一台铁砧,一个白胡子老汉带着个十四五岁的瘦弱徒工给人家的马挂掌,叮叮当当敲打,夜里敲到半宿,黎明又敲打起来。听到铁锤打在砧上的声音,叫人心情沉重。加上蚊虫太多,客店里牌声和人声嘈杂,大家一夜都没睡好。

第二天一早,出发向西北行。太阳还未升起,三人同架子车夫一起,走出漯河市郊。见路边挂着个"军警督察处"的牌子,有张办公桌,两个当兵的坐着收钱,十几个荷枪的士兵站在一旁。一群客商和起早的行人,正拥在桌前交钱办手续。

架子车夫指指拥着人的地方说:"去缴钱吧!缴钱他们可以派兵护送。这一路,我不熟,听说不甚太平,常有打闷棍和抢劫的。"

童霜威听了,倒有点担心了,说:"忠华,去缴钱吧!有兵护送总好一些。"

家霆拔腿说:"我去办!"他径直跑到桌前,付了四个人的保护费。大家就在一边同那伙等候的人一起等待。

大约过了半个多钟点。火辣辣的太阳升起了,干旱的地面上沐着红光像着了火。懒洋洋走来六个军衣不整懒懒散散荷枪的士兵,由一个班长似的人带领,大声吆喝:"走啰!走啰!"说着,大批等着护送的男男女女约摸有五六十人,一窝蜂地跟着动身了。六个荷枪的士兵开路先锋似的同大伙一起走着,倒真有个护送的模样。

漯河往西北,大道两侧树上的树皮早被剥光。树多数全枯死了,枝杆有的也都砍断了。远处的垂杨柳,也被攀光了新枝,只剩下了粗脖子的秃树干。高粱、玉米长得虽不好,倒已形成了稀稀疏疏的青纱帐,这是由于边上有条刚干涸的小河的原因吧?在青纱帐中的大车道上行走了不过十几分钟,被护送的五六十人,走得快的在前边,走得慢的已经落后很远。童霜威父子和柳忠华带着架子车夫走得不快也不慢,发现那护送的六个兵士已经不见踪影。估计是钻进青纱帐里打回票了!护送实际是个骗局,各人仍旧只好各走各的。

天上烈日熏人,一丝风也没有,空气像要燃烧,人热得难受。公路上尘土飞扬,印满车辘辘印,路边的高粱、玉米叶子,有的卷着,有的垂着头。人在阳光下走,头里昏昏沉沉。忽然,前边远处听到有一个女人的声音在撕肝裂肺地哀嚎:"救命!救命!"

童霜威一惊,立定了脚步。

家霆上前站到爸爸身边,说:"有人叫救命!"

柳忠华和架子车夫也停下脚步,侧耳细听,叫救命的呼喊声消失了。后边有些步行的人也听到了救命声,匆匆走上来了。大家合计着往不往前走?走,有危险;不走,怎么办?终于,还是往前走了,心里是战战兢兢的。刚才,一声女人凄厉的求救声太可怕了!

走着走着,在青纱帐里绕了大约一刻钟,见路边歪倒着一辆空独轮车,车旁两摊鲜血,虽然太阳暴晒,血迹还很新鲜,但边上没有尸体。

架子车夫龇着牙说:"有人打闷棍!尸体准拖进青纱帐里去了。"

天虽热,听到他的话,看到两摊鲜血,使人心里发寒。大家只有快步赶路,想早点离开这种地段。

满天看不见云彩,太阳晒得草打蔫,树上残剩的一点叶子打着卷。又走了约摸一会儿,道路两旁的青纱帐没有了。一片严重的旱灾情景。土地龟裂,裂纹有一指宽,水沟、土井都干涸着。路边,陆续看到死尸:一个是白发老太婆,裸着身子脸朝下伏倒在地,干瘪枯瘦;一个是男人,破衣烂衫,有只红了眼的瘦黑狗正在啮食尸体的胸脯。苍蝇嗡嗡乱飞。

整个空间闷热得像刚烧过一场天火,汗流浃背,嗓眼里冒火,嘴唇绽血。天太热,斜挂在身上的馍,贴近胸背的部分都被汗浸湿了,要经常将馍转动着换换方向,外边的朝里,里边的朝外。早饭、中饭都是将馍从麻绳上掰下,一边走一边啃。在漯河装的水壶,到下午水就喝光了,口干舌燥,四肢酸懒。一路上,既没有卖水的也没有卖吃的。原野死寂,被旱魔摧残得毫无生气。烈日暴晒,四外荒凉。大地好像一具躺卧着的骷髅,用哀戚的神态,敞着焦干的胸骨,向残酷无情的天空哀诉,祈求降下甘霖。

家霆见爸爸嘴渴得厉害,瞥见路边不远处有些农舍,像个小村庄。拿了水壶想去讨点水喝。跑进村里,不见狗吠,不闻鸡啼,看不到牲畜,只见人去屋空,一盘大石磨倾斜在地,乱石垒的墙崩坍龟裂,麦秸苫的门楼斑驳脱落。户户的门和窗洞都用土坯封住,一片死寂,一个人影也没有。估计人早逃荒走了。一棵老榆树剥光了树皮,树下,隆起无数新坟,有的已被野狗扒开,露出了破衣襟和人发。还有白碜碜的骨骼,叮满了苍蝇。村庄像被一只无形的巨掌、被一场未放枪炮的战争毁灭了,像一片不生草木的沙漠和废墟。

屋左有个土井,家霆跑过去趴在井沿上张望,水已干到井底,只得空手回来。

走在烈日下,看到旱魔肆虐,家霆心里烦躁,真希望天能亮起闪电,劈开晴空,突降暴雨。当然是妄想,天上一丝风也没有,热得随时能叫人窒息。童霜威由家霆和柳忠华搀扶,忍着干渴和疲劳,坚持赶路,好不容易,傍晚到了一个名叫茨沟的小地方,找店住宿。

茨沟的街上有人在卖吃的。一个小摊,卖的是榆皮面蒸馍,每斤十五元;柿糠面蒸馍,每斤十元;兰草根蒸馍,每斤九元;麻糁饼,每斤八元;棉子饼,每斤七元。另外,还罗列着韭菜根、花生壳、柿蒂、蔗皮、枣核、红薯秧……另一个小摊卖的是肉冻、凉粉块一样的东西。家霆上去看看,架子车夫轻轻用手拽了他一把,家霆就不再看了。离开那摊子后,架子车夫说:"可吃不得!如今,听人说,这一带人肉也吃了!这种肉冻里边就有人吃出带指甲和阴毛的肉丁!"

家霆不敢相信地瞪大眼睛:"吃人肉?"

"是啊!"架子车夫叹口气说,"发生不少了啊!连杀亲生女儿吃的都有了啊!"

家霆不禁感到眼面前看到的真是一幅人间地狱的惨景!一时什么话也说不出来了。

茨沟有许多鸠形鹄面逃荒的难民,正在村口卖儿鬻女。一个这么热的天还带着破棉袄的挑担男人,将个脱得精光瘦得像干柴的五六岁小男孩,头上插着稻草放在筐里,用手背拭着泪叫卖:"行行好吧,积个德!买个男孩吧!"一对中年夫妇浮肿得眼睛成了一条线,带着个十多岁的打辫子的黄瘦姑娘跪在道旁。姑娘闭眼蜷蜷着,头上插着草,见到家霆、柳忠华和童霜威斜背着一串馍,那男的高叫:"十二个馍换个大姑娘!……"还有一个男的,瘦枯得也分不清他是中年还是青年了,抱着个三四岁的女孩,头上也插着草,伸出一双枯枝一样的手,哽咽着竞争似的高叫:"十个馍!俺这个只要十个馍!老天爷要收人!没法活命,只好卖亲生骨肉啦!"叫着,泪水从干枯的眼眶里流出来。这些卖儿卖女的人都穿得破破烂烂,衣服落满尘土,灰黑色的脸上布满凄苦,眼里洋溢乞求哀告的神色。

童霜威看着那些耷拉着头蹲在墙角衣衫褴褛卖儿卖女的灾民,不禁泣下,连连摇头说:"我没有想到!我没有想到!"叹气说:"唉,日寇封锁了海口,切断了铁路,不然,救济粮总会快些运到的!可叹的是一个四万万五千万人口的大国,有自己的政府,可是政府给百姓干的事也太少了!如果不是亲眼见到,怎么能够想象?这还怎么抗战?"

柳忠华和家霆将身上的馍取了一些下来,分给三处卖儿女的一处两个。童霜威也取下身上的馍给每一处加上一个,说:"能不卖就尽量别把儿女卖了吧!"

那些卖儿卖女的虽然千恩万谢,但这点馍馍能解决什么问题呢?

家霆心里难过,说:"早知此地这样,多带些馍来就好了!"说这话时,他不禁想到了欧阳素心。欧阳在上海时,常带了零钱在霞飞路上走。一路遇到乞丐就施舍,直到把钱给完才独自踽踽走回家来。倘若在这里,见到这么多灾民,她怎么办?想到这些,家霆心里酸楚,觉得自己不像这些在饥饿水火中的灾民,固然幸运。但光是幸运不能救他们一救有什么用呢?这种幸运有什么意思呢?

他正在想,听到舅舅柳忠华用一种少有的激动语气在回答他刚才的话,说:"靠你一个人的力量救不了他们!靠给他们一点馍吃也救不了他们。"

家霆真诚地看着舅舅说:"是呀,我也懂。人,太不平等了!但怎么办呢?"

柳忠华轻声地抑制住激动:"当然不反对做好事。但根本的办法是让广大老百姓有饭吃。让广大老百姓有力量来救灾,来抗战!抗住天灾!消灭人祸!"他对着家霆雄辩地说:"在共产党领导的区域里,也不是没有天灾,但那里没有人祸,天灾不会严重到这种地步。这里的问题完全是由于既有天灾,更有人祸造成的。归根结底,政治太腐败了,处处使人感到它不是好好在抗战,它是在践踏百姓!天灾人祸使人民活不下去,抗战也只能大受损失。"他是很少有过这么激动的。说这番话时,两眼像要冒火。

他话声虽轻,童霜威还是听清了,长叹了一声。

家霆引起了思索。其实这些日子路上的见闻,他自己是应当得出同样结论来的。现在舅舅挑明了,就更感到确实是这样。他十分泄气,看看爸爸,见童霜威也皱着眉头。他不禁想:历尽艰险,千里迢迢,跑到大后方,一片热心热情换得的却是看到了这些不能忍受的惨绝人寰的黑暗景象。如果当初听了舅舅的劝告到淮北、苏北去,一定不会见到这种情况的。可是,现在,想这些多不现实,到四川还很远,只好再走着往下瞧了。

夜里,在一家肮脏的小客栈里过夜。客栈门口,有几个面黄肌瘦的人,脸像骷髅,手捧饭碗,装的是花生壳,一面不断咀嚼一面艰难地伸颈下咽。一双双像从地狱里出来的鬼魂的眼睛,发出渗淡的绿光,好像生命之灯行将熄灭。童霜威让家霆和柳忠华拿些钱给这几个人要他们去买些柿糠面蒸馍一类的东西吃。客栈里的墙是纸糊的竹榻子。隔房住的是两个奸商模样的胖子。夜里,招了两个用红绿头绳拴大长辫子的姑娘陪睡,什么声音都听得清清楚楚。月光极好,从纸糊窗格扇上洒落进房里来,斑斑驳驳,正如家霆烦乱伤痛的心。他发现,不但自己一夜未睡好,连爸爸和舅舅也是一样没能睡好。太像生活在十八层地狱中了。

第二天一早,又继续赶路,人困顿得懒洋洋的。一路上,始终没有见到过那种"哞哞"牛叫、"喔喔"鸡啼、炊烟升起的农村景象。赤地千里,一片荒原。大地上到处呈现着伤痕。卖灾民吃的那种"粮食"的小商贩不少,卖儿卖女和乞讨的难民极多。童霜威叫家霆将各种"粮食"都买一点做样品带着,说:"唉,我一到重庆,就要向中枢反映,为灾区难民呼吁,让中央知道这里灾情的严重。"

太阳如火,空气灼人。道路两旁,稀疏矮小的庄稼又出现了,但大片经过飞蝗啮食,只留下了茎秆。有的茎秆上还爬着未曾飞走的蝗虫,一片凄凉景象。

以后,一连两三天,在途中都见到过赤身裸体的死人,也弄不清是饿死后被人剥去衣服的,还是打闷棍打死后被人抢得精光的。童霜威、柳忠华和家霆带着架子车夫清晨不敢早走,傍晚早早找地方住下,以免出事。挂在身上的馍馍,早已干裂发酸,但一路上无处可以买到吃的,大家就凑合着啃干馍起早穿过死亡区,精疲力尽地,一天又一天地走到了离洛阳六十里的彭婆镇。

在彭婆镇睡了一夜，架子车夫一早就走了。童霜威感到消除了一些疲乏，柳忠华和家霆觉得彭婆镇的情况尚好，吃的不成问题，劝他再休息两天，多睡睡。三人商量了一下，决定由柳忠华和家霆去洛阳城里走一次。柳忠华是想去看看情况、找找熟人，打听一下从洛阳到西安怎么走法。家霆主要是去洛阳找银楼店出卖一些金首饰，换些现钞用，顺便也到洛阳看看。他们三人从合肥大安集过封锁线到达上派河后，在上派河的旅店里，柳忠华找做生意的人用伪钞兑到了一些法币，又出卖了一只五钱重的金戒指。到阜阳时，家霆也给一路同行的商贩买去过一只四钱重的金戒指。但一路上，钱已快用完了，估计洛阳一定有银楼，所以家霆带上欧阳素心的一对金镯和一个金锁片，同舅舅一起去洛阳。

　　两人换上了体面的衣服。柳忠华穿了条派力司西裤，白衬衫；家霆穿了哔叽藏青西裤，天蓝府绸衬衫。通过客店老板向人借了一辆自行车，付了押金和租费，柳忠华骑着车带着家霆上了路。

　　从彭婆镇向北沿公路走了约摸十几里，沿着淙淙南去的伊水走，看到了龙门，看到了公路边上出名的龙门石窟。虽然天旱，占着在水边的光，公路边上高大的合欢树正开着鲜艳的须状红花。这里山清水秀，伊水波光粼粼，滔滔流淌在两山之间。抬头西望，密密麻麻大大小小的洞窟和佛像、雕像布满山崖，还有宝塔，壮观极了。

　　多么巨大的石窟群呀！上千的洞窟，几万尊佛像，洋洋大观，家霆何曾见过，不禁唏嘘地"啊"了一声。

　　柳忠华停下自行车，家霆从后座上跳了下来，一起抬脸欣赏。

　　柳忠华拭着汗说："家霆，这就是北魏到唐朝用了四百多年才雕成的龙门石窟艺术珍宝。不能不看一看！爬上去太费时间，向前走一走站着远远地浏览一下吧。"

　　家霆十分兴奋："好，舅舅，我真想看一看呢！"

阳光白花花的,汗出得不停,热风吹到脸上、手臂上、皮肤上火辣辣地疼痛。他们离开公路走了一段仰首观望,仿佛看到了光怪陆离的古代社会。一尊高大的卢舍那,比一层楼还高,目光爱抚,温雅敦厚,微微含笑,庄严而又智慧;一尊托塔天王的石像,威武持重,脚下踏了一个丑态百出的小鬼;一个刚强勇猛的力士像,怒目横生,握拳推掌,似要搏斗;一个释迦牟尼的座像,长耳垂肩,高髻俊鼻,华丽端庄,左手屈着三个指头,食指朝下,右手并拢五指,若有所思。但有的佛像已经残缺不全,有的缺了脑袋,有的只剩底盘。

家霆不禁说:"破坏得太厉害了!真可惜!"

柳忠华说:"从很早开始,有些外国冒险家就勾结中国奸商盗窃中国的文化珍宝了。英国、美国的博物馆里都有不少中国的瑰宝。这里看得出也是被偷盗过的。中国人自己保管不住自己的珍宝,这是为什么?你想过没有?"

家霆眼光严峻,说:"败家子当了家,家也就败了!"说这话时,他不但觉得这个国家当政的是些败家子,而且忽然想起了仁安里方家的那个戏迷表哥方传经了。

柳忠华语气变得深沉,说:"你现在应当有所了解了!你的妈妈柳苇,就是因为看到这个国家是被败家子当家,所以她才要革命的。甚至为此献出了她的生命。现在,国共是在合作抗日,只是他们无时无刻不在算计共产党。这河南,反共就很厉害。因为中原地带处于四战之区,豫北、鲁西、鲁南是八路军的根据地,淮南、苏北、豫南、鄂东是新四军的根据地。共产党抗日的地区正在发展,不好好抗日的顽固派反倒一心想对共产党下毒手。据我所知,八路军驻洛阳办事处已被蒋鼎文、汤恩伯之流查封,他们还逮捕了不少共产党人和进步人士。这样做,当然是秉承上边的旨意。这对抗日有利吗?他们在干些什么?你现在可以得到答案了吧?"

家霆思索着,看着龙门石窟的那些石佛,叹息说:"我看,就是爸爸,他也得到答案了!我觉得他感到疲劳,主要是精神、思想上的疲劳。"

柳忠华点点头,表示同意家霆说的,指着那尊大释迦牟尼像问:"家霆,你知道那个释迦牟尼佛两只手的姿势是什么意思吗?"

家霆摇头,说:"不知道。"

柳忠华闪烁着充满智慧的眼睛,说:"左手食指朝下,是指着十八层地狱警诫世人,右手五指并拢,是要普度众生,把信徒送入九重天堂。"又说:"佛教徒把这些石像看成佛,我们这些不信仰宗教的人,却可以把它当成古代文化和古代生活的再现。你不觉得吗?许多石像都像善良的长者,天王和力士多像抗侮除暴的将军和士兵,妖魔小鬼,不就是大大小小的污吏国贼吗?"

家霆看着舅舅一双富有经验、洞察人生的眼睛,觉得有启发,点头说:"是呀!只是把扬善抑恶的希望寄托在菩萨身上,太渺茫了!"

柳忠华点头说:"是的,家霆,一路上,我们吃了很多苦,但对我们包括你爸爸来说,是值得的。行万里路,读万卷书,万里路上的所见所闻,是一本活书,死书上读不到的。我在想,也许,这一段长长的艰难的路程,会影响你爸爸的后半生,也会影响你的将来。这种好处,今天也许还看不到,将来是一定能看得到的。"

家霆不禁点头。他觉得自己从小养尊处优,生长在南京、上海这样的大城市,抗战爆发后,从南京去到安徽,后来从安徽南陵到武汉,又从武汉到广州、香港,路上吃过些苦。到上海后,寄居在继母家,又因爸爸被绑架软禁,使自己在许多事上都有了一些解悟。但是自己究竟同百姓接触太少,对社会下层情况了解太少。是这次到内地,才算真正看到了中国的许多严重弊病,看到了中国农村的贫穷和农民的痛苦。家霆说:"舅舅,我相信您的话。站在这里,看了一下龙门石窟,我心里潜藏着一股自豪的情感,感到对祖国更热爱了。我们确实是个伟大的文明古国。你看,古代的人,用锤,用凿,面对着大自然,能在山岩石壁上一锤一凿地雕刻出这么大、这么多、这么精美的石像。这种耐心、信心和恒心,这种技艺,岂不惊人?抗战依赖的不也正是这种精神吗?我们做子孙后代的,应该无愧于祖先,胜过前人。这使我有一种强烈的责任感。刚才你提到了妈妈,我这种责任感更强烈了。舅舅,虽然我肯定你是共产党,但我一直没有真正问过你。你也一直没真正告诉过我。你是共产党员吗?"

伊水静静地流,听得见流水抚摸沙滩的细语声。

柳忠华笑笑,露出一排整齐的牙齿,诚恳地看着家霆,没有回答。七月强烈的阳光透过草帽照耀着他那被晒黑了的脸庞。脸上的皱纹如同刀刻似的刚健有力,风尘之色平添了他神情中的刚毅。

他没有回答。稍停,说:"走吧,家霆,我们赶路,上洛阳!"

家霆要踏一程,由他骑车带着柳忠华走。柳忠华就一跃上车斜坐在后座上。

由于开封陷敌,黄河改道,在黄河新道西岸的邙山陵上,日寇已建立了桥头堡。河南半壁河山,都化作了饥馑和战火交逼的地区。无数灾民,都从四面八方向洛阳汇聚。一路上,常看到挑担的、推车的、扶老携幼的难民在踉踉跄跄前行。公路上尘土滚滚。

家霆骑着自行车,骑呀骑呀,约摸一个多钟点,到了洛阳南郊的"关帝冢"来了。关帝冢,相传是埋葬三国时蜀汉五虎上将关羽首级的地方。有一座古庙,古柏成林,郁郁葱葱,一些烧香的游客正在进出。

家霆过去看《三国演义》时,就知道关羽首级由曹操葬在洛阳郊外的事。这时说:"舅舅,看看关帝冢,好吗?"

柳忠华赞成,说:"好,停车,进去看看。"

两人将车锁在庙门口,向庙里走去。进了庙门,有一条石板甬道在柏树林中通向大殿。只见庙里驻着军队,养着马,马粪遍地,军队士兵晒的衣裤拴绳晾在古柏上。有的大兵赤膊脱下军衣正在逮虱。大殿左边,架起大铁锅在烧饭,柴火黑烟弥漫殿前。

两人到大殿里看,大殿已很破旧,灰尘蛛网到处可见。少数来烧香的人只是叩头插香后就匆匆离去。一些麻雀蹦蹦跳跳在地上啄食,被人一惊,又都"呼"地飞走了。只见殿中央供的是头戴旒冕的摄天大帝关羽塑像,一边周仓,一边关平。关羽像并不是"面如重枣"的红脸,而是敷了金色。有趣的是关平的塑像,有须。同往常见到的画像上的关平完全不同。画像上的关平,年轻俊美,白面无须。

家霆惊讶地说:"奇怪!怎么关平的像是这样的?有胡须!"

柳忠华用草帽扇风,笑着说:"其实,那些画像可能是源于京剧舞台或者是根据想象绘的。真正按历史说,这个塑像倒可能逼真些。按关平死时的年岁,按当时的习俗,关平是该有胡须的,绝不会是一个雪白粉嫩的小伙子。"

两人到殿后看关帝冢,冢像一座小山,冢前矗立着一块刻有康熙五年敕封号的大石碑。碑上镌着"忠义神武灵佑仁勇威显关圣大帝林"十五个大字。周围,被军队糟踏得臭气熏天,不但脏乱,马粪马尿和人粪人尿更多。一些古柏,有的已遭斧砍刀伐,好像是劈作柴烧了,凋零破落。几个面有菜色的火头军正在煮饭。米是霉烂的,冒出一股难闻的气味。另一边火上架柴用铁桶在熬的是发了黄的老韭菜。韭菜老得像枯草,熬烂了发出怪臭味,令人掩鼻。

柳忠华皱眉说:"走吧,没什么好看的了。"

两人走出关帝冢的庙门,上了自行车。柳忠华带着家霆骑,晒着太阳,冒着热汗。大约十一点钟光景,到了洛河北岸著名的九朝故都①洛阳。

洛阳在家霆的想象中应当是繁荣、华丽的,实际不然。房屋古老,街道窄小,街上行人虽熙熙攘攘,市面并不繁荣。大约由于轰炸,市里萧条。柳忠华和家霆在南门附近一家饭馆旁约定:柳忠华骑着自行车去寻找两个熟人,家霆去找银楼兑换金子。两人约定下午两点钟再到原地会面。

分手后,家霆朝大街上走去,遇到卖报的,顺手买了张报纸。报上有北非英军与德军作战的战讯,也有汝南田赋管理处科长李东光贪污库粮被扣押的案情报道等。他也来不及细看,将报纸折叠了塞在袋里,打算带回去给爸爸看。正走着,忽然听到汽笛"呜呜——"响了。一听是紧急警报声,街上行人立刻纷纷逃跑。家霆人生地不熟,不知往何处去,一会儿,街上宪兵出现戒严。无处下防空洞躲避的人都只能站在街两边屋檐下缩着身子。家霆站在一家糕饼店的屋檐下,心里焦急,不知警报要延长到什么时候,只怕误了事。天上也不见有空军起飞应战,不知敌机来会轰炸成什么样子。既担心舅舅,又担心自己。他问站在身旁的一个挽篮卖公鸡的乡下人:"老乡,这里常轰炸吗?"

老乡是个干瘪的瘦子,三十多岁模样,篮里的一只黑公鸡又瘦又老,点头"唔"了一声,说:"听说日本飞机来下过蛋!弄不清,俺是从谷水来卖鸡的。"

家霆向他打听有没有银楼,老乡也弄不清。家霆只有耐心站着等待。还好,不过半个时辰,放解除警报了,日机没露脸也没来轰炸。警报一解除,家霆拔腿就走,向人打听银楼在哪里。

---

① 九朝故都:洛阳建过都的王朝,有东周、东汉、曹魏、西晋、北魏、隋、唐、后梁、后唐、后晋,其实是十个朝代。但人们常不把一个很短促的后晋王朝包括在内,故说"九朝故都"。

谁知,大街上正在贴告示,迎面拥来一些士兵押着两个人去枪毙。四面围过来许多看热闹的人,后边也跟着许多看热闹的人。两个死囚,年龄都在三十左右,被剥光了上衣,其中一个泪涟涟的,两人嘴里都勒着铅丝,是怕他们喊叫。五花大绑,插着用红笔打了√的死标,被连拖带拽地拉着在大街上向南走,去执行死刑。

有拎糨糊桶贴告示的士兵走过。家霆跑到街边有人围观的糨糊未干告示前看时,见告示上披露枪决的两人,一个是"纠众哄抢粮食犯",另一个是"违令黑市买卖黄金犯"。看到"违令黑市买卖黄金犯",家霆心里一沉,感到天更热了。他根本没想到黄金在此地会严禁买卖,而且要枪毙。今天来洛阳,是为的卖金子!卖金子的事办不成,路费怎么办呢?

他拭着大汗,戴着草帽,离开贴告示的地方,也不拟向人打听银楼在哪里了。自己寻思:如果有银楼必定在这条大街上。顺着大街东张西望朝前走,一路走一路寻找。果然,走出去百把米,看到一家银楼店在路边。银楼店的门面,在全国似乎都差不多:高高的砌花的楼面,一个阴森而又堂皇的大玻璃门,大门两边的宽大玻璃橱窗里,陈列着银盾、银杯、银盘等各色银器和首饰。家霆走到跟前,看见门口挂着牌子,上写金价按官价收购,每两一百元,饰金每两一百二十元。

家霆一看,倒吸一口冷气。离开上海时,上海金价黑市较战前涨了十五至二十倍。这里的金子官价却这么便宜。这种官价谁会把金子卖出来呢?更重要的是自己今天来卖金镯和金锁片,是为了做路费。如果按"官价"将金饰卖给银楼,得到的钱根本不够路上花的。而且,又怎么忍心用这样低的价钱将欧阳素心的金饰胡乱卖掉呢?他心里发怵,一头走进了银楼店。

银楼店里面冷冷清清,高高的柜台上放着一把黑算盘,一个胖圆脸的人穿件旧夏布背心在扇扇子。看来是银楼店的老板,脸相有点狡猾,眼光冷静,正在无聊地坐着想心思。

家霆走近柜台,老板头也不抬。

家霆低声用商量的口吻说:"老板,我是沦陷区的学生从上海来去四川读书的。盘缠没有了,带得有点金饰,你们收不收?"

胖老板硬声硬气没好脸色地说:"照官价就收,不照官价是我祖宗的也不收!你没看到?正在枪毙人呢!他们自己在界首、漯河、洛阳套购黄金,爱卖多少价就卖多少,都合法!小民百姓做点生意就是犯法!这不,今天杀人了!算什么世道?"

胖老板火气大得很。家霆听他的口气,倒觉得还不是毫无希望。家霆说:"老板,我实在是需要钱用,一点首饰你收下,没人知道的。"

老板昂起大阔脸,把头直摇,扇起扇子说:"好鞋不踩臭狗屎,我可不愿嗑瓜子嗑出个虱子来。我看得出你说的是实话,可现在人心不古。稽查处的特务老爷,设过圈套来让人上当:他揣着金子来,说让用黑市收买,你说不行,他跟你磨牙,磨来磨去,你若答应了,他就把证件往外一掏:'对不起,跟我走!'要是不想下大牢,就敲你个昏天黑地的大竹杠!"

家霆着急了,说:"老板,我可不是这种人!"

老板本来还想说什么,突然不说了。原来,玻璃门开,闪身进来两个人:一高一矮,高的头发中间分线,镶着金牙,灰布衬衫,草绿军裤;矮的脸色红润,粗眉大眼,蓝裤子,白布衫。他们似乎是有目的来的。进来后,大声问老板:"怎么?在做黑市买卖?"

老板急得脸发白,额上冒汗,摇头摆手,说:"没……没……"

两人瞅瞅家霆,个儿高的咄咄地问:"你要卖金子给老板?"

家霆心里一怔,预感到有些麻烦了,说:"什么也没卖!"

"你是哪里来的?"粗眉大眼的矮子问。

家霆不愿回答,回身想走。矮子一把拽住,说:"问你呀!哪来的?"

家霆甩脱了他手,悻悻地说:"你管得着吗?"又要走。

镶金牙的高个儿一把拦住,气势逼人:"看你到银楼来,就明白想干什么。快说,是从哪里来的?"

家霆如实地答:"上海!"

"好呀,从沦陷区来的!"矮子像条水蛭紧紧叮住不放,"你是干什么的?"

"学生!到重庆上学的!"

"要检查检查!"镶金牙的高个儿话锋锐利,"谁知道你是不是日本鬼子派来的汉奸。"说着,要上来搜身。

家霆冒火了,心里憋堵得像塞了一大块黑淤泥,回了一句嘴:"你们才是汉奸呢!"话音刚落,却被高个儿"啪"地重重甩了一个耳光。

家霆脸气得通红,太阳穴上青筋突突直跳。他不能忍受这种侮辱,他性格倔强,抡起拳来,一拳向高个儿头上打过去。他长得体格匀称、结实、矫健、灵活,高个儿出乎意外,挨了狠狠的一拳,跌跌绊绊倒退了好几步,险险仰面跌倒在地上,马上掏出了手枪。这下,矮子也动手了,同家霆打成一团,高个儿上来也用枪管戳打家霆。

两打一,在银楼里干了起来。如果一打一,家霆不在乎,一打二,就吃力了。不一会儿,家霆鼻子上挨了一拳,淌下血来,腹部、胸部、腿部都挨了踢打。最后,被高个儿和矮子死命揪住,手像铁钳一样,将他掀翻在地。打架声引得银楼店后面老板的家眷老老少少都跑到前边来了。但只敢看不敢做声。两个特务掏出绳子将家霆双手反绑起来,搜索家霆全身。结果,在家霆口袋的手绢包里,摸出了一只金锁片和一对金镯。

镶金牙的高个儿得意地说:"怎么?赖得了吗?人赃俱获!"他转脸吆喝那个愁眉苦脸一直躲在柜台后的胖老板:"快!跟老子

走！上稽查处！不老实招供，叫你皮开肉绽！"

拥在大门口看热闹的人不少。

家霆和银楼店的胖老板被两个稽查处的便衣押出银楼店时，胖老板的女人跟在后边哭号："冤枉呀！你们不能胡乱抓人呀！"

家霆被反绑着双手，鼻血仍在淌，浑身伤疼。他愤怒得简直能把牙齿咬碎，却无法摆脱厄运。他心里着急：舅舅不知在哪里？等一会儿我不能按约定的时间地点去会面，怎么办？他真意想不到自己来到洛阳，竟会成了犯人被反绑着通过大街让押到稽查处去。

他在思索着怎么办？怎么办？……

五

那是一个绝顶痛苦、忧郁的下午。

在洛阳稽查处的大牢里，家霆戴着手铐坐在散发着霉气的潮湿稻草堆上，嘴角泛出咸腥味儿，身上挨打挨踢的地方在"噜噜"跳疼。

稽查处的大牢晒不进太阳，阴暗、压抑、肮脏。外边天燥热，牢里却阴凉。墙上无窗，高高屋顶的瓦片中有块窄长的玻璃天窗透进光亮来，光是惨白的。积满污垢的墙壁上有鼻涕，有血迹，淌着眼泪似的汽汗水。一只装尿粪的破木桶在角落里放出刺鼻的臊气和臭味。大牢里关的人很多，同家霆关在一个号子里的人却不多。除他之外，一共只有三个年轻人，也都戴着手铐。银楼店胖老板被关在另外的号子里去了。家霆关进来后，通过同难友交谈已经知道：三个年轻人是从叶县青训班①里逃出来又被捕的，都上过刑了，据说可能要送回去。

---

① 叶县青训班：实际即外界所说的"叶县青年集中营"，汤恩伯自兼主任。

家霆心里纷乱极了,再也想不到自己会有这样奇特得不可思议的遭遇,再也想不到自己竟会蹲进监狱。他想起了上海极司斐尔路七十六号特工总部的狗特务。先是气愤,怎么这里的特务也这样横行霸道?世道也太黑暗了!接着,又着急,急的是在约定的时间、地点,舅舅找不到我怎么办?爸爸身体和精神都不好,等着不见儿子回去也不知自己的儿子在哪里又怎么办?接着,又想:狗特务会把我怎样呢?会乱加罪名?会吞没金锁片和金镯?会用酷刑折磨我?……这些坏蛋什么坏事做不出来?越想越可怕,越想越不安。他觉得这一向由于所见所闻沉淀在身体里的不平与愤懑,像炸药似的在一定的热度下要爆炸了。他不知自己该怎么办。

想得很多,也很杂乱。忽然,一片忧国忧民之心充塞胸臆。他想:离开沦陷区后,一心指望参加轰轰烈烈热火朝天的抗战,一心指望看到一片光明灿烂充满欢乐的景象,何曾想到完全是失望。这样的政府领导抗战怎么能够迅速取得胜利?即使抗日胜利了,腐败黑暗到这样又怎么办?它能救中国吗?它能使中国富强吗?它能使中国人幸福吗?

想到这些,他更痛苦了。

终于,他觉得决不能听任特务暗害或者虐待。想来想去,决心唬一唬这些特务了。此时此地也只有唬一唬他们是惟一的方法了。其实,刚刚关进来之前就该用这办法的。但现在也还不迟。爸爸到底是有地位的人,现在只有抬出爸爸来解救我了。

家霆挣扎着站起身来,走到牢房的木栅栏前大声对着管牢房的一个当兵的叫嚷:"喂!过来!叫你们的稽查处长来!对他说,我找他!"

当兵的走过来,朝他瞪眼,吼他说:"滚你妈的!乖乖坐一边去!"他以为家霆开玩笑。

家霆狠狠瞅着他,说:"你知道少爷我是谁?你知道我父亲是谁？你们乱抓人,把我抓来了！我要找蒋长官和汤长官跟你们算账！你快给我通知你们稽查处长来。不然,你吃不了兜着走！"

当兵的挺着胸膛,立得笔直,半信半疑,见家霆那股认真劲儿,想了一想,忽然转身带着小跑走了。

一会儿,先前抓家霆来的镶金牙的高个儿来了。家霆一拳打得他不轻。他头上贴着块纱布,此刻仍旧弹眼竖眉地对着家霆怒气未消,龇牙吼着说:"怎么？进了大牢还要蹦蹦跳跳？小心老子剥了你的皮！"

家霆鄙视地瞪他一眼,说:"我得跟你直说,你抓了我要是再不放,过一会儿准有人来找你们！实话告诉你吧！我父亲是中央要人,他跟汤长官是至交,我们来洛阳是要找蒋长官派汽车送我们去重庆的。你要是放了我,刚才算是闹了一场误会。要是不放,等着吧！看是你治了我还是我治了你！"

他一番话,掺了许多水,听来却不像假的。高个儿特务有点傻眼,转转眼珠,咂咂嘴,觉出滋味来了。不信吧,怕出事;信吧,怕上当。上下打量着家霆,见年轻人的相貌、风度、服装都像是那么一回事,拿不定主意,掏出香烟来抽。冷冰冰像根旗杆似的挺立在那里。

家霆趁热打铁,说:"怎么样？你想栽赃害我,可办不到！你把我的金饰还我,马上放我,就不计较。刚才的事一笔勾销。因为我也打了你。要是再把我关在这里受罪,绝不饶你。"

高个儿心里吊桶七上八下,闷闷抽烟,仍不做声。

家霆干脆说:"怎么？不信？那好办,你陪着我,我打个电话到一战区长官部去找我蒋伯伯！我告诉他我跟我爸爸来了,我给抓到稽查处大牢里来了,你看看他怎么办吧！"

家霆心里确实想好了,如果准许他打电话,就一定这么办,找蒋鼎文,自我介绍一下爸爸,告这特务一状。事出无奈,只能这么办。他估计,真的打了这个电话,蒋鼎文绝不会站在小特务一边,一定会让稽查处释放我的。

他话说得真,高个儿特务不能不信,还是犹豫不决,硬着嘴龇着金牙说:"也许,你是这么一回事儿!可是,你买卖黑市黄金,又有政治嫌疑……"他是想找借口卸罪,在胡乱编造罪行了。

家霆冷笑:"栽赃陷害!我可不怕!"他追逼高个儿说:"你放不放?"

高个儿仍没拿定主意,却没料到,脚步声响,踢踢踏踏,有几个人来了。家霆转脸张望,只见当头走的是个黑黄脸皮的军人,后边跟着的是舅舅柳忠华。柳忠华身后,又跟着几个稽查处的军人。一看模样,就知是为什么事来的。

家霆喜悦地高叫:"我在这儿!"

镶金牙的高个儿特务试出滋味来了,惶恐不安,像矮了一截,鬼影似的缩到一边去了。

柳忠华过来了,挺有架势地说:"快把人放了吧!"又对家霆说:"我到一战区司令长官部找蒋长官,他不在,遇到厉筱侯秘书长,他给这里打了电话。"

牢门开锁了,家霆手中的手铐也取掉了。家霆浑身舒畅,高个儿特务悄悄溜掉了。家霆想:唉,在这种黑暗的世道里,幸亏还有点特权能解决问题。不然,又怎么办?但又想:可是这种特权值得骄傲还是值得惭愧呢?看到同牢房关着的三个年轻人都仍戴着手铐蹲坐在潮湿的稻草上,他心里的舒畅顿时又变成了沉重。

黑黄脸皮的中年军人未开口先笑地向家霆表示歉意,说:"啊哈,委屈了!委屈了!事先,也不知道。多包涵吧!"

家霆向柳忠华说:"锁片和手镯都给他们拿去了!"

柳忠华说:"已经交给我了。"他同黑黄脸皮的军人握手,对家霆说:"走吧!我们走!"

两人心里一样,都觉得稽查处像个肮脏有血腥味的炼狱,要赶快离开。走出有卫兵站岗的稽查处大门,满头大汗地走在阳光下,柳忠华将停在门首的自行车开了锁推着说:"家霆,上车,我带着你,边骑边说。"又问:"伤不重吧?"

家霆说伤不重。时间不早,两人怕童霜威着急,骑车从原路匆匆赶回彭婆镇。

家霆兴奋地问:"舅舅,您怎么会突然来到的呢?"

柳忠华被太阳晒得红黑的脸上有忧郁的影子,像是遏制住烦躁地说:"我去找两个熟人,结果,才知都早被逮捕了。时间还早,我决心找你,找到银楼店,听说你出了事。我很着急,想:只有抬出你爸爸来解决问题了。我觉得去找稽查处未必有用,决定干脆找第一战区长官部。虽知你爸爸同蒋鼎文不熟,但顾不得了,假定是你爸爸的秘书,我去说是找蒋鼎文,蒋不在,去西安了,我就找他的秘书长厉筱侯①。厉是蒋鼎文的智囊。听说蒋鼎文与汤恩伯在河南唱对台戏,都怕有地位的人说他们的坏话,都拼命在礼贤下士、扩大影响。这种小事找他,当然一个电话就解决了问题。厉筱侯还说明天要派汽车到彭婆镇接你爸爸和我们到洛阳并送我们上火车去西安。我也推辞不得。我看也没有什么不可以。事情就是这样。"

家霆恍然大悟,说:"可是金子没卖掉怎么办呢?"

柳忠华轻捷地骑着车绕避过迎面来的一些灾民,说:"好办。明天托厉筱侯派人去卖掉就行了!何必非要在这里自己去卖呢!"他问:"你左边脸上都肿了,给打得不轻呢,疼吗?"

家霆那双眼睛的两道阴影中,浮现出一种似乎是在想着一些很不使他愉快的往事,说:"都是些皮上的硬伤,我经受得住。是两个特务,要是一对一,我准打得他趴下求饶。"

―――――――――

① 厉筱侯:当时,蒋鼎文的秘书长姓李。这是小说,故未用真姓。

柳忠华笑笑,说:"匹夫之勇!"

家霆只好也苦笑,叹口长气。他觉得抗战以来,遭遇奇特,见闻很多,这场战争在潜移默化地处处给自己启示和思考,说:"是呀,靠自己一个人我确实感到无能为力。我独自离开了那个可怕的监狱,可是恐怕还有不少无辜的好人还关在里边。因为关的是我,所以放了。如果我没有这样一个爸爸呢?不也仍关在里面吗?真是暗无天日啊!"他不能不又想到和他同关在一个牢房里的三个青年。他将三个青年的情况告诉了柳忠华。

柳忠华语调沉重地说:"你能想到这点,这次牢就算没有白坐了!"他明白,中国正在抗战,战争给人种种考验。这场战争使有些人的灵魂破裂,也会使有些人在战争中分化、聚合,为国家民族前途奋斗。人的灵魂中的某些东西会毁灭,但某些东西也会萌发、再创造。从这点来说,战争——这个人类互相残杀的怪物,却成了一种催化剂。

只听家霆热情、激动、坦率地又说:"还不仅仅想到这一点呢!我在牢里胡思乱想,想得最多的是这个国家和这个政府,越想越痛苦。"

柳忠华很注意地听着,放慢了车速,拭着汗说:"你是怎么想的?"

公路上日光强烈,路侧依然同他俩去时一样,经常看到逃荒要饭的难民拖老带小蹒跚地走着,满目凄凉。

家霆真挚、严肃地说:"唉,我想:这样的政府领导抗战怎么能够取得胜利?我又想,即使将来抗日就算是胜利了,这样的一个腐败黑暗的政府它能救中国吗?它能使中国人富强幸福吗?中国应当向何处去呢?"

柳忠华骑着车,从家霆的语气里能想象得到他的表情,喝彩地说:"家霆,这场战争暴露了种种社会政治和经济生活上的问题。

你越来越清醒越来越有思想了！你的问题想得好,想得深刻！你自己回答了这个问题没有？"

家霆直率地说："当然回答了！我的答案是它不能！"

"那怎么办呢？"

"我还没有想好！"家霆坦率地答,"您说呢？"

柳忠华骑着车回头看看家霆,见家霆的脸上稚气和秀气少了不少,现在经过一路上的风吹日晒以及艰难遭遇,脸上变得坚强有力了。他朝前看着远方,若有所思地说："你就继续从生活中去寻找答案,再去想！想想什么才是有意义的人生？想想谁能救中国？怎样才能救中国？通过自己亲身经历和大脑想过的事,每每比人家告诉你的要印象深刻而且正确得多！"

晚霞火烧似的红得耀眼,朵朵的云都像是在炽热地燃烧。他们俩轮流骑车,用最快的速度赶回了彭婆镇。

一战区司令长官蒋鼎文的司令部设在洛阳西工第九营房。蒋鼎文的秘书长厉筱侯是个很会替蒋鼎文交际应酬的智囊。第二天上午,果然派了一辆小汽车到彭婆镇来接童霜威父子和柳忠华一起去洛阳,并且给安排在专员公署里摆设讲究、挂着雪白圆顶朱罗纱蚊帐的上房中住宿。来接童霜威一行的是一个方脸的很注重仪表的邢副官,浙江人,恭恭敬敬,讲究礼貌。

刚住定,厉筱侯亲自看望童霜威来了。

童霜威由柳忠华和家霆陪同一起见了厉筱侯。他听说过厉筱侯这个人,知道是蒋鼎文的亲信,参与蒋的机密,蒋鼎文有事都喜欢找他商量。现在见面,寒暄既罢,见厉筱侯穿了白绸长衫,虽有点官僚模样,但长得面目清癯,讲话又轻又慢,待人温和,未言先笑,倒颇感到亲切。向他道谢了释放家霆和派车接来此处的事,厉筱侯却一再致歉,说是事前未能知道,很失礼,很对不起,并说午间要设宴给童霜威接风洗尘。接着,同童霜威闲谈起来,问童霜威有什么要求。

童霜威讲述了自己从上海脱险要去重庆的情况,说是希望今晚就能启程西去。

厉筱侯介绍情况说:"陇海路由洛阳到郑州的东段,路轨早拆掉了。西段的情况是由洛阳可以安排坐火车到灵宝,时间是一整夜。但距灵宝一里的大铁桥被日军打了两千多发炮弹早轰毁炸断了,火车不能通行。由灵宝到常家湾有三十里路要徒步走路。常家湾有装运煤炭和铁路器材的列车,冒着敌人炮火闯过潼关。太危险,人不能搭乘。所以到常家湾可以骑牲口经阌底镇、潼关到华阴。由华阴就可以上火车经西安到宝鸡,然后由宝鸡入川。"他客气地说:"可以派个副官陪送到华阴,请放心。但既已来了,应当休息几天再上路,何必如此匆匆?"

童霜威谢了他,两人又摆谈起来。

厉筱侯问起到河南的观感。童霜威直言不讳地说:"河南灾情太重!令人目不忍睹,但还照纳粮课,军纪又坏,怎么得了?"

想不到厉筱侯揉着脸口气轻慢,不断点头,说:"啸天兄看得极准,说得极是。汤恩伯治军无法度,军纪废弛。河南的事,蒋铭三①长官以大局为重,总是相忍为国,但完全无用!召集会议,汤不来参加;打电话去,汤也不接。确实很不像话!"

童霜威在界首时,听褚之班说过蒋鼎文与汤恩伯不和的事,没想到情况比自己估计的严重得多。从厉筱侯的话里,就已听出蒋、汤二人确实已经闹到了不能见面的程度了,心想:这样还怎么抗日?不由叹了一口气,说:"是呀!听说老百姓有的讲:'不愿日本人来烧杀,也不愿汤恩伯的军队来驻扎!'实在令人痛心。"

厉筱侯摇着折扇,点头说:"汤恩伯的部下,借口防谍,凡所驻

---

① 蒋铭三:蒋鼎文,字铭三。

扎的村庄,妇孺老弱可以留下,成年男子一律迫令离村往别处寄宿。村中粮食、牲口及细软也不许外运。壮年男的既去,妇女、财产就一任驻军支配了!所以民怨沸腾。而汤恩伯恣戾骄横,眼睛长在额头上。谁向委座告他都无用!铭三长官要辞职,委座又不准。于是,一切只能维持现状。"

童霜威明知蒋鼎文也不是好货,但更明白最高当局一贯作风就是鼓励他的部下将帅不和,便于分化控制。觉得厉筱侯讲的话纯粹是偏袒蒋鼎文攻击汤恩伯,目的在于希望我到重庆后,给蒋说好话,给汤说坏话。暗想:我才不想介入你们的老虎打架哩!心里却着实担心河南的大局与灾情,不禁忧虑地说:"唉,别的办不到,河南灾民嗷嗷待哺,赈济事业总该是要办的。不然,死亡人数必然要与日俱增。就怕日寇趁机进攻,局面就一发不可收拾了。"

厉筱侯点头笑着说:"啸天兄说得中肯。省政府的报灾电早已拍到中央,可是中央认为是谎报滥调,严令河南的征实不得缓免。现在终于派来了查灾大员。查灾大员有一个同蒋长官私交颇好,他同啸天兄你也是老熟人。今天中午,正拟设宴给啸天兄和他一同接风,大家也好叙谈叙谈。"

童霜威听了心里先是难过,想:赤地千里,哀鸿遍野,人已饿死这么多,现在才派人来查灾,这真是急惊风碰到慢郎中了!又听说查灾大员是老熟人,不禁问:"是谁呀?"

厉筱侯说:"毕鼎山毕委员呀!"

童霜威心里一怔,立刻不悦,心想:天下如此大,可又如此小!眼前顿时出现了毕鼎山那拔顶的脑袋,脸上疙疙瘩瘩的粉刺,嘴里叼着烟斗,一口湖北口音……想:真是冤家路窄呀!谁料想今天会在此地与他相逢呢?战前在南京中惩会时的许多往事立刻都呈现在眼前,当时从中惩会和司法行政部被排挤出来,都同这个脸上带笑工于心计的C.C.干将分不开的呀!这个毕鼎山,正经的事办得拖拉、马虎,有利可图的事从不放过,是个财迷心窍的污吏。虽去法国留过学,学会的只是跳舞、玩女人。西装穿得笔挺,皮鞋擦得雪亮,像个新派,偏又十分迷信星相巫卜。河南这么大的灾荒,派这个浑蛋来查灾,岂不是拿人命开玩笑!想到这里,心里生气,又想:他来,一定对人不会说我的好话!但观察厉筱侯的表情、态度,似乎也觉察不出毕鼎山挑拨的痕迹,才又定下心来,说:"啊,他还在中惩会吧?"

厉筱侯点头说:"是呀!这次来的查灾大员,有监察委员,也有中央惩戒委员,还带了一些随员来查灾。昨天刚到,昨晚省府已经宴请过了。日内他们拟到有些地方转一转。毕委员的新夫人是留美的,据说同蒋夫人关系密切。他同铭三长官在西安见了面,他们是有私交的。铭三打电话来让我好好接待。我今晨偶然同他谈起你,才知你们是老熟人。中午便宴,就我们三个,没有外人,正好畅谈畅谈。啸天兄,你见到的情况也正好向他讲讲。"

听说毕鼎山有了留美的新夫人,并且同上头扯上了关系,童霜威不禁诧异。毕鼎山原来的太太是湖北人,战前在中央政校受过训的,是死了还是离婚了?童霜威明白,厉筱侯是要他在毕鼎山面前讲讲汤恩伯的坏话,但不想同毕鼎山见面,推辞道:"筱侯兄,天热,旅途劳顿,我身体又不适,怕吃油腻,外加今晚又要上路。我看,中午的事就免了吧!"

推三阻四,厉筱侯一定坚持。最后,童霜威仍只好答应赴宴。

中午时分,柳忠华和家霆在专署住处,由厉筱侯派的邢副官陪同吃饭,招待得很丰盛。家霆在吃饭时,将金饰取出,托邢副官代为卖掉。邢副官一口应承。童霜威则早早就由厉筱侯派车接去赴宴去了。

原来,酒宴并不设在司令长官部,是设在洛阳东郊十二公里处的名胜白马寺里。

童霜威到达时,毕鼎山已经先到了。天气炎热,他未穿西装,脱了白绸长衫,身穿一套白夏布短衫裤,手摇纸扇,气色盈和,颇为潇洒。数年不见,脸上粉刺依旧,不但未见老,反而发了胖,显得滋润了,要不是挺出了肚子,该说是变得年轻了。见到童霜威,他亲热地握住手,挺胸腆肚,连声说:"啊,啸天兄,你老了!你老了!"一股做作劲儿,使童霜威感到肉麻。

白马寺据传是中国第一座佛教庙宇,建于东汉,背负邙山,南临洛河。寺院大门口甬路两旁对立着两匹石马,古刹黄墙,茂林高塔,风景幽美,只是天太旱,树木叶片稀落,蝉声也极少。

酒宴,设在毗卢阁旁的一个小院树荫下,大树葳蕤。虽然雕梁画栋已经褪色,石板缝中长着青草,朱颜剥落的廊柱间结着蛛网,但布置了些大盆兰花、金鱼草、海棠之类,环境依然宜人。外边烈日下地皮晒得滚烫,这里倒还凉爽。散列着一些藤椅,茶几上摆设着鲜果之类;一只红木圆桌,几只蓝花圆瓷凳,已经放好杯箸,用绿纱罩罩好一些冷盘。一套孔雀蓝的餐具特别讲究:葫芦式的酒壶,白玉雕花的双环酒杯,闪烁着奇光异彩。一些穿军便服的副官、勤务兵,加上两个涂脂抹粉的女侍在旁侍候。有的摇扇驱赶苍蝇,有的随时递上洒了花露水的手巾把给客人擦手擦汗。

童霜威同毕鼎山寒暄了几句,厉筱侯请他在藤椅上一起坐下。勤务兵来致茶敬烟。

厉筱侯说:"啸天兄,天气热,知你怕吃油腻,毕委员也说近来油腻吃多了,所以决定在洛阳名胜白马寺里大家聚聚,办点素斋,请大家尝尝。"

一张紫红的木案上放着许多拓下的碑文,毕鼎山在一张一张翻看,看来,是厉筱侯送他的东西。毕鼎山的脸上陡然较从前多了一重自尊自贵的矜持神色,可能是被特派来作救灾大员使他这样的吧?童霜威放眼过去,见毕鼎山看的是一张元代碑刻,摇头摆尾地在欣赏。

厉筱侯正在一边介绍白马寺的来历,说:"东汉时,汉明帝梦见一个顶有白光的金人在宫殿内飞行。醒来说梦,朝臣说这是西方的神,其名曰'佛'。明帝就派人去西方拜佛求经。派去的人到了大月氏,正好遇到了传教的大竺高僧迦叶摩腾和竺法兰,便邀二人来京都洛阳,并为两位高僧建造了白马寺供他们讲经。"

毕鼎山一边衔着烟斗欣赏一张碑拓,一边挥扇问:"为什么叫白马寺?"

厉筱侯介绍说:"传说从大月氏驮运佛经、佛像来的是白马,所以叫白马寺。"又说:"等一会儿,我们可以到天王殿、大佛殿、接引殿等各处看看。山门内东西两侧还有两位高僧——迦叶摩腾和竺法兰的墓冢。大雄宝殿内的三世佛、二天将、十八罗汉都值得一看。"

童霜威见毕鼎山身为救灾大员,来到灾情严重的河南,摆出一副悠闲而欣然自得的架子,似乎是来游山玩水研究名胜古迹的,很不顺眼,心想:这个官僚!攀附 C.C.,现在又攀得更高了!只可惜河南灾民碰到这样一位救灾大员,真是倒了八辈子的霉了!心里有气,闷声不说话,只是挥扇,身上仍不断冒汗。

只见勤务兵捧了几个大西瓜来,两个女侍将用刀切开的一牙牙红瓤西瓜,用盘盛了娇滴滴地端上来请用。

毕鼎山脸色红润,看得出他营养富足、血脉旺盛。他坐着藤椅,压得身下的椅子"咯吱咯吱"响。大口咬着西瓜,鲜红如血的西瓜汁顺着嘴角滴淌下来,夸赞道:"旱年的西瓜确实是甜!好!在重庆可是吃不到的!"一牙西瓜只咬几大口心子就放下了,再换一牙吃,讲究得很。

童霜威也吃着西瓜,忍不住叹口气说:"瓜确实是甜,只怕河南产瓜的地区已经都旱得结不成瓜也缴不出钱粮了吧?"他说这话时望着厉筱侯,其实话是说给毕鼎山听的。

厉筱侯是个精明人,脸上平和,微笑未答。毕鼎山听出童霜威话中的含意来了,辩解地说:"啸天兄,你是刚从沦陷区来,形势恐怕不甚了了。你一定以为河南灾情十分严重,其实灾情确有,倒也未必像你想象的那么厉害。河南历来地瘠人贫,自古迄今,有灾之年百姓艰难,无灾之年,百姓也艰难。抗战已经五年,国家兴亡,匹夫有责。抗日嘛,出人出钱出粮是公民的义务,主要应怪日寇侵略,铁蹄践踏,炮火横飞,造成了田园荒芜,百姓流离,偏偏又来了些天灾,外加奸商投机取巧,囤积粮食,放剥皮钱,就给政府增加了困难。我们此番来豫,是来作全面考查的。以偏概全不行,吵吵嚷嚷也不行,只有仔细慢慢调查,才能有正确结论。自古救灾无善策,何况有战争!此事难矣哉!中国地大人穷,连菩萨也是难当的,何况凡人!哈哈!"

童霜威听他一番谬论,肚子都要气破了,说:"鼎山兄,河南灾情与百姓的困苦自然同日寇侵略密切有关,但照你的说法,似乎河南的灾情并不十分严重,你下去看了没有?我是从界首步行来到洛阳的。一路上,逃荒的人络绎不绝,卖儿卖女的见到不少,人与人相食的情况已经发生,饿殍处处,赤地千里,确是人间地狱。不但天灾严重,更有十分严重的人祸。"他本来想提汤恩伯的名字,这是厉筱侯所希望的,但又一想:你们都是一丘之貉!就未提名了,接着说:"只怪日本人,只怪老天爷,只怪奸商,我看是不全面的。你的责任很重!在这白马寺名胜地乘凉吃西瓜,是看不到灾情的!饥民对你们抱着极大希望。不能再慢吞吞考查了!应当赶快请中央拨大量赈款和救济粮来救灾!也应当赶快建议停止向河南人民征粮征丁了!"

毕鼎山听得出童霜威话中的不满和不快,将块咬剩一大半瓜瓤的西瓜扔在地上,接过女侍递来的洒了花露水的雪白毛巾擦手拭嘴,脸上露出莫测高深的笑容,说:"啸天兄忧国忧民,钦佩之至。但河南很大,你也没有都去看一看,这也就是我先一会儿说的以偏概全了!你可能不知道,豫省今年之征实征购,进行颇为顺利。据省田粮管理处负责人说,征购情况极为良好,各地人民均罄其所有,贡献国家,试想,如果真正如你所说的人间地狱,征实征购能顺利进行吗?老兄何必过分杞忧?"

童霜威心里气得像噎着一块巨石,知道同毕鼎山争辩,完全徒劳。此人历来固执得很,他那颗心早就结了一层厚茧,是个麻木不仁的家伙!只好忍住气停止吃瓜,也接过女侍递来的白毛巾拭手,闷不作声,抬脸看着一棵荫翳莽莽的古松。那亭亭的枝盖在旱天依然葱茏,给人一点绿色的舒适之感。

只听毕鼎山得意地又叼上烟斗挥扇扇风,说:"这次来,在西北公路上,汽车路过秦岭陕西留坝县庙台子,那里有张良庙,依山傍水。由山脚蜿蜒而上直达山巅,海拔二千多米,有楼阁亭殿、廊厅屋舍一百数十间。登临览胜,妙不可言。殿内有留侯张良金身塑像,我在那里焚香求签。得到一根上中签:'嘉谷如珠稗草青,桑柘阴阴遮小径。看遍天涯千万里,奇卉异花春色新。'解曰:'求名迢迢,病保无凶,婚姻匹配,媒妁相从,年景大熟,官运亨通。'我觉得这签上说的真准!一二句指的是河南目前有灾,第三四句写的是灾情并不可怕!我看指的是明春就可以否极泰来,年景大熟了!你们解解,是不是这么个意思?"说着,用右手捻掐着脸上疙疙瘩瘩的粉刺。

厉筱侯连连点头,敷衍奉迎地说:"是啊是啊,我看这签是有这么个意思。"

童霜威记得那年西安事变,毕鼎山在南京花了三十块大洋在夫子庙请瞎子徐半仙给老蒋批了个命,说老蒋一定能逢凶化吉。后来,老蒋果然从西安脱险回来了。从那,他当然更信星相这一套了。但现在,他以救灾大员身份来豫,不去体察民情巡视灾区,却视而不见地胡说什么灾情并不严重。而且迷信求签,认为明春可以否极泰来年景大熟,怎么得了?……心里一肚子不受用,又觉得同毕鼎山抬杠也无用。自己刚从沦陷区来,得罪他也大可不必。但要自己附会他去胡说八道,心里也不愿意。因此,闷声不响。

厉筱侯见空气不太融洽,毕鼎山似有不悦,马上说:"来来来,我们边吃边谈、边吃边谈吧!"他张罗着请毕鼎山和童霜威都在圆桌上坐了。好在是圆桌,也无所谓首席了。他自己在下首陪了,叫快点上菜、斟酒。

酒菜都好。童霜威一直没有说话,毕鼎山也没有说话。只听厉筱侯在那里讲些洛阳城的名胜古迹传闻轶事消遣:什么西城外面的周公庙呀,西晋石崇的金谷园呀,唐朝李德裕的平泉别墅呀,北宋邵康节的安乐窝和司马光的独乐园呀……他说得无味,童霜威也听得无味。

毕鼎山夹着冬菇吃,忽然问童霜威:"啸天兄,沦陷区的情况怎样?"

童霜威简单将情况讲了一下。

毕鼎山嚼着腐竹忽然又说:"啸天兄,好像还是在三年前的这时候,我们在重庆,听说你落水了!哈哈!"

他话未说完,像留个尾巴。童霜威心里明白:是对刚才那种不快的报复。面对暗箭,心里气恼,生硬地说:"我衷心拥护抗战!此次是脱险归来,并非附逆归来!"

毕鼎山用手搔搔拔了顶的秃头,哈哈笑笑,面呈讥讽之色,说:"是啊是啊。可是那时候,汪逆精卫在上海召开什么'六大',重庆报纸上确实登了那批落水附逆的伪中委名单,标题是'一张狗名单'!哈哈……"

见他近乎当面辱骂,语气讥刺,有一种不露锋芒的老成和工于心计的狡诈,童霜威只觉得心里冒火,突然意识到自己在沦陷区三年多,遭遇到那么多曲折坎坷稀奇古怪的经历,自己苦苦用了韬晦之计,拼着一死,才得脱险。到重庆以后,如果原来的政敌都像毕鼎山这样来看待自己,误解难免,传闻难辩,岂不可恨!心头突然涌起一阵悲哀,却又觉得于心无愧,脚正不怕影斜,因此理直气壮地说:"张睢阳①有诗说:'忠信应难敌,坚贞谅不移'!我这人讲的是民族气节,决不偷生。敌伪盗用名义,其心可诛!我在上海从未参加过他们的任何会议!"

毕鼎山轻酌慢饮,喝了几杯酒,脸色潮红,仍在大口吃着盘里的素什锦,笑笑说:"是啊是啊!我听谢元嵩说过,听他说过……"

童霜威心里既惊又气:谢元嵩?谢元嵩在参加汪伪"六大"后,因为分赃不均等原因,忽然离沪去港转赴重庆。这个会呼风唤雨撒豆成兵变化莫测的人物!他不但真的落水附逆过,还陷害了我!可是当我被监视软禁时,他却自由自在地到重庆了!真是一笔糊涂账!他到重庆当然是为自己洗刷的。可是他会说我些什么呢?当然是不会说我什么好话的。这么想着,浑身冒汗,问:"谢元嵩说了我些什么?"

毕鼎山摇摇头,自顾自地举杯喝酒,若有深意地说:"时间长了,我也记不得了!哈哈,来来来,啸天兄,大驾不是要到重庆吗?来来来,我敬你一杯,祝你一路顺风!"

厉筱侯是个见貌辨色的人,也在一边鼓动着喝酒干杯,连说带笑打圆场。童霜威窝着一肚子火,感到头晕、血压高,却又不能不举起杯来。他明白:毕鼎山也并不想过分刺痛打击他,只是为了报复点了他一下,意思到了,就想鸣金收兵了。但毕鼎山这一撒手锏也真厉害,使童霜威情绪烦躁,心绪不宁,几乎难以终席,更加憋着

---

① 张睢阳:即张巡(709—757),唐开元末进士,天宝中为真源县令,安史乱起,他坚守睢阳不降,壮烈身殉。

气不做声了。等到酒席上的菜大致上完,端上了甜菜冰糖红枣莲子汤和橘瓤银耳羹时,童霜威就推说天热头晕,身体不适,起立告辞。厉筱侯命副官派车送他回住处。当他同毕鼎山握手分别时,发现毕鼎山打着饱嗝,握着他的手,又亲热得十分肉麻了。

他对毕鼎山的这一套是早就熟悉的。战前在南京,那时,毕鼎山之流将他排挤出中惩会时,面上也始终是同他握手言欢的。

童霜威因过度疲乏,加上同毕鼎山见面引起的不快,造成了血压、心脏的不适,服了药,找了医生诊治,在洛阳休息了几天,才继续起程。

空气中散布着火车头煤烟的焦臭,绿色的信号旗摇晃,火车鸣响汽笛。晚上,由洛阳往西开出的火车轰隆轰隆驰往灵宝。

怕空袭,实行灯火管制,车站一片漆黑。只看到车头上升起的一团团白色的蒸汽化为长龙,随风飘向后边。

童霜威、柳忠华和家霆三人由厉筱侯派的那位浙江籍的很注意仪表的邢副官带卫兵送上的火车,在一节公事车里占了一间包厢。临走,厉筱侯说是临时有紧急公务,未到车站送行。童霜威猜测,很可能是毕鼎山说了些什么坏话,也可能是那天中午吃饭时未曾满足他的意图攻击一番汤恩伯。虽不想计较,心里总不愉快。好在有邢副官伴送,觉得还差强人意。

陇海铁路,有人说它在灾民心目中好像是释迦牟尼的救生船,灾民盲目地以为登上火车向西就能离开灾区逃到乐土上去。车站附近,铁道两侧都住着灾民。有的在几尺高的土堆上挖了洞藏身,有的是露天搭点小棚居住。满眼是破破烂烂既像人又像鬼的男女老少。当火车停在站上要开,灾民们就蜂拥而上攀爬到火车顶盖上挤在一起。喧闹的嗡嗡的人声,夹杂着连珠炮似的吵骂声,充塞耳朵。手持短棍的警察大声吆喝驱赶,婴孩在放号啼哭,处处有喊声和呻吟声响彻在酷热的夜空中。

这列火车除掉童霜威等坐的一节公事车外,全是没有顶盖的货车或闷罐车。货车上,有的装的是堆得高高的牛皮。挤到牛皮上边蹲着的人多得像爬在蜂巢外的蜂群,随时好像能被风吹刮下来。

火车在关中大地上向西奔驰,铁轨有节奏的撞击声"孔隆孔隆"震撼着两侧瘠薄的黄土坡岭和瘦骨嶙峋的山峦。车窗外,是黑黝黝的原野,偶尔有点灯火,像游荡的萤火。

童霜威和家霆从车窗外望,不禁同时想起了抗战爆发那年从武汉到广州途中坐火车的历程。那次途中,金娣被炸死在坪石站的竹林旁。想起这,家霆情不自禁地又想起了欧阳素心和在上海的银娣。经历了抗战以来这五年颠沛流离的人生历程,这次目睹了中原受灾害煎熬的大地苍生,家霆感到情思被战祸侵扰。这宇宙和大地该祈求和欠缺的只有一个愿望,这愿望就是天下太平,风调雨顺,国泰民安。但他感到自己力量的荏弱无力与内心的寂寞痛苦,看到这些自己无力扭转和改善的惨状,他让无声的叹息像惊雷似的在心上翻滚。

经过了一个整夜,从瞌睡中苏醒,醒来又打瞌睡。天明时分,火车到了灵宝。这里离陕西省已经不远了。灵宝大桥被日寇炸断了,火车到此为止,须步行三十里路到常家湾。童霜威和柳忠华、家霆随邢副官一起下了火车,已有四个兵士牵了马在站上迎接。童霜威心里明白:从此向西,经过潼关要到华阴才能再上火车西行。而由此过潼关是目下陇海铁路上最艰难困苦的一段。

难民这一带似乎更多,火车站里外,布满了河南口音伸手乞讨的灾民。

童霜威不禁叹气说:"唉,怎么这么多灾民呀?"他不能明白:毕鼎山难道一路上竟视而不见?

邢副官身材瘦长,有一张一本正经、深思熟虑的方脸,用浙江官话介绍说:"到这里的灾民,大部分盘川钱已经用光,火车交通又断了,只好流落乞讨。这里买一个标致的十四五岁的姑娘,只要花一百多块就行,有秘密的人肉市场!"

灵宝火车站屋顶洞穿,墙壁上全是弹洞,都是日寇大炮、飞机轰毁的。车站有便衣人员在进行检查盘问,也有军装邋邋遢遢的兵士检查物件,翻箱倒箧,兼带抄身,连女客也不放过。还有将女客带进近旁屋子里去抄身的。有的人经过检查就被扣押起来。

邢副官和几个接到电话牵马来迎接的兵士陪童霜威等走出车站去。人未盘问,物件未受检查。

柳忠华问邢副官:"这里为什么查抄得这么紧?"家霆注意到舅舅眼神中那种警惕性。

邢副官说:"有的奸商装成难民夹带鸦片,也有奸商雇灾民给他们带鸦片的,将鸦片塞在肛门里的也有。要钱不要命!此外,稽查处也在执行特殊任务!"

出了车站,童霜威、柳忠华、家霆和邢副官一起上马,所带行李物件都携带在马背上,由四个兵士每人牵一匹马沿陇海路一侧的大车道向西走去。几个兵士带了水壶和作干粮的馍馍。中途有时在高处可以看到远处的山影,对岸有高高的塬头,深深的沟壑,起伏连绵,也可以看到黄河两岸淤出了大片河滩。河滩辽阔,河水在中央河道里汹涌澎湃,水上掀起浪花,卷起漩涡,黄得像泥浆,潺潺地流。太阳光射在上边,发出金子般的颜色,一片黄蒙蒙的。看到黄河,使家霆想起中华民族的祖先最先在这里繁衍、生息,用勤劳和智慧创造出民族灿烂的古老文化。黄河的宽广与气魄象征着民族精神,黄河像负载着沉重的历史在前进。这使家霆血管里的热血在冲荡,他不禁惊叹、沉思,仿佛听到一种无声的召唤。

走走歇歇,傍晚抵达阌底镇。听说阌底镇这些天日寇没有打炮,邢副官建议晚上住一宿,找了一家小客店住下。所谓小客店,客房是没有屋顶的。阌底镇,到处是断垣残壁、废墟土丘和灰烬垃圾,所有房屋的屋顶早被对岸日寇炮火轰掉,只有四周残存的墙壁可以挡风。客店老板供给高粱席子铺在地上给旅客席地而卧。怕引起对岸日寇注意,不准点灯点蜡。所好天上有灿灿的星光,可以照亮。天热,大家用凉水洗了脸、擦了身子,童霜威先躺下了,方脸的邢副官陪着他聊天,家霆随舅舅柳忠华出外逛逛。两人逛到开阔处,向远方对岸瞭望,隐约看见黑糊糊的山影隔着宽阔的黄河耸立,影影绰绰似乎能听到黄河的水声。家霆忽然听到舅舅似乎轻轻叹息了一声。

家霆是很少听到舅舅叹气的,忍不住问:"舅舅,您怎么啦?"

柳忠华挽着他肩膀,语气的冷峭,令人悚然,说:"你在灵宝车站听到和看到了吧?稽查处在执行特殊任务!不少想去陕北的青年,能想得到遍地都是陷阱和罗网吗?"

两人不敢远走,一路谈着又匆匆走回来,同童霜威和邢副官一起躺下来憩息。家霆睡不着,睁眼数着天上的星星,觉得这种没有屋顶的战地露天客店真是罕见,又想起舅舅在瞭望黄河对岸时的叹息,不禁想起了在洛阳稽查处大牢里一同关押的三个青年,心里更加不宁。刚要合眼,忽然听到"轰!""轰!"震天般响,对岸日寇又打炮了。家霆马上去扶爸爸起身。

邢副官一个鲤鱼打挺,站起身来,高声大叫:"不能在此地过夜了!"马上叫起几个兵士让童霜威、柳忠华和家霆一起上马,说:"今夜辛苦一下,闯过潼关去!"

炮声沉闷地轰响,看得到对岸闪动的火光。炮弹飞啸着落在远处,震得灰土狼藉,地面剧烈震动。仓促离开阌底镇后,炮击越来越猛烈,远远仍可看到对岸黑黝黝的夜空下,山峰巨大的身影如同隐伏着的怪兽。炮击的火光在闪耀,炮弹落在阌底镇近旁时,感到大地在脚下震动。

邢副官在马上介绍说:"对岸同蒲路终点风陵渡日军,一直想渡过黄河、夺取潼关、截断陇海路,几乎每天要向潼关打炮。"

天上虽有星星,夜色仍旧浓黑。偶尔能看到萤火虫一闪一闪在四处飘荡。听着炮击,在黄河边古老的道路上行走,感受到的战争气氛特别浓烈。黄河在深夜中,拥着凝重的、沉甸甸的一河黄汤,在苍穹下模模糊糊像巨龙一样蜿蜒着,微微闪着亮光,响着似有似无凄凉呜咽的汩汩水声,能将人引入回忆,引来沉思,引进梦境。

家霆骑在一匹驯服的棕色马背上,颠颠晃晃,想:舅舅说过,在黄河那边,就有八路军在浴血抗日。延安,就在陕北。舅舅说过:国家民族的希望在那边,河的那一边有一个生机勃勃的世界!只是现在被封锁着,日本人在封锁,国民党也在封锁。那边是什么样子呢?他有一种神秘的感觉。在马背上,经过一段陡峭的堤坝附近,又想:也许抗战胜利了,中国就能变得美好一些了吧?远眺星空下的黄河,马蹄嗒嗒,脚下踩着坚实的黄土地,他仿佛觉得自己是沿着祖先所留下的足迹在走,心头涌出一种无法形容和表达的渴望和向往。……

明天黎明时分能到华阴,可以上火车经过西安到宝鸡,然后转由西北公路由陕入川了。此后一路将比较顺利平坦了吧?黑夜如磐,他在马背上困倦疲乏,艰辛有如登山。听着马蹄声响,走在崎岖的荒径上,有散落的虫鸣在路边唧唧夜语,也偶尔听到蛙声咯咯。离人间地狱的灾区渐渐远了,他心里既有长途跋涉快要步入坦途的欢欣,又有风风雨雨被噩魔折磨触刺造成的痛楚。在静寂中,他的心上充满了祷祝的感情。他似乎听到一个细微的声音,温柔轻巧得像一阵清风擦过耳际,朦胧的黑暗里,看到了那张脱俗、洁白的深镂在他心上的脸。他牵起怀念的情意,感到轻微的晕眩,心事喑哑,不禁心里微喟地低语:"啊,欧阳!你在哪里?你在哪里?……我们的童年呢?我们的往昔呢?我们什么时候能再相见?"

第八卷 长江奔腾，山城白雾茫茫

(1942年8月—1942年9月)

抗战时期的陪都重庆，一方面有庄严的战斗，一方面有可耻的腐化。

有人形容当时重庆的政治空气：『是一沟肮脏的死水，春风吹不起半点涟漪……』

——摘自创作手记

一

　　漆黑、潮湿、温暖,夜里下着四川常有的那种淅沥小雨,清晰地敲打着屋脊屋瓦。
　　有蚊虫像轰炸机嗡嗡地在飞。住在重庆上清寺一家中等旅店楼上的客房里,到处有喊喊喳喳的人声。家霆内心无限寂寞。重庆夏天酷热早有所闻,没想到八月上旬的天气竟会热得使人窒息。先一会儿,用木盆打了温水洗了个澡。现在,浑身衣裤又都已汗湿。旅店是去年经历大轰炸后重新修建过的。简易楼房,搭在斜坡上,从前面看,是比较整齐的店房,从后面看,却是个用粗毛竹搭起来的危楼。楼梯上非常龌龊,痰渍、烟头、碎纸、积垢都有。二层楼的"国难房子"——竹片和黄泥夹的墙壁,刷上了白石灰。竹片夹壁上开着大窗户。窗户外边是宽阔的走廊。走廊上,可以看到青幽幽湿淋淋的竹枝"噼噼噗噗"地响着雨声。有不知名的虫子在竹根附近哼哼唧唧。向远处张望,可以望见山城一角夜景。点点繁星似的灯盏。附近的路灯因为供电不足,只看到红色的钨丝在暗夜中闪着微光。白天看到的重庆市区脏乱无序的情景,在夜晚,不见了。夜重庆倒是有点迷人的。
　　桌上,点着陶器菜油灯,油碟子里放着三根灯草芯。家霆坐在一把竹制的旧式太师椅上,倚着临窗的一张竹制三屉小桌,正给欧阳素心写信。
　　童霜威早早的已经放下蚊帐睡了。他疲乏了。坐私商的长途汽车来重庆,一路抛锚,一路修车。好几次,车子险险从深谷陡岩上翻下去。一路颠簸,一路风尘,使他今天在中午抵达重庆住进旅店后,就感到精疲力竭,血压、心脏都不适了。下午,买了几份报纸阅读,又服了些降压药和心脏药,在旅店里休息。家霆按照冯村的住址去到都邮街找冯村。原来,那地点是个书店——"渝光书店"。冯村是渝光书店的经理兼总编辑。他恰好外出,不在家。家霆等了一会儿,见冯村不知什么时候才能回来,给冯村留了一张条子就回来了。

　　回来时,经过上清寺邮局,打听了一下,听说同沦陷区通邮。在皖豫两省交界的界首,皖浙两省交界的屯溪等地,本来都有邮政员工设立的转运站或转运所,即使有战事,也能设法绕过中日两军的对峙地点,将内地邮件运进沦陷区,并将沦陷区邮件运回内地。邮局的人说:"由重庆寄往香港的信也可以试寄,只是有时信件会遗失,不保险。"

　　家霆觉得这是喜讯。他见上清寺街道上,有家"三六九"汤团铺比较洁静。天快黑时,他带了碗去买了些甜咸汤团,给童霜威和自己当作晚饭。江南风味,吃汤团引起他对上海的一些思念。他决心要给欧阳素心写封信。虽然他不知她的生死存亡。现在,听着爸爸平静的鼾声,又听着轻细的雨声,取出藏在身边带着的欧阳素心留下的"天涯海角毋相忘"七个字的纸条看看,他心潮翻滚,忍不住摊开信纸就提起笔来了。

　　他觉得好像是在同欧阳素心面对面地亲切谈心。当他写信时,欧阳素心两只好像老是跳动着希望火苗的眼睛,象牙一般光洁的雪肤,黛云一般乌黑的长发,善良灵巧而脱俗的容貌以及慧心纨质、感情丰富的动态,都顿时出现在他眼前。他忍不住要把分别后的一切思念与一切遭逢都用含蓄而使她能了解的语言告诉她。

　　信,他打算寄到上海环龙路去给银娣,让银娣转给在沦陷了的香港的欧阳素心。他顾不得信是否一定能到达欧阳素心的手上。

只要有一点希望,他就渴望把自己的行踪送去,也想通过信件得到她的消息。他更决定一式再抄一封,直接寄往在日寇铁蹄下的香港。双管齐下,也许总能使信到达吧?

信写得这样的长,长得像他这一向走过的崎岖行程。信写得这样的乱,乱得正如同他此刻的纷纭思绪。他在将别后的思念和从离开上海的一路艰辛,过封锁线,跋涉灾区,过潼关,越秦岭到达"天府之国"的情况作了叙述。写得虽乱,感情真实。

他继续写道:

……忠华舅舅同路,到蓉城的第二天晚上,突然提出:"我要走了!……"走前对我说:"到目的地,定会像一路见到的那样,会看到许多痛心事,但也要看到希望在前。战争使该腐朽的东西更腐朽,也引发、刺激了新的生机。能看到这点,就不会消极悲观。"他与我们分别,飘然而去,说:"终有一别,同路到此,我已放心了,就分手吧!"离开舅舅时,我泪雨纷纷,他在潜移默化中使我懂得的事太多! 他说:"别哭,以后再见,希望你又有了长进!"爸爸问他去哪里,他没有说。我明白他有自己的事要忙,只好互道珍重。看着他的背影在夜色中消失,我不禁想起了葬在上海的舅妈。爸爸对他的评价是:"有远见,有真知,有道德修养,讲起话来令人信服。作风正派,与人交往,值得信赖。"爸爸是很少对人有这么高的评价的。少了你,又少了他,我心里又多了一块空虚。我像面对浩渺无边的大海,谛听着惊涛拍岸的声音,有一种强烈的失落感,不知哪天才能填补心上的空白。

欧阳,我们互相理解,互相重感情,互相都懂得尊重别人。在一起时,我们心上都闪耀着欢乐之光。美丽的东西,战争能毁掉不少,但它永远不能全部将美丽的东西毁光! 要有这种信心。我们的幸福并不缥缈悠远,你在油画上希冀的东西,我们完全可以靠自己去争取。我不能没有你,不能失去你。舅舅劝过我,要我在大时代中,不要沉浸在个人的悲喜中不能自拔,应当使自己的思想感情找到依托,变一人的呻吟为大众的呼声。但我办不到,总是想念你,想得要死。我已经理解到什么叫失去,后悔在过去没有及时留住那不应错过而应留住的幸福时光。我想,惟一正确的道路和办法,是使我俩重新又在一起。现在刚来,一切未定。只要安顿下来,你就来!爸爸也是这意思。那时,我立刻给你写信,我们犹如两条斜线,应当汇在一个相交点上。你一定要答应我这要求……

写到这里,有两只耗子在阴暗的墙角里吱吱打架,搅断了他的情思。家霆"嘘嘘"赶走了老鼠,凝望窗外,烟雨浓密,夜色漆黑,细雨的沙沙声与屋檐的滴漏声同童霜威的鼾声起落跌宕。他心里凄恻,坐在灯前,想起了许多伤心的往事。他用放在油碟子里的一根小竹片儿,剔剔灯芯,使灯火旺起来。刚想动手再往下写信,先是听见下边似乎有人说话,话声里有个熟悉的口音。接着,听见走廊上有皮鞋"橐橐"响,他心里一动:难道是冯村舅舅来了?

站起身来,掩上信纸,走到房门口。果然,看见一个熟悉的身影正在狭窄的竹廊上迎面走来。一点不错,这熟悉而使他感到十分亲切的身影正是冯村!家霆兴奋得心里像打鼓。他下午去找冯村时,那么渴望能见到冯村,结果失望了。回来以后,又是多么希望冯村快来。分别快五年,多少次梦里相逢,现在,冯村终于出现在面前了!家霆激动得眼眶湿润了,颤声叫了一声:"冯村舅舅!"

冯村也认出家霆了,用一种喜悦、热情的声音叫唤他:"啊!家霆!我的小家霆!"他疾步上来,用手拍着家霆的背,瞧着家霆兴奋地说:"你长得这么高大了!街上遇见,真不敢认了呢!"

两人拥抱在一起。在油灯的光辉下,家霆看到:冯村老了不少,眼角多了些鱼尾纹,似乎也胖了一些。脸色黝黑,两只好思索的眼睛也依然光芒闪闪。他穿一条灰色西裤,一件白府绸衬衫,手里提着湿淋淋的雨伞和一只公事皮包。家霆欣喜若狂地朝床上睡熟的童霜威高叫:"爸爸,爸爸!冯村舅舅来了!快醒醒!"

毛竹片编成的竹床下支撑的两只马架"咯吱咯吱"响了。帐子一掀,露出了坐起身来的童霜威的脸。

冯村热情叫了一声:"秘书长!"他放下手中的雨伞和公事包,上前去握童霜威的双手。

在这同时,童霜威也叫了一声:"啊,冯村,你来了!"声音嘶哑,疲劳加上激动,都在嘶哑的声音里表达出来了。他握紧冯村双手,然后,下床来趿上了鞋,取一条毛巾拭着汗说:"唉,'还作江南会,翻疑梦里逢'①!武汉一别,流水数年,国家离乱,人事代谢,何曾想到今日在此重相见?"说毕,眼眶发涩,竟落下泪来。

冯村也动了感情,说:"秘书长,古人说:'三年不见,东山犹叹其远,况乃过之,思何可支?'②长期以来,山川相隔,'孤岛'形势险恶,一直担心您的安全。现在您和家霆万里迢迢,平安抵达,可喜可贺。但中途如果给我来一电报,我无论如何也要启程去迎接的。现在,我已将书店楼上一间房打扫干净,请秘书长和家霆就搬去居住。那里比这里洁净些,生活上也还方便。"

童霜威见冯村的语气态度十分诚恳,同在南京、武汉时一样,点头说:"那好,那好!只是下雨,又已住下了。今晚我们就在此叙叙离情别悰,谈谈各自的遭遇。我也要听你讲讲重庆的情况。明天白天再搬去吧!你看如何?"

冯村点头说:"那也好!巴山夜雨,就在这里挑灯夜谈吧!"

家霆脸上一直在笑,面容舒展,说:"我来泡茶,听你们说!"说完,忙着去洗茶杯、拿茶叶,用开水沏茶。

童霜威坐在床上搔痒,那坦克车似的臭虫刚才叮得他大腿上全是疱块。他端详着冯村,问:"你到现在仍然独身?"

---

① 唐朝诗人戴叔伦五律《江乡故人偶集客舍》中的两句。
② 曹丕《又与吴质书》中的句子。

冯村在对面一张竹椅上坐着，笑笑说："日寇未灭，何以家为？既无合适的人，重庆居也大不易啊！"

童霜威点头又问："两位老人都好？"

冯村摇头："都先后在武汉去世了。武汉沦陷，当时我在前方采访，他们也未逃来四川。现在妹妹一家也仍在武汉。"见童霜威听了似乎有些伤感。冯村看着家霆感慨地说："啊，家霆真的长大了！身材挺拔，气度恢宏，真叫人高兴！"他接过家霆递来的茶杯，对童霜威说："秘书长！我真想知道你在上海的经历呢！三年前的这个时候，汪逆在上海开伪'六大'，重庆报上登过伪中委名单，其中有您，我就不信。后来，果然不见再有您在这方面的消息。收到过您的一封信，内附抄录的《正气歌》，我知道您的心意，当即按您嘱咐送给于右任院长并请他转给中央党部了。一次，偶然见到叶秋萍。我问起他您的情况，他倒说：'附逆不确，绑架是真。'以后，谢元嵩摆脱敌伪羁绊逃出'孤岛'从香港来到重庆，我特去看望打听您的消息。但他说久未见面不知情况。"

童霜威听到这里不禁想起在洛阳见到毕鼎山的情景，气愤地问："谢元嵩现在怎样了？这个王八蛋！我要找他算账呢！"简单讲了上谢元嵩当的种种。

冯村大为吃惊，说："啊，原来如此！他被打发走了，名义上是奉派去美考察。"

童霜威恨得咬牙，叹了口气，摇了摇头。他记得管仲辉在南京时是告诉过他的。管仲辉的消息不假。

冯村接着说："我一直挂念你们，知道'孤岛'情况特殊，您滞留租界十分危险，看到那里暗杀绑架层出不穷，时刻担忧，一心希望您早日离开。现在，终于见到了，真是高兴！"

童霜威将在上海的遭遇前前后后枝枝叶叶如实讲了，真像一篇冒险故事，讲得激奋时，面红耳热，讲得悲恸时，壮怀激烈。家霆在一边坐着,有时给爸爸递茶,有时也补充情况。

终于,喝着茶,听着雨,促膝扺掌,将上海时那段曲折离奇但是合情合理的经历全部讲完。接着,在冯村的唏嘘声中,又简略讲了一路上的艰难困厄与河南人间地狱的真貌。

听罢,冯村被一种深沉、博大的爱国热情和匹夫的忠贞撼动了。冯村觉得在童霜威身上,有了大量的与战前同他所接触时未曾发现的东西。是战争给了他变化?他平静地叙述逝去的时光,叙述生与死的搏斗,没有渲染在被敌伪特工总部绑架后面临死亡的过程如何残酷与艰难,但已经足以使听者从他的叙述中看到这种血淋淋的处境而感到痛苦,感到晦暗得透不过气来。战争造成的人生苦难,给了他强刺激,却激发出了他身上蕴藏着的很少暴露的闪光品质。经历过死亡的威胁,他对死似乎已失去了畏惧。他心上似乎涌出了一种要以战胜苦难来取得安宁的姿态来对待和迎接一切不幸。尽管肩负沉重,心情也沉重,他却在用脊梁顶着重负。终于,从沦陷的"孤岛"千山万水踏破险阻来到大后方了。

冯村感动地说:"啊!脱离了虎口,迢迢万里跋涉颠簸来到重庆,真不容易啊!我真想不到今天会突然坐在面前听着您谈这几年的曲折经历呢!秘书长讲的事,太使我激动了!"冯村对柳忠华的情况也极关心,知道柳忠华在成都飘然告别,遗憾地说:"啊,他如果也来重庆了,该多好啊!民国二十六年冬在武汉分手,瞬忽快五年了,很想念他啊!"

蒙蒙细雨,用叹息和呻吟似的凄凉音乐打破了夏夜闷热、抑郁的沉静。

童霜威问:"冯村,你这几年是怎么过来的?还好吗?"

夜深沉,雨忽然下大了。雨声淅沥响,黑暗的夜空里,烟水雾气中布满了刷刷的雨箭。

冯村音调里带着回忆,说:"当年武汉分别后,我改行从事新闻事业了,在几个报馆里做过记者和编辑。武汉会战时,到过鄂东前线,到过长沙。后来又到过鄂北老河口五战区,到过山西战场。反正看到光明,也看到黑暗,轰炸、牺牲、伤兵、担架、尸体、血污、溃败,与不屈不挠、视死如归,都搅和在一起。"

童霜威想:怪不得那时冯村有很长一段时间没有消息,听到这里,问:"有人说八路军在华北游而不击,事实是否这样?"

冯村笑笑,喝着茶说:"置身于华北敌后战场,周围都受敌人的包围封锁,即使想'游而不击',事实上也办不到。日军的主要打击对象,早就移到八路军身上了。新四军当然也是一样。他们是坚决抗战的部队。能在敌后站住脚扩大地盘扩大力量不靠抗战怎么行?可歌可泣动人心弦的事太多了啊!"说到这里,他忽然苦笑摇头,"这几年,现实教育了我,出于忧国忧民,说了些真话,写了些实况,老是有人想给我扣红帽子。皖南事变后,《中央日报》对中共改称'奸党',重庆各学校和机关团体因共产党嫌疑被特务逮捕的就有几十人。其实我哪是什么共产党!我接触的人左中右都有!有理讲不清,我决定不做记者了,筹款办了个书店,股东的面很广。但戴有色眼镜的人仍把我看作是左倾文化人。现在,处境也不佳妙。如今,特务横行,可怕又可恨!重庆大学商学院院长马寅初并不是共产党,敢说点真话罢了!前年底被捕,前不久在国内外舆论压力下,才被释放。但也像你在上海似的,仍软禁在歌乐山大木鱼堡五号他家里。"

童霜威不禁皱眉,想起了战前南京潇湘路的邻居叶秋萍,说:"叶秋萍一定十分得意了?"

冯村严肃地点头:"当然!他是中央执行委员会下设调查统计局的负责人。军统、中统,一属军,一属党,是左右臂,与明代的东厂、西厂相似。现在特务为非作歹,中统就有二十万人以上。老百姓心上都装了暗锁,不愿随便开口。那是我做记者时,一次在个会上遇到叶秋萍,他当面笑着警告我,叫我不要太左。我笑答:'盯我梢的人是盯错了!你看我能像共产党吗?'他说:'不像就好!'"说完,笑起来。

雨声转小,黑洞洞的窗外,有腾腾的雾气,似云,似烟。邻室有人在大声叫:"茶房!"

童霜威问起司法界的情况。

冯村尽量详细地讲给童霜威听:"居正住在莲池沟司法院内的公馆里。有一次我去看望他,他叹气说:'司法行政部本来属于司法院,现在隶属行政院去了。什么五权宪法?司法院是五权中一个空权了!我这司法院长还有什么事可干!'早先人家说司法院是湖北同乡会。现在,司法院全体职工一百七十多人,湖北人只占一半了。那一半,主要都是C.C.的人。因此,上下左右明争暗斗,一塌糊涂。司法现在实行党化!法官训练所从前年开始,受训的都不是原来学法律的,而是中统特务人员,受训后一律派充各省的战区检察官,任务是'锄奸肃反',归叶秋萍领导。"

空气里传来熏蚊子的苦艾草的味儿。一缕清香夹杂着苦涩的烟味在潮湿的空气中飘,飘。邻室的谈话声隐约传来。

童霜威关心地问:"中惩会和司法行政部的情况呢?"

冯村不愿刺激童霜威,尽量平静地说:"中惩会的实权在毕鼎山手里。他同太太离了婚,新太太是个留美归来的基督徒,在励志社当副总干事,据说通天。这条裙带关系最了不起。有人说:《红楼梦》上护官要靠贾、薛、王、史四家,中央护官也要靠蒋、宋、孔、陈四大家。毕鼎山是还要飞黄腾达的。司法行政部的实权落在战前代替你的那个彭一心手里。此人也是C.C.的,臭名远扬。他太太丢在沦陷区,如今成立了伪组织,将中央党部秘书处那个有名的'花瓶'杨女士做了抗战太太。彭一心对您颇不友好,连见到我也不答理,可笑得很。"

童霜威听到这里,像冰水泼心,感到司法界已经没有立足之地了,随口问:"于右任情况怎样?"

"此老您倒是可以去看看他的。"冯村说,"他为人比较公正,但态度不太鲜明,有时比较严正,有时又有些暧昧。去春纪念屈原,文化界人士发起将端午定为诗人节,于胡子也签名当了发起人。我还记得宣言里有这样的句子:'诗人眼看着明媚的山河被敌人蹂躏,横行霸道的奸臣向敌人献媚,他的愤怒的歌,可以叫上官大夫、令尹子兰听见了发抖。……目前是考验屈原精神的最突出的时代。……山林河水为中华民族唱起了独立自由的战歌,在古老的土地上中华儿女迎接着新生的岁月……'很大胆吧?"

滂沱的雨声不知在什么时候已经停止,旅店里喧嚣的声音也开始平歇,一切变得静了,檐上的滴水声迟缓地"滴滴答答"未停。家霆一直静静听着,这时起身给爸爸和冯村斟茶,又去灯上拨亮灯芯。

童霜威再问了些往昔熟人的动态。冯村都一一作了回答。又谈了一会儿前方战况和重庆琐事,不外是:每星期一上午照例做纪念周,唱"三民主义吾党所宗",背"总理遗嘱",谈谈"以空间换取时间"……国民政府在上清寺国府路,中央党部也在上清寺。军委会就在储奇门原重庆行营,行政院在歌乐山,监察院在金刚坡。物价飞涨,法币贬值,官场中人许多对战争都已感到厌倦。"前方吃紧,后方紧吃!"重庆是发国难财的官商寻欢作乐之地,灯红酒绿、纸醉金迷与前方成了鲜明对照。香港紧急撤退时,孔祥熙①的家眷包了专机,连洋狗、马桶都带上飞到重庆。派系倾轧变本加厉,有人骂老蒋"不是民族英雄,是家族英雄"。

听了这些一团糟的情况,童霜威头里混乱,不禁更加心寒气短,冷冷坐着。他伤心:抗战初期一度激发出来的那种捍卫中华民

---

① 孔祥熙(1880—1967):字庸之,山西太谷人。此时任行政院副院长兼财政部长。

族要把血肉筑成我们新的长城的精神振奋的状态,在国民党和中央要人中荡然消失了,代之而起的早已是变本加厉的萎靡不振、暮气沉沉和贪污腐化一类世态了。怎么得了呢?

家霆问起空袭情况。冯村说:"去年夏天,日机空袭重庆,酿成五里长的公共防空洞近万人窒息死亡的大惨案。去年一年炸得十分厉害。今年以来,在华日机因太平洋战事大批调走。美国和苏联来的飞机增加了,重庆空防力量增强,放过一次警报,日机却没能进城投弹。"

这大概就算是差强人意的消息了吧?谈到此时,已经夜深,灯也加过油了。童霜威觉得想知道的大致已经知道,听了冯村的介绍后,在这暑热的深夜,感到百无聊赖。雨一停,天就燥热,他心里烦乱,不禁站起身来,背着手踱方步,征求冯村意见地说:"已经来了!而且来得如此艰难!你看我该怎么办?"

他提出的是一个分量十分重的问题,是一个要冯村拿出对策来的问题。冯村思索着,终于说:"秘书长,您来了,这儿对您当然比在沦陷的上海好。从长远看,我有一个建议,但不知当不当说?"

童霜威朝冯村看看,这个他以前的秘书,那时他喜欢冯村的机灵与善于体会他的心理,这次他却喜欢冯村的直率与坦诚。他说:"说吧!我就是要听听你的建议嘛!"

冯村点头,发自内心地说:"从长远看,我要劝您在看看情况后,经过深思熟虑,为中华民族和人民着想,考虑在政治上离开国民党另立门户,另找出路。但从现在来说,您新来乍到,还是要先立定脚跟。"

窗外的雾,淡淡的,像是淡蓝色的,在随风灌进屋里来。

童霜威点头沉着地斟酌说:"长远的事,只能以后再说了。我的意思就是问你现在怎么先能立定脚跟?"

冯村明白:童霜威思想深处充满着矛盾,尽管他在对待日伪的事上有远见和定见,但在与国民党的关系上,他灵魂深处是存在着另一个世界的。他明知这个党的那些人不对,但不忍与之决裂。明知什么是黑暗和光明,又怕光明刺眼。于是,常常显得矛盾,妥协。这可能同他过去从小读的那些孔孟之书和后来研究过宋儒之学的影响有关吧?明哲保身以及封建道德上的一套深深植根于他的脑海之中。冯村也不想多逼他,就知心知意地回答说:"看来,还是先找一找于胡子看看能否安排一个职务。司法界的那批人不找也罢。"

童霜威点头说:"C.C.我是深恶痛绝的。司法界那伙留法派、英美派我也不会去同他们狼狈为奸。也许今后我真的是永远要脱离司法界了。司法党化,特务管法,与我学法用法的初衷完全违背,我绝不想去那里沾什么油水分什么赃!"

冯村叹口气,他明白童霜威的心态,说:"您来到了重庆,应当在报上发条消息。这件事我可以去办。当然,不宜给您在左的报纸上发。我可以托《时事新报》和《商务日报》的熟人,给发一发新闻。报上一登,形成影响,有利于站定脚跟。您再到处跑跑,看看听听,再作决策,您看如何?"

童霜威原来在脱离虎口飞出上海时曾考虑过到重庆要向记者发表谈话的事。现在,想法改变了。国共之间的摩擦,使他觉得如实说出自己是依靠柳忠华等的帮助而离开"孤岛"过封锁线的,那样不会有利。如果不如实说,讳言这一切,他也不愿意。何况重庆的种种都使他泄气,也不想沽名钓誉,他觉得没有向记者发表谈话的必要了。他叹口气对冯村说:"好吧!你看着办吧。"

家霆看到爸爸脸上泛出一种十分疲惫与失望的神色,明白爸爸的心情不好,劝慰道:"爸爸,我看冯村舅舅说的办法很对,照他的话办吧!我们明天搬到他书店楼上去住。"

童霜威点点头,踱近窗口,看着黑黝黝的天空和雾气缭绕的空间,觉得胜利、前途……一切都好像这雾夜中的风景,看不清也说不明在哪里,是什么样?思绪像在阴暗之处徘徊。他忽然低声吟起诗来,声音充满感情:"流落征南将,曾驱十万师。罢归无旧业,老去恋明时。独立三边静,轻生一剑知。茫茫江汉上,日暮欲何之?"

是刘长卿的一首诗。家霆和冯村都熟悉。此时此地,童霜威吟出这首诗来,当然心情是有所寄托的。窗外,黑沉沉的,有着轻淡的夜雾在飘荡。一幅会变幻的缥缈的夜景像巨画一般嵌在窗框构成的镜框里。原先有的一点零散的灯光,一盏接一盏地熄灭了,只剩很少的几盏。每熄灭一盏灯火就使人觉得夜色深暗了一层。雨已停了,外边的一切好像在水里浸过似的,湿得能挤出水来。漆黑空寂的苍穹,像黑色的大海,无边无际,无声无息地流动,使人产生少有的孤单和恐怖感,风尘岁月就似乎在这种摸不到而感觉得到的黑暗波涛中在流耗、消逝着。

二

童霜威带着家霆,由冯村张罗着迁到都邮街渝光书店楼上住以后的第二天,《时事新报》和《商务日报》果然都发表了他脱险来到重庆的新闻。新闻每则虽只有二百多字,但措词恰当,写得很好,大致说明了他坚贞不屈逃离"孤岛"前后的情况。一早,报上发了消息,使童霜威感到高兴。那一天,他主要是同家霆出外逛逛,看看重庆的市容,用"入境问俗"的态度了解了解民情。就像抗战爆发那年初到武汉时一样,打算先到处看看,熟悉熟悉,然后再去拜访熟人。

古城重庆,历史悠久。相传夏禹分全国为九州时,在梁州有巴蜀地区。其中的"巴",位于两江汇合处,就是以重庆为中心的地方。因为江流弯曲,像一"巴"字。隋朝时,古时的嘉陵江叫渝水,渝州之名就用了五百多年。重庆也就简称为"渝"。这是一座山川秀丽的山城。

赤日炎炎的山城,热得像一座大火炉,坡坡坎坎,确是"山高路不平",但颇有战时"陪都"的气势。轰炸少了,市面繁荣。到处人头济济,歌舞升平,看不到什么紧张昂扬的战争气氛。公共汽车不多,乘客拥挤。人力车不少,上坡时,车夫几乎挨着地一步步艰难移动;下坡时,车夫飞起来,两脚几乎不踏地,靠双臂和身体的重量取得平衡驾驭着车辆,行人必须提防被撞着。上清寺附近,开设了几家漂亮的咖啡馆和大饭店,街上操着下江口音的人很多。常有些军官挽着涂脂抹粉女人的膀子招摇过市。

从两路口到曾家岩那段马路上,有一家"都城饭店",装饰着霓虹灯,生意兴隆。楼上旅馆,楼下是餐厅和冷饮处,门口放着晚舞七点开始的海报。这里与河南灾区相比,差别真是太大了。在陪都的有些人真是享福!

在重庆上半城中心都邮街广场修建的"精神堡垒"附近,是重庆城的繁华区。"精神堡垒"是方形的,有七丈七尺高,分五层,像个炮楼,顶悬国旗。为防轰炸,涂成了灰黑色。倒使人刚看到时会想起战争,但看多了也就不在意了。银行,不少集中在陕西街附近。这里使人想起上海那种熙熙攘攘的交易所、股票买卖,想起金融家、经纪人、掮客和操纵市场的大人物。

走到朝天门,更能领略山城的风味。童霜威和家霆对这一带最有兴趣。密密麻麻的人群从一级级数不清的很陡很窄的石阶上上下下。周围脏乱无序,房屋破旧,傍水而居的棚户密集,俯瞰长江和嘉陵江交汇,视野辽阔。江上,宽广深厚的江水静静地流。有重浊的轮机的闹音和汽笛的长鸣在震响。轮渡往返,还有些小划子来回。江水洄旋,对岸朦朦胧胧,看到的都是密集的鳞次栉比、肮脏破旧的房舍和麇集在江边的船只。

这里真是富有重庆特色的地点。用白布包着头赤脚穿草鞋抬"滑竿"的佚子,两个人像抬轿子似的用竹子做的兜子抬着一个客人在上坡下坡,爬坡上坎,十分费力。滑竿走在平路上,坐的人上半身比下半身高。上坡时则人的形体会颠倒过来,悬在踏板上的脚往往比头高得多。抬滑竿的脚夫,赤胸裸背,大汗淋漓。初看到这种景象,家霆觉得人间实在太不公平。坐滑竿被抬的人,衣冠楚楚,轻松悠闲,抬滑竿的却像在走火焰山,汗流浃背,气喘吁吁。

挑筐背篓的农夫在狭窄、热闹、用石条铺垫的小路上拥来挤去。物价贵,乞丐多。有穿便衣的人掏出派司要无票看电影,在影院门口同检票的闹架,有军人在小饭馆里砸盘子和碗,使人感到乱糟糟的。橘柑早已上市,有的通红,有的青里泛黄。甘蔗也成捆在小摊上出卖。用竹竿搭起篷屋的一溜饭摊,挂着"开堂"的牌子,门口大铁锅里煮着豆花,出售堆尖的"帽儿头"米饭。小客店门口,家家挂着"未晚先投宿,鸡鸣早看天"的纸灯笼招徕客商。

童霜威和家霆发现:汤团这儿叫汤圆,白面饼叫"锅盔",馄饨叫"抄手",酒酿叫"醪糟",切薄的牛肉片叫作"肺片"。到处可以看到红色的辣椒,闻到刺鼻的麻辣味。有些小菜馆在杀兔子,雪白的兔子血淋淋杀了扔在门外街道上,四脚还在颤动。茶馆店很多,坐满了聊天、吸烟、看报、下棋、打扑克、看手相和面相的男男女女。有的茶馆里还有瞎子说书。这一切构成了四川特有的地方气氛,使童霜威和家霆感到新鲜、古怪。"天府之国"富庶而又贫穷,前方和后方的差别与距离,战争与和平的矛盾统一,五光十色而又扑朔迷离的尘世现实,复杂的感受,难以把握和捉摸,也难以确定和认清,只能在心头激起一阵阵莫名的触动。

逛了几乎一天,午饭和晚饭都是在街上饭馆里吃的。童霜威和家霆天擦黑时浑身汗湿疲乏地回到渝光书店楼上。小楼,开了窗就能闻到煤臭。开了电灯,见钨丝发红,既不亮也不灭,有等于无。刚洗完脸擦过身,冯村匆匆来了。

童霜威扇着扇子说:"这灯怎么回事?"

冯村笑了,说:"供电不足,就出现了这种奇迹:既不死,又不活,像这世道一样。有人做诗说:'电灯虽设光常无,更有自来水易枯,名实不符君莫怪,此间究竟是陪都!'"

童霜威和家霆不禁都笑。

冯村简单问了童霜威和家霆白天出外逛游的情况,告诉童霜威说:"我已经给监察院打了电话,找了于院长的季秘书①,本来想约好明天上午九点请您去同于胡子见面。但听说是您到了,季祥麟去问了老于,胡子说请您晚上就去。他等候着您。"

童霜威出乎意外地说:"那不是马上就得去吗?"听说于胡子欢迎他去,心里感到温暖,忍不住说:"好!马上走!"

他换衣去时,没忘了河南的那包"粮食",从箱子里取出来,用手帕包了提在手里,打算带去给于右任看。

夜网撒罩,屋里的灯光射出来照亮了外边的花坛、树丛。四川有名的大银行家康心之公馆的后花园里绿色更浓。有披着藤蔓、青苔的假山石,有曲折的卵石小径,有高大的黄桷树,在夜色中显得特别幽静、雅致。

童霜威由季秘书迎接了他,在康心之公馆后花园里那幢洋房的楼下客厅里同于右任见面。这时是晚上八点半钟,于公馆客厅里客人不多。客厅里挂着些雅致精美的字画。有一幅泼墨山水,气韵浑厚而妙趣天成,特别引人注目。童霜威进客厅后,除了两个

---

① 季秘书:当时于右任的秘书姓李,这是小说,故未用真姓。

陌生的陕西人外,见到了中央委员唐诗开、立法委员屈平、监察委员向天骥等。戴眼镜、秃顶、矮小又留小胡子的向天骥,是以"才子"出名的苏州人。抗战爆发那年,童霜威在武汉到老于公馆里见到过他,后来到了香港,在香港那个同日本人有密切关系的大富商季尚铭公馆里也见过他。他究竟是个什么样的人物?无从捉摸。官场中的人物每每都是这样的,何况是在战乱年代。不管他也罢!童霜威带笑——握手寒暄。

向天骥特别热络,打着哈哈说:"啊,啸天兄,今天看到了报纸,才知道你脱险来渝了!刚才还同于院长在谈你哩!"

于右任笑容可掬,眯着眼,捋一捋大胡子,从大沙发上站起身来。他穿一件秋葵色香云纱单衫,模样大致未变,只是比四年半前在武汉那次见面时略为苍老了些,步态显得稳重而有点蹒跚。他同童霜威微笑握手,一口陕西话:"啸天,你来了!很好!很好!"话虽不多,童霜威听来亲切受用。

季祥麟秘书要让于院长同童霜威能有一个两人单独谈话的机会,恭敬地在边上说:"院长,到隔壁书房里谈谈吧?"

于右任点头,和童霜威一起走边门到了隔壁书房里。书房里飘散着一丝淡淡的墨香,书橱和竹书架上满满都是书。有些线装书翻开着摊在一张办公桌边。这书房似乎是老于给人写草书留墨宝的地方。房间的墙壁用黑色镶板镶起,散发着一种雅致、友好的生活气息。房中央放着大红木桌,上面是文房四宝,铺开着雪白的宣纸。季秘书送他们到了门首,就回身走了。

童霜威忽然发现办公桌上一只大玻璃匣里,放着一枚大炮弹壳。他记起来了!这是辛亥革命时攻陷南京北极阁时用过的一枚炮弹壳,是件胜利纪念品。当年中山先生赠给老于的。老于题过一首诗,请人镌刻在炮弹壳上。现在,这炮弹壳他又带到重庆来了。童霜威不禁上前看看那藏在大玻璃匣内的炮弹壳,只见篆刻

犹在,已生绿色铜锈,题词是:

> 当年奉赠兮何意
>
> 今日追怀兮堕泪
>
> 平不平兮有时
>
> 百折不回兮此物此志
>
> 此民元总理所赐也敬为句以志之
>
> 民国十八年六月二日于右任书于南京。

童霜威忽然感到心头一阵酸楚,也说不清是什么原因。回过头来,看着桌上的纸笔,说:"雅兴依旧?"

于右任笑笑,请童霜威在一边沙发上坐了,自己也在另一张沙发上坐下,叹口气说:"我在监察院多年,本想运用这个职权,做点澄清吏治的事,可惜贪污盛行,日甚一日,特务不法,司空见惯。徒有虚名的监察院,管不了坏人。倒是写写字、吟吟诗,可以陶冶性情、排遣不快。"他声音有些喑哑。

听他话有牢骚,童霜威想:于胡子是有涵养的人,尚且牢骚满腹,政局及世事令人不满可想而知。先问了一下:"老高和芝秀、望德[①]他们都好?"

于右任左手慢吞吞捋胡子,右手摇扇,说:"好好!好!"却就关切地问起童霜威在沦陷区脱险来渝的经过来了。

来了个女佣敬茶。敬了茶退出,童霜威就将在上海及来四川的前前后后扼要讲了,对谢元嵩的卑鄙,也作了坦率的剖陈。于右任慢慢扇着扇子仔细听着,不时"唔唔"点头。对谢元嵩的事却未置可否,突然问:"我那南京宁夏路二号的房子不知是否还完好无恙?"

童霜威表示在南京是遭软禁,情况不知。

---

① 老高和芝秀、望德:于右任的夫人高仲林,女于芝秀,子于望德。

于右任慢慢点头,说:"中国人自有心肝!你在上海,写了《正气歌》寄来,我就明白你的心迹了!总算现在平安来到了陪都,可喜可贺啊!"

童霜威觉得自己讲了那么多,老于只简简单单说了几句,很不满足,又将河南灾情强调了一下,说明救灾如救火,现在灾民早已嗷嗷待毙,田赋征实及兵役都不减免,调查大员刚去调查,还不知哪天才能拨款救灾,如何得了?看到重庆歌舞升平的样子心里难过。说着,将手里的手巾包解开,把里边的观音土、麻糁饼、芊草、棉子饼、蒺藜面馍、榆皮面馍……十几种灾民的"粮食"摊在于右任面前。

于右任听了看了,吁口长气,摸摸大胡子,说:"是呀是呀!触目惊心呀!我也听人来说过了,监察院查灾的也派去了!可是,"他用左手食指向上指指,"根本不相信河南有大灾,说是省政府虚报灾情,严令河南的征实不得缓免。你该知道,谁都觉得自己不能问事,因为谁问了事都不算。事无巨细,都得他亲笔下手谕才有人去办呀!"说着,于胡子又吁了口气,却没有说出一句义正辞严的话来,也没有说出一句该怎么办的话来。只是两眼目光显得无神,脸上表露出一种无可奈何的神态,苦闷而又沉重。

童霜威不禁心里"唉"了一声,想:官僚!真是官僚!但转眼想到那只老于随身带到重庆来的炮弹壳和上面的题词,又原谅他了,心想:胡子当了院长以后虽然历来有点内方外圆,也缺乏勇气,干事喜欢顺水推舟,但也确实只是一块被用来树树门面的元老招牌。他心里都明白,口头却常无鲜明态度。属于监察院的事他管不了太多,不属监察院的事他又哪能插手?因此住口不讲了,心里懊丧得很,感到说了半天,等于白说,颇有一种竹篮打水的印象。

他沉默着,用手帕将那些从河南带来的"粮食"又包起来提在手上。见于右任也沉默着,他本来想同于右任谈谈政情问问中央动态的,此时也没有兴致谈了。许多到了嘴边的话又吞了下去。只好端起苦涩的茶水喝,一口,又一口。

稍停,童霜威终于忍不住了,又直率地说:"我间关万里,携子来到重庆,现在是寄居在当年的秘书冯村那里,很想有个立足之地。况且,来到四川,是为了抗战,不知先生是否能鼎力相助?"

于右任听了,似在沉思默想,眼睛浑浊无光,但很深很深,似有难于理解和言喻的东西。终于,点头说:"监察院的情况,你是知道的,僧多粥少,何况是安排你的职务,哪能随便?我倒是在想:给你去找找孔庸之①和许世英②。他俩负责赈济委员会,让他们给你一个常务委员。那地位还比较合适。而且赈济委员会也管赈灾的事。你去也可以干些实事为灾民造福。你看如何?"

老于说得诚恳。童霜威想:孔祥熙现在是行政院副院长兼财政部长,掌握财经大权,炙手可热,又兼着赈济委员会委员长。绰号叫"许矮子"的许世英是个从不得罪人的老官僚,是赈济委员会的代委员长。于胡子出面找他们,给我一个常务委员的头衔看来是能办到的。心里觉得于右任出这个主意是实在的,心里不禁有几分感激,想想确也不能再苛求他。童霜威很懂得古人说的"古来材大难为用"的意思。一个人身份地位高了,年龄大了,确难安排,谁想请个菩萨去供着呢?就点头答应,说:"请先生看着办吧!"

他意兴阑珊,总好像热风遇到了冷雨,想回去了。没料到于胡子站起身来,去那张大红木桌上掀开一卷卷写好的条幅,说:"啸天,你脱险归来,下午我给你写了副对联作为纪念呢!"说着,抽出一副宣纸写好的对联展开来与童霜威共观。

---

① 孔庸之:孔祥熙字庸之。
② 许世英:字静仁,安徽人,曾任北洋政府总理、总长。抗战前夕任驻日大使。此时,孔祥熙是赈济委员会主任委员,许世英是代主任委员。

童霜威看那上联是:"不信有天常似醉",下联是:"最怜无地可埋忧",上款是"啸天我兄雅属",下款是"右任书赠",并写着"民国三十一年八月"的日期。那草书超凡入圣,龙飞凤舞。童霜威不禁感动,说:"谢谢!谢谢!"心里却忽然似乎对于右任又增进了不少理解。这胡子,心情是十分沉重的。

他同于右任一起步出书房仍到前边客厅里坐。发现刚才的客人中,两个陌生的陕西人已经走了,别人都在,季祥麟也在。却又来了个新客人,不是别人,正是蒙古族的中委乐锦涛。乐锦涛近视眼镜下的两只金鱼眼配着一只大蒜鼻子,仍然显得有点愚蠢的样子。童霜威记得同乐锦涛最后一次见面也是在老于家里,是抗战爆发那年的冬天在武汉。一晃已是四年半以上了。现在,乐锦涛热呵呵地上来同童霜威握手了,说:"啊!啸天兄,看到报纸了,知道你脱险归来,真为你庆幸啊!四五年不见,你可老了不少,也比从前瘦了!"

乐锦涛的热情使童霜威心里舒服,亲切地向乐锦涛问了好。两人一起坐在左侧一张大沙发上。于右任仍在中间他固定坐着的那张大沙发上像尊活佛似的坐了。天这么热,他布鞋里还穿着老式的布袜。别人摇扇,他此刻却不摇,只是有时用手摸摸头,有时一下又一下捋着美髯,默默无声听着别人聊天。

童霜威来到客厅,原来在客厅里的唐诗开、屈平和向天骥加上乐锦涛就带着好奇和对下江一带的关心和怀念,你一言我一语地问起童霜威京沪一带的情况来。童霜威少不了有问有答如实地讲了些上海、南京的情况以及自己的遭遇。于右任则在一边养神似的听着。约摸半个多小时,童霜威看看客厅壁上那只挂钟已快十点了,见于右任打着哈欠,就起身告辞。

于胡子对戴眼镜的季秘书说:"祥麟,派我的车送一送。"

季祥麟应了一声。乐锦涛也起身说:"我和啸天兄一起走。我们顺路！先送他到都邮街,再送我回家。我们一路还好谈谈。"看来,他是要搭个便车,也想再多谈谈。两人随季秘书到了外边,坐上了那辆黑色的福特牌轿车,同季祥麟点头告别。

汽车驰行在马路上。

乐锦涛靠近童霜威,轻声问:"你来,胡子怎么说?"他用眼镜片下两只金鱼眼瞪着童霜威。

童霜威斟酌了一下,明白乐锦涛指的是安排上的事,见他语气态度都诚恳,就也诚恳地轻声说:"院里庙小和尚多,他想给我找孔庸之、许静仁在赈济委员会设法。"

乐锦涛听了,不以为然地把头摇摇叹了口气,以一种失意人同情失意人的姿态嗫嚅着说:"那就由大胡子去发慈悲吧！现在是无官不贪、无商不奸。做官谋职要找派系和靠山,要依赖裙带,就苦了你我这些无实权、无靠山、无裙带的凡夫。赈济委员会并非净土,但常委和委员是没有薪金的,只偶尔给点车马费。我们既贪不到污,能不为五斗米折腰吗?"说着,摸出一串檀香佛珠来在手里把弄,扬起一阵檀香的香气。忽然迟迟钝钝地说:"我想给你出个主意。"

童霜威望着乐锦涛那一脸橘皮疙瘩和大蒜鼻子,说:"愿闻高见！"

乐锦涛像个蒙古喇嘛似的正襟坐着,说:"海上闻人杜月笙早年你们在上海不就是熟人吗?他现在住在重庆南岸的汪山,交通银行专为他修了一幢宽大舒畅的别墅。后天,恰巧是阴历七月十五,杜先生的五十五岁寿诞。中央要人去的估计不少。明晚暖寿[①],宴客的地点在城里上清寺的'范庄'。那是杜的拜把子兄弟、川军师长范绍增的公馆。他发了请帖给我,我给他秘书胡叙五打个电话让补张请帖给你,我们就一起去。此人有五蕴真智,神通广

---

① 暖寿:生日的头一天,主人先宴宾客,宾客齐往祝贺,名曰"暖寿"。

大,仗义疏财,现在仍是八面威风。你来了,同他见见,岂不是好?"

童霜威当年在上海做律师和办报时,同杜月笙是有交往的。杜月笙这个靠投奔黄金荣贩毒起家的海上大亨,与黄不同,他有了地位后结交政界,敬重文人和留学生,见面总是客客气气以朋友相待的。那时,在杜月笙上海华格臬路公馆的客厅里,挂了一副人家撰赠的对联。上联是"春申门下三千客",下联记不清了,好像是"土木堂前百万兵"。他挂这对联,俨然把自己比为春申君、孟尝君一类人物了。这个人确实复杂,他过去干的事有的黑暗肮脏血腥得不能见人,但见到他时,却觉得他文质彬彬、行侠仗义,像个大慈善家。他是中国红十字会副会长,对抗日又似乎从"一·二八"开始就表现出一些爱国的血性。他是帮会头子,是商人、银行家,有几十个董事长、理事长一类的头衔,可又是政界人士,是要人了!现职是赈济委员会常委。抗战爆发后,到香港住闲的一段时日,童霜威知道杜月笙在香港实际是老蒋私人驻港的总代表担负特种任务,家住九龙柯士甸道,白天总是过海到香港,在豪华的高罗士打行大酒店办公同各方接触。那时,童霜威在香港,因为抱着隐姓埋名的打算,根本不想去接触杜月笙。童霜威回上海后,那次张洪池约在"皇宫"咖啡厅见面,谈到"上海党政统一委员会"。这个委员会的主任委员就是杜月笙。那么,现在该不该去同杜月笙见见面呢?……一个上海的"大亨"要比中央的一个巨公值价。对杜月笙这个矛盾复杂的人,童霜威的心情也是矛盾复杂的。略一思索,感到自己现在孤单无援,前途茫茫,新来乍到重庆,无论如何不能自己也孤立自己。清高狷介得过火,何如中庸一点的好。因此,欣然点头说:"好呀!本来是熟人,见见面好!"他此时倒对乐锦涛的关心有点感激了,觉得这个蒙古族的中委,确实参明佛性,还是很厚道的。

车到"渝光书店"门前时,乐锦涛同童霜威约定明晚七点借车来同他一起去"范庄"。然后,童霜威下车同乐锦涛握别回到住处。

上了楼,见家霆正同冯村在聊天,两人脸色表情有些异样。见童霜威回来了,都起身迎接,先问他去于右任处的情况。童霜威一五一十说了,并将乐锦涛约去同杜月笙见面的事也说了。家霆见爸爸脸上有汗,起身给童霜威倒洗脸水,童霜威宽了衣,擦着脸和上身,对冯村说:"我对杜月笙近几年的情况了解不多,尤其是他到重庆后的情况更不了解。你知道这方面的事吗?"

冯村给童霜威斟上一杯开水,介绍说:"杜月笙到重庆后,主要是在做中华实业信托公司的董事长。这个公司究竟干什么,外人弄不清,听说同孔祥熙和戴笠都有关系,生意做得很大。他上有委员长的倚重,又有孔、戴合作,生意自然好做。原先在港、沪的门徒,大都已来重庆,他又善于结交川帮袍哥①,一心想学梁山泊上的宋江做及时雨,听说他周围有些人建议他将来丢弃'恒社'②这种帮会组织,正式组织一个政党,以便在将来行宪时的国民大会上取得地位。他认为很对,所以正在尽量网罗有名望的人想抬高自己。"

童霜威擦罢了脸,坐下来挥着扇子说:"是呀!这一套他当然是懂的。他战前在上海就常夸耀自己有'八千子弟患难相从'。现在,既有组党的打算,自然会招贤纳士。不过,他这样的人能组一个什么党呢?中国还有必要再增加一个青红帮的党吗?老蒋能同意他组党吗?⋯⋯"

冯村点头表示同意童霜威的见解,说:"可是这种怪事确实有!四川社会一向是袍哥的天下。杜月笙来后,听说军统戴笠和他出面,约请各地流亡到四川的帮会首领想成立一个大联合的组织,全名为'中国人民动员委员会'。这事还正在进行呢!"

---

① 袍哥:红帮的变相组织,即哥老会。
② 恒社:由杜月笙的大徒弟之一陆京士等在一九三二年十一月发起成立的一个帮会社会团体,英文名字是:Constant Club(永久俱乐部),社员有一千五百人左右。

童霜威端起冯村斟的开水喝,有点疲劳和感慨地说:"本来,要去同杜月笙见面求他援手,我心里也很踌躇。可是冷静一想,连一枝之栖都没有,又怎么在此抗战抗下去?况且,中央要人都在同他来往,我又何必惟我独清?"

冯村点头,说:"天下事复杂。杜这个人有罪恶,但听说在抗日救国上,他也有意无意地做了些好事。他是个会看潮流也识时务有点两面的人物,同他见见,并非同他沆瀣一气,没有什么不好。"说到这里,他忽然脸色严肃地说:"秘书长,您去于院长公馆时,这里出了件怪事!有个人来看望您,把家霆吓了一跳!您回来时,我们正在谈这件事。"他是看到童霜威回来休息了一下,心情似乎平静些了,才说这件事的。

童霜威看看家霆,见家霆脸上神态仍旧有些紧张,问:"谁来看望我了?"

出乎意外的,家霆说:"我正要告诉您哩!您说怪不怪?是张洪池!"

"张洪池?"童霜威像有条蜇人的毛虫掉在脖子里,简直受不了,手里的杯子也险些松了手,大声说:"真是他?"

家霆点头:"当然是他!您走后,冯村舅舅也不在。忽然有人来找,我下楼一看,以为见到了鬼!吓了一跳!您看——"家霆将桌上一张名片递过来,说:"这是他给我的名片。"

童霜威接过名片一看,果然是张洪池,衔头印的仍是"中央通讯社记者"。

童霜威一拍桌子,说:"真是青天白日鬼魅横行了!他……他怎么也会来了?……"也不知是气愤抑是紧张恐惧,手在发颤。

家霆继续说:"张洪池给了我名片,对我说:他也刚从上海来重庆不久。从报纸上看到消息,知道童秘书长也到了重庆,很高兴。他是通过报社得到地址来看望的。又说:是叶秋萍局长派他来看望的,说叶秋萍要同您见面谈谈。"

冯村在一边插嘴说:"据说,张洪池有个妹妹也在他们机关里,是个'花瓶',同叶秋萍关系密切,张洪池所以很得叶的信任。"

童霜威皱着眉来回踱起方步来了,说:"真是一盆糨糊。我脱险来到重庆我明白是怎么回事。可是谢元嵩来了!张洪池又来了!他们这种人是不明不白的。谢元嵩且不说,这张洪池明明是投靠了'七十六号'的呀!谢元嵩出国考察了,张洪池仍又是以中央社记者名义干特务了!翻手为云覆手为雨。我头脑并不简单,可这些事也太复杂得不可思议了!"

冯村好像在听外边街上小贩叫卖"炒米糖开水"的声音,这时说:"现在外都知道有所谓'曲线救国'。特务政治,他们要真就真,要假就假。阴谋中有诡计,堂皇的幌子下有不可告人的罪恶。钟馗捉鬼,其实钟馗也是个鬼!看穿了这些,也就不奇怪了!"

童霜威沉吟不语,稍停,说:"见叶秋萍是必要的。我本来就想见见他,看他怎么说。我等着他来!"烦躁地来回踱起方步来。

当夜,家霆没睡好。他发现爸爸也没睡好。天闷热无风,蚊子又钻进帐子来扰人,耗子常常出来啮物。整整一夜,父子两人都辗转反侧。

天下事每每有出乎意料的。

想不到第二天上午十点钟,杜月笙竟派戴眼镜、外表朴实和善的秘书胡叙五坐汽车来"渝光书店"楼上看望童霜威。不但下了晚上请吃暖寿酒席的请帖,而且要陪童霜威马上去中国通商银行楼上同杜月笙见面。

胡叙五穿一件浅灰纺绸长衫,光着头,眼镜片下两只眼睛闪闪生辉,手拿一把折扇,态度谦和,说:"杜先生说:'范庄'客人多,不便说话,所以特请啸天先生现在就去见见面,可以先叙叙。"

这倒是童霜威所希望的。他听冯村说:杜月笙在香港沦陷前来重庆后,由于慷慨大方讲求友谊,博得了川帮银行界的好感。有一次,同美丰银行老板康心如赌钱,康心如几乎把自己银行的本钱输光。当康心如胆战心惊地开出支票交给杜时,杜不动声色地擦火柴点火,把支票当面烧了,说:"笑话! 笑话! 白相相的,老兄怎么认真起来,太见外了!"从此,人都赞扬杜月笙豪爽够朋友! 现在杜月笙派胡叙五来,童霜威认为也确是"够朋友"! 童霜威估计是乐锦涛打了电话给胡叙五后,胡叙五向杜月笙作了报告作出的安排。童霜威现在心里渐渐有数,冯村在报上发了个消息,影响不小,以自己的身份地位,加上是从上海来的,过去与杜月笙熟识,杜月笙又历来讲究气度与尊贤,对于在野政界人士或落魄的名士也都肯折节结交,就必然使杜月笙愿意同我先叙为快了。

童霜威对杜月笙这样做心里很满意,随胡叙五上了小汽车。

一路上,谈起杜月笙祝寿的事。胡叙五语气谦和地说:"国难时期,杜先生本来不愿过生日,加上他有气喘病,怕热,不愿多应酬。但禁不住各界人士的盛情好意,许多院长、部长、省主席、总司令都送来了贺礼、礼金、祝寿文,只好勉为其难了。"他一口上海话,说得慢慢的,不愠不火。

童霜威不禁想起民国二十年夏天,在上海参加庆祝杜月笙在浦东高桥新建的杜氏家祠落成典礼的情景来了。那次,要塞司令部鸣礼炮二十一响,国民政府和主席蒋中正都派代表去道贺,费用花了几百万银元,盛况真是空前。胡叙五的话,又使童霜威觉得杜月笙的本事确实在用人之道上也表现出来。他以前用的秘书当中,有曾为袁世凯搞过筹安会的"六君子"之首的杨度,有当过徐世昌总统府秘书的徐慕邢,有当过监察委员的杨千里等等。他使用秘书,常常表现出尊重和虚心,甚至执礼甚恭,使人乐于为他所用。见胡叙五说得恭恭敬敬、忠心耿耿,看得出胡叙五确是杜的亲信、心腹。

两人坐汽车到了中国通商银行。童霜威知道,杜月笙一直是这家银行的董事长兼总经理。这银行本来总行在上海,现在迁到重庆来了。沿着宽阔而不甚明亮的楼梯上了二楼。胡叙五请童霜威在一间铺着地毯窗户紧闭的房里坐下,说:"啸天先生,请等一等,我去告诉杜先生。"

外边阳光强烈,房里看不到阳光,幽暗、阴凉,窗关着有点气闷。这像是一间会客室,挂着淡青色窗帘,气氛颇像抗战爆发那年在武汉中央银行同汪精卫见面谈话时的那间会客室。进口处放着一架灰绸屏风,桑葚色地毯,有四只檀木小沙发,沙发前是红木横茶几,上有香烟罐和烟灰缸。靠窗放着一张大办公桌和一个保险柜。柜上有个红木的笑脸袒腹的胖罗汉雕像,还有一只宝蓝碎瓷大花瓶。墙上一架木头挂钟滴滴答答生硬地响着。一个中年男人恭恭敬敬地来敬茶,退出去一会儿,就见胡叙五陪着细高个子的杜月笙来了。

比在上海以前见面时,杜月笙确是苍老得多了。头发已有花白的,脸色苍白泛青。他身材瘦高,体形单薄,颧骨高,两耳招风,眼露凶光而又有笑意,文弱得很。穿一件轻飘飘的米色绸长衫,一进门拱拱双手,笑着用一口浦东音的上海话亲热地说:"啊,啸天兄!老朋友久不见面了!你好哦?"

童霜威也连忙热情拱手,说:"好好好,杜先生,你好!"

坐下后,那中年人端着一杯水进来给杜月笙放在茶几上,又将一只小盘里的一管白色药粉也放在茶杯旁。胡叙五就带着那中年人轻轻退出去了。

寒暄了一番,杜月笙微笑着说:"从报上,看到啸天兄你来重庆的消息,心里交关高兴。一路上吃了不少苦头哦?我的小老婆老三前不久也从上海来。我到西安去接她。刚好胡宗南请我去西北投资,我在西北转了一转,回来时间还不长。"

听他这样说,童霜威觉得上海、河南、陕西一带的情况他都一定了解得很多,就不多说什么了,只说:"路上辛劳倒不算什么,我在上海苦头吃得却太大了!"

杜月笙点头,说:"晓得!晓得!所有情况我统统晓得!"伸出大拇指说:"你是这个,佩服佩服!"稍停,说:"我办了个中华实业信托公司,想请啸天兄你挂个设计委员或者顾问的名义。每月奉送车马费。啸天兄你一向在司法界是有声望的人,希望给兄弟这个面子!"

童霜威想:啊,真客气啊!这也许又是杜月笙的一种本领吧。他给人帮助,同时还给人面子,使人好感,好像是人家帮了他的忙似的。心里不禁感激,又忍不住想:唉,我已经堕落可怜到没有饭碗的地步了!他这是"雪中送炭"啊!遂点头说:"我初到重庆,立足未稳,这就谢谢你了!"

杜月笙连连摇头,说:"自家人!自家人!不要客气!"又说:"我到重庆,也感到有的人对我冷淡。一旦无权,人人都嫌!也算是世态炎凉吧?有的人,你对他再好,他翻脸就能无情。我顶反对这样的人。我是最讲义气、讲交情、讲信用的!啸天兄,以后有什么事要兄弟帮忙,说一句话就可以。"说着,轻轻用右手拍拍胸脯。

童霜威见他说得诚恳,却又感到对他无话可说,见他有些发喘,拿起茶几上盘子里的那一小玻璃管药粉末往嘴里倒。玻璃管敲在牙齿上发出轻轻脆响的"托托"声,白色药粉都倒在舌上了,用开水"咕嘟咕嘟"吞服下去。

童霜威见他身体这样坏,又在要祝寿的期间单独约谈,觉得不能不谢一谢,就说:"杜先生身体不好,还抽空约谈,深感盛情!"

杜月笙笑着摇头,忽然说:"啸天兄,我有件事想听听高见。我是顶喜欢听取一些政界见过大风大浪的名人的高见的。"

童霜威开门见山地问:"不知是什么事?"

杜月笙似乎犹豫了一下,终于带点神秘紧张地说:"是这样的,嗨嗨,你是国大代表!有人建议我说,以后国家行宪,要像英美一样实行多党民主政治。我组织了多年的'恒社'是个帮会组织,不灵光了!应当改成一个政党。你老兄看看,是不是该这样做?对不对?好不好?"

童霜威心里一怔,想:昨晚冯村讲的情况是真的了!看来,这是杜月笙目前的一件大心事。他今天约我来,确是想听听我的主张,说不定我如果赞成,他就会把我也拉到这件事里去替他出力呢!觉得对这么大的事不能草率不负责任,思索了一下,说:"杜先生是想听我说逆耳的真话呢?还是想听我说顺耳的假话?"

杜月笙有点激动,笑笑,说:"啊,那……当然是要听真话,逆耳怕啥?'忠言逆耳利于行'嘛!"

童霜威坦率地说:"组党的事,恐怕要慎重又慎重!"

"为啥?"杜月笙关切地侧耳听着,轻声问,又补充说:"啸天兄,今天我们谈话,只有你知我知!在这里讲的话,没有第三者,也不会拿到台面上讲的。讲过就完,不必有顾虑!"

童霜威坦率地分析道:"问题很复杂。不说别的吧,就说如果帮会组织都变成了政党,全国一下子要产生出多少政党来?杜先生你带这个头怕不合适!有了政党,就容易被人看作是有政治野心,势必要产生很多危险的成分!据我所知,不说别人,就说蒋委员长吧!他是个听到别人组党就头疼的人。如果不是他授意,你要来公开组党,我怕……"

杜月笙"啪"的一拍大腿,竖起大拇指,说:"啊呀,啸天兄!你这番话确实是金玉良言!说得有道理!确实全是为兄弟着想的。我担心的也就是这个!他们劝我组党的人是看不到这一点!你我既谈了这件事,就不见外了。我可以告诉你一件事:有一天,孔祥熙院长请我吃饭时说的。他说:委座嫌四川帮会势力太大,说准备杀一两个青红帮头子压一压。孔院长不同意,说:人家又没有反对你,还拥护你,为什么要杀?这事才没有再议下去。唉,祸人福人,只是在他一摇头一点头之间。你想,我为什么要在这种时候做这种不讨好的触霉头的事?你这一谈,我是有了主见了!"

童霜威沉默着,心里如车马奔腾想得很多。人都传说杜月笙和老蒋关系特殊。看来,这种关系虽有,并非没有矛盾、不会变化的。从杜月笙对组织政党的怦然动心到忧心忡忡,从杜月笙今天话中的弦外之音听来,事情十分错综复杂。他觉得话不可说得太深,要适可而止。这时,壁上那架挂钟"当!——当!"地敲起来了,一连敲了十一下。童霜威觉得可以到此告一段落了,顺水推舟地说:"杜先生,今晚我和乐锦涛委员约好去'范庄'为你暖寿。你今天一定很忙,现在我就告辞了!"

杜月笙揿了一下茶几上的铃,起立拱手。胡叙五进来,杜月笙同他一起客客气气地送童霜威到门口,握手,又亲热拱手。

童霜威坐杜月笙的汽车回都邮街"渝光书店"。一路上心里还在想着、体味着杜月笙说过的那些话,尤其是"祸人福人,只是在他一摇头一点头之间"。他觉得杜月笙这个江湖人物真是懂得人生三昧的了!只可惜,虽懂得却又不能排斥互相利用和复杂的矛盾。外界的人谁能料想像杜月笙这样威势赫赫的"大亨"也会有这么又痒又痛的苦恼呢?

童霜威比较欣慰的是:自己来到重庆,总算可以有个落脚点了。尽管这样的落脚点既不光彩也未必长久,更不是自己名正言顺应该有的落脚点,但总算是可以放一放两只疲惫的脚了。对于右任的应诺的兑现,他不敢十分相信。对杜月笙的应诺的兑现,他是完全相信的。杜月笙是个讲究"够朋友"的人,以守信作为他取得信誉的资本。据传他常对人说:"一个人说话要言而有信,答应了的事一定要办到,不然不如不答应!"上海场面上的人都讲究守信才吃得开。人都知道杜月笙是说了话算数的。于大胡子说是设法在赈济委员会弄个名义,据乐锦涛说是没有固定薪水的,只偶尔给点车马费,那有什么意思?如今,在中华实业信托公司能挂个名,每月有车马费,才真的可以解决点问题。这样想着,心里不由得宽松了一点。

正当中午,酷热难耐,山城的古老破旧的建筑常常排列在一个个山坡的斜面上,有些是用杉杆、楠竹和竹篾建成的平房。曲折蜿蜒的地方被一丛丛翠竹或绿树遮掩着。热闹街道上,商场、餐馆、照相馆、理发馆、茶馆、酒店都有。汽车很快就到了都邮街"渝光书店"门口。

童霜威上了楼,见家霆独自在房里看报,他似乎在等候着爸爸归来。一见童霜威回来了,马上过来说:"爸爸,有人刚才让送了一笔钱给您,叫我收下来交给您。"他递过一只密封的大封袋,外加一封信。大封袋沉甸甸的,一看而知里边如果装的法币,数字不小。

童霜威奇怪地问:"谁呀?"心里纳闷。

将信一看,顿时明白了。信上写的是:

霜威先生尊鉴:

兹聘请台端为本公司设计委员,从八月份起按月支付车马费。现将八月份车马费送上,请查收。

中华实业信托公司敬启

童霜威明白:这不过是杜月笙按月送他一笔钱用罢了!他有点欣慰,也有点委屈和悲哀,但却不能不为杜月笙这种工作效率和拉拢人的手腕竖起大拇指。

三

在"范庄"为杜月笙暖寿、祝寿后隔了一天,中饭后,家霆出去预购中华剧艺社演出的话剧《法西斯细菌》的票去了。童霜威正在午睡。

上午,他想去看望冯玉祥,但冯村去电话联系,冯玉祥去北碚小住了,一时不回重庆。童霜威本来想到上清寺中央党部去看一看的。但不知为什么,不想去了。不但不想去,而且决定不去。他觉得:论理,我万里迢迢脱险来渝,报上也都登了!中央党部应该派人来看望我的,如果不理不睬,毫不关心,我也不想去攀附。我并不想低声下气向国民党乞求什么!我无派无系你们历来总是排斥我的!午饭后,因为困乏,躺在床上假寐。夜里耗子作祟,从屋顶到地下,吵闹得很凶。半夜,他又梦见了方丽清和江怀南。方丽清对着江怀南笑,却板着那张漂亮的脸同他嘀咕个不停,埋怨他不告而别,哭哭啼啼,最后在地上打滚,要同他拼命。……一夜都没有睡好。现在,午睡正酣,忽然被人叫醒。张眼一看,啊!那个令人厌恶的"中央社记者"张洪池真的来到"渝光书店"楼上出现在他的面前了!

张洪池手里提着个大纸盒,也不知装的是什么东西。新理过发,蓬松的头发上搽了发蜡,穿件白府绸衬衫、白西装裤,显得很精神。两只老像在生气的眼睛微笑着露出狡黠的凶光:"童秘书长!别来无恙?"

童霜威一骨碌爬起来,尽管早已有了见到张洪池的思想准备,突然会见,仍禁不住有一种被毒虫螫了一口险险惊叫起来的感受和表情,只是努力克制住自己的情绪惊愕地扫了他一眼,说:"啊……是你！坐！请坐！"

张洪池在椅子上坐下了,将大纸盒放在桌上,说:"来过一次了!后来知道您这两天很忙,也在去给杜先生祝寿,所以迟到今天才又来。"

童霜威听他这样说,心里厌烦,照顾礼仪地问:"叶先生好吗?在'范庄'见到不少熟人,我本来以为也会在那里碰到他的。还真想去看看他呢!"

"我打个前站。一会儿,叶先生就从川东师范局本部来拜望您。"张洪池用手拍拍纸盒,说:"一套新的派力司西装,您穿一定可以合身。是他让我特地为您准备的。傍晚有个宴会,他来陪您同去参加。"

童霜威心里蹊跷,问:"什么宴会?"心想:我的衣服体面的都丢在上海方家没带出来!亏他想得周到!

张洪池没有回答,摸出一包有玻璃纸包着的美国骆驼牌香烟,自顾自地点火抽了起来,喷着烟说:"童秘书长,您一定奇怪我张某人怎么又来重庆了吧?"他窥测着童霜威的表情。

童霜威直率地点头,说:"是呀!不过也想通了!你们干秘密工作的,本来就是真真假假神出鬼没的!"他不想在这问题上同张洪池结仇或造成纠葛。

张洪池高兴地点头:"对了对了,正是这样,就是这样!我是奉命在上海潜伏的,这您清楚!"他的表情忽然暧昧中带着谄媚,"童秘书长,一向得到您照应,衷心感谢。我回来后,报告了您在上海时的坚贞不屈,也报告了您对我在'孤岛'开展工作中给予的支持。所以叶局长会向您表示感谢的哩!您是很了解我的!不,有些我干秘密工作的情况你当然不会知道的!有些事,在'孤岛'时,只能真真假假,是策略,一种策略!"他大声笑笑,又吸着烟,"哈哈,您同我也一样,哈哈,现在回想,您在上海时装病装得真像!哈哈,确是真真假假、神出鬼没！"

童霜威明白他说这番话的目的，感到此人卑鄙达于极点。想起冯村说的张洪池同叶秋萍有裙带关系的事，不愿得罪他，点头"唔唔"，表示敷衍，岔开问题问："你不回去了吧？"

"难说！"张洪池笑笑，两眼又像在生气，凶光外露，"需要回去，还是会回去的！"

在上海的事，双方似乎都不愿多说了，也都一切似乎有点心照不宣了。

童霜威整整衣，无话找话地说："我本来是想看望叶强兄见见面谈谈的。这两天忙了一些，就拖下了。不知他今天什么时候来？"

张洪池看看手表，说："快了快了！"正说着，忽然听见外边鸣汽笛放警报的声音："呜——"像个泼妇撕开了嗓子叫唤。

童霜威大吃一惊，说："呀！警报？空袭？"这是他到重庆后第一次听到放空袭警报，不免有几分惊惶。这同在南京听到演习警报心情迥然不同。

张洪池点头，说："不差！是空袭警报！"

正说着，听到飞机声擦空而过。张洪池跑到窗口，仰面朝天张望，说："这是我们的飞机！是 A. V. G. 飞虎队①改编为美国十四航空队的飞机。现在空防力量强了，今年重庆还没被炸过。听人说起去年夏天重庆日机的疲劳轰炸，那种日子是一去不复返了！"

童霜威建议："还是下楼找地方躲一躲的好！"

张洪池狠狠抽着烟，吐出短促的、密密的一串烟圈，摇头说："其实不必！我估计，今后日机来炸重庆的机会不多了。日本在太

———

① A. V. G. 飞虎队：一九四一年十二月八日，太平洋战争爆发，美国人陈纳德招募美国失业空军人员组成 American Volunteer Group（美国志愿航空队），简称 A. V. G.，并在"V"字中间画了一只有翅膀的老虎作为队徽，故人称"飞虎队"。一九四二年，美中组织同盟军，飞虎队改编为美国第十四航空队，陈纳德任司令。

平洋上同山姆大叔作战太需要飞机了。重庆制空权与从前比目前已大大逆转。不必怕！不过,你既然害怕,我陪你下去找地方躲一躲也可以。"

童霜威匆匆将些重要东西及钱钞塞在一只小布袋里提着,刚要下楼,听见人声。

张洪池过去伸头向下张望,说:"啊,叶局长来了！"

童霜威迎出房门,见叶秋萍挂着"司的克",由一个副官陪着正在上楼来。见到童霜威,叶秋萍含笑拱手,那口熟悉的浙江口音响起在耳边:"啊,啸天兄！欢迎欢迎！欢迎你脱险来到陪都抗日！"

热烈的握手和寒暄,似乎当年在香港的一点芥蒂都烟消云散了。童霜威请叶秋萍到房里坐。见叶秋萍穿一套白哔叽西装,打着黑领带,仍然温文尔雅,但近视眼镜下那双冷冷的眼睛一点未变,一脸的阴阳怪气也未变。只是人微微发福了,双鬓也出现了花白的头发,眉心间出现了一种工于心计的皱纹。他端详着童霜威,颇有威仪。这场抗战,似乎使叶秋萍变得十分得意。他一坐定,张洪池和副官都退出房间,下楼去了。

童霜威歉意地说:"秋萍兄,想不到还能在此见面。只可惜我这里是暂时借住的地方。长铗归来乎,住无家！你来,连茶也无法泡一杯敬客。"

叶秋萍呵呵笑着摇头,回避实质性的"住无家"的问题,说:"你我之间,何必客气。我是专程来拜望的。委座也听我向他报告了你的情况。他命我致嘉勉之意。你,很了不起啊！从你身上体现了我党同志抗战必胜建国必成的决心啊！"

童霜威苦笑笑,想:"了不起"又怎样呢？来到重庆,没有住处,没有饭碗,最后只得依靠一个海上闻人！够可怜的了！"嘉勉"？在上海时就得到过一封嘉勉信了,官样文章,例行公事而已！而且谁知是真是假？说不定是你叶秋萍把我的事也当作你的功劳挂在嘴上在攫取你的好处呢！"抗战必胜"！是的,国际形势的变化对抗战有利。但政治窳败,贪污盛行,文恬武嬉,特务凶横,派系倾轧,经济不景气……现在哪谈得到"建国必成"？他想着,忽然又被空中隆隆的飞机声惊动,顿时又想起了空袭,说:"啊,秋萍兄,刚才放了空袭警报,要不要躲一躲？"

叶秋萍走近窗口,朝天上看看,说:"去年夏天那种疲劳轰炸我看是不会再有了。天上是美国飞机。"他用手指指,又走回来坐下,说:"我看,不躲不要紧。重庆现在有强大的空防力量了！不必怕！"

童霜威不愿显得过于胆怯,又见他这样说,放了心,点头说:"那就好！那就好！"又说:"我本来想就去看望你的……"

话没说完,叶秋萍打断他的话说:"你这两天忙,我知道。你去于院长那里和在中国通商银行以及'范庄'见杜月笙的事我都听说了！咳咳,这样我倒放心了。天下事常常靠机遇。可惜你来迟了一步,要不,委员长是一定会让你遴选为三届国民参政员的。只是这名单上月已决定,只能等下一届了！现在,杜月笙给你妥善安排了,非常好！我很高兴。"

童霜威心里先是一震:太可怕了！一举一动难道都在受监视？又恼恨:风凉话说得太可恶了,一种因为无派无系历来不为这些人看重的气恼情绪又涌上心头。先闷住声不响,稍停,含有深意地说:"多亏杜月笙帮忙啊！到底是当年的老熟人了！他还是很讲交情的。不然,我来到陪都,站起一直,睡倒一横,恐怕只能像河南的灾民一样无人过问了！"

叶秋萍听得出童霜威的不满,阴阳怪气地笑了一笑,说:"不会的,不会的！啸天兄,我今天就是来跟你叙叙旧谊的。这里有张请柬。"他从西装口袋里掏出一张对折了的请柬递到童霜威手里,说:"邀请阁下去歌乐山林森主席官邸参加庆祝美国第十四航空队成立的鸡尾酒会!"

童霜威看看手中那张印得十分精致的请柬,只见中英文都有,每个字都烫了金。具名是宋美龄和陈纳德,邀请六点钟在歌乐山双河街林园小礼堂参加鸡尾酒会。童霜威心里莫名其妙,想:这同我有什么关系?何以邀请我去?手里玩弄着请柬,沉默未语。

叶秋萍似乎看出这一点了,说:"啸天兄,你这几年不在大后方,一切可能都陌生了。抗战困难目前仍旧很大很多,但已有不少转机。你应当参加些酬酢,看看好形势。今天这个会是小范围的,但规格高,有蒋夫人出面,也有盟邦十四航空队司令陈纳德出面。受到邀请是一种殊荣。你刚脱险来到重庆,应当享受殊荣。这就是我来邀请你同去的目的。你从这也可体会到领袖和党国的德意。"说到这里,他突然想起地说:"这种宴会,穿西装比较合适。我怕你旅途艰难,没带现成西装,让张洪池送了一套来!"他抬眼看到桌上那只大纸盒,说:"对对对,就是这个!西装、衬衫、领带,连皮鞋都有。是让他仿照你的尺寸去购来的。他会办事,我看一定合身。等会儿,你试一试。这片心意,你可是要领情的啰!"

童霜威觉得这种会没有意思,被感动的是叶秋萍态度如此诚恳友好,心想:是呀!近几年不但不在大后方,在上海、苏州、南京沦陷区里也是过的囚徒生活,有这机会,看看也好,点头说:"确实,衣物带得极少,来此后,颇有衣履不周之感了!"

叶秋萍怂恿说:"试一试吧。"

童霜威打开大纸盒,将一套全新的浅灰派力司西装和一件白衬衫取出来,看到一双黑皮鞋和一条黑领带,说:"那我就试一试。"他连脱带换,穿上了白衬衫,加上领带,又换上了新西装、新皮鞋,一切都合身。只是新皮鞋紧了一些,有些压脚。换衣时,他感到自己有点狼狈落魄。穿毕衣裳,觉得合身,想象自己的仪表一定还不错,又恢复了点自信,对叶秋萍说:"确实很合身!你看如何?"

叶秋萍摸出烟吸,笑着点头说:"'佛要金装'！一换衣,啸天兄你的轩昂气宇又出来了。"

两人说笑了一阵,童霜威忍不住说:"秋萍兄,我在'孤岛'时,你让张洪池拿信找我,那封信害得我好苦,你知道吗?"

叶秋萍平平淡淡,说:"张洪池都说了。你的爱国热忱,坚苦卓绝,实在可敬。"说到这里,忽问:"管仲辉,听说你见到过?他情况如何?"

童霜威如实把情况谈了。

叶秋萍听了,阴阳怪气地笑笑,说:"看来,他对你倒还不错。"别的却一句话也没多说。

童霜威想吸支香烟,但因为血压、心脏不太好,尽量戒绝,忍住了烟瘾,嘴里发淡,心里空虚。他知道干叶秋萍这一行的,都是"刀子心、密封嘴",他不多说的话你也别多谈。不想再说管仲辉,只是觉得对河南的灾情不能不讲一讲,为灾民呼吁,转过话题说:"秋萍兄,你对河南的灾情不知清不清楚?我入川前,经过河南,真是哀鸿遍野,惨不忍睹。"说着,简单谈了种种惨象,说:"中央应当赶快停止征实征购,赶快惩办贪官污吏,赶快拨款运粮去救济。你如能将这情况从速向最高当局反映,真是胜造七级浮屠！"说着,从抽屉里将一手帕包"粮食"摊放在叶秋萍面前。天热,那些"粮食"的气味更难闻。

想不到叶秋萍脸色忽然变了,纠了纠眉,阴阳怪气地说:"啸天兄,中国如此之大,从古到今,灾情哪一年断过?反正,不是旱就是水,不是东边有灾,就是西边有灾。何况又是国难期间,战乱势必加重了灾情。河南你路过之处今年可能是有些灾情,但无灾丰收的地方也不少。不宜渲染,贻人口实被别有用心者利用。据我所知,委座十分重视,救济粮款早已大量送去,无需操心。况且,那里一战区蒋鼎文、汤恩伯都是谋国忠诚的将才,一点灾情,他们也办得了！"

叶秋萍这种人，傲气、敏感，一会儿杨柳风，一会儿霹雳火，阴阳怪气，又喜怒无常，很难相处。童霜威心中暗想：混账王八蛋！但知道对牛弹琴，对这种讳疾忌医置百姓生死于度外的人，不必再多说，说也无用，只好叹一口闷气，默然不响，干脆将那些河南带来的"粮食"收了起来。然后，摸出手帕来拭汗。

忽然，听到放解除警报了。飞机声又响，叶秋萍眉飞色舞，说："如何？我说敌机今天不可能来轰炸的吧？"言下之意是河南灾民的事他也说得绝不会错，应当绝对相信。

听着解除警报声像一个巨人在发出郁闷深长的叹息，童霜威心里更加气闷。

歌乐山属中梁山脉中段，海拔五百公尺，在重庆西郊，距重庆市中心二十五公里。相传古代治水的大禹与重庆南岸涂山氏之女结婚时，曾歌乐于此，所以得名。

双河街"林园"，本来是蒋介石修建的官邸。民国二十八年官邸落成，国府主席林森等前往祝贺，见这里风光秀美，环境清幽。林森说："这块地方太好了！这幢房子也太好了！住在这里可以延年益寿。"见这福建老头捻须这么说，眼镜片下两只眼睛有十分欣慕之意，蒋介石当即表示关心，谦虚地说："这里就给林主席住！"因此，人们称这里为"林园"。林园大楼前有一个大客厅改成的小礼堂，有时中委们星期一上午在这里举行总理纪念周，有时也借这里招待外宾或开重要会议。

叶秋萍陪童霜威上了他那辆闪闪发亮的黑色"别克"轿车。驰向歌乐山途中时，童霜威出乎意外地听叶秋萍谈到了冯村。叶秋萍话说得极有分寸，却很凶恶，使童霜威感到冯村似乎正面临危险，心里隐隐为冯村不安。

叶秋萍声调低沉地说:"你以前那位冯秘书,不是个等闲之辈呢!他到八路军办事处去过,也参加过《新华日报》的座谈会和联欢会,我有确凿的证据可以证明他干过了些什么。啸天兄,你现在对他了解吗?"

童霜威明白,自己如果说对冯村不了解,无异是将冯村推入一个危险的山崖下去。硬着头皮说:"了解呀!冯村是个既正派又爱国的人!可惜我现在不得意,否则,我还是要用他做秘书的。他做过新闻记者,认识些左派人士不足为奇,我看他是没什么问题的。秋萍兄,这点判断你可以相信我!"

叶秋萍把头摇了又摇,侧过脸来说:"啸天兄,不要上当!他们就是会用这种手段使你上当的。我可以奉告阁下:冯村不简单!他是个嫌疑分子!请你代我告诫他,必须悬崖勒马,停止活动!这是看在他过去曾是啸天兄你的秘书,才这样办的。不然,早有他的好看了!"

童霜威觉得为冯村开脱是义不容辞,说:"一定是弄错了!他的为人我知道!你们要慎重!"

叶秋萍手支着脸颊说:"我们的情报可靠。再说,张洪池也了解他。他们过去大学时代同过学。总之,这件事我就拜托你了。我们不能养痈遗患!"

童霜威发现今天叶秋萍来,为冯村的事也是他的目的之一。看来,他是想让我警告冯村、约束冯村?还是想对冯村下毒手预先打我一个招呼?猜不透!只好用保护冯村的态度和语气说:"秋萍兄,'莫须有'三字古今都有!冯村此人我一向器重,你要手下留情。我也拜托你了!"

叶秋萍两只锐利的眼睛又射出可怕的寒光来了,皮笑肉不笑地想说什么,又没有说。他停止谈话,似乎一心在欣赏汽车窗外途中的风光。

到达"林园"的时候,见车辆拥挤,大多数是蓝色、黑色的小轿车和美军的草绿色吉普车,还有橘红色的福特牌旅行车,停成了一溜一溜。估计来客总有三四百人。这里小路回环,竹树层层,楼房下的大厅和走廊里传出隐约的笑语声,清幽中蕴藏着深意,引起人朦胧的猜测和臆想。厅前、路边栽植着修剪得整整齐齐的冬青,有一只大花坛上摆列着几十盆菊花,紫、黄、红、白色彩俱全。在下江,菊花这时离开放还早,可是在重庆,这些盆栽的菊花都盛开斗艳了。

童霜威和叶秋萍向前走去。在门口的签到簿上签了名。走廊水磨石地面上轻响着活泼脆亮的脚步声,听到阵阵模糊的闹哄哄的声音。来客多数是军人,中年和青年的最多,有的还用英语谈天。也有中央的高级官员和夫人们,还有美国在华的官员们。那些夫人、太太和小姐们,都浓妆艳抹,有烫发的、有披发的、有梳髻的,有旗袍、有西式裙装。有胖有瘦,有的有迷人的身段,身上散发着香水味。一个个娇滴滴、笑呵呵。虽是抗战时期,却也不乏奇装异服。有的挽着男人的手臂,有的谈笑风生。天未傍黑,灯光已经闪烁,树影绰约,微风将汽油味、脂粉香和湿润清凉的草木馨香送入鼻息。几个带了照相机的新闻记者,正用镁光灯泡照相。灯光一闪,人人注意,增添了不少热烈气氛。

叶秋萍陪童霜威进入大厅。大厅里一支乐队在演奏,是轻松、新颖而愉快的美国音乐。烟气弥漫,吸香烟的、吸雪茄的都有。童霜威立刻在疏疏密密的人潮中看到了一些熟人。有的他认得,人家却未必认得他;有的仅有一面或数面之交;有的则比较熟。但一个有交情的也没有。这些人中,有张群、张治中、王世杰、吴铁城、吴国桢、张厉生、贺耀祖、刘峙、贺国光、何浩若、黄仁霖……那个马脸、肤色黝黑、剑眉突眼、凶相毕露的戴笠也在,正同一个矮胖美国上校亲热握手,通过翻译在谈话。

童霜威本来想上去同中央党部秘书长戴眼镜的吴铁城握握手叙几句的。但见吴铁城正同几个年轻女人有说有笑，就不想上去了。他同叶秋萍一起向大厅的外走廊上走去。

大厅的外走廊里有T形的长桌，上面罩着雪白的台布，折成三角形的雪白餐巾和各色鲜花都分插在颈椎形玻璃瓶中。桌上放满了一盘盘各色炸鸡、卤鸭、咸牛肉、冷火腿、猪排、色拉等等冷盘和花生米、拌干丝、凉拌蔬菜、各色奶油糕点，外加三明治。像一幅幅彩色的图案画，琳琅满目。一摞摞空盘和刀叉放在一边等待着人们自己动手拿了去取食。刚调制好的加了冰块的橙黄色的鸡尾酒，由一些穿整洁白衣的仆欧用盘端送到每个人的手里。童霜威和叶秋萍一人也取了一杯鸡尾酒。

天热，但厅里的电扇使空气清凉。地毯、壁灯、窗帘都透出雍容华贵的气氛。叶秋萍和童霜威偶尔同迎面碰到的人握手、点头。有的认识，有的只是脸熟并不认识。脚步声和说话声喧响着。天并没有全黑，灯光已显得特别明亮，眼角可以看到女人们耳朵上和脖子里的珠光宝气闪烁。有一个穿紧身猩红色金丝绒旗袍的女人，年轻妩媚，陪着一个美国军官谈话，特别引人注目。

叶秋萍用嘴指指她，说："啸天兄不认识吧？这是毕鼎山的新太太，名叫陈玛丽，励志社的副总干事，留美的。今天的来宾没有司法界的，除你之外，她算半个。很漂亮很能干吧？"

童霜威不禁多看了两眼，心里有一种说不出的滋味，也不知是麻是辣。

大厅地板上打过蜡，是为等一会招待美国人跳舞用的，光亮照人。看到这里的一切，不知怎的，童霜威又想到了河南的大灾，仿佛眼前闪现出那光秃秃毫无绿色庄稼的干旱土地在炽热的日光下呻吟，无数待毙的饥民在火辣的骄阳下苟延残喘。

叶秋萍陪着童霜威在大厅左侧角落里亲密地闲谈。童霜威发现他谈话时心不在焉,常常远远地注视着戴笠的行动。童霜威明白:中统同军统之间一直有着矛盾。从叶秋萍的眼神里,他能看出既有妒忌,也有恼恨。

一会儿,叶秋萍用下巴指指那些身材很高、肤色白里透红、挺肚子、穿着颇有风度的丝光咔叽空军服的美国军人,说:"他们吃了日本的大亏,总算清醒过来了,认识到中国抗战的作用,认识到应当同中国站在一起打日本了!告诉你一个好消息:英美两国将要自动取消在华不平等条约。事情正在酝酿中,也许不久会要宣布,重订平等新约!中国百年来所受各国不平等条约的束缚今后当可根本解除。国父废除不平等条约的遗嘱也可完全实现。岂不可喜?"

童霜威听他这样说,心里也激动,点头说:"废除不平等条约,争取中国独立自主,是中华民族一百多年来反对帝国主义,特别是反对日本侵略的结果。听到这样的消息确实令人感到自豪。"他举举手中的高脚玻璃杯,对着叶秋萍说:"来,秋萍兄,喝一口!"

他同叶秋萍轻轻碰杯,喝了一口鸡尾酒。酒是冰冷的,味道复杂。鸡尾酒他不太习惯,咽下酒后,皱了皱眉。

杂沓的步履声始终轻轻地未曾沉寂。在美国军官身边,总看到有特别谦恭、尊敬、带着谄笑的中国男人和女人。美国军人在这儿似乎是"天之骄子"了!人们喝着酒,碰杯,对话,谈笑。也有男男女女互相在作介绍的,气氛非常热烈。

忽然,叶秋萍轻声问童霜威:"啸天兄,你看到戴笠没有?"

童霜威点头,他向大厅西侧看去。见穿军装的戴笠正同一个穿军装的佩戴着中校衔的军人在一起娓娓私语,似乎在谈什么神秘的事。那中校身材挺拔,约摸三十几岁,脸色严肃,模样精干。童霜威点头说:"看到了啊,怎么?"

叶秋萍突然轻声说:"啸天兄,你注意:同戴雨农谈话的中校,你在上海、南京是否见到过他？是否在'七十六号'里见到过他？"

童霜威仔细端详，摇摇头，说："好像没有见到过。不认识！"

叶秋萍提示说："军统原来有个京沪区的区长，后来被日本宪兵队逮捕投敌了，成了周佛海与戴笠之间秘密联系的一条渠道。现在听说此人突然又来重庆了！我特地想请你确认一下。如果你脸熟，是在上海或南京见面的，那么，肯定就是这个人。你仔细再看看，想一想。"

童霜威恍然大悟：啊！你们中统和军统之间有矛盾。你今天邀我来，原来是别有用心怀着这样一个目的啊！仔细端详那个中校，见中校正端酒在喝，同戴笠谈得亲密诡秘，脸孔确是陌生的。只好如实地说："不认识！没见过他！"又解释道："我在那边一直是被囚禁着的，见过的人极少。"

叶秋萍思索着说："这我知道。但你总是见过一些人的。听张洪池说，李士群为了要你屈膝，是将一些被逮捕的人有意给你看看炫耀他的力量的。"

童霜威觉得无话可说，只好继续摇头。

叶秋萍脸上露出一种失望的神色，使童霜威感到有点难堪。

就在这时，只听军乐队忽然停奏音乐，奏起了响亮的军号声。军号声昂扬、悠长、激奋。

军号声吸引了所有男女中外来宾。边上有一个军人在自言自语："啊！这是中将莅临的军号！"

另一个军人在窃窃议论："陈纳德只是空军少将呀！"

童霜威昂头看时，只见头上歪戴船形帽身穿美国丝光咔叽空军制服的陈纳德，帽上佩着金鹰，佩挂一星空军少将领章，胸前满挂勋标。他用右手挽着宋美龄款款步入小礼堂来了。

皮肤黑黝黝的陈纳德一双蓝眼睛炯炯有神，像只鹰隼，脸上有一条条垂直的皱纹，下颚的线条刚劲坚毅，令人感到他的军人气魄。他满面是笑,一副春风得意的神情。

天热,宋美龄身穿短袖蓝色软缎旗袍,却外罩黑披风,肩佩二星空军中将肩章,左胸前有一个镶有宝石的空军徽章大扣花。她两眼熠熠生光,脸色雪白,戴着耳环,满头黛发多姿地梳成光滑的发髻,风度翩翩,面带微笑。优雅高贵、颐指气使的姿态蕴藏着魅力。小礼堂里肃静了一阵,爆发出热烈的掌声。

刚一站定,宋美龄就脱下了黑披风,由一个侍从拿去。另一个侍从手捧托盘敬上斟满鸡尾酒的高脚玻璃杯。大厅里的仆欧也同时捧着托盘送酒。宋美龄和陈纳德都拿起一杯鸡尾酒高高举起,碰杯,并向大家祝酒。笑容飞跃在人们脸上。瓶里的鲜花,空中的酒气,美国人的金黄头发和蓝眼珠,水蛇般的女人的腰肢、勋标、勋章闪出的彩辉,西装革履洋溢着的文明……一切,都使童霜威感到是在一个洋化、光明、兴奋、卫生、奢侈的社会里。可是脑际又摆脱不了河南灾区惨绝人寰的印象。他知道,在陕西,河南灾民们被截阻不许西行,当然更不许入川。灾民大量流离死亡在路途中,未死的都得回到河南去!他们不会来侵扰重庆这种豪华、幽雅、安然的生活!河南的天灾,似乎是与此无涉的另一个世界里的事了。那儿当然是受灾受难的中国土地与中国百姓,但确乎是离这里太遥远太遥远了!

宋美龄体形优美,短袖蓝色软缎旗袍下的线条撩人心弦,同陈纳德与大厅里的宾客们在碰杯、聚谈。有人自己动手,各取所爱,用小盘托着吃的,用叉在进食、聊天。

厅外,天黑了,远处有雾气在升腾。婆娑的树叶把园中的灯光筛滤得像花皱纹似的充满诗意。厅内,灯光灿亮,童霜威觉得眼前的灯光有点迷茫,人声飘沸,乐声高低抑扬,沉沉浮浮的,也许是血压高了吧?他想:抗战初爆发时,我曾觉得长期的承平生活似乎容易使人萎靡不振,暮气沉沉,甚至导致腐败,而抗战却激发人们去过朝气蓬勃、精神振奋的生活。可是,曾几何时,抗战初期有过的昂扬激情,早消逝殆尽了。而今,战争还在延长,在重庆看到的,是超过于战前在南京时的腐化与奢靡了!战争仿佛反而促使国民党上层在加速腐朽的进程,这应该怎么解决呢?

童霜威又有一种在梦幻中的感觉了。他发现叶秋萍心里不高兴。没等鸡尾酒会结束舞会开始,叶秋萍忽然提议:"啸天兄,我们走吧!"

童霜威无可无不可地跟叶秋萍离开了。他在鸡尾酒会上只喝了半杯酒,没有吃东西。现在,肚子突然很饿了,脚下的新皮鞋又压脚,脚趾头很疼。参加这个会,他倒了胃口,心情不愉快,有被叶秋萍作弄了的反感。

夜色苍茫。孤寂升起的一弯冷月散射着银色的光华,大地昏沉,山城又是迷雾凄凄。一路上,坐在汽车中,童霜威心头那种梦幻似的感觉始终没有消失。

四

山城重庆的房屋多数都建在山上或山腰。陡峭的崖坡,一级级的石板阶梯,真是山高路不平,老是爬坡上坎。气压很低,天气炎热,使人心胸沉闷。

中央党部终于派了 C. C. 大将方治来作礼节性的看望。高个儿瘦削的方治是桐城人,抗战前做中宣部长时,他和那位日本夫人住的洋房离潇湘路不远,同童霜威常有点头之缘。抗战后,方治在家乡安徽做省党部主任委员,广西军队驻扎安徽,桂系掌握军政大权。他同桂系矛盾闹得十分尖锐,最后狼狈离职到了重庆。如今正传说他要出任重庆市党部主任委员。"道不同不相为谋",童霜威谢谢他来看望的好意,但什么心里话也不同他说,也并未因他来就对C.C.有好感。

只是从方治闲谈中,童霜威听到了李宗仁从老河口他那第五战区司令长官任上坐小飞机来重庆花天酒地的消息,说是住在李子坝八号白崇禧公馆。童霜威心中不禁一动。他同李宗仁当年北伐前后在上海相识,对李宗仁谦恭下士的态度印象不错。抗战后,从台儿庄大捷到五战区在随枣会战和豫南鄂北会战的胜利,都使他对李宗仁有好印象。但方治说李宗仁离开前方来重庆花天酒地,他又有些反感。心情矛盾:想去看望李宗仁谈谈时局,又觉得去也无聊。冯村知道了,说:"让我了解了解情况再说。"冯村当年做记者时到过五战区,又认识在上清寺的五战区驻渝办事处处长杨忆祖,同杨忆祖联系后,才知是C.C.有意在造李宗仁的谣言。李宗仁因前方离不开未来重庆。杨忆祖是个头剃得光秃秃的黑红脸军人,笑呵呵地恭敬有礼。同李宗仁联络请示以后,备了四色礼品来看望,特代表李宗仁问好,并表示欢迎童霜威到老河口去看看,说那里附近有座海山,可以避暑,还有武当山名胜可以游览。童霜威虽然懂得这种"邀请"不过是一种客套,却觉得李宗仁这是"雨中送伞",已经值得欣慰了。

一连多天,童霜威总在外边访友。家霆闲来无事,除了看书,常在外边逛逛。从上海来到大后方,他抱着要了解、熟悉陪都的心理状态,决心要好好睁眼看看这个重庆城。冯村对他说:"我实在太忙,你一个人就多看看吧!多看看就对大后方有个正确的了解了。"

家霆有时在都邮街逛逛中华书局,有时到兴隆街看看赶场的盛况,有时到两路口中央图书馆里找一个偏僻清净的角落坐下看看书。有时看一场话剧或电影。也有时到朝天门江边散步,挤在那些头上缠白布的、脚下踩草鞋的、背上背背笼的本地农夫当中,吹吹长江和嘉陵江送来的微凉的江风。当然,更随处跑跑,像个观光的旅客,也像个有心的记者。

朝天门旁有户人家养着一群鸽子。鸽子结队飞翔,在天上兜圈子。鸽子在飞,总使家霆目不转睛地盯着看,想起战前在南京潇湘路时的情景。那时养了许多鸽子,他下课放学回家是每天赶鸽子练飞的。可是,童年的旧梦已经多么遥远了啊!

家霆在外边逛得多了,东张张,西望望,对重庆的面貌也看得更清楚了。这里有繁华热闹的街道,高楼深院的花园洋房,奸商权贵们在花天酒地。更有破烂肮脏垃圾成山的小街小巷和用楠竹架在高坡上的竹架危楼。每隔一二里路,就有个卖自来水的管子,担水的人常排成长长的长蛇阵,阻碍着交通。去年的疲劳大轰炸已经过了,但敌机轰炸破坏的断垣残壁仍在。奸商勾结官吏,囤积居奇,哄抬物价,大发国难财,通货膨胀,物价飞涨,政府颁布了"限价令",不许货物涨价,市场上人心惶惶,抢购成风。在茶馆里,公开谈论现状,悲观失望牢骚满腹的人处处都有。虽然严令禁赌,走过临街的房屋,常常可以清晰听见麻将牌声噼噼啪啪。明令禁烟,只要经过深宅大院附近,也可以闻到随风飘来的鸦片烟香。江边那些门招灯笼上写着"未晚先投宿"的小客栈门口,掌灯时分,门口常隐约看到帘后闪现着一些卖淫的涂口红抹胭脂的烫发女人。大饭馆里,政府下了皇皇布告整饬风气:请客菜肴不得超过六盘一汤,并且严禁饮酒。但令不行、禁不止! 到处仍看到的是大吃大喝。在上海歌楼舞场流行的一些歌曲,在重庆的跳舞厅和咖啡馆里也在流行,傍晚经过跳舞厅就可以听到里面吹奏着的靡靡之音。

家霆当然绝对想不到今天傍晚在闲逛时会突然迎面碰到了老同学谢乐山。

家霆是从两路口逛到曾家岩附近时经过都城饭店碰到谢乐山的。都城饭店生意兴隆,乐队正在吹奏着《满场飞》,一支在上海听得烂熟了的歌曲。两年前,有一次同舅舅柳忠华见面,那时舅妈杨秋水还没被刺死,带家霆到一个名叫"绿野"的小舞厅里同舅舅见面,也听到过这曲子。现在,都城饭店里一个歌女正在唱:"……勾肩搭背,进进退退……你这样对我眉眼乱飞,害得我今晚不能安睡。……"舞场门口男男女女进进出出。马路上,一辆辆小轿车驰过。舞场附近,一家溢出麻辣味的小吃店顾客很多。有个看相测字的小摊,围着些人在听那戴眼镜秃顶的老头儿唾沫飞溅地算命论相。

忽然,家霆看到从闪亮着霓虹灯的饭店大门里,出来了一对男女。男的吹着爵士乐口哨,女的挽着男的右胳膊,亲昵地媚笑。穿得都很时髦。男的是淡褐色派力司西裤、雪白的衬衫,红底黑点领带,左手挽着一件藏青色西装上衣;女的是浅绿色连衣裙,披着烫过的长发,发上扎了一根紫红色的缎带,笑声轻盈。

家霆仔细一看,男的矮矮的个儿,身体结实,西装分头。一看那蛤蟆眼和蛤蟆嘴,家霆就认出是谢乐山了。谢乐山的身材比过去高了一些,模样变化不大,越长越像他父亲谢元嵩了。

天下真大也真小!谁能料想,同谢乐山会在山城又相遇了呢。

谢乐山一眼也发现了家霆,倒是他先打招呼,惊奇地张大了嘴:"啊啊,哈哈,童家霆!你怎么也在重庆?Where are you come from(你从哪里来)?"

家霆明白:虽然《时事新报》和《商务日报》刊登了父亲到渝的消息,谢乐山这样的花花公子,是不看报的。况且,重庆的报纸很多,就是看报,也未必就看《时事新报》和《商务日报》呀!

家霆有点距离地说:"从上海来,刚到还不久。"语气生硬冷漠。他的心情复杂,想到了谢元嵩出卖爸爸的事,想到了自己同欧阳素心的事,又看到那个头上扎缎带的少女表情上不希望谢乐山逗留谈话,摆出一种要挽着谢乐山快走的姿态,就更不想多说什么多问什么了。

倒是谢乐山说:"哈哈,我现在进了中华大学经济系。你呢?"他是自我介绍,显然也有炫耀,表示他是个大学生了!他喝了酒,说话时嘴里喷出浓郁的酒气。

家霆摇摇头,诚实地说:"还没有安顿下来呢。反正,还得拿高中毕业文凭!"

"啊……哈哈!"谢乐山带点醉态地笑笑,"老同学,我这人是'宰相肚里好撑船'的!有空,请到中华大学来玩,我请你吃饭!家父到美国考察去了!哈哈……"他语气里也仍在炫耀,喷着酒气。

家霆感到同他说话简直是受罪,想摆脱他迈步走了,点头敷衍地说:"好好!"

谢乐山被女的挽着右臂要拽走了,忽然,像想起了什么似的回头说:"我们的老同学在这里的可不少呢!你小时候养鸽子的搭档杨南寿当上空军了!韦锋考上了军校,在湖南前线负了重伤险险送命。还有,哈哈,童家霆,你同欧阳素心不在一起?"

家霆摇摇头,坦率地说:"她在香港!"

"胡说!"谢乐山耸肩膀,撇撇嘴,"你的 Sweet-heart,我是不会抢你的!她在重庆你以为我不知道?"

家霆看他那副疯疯癫癫的样子,酒确是喝多了,不再说话。

谢乐山突然笑笑,挤挤眼做个鬼脸:"我成全你们!成全……"谢乐山打着嗝,摇着手做着再会的姿势被那女的挽着胳臂拖走了。

这个花花公子,在上海那样,到重庆更进一步了。

家霆愣愣站定,看着谢乐山和那少女的背影消失,心里滋味奇特。他明白,谢乐山是开玩笑,揶揄他,甚而可以说是报复他。但这玩笑却搅动了他内心的安宁。如果欧阳素心真在重庆,该多好呀!他深深思念着她。她当初那样神奇地闯入了他的生活,后来偏又倏忽隐逝得无影无踪。她在陷落了的香港,现在怎样了呢?

香港陷落前,曾遭炮击,黑社会分子到处抢劫,日军进香港后见人就开枪,还大肆奸淫。港九粮荒,出现饿莩。欧阳在战火中会怎样呢?

岁月多么急促,战前的事还如同昨天。童年、少年,在战争中瞬息都过去了,留下了多少怅惘和难忘的记忆啊!

家霆心里寂寞。在成都离开舅舅柳忠华后,寂寞感就开始强烈起来;到了重庆,寂寞感更加强了。爸爸忙,忙于为自己在重庆立定脚跟酬酢,也忙于想触摸重庆的政治脉搏和政治动态。尽管他忙碌,总不断透露出一种受到冷落和淡漠以及见到不平与政治腐烂的失望感。因此,话变少了,人也憔悴了。冯村舅舅工作忙,朋友多,家霆同他谈过几次话。他对家霆同从前一样亲切,但自从爸爸将叶秋萍的话告诉他以后,他仿佛变得特别谨慎了,话说得不多。看得出听得出他对当局和重庆的一切不满,但却很少再发表慷慨淋漓的言论。家霆感到闲居着无所事事的生活十分痛苦,也很不安定。真想快点上学。学校的暑假也快结束了,爸爸何去何从还没有定下来。他将在哪里入学?他感到茫然。同谢乐山分手后,就是在这种心情压抑的状态下,回到"渝光书店"楼上的。

家霆上楼时,发现冯村舅舅正同爸爸在谈话。爸爸情绪不错,似乎有什么高兴的事,在说:"吃了晚饭,我就去!"

家霆问:"爸爸,到哪里去?"

童霜威不无兴奋地说:"冯焕章①先生从北碚回重庆了,要我去谈谈。冯村给联系好了,今晚就去。"

冯玉祥,字焕章,家霆知道。家霆听到过流传的一些关于冯玉祥的故事:他身经百战当了西北军的总司令了,还替士兵理发。是他派兵把清朝最末一个皇帝溥仪赶出皇宫的。家霆记得爸爸说

---

① 冯焕章(1882—1948):即冯玉祥,国民党爱国将领,中国国民党革命委员会领导人之一,这时是国民党中执委常委、国民政府委员、最高国防委员会委员、军委会副委员长。

过:冯玉祥是一级上将,但一直受老蒋排斥。冯玉祥主张抗日,同蒋虽是拜把子弟兄却政见不合,战前在山东泰山隐居,读书习字、画画、写丘八诗,表示愤慨。家霆还记得抗战前在南京潇湘路,有一次跟爸爸到新住宅区宁夏路二号于右任公馆去时,见到过冯玉祥。那是冬天,个儿高大、方脸盘胖胖的冯玉祥,头戴一顶灰色布帽,穿件旧蓝布棉衣,脚上一双布鞋,像个大兵。讲话声音洪亮,是北方口音,慷慨激昂。后来,爸爸到宁海路二十一号冯玉祥公馆去看望,向他索过一幅彩墨画,画的是两个绿叶红萝卜,边上他题了丘八诗:"红萝卜,真正甜,吃了气力如猛虎。如猛虎,去抗日!"后来,有一次,听到家里来了个客人同爸爸谈起冯玉祥。那客人说:"冯焕章当年是个军阀!故意穿得那么朴素,全是虚伪!"爸爸不同意,回答说:"冯焕章是个'知今是而昨非'的人,不能把他同那些旧军阀同等看待。也有人叫他'布衣将军'的!一个人如果老是穿得朴素,三年五年,十年二十年都这样,假的也就是真的了!"……前些日子,冯村为爸爸去同冯玉祥联系,说冯玉祥去北碚小住了,爸爸很遗憾。听冯村介绍,说冯玉祥对大后方许多事都不满,敢仗义执言,到处都作抗日宣传。没想到,今天冯玉祥又回来邀见了!从爸爸兴奋的表情上,家霆感到爸爸在目前这种心情下似乎是迫切想同冯玉祥见面听他谈谈的。

童霜威在问冯村:"冯先生住在哪里?"

冯村说:"他刚到重庆时,住在巴县中学。但,那儿的房子被日寇炸毁了,他就搬到了歇台子村,在村西北的罗汉沟内,盖了一座小楼,自己题名为'抗倭楼'。歇台子村,从市区去,绕过浮屠关下去还有七八里,去也不方便。现在他借住在上清寺特园康庄二号。去,不太远。"

听到这里,家霆脱口而出:"爸爸,我能同您一起去见见他吗?"

"当然可以!"童霜威说,"我带你去见见他。他总算是个不一般的大人物了！有人说他是'倒戈将军'，实际他倒戈都倒得很对！他从小在清朝军队挂上了名，但他反清；袁世凯要做皇帝，冯玉祥在袁的新军里任职，反袁倒戈；张勋复辟，冯玉祥又讨伐张勋攻破了北京；曹锟贿选总统，祸国殃民，冯玉祥起兵讨伐曹锟、吴佩孚，任国民军总司令。不久，他派兵将清朝废帝溥仪逐出皇宫，大快人心！他提出了迎接孙中山先生北上的主张。北伐时，他在西北集结旧部，通电响应，并被推为国民联军总司令。此后，他虽与老蒋换帖结盟，但始终受到蒋的排斥。他一直主张抗日，喜欢和大兵、老百姓接近，为呼吁抗日做了不少工作。当然他并不是完人，但总的来说，这人不错！"说到这里，童霜威朝着冯村说："冯村，你也一起去吧！"这么说了，忽然想起叶秋萍那天在汽车里谈到冯村的一段话，马上变了主意，说："啊，不，你还是不去的好！"

冯村知情解意地说："你们久不见面，也该长谈谈。我还有点事，就不陪着谈了。等一会儿，我给你们带路，送你们去。"

后来，吃晚饭后，临走之前，童霜威突然又把抽屉里一包从河南灾区带来的"粮食"拿在手里。家霆明白，爸爸是要带去给冯玉祥看看，为灾区人民呼吁。

冯村陪童霜威和家霆去上清寺特园康庄二号。送到特园附近的一个路角上，冯村指着特园方向，说："秘书长，我不陪你们进去了。一小时后，我一定在这附近等你们，一同回去。"

童霜威点头说好，带着家霆同冯村分手，去冯玉祥的住处。

窗外，有棵桂花树正开着花播着醉人的香气，轮廓朦胧的云片，浮滞在碧蓝的天上。有不知名的小虫在花草丛中吱唧鸣叫。

冯玉祥很热情，握手热情，方脸膛上表情热情，说的话也热情。他该是六十岁了，看上去红光满面，精力充沛，体态稳健，坐在藤椅上腰板如同石壁一样挺拔。说一口北方话，毫无家乡安徽巢县的口音。

　　他穿一套发了黄的旧白老布的中式短褂裤,布鞋,新剪的平头。短褂嫌紧,裹着身子,穿着十分简朴,带着土味。胖胖黑黑的方脸盘加上两条浓眉显得威武。声音洪亮,在楼下一间小会客室里同童霜威父子交谈。这间小会客室里,桌上有笔砚,铺着宣纸,有不少写成了的条幅、对联一卷卷地放在桌边。也有些线装书、洋装书堆放在桌上和竹书架上。

　　冯玉祥不抽烟,不喝茶,也不敬人香烟。副官来敬了两杯凉开水给客人。冯玉祥要童霜威喝点凉开水,又要家霆也喝点凉开水,说:"天太热,你们喝一点,凉快凉快!"又说:"听说童先生来了,很高兴。真想听你谈谈沦陷区的情况。"

　　童霜威很快就扼要把沦陷了的上海、苏州、南京等地的见闻和自己遭难脱险的情况以及日寇的凶残、汪逆的卖国逐一讲了。

　　冯玉祥听了,满脸义愤,说:"从中国历史的角度看,抗战是国人经过百年挫折之后重新挺胸屹立、变次殖民地为独立主权国的重大契机。因此虽然百万以上将士慷慨捐躯,几千万同胞流离失所,锦绣山河半成焦土,但付出这种代价绝不是毫无意义的。"

　　童霜威点头表示完全赞同。

　　冯玉祥转了话题说:"我们大家把汪精卫弄成副总裁,是瞎了眼,应该向国民认罪!"又激动地说:"这个卖国贼其实早就露原形了!武汉沦陷前,在武昌。"他回忆道:"有一次开最高国防会议,蒋介石、汪精卫、白崇禧和我四个人谈话。汪说:'说抗战就可以了,还说要抗战到底,这怎么讲呀?'我说:'把所有的失地都收回来,不但东三省,就是台湾什么的,都要交还我们,并且日本帝国主义要无条件投降,这就是抗战到底!'汪逆气得脸通红,扭脸对蒋介石说:'做梦做梦!'我站起来说:'做梦?是做梦!你知道吗?有人做梦是当主人,有的人做梦是当奴才!'这次谈话不欢而散。那是我与汪逆最后一次见面。"说到这里,他抚勉童霜威说:"童先生,你算得是个真正的中国人!我下午写好了一副对联,应当送你作为礼物!"

他座椅旁的茶几上放着一只铁磬,一个木槌。他像和尚敲木鱼似的敲了两下。一会儿,进来了一个秘书模样的年轻人。

冯玉祥抬眼瞅了瞅秘书,慢声地说:"下午我写的那副对联呢?我要送给童先生。"

那位年轻的秘书去书桌上从一大卷宣纸中找出了一副对联拿过来展开在童霜威和冯玉祥面前。童霜威和家霆见这副对联的上联是:"要想着收咱失地",下联是:"别忘了还我河山"。写的是隶书,苍劲有力。

秘书去将对联放在桌上,打开砚台盖,舀水磨墨。冯玉祥起身,在笔筒里取毛笔舔墨,在对联上落了款,写的是:"霜威先生,希望你发扬爱国精神!"下面是:"冯玉祥,三十一年九月"。

桂花的馨香从窗外随风悄悄传来,沁人心肺。秘书轻轻走了出去。

冯玉祥脑门上现出了几道深深的皱纹,说:"我这次到北碚缙云山,住在接官亭后面的一间草房中,同陈铭枢[①]住在一起。你认识他的吧?"

童霜威点头,说:"过去在上海、南京都见过面的。"

冯玉祥说:"你有空可以看望看望他,大家谈谈。张荩忱[②]牺牲已经两年多了,陵墓竣工,我和陈真如同往北碚吊唁他。他是为国为民死的。我这副对联就是在凭吊他时,在他墓前想成的。"

童霜威心里感动,说:"冯先生,你战前在南京时送我的一幅

[①] 陈铭枢(1889—1965):字真如,国民党爱国将领,中国国民党革命委员会领导人之一。
[②] 张荩忱:张自忠,字荩忱。生前为抗日三十三集团军总司令兼第五战区右翼兵团总司令。抗日战争中,一九四〇年五月鄂中战役牺牲于湖北宣城南瓜店,葬于重庆北碚梅花山。

画,我常惋惜因为战争丢失了。今天这副对联,我拿回去将来一定裱了挂起来。"

冯玉祥猛然抬起了头,眼睛里闪出了愤怒的光芒,苦笑笑说:"唉,你挂我想当然不会成问题。不过,确实有人因为挂了我的对联被特务秘密逮捕入狱的呢!你刚到重庆,对这怕还了解不多吧?"他将写好的对联递到童霜威手上,走回来,仍旧坐在藤椅上。

童霜威将对联交给家霆拿着。父子俩又在冯玉祥对面的藤椅和木椅上坐下。

冯玉祥气哼哼地说:"现在是特务世界,利用特务来毁坏爱国人士。特务成了太上皇,代替日寇来自己杀自己。蒋介石说'黑是白',谁也不能说'黑是黑',完全希特勒作风,专制独裁。他们就知道反共,造谣来骂共产党。可是我说:我同共产党交朋友,没有吃过亏;同蒋介石拜把兄弟,可给他弄得我好惨。蒋这个人,排斥异己,他只知有己,不知有人;只知有我,不知有公;只知有家,不知有国!所以抗战给他领导得这样糟。我常想,中国必须提倡一种利他精神。凡事只要利他不利己,国家的一切事情就好办了!可不能像《三国演义》上的曹操:'宁肯我负天下人,不叫天下人负我'!童先生,你以为如何?"

童霜威点头,问:"冯先生看这抗战形势怎样?"

冯玉祥气概不凡地把头向后一仰,说:"现在,日本飞机来轰炸得少了,由于敌后牵制了许许多多日军,日本又忙着在同美国作战,前方一时还没有大的战况,又由于同美国站在一边了,有的人就过于乐观了,好像形势好得了不得了。当然,从长远看,我冯玉祥也认为只要坚持抗战日本总要失败的。但如果看不到国民党的腐化不争气,那就是睁了眼说瞎话。现在重庆的大官、大商、大军人吃喝嫖赌朱门酒肉臭。当兵的呢?吃不饱、没衣穿,挨打骂,病死的很多。当军官的没有不吃空缺的,军纪很坏。这种军队怎么打胜仗？我今年二月写了军队中的弊病三十五条当面交给蒋介石,希望他认真查、认真办、认真改。可是屁的下文也没有!"

童霜威不由得高高地挺起胸脯,吐了一口闷气。家霆心里也像流动着火热的岩浆。

冯玉祥右手做着愤激的手势继续说:"我听说日本为了准备今后长期同美国打,正想竭尽全力处理中国问题,尽快迫使我们投降,这就一定会要采用军事、政治两种手段,以后必定还有恶战,也必定还有招降活动,甚至日本也可能会采用促使国共矛盾激化的手段。形势是不能盲目乐观坦然处之的。有见识的爱国的国民党人,应当为坚持抗战、团结、进步,发挥自己的作用。"

童霜威见冯玉祥的分析合情合理,激动地用赤诚火热的语言把河南的灾情、军队的扰民害民、高级将领骄横跋扈贪赃枉法的黑暗情况,以及毕鼎山之流的调查、河南仍在征实征粮征丁等情况,老老实实地讲了。

家霆在一边听了,也热血滚滚,有时插嘴补充情况。

冯玉祥听到汤恩伯的情况时,哼了一声说:"他是'天子门生'! ×他祖宗!"看得出他气得要爆炸。全部听完,他吁了一口气,恼恨得像火山爆发似的说:"我想,走遍世界也看不到有这样的政府吧?我真为中华民国不胜危惧!这种做法如果不把人心全部失掉是誓无天理!"他那炸雷似的洪亮的语调凝聚着他沉重激昂的忧虑。

童霜威忽然将那用手帕包着的"粮食"解开摊在冯玉祥面前,说:"焕章先生,我这次来,特地带了这件'礼物'送您表示致意。因为我知道,你是敢于为民请命的。我力量微薄,初到大后方尚未安身,下情难以上达。只有请你为河南灾民登高一呼了!"

冯玉祥看着那些"粮食",用手一块块拿起来细看,又将一块观音土掰了一点放在嘴里咀嚼,忽然眼眶红了,爽快地点头说:"好好好,你这是最珍贵的礼物!我明知,我说话现在也不会起作用,我还是要说！一定要说！明天,我就把你这包礼物去转送给我那把兄弟！我要叫他用嘴亲自尝一尝！"他站起身来,将手巾包扎好放在身边茶几上。然后,忽然掏出手帕来拭泪。

童霜威动感情了,觉得自己尽了心。到重庆后,他同于右任、叶秋萍都作过长谈,但惟有今晚同冯玉祥谈到现在,他才感到有一种消除心头压抑轻松了一点的感觉。他说:"冯先生,今后我要努力学你！以我单薄的力量,为坚持抗战和国家的团结、进步发挥作用。"他觉得在人生的竞争和赌博中自己是一个失败者,但在人生应当作出正确的选择上,自己却不是一个弱者。说这点话时,他心情是悲壮豪放的。

窗外的桂花香,仍长久地飘浮在空气中,似乎永远不会散去,吸入胸中,遍体舒服。童霜威和家霆看见冯玉祥听了很高兴,说:"童先生,你说得好！我们应当都这样做！"

后来,同冯玉祥告别,冯玉祥送到门口,用大手重重拍拍家霆肩膀,说:"青年学生是中国的青年主人,中国的希望在你们肩上！"

他话说得不多。家霆手里攥着冯玉祥写赠爸爸的那副对联,听了冯玉祥的话,觉得心里热乎乎的。

外边,夜色浓黑,天有雨意。家霆随童霜威走出冯玉祥住处来到马路上。远处、近处全都模模糊糊,像是罩上了透明的黑雾。黑雾像无形的网神秘地飘游,昏暗、阴沉。街灯阴暗,光线发红。远处星星点点的灯光像鬼火眨眼,山岗、树木都影影绰绰看不清。

童霜威沉默着。家霆知道爸爸心里很不平静,是在思索什么。他看到刚才冯玉祥拭泪时爸爸的眼圈也是红的。他觉得此时此刻他是了解爸爸心情的。同冯玉祥见面,听冯玉祥讲了那么多的话,可以思索体味的地方实在太多了！

父子俩急匆匆走着,走到了路角同冯村约定见面的地方了。奇怪,空荡荡的没有人。

站了一会儿,童霜威说:"咦,怎么的?冯村他没有来?"

家霆迈步向四周看看,忽然瞥见阴暗处一条肮脏的臭水沟旁堆放着垃圾,飘来一股腐烂的气息。就在那阴暗的角落里,有个穿衬衫短裤的人一闪。家霆顿时提高了警惕,回来挪步走近童霜威身边,说:"爸爸,有人盯我们的梢!"

童霜威轻声紧张地说:"是吗?"又说:"难道冯村出事了?"他语气焦灼,他忘不了叶秋萍同他说过的话。他那天参加鸡尾酒会回来,同冯村已经说过。但冯村笑着说:"叶秋萍一定误会了!哪有他说的那些事呢?要是有条件,我真想在政府里干个公务员。要是秘书长你有了好的职务,我就干脆跟着你仍当秘书算了!我做过记者,来往的人自然左、中、右都有。中央要人也是可以成把抓的呀!他为什么神经过敏呢?再说,这社会的现实,也总不能使人闭眼不见、对一切都来歌功颂德呀!秘书长,有机会你给他讲讲,我冯村如今不爱过问政治了!我还订阅《中央日报》呢!天天都看的!……"他的话似幽默讽刺又似乎很认真。

但现在童霜威很怕冯村出事,冯玉祥刚才就对特务的事说了不少。冯村一向守信用,他讲定一小时后来接我,不会不来的呀!这么想着时,他心里十分难过,顿时担心冯村已经出事被秘密带走了。他想:如果真发生了这样的事,我一定要上下奔波营救他!他低声对家霆说:"走!我们回去!看看冯村到底怎么了?"

童霜威和家霆匆匆启步。阴暗处那条臭水沟旁的人影果然也移动了。两人也不管他,匆匆迈步,远远的盯梢的人果然像个尾巴似的跟着。

快走近公共汽车站时,恰好一辆公共汽车开来停站。

家霆对童霜威说:"爸爸,快!上车!"

当车门开时,有乘客下车,家霆拥扶着童霜威刚一上车,车门"砰"地一关,车子"呜"地发动开走了。从车窗里,看到黑黝黝的窗外那个盯梢的坏蛋正跑着赶到车站上来。可惜太迟了,他被甩掉了。

随便坐了两站路,父子俩下车,走回都邮街去。满头大汗,到了"渝光书店"楼上,高兴地看见冯村正在房里坐着,穿了汗衫看报。

家霆喜悦地说:"啊,冯村舅舅,你在这里悠闲啊!"

童霜威也欣慰地说:"我们真以为你出什么事了!你没有去?"

冯村笑着说:"准时去了!可是那里竟有'义务随从'盯梢!我觉得不好,只有离开算了!将他甩掉,就先回来了。"

童霜威叹口气,恼怒地跺脚说:"唉,真成了魑魅世界了!"

五

九月下旬,重庆的大雾天气更多了。

早晚时分,有时雾气氤氲,像是流动着的透明体,轻纱一般,笼罩着江面,笼罩着山峦,笼罩着山城。迷雾开豁的地方,才露出缥缥缈缈的建筑物、人群熙来攘往的街道和山岩、树木的轮廓。雾,有时乳白色,有时浅灰色,像烟,又不是烟;像云,又不是云。人在浓雾中行走,特别郁闷,特别迷茫和孤单。

雾中在崎岖陡峭的石级上行走,艰难地逐级攀登,似乎这种攀登永无尽头,使人分外疲劳。

雾,扑在脸上,睫毛、头发都湿漉漉的沾上了细水珠,皮肤也滑腻腻的像淋上了胶水。这种时候,晚上月亮出来了,月光会给雾气增加凄凉和寒冽的银光;早上,太阳出来了,会像是一个托在远处海上的孤子的火球,似乎无法与这将天地掩盖涂抹成白茫茫混沌一片的浓雾搏斗。

山城的雾,成了一个象征。仿佛迷漫的白雾遮掩了许多卑劣肮脏见不得人的勾当,仿佛中国的命运是处在一种缥缈得难以明朗的杌陧状态之中。有时,听得到雾中的江涛声、人声、车声,却看不见水,看不见人,看不见车,使人在雾中生活,害怕浓雾会遮掩了前边那些深渊,也怕雾中突然会飞驶出将人撞倒的车辆。即使是白昼,也会产生在黑夜中的心态。

来到重庆,仅仅不过一个半月,家霆已经感到厌倦、痛苦而失望了。在沦陷区时的生活像是一个逝去的噩梦。现在,重庆的生活,使他感到像从一个旧的噩梦又走进了一个新的噩梦之中。

他同情爸爸,发现到重庆后的一个半月中,爸爸一直是在为思想上的寄托和生活上的出路奔走。最后,爸爸受到了冷落。赈济委员会常务委员的事没有谋成,结果是送了一个"委员"的空衔,没有固定工资,只在逢年过节时可以送点特别费或车马费。那么,生计就只能主要依靠"中华实业信托公司"那个"设计委员"的挂名差使按月拿"车马费"当作薪水了。他知道爸爸并不想挂个空衔拿干薪,更不乐意拿杜月笙的钱,但却没有一个真正合乎他发挥才能的岗位。爸爸像是被遗弃了!燃烧在胸膛的抗战烈火,到重庆后好像老是被人用凉水在一盆一盆地浇泼。火焰快被扑灭了,心里的愤怒却更高涨了。

思想上的寄托,就更可怜了。除了从冯村处,从那次在冯玉祥那里,得到过一些安慰和鼓舞外,目睹的是不平的世事,腐化的宦途,崇美媚外的丑态,豺狼虎豹般的作威作福。耳闻的是上层的腐败,小民在呻吟,艰难的生活,特务的横行,不愿做亡国奴的人在受苦受难。从童霜威无数次的摇头叹息之中,家霆能体会到爸爸内心有多么痛苦。他察觉爸爸在变,当然也掌握不准爸爸想的全部。

有一次,他见爸爸同冯村谈话时,愤愤地说:"如果让我能再从年轻活起,我就会懂得怎样做人怎样生活了!"

又有一夜,睡下后,父子闲谈,他听到爸爸自言自语地说:"忠华不知现在在哪里?他在干什么?"后来忽然又叹口气,说:"唉,要是你生母现在还活着,该多好啊!……"也不知他是什么意思。

家霆明白,爸爸透露的仅仅是一点点,他所想的,一定更深、更远。整个家,像一只在战争中航行在炮火横飞的洋面上的小舟。家霆感到无法为爸爸解除困境、排遣烦恼。

家霆也想念舅舅柳忠华,不时反刍、回味着舅舅在由上海入川途中讲过的一些话。在这种对生活充满厌倦、痛苦和失望的时候,他才最感到舅舅说过的那些话的可贵。舅舅的话常常余味无穷,引起思索。有时,家霆想拿冯村舅舅来代替忠华舅舅。凭了解与感觉,冯村舅舅的思想确是进步的,绝不是一个如他自己所标榜的"如今不爱过问政治"的人。冯村舅舅可能是因为形势恶劣,必须谨慎小心。爸爸似乎明白这一点。自从叶秋萍给了劝告和警告后,爸爸对冯村说过:"谨慎小心,锋芒不宜太露,自投罗网的事不能做。"又说过:"你的处境看来不好,但如果出了事,我一定竭尽全力护着你。"人同人之间,相交贵在知心。爸爸与冯村之间,似乎就有这种默契。这种默契在家霆和冯村之间也存在。当家霆将在南京见到尹二和庄嫂的事告诉冯村时,他看到冯村两眼充满感情,后来说:"地狱里是有勇士用头颅去撞开铁门的!我希望到胜利后能在南京再见到尹二!"又有一晚,当家霆把与柳忠华舅舅一路来川的情况告诉冯村时,也谈到了忠华舅舅讲的许多深刻的话。冯村听了,最后点头说:"家霆,记住他对你说的话吧!他的话有道理!你应当鉴别比较,懂得政治。但是,他的话你不要随意对别人说。现在,需要的是自己心中有数。环境险恶,到处有鹰犬,必须谨慎小心。"家霆了解冯村舅舅的心。冯村舅舅不能同他多谈什么知心的、进步的话,他谅解冯村。

家霆有迫切为抗战献出全身力量的愿望。他本来向往着大后方应当是高燃抗战烈火的熔炉。在这里,可以投身抗战的滚滚洪流中去。只要能这样,哪怕付出牺牲,再吃苦,再受累,也心甘情愿。谁料到重庆竟是眼前这般模样?家霆无法出力、无法献身,十分痛苦。无法摆脱,甚至造成了精神上的懊丧。来到重庆,因此就泛起乡愁,思念上海,思念江南水乡。难道是一种思乡病吗?英文上叫作"Home-sick"的!他想念南京,确有辛弃疾词里写的"落日楼头,断鸿声里,江南游子。把吴钩看了,栏杆拍遍,无人会,登临意"的心情。常怀念小时候在潇湘路一号和在大石桥学校里的情景。甚至夜深梦醒,怅念起雨花台妈妈的墓碑和那些杀人的荒野草坪。……他想念上海,特别想念交往亲密的欧阳素心和不知去向的程心如,甚至伶俐的银娣,舅妈杨秋水和大舅妈"小翠红"的坟墓。

欧阳素心在香港怎么样了呢?

那天匆匆遇到谢乐山时,谢乐山插科打诨似的开了一个玩笑,逗得家霆格外想念欧阳素心。寄发给她的信,也许要很久很久才能到达她手中吧?不,也许根本在中途失落永远不会到达她的手里吧?她是已在战火中死去,还是仍很好地活在世上?她是仍在香港漂泊还是已经离开了香港?谁知道呢?谁能说呢?月有阴晴圆缺,人有离合悲欢。战火燃烧蔓延,人间的生离死别就加剧了进程增大了数量。思念欧阳素心时心头的忧烦与不安,使家霆老是有一种像在浓雾里行走心里积贮着郁闷和惆怅的感觉。李白的诗:"天长地远魂飞苦,梦魂不到关山难,长相思,摧心肝。"家霆觉得恰切地表达了他的思念。

家霆迫切要求赶快能上学。虽然,他一直在刻苦自学。到重庆后,又设法购到了高三的课本预习,也大量在阅读文学、历史等书籍。但不进学校,没有学历。中学都已开学了!再耽误蹉跎怎么得了?谢乐山上了大学了,向他炫耀的神情和语气还在眼前。

家霆好胜,一心想赶快结束高中考入大学。偏偏,一切又决定于爸爸的部署。现在,爸爸受到冷落,还借住在"渝光书店"楼上,当然不是长久之计。家霆不忍催促爸爸。看着月份牌上的日历一天一天撕了一张又一张,心里的焦急又是难以忍受的。

终于,今天晚饭后,冯村来了。家霆听到童霜威在同冯村商量去向时作出决定了。

童霜威用斟酌的语气说:"看来,抗战仍是不要我来出力,我是不可能有什么发挥抱负的地方了!"他看看那副尚未裱过已被家霆用图钉钉在墙上的冯玉祥赠的对联,说:"像冯焕章都只能挂着空衔住闲,我这样也就不足为奇了!我不想再出去奔走折腰了。在重庆住着,也觉得'冠盖满京华,斯人独憔悴'!冯村,你说我带着家霆怎么办?"

冯村先是沉默,半响,说:"雾季开始,重庆的轰炸估计不会像以前那么厉害。但日寇狗急跳墙,以后未必不再来空袭。这里居住条件差,物价贵,生活也不好。秘书长和家霆住在这里既不舒适,也不方便。而且,家霆也该快点入学了。"

家霆插嘴说:"是呀!到哪里好呢?"

冯村思考得很周密地说:"秘书长,我当然希望您在重庆,我可以随时见到您聆听教益。可是,如您所说,在这里住着,也没太大意思。我倒建议您带家霆住到江津去。那是一个美丽洁净的小城,盛产橘柑,离重庆近,坐船来回方便。一百几十里路,半天多就到。生活安定,便宜。我有个熟人,是个银行家,名叫邓永刚,江津本地人。抗战军兴后,下江人到了江津,他很热心公益,喜欢结交名流,专门腾出了房子低价或免费借给下江人住。秘书长如去江津,他是会热心照应的。"

童霜威叹口气,站起来背着手踱步。战前在南京官场中有过的畸零、孤单感又浓烈地回来了。他似在思索,问:"那里我还有熟人吗？"

冯村点头说："有！您还记得吗？战前，有个郑琪，有一年到南京看望过你，是法官训练班毕业的，听过你讲课，自诩为是您的门生。他原在重庆，大隧道惨案时，爹娘老婆和子女全死在隧道里了。孤子一人，现在是江津的法院院长。此外，就是我对您说过的李思钧了！战前中惩会的总务科长，太太在逃难来川时途中病故。当年中惩会那个'景泰蓝花瓶'女秘书钱敏敏做了他的填房太太。李思钧在江津当了县党部书记长。"

童霜威皱皱眉头，他对李思钧印象不好。又因提起"景泰蓝花瓶"钱敏敏，想起了毕鼎山，毕鼎山当年同钱敏敏的风流艳事是人所皆知的。

冯村接着说："江津有个国立中学，办得不错。听说校长是法国留学生。家霆可以在那里上学。我想，秘书长如果到那里，退一万步说，挂牌做大律师也未始不可。而且，可以著作。目前特务无法无天，依您在司法界的名望，从法学观点谈法，必然不同凡响。您不是答应冯玉祥先生要为坚持抗战和团结进步出力吗？这实际是最好的出力。您的大著，渝光书店可以出版的嘛！"

给冯村这样一说，童霜威动心了。家霆是该上学了。自己战前就开始动手写的《历代刑法论》一直未写完，写了的部分书稿也留在方丽清家一只箱子里未带出来。但写书的愿望，一直存在。到江津去，就是写书也好呀！通过抗战开始迄今这五年多的经历，他觉得：人在战争中，有时确实难以完全自己驾驭自己的命运。但也认识到，尽管如此，在某种情况下，人也不是毫无作用的。人每每还是可以用自己的努力来改变或改善处境的。人，不能消极无为！自己能从敌人魔爪里逃脱并且来到大后方，就是明证。这使童霜威在面临选择时，感到去江津是正确的。他有了一种精力和抱负有所寄托的感觉。

柳忠华说过的一些话,冯玉祥说过的一些话,都敲响在他心头。他觉得历史并不是一条环行路。回到国民政府身边来了,并不是寻找归宿,而是可以一切从头开始的。无论再有多少磨难,他也会有一种新的虔诚的信念去对付。他脑际突然闪过一棵巍巍耸立峥嵘多姿的老树——南京中央大学梅庵里的那棵大名鼎鼎的"六朝松"。多少朝代了,风霜雨雪,却依然有着生机,顽强地茁生着枝叶。

童霜威终于慨然地点头说:"对!冯村,你的建议对!我看,到江津去,是一个好办法。"他回脸问儿子:"家霆,你看怎么样?"

家霆早已心里面盘算过了。冯村的设想十分周到,经历过长期不安定的颠沛,早渴望能同爸爸过上一段平静的日子了。他迫切希望爸爸能安下心来恢复身心上的创伤,也渴望自己能有个好的学校读完高中。家霆说:"我看,到江津去好!"

事情迅速这么决定了。其实,不这样,也没有更好的办法了。

最后,童霜威拍板说:"好!就这样定了吧!冯村,你先写信同那位邓永刚先生联系一下,然后,我们就去江津!"他心里感到:对浑沌的过去应当舍弃了,以后,该是一个清醒的未来。

冯村走后,家霆见爸爸在灯下坐在桌边呆呆望着黑黝黝的窗外。秋虫的鸣声像一支乐队嘈杂起落地传来。童霜威忽然提起笔筒里的毛笔,打开墨盒,舔上墨汁,取出一张信笺纸,随手写下了一首七绝。

家霆走上前去,看到爸爸写的是:

雾气升浮遮远山,
长夜迷漫星月暗。
流水送走官场梦,
空余豪情心却寒。

啊!啊!像川江的激流一样,深处汹涌,表面平静。这难道是爸爸经过筛选留在心间的沉淀吗?……家霆忽然感到心里发酸,他明白爸爸写这四句诗勾画出了蜩螗的心情。

他不愿爸爸坐在那里继续沉浸在消沉的情绪中,提议说:"爸爸,出去散散步吧!时间不迟,今晚月色很美。"

童霜威"唔"了一声,无可无不可地站起身来,洒脱地说:"好!出去走走吧。"

离开人烟稠密的热闹街道,他们向江边走去。街上,房屋和篱墙在夜色中融为一体。不知哪一家传出了胡琴声,有人在唱京戏。唱的是老生,声嘶力竭非常悲凉。山坡街道有些倾斜,一些矮小的房屋里,传出老人的咳嗽声、婴儿的啼哭声和女人的唠叨声。……

这一夜,有天灯似的月亮,但山城的雾气逐渐在加浓,灰色的、白色的雾气,在夜网中泛出蓝色的基调。映着银色的月光,雾气缭绕在屋舍、梯坎、竹丛、树木之间。那些白昼碧绿青翠的竹丛,密密匝匝。雾气在摇曳多姿的竹子绿叶上凝聚成细微的泪珠,时而无声地跌落。远山在雾气中,缥缥缈缈,若有若无。在昏昏沉沉朦朦胧胧的白雾和夜色构成的蓝色基调中,凭借月光,透过雾气,可以看到有些山岗上的小楼里射出的金灿灿的灯光。那金灿灿的灯光,似乎可以使人解除一些压抑。

暑热已经过去,在这九月初秋,越走近江边,越是风凉。父子俩也不说话,都默默踯躅,各想各的心事。家霆远望,忽然好像眼前看到的缥缈景色正是在环龙路欧阳素心画室里那幅油画上的意境。只不过,那画的是清晨,而眼前,是夜晚。

快走到朝天门码头时,只见雾气已经深深淡淡地弥漫了江面,将对岸的灯火与一切遮掩得若隐若现。微风送来江水的腥味,传来江水的奔腾声。忽然,看到天空中有人放的"孔明灯"正在冉冉升飞。

"孔明灯"像照明弹,又像水晶球似的与月亮争辉,在黑色的天空中缓慢地飞行、升高。是从遥远的旷野里升起的,晶光四射,太好看了。

家霆用手指着说:"爸爸,看呀!孔明灯!真美!"

"孔明灯",在四川传说是诸葛孔明发明的:用轻竹篾作骨架,扎成小灯笼形状,四周和顶部都用油浸的白桑皮纸糊严实。灯的底部支架上放一只装着菜油和灯芯草的小碗。用火点亮油灯后,热空气向上猛烈蒸腾,将灯笼里的冷空气驱净,"孔明灯"就会渐渐腾空而起,自由自在地在夜色中飞行。四川的习俗,丧家斋醮,放"孔明灯",是招魂指路的意思。但,逐渐也有年轻人用放"孔明灯"当作一种消遣,像放风筝一样具有玩乐欣赏的性质了。

童霜威立定脚步,仰脸看着"孔明灯"冉冉飞行,说:"听讲这本是三国诸葛亮作战时,为了夜战发明了作信号用的。后来,不再用于战争,就给民间用了。要是所有用在战争上的东西都用在和平上,该有多好!这灯很美!但假如是作战的信号、敌机投弹轰炸的信号,我们站在这里,恐怕也欣赏不了它的美了。"

朝天门下,沐着月色,光斑明灭、变幻无定的滔滔江水在雾气中呜咽着潺潺地流。黑暗的水面,幽幽像水银一般,闪着阴森森的光。白雾漫江,茫茫的,朦朦胧胧的,烟气似的逐渐扩大、弥漫着。天,有点朦胧;地,也有点朦胧;月光、星光,也朦胧。沿着石级往下去江边,水天浑然连成一体,幽深而又神秘。来往的人,都像影子。从高处望下去,下边澎湃交汇的长江与嘉陵江是黑咕隆咚的。

远处,河坝上面的梯坎旁,有棚户区。附近,有一小堆火,火光冲破浓雾闪烁着。火舌舐舞,冒着白烟,远远随着轻风传来凄厉的"呜呜呵呵"的哭声。有女人的哀哭,还有小孩的恸哭,同唧唧的虫声和夜风拂动野草发出的沙沙声搅和在一起。

啊,在这月光明亮而又多雾的暗夜里,哭声令人听了分外心涩。哭声像眼前的浓雾似的紧紧缠绕着他们。

这准是在给过去大轰炸里死去了的亲人在焚化锡箔送点冥币表心意吧？去年，前年，大前年，重庆都遭到过日机的灭绝人性的大轰炸。有时一次来一百多架飞机，烧夷弹毁了半个市区，临河坝的棚户区全烧光过。前些时，家霆来江边漫步，也见到过焚化纸钱有人啼哭的情景。今夜，听着哭声，看着火光，心里哀怨悱恻的感触更深。家霆心在战栗，不禁叹了一口气。

雾真浓，像烟似的，是从地里、江里冒出来的？还是像从半空中轻轻盈盈地飘下来的？

童霜威意兴索然，忽然停步，说："不下去了！回去吧。"

家霆却不想回去。他忽然听到哭声停止，在江边另外一个方向，随着微风传来了清晰动听的口琴声。口琴声悠悠扬扬，如烟如云，像丝丝缕缕缥缥缈缈的思绪缓缓飘升，颤悠在不为人知的另一个世界里，虚虚幻幻地回荡而来。而那有浓有淡、纷纭缠绵的雾气，仿佛撕扯着不尽的琴音，轻拢慢捻，如幽咽，如裂帛，飒飒飕飕，有仙乐之音。

啊，月光下水涛边神奇悦耳的口琴声哟！此时此地，透过江边的雾霭随风飘来，使家霆两只脚像胶住了似的不能动弹了。

家霆转身侧耳，微唷地说："哎，爸爸，您听口琴声！……您听呀！……多么美！"

童霜威听着动人心弦的口琴声，口琴声袅袅动听。蓝色的明月夜，雾气弥漫的江边之夜，纯洁、美好的口琴旋律，抑扬顿挫，起伏在雾气中，使人心上产生一种神圣的浪潮在拍打着心扉。他不禁站定脚步同家霆一起静静聆听。

过了一会儿，口琴忽然换了一个曲子。家霆一听，心动了！多么意外啊！口琴吹奏的动人曲调是家霆熟悉的！

家霆身上洋溢着勃勃生气，散发着青春气息，口琴声在他听来，像是在忧郁地诉说，诉说着逝去的童年，诉说着失去的情爱，诉说着那在环龙路上发生过的一个神奇的夜晚……他说:"爸爸,口琴吹的歌我熟悉!我要去看看,是谁在那里吹奏?"

江水在雾海中流,月光也在雾气中的水上流。雾气茫茫,湿润得像有微不可见的粉尘扑面。听着口琴声,口琴声似乎是灵魂的叹息,有眼泪和深情,沁上爱的芬芳,一直电传到全身,钻进了心灵深处。他从来没有听过这样使他感动的音乐声。

家霆有一种奇特的预感。吹口琴的一定是他熟识的人。但却是一种再也不敢相信的预感。

他让爸爸慢慢走下石级,自己飞快地从石级上带着跳跃飞奔下去,直奔江边,透过白雾,冲向江边,冲向口琴声传来的地方。

口琴声仍在传来,又反复从头在吹那支歌了。他听得出口琴吹出的歌声中有思念、有回忆、有忧郁、有孤单。他眼前出现了童年时唱这支歌的情景,仿佛自己躺在校园里碧绿的草坪上和同学一起在唱这支歌,更记起了在上海时那个神奇的夜晚他到环龙路去时,听到楼上亮着灯光的窗口里传出的口琴声,以及后来他和她一同在回忆早年的欢乐时合唱这支歌曲的情景:

记得当时年纪小,
我爱谈天你爱笑。
有一回并肩坐在桃树下,
风在林梢鸟在叫。
我们不知怎样睡着了,
梦里花儿落多少。

啊,往事如梦,萦绕不绝,牵情扯魂,仿佛非常遥远,却又感觉很近。是谁在高悬明月的夜晚、雾气茫茫的江边会用口琴吹奏这支优美熟悉的曲子呢?

家霆跑得喘着气,到了江边。江水漩流,发出令人惊心动魄的响声。两脚在光滑崎岖的大块鹅卵石上奔跑,脚下的鹅卵石硬得硌脚,十分难走。蓦地看见江边凸起的一块巨大的光岩上有一个人影。透过缥缥缈缈的薄雾,看清在这块峥嵘嶙峋的大岩石上,面对浩瀚的大江,月光下,一张矮矮的画凳上坐着一个身材窈窕的少女,正双手托着口琴在吹,似陶醉在音乐之中。她的面前放着画架,画架上有未完成的油画。啊! 这是一个来画月下雾中江景和远山的女郎。看不见她的脸,优美的背影却十分熟悉。江水在流,白雾在飘,她坐在巨石上,夜色、白雾和银缎般的江水衬得她遍体放射着神秘的光辉。口琴吹奏出的音乐似在为奔腾打漩的江水作着伴奏,奇妙极了。比一张杰出的油画,比一张摄影的杰作,要美不知多少倍! 家霆忽然止步了!

就在这时,家霆看到脚步声惊动了坐在大光岩上穿着黑旗袍外罩一件浅色短外套的女郎。她回转脸站起来了,显露了纯洁无瑕的侧影。啊! 明眸、皓齿,俏丽焕发的面容,丰满适中的体态,浑身散发出的迷人光彩,一切的一切,都使他认出:是欧阳素心! 一点不错,确确实实是欧阳素心! 她像沉浸在音乐的大海中,享受着童年感情的重现,又像是被祥云和青烟掩涌围绕着,将凌空飞向苍穹。雾气飘移,四外浑沌,山影天光似有若无,是幻觉吗?

家霆愣在江边,一动也不动,几乎屏住了呼吸,像雕塑一样。

但,他听到她在愣怔了一下以后,忽然爆炸似的叫了起来:"啊,家霆!"她那双美丽的眼睛又像在跳动着希望的火苗了。

"欧阳!"家霆冲上前去。

不顾一切,他们在月下闪电似的拥抱在一起。心与心撞击,恨不能将彼此的情爱吻进永恒。别后的忧患、焦灼、痛苦、寂寞,都被这霎时间遍及每一根神经的欢欣冲刷得干干净净。听着江水在为他们欢笑,让夜雾为他们遮上一层薄薄的帷帘。啊,人生有时真像魔术师在变魔术;人生,有时又真像戏台上在演戏;人生,有时更像是一场美梦,出人意料,神奇莫测。

"真是你吗？欧阳！"家霆的眼眶湿润了，他感到欧阳素心的心房在激跳，眼泪扑簌簌地流出来，"你怎么会在这里的呢？想死我了！我还以为永远见不到你了呢！"他忽然悟到谢乐山那天说的是真话并不是开玩笑了。他紧紧地搂住她，吻她芬芳柔软的黑发。

　　"真是你吗？家霆！"欧阳素心一双情意深切的眼睛凝望着他，松开了手，取手帕拭泪，伤心地哽咽着说，"你怎么也在重庆呢？以后，我再也不离开你了！再也不了！……"她又把脸扑向他的怀里，双手握住他两条坚强有力的臂膀。

　　"爸爸就在后面！"家霆抚慰着她，原来以为是虚幻的想象，现在成了炽烈的激情。他说："他见到你一定非常非常高兴！"说这话时，他看到在不远的雾气中，童霜威正蹒跚迈着步伐走来。他大声高喊："爸爸！您看呀，素心在这里！……"他搀着欧阳，说："快！见到你太高兴了！快让爸爸看看你吧！我知道，你一定有奇特的遭遇！过一会儿就讲给我们听听吧！我们再也不会分离了！"

　　月色晶莹，江水在欢畅地奔流向前，白雾在江面上像轻烟又像棉团似的浮动翻滚。在这初秋的夜晚，在辽阔的江边，可以看到那在天上飞行的两盏"孔明灯"，一前一后，一高一低，仍逗留在空中，划破了长空的黑暗，放射着光芒，在飘飘荡荡。远方的山，在虚无缥缈间正若隐若现……

1986年10月—1987年6月完稿于成都

啊，我情感世界中的急流险滩(后记)

《山在虚无缥缈间》的故事发生在抗日战争中期，从一九三九年夏写到一九四二年秋。在战争中，各色人物，纷纷登场。这里有无耻的生，有伟大的死；有优美、纯洁、高尚的爱情；有尖锐、错综、复杂的搏斗；有不同色调的风俗画和风情画；有"孤岛"时期上海滩敌伪特工总部极司斐尔路七十六号的黑幕；有沦陷后南京雨花台、苏州寒山寺的凄凉景色；有河南一九四二年骇人听闻的天灾人祸；有陪都重庆那雾茫茫的夜歌。真实反映了抗日战争极其困难的三年里从大后方到沦陷区的政治形势和社会众生相。似是一段噩梦，我却希望它是一瓶辛辣、刺激和甜醇、芬芳并存的美酒。

我与一些画家有同感，愿意使我的心像一面明亮的镜子。

在创作中，我独身静处，有时夜不成眠，在寂寞中，思索回味着往日在战争时期所经历与见闻的一切；有时细嚼体验我所搜集到的上千万字的资料，决定取舍，从中提取精华，进行艺术虚构。我的心就像镜子那样，如实反映出现在镜前的各种物体形态和许多绚丽或对比鲜明的色彩。而我的感情却使我通过心镜的反映，发生爱憎，区分是非，褒贬美丑，指出功过，叙述悲欢离合，论证战争与和平。然后，我冷静下来，端出理智的天平，进行总体构思。在写法上，我希望不蹈袭他人，采取新的视角，旨在扩展创作领域，既不重复自己，也不重复他人，去塑造现实生活中在那时存在过的人物。从历史引起对人生的思考，又从人生去发现历史。

抗日战争题材的小说确实已经不少了。但这场使中国军民伤亡近两千两百万、财产损失一千多亿美元、歼灭日军二百六十余万的战争,未写和可写的范围还很大很多。我这一部是写战争和人的,是想鸟瞰时代的,是站在今天回顾过去、召唤未来的。我没有以他人写抗日战争的作品为准绳。自然事物无穷无尽,当情感世界汹涌澎湃时,我就觉得自己不受什么框框套套或清规戒律的拘束了。思绪如天马行空,我仿佛又回到抗日战争时期上海租界上了:与我的同龄好友一同自发地冒险散发抗日传单;在那血腥的沪西"歹土"上仇恨地目睹敌伪作恶;在那"太平洋战争"爆发后的次日上午,从慈淑大楼我上"最后一课"的窗口里悲伤地俯瞰日本海军陆战队奏着军乐在南京路上举行入城式。……我仿佛又看到沦陷后那满目疮痍的秦淮灯火石头城和听到铁蹄下中国百姓的呻吟声了!我仿佛又置身在一九四二年那赤地千里哀鸿遍野的中原大地了!在那里,我走过可怕的人间地狱,几乎送掉性命。……过去的事,就是历史。反省生活,独特的感受,使我放开胸襟,思索着小说中各类人物的命运,思索着想通过作品中人物的表演和活动所要表达的意蕴和主题。不管它像不像史诗,我却不妄自菲薄地有这样的创作意图。

　　创作时,没有较深刻的理性认识,当然不行;但没有浓烈不可抑止的激情,就更不行。在整个创作过程中,我时时刻刻感到自己好像是处在湍湍的急流中,有时峰回路转,有时险岩挡道。我的情感世界有极大的跌宕起落。有时我想得很多、很远、很复杂、很无边际、自由自在:中国的人和事有多复杂?国民党这样的庞然大物当年是怎样会腐烂垮台的?民主党派与民主人士是怎样产生的?共产党应当如何以史为鉴?机械唯物论是多么可笑!辩证唯物主义与历史唯物主义的精髓何在?今天有没有必要再展示那已过去了的漫长而严峻的战争年代中的人和事?现在的年轻一代是否太注重他们的个人欲望,以致会否定过去,认为当年那场战争与现实毫不相干？倘若"武器刚劲有力而人却软弱无能"行吗？哪些情况会助长侵略？哪些情况会导致战争？民主与战争的关系怎样？如何把战争从人的生活中排除出去？怎样认真对待我们认识战争与和平问题的思想？……每当这种时候，我的情感就像搁在险滩上，又如同由雪山顶上融化而倾泻下来的激流。我的心就像刮起暴风雨的海洋，在那里，大海同狂风激战，要到激情化为字句倾吐在纸上，才归于平息。

带着真实的思维和激情写出来的作品，即使还不成熟，但至少不会是无病呻吟或苍白的。我希望我的激情能反映在作品中，使我的读者与我一同分担喜悦，一同分担忧伤，正确理解战争与和平的意义，去想一想幸福的由来和人生的意义，去想一想历史的借鉴和中国的命运。

也许我想得太多而写得还是太少，也许我有一点点的成功，也许我很失败。但稿定以后，这已不属于我计较或遗憾的范围。人常不能负担与达到自己力所难及的重量与高度，但人又常有想尽自己最大努力去获取较高成果的愿望。无论自己或别人，对这，无须也不会责难，我相信。

《山在虚无缥缈间》是一部单独成立和存在的长篇小说，但它是接着《月落乌啼霜满天》的年月往下写的。它们是姐妹篇。不一定需要先看《月落乌啼霜满天》再来读《山在虚无缥缈间》。当然，如果先看了《月落乌啼霜满天》，也许会更有兴趣来读《山在虚无缥缈间》。《月落乌啼霜满天》中的一些主要人物在《山在虚无缥缈间》中都在活动，当然又增加了一些新的人物参加了演出。

《月落乌啼霜满天》出版后，我的情感也一直在经历着激流边浪花的滋润和清波的抚慰。一万五千四百册书，很快就一销而空。上海、北京、南京、成都、武汉、重庆等大城市都脱销买不到此书。迄今为止，《人民日报》、《文艺报》、《读书》、《新观察》、《文学报》、

《当代文坛》、《小说评论》、《当代作家评论》、《北京晚报》、《文学故事报》、《成都晚报》、《精神文明报》、《新华日报》、《洗砚池》、《采风报》、《四川日报》、《四川作家通讯》、《沂河文艺》等报刊已发表了宋遂良、陈辽、张啸虎、吴野、滕云、沙林、殷白、徐康、田闻一、鲁之洛、戴翊、刘瑞轩、石文、浦伯良、苑坪玉等同志的评介,我并收到了大批热情的信件。评论和来信中许多精辟的见解使我大受教益。而一九八八年十月,《月落乌啼霜满天》又获得了四川省郭沫若文学奖。我把这些都看作是对我的鼓励和鞭策。对关心我创作系列长篇的所有同志,我深深感谢。

现在,《山在虚无缥缈间》要出版了!本书的责编和终审同志肯定了它保留了《月落乌啼霜满天》的优点,在艺术上又有新的开拓和突破。在听到他们的审读意见时,我有一种从急流险滩中驶过的感觉。可是,当现在书要呈奉在读者面前了,我却不禁想起了《庄子·秋水》篇中所说的河伯顺流东行,至于北海看到汪洋一片水天相连不见岸边的寓言。于是,"敝帚自珍"的想法打消,我又只能以忐忑的心情等待着倾听读者和评论家的意见。

人生常常难免不幸的事。我的视力一向极好,但在一九八五年意外地受了一次伤。当时,不仅撞伤了头脑,也伤了左眼。想不到去年九月左眼伤疤破裂出血,因外伤型视网膜脱落而失明。我的情感世界就又像昔日三峡夜航似的经历了一次急流险滩。

连续动了两次大手术。第一次手术在成都动得太糟。多亏在上海第一人民医院经眼科副主任张晰检查,由眼科姚芯薇副主任和方丽珍医师用她们精湛的技术和善良的心为我动了第二次手术进行挽救,使左眼能保住外形,看到光影。但想"失而复得"恢复到可以阅读的视力却终于不可能了。这一年来,始终在病中煎熬。我要感谢生病期间省委宣传部、新闻出版局、作协、一些出版社和我工作单位以及山东临沂、济南和沪、京等地许多老朋友、许多同志的热情关怀。由于眼病,今后的创作对我来说,比过去要艰苦得多。但我仍然是乐观的。这使我想起了白居易。白香山一生虽未经历杜甫那样的颠沛流离之苦,但身体素来虚弱而又苦于在中年后眼病缠身。他在《眼病二首》诗中描述道:"散乱空中千片雪,蒙笼物上一重纱,纵途晴景如看雾,不是春天亦见花。"诗里的乐观情绪和风趣盎然纸上。我现在左眼完全是白雾茫茫,但我还有一只健全的右眼。有句外国格言说:"所有生命都是昙花一现,它们的价值在于它们在消失前要散发出光芒来。"我有自知,很亮的光芒已经无法放射。那么,就发出一点我所能发的微光吧!哪怕就是萤火那样的一点美丽的微光也好。《山在虚无缥缈间》现在出版了。重要的是继续创作下一个长篇。那么,为山九仞,我想,我是不会功亏一篑的!

1988年秋于四川成都